西游八十一案

长安击壤歌

陈渐 著

重庆出版集团 重庆出版社

图书在版编目（CIP）数据

西游八十一案.长安击壤歌/陈渐著.—重庆：重庆出版社，2024.8

ISBN 978-7-229-18704-0

Ⅰ.①西… Ⅱ.①陈… Ⅲ.①长篇小说—中国—当代 Ⅳ.①I247.5

中国版本图书馆 CIP 数据核字（2024）第 092776 号

西游八十一案．长安击壤歌
XIYOU BASHIYI AN：CHANG'AN JIRANGGE
陈渐著

出版监制：徐宪江　连　果
总　策　划：王唯径
责任编辑：王昌凤
特约编辑：计双羽　王菁菁
营销编辑：史青苗　刘晓艳
责任校对：彭圆琦
责任印制：梁善池
封面设计：口口设计
封面插画：吕　洋
内文插画：金　梁

重庆出版集团 重庆出版社 出版
（重庆市南岸区南滨路 162 号 1 幢）
天津淘质印艺科技发展有限公司　印刷
重庆出版集团图书发行有限公司　发行
邮购电话：010-85869375

开本：710mm×1000mm　1/16　印张：29　字数：487 千
2024 年 8 月第 1 版　2025 年 9 月第 6 次印刷
定价：59.80 元

如有印装质量问题，请致电 023-61520678

版权所有，侵权必究

帝尧之世,天下大和,百姓无事。有八九十老人,击壤而歌:"日出而作,日入而息。凿井而饮,耕田而食。帝力于我何有哉!"①

---

① 先秦歌谣《击壤歌》。

目录

序章一　　　/ 1

序章二　　　/ 6

第一章　　　长安满月宴，地狱献瓜人 / 11

第二章　　　禁苑农夫、大唐密谍和不良人署 / 24

第三章　　　东宫里的爻姬，东市上的相师 / 38

第四章　　　占辞：妃嫔子嗣皆横死 / 54

第五章　　　金戈铁马，气吞长安如虎 / 68

第六章　　　李淳风，家在虾蟆陵下住 / 80

第七章　　　公主府的道士、符箓和鬼魂 / 94

第八章　　　面具之下，皇权之上 / 105

第 九 章　　御史台的毒酒，太史局的吊索 /117

第 十 章　　玄武门的五娘子 /133

第十一章　　君臣、夫妻、翁婿、婢女 /147

第十二章　　天地为铡人为草，皮囊歌里夺一生 /162

第十三章　　应谶人，二度守寡的大唐公主 /173

第十四章　　一桩事先张扬的谋杀案 /189

第十五章　　亮若卧龙，亮卧若龙 /203

第十六章　　三三六六逢甲子，长安廨里黄金殿 /216

第十七章　　结发为夫妻，榻上两相疑 /229

第十八章　　皇帝驾崩，宰相复活 /242

第 十 九 章　大业童谣：白杨树下一池水 /255

第 二 十 章　薛宅婢女，李家公主，刘氏翠莲 /270

第二十一章　谶语：刘氏当兴，李氏为辅 /283

第二十二章　生来口中衔金刀 /298

第二十三章　刘举与李弘 /310

第二十四章　长安陌巷铜破甲，朱雀街头猎子规 /323

第二十五章　陛下何故谋反 /335

第二十六章　不知周之梦为蝴蝶，蝴蝶之梦为周 /347

第二十七章　皇权如春蚕，作茧自缠裹。一朝眉羽成，钻破不在我 /359

第二十八章　七月七日甘露殿 /373

第二十九章　大宗正 / 385

第 三 十 章　终南山上箭如雨，叶叶声声是离别 / 398

第三十一章　有八九十老人，击壤而歌 / 412

尾声一　　　/ 432

尾声二　　　/ 434

附录一　　女主昌与《秘记》 / 437

附录二　　李君羡案 / 441

附录三　　李世民的家族遗传病 / 443

后记　　　 / 448

序章一

大唐贞观二十二年，正值贞观盛世最后的余晖。

这一年，大唐东击高句丽，西破西突厥，南方的松外蛮举族内附，北方的契丹人率部来降。

这一年，大唐兵锋所至，焉耆、龟兹、薛延陀纷纷覆灭，桀骜不驯的吐蕃自认藩属，冥顽不灵的高句丽遣子来朝。天可汗李世民于垂垂暮年放眼大地，除却遥远的大食、天竺、拜占庭三大强国，世上竟再无对手。

这一年，王玄策从吐蕃、泥婆罗借得八千二百兵马，在恒河北岸击破了天竺国的五万大军，擒获天竺皇帝阿罗那顺，俘虏皇室贵族一万两千人返回长安，献俘阙下。①

天竺乃是当世强国，国势之强盛不亚于大唐和大食，如今居然被王玄策一战灭国。消息传回大唐，顿时朝野轰动。李世民惊喜交加，命王玄策从金光门入长安，在观德楼前献俘。

这条路线经过了精心考量，从金光门入城便是胡商云集的西市，再经过烟花柳巷的平康坊折向北，才进入西内苑。王玄策押送着一万两千名俘虏浩浩荡荡经

---

① 详见《西游八十一案：大唐梵天记》。

过长安城最繁华的坊市，阿罗那顺披发赤脚，身穿麻衣，行走在队伍的最前面，他一手托着降表，一手牵着妻子莲华夜为他生的孩子。一路上数十万长安人翘首围观，欢呼着天子圣威。

观德楼前有宽阔的广场。礼部早已准备好了献俘仪式，广场上百官云集，兵甲耀眼，太常寺乐人奏响了《秦王破阵乐》。先是王玄策诵读早就拟好的一篇骈文，赞颂大唐声威，天子圣德，随后阿罗那顺带着孩子登上大殿，献上降表。整个流程繁杂冗长。

这时节天气已经有些暑热，李世民按照程序诵读诏书，对阿罗那顺申斥之后再加以宽慰，册封其为归义郡王，赐府邸居住。刚念了几句，忽然他头疼昏眩，肢体麻木，身体猛然栽倒。身边的李治手疾眼快，劈手抱住他，周围的内侍蜂拥而至围在皇帝面前，形成一座人肉屏风，这才遮挡住了臣僚的视线。

臣僚和天竺俘虏都跪伏在地上聆听圣训，虽然听到一些异动，却也没人敢抬头。李世民缓了片刻，命李治主持献俘仪式，自己乘坐步辇返回寝宫甘露殿。

这些年，风疾之症把李世民折磨得痛苦不堪，每年到暑热之时便频繁发病，症状是头疼目眩，步履不稳，肢体麻痹痉挛，甚至突然昏厥。尚药局对此也早有防范，奉御和侍御医随时候着，迅速拿出备好的丸药，经过殿中省的当值长官检验之后，三人每人服食一粒，按照规制，派人请太子先服食一粒，这才喂食给皇帝。然后内侍们抬着步辇奔跑如飞进了甘露殿，针博士和按摩博士早就候命，一番针灸按摩，李世民这才恢复了些许精神。

这时李治草草结束献俘仪式，满脸惶急地奔进了甘露殿，抓着御医一遍遍询问。李世民躺在床榻上，看着李治焦灼不安的模样，心中感慨不已。李治出生在贞观二年，已经二十岁了。这孩子孝顺，勤勉，但性情仁慈懦弱，这些年自己的身体越发虚弱，便越发忧虑重重。自己死后，他能守住江山社稷吗？

李世民笑了笑："雉奴，朕有一份礼物要送给你。"说罢命内侍将一只书匣取了过来，李治急忙搀扶他坐起身。李世民打开书匣，里面是一份书卷，卷首写着两个字："帝范。"字体筋骨内蕴，端庄大气，一看便是李世民亲笔。

李治好奇："阿爷，这是什么？"

李世民笑道："这是朕亲自为你撰写的一卷文章，总结了朕作为皇帝的经验得失，共十二篇。因此命名为《帝范》。"

李治愣住了，神情复杂地看着李世民，两眼瞬间便红了。

李世民看着他："雉奴，你身为太子，从幼年起就备受朕和你母后的钟爱。但你自幼长在深宫，不知百姓生活之艰难，不知臣僚心机之深重，每每想到这些，朕便寝食难安，心绪不宁。这十二篇文章便是朕二十二年来的心血凝聚，如何执政，如何用权，如何选官，如何纳谏，如何去逸，如何赏罚，如何务农，如何阅武，如何崇文，朕一生的经验都为你留在了这卷《帝范》之中。"

李治捧着书卷跪倒在地，痛哭流涕："阿爷，儿让您失望了！"

李世民轻抚着他的背："雉奴，你已经很好了。朕的三个儿子，承乾偏执脆弱，李泰喜欢弄权使诈，这些都不是帝王的样子。"

李治擦拭着泪水："阿爷，帝王应该是什么样子的？"

李世民道："帝王应该如同山岳，高峻不动，臣民望而有敬畏之感。"

李治苦涩地道："儿相貌文弱，与山岳差得远了。"

李世民道："雉奴不可妄自菲薄，帝王不只要有威德，还要有慈厚。非威德无以致远，非慈厚无以怀人。因为归根到底，治政之要就在于知人善任。帝王用人就像巧匠选用木料，直的就让它做车辕，曲的就让它做车轮，长的就让它做栋梁，短的就让它做拱角，无论长短曲直都能派上用场。智者我们用其谋，愚者我们用其力，勇者我们用其威，怯者我们用其慎，所以，良匠没有用不了的木材，明君没有用不了的人才。雉奴你要切记，国家的治与乱，都在于用人得当还是失当。"

李治仿佛在与东宫的詹事们问道解惑："有了人才又如何统御？如果此人桀骜不驯，难以控制，儿该怎么办？"

李世民问："朝廷的臣僚之中，你认为谁最难以控制？"

李治脱口而出："李世勣[①]！"

李世民沉默了很久，原因无他，英国公李世勣乃是他为李治挑选的辅政之臣！贞观七年，五岁的李治被封为并州都督，李世民就任命李世勣为并州都督府长史，辅助李治。贞观十七年，李治被册封为太子之后，李世民又把李世勣任命为太子詹事，统领东宫的文武两大系统，事实上李世勣就是将来李治登基后的尚书令。

为了让李世勣辅助太子，李世民亲自设宴招待他，说："太子孤幼，吾想托付于人，考虑再三也没有谁比你更合适。你当年能不负李密，如今也必定不会辜

[①] 武德九年，李世民登基后下诏：官号、人名、公私文籍，有"世""民"两字不连续者，并不须讳。永徽元年，李治继位后下诏：世与民皆犯讳。李世勣遂改名李勣。

负朕！"

李世勣涕泪交流,咬破手指发誓,必不负皇帝所托。可如今,太子居然对他如此忌惮!

李世民淡淡地道:"为什么?"

李治讷讷半晌,鼓起勇气:"功臣悍将,位极人臣,但儿对他无恩。"

李世民脑中电闪雷鸣,豁然明白了。看着李治畏怯的模样,他反而有些欣慰,因为李治终于能站在帝王的角度去考虑问题了。事实上确实如此,像李世勣这种位极人臣的功臣悍将,自己对他恩遇再厚,他能否对李治鞠躬尽瘁,谁也说不准。

诸葛亮《出师表》中说得很明白:"盖追先帝之殊遇,欲报之于陛下也。"是否效忠刘禅只能依靠诸葛亮自身的品格,刘禅对他并无任何钳制的能力。只要诸葛亮愿意,那就是白帝城托孤时刘禅最担心的结果,也就是如刘备所言:"若嗣子可辅,辅之;如其不才,君可自取。"

李世民立刻召见中书舍人,问他李世勣现在何处。

中书舍人道:"回陛下,观德殿献俘结束,英国公刚刚离开西内苑。"

李世民冷冷道:"拟旨,迁李世勣为叠州都督,即刻赴任。"

李治愣住了,叠州在陇右道的偏远苦寒之地,距离长安近两千里,怎么突然间就把他给贬谪了过去?

中书舍人不敢说话,急忙退出去拟旨。

李世民道:"雉奴且稍待,倘若世勣即刻赴任,等我死之后你便将他召回,任用他为仆射。"

李治愕然:"那若是他徘徊不去呢?"

李世民冷冷道:"等我死之后,你便杀了他!"

李治打了个寒战,不敢再说什么。父子俩坐在寝殿之中等待着,日影缓缓在宫殿的窗棂上移动,大殿里寂静如同暗夜,万籁无声,只有漏壶中的水滴滴入箭壶,发出均匀的滴答之声,箭舟的刻度缓缓上浮,将时光刻写在大殿中。

半个时辰后,有内侍来报:"禀陛下,英国公在返宅的路上接到诏书。他拜谢陛下,受诏领命。"

李世民面无表情,沉默地等待着,一言不发。

李治心情忐忑,额头上冷汗涔涔。

又半个时辰之后,有内侍来报:"禀陛下,英国公过宅邸而不入,驰马出城,往叠州方向而去。"

李治长出了一口气,这才觉察到汗水已经湿透衣背。李世民的神色毫无变化,仿佛早就预料到这结果,他看了李治一眼,淡淡地道:"雉奴,朝廷之中还有何人你难以控制?"

李治深吸一口气:"王玄策!"

序章二

贞观二十三年，五月十八日。禁苑，汉长安故城。

已经入了亥时，晻晻黄昏，寂寂人定。故城之内到处都是坍塌荒废的城池和宫殿，废墟夯土被历代的战火烧成黑红色，还夹杂着灰烬、炭屑和砖石瓦片。荒烟蔓草，狐兔出没，甚至远远能听见狮虎和豺狼的吼叫。

玄奘跟着两名内侍走上长乐宫的石阶，石阶残破坍塌，蒿草蔓延，北衙七营的飞骑列队在两侧，神情肃穆。他们各擎着一支火把，有风吹来，吹皱灼烫的火焰，吹响身上的甲胄，火光抖动，甲叶铮铮。

李世民站在宫阙前等着玄奘。殿顶的檐脊参差错落，将锯齿一般的暗影投在李世民的脸上，他的身体与头脸像是处于不同的世界，瞧起来万分诡异。仿佛有巨兽半衔着天上的明月，磨牙吮血，咬碎了月光大地，割开了阴阳昏晓。

李世民问道："法师可知道这是何处？"

玄奘道："略知一二，这是汉时长乐宫的主殿——大夏殿。当年汉高祖从阿房宫移来了十二金人，就是立在这大夏殿前。"

"可惜，四百年王朝更替如走马，连金人也都消磨殆尽了。"李世民叹了口气，"当年刘邦在这里会盟诸侯，杀白马盟誓，非刘氏而王者，天下共击之。如今再看，真是梦幻泡影，如露如电。"

李世民转身推开了残败的殿门，玄奘顿时便愣住了，大殿里赫然有一座祭坛！

那祭坛上下七层，底座是须弥座，每一层都挂着幢帐，供着金银佛像，层层叠叠，仿佛须弥世界。最顶上则是一整块的石板，石板上雕刻着复杂的线条，像是一道造型诡异的门户。一名长须短发的天竺老僧手持一件法铃，身后跟着九名天竺弟子，各持法螺、法鼓、法灯、法磬、木鱼、金刚杵等法器，正在绕坛作法。

玄奘大吃一惊，那老僧老迈不堪，却精神健硕，仿佛山崖间虬屈的老松，赫然便是王玄策从天竺带来的俘虏，娑婆寐！

玄奘认得这是天竺的曼荼罗坛法，只见娑婆寐摇动法铃，绕坛三周，手指在虚空中勾画，那虚空中竟然肉眼可见地凝聚出一尊鬼神！娑婆寐伸手一抓，将那鬼神抓了过来，劈手掷入祭坛。大殿中阴风四起，周围灯烛明灭，呜呜咽咽的鬼哭神泣之声仿佛从另一个世界传来，令人毛骨悚然，头皮发张。

鬼神献祭，祭坛顿时活了一角，光芒闪耀。娑婆寐如法施为，从三界六道中摄来天人修罗、游魂恶鬼，一一投入法坛献祭。天人鬼神的悲哭之声充满整座大殿，暗影飞舞，鬼灭神殒。

大殿中还有不少内侍、女官和北衙飞骑，所有人都吓得浑身战栗，胆裂魂飞，但玄奘只是安静地观察着，大殿中的种种恐怖景象对他而言仿佛隔岸红尘，不沾分毫。祭坛上的线条其实是一张一张的符箓，符箓拼接勾画出一种形状，竟然像是一扇门户。随着娑婆寐把天人神鬼献祭，那祭坛一块一块地燃烧起来，似乎有一扇火焰之门正在生成。

玄奘终于动容："这是泥犁法坛！他想打开泥犁狱之门！"

李世民好生惊异，钦佩地道："法师果然见识不凡！"

这时有内侍引着一名年轻男子从大殿深处走了过来。那男子二十八九岁，似乎是个庶人百姓，穿着圆领窄袖的白麻布袍衫，相貌温厚诚朴。他头上居然顶着一只南瓜，小心翼翼地用手扶着，来到了祭坛前。

忽然娑婆寐与弟子们齐声颂念一段古奥难言的经咒，法器轰响，梵音阵阵，祭坛上翻滚的火焰中似乎有一件东西挣扎欲出。娑婆寐拿出降魔杵刺破手指，鲜血瞬间涌出，却并不落地，而是飘在半空。娑婆寐一口气吹出，将鲜血吹入了祭坛，顿时轰隆隆的闷雷声中，一座巨大的神殿之门从祭坛的火焰中缓缓升起，耸立在了祭坛上。众人看得目瞪口呆，不少内侍和宫女颤抖着跪伏在地，膜拜行礼。

娑婆寐操着半生不熟的官话厉声喝道："献瓜人还不入门去！"

那献瓜人顶着南瓜站在巨大的泥犁之门前，火焰映照着他惊惧不安的面孔。

两名内侍如梦方醒,急忙拿出两扎黄钱塞进他衣袖,又拿出一丸药物让他噙在口中。献瓜人浑身颤抖着一步一步走上祭坛的台阶,穿过那扇火焰之门,躺在了祭坛上,仍然将南瓜放在头顶。

那献瓜人咬破口中药丸,身子剧烈地抽搐了几下,片刻间便即毙命。

玄奘浑身颤抖,脸上勃然变色,就要往祭坛上冲。李世民一把攥住他的胳膊,平静地道:"法师,这个献瓜人是自愿赴死。他本是禁苑中一名农户,两年前娘子受他责骂,寻了短见,他哀痛欲死。这次他自愿征募,一是替朕献瓜,二也是想与娘子早日团聚。"

"陛下,您到底要做什么?"玄奘一字一句地问道。

李世民盯着他:"法师,还记得贞观三年霍邑之事吗?"

玄奘当然记得。那一年,玄奘想要在出关西游前找到自己的二哥长捷,不料卷入了一桩耸人听闻的大唐异事,死去的建成和元吉在泥犁狱中把李世民给告了,炎魔罗王派鬼卒将李世民勾入泥犁狱中,命他应诉折辩。

魏徵、敬德、玄奘等人都以为这是人谋,不料四月十五日夜,李世民在重重保护中消失,身体进入了泥犁狱。玄奘追入泥犁狱,剥茧抽丝,最终发现泥犁狱是人为之谋,救李世民脱困。①

李世民道:"当年判官崔珏给朕改了寿命,原本那生死簿上记载了朕生于隋开皇一十九年,崩于唐贞观一十三年。后来崔珏偷偷在那'一'下面画了两横,就是说朕会崩于唐贞观三十三年!所以朕打开这道门,就是要让人去泥犁狱中问一问,朕是否还有十年的寿命?"

玄奘终于忍无可忍:"陛下!虚妄之事,岂可当真?二十年前您便知道这泥犁狱乃是人谋,为何这时却糊涂了呢?"

这话颇有些大不敬了,李世民却没有怪罪,他也有些迷茫和伤感:"虚妄吗?这二十年来,朕还清楚记得泥犁狱的模样。我走过奈何桥,桥头有个老妪在卖茶,桥下的水叫忘川,不时有狰狞的鬼物从水中跃出,吞吃桥上的新鬼……"

玄奘沉默着走向祭坛,穿过火焰中的泥犁之门,将那献瓜人抱起,悲伤难言。此人显然已经死透了,脉搏全无,瞳孔放大,口唇青紫。更诡异的是,只死了片刻,

---

① 详见《西游八十一案:大唐泥犁狱》。

身体却已经凉透，甚至起了尸斑。

"这只南瓜是当日朕对炎魔罗王的承诺。朕离开泥犁狱时对他说，朕回阳世，无物酬谢，唯答瓜果而已。那炎魔罗王说，我处颇有东瓜、西瓜，只少南瓜。朕说，我回去便即送来。可是，二十年来，这南瓜始终未给他送过去。"李世民跟在玄奘身后登上祭坛，低声解释着。

婆婆寐怕伤着皇帝，急忙收了神通法术，泥犁之门渐渐消散，一切都恢复了原状。

"为何没给他送过去？"玄奘问道。

李世民淡淡道："我南赡部洲的瓜，岂能这般轻易便送了出去！"

原来当日炎魔罗王告诉李世民，自己受佛祖谕令，来这南赡部洲开辟幽冥世界，建造泥犁地狱。让李世民献上南瓜，便是要他投效之意。可李世民自诩老子后裔，岂能那么简单服了软？更何况他当日认定这泥犁狱是法雅和崔珏所伪造，当然更不肯献上瓜果。不料这二十年来，种子早在他心中生根发芽，年老垂暮满身病痛之际，李世民竟然真的派人献上瓜果，要问一问自己的寿命！

玄奘回头看了一眼身边的南瓜，忽然一怔，只见那只南瓜正在以肉眼可见的速度干瘪腐烂，片刻便彻底霉烂，发出腐臭之味。

李世民看了一眼婆婆寐："这是怎么回事？"

婆婆寐鞠躬："回禀天可汗，这是炎魔罗王的祭品，自然是被炎魔罗王给享用了。"

玄奘不想再说什么，把献瓜人轻轻放在祭坛上，朝着李世民合十鞠躬："陛下，这婆婆寐最擅长蛊惑人心，您这不是去进献善果，而是制造业障！"

李世民有些恼怒，又有些伤感，却无言以对。玄奘与他擦肩而过离开大殿，周遭一时间万籁俱寂，只有风从破缝中吹入，吹动着灯烛与乱影。

忽然间内侍和宫女纷纷惊呼，北衙飞骑纷纷拔出横刀冲向祭坛。李世民和玄奘诧异地回头，透过层层甲胄和刀光，只见一条人影从祭坛上慢慢地站了起来——赫然便是那服毒自杀的献瓜人！

那献瓜人不知何时手里多了一卷文书，他身体仍旧僵硬，摇晃着走了几步，便从祭坛的台阶上滚了下来，文书也摔了出去。飞骑们刀矛如林将他团团包围。献瓜人惊惧不已，挣扎着爬过去抓起文书，看着四周一脸迷茫："我……我在哪里？这是哪里？炎魔罗王呢？"

李世民惊喜交加："你见到炎魔罗王了？他对你说了什么？"

献瓜人道："他说……他等了二十年，才终于尝到这香甜可口的南瓜！"

李世民连声音都颤抖了："你可问了朕的寿数？他如何回答？"

献瓜人将那卷文书举在手上："他说寿数是禀元气于天，不敢泄露，让我带回来一卷《秘记》，以回报陛下赠瓜之恩。"

两名内侍拿过文书，细细查验之后递给李世民。李世民慢慢展开这来自幽冥地狱的帛卷，竟然是一卷谶书！

所谓谶书，便是预言在前、应验在后的征验之书。"谶者，诡为隐语，预决吉凶。"谶书往往是以隐语来预言吉凶，这隐语不明不白，晦涩难解，只有当事件发生时众人才恍然大悟。历史上最早的谶书是河图洛书，所谓"河出图,洛出书"，谶书往往由谶图和谶语组成。

这卷谶书用干支标注着时间，从贞观二十三年五月二十日，也就是后天开始，至五月二十六日终结，一日一谶，共七篇，每篇都画有一幅谶图，注有一篇谶语。

李世民将七篇谶图一一看过，谶图以玄奥难解著称，解谶是极为麻烦之事，他也没指望一眼便能看明白。将帛卷展到最后，只见第七谶的末尾写着一行谶语，李世民瞬间呆滞。

这谶语明白无误，任何人都看得懂："唐三世而衰，女主武王，代有天下！"

第一章
长安满月宴，地狱献瓜人

"好教大娘子得知，您去年在洛阳置办的千亩族田今春收成甚好，亩产一石另二十斗。依您的吩咐，今年选了十六岁次丁十九人，十八岁正丁六人，族里给他们缴纳了租调、役庸，让他们继续在族学读书……"

"好教大娘子得知，在洛阳凡是有我王氏聚居的诸乡，开春后又有七名耆老被补为乡正、乡佐和里正……"

"回禀大娘子，我补为长安县尉之后，今年春选，咱们王家的九郎右迁为许州判官，十二郎铨选为陈留县尉。他二人在任上不便来长安拜谢大娘子，特地托我送来贺礼，祝贺小郎君满月之喜……"

永宁坊的这座大宅占地三十五亩，里面有亭台楼阁、溪山池院，房栊户牖，雕饰繁华。在这寸土寸金、居之大不易的长安城，可谓朱门甲第，无不彰显着主人的身份和荣耀。

大宅的中庭有五亩左右，两三百名宾客围坐在四周丝毫不显得拥挤。庭院宽阔的空地上，从平康坊请来的乐伎正在献技，丝竹弹唱，乐舞翩翩。二十多张宽大的食床从中庭一直摆排到正堂，食床上金杯玉盘，美食堆叠。几百名宾客喝到酣处一个个撸起袖子划拳行令，吆五喝六。

正堂的坐榻上，王玄策手里持着玛瑙杯，醉意熏然。今夜是他长子弥奴的满月之宴，夫人景娘抱着襁褓里的孩子坐在他身侧，正在听王氏的主事和耆老禀告家族的方方面面，尤其是刚刚说话的中年男子王玄诚，更是长安县的县尉，是洛阳王氏里难得的有官身之人。

景娘出身河东薛氏，阀阅高贵，身上的钿钗礼衣，发髻上的六只金翠花钿，表明她四品郡君的诰命身份，更显得雍容华贵，端庄绝艳。王玄策在迷离醉意中瞥着身边的景娘，只觉身心俱融，无限满足。哪怕多年以后成为追忆，这个贞观二十三年的春夏，也是他一生中最迷醉的时光。完满无缺，宛如梦中。

王玄策和景娘的婚姻乃是长安城中的一桩逸事，有好事者甚至将他们写入传奇，认为能与卫公李靖和红拂女媲美。

去年五月，王玄策一人灭一国，献俘长安之后，便成了长安城炙手可热的名将之星。李世民命他复盘了恒河之战，带着太子、李世勣、李道宗、程知节、薛万彻等军中名将观摩。这些人都是打老了仗的，却禁不住心惊肉跳，像王玄策这样为了制造一个刹那间的战机，不惜以自身为诱饵，以三千中军硬抗对方五万主力，这已经不能用疯狂来形容。

再看看王玄策之前的战绩，碎叶城挑动西突厥内乱，让这个世上最强大的草原帝国彻底崩溃；于阗城剿灭欲谷设，让纵横草原十余年的一代霸主一朝覆灭；更不用说破齐王李祐、太子承乾、魏王李泰的三王之乱。随着李世勣、李道宗、程知节等人逐渐老去，王玄策将来必定是大唐的一代名将。

然而皇帝并没有对他拔擢厚赏，只是提了一级封爵，甚至连职事官都没有安排，命他闲居宅中，写一部《中天竺国行记》。与此相反，太子对他极为赏识，不但赐绢万匹，更赐永宁坊大宅一所。这下长安人都明白了，皇帝是要把王玄策留给太子用的，此人将来必定是出将入相，位极人臣！

但有一件事王玄策却颇受非议：他年近四旬未曾娶妻生子，也不收养嗣子来继承宗祧！朝廷里不乏议论之声，连皇帝也劝他娶妻生子，他一句"匈奴未灭，何以家为"，竟然给婉拒了。

那桩逸事便是发生于此时。当时王玄策还租住于城南的修行坊，宅院极为简陋，地无半亩，家无余财，只雇了对老夫妇洒扫做饭。不料一日王玄策回到宅中，却有一名戴着幂篱的女子携酒来访。那女子并不说话，将一坛郎官清扔给王玄策，就招呼两名老仆入了庖厨。王玄策纳闷至极，偷偷观看，那女子竟然在片鲈鱼，只见她左右手同时挥刀，片出来的鱼脍飞如白雪，切姜剁蒜，金齑玉脍，眨眼间一盘鲈鱼脍色香俱足，摆在堂前。

这一日，那女子洗手做羹汤，揉面烤胡饼，置办了满满一食床的佳肴，王玄策就像在欣赏一场庖厨之舞，只觉赏心悦目，叹为观止。那女子将食床抬上中庭，然后拍开酒坛，请王玄策满饮。

她始终不曾摘掉幂篱，王玄策也不曾问她姓名，两人就在中庭之上，枯松古槐之下一人一杯，对坐欢饮。王玄策酩酊大醉时，隐约记得那女子问了他一句话："为何不肯娶妻生子？"王玄策讲起隋末乱世中的洛阳。隋末大崩时他还是个孩童，家族一百余口聚居在洛阳南市的永泰坊，杨玄感叛乱仿佛一个引子，彻底点燃了洛阳的战火，王世充、翟让、李密、窦建德、宇文化及、秦王李世民，你方唱罢我登场，整个天下都在围绕这座城池绞杀，把那锦绣洛阳杀得白骨露于野，千里无鸡鸣，河洛之间几乎人烟灭绝。王玄策的父母兄弟、亲朋姊妹，一百余口就这么在反王的刀下一茬茬地被杀。杀了祖父母杀父母，父母死了杀兄弟，兄弟死了杀姊妹，姊妹死了杀亲朋，直到整个家族被杀得尸横遍野，彻底灭绝，只剩下幼年的王玄策。

"二十八年矣，我的心中仍旧满目疮痍，尸骨如山！"王玄策执着酒杯大笑道，似乎有泪涌出，"从大业九年杀到武德四年，父母被杀，我不敢作声，兄弟被杀，我无能为力，姊妹被杀，我眼睁睁看着，家中每死一人都是锥心刺骨之痛。我在乱世中无法保护所爱之人，难道在太平盛世就能保护他们吗？我被这场乱世杀了八年，你教我如何还敢娶妻？如何还敢生子？"

女子静静地看着他，透过那一层暗纱，脸上似乎有些晶莹之物。王玄策举酒满饮，手持铜箸击壤而歌："日出而作，日入而息。凿井而饮，耕田而食。帝力于我何有哉！"

王玄策终于醉了，待他醒来时月亮已经挂上长安的东城，那女子早已飘然而去。王玄策始终不知道她的姓名，也不曾见过她的容颜。

原本以为这不过一场艳遇，就像长安市井传奇中所写的山精鬼魅，最多也不过是仰慕豪杰的红拂之流。后来太子赐宅永宁坊，王玄策带着两名老仆搬到这座占地三十五亩的朱门甲第之中，虽然空旷寂寞，但门第森严，再不是哪个狐妖树怪能随便进出的了。不料有一日他从平康坊醉酒归来，发现自家宅邸前门庭若市，一群一群的乡野农夫牵着驴，驾着车，扶老携幼，挑着瓜果蔬菜进进出出，怕不下三两百人。

王玄策纳闷不已，从这群农夫中间挤进去，却见那位幂篱女子正在安顿众人，

——给他们分派房舍，眨眼之间这座三十五亩的大宅住得满满当当，甚至王玄策的卧房外还拴了两头驴。

王玄策急了，要老仆去报官把这些人撵走。

老仆为难："郎君，这些人您撵不走。坊正听说他们来了，还上门送了好些吃食，叮嘱我好生招待哩。"

"这是什么道理？"王玄策怒了。

"他们都是您洛阳的亲族。"老仆说道。

王玄策傻眼了。

这时那幂篱女子终于安顿好了几百人的饭食，这才娉娉婷婷过来向王玄策致歉："王郎君，未得你允许，这一个月来妾身奔波于长安与洛阳之间，找了洛阳的大中正①，查阅了隋朝以来洛阳永泰坊王氏的族谱……"

王玄策恼怒："你到底在作甚？"

幂篱女子温温柔柔地道："幸不辱命，永泰坊王氏并未绝嗣，妾身走访了洛阳、河南、偃师、缑氏、巩县、阳城、嵩阳、陆浑、伊阙等九县的司户佐，查阅户口籍帐，共访得洛阳王氏五服之内的亲族二百一十六口，如今全数在此。有族谱为证。"

王玄策呆若木鸡。幂篱女子一招手，四名老者抱着一摞族谱卷册过来，分别表露身份，都是王玄策祖父和曾祖父的从兄弟一脉。众人已经计算过王玄策的排行，辈分最高的耆老王叔阳拍着他的肩膀，亲切地道："你在亲族兄弟中排行九，以后你就叫王九郎。"

另一名耆老王运直低声道："原来的王九郎呢？"

"自然是王十郎了。"王叔阳道，"让他们按次序往后挪。"

王运直欣然应允，抚摸着王玄策的头，老泪纵横："九郎，你终于认祖归宗了！"

王玄策彻底崩溃："这位小娘子，难道你也是洛阳王氏之人？"

那女子摘掉幂篱，一个姿容绝代，如出水芙蓉般的少女出现在他眼前。那少女双手扣于胸前，微微屈膝道："妾身景娘，出身河东薛氏。家父上薛下寅，官拜东宫中舍人。"

王玄策愣住了，他当然知道薛寅，此人虽只是东宫里清要无事的闲官，但河

---

① 州郡之中负责评定士族内部品第的官员，无品秩，以本州门望高者领之。

东薛氏却是关陇六大士族之一，与山东的五姓士族分庭抗礼，是天下顶级大士族。薛寅还是薛氏的正房一脉，一等门阀世家。只是……薛家的小娘子为何跑去给自己搜罗王氏亲族？

那薛景娘从容淡然地盯着他，毫无羞涩之意："有好事者向我阿爷说媒，想撮合你我的婚事。我虽不是红拂和平阳公主那样的奇女子，却也不愿让自己的婚姻系于媒婆之手，因此便来王郎君处见识一番。"

王玄策哭笑不得："如今见识了，小娘子以为如何呢？"

"王郎君是刚从平康坊归来吧？外表浮浪放纵，内里满目疮痍，所以我送君洛阳之林二百株。"薛景娘轻轻一笑，转身便走。王玄策呆呆地看着她的背影，忽然间胸中剧烈震颤。

哪怕时至今日，两人成婚一年，王玄策仍然能感受到胸中的那股震颤，他温柔地看了一眼景娘和她怀中的弥奴，忍不住呵呵地傻笑。耳边是熟悉的乡音土语，眼前是蓬蓬勃勃的血缘族系，他终于有点明白景娘扶持王氏家族的苦心。

这一年，景娘一手经营洛阳王氏，太子赏赐的万匹绢帛大把大把地撒了出去，还把薛氏在长安东市的掌柜遣到洛阳，手把手教这些王氏的农夫行商货殖，所有赚来的钱帛都拿来置族田、办族产、开族学。至于王氏里原本就有官身之人，景娘更是不遗余力，用钱帛和薛氏的人脉硬生生砸出个长安的县尉、许州的判官和陈留的县尉。

这一年随着亲族兄弟来往频繁，儿子呱呱降生，王玄策慢慢感受到一种踏实和安宁，往日那种挥之不去的大恐怖越发淡了，仿佛飘萍有了根须滋养，不系之舟有了皈依。

这时众人喝到酣处，有三名亲族少年登上正堂向景娘祝酒，为首的王冲虚道："禀告大娘子，昨日崇贤馆[①]的馆生名单公布，冲雅补了崇贤生，我和冲志录了国子监的监生。"

王冲雅、王冲志、王冲虚三名少年一起跪倒磕头。

这下子满堂哗然，王氏族人看着王玄策和景娘，满脸崇拜感恩之意。连王玄策自己都有些意外，国子监的监生倒还罢了，监生多达两三千人，朝廷各级官员

---

① 唐太宗贞观十三年，于东宫设崇贤馆，高宗上元二年，避太子李贤讳，改名崇文馆。

的子弟都可入选，但这馆生就不同了。崇贤馆隶属于东宫，乃是太子学馆，馆生只有二十人，实质上就是陪伴太子读书的同窗，要么是皇族子弟，要么是三品以上京官的子嗣，一脚踏入崇贤馆，几乎稳稳地便是未来的朝廷股肱。王玄策只是从四品上，还远远未有资格让自家子弟擢拔为馆生。

一时间王氏族人激动万分，一名馆生、两名监生，在这科举日渐兴盛的大唐可谓无上珍宝！众人仿佛看见五十年后一个崭新的士族日渐形成，传承百代！

王玄策看了一眼景娘，景娘端坐不动，只是微笑点头，以示嘉许。王玄策立刻知道了，恐怕是景娘又央求了阿爷，请求太子给的恩典。

就在此时，管家薛弘急匆匆地跑进来："大郎君，大娘子，宫中天使前来传旨！"

众人大吃一惊，王玄策丢下琥珀杯，急忙奔跑出来，刚刚来到中庭，便见两名内侍托着一卷文书急匆匆走了进来。王玄策和景娘以及王氏族人跪了一地，迎接圣旨。

内侍展开圣旨，高声颂读，乃是弥奴满月之际，皇帝为他荫封了武骑尉。

王玄策和景娘都有些吃惊地看着传旨的内侍。朝廷规定，王玄策作为从四品官员，长子弥奴本该荫封正八品下的宣节副尉，可皇帝却荫封了他从七品的武骑尉！这是按照三品重臣来恩荫的，一下子跳升了三级！

内侍把圣旨交给他，低声道："王少卿，这是东宫的恩典。"

王玄策还以为又是景娘的手笔，景娘却轻轻摇头，面色凝重。王玄策心中顿时一颤，太子刚恩典了一名馆生，又对自己的儿子越级荫封，如此示好，未必是福。

那内侍附在王玄策耳边，压低了声音道："陛下还有一道圣旨。"王玄策急忙又要跪下去，却被那内侍一把扯住，神情诡秘："这圣旨不在我等身上，另有传旨人。请王少卿随我来。"

王玄策夫妻久在官场打磨，知道事情有异。景娘言笑款款地为他整理了一下幞头，又命人去内宅取出银鱼袋和横刀系在他腰间的蹀躞带上，低声道："家宅之中郎君且放宽心，一切有我。今夜或许很长，郎君一切小心。"

王玄策郑重点头，跟着两名内侍离开宅邸。问起姓名，原来这二人唤作曹力士和金刚奴，乃是殿中省尚辇局的内侍，照顾皇帝日常起居。

刚出宅门，王玄策便是一惊，只见乌头门左右的阀阅柱下，静静地伫立着三名骑兵。这三人站在暗影之下，人马一体，静默无声。他们的甲胄外披着五色袍，座下马鞍铺着虎皮，赫然便是北衙七营的飞骑！

大唐的禁军分为南衙和北衙。南衙禁军是十二卫，隶属于朝廷，由各州的府兵轮番来京城上值，护卫京师。北衙禁军则是皇帝的私军。贞观初年的时候，李世民将左右屯营驻扎在玄武门以北的禁苑中，故称北衙。贞观十二年，他从军中选拔才力骁勇之人设置北衙七营，每月由一营轮流侍从扈卫，号曰"飞骑"。飞骑可谓大唐军中精锐，最明显的特征便是身穿五色袍，乘六闲马，座下虎纹鞍鞯，所以王玄策一眼便认了出来。

　　为首的是一名旅帅，相貌颇有些年轻，他把身体隐藏在阴影中，目光灼灼地望着王玄策，一言不发。

　　王玄策问道："这位旅帅便是传旨人？"

　　内侍笑道："王少卿，传旨人并不在这里，请随我来。"

　　众人上了马，在三名飞骑的簇拥下疾驰而去。此时是戌时，早已经宵禁，但内侍来传旨自然是不受宵禁约束的，坊正和武候早就在武候铺等着，见人来急忙打开坊门。

　　永宁坊西门外便是兴安门街，向南走到尽头便是长安城的南三门之一，启夏门。向北走到尽头，进了兴安门便是禁苑。王玄策本以为内侍要带他进宫，内侍却带着他一路往南，来到了晋昌坊的南坊门。

　　王玄策正惊疑不定，忽然坊门大开，数十名僧人骑马从晋昌坊疾驰出来，为首的一名僧人年近五旬，鬓发灰白，眉目从容平和，赫然便是玄奘！

　　王玄策恍然大悟，他们居然是来大慈恩寺迎接玄奘法师的。

　　他翻身下马，向玄奘跪拜行弟子之礼，内侍和飞骑们也以佛礼参拜。自贞观十九年西游归来之后，玄奘便成了大唐佛门的传奇和象征，从偏僻乡野的百姓到朝廷里的高官贵胄，无不尊崇信奉。李世民亲自作了一篇《大唐三藏圣教序》，赞颂道："有玄奘法师者，法门之领袖也。……超六尘而迥出，只千古而无对。"

　　李世民原本并不信佛，却对玄奘极为亲近依赖，不但到各地巡幸时带着他，哪怕回到长安，每隔几日也要召他到宫中谈禅，后来甚至在西内苑建了一座弘法院，请玄奘住在宫中。在读了玄奘译出的《瑜伽师地论》之后，李世民深受震撼，感慨道，观佛经犹如瞻天俯海，莫测高深。儒道九流的典籍与之相比，如同小水池之于大海。有人说三教齐致，真是妄谈。

　　可以说，玄奘以一己之力，改变了佛教在大唐的地位。

　　贞观二十二年，大慈恩寺建成，太子李治以盛大的佛礼将玄奘迎入寺中充任上座。这一年玄奘几乎足不出户，除了被召入宫中陪皇帝谈禅，他把所有的精力都投入译经之中，王玄策身为他的弟子，也有半年未见了。

玄奘急忙命众人起身，还未来得及说话，坊门里又轰轰隆隆跟出来十几辆马车，上面载着各种经卷和佛像。几名僧人一路奔跑跟着马车，目光眨也不眨地盯着车上的东西，生怕一个疏失便会磕破了佛像或者丢失了经卷。

内侍笑道："王少卿，传旨人便是玄奘法师。"

王玄策诧异无比："师父，您要给我传旨？"

"且边走边说。"玄奘似乎有些焦急忧虑，跟众人打了个招呼，便催促众僧押送马车急急忙忙前行。

王玄策禁不住心头发沉，自己这师父无论何时何地都是宠辱不惊，从容不迫，今夜到底发生了什么事？

玄奘闷着头走了片刻，忽然从马鞍的布袋子里取出一卷经书，递给了王玄策："今日是弥奴的满月，为师无暇前去，恰好这几日译出一卷佛经，便亲手抄了一卷权作贺礼。"

王玄策惊喜地道谢，借着月光和周围的火把光芒一看，不禁愣住，这卷经文极短，怕只有两三百字。王玄策诧异："师父，这是什么经？"

"《般若波罗蜜多心经》。"玄奘道，"二百六十字。我给你取法名悟净，但你思虑过重，心猿不定，时常颂念此经，可以助你悟得清净法门。"

这时，飞骑和一众僧人浩浩荡荡地朝启夏门方向而去。

长安城坊的街道两侧都种植着槐树，白日里枝叶扶疏，浓荫匝地，到了夜晚便极为昏暗。飞骑和僧人们都擎着火把，马车前挂着灯笼，穿梭在枝叶暗影之间，仿佛一挂星河倾泻而去。

"师父，这到底是怎么一回事？"王玄策和玄奘并辔而行，低声问道。曹力士和金刚奴见机，不动声色地把飞骑和僧人们隔在身后，周围马蹄声乱，也不虞旁人能听到。

玄奘没有说话，松开缰绳，让马匹在兴安门大街信步而行，宵禁的街市如冷月般寂寞，马蹄声碎。

"昨日夜间，为师被陛下召入禁苑。禁苑西北是汉时的长安故城，陛下在那长乐宫大夏殿中设了一座祭坛，让婆婆寐作坛法，打开了泥犁狱之门。"玄奘神情平静，将皇帝命人去地狱中献瓜之事讲述了一番。

王玄策听得目瞪口呆，半晌才道："那献瓜人从泥犁狱中带回一卷谶书？当真匪夷所思！"

"有什么匪夷所思的？"玄奘淡淡地道，"卢生能从海外仙山带来谶语'亡秦者胡也'，东郡坠下的流星上能刻有'始皇帝死而地分'，大泽乡的鱼腹中能剖出'陈胜王'，为何泥犁狱中就不能出来一卷谶书？"

玄奘的神情波澜不惊，王玄策却听出了他的弦外之意，吃惊道："师父以为此事是有人谋划？"

"这需要你来回答。"玄奘饶有深意地看着他，"陛下让为师传的旨意，就是命你调查这卷秘记！"

"为什么选我？"王玄策忍不住发牢骚，"这种神鬼幽冥之事弟子并不擅长，拜您当师父这么多年，您也没教过我降妖伏魔的手段！"

"降妖伏魔么？为师也不懂。真要遇上山妖鬼魅，螃蟹蚌精，我也得被它一口吃掉。至于陛下选了你，那自然是有缘由的。"玄奘今夜心情极为沉重，难得说笑一句，随即回头朝那名旅帅招手，"刘旅帅，烦请把那东西拿出来！"

那名旅帅驱马上前，从怀中取出一只长条木匣，恭恭敬敬地交给了玄奘。玄奘拿过来丢给了王玄策，王玄策打开木匣，只见那木匣中赫然是一卷帛书，卷头上写着"秘记"二字。

原来这便是来自泥犁地狱的那卷谶书！

玄奘为他掌过来一只灯笼，王玄策借着灯光细看，这谶书是绢帛所制，宽有一尺，用两根漆木卷轴随便卷在一起，并无其他装饰。绢帛似乎极为久远，已经发黄变脆，连那两根漆木都斑驳腐朽，给人一股阴森陈腐之气。王玄策小心翼翼地展开，这张帛书上画有界栏，将其分隔成了六卷，每一卷都画着一幅谶图，几句谶诗。

第一幅谶图是三名死者：一名身披铠甲的无头将军捧着自己的头颅；一名文官模样的人倒在地上，手里握着酒杯，地上落着酒壶；一名白身平民踩在胡床上，半空里悬挂着一根吊索，正欲上吊自杀。

谶诗曰：

癸亥。娘子年五五，青龙杀玄武。一日丧几命，北向问鸿胪。

癸亥

娘子年五五,青龍殺玄武。
一日喪幾命,北向問鴻臚。

王玄策琢磨着:"师父您看,今日是五月十九,壬戌日,明日便是癸亥。这谶图是说,明日有三人会死!一个将军,一个文官,一个平民?娘子年五五,他们是被一个二十五岁的女子所杀?那青龙杀玄武又何解……"

玄奘静静地望着他:"你想通过解谶来破获《秘记》,根本没有用,昨夜陛下已经召见了太史令李淳风、玄都观主尹文操等博学之士,无人能解。找你来负责此案,也不是看中你解谶的能耐。"

"那他们看中弟子什么?"王玄策有一种被鄙视的不服。

"看中了谶诗里的这句话:北向问鸿胪。"玄奘道。

王玄策愕然片刻,随即脸色就变了:"鸿胪寺……难道说的是我?"

出使天竺之前,王玄策位居鸿胪寺少卿,归国之后皇帝虽然命他居家撰写《中天竺国行记》,却没有拿掉他的官职,只是他赋闲了一整年,几乎自己都忘了。

"陛下是这么认为的,"玄奘笑了笑,"再加上为师的举荐,所以才选了你。"

"师父,您推荐了我?"王玄策愣怔片刻,忍不住叫苦,"师父啊,名字入谶是极为凶险之事,会被……"他左右看了一眼,压低了声音:"会被陛下猜忌的!您应该帮我推脱才对!再说鸿胪寺有一个正卿、两个少卿呢,谶语里未必指的就是我!"

"其他人可没做过不良人的贼帅。让他们去查案,无疑是去送死。"玄奘道。

王玄策顿时无话可说,名字入了谶,又做过侦缉捕拿的贼帅,无论谁来选,都没有比他更适合的人。看着玄奘忧心忡忡、禅心不定的模样,王玄策心中明白,师父绝不是多事之人,这些年专心译经,并不过问朝廷之事,名字入谶这种犯忌讳的事他竟然举荐弟子,看来这卷《秘记》的真相只怕是骇人听闻。

王玄策抱拳道:"玄策受命!但是师父,我早就交卸了不良帅的差事,如何查案?"

玄奘又从马腹的布袋子里拿出一只银鱼袋丢给他:"陛下早就给你安排好了。"

王玄策打开银鱼袋一看,里面竟然是不良帅的鱼符。这鱼符为铜制,乃是半片鲤鱼的形状,鱼嘴处有一圆孔,供穿绳系佩,背面鱼鳞俨然,内面刻有"同"字和佩符者的官职与机构。

这一枚是衙署所藏的左符,如果朝廷有所差遣,便派员持了左符去和该司主官所持的右符勘合。或者持右符的官员若需验证,便拿出来和藏在衙署中的左符勘合。鱼符上有卯榫结构,鱼鳞纹路、凹凸、铭文各不相同,两片鱼符严丝合缝,互相契合，便能验证真伪。

王玄策这枚便刻着："同。鸿胪寺不良人帅。"

不良人乃是朝廷征用有恶迹者和各国藩胡充任侦缉逮捕的小吏，所以称为"不良"。最初是因为大唐要筹划攻灭东突厥，但长安城内藩胡杂居，为肃清内谍、刺探情报才设立了这个机构。起初不良人交给魏徵来管辖，便纳入秘书监辖下，但魏徵认为不良人乃是一怪胎，非朝廷法度，要把它纳入刑部或大理寺，被皇帝拒绝了。后来又有官员奏请，不良人便被纳入了左右武候，因为左右武候执掌京师治安，纠察夜禁，本就有侦缉逮捕的职责。但几年之后随着对西域用兵，皇帝又将它纳入了鸿胪寺，仍旧负责刺各国、探藩胡的情报，并一直沿袭至今。

不过如今王玄策是鸿胪寺少卿，赐给鱼符只是让他检校不良人署，有权限调遣不良人而已。

玄奘又指了指那名旅帅："这位是北衙七营的旅帅刘全，是陛下安排给你的副手。"

王玄策颇有些意外："师父，此案牵涉幽冥地狱，军中飞骑怕是派不上用场啊！"

"陛下既然安排了，肯定就能派上用场。"玄奘淡淡地道，"这位刘旅帅，便是昨夜服毒自杀，进入泥犁狱的献瓜人。"

王玄策愣住了，幽冥献瓜虽然发生在昨夜，可在这苍天明月之下、夜半无人的长街上听起来，仿佛遥远的故事一般，他浑没想到献瓜之人竟活生生地站在自己面前。看着刘全那淳朴老实的模样，王玄策忽然有股不真实感，这家伙果真是穿越阴阳两界，复活而来的吗？

第二章
禁苑农夫、大唐密谍和不良人署

刘全抱拳施礼:"在下本是禁苑中的农户,昨夜献瓜归来,才蒙陛下赏赐了出身,请王少卿不吝赐教。"

王玄策盯着他:"将来我若是死了,炎魔罗王面前还请你多多美言几句。"

刘全居然有些窘迫,讷讷半晌不知道如何回答,显然还没有适应飞骑旅帅这个角色,或者说淳朴的农人本色尚未被磨掉。

王玄策认真翻看着这卷《秘记》,一共六幅谶图,按照日期排序,从癸亥日一直到戊辰日,也就是五月二十日至二十五日。第六幅谶图后面的绢丝有些毛边,绢帛这东西极容易脱丝开线,做成的帛书都是要束边的,但这一处却不曾束边,边缘毛糙不齐,似乎是刚被裁剪掉的。

玄奘道:"看出来了?这谶图原本有七幅,最后那幅却是陛下将它裁掉了!"

"为何要裁掉?"王玄策诧异。

"第七谶有些耸人听闻,不欲为外人所知。"玄奘道。

"师父您看过吗?"王玄策问道。

玄奘默默点头:"第七谶只有陛下和为师看过。"

王玄策不由看了一眼刘全,他急忙解释:"下官只是将秘记带了出来,并未见过内容。"

王玄策有些为难:"弟子不知道第七谶,如何查案呢?"

玄奘半晌无言，沉默地驱马而行，后面的僧人也似乎感受到了一股紧张惊悚之气，一个个屏息凝神，默默地跟着。忽然间众人走进一片巨大的阴影，原来到了启夏门。武候们手擎火把，在城门下凝神戒备，喝止了众人。

曹力士和金刚奴下了马，拿出鱼符和文书，去城门郎处勘合。

启夏门是长安城南三门之一，日常有城门郎、监门卫和左右武候联合值守，城门郎执掌城门钥匙，监门卫负责防卫，左右武候在城门口设有武候铺，维持城门治安。众人来到城门下，发现连监门卫将军也来了，显然三方早就接到了诏令，今夜要开城。长安城门禁极为严格，手续烦琐，尤其是夜间开城，必须由城门郎、武候府中郎将、监门卫将军三方同时在场，严格按照朝廷章程勘合鱼符和文书，出现丝毫错漏都会遭到极其严厉的惩处。

玄奘和王玄策在城墙下缓步而行，城墙阴影笼罩而下，刘全擎着一支火把默默地跟在后面。玄奘叹了口气："玄策，为师确实不能告诉你第七谶的谶图，只能告诉你那句谶语。"

王玄策和刘全神情肃穆，凝神听着。

"第七谶的谶语就是一句话，"玄奘一字一句道，"唐三世而衰，女主武王，代有天下！"

玄奘声音很轻，但二人听得却如同霹雳炸响，寒毛直竖。刘全更是手一抖，火把险些掉在地上。王玄策嗓音都紧了："师父，陛下是第二世，太子便是第三世，这岂不是说——"

王玄策冷汗涔涔，看了看四周，终于没敢说下去。

"这句话明白无误，大唐传到第三世便会被一名女主武王取代，但是这句谶语最初针对的并不是太子李治，而是废太子承乾。"玄奘道，"因为早在贞观八年，太史局观测到一次太白昼见，当时的太史令是薛颐，他的占辞是三个字：女主昌。"

王玄策道："女主昌？便是会出现吕后那样的人物？"

"按照占算结果，确实应该是秦之宣太后，汉之吕后、窦太后，北魏冯太后之类。"玄奘讲述着这段皇家最幽微的往事，"文德皇后之贤世所公认，断然不会是她，所以女主便只能应在太子身上。当时的太子还是承乾，陛下为他选的太子妃是秘书丞苏亶的长女，那年夏天陛下到九成宫避暑，就把袁天纲召了过去，给苏氏看相。袁天纲认为苏氏并无女主之相，之后的变故也验证了他的相术，承乾谋反被废，病死在了黔州。苏氏自然不是那个女主。"

王玄策叹了口气，当年承乾还是栽在他手里的："师父，之后呢？"

"贞观十年文德皇后薨，陛下便没有再立新皇后。"玄奘道。

王玄策心中战栗，皇帝对女主的忧虑与戒备竟然到了这种地步！

"法师，什么叫太白昼见？"刘全听得云里雾里。

玄奘知道他听不懂，因为天象之书是禁止普通百姓收藏和私自研习的，便耐心解释。原来这太白星和荧惑星一样，乃是罚星。惯常的星象，太白应该随着日落而西沉，日升而隐没，星占上称之为"伏"。如果太阳升起太白星并未隐没，这就叫"太白昼见"。若是太阳升至午时中天，太白星仍然不隐没，这便叫"太白经天"。这两者都是大凶之象，每一次太白昼见，天下都会发生乱象。

《石氏星经》曰："太白不经天，若经天，天下革政，民更主，是谓乱纪，人民流亡。"

《荆州占》曰："太白昼见于午名曰经天，是谓乱纪，天下乱，改政易王。"

《史记·天官书》曰："太白昼见经天，强国弱，弱国强，女主昌。"

司马彪《天文志》曰："太白昼见，为强臣争。"

王玄策和刘全二人心惊肉跳地听着，刘全忍不住道："法师，难道每一次太白星昼见都会引发乱象吗？"

"或许立刻便会出现乱象，或许会印证在多年之后，谁也说不准，但对于天象的警示谁也不敢掉以轻心。"玄奘道，"我大唐最有名的太白昼见发生在武德九年六月初一，然后初三再次出现，太史令傅奕占算之后密奏太上皇说，太白见秦分，秦王当有天下。初四，陛下在玄武门发动兵变。这之后的故事你们都知道了。"

刘全打了个寒战。

"女主的谶言便像噩梦一般缠绕了皇家十五年。最初只是一个模糊的占辞：女主昌。而昨夜《秘记》中的谶语更精确了百倍：唐三世而衰，女主武王，代有天下。"玄奘叹息道，"昨夜廷议，为师、李淳风、尹文操等人一致认为，谶诗和谶图极其难解，要破解《秘记》，核心在于查这位女主武王。"

王玄策点头赞同，既然这些闻名天下的奇人异士都无法解谶，看来从《秘记》本身着手是没指望了。"那弟子应该从何处查起？"

"陛下已经有了思路，命你连夜找到袁天纲。"玄奘深吸一口气，脸色肃穆，"明日一早带他去东宫，给太子的宫人看相！"

王玄策愕然片刻，瞬间后背湿透。这两日太子又是给崇贤馆生的名额，又是越级荫封弥奴，原来伏笔竟在于此！他转头四顾，枝叶暗影下，颤动的火光中，似乎有无数双眼睛隐藏于其中。王玄策禁不住打了个寒战："陛下担心太子妃就是那个女主？"

"太子妃王氏早便看过了，并无女主之相。"玄奘道，"但是东宫里妃嫔内官无数，此人到底是谁，让袁天纲把她找出来。"

王玄策询问袁天纲在哪儿，玄奘却有些为难，解释道："去年他来了长安，至今仍在。只是他精通占卜，擅长趋吉避凶，想找到他颇不容易，要靠你想办法了。"

袁天纲是大唐首屈一指的易学大家，著述颇丰，尤其工于相术，曾经为高士廉、杜淹、王珪、岑文本、马周等朝廷高官看相，无不应验。据说他还是太史令李淳风的师父，曾经帮朝廷创建了咒禁科，镇压宫中邪祟。但近些年他不知所踪，有传说已死去多年，没想到还活着。

王玄策抱拳："请师父放心，只要他人还在长安，弟子保证带他到东宫！"

这时内侍与城门郎、武候卫中郎将和监门卫将军等人勘合完毕，打开启夏门，城门郎大声吼道："亥时正，奉诏开城！城门启——"

众僧人赶着马车陆续出城，玄奘带着王玄策返回城门处。王玄策不在门籍文书上，只能把玄奘送到城门口便不能继续前行，他问道："师父您这是要去哪儿？"

"陛下诏命我随他去翠微宫避暑。"玄奘道，"今日一早陛下已经离开了长安，只是为师的译场僧侣众多，经书繁杂，需得花费时间打并，这才耽搁到如今。"

王玄策有些担忧："从长安到翠微宫也不过小半日的路程，陛下何必让您连夜赶路？那翠微宫在终南山中，夜黑路险，山急涧深，万一有个闪失可怎生是好？"

玄奘叹了口气，看着身边陆续驰过的马车："陛下并没有让为师连夜赶去，是为师自己心急，只想早那么一刻一分赶到。"

王玄策愣住了。玄奘忽然握住王玄策的手，神情郑重："玄策，娑婆寐也被陛下带去了翠微宫！"

王玄策大吃一惊："陛下为何带那娑婆寐去行宫？"

"昨夜为师才知道，这一年来，陛下将娑婆寐收在禁苑中为他炼丹！"玄奘神情中似乎有一种大恐惧，"娑婆寐擅长蛊惑人心，陛下近来身体不适，所谓有病乱投医，若是受他蛊惑胡乱吃他丹药，后果不堪设想！"

王玄策的脸色刹那间变了，浑身上下如坠冰窟，毛骨悚然。这娑婆寐乃是他从天竺带回来进献给皇帝的俘虏，若是皇帝有个三长两短，这朝野上下能把他生吞活剥了！

"师父，那怎么办？"王玄策汗如雨下。

"莫慌！莫慌！"玄奘握着他的手，微笑着望向他，"你且去调查《秘记》，陛下的安危就交给我。你我师徒携手，定能扫清那些跳梁小丑、鬼魅妖邪。"

那目光中的从容和睿智让王玄策慢慢安定下来，他重重点头，松开了玄奘的手。玄奘朝他深深合十，竟似有一种托付之意，然后转身走向幽暗深邃的城门，一袭僧袍在火把的映照下慢慢消失于黑暗中。

王玄策合十躬身，拜别玄奘。

城门郎大吼："亥时初刻，城门闭——"

亥时初刻，东宫崇贤殿。

太子舍人、崇贤馆直学士李义府提着一盏灯笼，半躬着腰身，毕恭毕敬地在前面引路。也不知此人是如何做到的，以如此高难度姿势走路，竟然毫无声息，就像身后之人的影子一般。怪不得同僚称之为"李猫"。

而今夜，在身后那矮胖的紫袍老者面前，李义府的腰背更加佝偻了三分。因为这老者便是太子的舅舅，赵国公长孙无忌。长孙无忌去年拜了检校中书令，兼掌尚书、门下二省事务，一人掌三省，莫说大唐朝，自从有三省六部以来也是前所未有之事，可见皇帝对他恩遇之隆，托付之重。

李义府引着长孙无忌穿过馆生们日常读书的崇贤馆，走上崇贤殿的台阶。崇贤殿乃是皇家书馆和太子书房，加上崇贤馆，这一殿一馆共收藏有图书经籍十万卷，一排排的卷册分门别类，日常有司经局专门负责掌管。不过此时已经是深夜，李义府把值守的吏员都遣散了，四周万籁俱寂，只有中天的冷月映照着殿馆。

李义府在殿门上叩击了两声，轻轻推开门，将长孙无忌请入大殿，随即迅捷而无声地关上殿门，仿佛狸猫一般。只是有意无意中，他把自己也关在了殿内，跪坐在角落里。

大殿中没有掌灯，有月光透过窗棂，在廊柱和书架之间筛下山岳般的阴影。太子李治就这么无声地坐在暗影中，看见长孙无忌进来，才慢慢起身，走进斑驳的月光中，满脸歉意："让李舍人去崇仁坊，本来只想请阿舅拿个主意，不想阿舅竟黉夜入宫。"

长孙无忌没好气："这都什么时候了，谁还睡得着觉？为何不掌灯？"

李治轻轻道:"黑暗中能多想一些事情。"

"掌灯!"长孙无忌看出了李治心中的焦灼,命李义府掌上灯。

灯光渐渐亮起,李治苍白焦灼、惶惑不安的面孔出现在二人眼前。

此处是太子与东宫的师傅们日常讲课授业的讲筵,仿汉魏风格,规制复古。长孙无忌一眼便看出太子的心思,他做过太子太师,因此李治深夜召他入宫,为了避嫌,便安排在了崇贤殿。

长孙无忌叹了口气:"太子大可不必如此谨慎,你可知道陛下为何匆匆忙忙离开长安?"

"阿爷不耐宫中暑热,这几日风疾愈发重了。终南山里气候宜人,他老人家能休息得好一些。"李治道。

"陛下去行宫避暑乃是常例,每年都得让各衙署筹备三两个月,哪一年有这般仓促,昨夜说走,今日一早便动身!"长孙无忌道,"太子想不透其中的道理吗?"

李治吃惊:"难道是因为谶书《秘记》?"

"自然是因为《秘记》!"长孙无忌道,"那刘全从泥犁狱中带回《秘记》之后,陛下毫不拖泥带水,拔脚便走,临行前诏令太子监国。太子,陛下的用意不言自明,这是要让你来处置《秘记》一事!"

"不可能!"李治惊住了,忍不住浑身颤抖,"那那那……那《秘记》上说'唐三世而衰,女主武王,代有天下'。这谶语分明就是要应在我身上……阿舅,是我会葬送大唐!阿爷怎么可能让我来处置《秘记》?"

长孙无忌看了一眼跪在角落阴影中的李义府,淡淡道:"今夜你什么都没有听见!"

"是——"李义府颤抖着声音道。他心中又是战栗又是澎湃。他知道,自己今生最大的机遇来了,要么碾为尘埃,要么飞黄腾达。

"太子,"长孙无忌语气温和,"这种谶语并不只是针对您,事实上早在贞观八年,太史令薛颐就占算出了一条谶语:女主昌。陛下从那时起就在寻找这个有女主之相的人。所以,这是我大唐皇家的宿命,无论谁做太子,都要面临这句谶语的诅咒。"

李治心中稍安,又道:"可是阿舅,阿爷下诏让王玄策来调查《秘记》,您为何说是让我来处置?"

长孙无忌笑了笑:"那《秘记》上预言了明日至二十六日之事,只是短短七日而已,如此大事,陛下怎么也能多挨几日看个结果,为何不闻不问就离开了长安?"

李治陷入思索:"阿舅的意思……阿爷让我监国,其实是要看看我如何处理《秘记》一事?"

"昨夜陛下召集太史令李淳风等朝中的博学之士来解谶,虽然裁掉了最后一谶,但前六谶只怕已经在长安的高门甲第中流传,无数人都等着,看它是否会在这长安城中上演。"长孙无忌道,"这两年陛下身体不豫,朝廷里人心不稳,陛下留你在长安监国就是要看看你处置突发事件的手段。何况王玄策明日就会把袁天纲带到你宫中看相,若是能查出那女主,陛下也能看一看你处置后宫的秉性。"

李治慢慢地跌坐在坐榻上,神情怔忡地望着长孙无忌:"阿舅有没有想过,若是袁天纲真的在我宫中找到了那名女主,阿爷如何看我?"

长孙无忌道:"陛下不会责怪你的!"

李治一字一句道:"天下臣民如何看我?"

长孙无忌愣住了。李治这个太子之位来得极其偶然,贞观十七年之前,没有任何人想到他会成为太子,哪怕太子承乾谋反被废,皇帝也没有考虑过让他做太子。皇帝最宠爱、满朝诸臣最认可的人选乃是魏王李泰。只是李泰为了争储,派人蛊惑承乾谋反,这让皇帝意识到,如若太子之位可以凭借阴谋诡诈夺取,大唐的皇权传承将永无宁日。李世民陷入巨大的矛盾中。

就是在这种情势之下,长孙无忌和褚遂良旗帜鲜明,拥立晋王李治。褚遂良当时只是正五品的谏议大夫,结果一句话决定了太子人选:陛下立魏王,请先措置晋王,始得安全。这句话直击李世民心中最柔软的地方:李治仁弱,立他为太子,则承乾、李泰皆能保全;立李泰为太子,则承乾、李治皆不存。

李治泪水慢慢地流淌:"阿舅,阿爷是为了避免骨肉相残才立了我,他自始至终都没有认可我的能力!天下臣民也是一样,他们都不服我,觉得我不是合格的太子,将来也不是合格的皇帝。若那女主果真出自我的宫中,这天下人更会如何看我?"

崇贤殿里寂然无声,长孙无忌默默地叹息,李义府更是俯身在地,连头都不敢抬。只有无言的残月颇解人意,为李治的痛苦和愤懑铺上了一层寒凉。

"袁天纲若是没有找到这名女主呢?"长孙无忌思忖片刻,说道。

"那太子只怕更危险,会有无穷无尽的烦恼。"李义府忽然壮起胆子道。

"大胆！"李治见他插嘴，当即恼怒不已，李义府吓得伏地颤抖。

"殿下，让他说！"长孙无忌沉声道。

李义府也豁出去了，荣华富贵、生死存亡在此一举。他挺起腰身朗声道："只要有人觊觎太子之位，就会以女主为名诋毁太子。袁天纲辨不出来，陛下就不会换个相师吗？今日这人来东宫看相，明日那人来东宫看相，积毁销骨，时日久了，陛下如何看待太子？只要女主的流言一日不销，太子殿下就永远坐在火山之上！"

这话戳中了李治的肺腑，他哀凄地望着长孙无忌，仿佛一只无家可归的小狗。长孙无忌走过来搀扶李义府起身："李舍人，请细细说来。"

李义府恭恭敬敬地朝二人长揖："不就是一个女主谶语吗？我们就让它应谶。这个女主绝不能出现于太子的东宫，随便哪家朱门甲第里找一个，就说她有女主之相，一条白绫赐死，这句谶语自然就消失了。"

李治和长孙无忌对视一眼，好半晌没有说话。

"那如何让人相信，此人就是谶语中的女主？"长孙无忌问道。

"这自然是袁天纲说了算。"李义府低声道，"只要赶在王玄策之前控制住袁天纲，女主的人选岂不是随便殿下指定吗？"

"你——"李治脸色都变了，急赤白脸地望着长孙无忌，"这事我如何能做？"

长孙无忌略略一想，断然道："殿下，李舍人之言未尝不可。且须以快制快，晚一步就全盘皆输。只是那袁天纲神龙见首不见尾，今夜事起仓促，却如何找到他？"

亥时三刻，王玄策带着刘全等飞骑策马进入平康坊的南门，刘全在马上抬头张望，此时坊内不少酒肆和食店仍在营业，里面灯火通明。平康坊还开设了不少邸店，来京科考的士子、行商各地的商贾长夜寂寞，便约三五好友来酒肆小酌，或者就在街角一些小贩的小车旁寻个胡床坐了，吃一碗汤饼、馄饨，谈几句时政、文章。

刘全久在禁苑，从未见过如此繁华的夜晚，禁不住有些呆了。

"刘旅帅看见这些小厮没？"王玄策指着街上端着铛釜奔跑的一群仆役，"这大都是妓家深夜来置办酒席的，酒肆食店做好之后，妓家便会派小厮来用铛釜盛了，带回宅子里。"

"妓家？"刘全纳闷地问。

旁边的两名飞骑吃吃地笑着，刘全颇有些尴尬："我痴活二十八岁，只离开过禁苑三次，对长安城丝毫不熟。"

王玄策哈哈大笑："刘旅帅，这平康坊乃是长安城最繁华热闹的所在，你看它的位置，西北边是皇城，出东门就是东市，北门外就是春明门大街，坊内到处都是高官贵胄的宅邸，鳞次栉比。"王玄策策马来到大十字街，伸手指向长街东北角的菩提寺，"你看菩提寺后面那三曲，是不是与别处不同？"

刘全茫然地摇头，王玄策解释道："这北门东回的三曲，当地人称之为北里，是长安城妓家最为聚居的场所，足足有百余家，可谓一等一的销金窟，里面佳人如云，妖娆曼妙，昼夜丝竹弹唱，灯火不绝。"

"北里分为三曲，北曲、中曲和南曲。南曲名妓最多，大都是教坊司开设的官办妓院，规模最大；而北曲就是靠近平康坊北墙那边，都是些一鸨一妓的私妓，相貌平庸轻贱，还兼卖些糖果之类的吃食。"王玄策讲得眉飞色舞，"回头我带你见识一番。"

刘全古怪地看着他。一名飞骑忍不住说道："王少卿，朝廷好像不允许有官身之人狎妓吧？"

"嗯？"王玄策义正词严，"想什么呢？只是带你家旅帅去见识一番，谁让他狎妓了？"

飞骑们面面相觑，哭笑不得。

众人策马来到西街，十字街西北的第一曲便是一所大宅，气势恢宏，王玄策介绍道："刘旅帅，此处便是不良人署。我当年将不良人分为东署和西署，西署在西市那边的延康坊，这里乃是东署，是将隋朝太师李穆的宅子割了一块改的。"

刘全纳闷道："不良人的衙署为何不设在皇城之中？"

王玄策笑道："皇城一到晚上就会夜禁关闭，进出不便，不良人主要做些侦缉捕拿之事，随时随地都会出动，设在坊中也是图个便利。不只我们，左右武候掌管京师治安，夜禁巡街，他们的衙署也是在坊里。左武候府在皇城东边的崇仁坊，右武候府在皇城西边的布政坊。"

"但是，"刘全纠结一番，说道，"我为何感觉您是喜爱这平康坊，才将衙署置办在这儿的呢？"

王玄策哑口无言，飞骑们纵声大笑。

说话间，乌头门大开，不良帅杜行敏带着各级官吏前来迎接。王玄策执掌不良人十几年，直到贞观十七年破获太子承乾谋反案之后才卸任，整个不良人几乎是他一手打造，连杜行敏也是他从齐州兵曹的位置提拔上来的。

杜行敏等人看见王玄策，心中难掩激动，却仍然按规矩请王玄策拿出左符，自己拿出右符，互相勘合。直到两片鱼腹上的卯榫、凹凸和铭文严丝合缝，杜行敏等人这才拜倒，然后请王玄策一行进入东署。

有仆役将众人的马匹牵去马厩，王玄策等人径直穿过前堂，又穿过一座中庭，走进正堂。

刘全忽然感觉到一丝诡异，正堂里竟然没有掌灯，一片漆黑。他正自疑惑，却似乎听到无数人的呼吸之声！刘全大惊失色，刚要拔刀，杜行敏等人已死死地将他们挤在中间，横刀无法拔出。随即黑暗中响起杂沓的脚步声，似乎有无数人影拥出，将他们扑倒在地上。刘全及两名飞骑奋力挣扎，但那黑暗中也不知道有多少人，如同叠罗汉一般将他们死死地按压住，三人的头脸贴着地面，彻底无法动弹。

王玄策平静地关上正堂的房门，然后拿过一盏灯放在刘全面前，坐在地上平静地盯着他。杜行敏等人捆住三人的双手双脚，黑暗中的人影才纷纷退去，但仍旧有人持刀抵着他们的要害。

刘全咬牙："王少卿，你什么意思？为何要拿我？"

"贞观十八年，我拜师父做了弟子，师父给我起了个法名叫悟净，但我从来也没有悟到什么清净法门。"王玄策忽然讲起了故事，"我师父这一生，行走过万里百国，遇见无数神奇诡异之事，却从来不语怪力乱神，而是用一种人间的逻辑去穷根究底。我曾问他，既然我们头顶有漫天神佛，三千世界，为何师父却从来不信这神异之事是神佛所为？师父说，有一桩神异之事发生，就会有一人遭遇厄难，如果是神佛所为，他无论做什么都只能见证一场因果。但如果是人谋，他多做一些事情，或许能挽救一人于厄难之中。"

"这和我有什么关系？"刘全怒道。

"师父说你从泥犁狱带回来一卷《秘记》谶书，"王玄策一字一句地道，"但我不信！我这一生从尸山血海中厮杀出来，我信头顶有天道，我信脚下是人间，我信忠臣孝子，我信善恶有报，但我偏生不信那泥犁地狱，妖魔鬼怪！所以，你且老实坦白，是谁指使你做了这一场局？你们伪造这《秘记》谶书，到底意欲何为？皇宫之中，你的内应是谁？你和婆婆寐到底是什么关系？"

刘全用一种古怪的眼神盯着他，似乎是愤怒，又似乎是嘲讽。

王玄策见他不答，若无其事地道："杀了他。"

两名飞骑纷纷怒骂，刘全冷笑："我不信你敢杀我！"

王玄策淡淡道："你若了解过不良人，便不会这么自信。陛下既然将事情交给不良人来处理，就意味着百无禁忌。"

"你杀了北衙飞骑，陛下一定不会放过你！"刘全怒吼。

"或许吧。你知道什么叫不良人吗？我们是官府征用的一群有恶迹之人，这条命一文不值。有些事不合朝廷法度，朝廷有司不便出面，就会让我们侦缉拷问。对我们来说，朝廷律令形同虚设，规矩尺度一文不值，但我们若是突破了朝廷的底线，朝廷也不会和我们讲规矩，直接乱棍打死，给一个交代。"王玄策和杜行敏对视一眼，两人脸上笑着，神情中却有些悲伤。

不良人永远处于这种生死悖论之中：破了底线，朝廷要打杀你；不破底线，朝廷自有有司衙门，要你何用？

"杀死北衙飞骑，还不算破了朝廷的底线吗？"一名飞骑大叫。

"不知道。"杜行敏解释，"是不是底线，得破了才知道。朝廷若是杀了我们，那就是破底线了；若是不杀呢，那就是没有破。不良人便是踩在生死边缘之人。"

王玄策道："刘旅帅，如果你要颠覆大唐，你一定是很重要的人物，怀有通天彻地的野心，怀有烈火焚身般的热望。这一刀下去，我们推出一个人顶罪便是，你这一生却从此灰飞烟灭！杀了他！"

杜行敏毫不迟疑，挥刀便斩了下去。

生死一发间，刘全忽然大吼："住手——"

当！杜行敏根本收不住刀势，只能略略一偏，横刀斩在护颈上，划出一道火星。刀尖一拖而下，斩在了地面的青砖上，碎屑崩了刘全一头一脸。

刘全汗如雨下，他终于看到了王玄策的另一面，看似温和可亲，一旦狠辣决绝起来，就不能以常理度之。两名飞骑也尽皆胆寒。

"王少卿，"刘全咬牙道，"我只是普通的农户，世世代代在禁苑中为皇家耕田种地，籍帐登记在案，你可以找苑监调阅。"

王玄策对禁苑大概有所了解。禁苑在皇宫以北，出了玄武门便是禁苑范围，面积极其广袤，东西长二十七里，南北宽三十里，北至渭水，东抵灞水，西边把汉代的长安故城也包含在内。

禁苑原本是北周的都城，杨坚篡周之后建了一座新城，把大量百姓迁徙了进来，原本的旧城就辟为禁苑。里面不但有宫亭园林、殿阁楼台，还有万顷良田，遍地果蔬，成群的鸡鸭牛羊，当年的旧城中还留了五六万的百姓，为皇家打理一应所需。这刘全便是在禁苑中为皇家种地的农户。

"你是如何被选中，要去泥犁狱中献瓜的？"王玄策静静地盯着他。

"我住在禁苑凝碧池西畔的刘家庄，是庄内的里正，排行在三，庄里都称我刘三郎。"刘全道，"三日前，禁苑西监的副监来我庄里招贤，说皇家有一紧要之事，需寻一老病残衰之人。我详细问他，原来是让人服毒自杀，去做个法事。陛下仁德，不愿胡乱毁人性命，这才来禁苑中招募敢死之士。"

"为何不选牢中死囚？"王玄策问道。

刘全嘲讽："给炎魔罗王进献瓜果，敢用那怨气冲天之人？"

王玄策又问："那你为何主动求死？"

刘全言语间透出浓浓的悲伤："王少卿可尝过挚爱亲人——丧尽的痛苦？"

王玄策一怔，没有说话。

刘全的脸被按压在地上，眼眶慢慢湿红："去年之前，我本有一个完满的家庭，父母在堂，娘子贤惠，有女膝下。然而去年三月阿爷染病去世，阿娘思念成疾，挨到四月便撒手人寰。五月，小女跌入凝碧池溺死……王少卿，你能体会那种对命运的恐惧吗？那是一种被神灵诅咒的恐惧，我和娘子无处躲藏，无处可逃，只能等待着看谁先被死神裁决。中元节时，禁苑中的感业寺举办盂兰盆法会，我娘子拿了我们定情的金钗去供佛斋僧。我愤怒至极，因为那金钗是我阿娘传给她的，是我刘氏一代代传给儿媳之物。爷娘都死了，她把金钗斋了出去，连个念想都不留给我！我对她破口大骂，她一气之下上吊自杀。"刘全凄厉地惨笑，泪水打湿了整片青砖，"后来感业寺的女尼告诉我，她之所以拿金钗斋僧，乃是向佛祖许愿，请佛祖念在我们结发之情，让诸般恶业都转到她的身上，她甘愿一死来替我消灾解难！而我……我非但不懂她的痴苦，还硬生生逼死了她！"

刘全伏在地上号啕大哭。王玄策叹息一声，朝一名长史使了个眼色，那长史心领神会，起身离去。王玄策伸手将刘全拽起。刘全靠着廊柱坐在地上，满脸泪痕，神情呆滞。

"你当日应募去献瓜，便是想一死了之？"王玄策问道。

他忽然想起一年前的自己，在世界诸王之间纵横捭阖，杀人灭国，其实也是因活着无趣，想要自寻死路吧？只是他有幸遇见了景娘。

"我当时想，进献善果而死是一件大功德，炎魔罗王或许会善待我的父母妻女，让我能与他们在地下团聚。所以我无比期待这次死亡。"刘全忽然笑了。

"可你却死而复活。"王玄策淡淡地问道，"这是为何？"

"炎魔罗王说我阳寿未尽，命我带回那卷《秘记》。"刘全道。

王玄策盯着他："那么你见到父母妻女了吗？"

刘全咧嘴笑道："我去进献南瓜，炎魔罗王自然会对我有所回报。这却与旁人无关了。"

王玄策看着他痴迷狂热的模样，禁不住暗暗心惊。方才让那长史去找禁苑的苑监打听刘全的来历，如果诸般细节都吻合，那此人的嫌疑基本可以排除。他无非是一个被人利用的棋子，幕后人利用他的求死之心，制造出泥犁狱献瓜，带回《秘记》谶书的异事。至于如何让他误以为自己"死后"见到了炎魔罗王，那更简单，娑婆寐可是名震天竺、制造过三十三世轮回的大术士。

"抱歉了，刘旅帅。"王玄策笑着伸出手，"我绝非要杀你，不过你是我的副手，这桩《秘记》案不但是皇家机密，而且关乎生死，如果不加以甄别，我实在不敢把性命交托给你。以后你我就是生死与共的好兄弟！"

刘全虽然生性淳厚，却并不傻，自然能看出王玄策是当真起了杀心，只好赔笑，敢怒不敢言。

王玄策哈哈大笑道："掌灯！"

正堂里灯光骤然亮了起来，刘全等三人闭上眼睛适应片刻，慢慢看清堂上的景象。正堂左右都是丈许高的木柜，里面堆满了文书卷籍，一袋一袋的卷帙堆积如山。旁边则摆满了书案，二十几名胥吏坐在书案后正安静地望着他们。

原来先前拿下自己的竟然是这帮胥吏！胥吏们刚才一直在黑暗中等着，见灯光一亮，纷纷继续忙碌起来。刘全见自己的隐私居然被这么多人听到，一时间憋得脸色通红，恼怒不堪。

杜行敏把他的横刀双手奉还，解释道："刘旅帅，这些人是我东署的吏员。不良人署设有东西两署，东署执掌谍情搜检，西署执掌侦缉捕拿。署里设有帅一人，丞二人，长史二人，录事参军四人，典事七人，掌固七人。因为东署事务烦冗，大半的吏员都在此处了。"

王玄策搂着他的肩膀，带他到坐榻上落座，指着众人道："刘旅帅，我来介绍一番。杜贼帅以胆大包天著称，贞观十七年齐王李祐造反时，他是齐州兵曹。见李祐身边防备空虚，他带着百十号人直接攻入齐王府，擒拿了李祐。李世勣的平叛大军还没到齐州，一场叛乱便冰消瓦解。"

然后他又指着一名矮胖的老者："左丞杨秉，早年曾是民部[①]金部司员外郎，掌握朝廷财货出纳，对各衙门的档案文牍、财会数据过目不忘。他曾经使了些财会手段，从官员的俸禄里贪墨了三万七千钱、帛一万九千匹，后来事发被抓。"

杨秉丝毫不以为耻，哈哈大笑："之所以事发，是钱帛太多，我租库房之时露了马脚。大理寺要斩我的头，陛下和少卿可惜我这一身本事，将我发配过来将功赎罪。"

王玄策又介绍旁边的两名长史，右长史孙尊礼是一名不苟言笑的文官，曾做过一任县令，误判人死罪，被朝廷免官。

左长史贾正身材魁梧，手掌老茧粗厚，一看就是使刀的高手。刘全一问，此人的刀法据说还在王玄策之上，堪称不良人署的第一高手。

贾正原是军中一名校尉，曾经随侯君集远征高昌。不料有一次军中械斗，他以一人之力连杀包括上官在内的十七名披甲悍将，本来判了斩监候，王玄策惜才，恳求皇帝免死，将其发到不良人署效力。

另外一名参军曹宝鼎文质彬彬，实则是用箭高手，也是军中出身，能拉一百五十斤强弓，百步之内射穿五层铠甲。当年镇守灵州时他被人告发杀良冒功，判流三千里，也被王玄策给讨要了过来，在不良人署效力。

刘全看着这帮人禁不住有些纳闷，不良人署怎么是一群人渣恶徒的集结之地？怪不得自己三人被轻松拿下！

王玄策介绍完了，笑道："既然大家都认识了，我们且来看看这卷《秘记》吧！"

[①] 即户部。唐初称民部，李治即位后为避李世民讳，改为户部。

第三章
东宫里的爻姬，东市上的相师

东宫，崇贤殿。

李治和长孙无忌坐在正殿的讲筵上，李义府仿佛影子般侍立在廊柱的阴影中，三人沉默地等待着。片刻之后，一名身穿宫中女官服饰的女子无声无息地走进殿中，裙裾摇曳，仿佛被夜风吹拂了进来。

诡异的是，此人脸上戴着一副黄金打造的朱雀面具。那面具雕工精细，纹饰繁复，无数黄金薄片拼接成朱雀的鸟首模样，鸟喙突出，翎羽四处张开，恰好遮住了整张面孔。七种不同的宝石镶嵌在面具上，呈南方七宿的布局。鸟眼处留着孔，里面的那双眸子清澈如水，深若幽泉，神秘诡异中又带着一丝贵气，在烛光的照耀下，一举一动之间光晕流转。

那女子手中还抱着一只木箱，俯身跪拜："妾身爻姬拜见太子殿下，拜见赵国公。"

李治道："阿舅，爻姬乃是我东宫的女官，少年时偶然得到异人传授，精通占卜术数，无论易占、筮占，还是风角、星算、望气、太一、六壬、八卦、六日七分等杂占术数，无不精通。这些年她多次为我占算，无有不验。"

长孙无忌颇为吃惊："竟然有这等奇女子，我还是第一次听你说。"

李治尴尬："怕阿爷不喜，平日也不敢让她示人，阿舅勿怪。爻姬，你且来试试身手，今夜我想找一个人，此人就在长安城中，却不知道身在何处。这里有他的生辰八字，你且占算一番。"

李治拿出一张纸头，李义府趋步上前接下递给爻姬。爻姬看了一眼，轻轻"咦"了一声，半晌没有说话。

长孙无忌好奇："爻姬可有什么发现？"

爻姬俯身道："回赵国公，此人的八字命格极为神异，想要占算他颇为艰难，属于三不占之例。"

长孙无忌来了兴致："何为'三不占'？"

"皇室天家不可占，自身不可占，同行不可占。"爻姬道，"将此人的八字命格略略一推，就有一股天机在蒙蔽卦象，因此此人必定精通占卜，能上窥天机。"

长孙无忌哈哈大笑："爻姬果然不凡，此人你定然听说过，他便是袁天纲！"

爻姬身子陡然一颤，面具后的眼神一阵收缩，显然极为震惊。

李治关切地道："爻姬，能否占算到他？"

"妾身愿为太子效死命。"爻姬打开木盒。

长孙无忌好奇地挺起身看，木盒里被分成诸多小格，分别装着蓍草数捆、龟甲一副、风角盘一只、雷击木棋子十二枚、星盘一副。爻姬迟疑地在各色物什中挑拣，最后拿出一捆蓍草。

李治向长孙无忌解释："阿舅，这是要用蓍占了。龟甲占曰卜，蓍草占曰筮，合称卜筮。这是占卜之术的堂堂大道。"

这一捆蓍草五十根，细长坚韧，通体斑驳青黑，看来年代久远。爻姬抽出一根搁置一边，这一根叫作"遁去的一"，以象征天道不圆满。剩下的四十九根她一分为二，从右手蓍草任取一根，置于左手小指间。这叫"大衍之数五十，其用四十有九。分而为二以象两，挂一以象三"。爻姬手指纤白细长，数十根蓍草仿佛在指掌间舞蹈，不料刚刚"挂一以象三"，那遁去不用的一根蓍草忽然"咔嚓"一声，居然凭空折断了！

众人大吃一惊，紧张地看着，却见爻姬沉默不动，片刻之后，从另一捆蓍草中又取了一根，重新占算。这次她的手法更是快疾，四十九根蓍草在十根手指间飞舞跳跃，飞快演算，眼见得就要完成第一变，忽然她左手指缝间的九根蓍草竟然冒出黑烟，随即熊熊燃烧。

众人看得目瞪口呆，爻姬似乎极为紧张，"噗"的一声，一口鲜血从面具下涌了出来，衣服一片血红。但她仍是不肯放弃，执着九根熊熊燃烧的蓍草，完成了第一变。

一变之后，需要去除左手指间的余数，再将两手所持的四十根蓍草按照第一遍的方法重新演算。爻姬这才丢掉燃烧的蓍草，将四十根蓍草合在一起，任意一分为二，从右手中取出一根置于左手无名指与小指间，再用右手四四一组分数左手的蓍草，进行二变。就在进行二变的过程中，蓍草仿佛被一股无形的力量加热一般，开始冒出黑烟，二变还没演算完毕，四十根蓍草同时开始燃烧。

爻姬似乎受到重重一击，再次吐出一口鲜血，跌坐在地，蓍草也被丢在了地上，一根根地燃烧着。好半响，大殿中的三人没敢说出一句话。过了良久，李治才颤声道："爻姬，这……这是怎么一回事？"

爻姬挣扎着坐起身，她此时极为狼狈，浑身血污，衣裙被烧掉一大片，然而风姿不减。她盈盈俯身跪拜："太子殿下，爻姬无能。那袁天纲应该是算出我在占算他，搅乱了卦象给我设置了个陷阱。刚才我二人隔空交手，妾身有所不及，遭了他的暗算。"

李治沉声道："爻姬，我并不求你胜过袁天纲，但你不管使用什么占术，今夜务必占算到他的位置！"

"如果只是想要占算到他的位置，倒也并不困难。"爻姬沉思片刻，说道。

李治和长孙无忌惊喜交加，连李义府都从廊柱后面小跑过来。爻姬解释道："方才我在占算袁天纲时，发现今夜是龙虎交会之局，龙虎交会，水火既济，万物各得其正。也即是说，除我们之外还有一股力量也在接近他。"

李治和长孙无忌对视了一眼，他们当然知道这股力量是谁。

爻姬继续道："这股力量不像袁天纲那般善于蒙蔽天机，我只要略加占算，便能通过他们锁定袁天纲！"

"好！"长孙无忌大喜，"我宅中有一名旁系族侄，名唤长孙大器，擅使长短双刀，勇悍无双。他跟着我在战场上浴血厮杀了十几年，因功封赏到了致果校尉，前年东征高句丽回来，我无人可用，便让他交卸军职做了长孙家的部曲头领。这件事便让他来辅佐爻姬，有什么干系都是我长孙家的，牵连不到太子头上。"

李治喉头哽咽，深深一拜："阿舅——"

《秘记》涉及的隐秘太过重大，哪怕皇帝不曾交代，王玄策也不敢让更多人传阅，只能与刘全和杜行敏二人探讨。不过谶语之事连李淳风、尹文操等人都难以解读，人再多也没用。

东署的正堂上，三人将这卷《秘记》翻来覆去看了无数遍，仍然是一头雾水。这六幅谶图是按照日期排序，因此还有关联性，上一幅图可能是解开下一幅图的关键。第一幅图上除了那名平民，将军和文官所穿服饰的颜色、布料、佩饰，都可用于推断他们的官职，但这幅谶图似乎因年代久远，色彩和图画都是模糊不清，细节难辨。这位将军披的是明光铠，腰间挂着的蹀躞七事只有五品以上的武官才能佩戴，所以这是一位五品以上的将军。至于那名文官就不好判断了。

王玄策仔细分辨："这个文官的袍子是绿色还是青色？"

"绿色和青色又如何？"刘全是第一天当官，对官员服饰规制不了解。

杜行敏只好向他解释，武德年间颁发了《武德令》，对品阶不同的官员，所穿服饰的颜色、布料、佩饰都有详细规定。图上文官的服饰色泽依稀可以分辨是青绿色，但到底是深青还是浅青，深绿还是浅绿？这其中的品级直接从六品差到了九品。

杜行敏道："这纹理似乎是双钏绫。"

王玄策大赞："没错！虽然看不清，可既然不像是七八品用的龟甲、双巨、十花图案，更不是五品以上用的大小团花图案，那么必定就是六品官的双钏图案！"

刘全听得晕头转向，干脆就不问了，只等结果，但王玄策二人的推断也仅此而已，分析不出更多的信息了。

杜行敏道："咱们要不要解一解这句谶诗？"

王玄策和刘全一起怜悯地看着他，杜行敏有些诧异，刘全低声告诉他："太史令李淳风和玄都观主尹文操都没能解出来。"

杜行敏哑然，自己怎么可能比李淳风和尹文操还厉害？

王玄策笑道："陛下肯定没指望我们从解谶的方向调查，大家别自卑，我们也有自己的长处，那便是查案。我们不要把《秘记》当作谶图和谶语去查，而是把它当作一桩案子来查，抽丝剥茧，顺藤摸瓜。并且陛下也给我们指定了方向：袁天纲。"

他们研究《秘记》之时，不良人系统已经连夜运转，开始查找袁天纲的下落。王玄策让吏员们汇报进展，杨秉和孙尊礼等人将无数的文牒汇总之后来堂上回禀。

"启禀少卿，袁天纲为益州人，他来长安必定要有公验，我们查阅了一年来长安、万年两县留存的公验，并未发现他的递牒和过所。"

"少卿，城中的馆驿、旅舍和邸店呈报的簿册里也没有他的入住记录。"

所谓公验便是钤有官印的官府文牒，所有人等必须持有各式公验才能进出城门、关口和津渡，驿使用的叫符券，公务人员用的叫递牒，军防丁夫用的叫总历，商贾百姓用的叫过所。若无公验过所，偷闯关卡，按照唐律要徒一年。

袁天纲要进出长安，必须持有公验过所，因此王玄策才命人调阅。刘全看得心中惊骇，此时已是子时，长安、万年两县的县衙早已经散值，不良人既然能随时调阅公验，说明这东署中留有备份，随时随地掌握进出京城的各色人等信息。

"这就奇怪了。"王玄策沉吟，"他进入长安，如何能不留痕迹？"

杜行敏拿过一张纸头，递给王玄策："少卿，如果他没有入住旅舍，恐怕是住在亲友的宅子里。我们连夜排查了袁天纲在长安的亲友，名单出来了。"

王玄策把纸头用镇纸压住，扫了一眼，顿时倒吸一口冷气。刘全也来到案头一起观看。那纸头上密密麻麻地写了上百个人名及其住址，排名第一的便是太史令李淳风，其后更有尚书左丞张行成等高官勋贵。

"李淳风！"王玄策用手指在这个名字上点了点，沉吟良久。贞观二十二年薛颐致仕后，李淳风接任了太史令，执掌太史局。他与袁天纲名为师徒，恩同父子，朝野上下都知道。袁天纲要隐匿行迹，肯定不会住在他的宅中。

刘全忽然指着一个名字道："鸿胪寺的少卿杜敬同？鸿胪寺的少卿不就是您吗？"

王玄策忍不住苦笑："鸿胪寺有两名少卿，分别掌管典客、司仪二署，我是左卿，杜敬同是右卿，不过我出使天竺回来又赋闲了一年，眼下这二署都是杜敬同在管。行敏，不良人挂在鸿胪寺门下，杜少卿也算是你们的直属上官。这袁天纲在京城真是盘根错节，还没开始呢，就查到我们鸿胪寺头上了。"

杜行敏心有同感，也是倍感头疼："这些高官贵胄个个笃信相术，就说这张左丞，他是太子的心腹股肱，曾请袁天纲看相。袁天纲推断他能官至宰相，从此他对袁天纲视若神明。"

王玄策一手挑着灯，一手拿着名单逐行细看，不时还拿起笔来，将一些名字圈起来。忽然他指着一个名字道："此人是袁天纲的叔父？我记得袁天纲年近九旬了吧？"

刘全急忙凑过来看了一眼，只见纸头上写着："袁守诚，袁某叔父。东市袁家占铺。"

杜行敏急忙解释："袁守诚确乎是袁天纲的叔父。我们查过他的户籍手实，他是袁天纲的祖父袁嵩的幼子，比袁天纲还小了二十岁，如今六十有五。"

"此人也是相师？"王玄策问道。

"是近些年京城首屈一指的大相师！"杜行敏道，"这些年您时常出使西域，可能不太了解，有人评议出天下四大相术宗师，排名第一的便是袁天纲，第二是李淳风，第三是玄都观主尹文操，第四便是袁守诚。"

王玄策颇有些吃惊，袁天纲、李淳风自然不必说了，尹文操是道门领袖，当年是奉了长孙皇后的敕命出家，任玄都观主，镇压长安气运。这袁守诚何德何能，居然与他们三位并称天下四大相师？

看来袁守诚在长安确实有名，三人说起这个话题，正在忙碌的东署官吏也纷纷围拢过来。左丞杨秉笑道："王少卿，如今袁天纲神龙见首不见尾，太史令是朝廷命官，尹观主为皇家效力，普通人能去占卦的，只有袁守诚了。"

长史孙尊礼插嘴道："排名第四只怕有些辱没他了，以占卜相术而论，只怕袁守诚能排名第一。"

参军曹宝鼎则摇头反驳："不不不，他们四人各有所长，李令学究天人，天文、律历、数算、阴阳无所不精，自然不以相术闻名。至于尹观主，则是观风望气，镇煞辟邪，符箓丹鼎之术。袁氏叔侄那可就是纯粹的相面称骨，遁甲占候之法了。"

"哎，你们还记得贞观十七年魏文贞公去世那日吗？长安城南下了一日血雨，便是袁守诚和泾河龙王赌斗所引发！"左丞杨秉说道，"连文贞公去世据说都与他有关！"

魏文贞公便是魏徵，谥号文贞。这又关魏徵什么事了？王玄策愣了片刻，急忙详细询问。

杨秉说道："少卿有所不知，此事在长安流传甚广。话说这泾河岸边有两个渔翁，一名张稍，一名李定，这二人每日在泾河捕了鱼，拿到东市上售卖。袁守诚在东市开了家占铺，张稍和李定每日送他一尾鲤鱼。袁守诚收了鲤鱼，便给他卜上一卦，指点他俩下网的方位，百发百中，每每都是满载鱼虾而归。不料这泾河中却有一名龙王，对他极为不忿，忽然有一日化作人形，来到长安城中与袁守诚赌斗。"

王玄策听得很是吃惊，自己今夜只是要找个占卜师，怎么连龙王都出来了？看看周围，那刘全听得入神，张着嘴巴，险些要流出哈喇子。发现王玄策瞥他，刘全尴尬一笑："日常在禁苑，只有农闲之时恰逢尼寺中做法事，才能听到几段变文，杨左丞讲得比她们精彩多了。杨左丞，且请继续。"

杨秉哈哈一笑，继续讲道："袁先生当即问道，贵人来问何事？龙王说道，请先生占卜天上阴晴之事。袁先生当即袖占一课，占辞说道：'云迷山顶，雾罩林梢，若占雨泽，准在明朝。'卦象断了明日下雨。龙王追问，明日甚时下雨？雨有多少尺寸？袁先生道，明日辰时布云，巳时发雷，午时下雨，未时雨足，共得水三尺三寸零四十八点。那龙王便与他打了个赌赛，若是明日真的如他所言下了这场雨，便送他课金五十两；若是未下雨，或是时辰、雨数不对，便要打坏他的铺面，扯了他的招牌，将他赶出长安。"

杨秉咳嗽了一声，顿了顿，刘全急不可耐，抓起王玄策的残茶便递了过去："快说！快说！"

杨秉也讲得忘神，把残茶一口喝了，擦擦嘴道："龙王回到泾河，自认是赢定了。刘旅帅您想啊，龙王善于行云布雨，下不下雨还不是他说了算？不料他正在得意，忽然有金甲力士传来玉帝赦旨，命他明日在长安城施云布雨，时辰、雨数与袁守诚占卦分毫不差！"

众人哪怕以前早就听过，这时也再次惊呼，刘全更是目瞪口呆。

"当日那泾河龙王便是诸君这副模样！"杨秉哈哈大笑，"他不甘心输给一介凡人，便使了些计较，延后了一个时辰，到了巳时才布云，午时发雷，未时落雨，申时雨止，共降雨三尺零四十点，克扣了三寸八点。随后他又化作人形，到了东市的占铺，拆下门板便将店里的招牌物什砸了个粉碎，要把袁守诚赶出长安。那袁守诚只是冷笑，说道：'我早已看破了你的真身，你便是泾河中那条龙王。但你违了赦旨，改了时辰，扣了雨数，触犯天条，只怕在剐龙台上难免那一刀，还有心思来赶我？'"

杨秉真把自己当成了讲唱师，说得绘声绘色，声情并茂，连王玄策也听得入了神。不知不觉间，东署的官吏都丢了手中的公务，围在堂上听故事了。

"那龙王这时才觉得毛骨悚然，跪拜在地恳求袁守诚救命。袁守诚告诉他：'我救你不得，只能指点你一二。天庭的人曹官魏徵如今在朝中为官，明日午时三刻将由他来监斩，你去求他或许能有条生路。'那龙王千恩万谢，深夜子时，到了永兴坊西门之北的魏宅上空，入了魏相公梦中，万千恳求。魏相公卧病已久，梦见一条龙来哀求救命，当即答应。龙王叩谢而去。第二日，魏相公向长子魏叔玉等人讲述了梦境，都以为荒诞不经，不料午时之后病情忽然加重，魏相公和亲眷听到室内九霄鹤唳,仙使来迎,命他舍却肉身,天庭应卯。魏相公含笑而逝。过了三刻,长安城北忽然一声霹雳,天空下起瓢泼血雨。泾河上有船工亲眼看见,一只硕大的龙头从天而落,坠入泾河——"

"这老匹夫,欺人太甚!"杨秉绘声绘色地讲着,众人正听得如痴如醉之时,王玄策忽然暴怒,一把将书案上的笔筒掷在了地上。"哐当"一声巨响,把众人吓得一颤,呆呆地看着他。

王玄策满脸阴沉,冷冷地盯着杨秉:"这传说在长安城尽人皆知吗?"

杨秉战战兢兢:"是是……多年前的事情了。"

王玄策问道:"最早是什么时候开始流传的?"

杨秉和孙尊礼等人面面相觑,好半晌才道:"好像魏相公去世不久。"

"我来猜一猜!"王玄策怒不可遏,"贞观十七年二月魏相公去世,这个故事定然是七月才开始流传!因为七月中旬陛下推倒了魏相公的墓碑!这老匹夫为了自夸,欺负魏家失宠,无人出头,才编造故事装神弄鬼,自矜自夸!"

众人这才明白,原来王玄策认为是袁守诚编排了魏徵。

魏徵去世之时极尽哀荣,皇帝亲临丧礼,痛哭流涕,亲自为魏徵撰写碑文。当初魏徵曾向皇帝举荐侯君集和杜正伦,认为二人有宰相之才。不料他去世不久,侯君集参与太子承乾谋反案被诛,杜正伦受牵连被流放,皇帝开始怀疑他结党营私。后来,皇帝听说魏徵私下把他历年来的谏辞拿给史官褚遂良看,希望将其载入史册,传之后世。皇帝彻底愤怒,命人推倒了魏徵的墓碑,取消了衡山公主与魏叔玉的婚约。世人都以为魏家从此失势。

魏徵对王玄策有知遇之恩,把他从黄水县令的任上擢拔为不良人帅,又推荐他出使西突厥,这才有了后来王玄策灭国擒王的波澜壮阔之举。他乍一听到一介相师居然拿魏徵之死做文章,当然愤怒无比。

"可是……"见众人都不敢吭声,杜行敏只好低声道,"魏相公去世那日,长安城北确实下了一场血雨。咱们不良人奉命调查过,署里有文书记录。"

王玄策冷笑:"龙头从河里捞出来了吗?"

杜行敏瞠目结舌:"这倒没有。但是询问过泾河上的渔夫,同样有文书记录。"

王玄策追问:"还有何人见证?"

杨秉壮起胆子道:"少卿,魏相公梦见龙王求救,是从魏家传出来的。"

王玄策哑然半晌,这说明魏家也是乐见魏徵被神话的。他冷笑着起身:"咱们去会会这老匹夫！既然他能掐会算，袁天纲就着落在他身上！"

留下杜行敏值守东署，王玄策带着刘全、贾正等人离开东署，前往东市。两者距离极近，从平康坊东门出来，便是东市的西坊门。贾正递送了文书，武候们勘验，登记，入档，便打开坊门，请众人进了东市。

东市和西市一样大，都是占了两坊之地，市内有四条主街十字交叉，把东市切割成九宫格形状。九宫格的中央是东市署和平准局，前者是东市的管理衙门，后者负责平抑物价。东市极其繁华，货品二百二十行，店铺七万三千家，临街设店，四面立邸，在繁华喧闹上略逊西市，但因为高官勋贵、文人士子大都聚居在长安东城，却更加高端奢靡，汇集了天下四方的珍奇宝物。

东市和各坊不同的是，坊内哪怕深夜凌晨也仍然有酒肆可以通宵宴饮，而东西两市却有固定的交易时间，每日正午击鼓三百声之后开始交易，落日前七刻，击钲三百声之后，停止交易。此时已经过了子夜，将近丑时，市内一片沉寂，只有众人的马蹄踩踏在地面的闷响。

王玄策等人来到东南隅的一条街曲之外，东西两市的店铺都是按照行业分类聚集在一处，东南隅这边便是占铺最为集中的区域。远处有一家窄窄的门脸，门前挂着一块黑漆斑驳的木牌，写着：袁氏占铺。

就在这时，北面的街上忽然传来辚辚的马车声。

王玄策侧耳听着，那马车声远远地停下，半响没有动静。

王玄策没在意，带着众人来到占铺的门前，贾正抽出匕首，缓慢地插进店铺门板的缝隙里开始拆卸。众人仔细听着，匕首顶着里面的门闩缓缓往上挑，忽然间里面"咔嗒"一声，门闩被挑了出去。贾正没想到如此顺利，正要拿掉门板，那门板却在里面被人卸掉，一名童仆出现在店里，众人顿时愣住。

那童仆对众人视若无睹，默不作声地又卸掉两张门板，这才走出占铺，躬身施礼："不敢劳客人动手。袁师知道今夜有贵客要来，一早就命小人等着，只是左右也等不来，便打了个盹。"

众人呆若木鸡，袁守诚是个手无缚鸡之力的占卜师，王玄策本想悄然摸进去给他点颜色看看，却不想被将了一军，当即尴尬了好半响。

众人跟着童仆走进占铺，穿过前堂，便到了中庭。店铺与民宅不同，为了腾出空间堆放货物，都不建正堂，中庭便是个宽阔的大院落，不过袁氏占铺却更显别致，栽着一些古松和老槐树，又盖了几座亭台。东市东北角有个放生池，从池中引过来的水渠从亭台中穿过，流水汩汩，清幽雅致。

后宅的房中亮着灯，一条长袍幞头的剪影被灯光投在窗棂之上，似乎正等着众人。

忽然间王玄策心中一凛，夜幕中似乎有些犬鼠夜行的声响，窸窸窣窣，密密匝匝，刹那间他明白了，这是无数夜行人在蹑足潜行。他刚要提醒众人，夜空中便响起尖锐的破风声。在场之人除了刘全都是在战场上厮杀惯了的，汗毛顿时奓起，就见屋顶和墙头人影攒动，十几名黑衣人手持弓箭劈头盖脸地攒射。众人做梦也想不到有人敢在长安城中袭击不良人和飞骑，顿时被打了一个措手不及。

"快躲闪——"王玄策和贾正反应迅捷，扑到一棵古松后，只听得"笃笃"几声，三支利箭贴着脸射进树干之中。刘全和飞骑也猝不及防，被利箭叮叮当当射了一身。幸亏他们穿着铠甲，并未伤及要害，但两名不良人的脖颈和胸口却飚出一蓬血雨，摔倒在地。众人各自找掩护，一时间被密集的箭雨压制在庭院中。

"轰隆隆"，只听后院的门板轰然破碎，随即传来窗户的破碎倒塌声，袭击者竟然从两个方向发起突袭，从后院杀入了后宅。

王玄策瞬间判断出了敌人的目标，竟然是袁守诚！

他心一横，提着刀冲向房门。他距离房门只有短短两丈，但这两丈完全暴露在对方箭雨的打击下，刚跑出一步就有两支利箭呼啸而来。他挥刀劈断一支，然后就势扑倒，躲过了另一支。

"水渠！"贾正低声喊道。

王玄策翻滚进旁边的水渠，借着水渠的掩护，爬行到了后宅的回廊下。

贾正也怒吼一声冲了出去，跑到一辆车板下，然后推着那车板跑到回廊下，脱离了弓箭的射杀范围。

王玄策和贾正一起用力朝着门撞了过去，这种内宅的门根本不经撞，轰然碎了一地，两人跌进屋里，迅速翻滚着爬起身。这后宅有三间大小，是日常起居及招待重要客人的所在，进门是一间正堂，左右用雕花的槅扇窗又分隔出两间书房和卧房。正堂上铺着毡毯和低矮的几案，后面摆着四扇照壁屏风，屏风后便是通向后院的房门。

几乎在两人闯进来的同时，照壁屏风轰然倒塌，五名戴铁面具之人闯了进来，为首之人右手持着横刀，左手反握着尺长的障刀。障者，遮挡，遮蔽。这障刀长不到一尺，可以藏在衣袍之中作为撒手锏。

双方甫一照面便激烈搏杀。这群铁面人刀法狠辣迅捷，叮叮当当之声密如爆豆，尤其那为首之人，长短刀交错纵横，和王玄策杀得难解难分。所幸贾正刀法绝伦，一人挡住了四名铁面人的联手攻击，两人这才堪堪稳住了局势。

这时刘全和两名飞骑也突破箭雨的阻截，冲进房间，众人开始在狭窄的室内混战，战况极为激烈，短短一瞬间便倒下一名飞骑和两名铁面人。刘全更是一个照面就接连中刀，不过他穿着明光铠，被厚实的铠甲从头到脚遮得严严实实，铁面人一刀砍上去火星四射，他回过去一刀，铁面人却不得不退避三舍。

"北衙飞骑！"为首的铁面人忽然震惊道。

王玄策一直在猜测此人身份，他这种左右双手持刀虽然少见，但右手的横刀用的却是军中刀法，招式简洁，凶狠凌厉。

王玄策喝道："你是什么人？既然识得北衙飞骑，便知道杀官造反是什么后果！"

为首的铁面人冷笑一声，一刀逼退二人，后背砰地撞破槅扇窗，闯入书房。王玄策急忙追了进来，一看之下，顿时愣住了。室内正在激烈搏杀的刘全等人也察觉出异样，纷纷罢手，各持兵刃对峙。

书房内空空如也，地面铺着青砖。这青砖布设出了六十四种卦象，整块青砖为阳爻，半块青砖为阴爻，内里是八横八纵六十四卦象，外圈是环状六十四卦象，外圆内方。在九宫的位置竖着九根烛台，点着九根灯烛。

而就在外圆内方的六十四卦中央，铺着一张竹席，一名老者跪坐在竹席上，正摆弄着蓍草。看见外面惨烈搏杀的一幕，他叹息一声："果然还是坎卦，坎中之坎，坎了又坎，坎外有坎。怪不得天纲要避一避，来之坎坎，终无功也。"

那铁面人见这老者六十岁上下，显然不是袁天纲，吃惊道："你们找的不是袁天纲？袁天纲呢？"

王玄策当然知道这老者是袁守诚，他忽然有一种说不出的怪异感，这群神秘人竟然是冲着袁天纲来的？

袁守诚笑道："在下袁守诚，是天纲的叔父。"

"装神弄鬼！袁天纲躲哪里去了？赶紧交出来！"那铁面人冲过去，三两步便到了袁守诚面前，左手刀入鞘，腾出一只手去抓他，不料竟然抓了个空。

众人都愣住了，这书房并不大，那铁面人跨过三四尺的距离原本来到了袁守诚的身后，结果伸手一抓，他距离袁守诚竟然还有三四尺！再看袁守诚，他其实也没动，还那么正襟危坐在六十四卦的中央，手里摆弄着蓍草。

那铁面人神情凝重，又跨前一步，用手中刀小心翼翼地戳了过去。袁守诚笑吟吟地看着他，果然，那铁面人连人带刀从袁守诚的虚影里穿了过去，而袁守诚仍然坐在卦图的中央。那铁面人大怒，追着袁守诚的身影胡乱劈砍，他明明已经追遍了狭小的书房，却始终到不了卦图中央。

王玄策凝神观察着，忽然感觉一阵头晕恶心，急忙退出书房，才算摆脱了那个幻境。他重新看向书房，那铁面人仍然在追砍袁守诚的虚影，竟似癫狂了一般。

"袁先生，务必留下此人性命！"王玄策沉声道。

袁守诚瞥了他一眼："不敢留，也留不住。你们闯进来，便把天纲掩盖的天机给泄了，他的主人自然会唤他离去。"

话音刚落，就听远处传来尖利的哨音。那哨音尖锐刺耳，似乎还夹杂着某种音律，猛然间将那铁面人惊醒。他呆怔片刻，迅速收刀退回到堂上，朝手下示意。众铁面人扛上战死者的尸体，缓缓后退。王玄策等人也无力留下他们，只好提着刀不紧不慢地跟着。

双方就在这种紧绷的对峙状态中移动到了街上，远处停着三辆马车，车上挂着灯笼，昏暗迷离，灯光摇曳。众铁面人缓缓退向马车，王玄策等人再要跟过去，槐树浓密的枝叶里忽然箭矢纷飞，众人不敢再追，眼睁睁看着那些铁面人把战死者搬上马车，随后站在马车上弯弓搭箭，掩护树上的射手也上了车。

就在这时，在车上灯笼和天上明月的照耀下，王玄策的眼角忽然金光一闪，马车上似乎有一名戴着金色面具的女子。但只是一瞬，那车夫一声鞭响，三辆马车便扬长而去。

王玄策安排了贾正去跟踪，自己和刘全返回占铺，踩着满地的污血来到后宅。两名不良人一死一伤，一名飞骑也受伤不轻，袁守诚正带着两名童仆救治，堂上支离破碎，遍地鲜血。

王玄策站在他旁边沉默地看着，他手法颇为精到，先用剑南烧酒清洗伤口，再以桑皮线缝合，洒上些金创药粉，以丝绢包扎。整个过程中袁守诚在伤口上穿针引线，那不良人竟然不觉得痛。

袁守诚一边包扎一边讲解道："刚才我给他们喝了自酿的乌头酒，酒里掺有曼陀罗，喝了之后他人虽然清醒，却感受不到疼痛。世上的医者用水清洗伤口，万万不可，需用最烈的烧酒或者最浓的盐水，伤口才不会溃烂。包括这缝线，普通医者都用麻线，万万不可，需用煮熟的桑皮线。桑皮药性平和，能愈合伤口。"

王玄策道："袁先生似乎对医治金创颇为精熟。"

袁守诚头也不抬，继续忙碌着："占卜之道在于趋吉避凶，凡是修习占卜之人无不怀有大恐惧，天命之进退颠簸，人命之飘摇易折，多学点医术说不得就能多救一条命。"

王玄策问道："先生也有恐惧？"

"当然有。"袁守诚抬头看着他，微微一笑，"对于老子这种圣贤而言，天地乃是一座风箱，阐述着有和无的大道，但是对百姓来说，天地是一盘碾子，天是上盘，地是下盘，山川大泽、疾病瘟疫、贼人流寇便是磨盘上的棱齿，官府便是那根磨轴子，驱赶万民，让他们自行推动磨盘转动，碾压出民脂民膏。我也在磨盘间转动，怎能没有恐惧呢？"

王玄策听出了他的意思："你知道我的身份？"

"问过他们了，当年的贼帅，如今的灭国名将王玄策。"袁守诚指了指受伤的不良人。

王玄策哑然失笑："袁先生，我们说正事吧，你似乎知道袁天纲大师的去处？"

袁守诚这时处理完了伤口，命人将伤者抬到坐榻上休息，向王玄策招招手，带着他来到书房。刘全持着刀守在书房门口，袁守诚也不管，请王玄策在卦图中的草席上坐下，讲道："天纲一直住在我占铺的侧院，三天前，他偶然占了一卦，占来一个坎卦：'初六，习坎，入于坎窞，凶。'这个卦就应在今晚，必有一场刀兵之劫，他不得已，只好离开长安避难。"

王玄策大吃一惊："他离开长安了？去了哪里？"

"三日前就离开长安，回益州故里了。算算时辰，应该到凤翔府左近了。"袁守诚道。

王玄策的脸色极其难看，凤翔府距长安有两百多里，显然明日午时无法把袁天纲带去东宫了，陛下交给的诏命注定无法完成。他一时心乱如麻。

袁守诚指着地上的六十四卦图，那卦图上盖着一只瓷碗："为了不让高人占算出他的去处，便封了这一卦，遮盖了天机。"袁守诚将那碗掀开，下面果然是个坎卦，"老夫颇有些不服，想要破了它，想了三日三夜却还是没破掉，你们果然杀上了门。"

王玄策持着那瓷碗翻来覆去地看，神情狐疑："占卜术果然如此神奇？"

袁守诚笑吟吟地看着他："那群铁面人是如何找来的？"

王玄策一愣，那为首的铁面人看见袁守诚之时，曾说道"你们找的不是袁天纲"，难道他们竟然是跟踪自己而来？不对，不像是跟踪，那三辆马车并不是追在自己后面而来，倒像是预知自己的方位之后前来截击的。

"想明白了？"袁守诚望着他，脸上微笑着，眼神幽若深渊。

"你的意思……他们是占算到了我的行动？"王玄策盯着他，满脸不信，"那群铁面人的首领是一名戴着黄金面具的女子，你既然精通占卜，且替我占出那女子的身份如何？"

袁守诚摇摇头："那人恐怕是个术数高手，为自己遮蔽了天机，无法占算。"

王玄策冷笑："你所擅的到底是占卜术还是诡辩术？"

袁守诚摇头不已："王少卿，你知道对于占卜师而言，什么叫天机？不可占、不敢占的事便叫天机。"见王玄策不解，他解释道，"那铁面人的武功想必少卿您也看出来了，分明就是军中手段。那些人的分进合击，三三为队，五五为伍，这也是军中规制。你再看他们手上，现在虽然天气已热，但不少人仍旧有冻疮留下的疤痕，如果不是在苦寒之地番上，那便是征过辽东的。"

王玄策也是军中名将，当然能看出来，立刻便明白了他口中的"天机"。

袁守诚继续道："打斗到现在半个时辰了，东市中的武候和街使有没有人上门查看？如今天下承平，想要在长安城尤其是东市发动这么一场袭击并不容易，武候铺是雍州下辖，街使是左右武候府下辖，东市的市令署是太府寺下辖，万年县的县廨就在西邻的宣阳坊，想要他们全都装聋作哑，可得费些工夫。"

王玄策默然片刻，说道："照你这么说，左右武候的两位将军、太府卿、雍州长史、万年县令都牵扯进来了？其实这点规模的袭击只需买通一两个小吏便能做了。"

"不不不，少卿您应该站在朝廷的角度去看待这个问题。"袁守诚道，"主使者策动这场袭击看似简单，实则挑衅了不少高官贵胄。左右武候要不要担待街使的失察之责？他要不要得罪左武候大将军牛进达和右武候大将军梁建方？雍州长史管着整个长安城和武候铺、各坊坊正、坊丁，他要不要得罪卢承业？在万年县的地盘上发动袭击，万年县令宋行质要不要担责？东市发生了这么大的案子，太府卿房遗爱要不要担责？如果那位主使者处置不好这里面的关系，他不是在袭击你，而是在向这些朝中大员开战！"

王玄策的脸色冷峻起来，半晌没有说话。

袁守诚继续道："至于您说的买通一两个小吏，或许确实会买通他们，但不是为了让他们提供便利。"

"那是为了什么？"王玄策问道。

"是为了杀他。"袁守诚拿出三枚开元通宝钱反复在地上抛了六次，最后掷出一个旅卦，"上九，鸟焚其巢。大凶之卦。此人必死无疑。"

这时占铺外的街道脚步杂沓，人喊马嘶，原来贾正追踪铁面人回来，把街使、武候和万年县的人都喊了过来，让他们处置后事。看到满地的鲜血和破碎的门户，众人都吃惊不小。

贾正来到书房回禀："少卿，我跟踪三辆马车出了西北门，发现一人倒毙在坊墙外的水渠边，找了东市的武候来辨认，说此人乃是东市署右丞，张典。"

袁守诚道："王少卿，此人一死，便意味着主使者选择了他要得罪的对象，房遗爱。"

房遗爱是已故宰相房玄龄的次子，尚了皇帝最宠爱的高阳公主，眼下任职太府卿，掌握着东西二市和朝廷的财赋库藏。幕后主使者连他都不放在眼里，可以想见王玄策的分量怕是如虫蚁一般。

王玄策心情沉重，但又有些不信："确认是张典放那些铁面人进来的？"

贾正道："我让武候铺查了存档，今夜就是他伪造公文，将三辆马车带进东市的！"

王玄策慢慢盯着袁守诚，心中波涛汹涌，占卜术果真神异到了这等地步？但此时他却顾不得思考这个问题，这一夜死伤六人不说，皇帝交代的使命也给搞砸了。找不到袁天纲可如何交代？

看着门窗破碎、遍地血污的占铺，王玄策担心那群铁面人去而复返，便请袁守诚回不良人署暂避一夜。袁守诚自然知道利害，一口应允。

众人离开占铺，来到东市的西北门，却发现有无数商贾正在坊门口候着。这些人或是赶着骡马车辆，或是步行提着灯笼，黑压压地聚集在坊门口，沉默无声，瞧起来极为诡异。

王玄策看了看天色，问道："现在是几时了？"

贾正道："刚才我在武候铺问了时辰，五更了。"

王玄策顿时明白，这都是到城外进新鲜瓜果蔬菜和山珍河鲜的商贾。东市虽然开了坊门，却并不开市，要到午时敲钲才算真正开市，这些做鲜货的商贾都是趁黑去城外进货，回城正好赶得上开市贩卖。

四名武候缓缓推开了东市的坊门，请王玄策等人出坊。众人骑着马，手里擎着火把，驰出东市的西门。街上已经有不少车马和行人，这都是赶着上早朝的官员。昨日皇帝巡幸翠微宫，命太子监国，今日在东宫的显德殿举行首次朝会。不少高官的仆从达十几、数十人，提着灯笼，打着卤簿，在车马前后一路小跑。原本昏暗的街道人影绰绰，灯光隐隐，终于有了一些生气。

刚走出没多远，就见两条人影挑着灯笼策马站在街衢中央，挡住了去路。这时仍然是深夜，那两只灯笼就像悬浮在黑暗河流上的巨大眼睛，颇为诡异。众人纷纷戒备，贾正抽出横刀迎了上去。那两人将灯笼挑高，王玄策和刘全顿时愣住了，竟然是昨夜被皇帝差来传旨的那两名内侍，曹力士和金刚奴！

"二位不是随我师傅去了翠微宫吗？"王玄策吃惊地问道。

曹力士笑呵呵地道："还有一道旨意没有宣呢，哪能回去？请王少卿和刘旅帅接旨！"

王玄策、刘全、贾正、袁守诚等人急忙下马，跪拜在地。

曹力士往左右看看，拿出圣旨径直递给了王玄策，低声道："这街衢之上我就不宣读了。陛下说，听闻相师袁守诚是袁先生的叔父，都是袁氏一脉嫡传，相面称骨、遁甲占候的本事也不差，既然找不到袁先生，你就带他去东宫看相吧。"

王玄策和刘全对视一眼，也许是街上风冷，也许是晨间清凉，两人忽然感到一缕彻骨的寒意。

话音刚落，就听承天门方向传来轰隆隆的街鼓声，那声音宛如黑夜中滚滚而来的闷雷。原来已经五更二点，太极宫承天门的城楼上敲响了第一波报晓鼓。随后朱雀大街、方林门街、兴安门街等六街的街鼓依次跟进，距离东市最近的春明门街鼓响起来的时候，城内的一百多座寺庙也撞响了晨钟，晓鼓与晨钟相交织，半座长安城都笼罩在震耳欲聋的轰鸣之中。仿佛一条巨龙即将自暗夜中苏醒，发出悠长宏大的龙吟。

街鼓一响三千声，从五更二点一直响到天色大亮，鼓声从内往外跟进，城门、坊市门、皇城门、宫城门从外往内依次开启。

夜禁结束了。大唐进入贞观二十三年五月二十，癸亥日。

第四章
占辞：妃嫔子嗣皆横死

东宫，内坊。

李义府在内坊的宫门外行完了文书，一名年近五旬的嬷嬷带着他和王玄策、刘全、袁守诚等人进入内坊。内坊位于太子后宫，掌管东宫的衣物、钱粮、赏赐、车舆等事，太子东宫的那些内官、宫官等各级官吏有上百人之多，均由内侍和女官来担任。

内坊的典内便是这位赵嬷嬷。接到皇帝的诏令之后，她立刻安排停当，亲自来到外廷办理文书门籍，带众人穿过重重叠叠的宫门，前往内坊。

宫禁森严，众人恭恭敬敬，一言不发地走着。袁守诚穿着崭新的衣袍，圆领白袍，软翅幞头，竹杖芒鞋，颇有飘然出尘的味道。王玄策故意落后几步与他并行，低声道："袁先生，陛下诏命你来东宫看相，这其中的深意你可明白？"

袁守诚笑道："听陛下的圣旨上说，要放归一些宫女，让老朽选那福德深厚之人留下。这是德政，老朽自当尽力。"

原来曹力士和金刚奴把旨意传给东宫时，说的是皇帝怜惜那些宫女幽闭深宫，着实可怜，要将她们放归家中，任其婚娶。

王玄策淡淡地道："既然要放归宫女，为何还要给内官、宫官看相？连太子妃也要来看过？"

袁守诚愣了。所谓"宫官"，乃是管理宫中事务的职事女官，可"内官"就不同了，实际上都是太子的妃嫔，包括太子妃其实也是内官。按照定例，太子的妃嫔除了太子妃之外，还有良娣二人、良媛六人、承徽十人、昭训十六人、奉仪二十四人。李治才二十一岁，后宫或许还不满额，但袁守诚再蠢笨，也不会认为皇帝要把太子的妃嫔给放归出去嫁人。

袁守诚肃容："请王少卿明示。"

王玄策道："贞观八年太史局观测到一桩天象，太白昼见。"

袁守诚自然知道"太白昼见"，他仍旧双目直视，毕恭毕敬地走着，脸色却变了："占算了吗？强臣？女主？还是改政易王？"

王玄策对他倒有些由衷的佩服了："看来陛下没有选错人。太史令薛颐占算的结论是，女主昌。"

"嗯，有道理。"袁守诚悄悄把手指笼在袖中掐算一番，"贞观八年是甲午年，天干逢甲，地支逢午，都是至阳。太白此时昼见，确实可能应在女主身上。可惜不知道更具体的时辰。那……之后呢？"

"之后……"王玄策侧过头，似笑非笑地瞥了他一眼，"陛下把袁天纲召到九成宫，给废太子承乾的太子妃苏氏看相。"

袁守诚瞬间脸色大变，停下脚步怔怔地看着王玄策。王玄策急忙扯了他一把，不动声色地拽着他往前走。袁守诚踉跄几步，呆滞地看了一眼内坊的大门，额头汗如雨下。

内坊不远处便是宜秋门高耸的城门，李治和爻姬沉默地站在重檐翘脊的城楼上望着王玄策一行，将他和袁守诚的拉扯尽收眼底。

李治盯着她，神情复杂："昨夜与你东市激斗之人，知道是谁吗？有没有占算过？"

"不知道，也无须占算。"爻姬道，"只知他是殿下的敌人便可。"

李治指了指城下："就在你眼前。"

爻姬没有回答，沉默地站着。

李治盯着她："王玄策要选择与我为敌了吗？"

爻姬仍然一言不发，黄金面具平静如斯，像是绣在帷幔上的仕女。李治等待了很久，有些焦躁："你到底何意？"

"殿下不是早就将此人视作大敌了吗？这一日迟早要来，今日才来，妾身还觉得迟了呢，何须奇怪？"姣姬道。

李治错愕片刻，连连摇头："你误会了。他是奉了我阿爷的诏旨，尚且不知道是在跟我作对。不过不能让他陷得更深了，你提点他一番，把他争取过来！"

这时王玄策等人已经进入内坊，一进门众人便两眼眩晕，眼前是无边无际的莺莺燕燕，人头攒动，宛如潮水一般填满了堂前廊下、每一处院落。别说王玄策和刘全，哪怕是袁守诚痴活了六十多年也没见过如此多的女人，一个个姿容上佳、环肥燕瘦，衣袂如云，裙裾似虹。众人皆看得瞠目结舌。

这些女人幽闭深宫，着实可怜，皇宫中除了去势的宦官，真正的男人便只有皇帝和太子，大多数宫女等闲连远望他们一面都是难得之事，如果不放出，可以说一生之中也难得见到男人。今日东宫看相，对她们而言简直是一场比上元节还要热闹的盛事。一个个叽叽喳喳地看着几个大男人评头论足，嬉笑不已。包括李义府和那名通事舍人也是撑不住了，几个大男人仿佛亡命奔逃一般从女人堆里闯过去，跑进内坊的中堂，彼此对视一眼，都是满头汗水。

赵嬷嬷威严整肃，走到廊下一声斥责，几百名宫女顿时没了声息，一个个屏息凝神。赵嬷嬷安排人手布置好了几副书案，袁守诚居中而坐，王玄策和刘全陪同在他左右，李义府和通事舍人负责记录。赵嬷嬷还命两名录事、两名典事来伺候，一切都安排得井井有条。

这时，外面有内侍高声喊道："太子妃殿下到！"

几百名宫人异口同声跪拜高呼："参见太子妃！"

门外的李义府急忙推开门，只见乌泱泱的宫女们在庭院左右跪倒，一群宫人打着紫绢、绯绫等各色华盖，簇拥着太子妃王氏等妃嫔款款而来。众妃嫔身穿雍容华贵的钿钗礼衣，手里牵着几名小郡王和小郡主，更小些的则被乳母抱在怀中。后面还跟着一大群女官，都是后宫六局二十四司之人，专为处理宫廷内务。

王玄策等人向太子妃跪拜施礼，太子妃的性子清冷孤耿，径直从众人身边走过，进入内坊。其他妃嫔也要进去，王玄策急忙起身拦住，只放太子妃的随行女官一起进了内坊，殿门"吱呀"一声关上。

这些妃嫔都知道这次看相是皇帝诏命，只好老老实实地候着，赵嬷嬷命人搬来胡床请各位妃嫔坐下歇息。此时日近午时，烈日当空，尚仪局的女官给妃嫔们撑起华盖遮阴，尚食局的司酝女官奉上冰镇饮子，只有那几百名宫人站在烈日之下,虽然汗流浃背,却一个个不敢出声。

内坊之中,尚仪局的女官重新用皇家御用之物铺设了主位,连书案上都铺了绫锦坊新织的镜花绫缎面,又在上面放置了玛瑙杯,斟上乌梅浆饮子,里面居然叮当响动,漂浮着冰块,然后才请太子妃落座。

袁守诚抬起眼睛细细打量着太子妃,掐算一番,然后告罪一声站起身,绕着太子妃转了一圈。王玄策好奇地看着,只见太子妃王氏十八九岁,容貌端庄,目光清冷。她出身山东五姓之一的太原王氏,颇有一些母仪天下的贵气,但面无表情,眉目间似有一股化不开的忧愁。这种忧愁不但王玄策明白,朝廷高层几乎人人心知肚明,因为太子妃成婚七年,至今未曾生育。

"敢问殿下的名讳和生辰八字。"袁守诚道。

任何人的生辰八字都极为隐私,皇家的更是朝廷机密,但看相时却是必须要知道的。一名尚服局的司宝女官捧着一份金册递给袁守诚,里面是太子妃的名讳和生辰八字。

袁守诚回到书案前,拿起笔开始计算。袁氏一脉用的是称骨算命,简而言之,便是人的出生年月日都有具体的重量,将这些重量叠加,按照"称骨歌诀"查询对应,便能推算出此人的一生运势和旦夕福祸。

算完之后,袁守诚久久不语,众人都沉默地盯着他,好半晌他才惊醒过来,告罪一声:"启禀殿下,老朽占算完毕,请殿下自便。"

太子妃一言不发,径直起身离开。随行女官收拾了金册等物,呼啦啦离开,连未喝一口的乌梅浆饮子也都收了。

次一个进来的是良娣郑氏,手中还牵着李治的次子李孝,本月恰好三岁。她仍旧有六局的女官服侍,只是规模小了一些。郑氏同样出身于山东五姓,荥阳郑氏,性情却极为温和,甚至还命李孝向袁守诚见礼。

尚服局的司宝女官捧上郑氏和李孝二人的金册,袁守诚依样给二人细细相了面,又计算称骨。推算完毕,他轻轻吐了口气,请郑氏带着孩子离开。

再进来的是良娣萧氏,她牵着三岁的长女,后面还跟着两名乳母,一人抱着年方一岁的四子李廉,一人抱着刚满月的二女。萧氏出身于兰陵萧氏,江南一等士族,姿色妖娆妩媚,最受李治宠爱,跟随的女官数量明显比同级的郑良娣要多几名。

袁守诚从司宝女官处收了四人的金册,一一看相称骨之后,忽然间脸色有些苍白，额头渗出冷汗。连萧氏都看出他神情有异，关切地问道："先生身体有恙吗？今日天气暑热，妾身一会儿命赵嬷嬷送些冰镇饮子来。"

"无妨，无妨。"袁守诚勉强笑着，起身恭送萧氏等人离开。

满屋子的人都望着袁守诚，等他解释，袁守诚却闭目垂眉，一言不发。赵嬷嬷果然命人送来了冰镇的饮子，众人也不敢当真去喝。

之后来的是承徽刘氏，牵着六岁的长子李忠。这刘氏只是普通宫人，李治十五岁情事粗通之时临幸了她，不意竟然怀孕，诞下了长子，刘氏也才从普通宫女晋升为承徽。她没有随身的女官，只有一名司宝女官带着她和李忠的金册。

袁守诚收了母子二人的金册，看相称骨，又是倒吸一口冷气，却仍旧一言不发，恭送二人离开。

接着是另一名承徽杨氏，牵着的三子李上金年方两岁，正在蹒跚学步，一进屋子就冲众人开心地笑个不停，还硬要去抢王玄策书案上的饮子，慌得杨氏急忙把他抱起来，满面羞惭地向众人告罪。

袁守诚收了金册，看相称骨之后仍旧默然好半晌，才恭送杨氏离开。

至此，有品秩和子嗣的妃嫔全部看毕，剩下的便是那些宫中女官。尚服局的司宝女官也不来送金册了，袁守诚安坐不动，那些女官各自递上名讳和生辰八字，称骨看相。过程极为繁冗，足足一个时辰才看了不到百人。

李义府明显有些焦躁了，给众人递过来三碗冰镇饮子，王玄策和刘全咕嘟嘟喝掉，袁守诚仍然专心致志地称骨看相。

李义府赔笑："王少卿，太子殿下也在盼着呢。按这速度只怕三两日也看不完，袁先生能否给些结果，让下官去禀奏一二呢？"

王玄策对这老神棍方才的失态也有些好奇，正心痒难挠，等袁守诚刚看完一名宫女，便命录事女官暂停，将她们都遣了出去，询问袁守诚。

袁守诚展开几幅卷轴，用镇纸压着，反复摩挲，似乎有些踟蹰。众人眼巴巴地盯着，许久，他终于叹息一声："并未发现陛下要找的那人，从老朽今日称骨的一百余人命格来看，她不在其中。"

王玄策、刘全和李义府同时大松一口气，尤其是李义府，如释重负。王玄策奇怪地看了他一眼，这意味着他也知道今日看相的内幕。李义府意识到自己的失态，尴尬地朝王玄策连连拱手，满脸恳求之意。

"然而，老朽却占算出了一些非同寻常的东西。"袁守诚有些恐惧不安，身子似乎都在隐隐颤抖,"我终于知道,天纲占出来的坎卦并不是应在昨晚,而是今日。怪不得他要远走避祸,原来这场灾劫避无可避!"

众人都有些发蒙,王玄策神情凝重:"袁先生,你到底占算出了什么?"

袁守诚脸上的冷汗涔涔而落,他盯着众人,一字一句道:"从命格来看,除良娣郑氏以外,太子妃、良娣萧氏、承徽刘氏、承徽杨氏皆遭横死。四位小郡王之中,除了次子李孝是早夭之相,长子李忠、三子李上金、四子李廉皆非善终!"

他的声音很低,但内坊之中好像炸响了一道闪电惊雷,众人眼前金光乱闪,耳中耳骨轰鸣,巨大的恐惧感从脚底升起,瞬间席卷全身。"扑通"一声,李义府跌撞在了书案上,随即便弹跳而起,惊慌失措地奔了出去。

从内坊进宜春门便是射殿,射殿前是一座宽阔的广场,黄土夯压得极为结实,日常东宫的马毬、蹴鞠、骑射都在此处。李义府一路小跑地奔进宜春门,便听到射殿前人声喧哗,马蹄翻滚,只见李治身穿紫色袴褶服,身上披着皮甲,正顶着烈日练习骑射。身穿绯色戎服的勋卫中郎将马策和一群勋卫大声欢呼着,还有人敲着军中的桴鼓,气氛热烈至极。只有夋姬,似乎是一尊金雕玉刻的塑像,站在广场的边缘处沉默无声。

原来李治苦于自己"仁弱",每日都要抽出一个时辰练习骑射,风雨不辍。马策教习的骑射完全是军中最实用的射术,分鬃射、对蹬射和抹鞦射。李治绕着箭垛奔驰不停,居然十中其六。

箭袋中的二十支箭射完之后,马策教他拾取地上的箭矢,分为弓弦捎箭、弓稍挑箭和马上取箭。弓弦捎箭就是拾取斜插在地上的箭矢,李治勒停战马,先用弓弦和弓稍扭住箭矢,然后用力将其拔出。弓稍挑箭是拾取散落在地上的箭矢,难度略大一些,需要右手勒紧缰绳,用左手将弓稍挂到箭矢中间,将箭矢挑起来凌空接住。

但难度最大的还是马上取箭,在战马疾驰中捡起地上的箭矢。需要人左脚踩镫,右脚脱镫,将大半个身子探下去抓取箭矢,需要强大的臂力、腰腿力量和平衡感。马策先是示范一番,让李治放慢马速去抓取箭矢,结果李治还是控制不住,右脚刚一脱镫便"扑通"一声摔了下来。

李治急忙左脚甩开马镫,就地翻滚出几尺远,才躲开了马蹄的踩踏。

周围众人惊骇交加,纷纷奔跑过来搀扶,却被李治一把推开。他挣扎着站直身体,强忍身上的疼痛,重新拽住马缰绳:"我阿爷十八岁举义,栉风沐雨,衣不释甲,难道我便只会养尊处优,摔一下也禁受不起吗?击鼓!"

众人不敢再说什么,李治踩上马镫正要上马,李义府逮着时机跑过来拽住了缰绳,焦急道:"太子殿下,内坊那边有结果了!"

李治让众人退后,李义府声音颤抖:"太子殿下,那袁守诚占算的结果大逆不道,臣不敢说!"

李治心情正差:"不敢说你来此作甚!"

李义府咽了口唾沫,心一横,低声道:"那袁守诚说……除良娣郑氏之外,太子妃、良娣萧氏、承徽刘氏、承徽杨氏,皆遭横死……四位小郡王之中,二子孝早夭,长子忠、三子上金、四子廉皆非善终!"

说罢,李义府躬身施礼,不敢抬头。李治呆呆地看着李义府。这一瞬间,李义府的身影似乎远在天边,恍惚迷离,但他说的每一个字又似在对耳朵呐喊,雷霆滚滚。李治的五识仿佛都被抽离了出去,放置在铁砧上锻打,烘炉烈焰,将他整个人捶成一条薄薄的铁片,嗡嗡颤抖。

他努力想镇定,踩着马镫要翻身上马,结果腿脚一软,再度摔在了地上。众人惊呼一声,正要跑过来,李治伸手阻止,大吼道:"退!"

众人躬身后退,李治目光呆滞地坐在地上,他浑身灰土,在烈日的照耀下,汗水混杂着尘土在脸上冲出一条条沟壑。

爻姬急忙提着裙裾奔跑过来,一边拍打他后背,一边拿出丝巾替他擦拭脸上的脏污。李治一把抓住爻姬的手,喃喃地道:"又来了……他又来了!欺人太甚!"

他想起这是在众目睽睽之下,不能让臣属和奴婢看到自己的"仁弱",便挣扎着站起身,将缰绳丢了出去:"李义府!"

李义府急忙接过缰绳,躬身道:"臣在呢!"

李治咬着牙:"去请阿舅来。另外,宣召中书令褚遂良,左庶子于志宁,少詹事张行成,右庶子高季辅、许敬宗,玄都观主尹文操,太史令李淳风。"

"殿下三思!"爻姬急忙道。哪怕脸上戴着面具,从声音也能听出她的惊骇。

李治朝着李义府怒吼:"还不快去!"

"臣遵旨。"李义府是太子舍人,执掌的便是行太子的令旨与表启。他知道,太子用了"宣召"二字,便不是太子的私人之事,而是要通过东宫右春坊正式颁发太子令旨了。

李义府领命而去。李治呆滞地抬起头，眯着眼睛，试图仰望天上的烈日。似乎从被册封太子之后，他就不敢再仰望阿爷，就如同不敢仰望天上的烈日。他怕被那光芒和天威灼伤了眼睛。天上有羲和挥舞着鞭子御日而走，他每甩出一声鞭响，都像是抽在了李治的灵魂之上。

李治再也无心骑射，回寝宫长生殿沐浴更衣，命内侍传来太子妃、良娣萧氏、承徽刘氏和杨氏。待她们各带着自己的子女来到长生殿，李治朝众妃嫔笑道："走，我带你们去显德殿。"

显德殿是太子商议朝政的地方，当年长孙皇后御后宫甚严，并无任何妃嫔敢干预政事，显德殿这地方除了成婚之日，连太子妃也没有进过。加上今日刚在内坊看相，众妃嫔均知有异，却不敢问，默不作声地随着太子走出长生殿。

太子妃和李治并肩走着。太子妃性格孤耿，不懂柔媚，他素来不太喜欢。不过今时今日，太子妃感受到李治心中的悲郁，握住他的手柔声问道："九郎，可有难决之事让妾身分担吗？"

李治看着眼前的妻妾子女，想起她们皆遭横死的预言，忽然悲从中来，眼圈瞬间便红了。他握了握太子妃的手，强忍悲伤，温言道："放心，一切有我。"

李治亲自抱起萧氏所生刚满月的二女，一大堆妃嫔、女官、乳母和内侍跟随在身后，穿过华美威严的宫阙楼台。一众人等个个无声，走动之间只有裙裾窸窣，步履声声，哪怕珠翠满头，华盖遮天，其实萧索不堪，仿佛一众待宰的羔羊走上刑场。

李义府确实机敏干练，短短半个时辰之内，已经将长孙无忌、褚遂良等八名臣子都请到了显德殿。现在是太子监国，便是皇帝将政务交给太子，以东宫的官员来处理全国政务，因为东宫事实上是一个非常庞大的预备执政系统，比照朝廷的三省设置，其中詹事府相当于尚书省，左春坊相当于门下省，右春坊相当于中书省，朝廷的宰相都临时委任以东宫官职，与东宫官员共同辅佐太子。

也就是说，显德殿中这几名臣子，已经掌握了此时的大唐国政。

众臣忽然见太子带着太子妃等妃嫔进来，怀里还抱着孩子，都吓了一大跳，纷纷稽首跪拜。

李治说了一声"兴"，请众人起身。内侍们急忙搬过来几席地毡放在太子旁边，太子妃的位置自然是在太子右侧，妃嫔和孩子们纷纷在两人身后跪坐。

李治怀中抱着次女，向妃嫔们一一介绍眼前的诸公，命她们参拜。以太子妃为首，众妃嫔一起行肃拜礼，稍大一些的李忠等子女则顿首跪拜。这下众人都有些蒙了，急忙回礼。

"尹观主，你当年奉我阿娘的赦命出家，如今又充任玄都观主，镇压长安气运。"李治道，"李令，你是我大唐太史令，观察天文，稽定历数，凡日月星辰之变，风云气色之异，都需占候其征兆。"

尹文操是陇西天水人，时年三十五岁。他自幼便崇慕道术，四处拜师求学，十五岁之时便道法有成，闻名遐迩。文德皇后听闻后，特赦命出家，配往楼观台宗圣观，十年后道法大成，皇帝又诏命其充任玄都观主。

玄都观乃是大唐的皇家道观，隋朝宇文恺建长安城，因龙首原有六道高坡，呈乾卦六爻之象，他便于九二位建宫殿，作为帝王之居；九三位立皇城百司衙门，以应君子之数；九五位太过于尊贵，不能被普通人所居，便立了一寺一观来镇住。寺为大兴善寺，观便是玄都观。尤其对于李唐而言，自认老子为始祖，道教为国教，玄都观便成为镇压皇家气运所在，尹文操能充任观主，以一己之力镇住九五至尊之地，可见其人的本事。

李淳风时年四十七岁，已经是大唐震古烁今的通玄之士，对天文、历法、阴阳、算学、占候、卜筮无所不通，每次占候吉凶，合若符契。当时术者疑他能役使鬼神，无人能测其高深。但对李淳风而言，占候卜筮实是不值一提，他真正的雄心在于著书立说，他亲手改进了西汉落下闳的浑天仪，将两重浑仪改为三重，之后作《法象志》七卷，论证历代浑天仪之得失。史志方面，他受诏命撰写了《晋书》《隋书》中的天文志、律例志、五行志，为国子监算学馆编订和注释了十部算经。他还撰写《典章文物志》《乙巳占》《秘阁录》等书籍。

李治继续说道："今日召你二人来，便是要给我宫中的妃嫔子女看看相，看他们命格如何。"

尹文操和李淳风对视一眼，都忍不住心惊。大殿中的朝臣也纷纷吸了口冷气，都知道这背后意味深长。

司宝女官将各位妃嫔子女的金册分发给李淳风和尹文操。两大占卜高手同时开占。尹文操是先观骨骼，次量三停，再察面相，又辨气色，十观完毕，手指起了龙旋赶掐算。

李淳风的占算方式与他又有不同，不用龙旋赶，也不用蓍草，而是在心中起灵台卦进行演算。

等所有人占算完之后，李治命太子妃率领众妃嫔离去。长孙无忌终于忍不住，说道："你们二人把占辞呈上来吧！"

"阿舅且稍待。"李治看了一眼众臣，一字一句道，"今日东市相师袁守诚来我东宫看相，我先说一番他的占辞，给诸位做个参考。他说……除良娣郑氏之外，太子妃、良娣萧氏、承徽刘氏、承徽杨氏，皆遭横死……四位小郡王之中，二子孝早夭，长子忠、三子上金、四子廉皆非善终！"

这番话在显德殿中轰然炸响，所有臣子骇然失色。

"大胆！"长孙无忌怒吼道，"这狗鼠辈胆敢如此无礼！"

"殿下！"许敬宗愤怒道，"此人大逆不道，臣请大理寺缉捕此人，严加鞫审！"

众臣群情激愤，连一向持重的老臣于志宁都忍不住须发戟张，金刚怒目，然而李治平平淡淡的一句话便让大殿鸦雀无声。

李治道："是陛下诏命他来的。"

众臣惊骇地望着李治，眼神又从诸位同僚的脸上滑了过去。这些人在官场熬炼已久，眼神只一交错的瞬间，便读出了对方不曾宣之于口的各种心思。

"尹观主，李令，现在说说你们的占辞吧！"李治面无表情，仿佛被摆上太牢祭案的一块死肉。

众臣心中一颤，瞬间便读懂了太子的举动，怪不得他要在显德殿上召见监国之臣，怪不得他要携嫔妃子女来参拜臣子，他竟然是向远在翠微宫的皇帝发出最隐晦、最柔软也最悲情的抗争！

皇帝派袁守诚来看相，占辞是妃嫔子女皆横死，绝嗣！这意味着什么？要知道废太子承乾哪怕谋逆，也只是被废为庶民罢了，建成、元吉玄武门被杀，子嗣坐诛，但嫔妃和女儿并未受株连。再惨烈的争储夺嫡也不可能让太子绝嗣，妃嫔皆死，如果皇帝真采信了这个占断，往下推算便只有一种可能——大唐在太子手中三世而亡！

这个相师袁守诚，简简单单几句占辞，便让太子陷入此生最凶险的危机之中。太子是储君，储君是历来儒家治世的传统，"帝尧老，命舜摄行天子之政，以观天命"，所储有三，一储其望，二储其能，三储天命。这占辞传到皇帝耳中，则皇帝动摇对太子的信心；传至朝野之上，则朝野质疑太子的天命。

太子的倾覆之祸，可以说迫在眉睫！

所以太子便使了两种手段来破解这场危局：其一，以攻对攻，以彼之矛攻彼之盾，召来比袁守诚声名更著的李淳风、尹文操共同占断；其二，率先公布此事，并携带后宫妃嫔子女拜谒众臣，以一种被谗毁的悲情哀哀托孤——吾今日将全家性命托付众卿！

两名宫女撑着伞盖，簇拥着爻姬来到内坊的院门外。赵嬷嬷急忙出来迎接，她对这位神秘的爻姬还是略知一点底细，知道她是太子最得力之人，不敢怠慢。

"王玄策等人可还在堂上？"爻姬淡淡地问道。

"回爻姬娘子，"赵嬷嬷道，"还在呢。我刚送上些饮子和果点。"

"暂停看相，把正堂和内坊的门统统锁了，禁止一切人等进出。"爻姬道。赵嬷嬷大吃一惊，却并不问缘由，立即派人将两道门户都给锁了，连同自己和几百名宫女也锁在庭院中。

王玄策、刘全和袁守诚三人正沉默地坐着发呆。也许是天气闷热，三人的头上、脸上汗水流淌。这时庭院中传来动静，王玄策冲到门口一推，门户上锁。刘全和袁守诚跑过来扒着窗棂探看，几名内侍正推上内坊的朱漆大门。

袁守诚有些心虚了，询问缘由。王玄策叹道："只怕是太子想要拿下你问罪了。"

"王少卿，您得救救我啊！"袁守诚叫屈道，"我并非诽谤诋毁东宫，从相法上来看，他那些妃嫔子嗣真的是横死之相，无一善终！"

王玄策冷笑："谁家占卜不是图个吉庆？你这占辞已经算诅咒了，寻常人家也会将你好一顿毒打，何况一国太子？一旦传出去便会引起天下震动，能动摇太子的东宫之位！你身为占卜师，口口声声趋利避害，为何自陷死地？"

袁守诚默默想了半晌，苦涩地叹息："老朽年轻时尚与我那侄儿存有争胜之心，如今才明白为何我永远及不上他。同是袁氏占术的传人，我那侄儿年轻时便得享大名，王公贵戚争相延请，愿为门下走狗，连宰相岑文本、杜淹、王珪都对其奉若神明。老朽占术也不差，却只能市井卖卦，为那些引车贩浆之流占卜些鸡零狗碎之事。此次我侄儿占出坎卦，立时飘然远走，我却还妄想破了他这个坎卦，夺他这场机缘！现在想想真的是自取其祸！"

王玄策恍然大悟，原来他是想占出一场惊世大卦来压过袁天纲一头！

就在这时，内坊外远远地传来甲胄碰撞声，似乎四周有一队队的兵马在调动。众人对视一眼，骇然失色。

"据贫道推演，良娣萧氏、郑氏以及诸子嗣的禄命均是贵不可言，袁氏所占之辞大谬。"尹文操缓缓说出了他的占断，与袁守诚截然相反。

李治悬在胸中的块垒总算落地些许，问道："李令，你推演的卦象又如何？"

尹文操忍不住看了李淳风一眼，满脸同情，因为袁守诚是袁天纲的叔父，而袁天纲却是李淳风的师父，他的占卜术与袁守诚同出一脉。

李淳风学究天人，无所不通，不但在占候卜筮领域能与袁天纲并驾齐驱，在历法、天文、阴阳、算学等领域则是远超袁天纲，达到了前无古人的巅峰境界。所以李治请来李淳风和尹文操，其实真正要请的人是李淳风，他要借着李淳风的声名和地位否定袁守诚！都是袁氏一脉的相术，有了李淳风做背书，谁还肯信袁守诚？

所以，李淳风便陷入了两难境地，他的占辞若是和袁守诚一致，便是背叛太子，顷刻间便有抄家灭族之祸。但若是不一致，便意味着他要将袁守诚送入死地！一时间饶是李淳风学究天人，也难以抉择。

长孙无忌见他迟疑，心中不悦："你只管据实说出卦象和占辞，太子殿下的废立去留自有陛下决断。"

"不错。"褚遂良也冷冷地道，"若太子殿下失德，不为天命眷顾，我自当肉袒负荆，向陛下请罪而已。"

李淳风心中一颤，这番话其实是在威胁他，他的占辞有可能使得太子被废，需仔细掂量。他不再犹豫："太子殿下，臣推演的占辞与那袁守诚并不相同，袁某所学不精，占辞挂一漏万，绝不可信！"

袁守诚向王玄策深深一揖："请王少卿救我！"

王玄策恼怒不堪："你们占卜师算无遗策，难道没有手段破解吗？"

"老朽小觑了那个坎卦。昨晚那么凶险，本以为已应了卦，过了坎，没想到它是连环坎，坎中之坎，坎了又坎，坎外有坎。"袁守诚哀叹，"今日老朽奉了天子诏命来占卦，一路上极为上心，刚进嘉福门便用大五行二十四位来占风望气，却发现当年宇文恺营建东宫，早就破了这块的风水，使得东宫利男不利女，根本不可能诞生有女主气运之人。当时老朽心中便是一凉，难道第一次奉诏占卦便这样收场吗？待得占算出太子的妃嫔子嗣皆横死之后，我也是天人交战，但最后还是鬼迷了心窍，想着或许能赌一场富贵，便将占辞说了出来！"

袁守诚也有些心灰意冷，把自己所思所想和盘托出："我今日出门，为自己卜了个蹇卦，这卦下艮上坎，坎为水，艮为山。山高水深，艰难险阻。'利西南，不利东北。利见大人。贞吉。'你家住永宁坊，在我东市占铺的西南，你定然就是那能助我脱困之人，一切都拜托少卿了！"

王玄策拒绝："太子要拿你问罪，我有什么办法？"

"太子还没说要拿我！"袁守诚在生死关头也豁出去了，目光灼灼地盯着他，"若是你能帮我脱困，我就告诉你一桩秘密。你是不是一直好奇，去年七月天纲到底是怎么来的京城？为什么查不到他的踪迹？"

王玄策和刘全对视一眼，都愣住了。袁守诚这人无关大局，袁天纲才是真正牵涉《秘记》一案的关键线索。

袁守诚一字一句地道："天纲是被陛下秘密征召到京城的，所以你才找不到他的递牒和过所！"

王玄策一愣，这话大出他的意料。袁天纲竟然是被陛下征召来的，怪不得玄奘法师笃定他在京城。陛下和袁天纲之间到底发生了什么事情？为何征召他来京，却又找不到他？

"要救你出去，我就得开罪太子，这个消息的分量……不够。"王玄策盯着他，"陛下为何秘密宣召袁天纲进京？"

袁守诚苦笑一声："征召相师进京还有别的事吗？自然是为了看相。"

"给谁看相？"

"太子妃嫔！"

王玄策和刘全倒吸一口冷气，去年七月，皇帝召袁天纲给太子妃嫔看相，而今日再找他看相？这里面似乎有种说不出的古怪和诡异。但要再问，袁守诚却闭口不言，指了指房门。

王玄策二话不说，拎起一只青铜的灯烛架子走到门口，咚咚几下便将门锁砸开，"吱呀"一声拉开了房门，阳光入眼。赵嬷嬷和满院的宫女惊骇地看着他。

王玄策扔掉烛架，冷笑道："袁先生乃是奉诏而来，忽然间被你们锁在房中，如同猪羊一般，这恐怕不是内坊的待客之道吧？"那赵嬷嬷急了，刚要解释，被他一口打断，"是非曲直，咱们且到家令寺分说一番！"

家令寺乃是内坊的上司，衙署在东宫外的皇城之中，王玄策带着袁守诚、刘全昂然走向大门，赵嬷嬷并不知内情，也不知该如何处置是好。

王玄策从成百上千的宫女中穿过，庭院太挤，宫女们努力让开一条狭窄的过道，衣香鬓影，绿云扰扰，女孩家柔腻的体香将三人冲得头昏脑涨。王玄策喃喃道："老子这也算是万花丛中过，片叶不沾身了，回了宅中，得好好找景娘吹嘘一番。"周围的宫女听了，皆努力忍着笑。

到了内坊大门处，门上挂着一条更粗大的锁链，三人颇有些犯难。几名宫女挤挤眼睛，身子悄悄挪了一下，原来在她们身后有一口六角水井，旁边放着一块石井盖。王玄策大喜，将那井盖提起，"咚咚"几下便将内坊的锁链给砸掉了。

刘全疾步上前，用力拉开大门。忽然众人愣住了，太子卫率府的兵卒全副甲胄正严阵以待，刀出鞘，弩上弦，一排一排，竟不下四五百人！

第五章
金戈铁马，气吞长安如虎

东宫显德殿中，李淳风和尹文操已经告退，两人完成使命，推翻了袁守诚的占辞，接下来自然要追究袁守诚的罪责，否则如何洗脱太子背负的污名？

长孙无忌坚持认为袁守诚心怀叵测，蓄意构陷东宫，按照《贞观律》，乃是五刑中的十恶之罪，要定他十恶中的谋反和大不敬。《贞观律》本就是他和房玄龄修订而成的，对法理的疏议自然不会有错，但李治颇为犹豫，毕竟袁守诚是奉了皇命来看相的，这样严惩是否会伤了皇帝的颜面？

以李义府的地位，只能坐在最角落的位置旁听，忽然他看见偏殿的一角闪过一缕光芒，这才发现爻姬悄无声息地来到角落的暗影中，正朝他示意。李义府急忙起身，蹑手蹑脚地走过来，低声道："爻姬娘子有何吩咐？"

爻姬淡淡道："王玄策带着袁守诚要离开东宫，正在与卫率府的兵马对峙，太子的诏令怎么还没有出来？"

李义府苦笑一声，让爻姬听一听廷议。到此时，君臣已争论了许久，李治不肯让步，最后还是长孙无忌做了决断，先将袁守诚拿下，交由大理寺鞫问。这是要交由国家法度来处置了，李治自然没有异议，但想了想，又加了一条："阿舅，不如让刑部和御史台都派员参与鞫审。"

这是要三司会审。长孙无忌想想，袁守诚所犯的是谋反和大不敬之罪，三司会审也符合法度，便点头同意，众臣纷纷附议。李治欣然笑道："甚好。那便议一议，行一道令旨吧！"

"坏了！"李义府一拍大腿，懊恼不已。

爻姬也无奈，太子惧怕皇帝，非要以国家法度拿下袁守诚，那就有些耗费流程了。如今是太子监国期间，东宫的官员取代朝廷三省六部来处理政务，下达的政令也不再是皇帝的制敕，而是太子令。具体程序便是由褚遂良与右春坊的右庶子高季辅、许敬宗起草，长孙无忌和左春坊的左庶子于志宁审覆，交由詹事府颁发太子诏令，行给朝廷六部百司去执行。太子詹事李世勣去年给贬到了叠州，皇帝并没有再任命詹事，事务一概由少詹事张行成打理。

大殿中的这些人直接议一议，便能以合法的程序决定袁守诚的性命，但这么一走流程，可就无法阻止王玄策带人离开了。

爻姬当机立断，带着李义府离开显德殿，来到奉义门外。外面便是朝堂的廊屋，供官员上朝前等候、休憩，朝堂南面便是东宫的正门，嘉福门。

"李舍人，你去劝劝他，替我问他两个问题。"爻姬朝宫门方向指了指，李义府便是一呆，这才知道局势严重到了什么地步。只见王玄策一手举着圣旨，和刘全一左一右将袁守诚夹在中间，两侧是密密麻麻的卫率府甲士。整整三排甲士手持长矛，密集如林，紧紧抵住三人的前后左右，后面则是两列弩兵，森寒的弩箭搭在槽上，弩机大张，只待一声令下就能将他们射成刺猬。

王玄策赤手空拳，举起圣旨缓缓向外移动，嘴里还在呵斥："本官奉旨而来，却遭到内坊闭门锁禁，正要去家令寺与他们理论。尔等莫要和内坊沆瀣一气，耽误了自家前程！"

见王玄策只是把矛盾压在和内坊的冲突上，一旁的中郎将马策也不知如何是好，因为按照王玄策的说法，这就是个接待礼节不周的问题。没有军令下达，那些长矛兵和弩兵只好跟随王玄策移动，眼看着前面就是宫门。

李义府来到军阵之中，让兵卒们后退，神情复杂地望着王玄策："王少卿，有一位贵人问你：你是否知道今日此举，意味着背弃太子殿下？"

王玄策心中一突："李舍人，这是太子殿下所问？"

李义府不答，只等着他表态，但这也是默认。王玄策字斟句酌："请李舍人转告那位贵人，朝廷有三省六部二十四司，各司各署都有不同的职司，却都是在为大唐和皇家效命。玄策检校不良人署，今日此举也是在为陛下和殿下尽忠职守，不敢言背弃。"

李义府板着脸，一字一句道："贵人问：一个长安县尉，一个崇贤馆生，一个武骑尉，难道抵不过一个相师吗？"

王玄策顿时沉默了，如果说方才一问，他还能以大义来蒙混一番，这个问题却将明面上的话术都撕掉了：太子铺垫了那么久，给予你那么多，如今来要回报了。这是一种交易，避无可避。如果你给不了太子想要的，太子给你的，你凭什么拿？

王玄策一咬牙，把圣旨交给袁守诚拿着，对后宫方向躬身长揖："如今是太子监国，既然殿下有诏令，我自当遵从。李舍人，把诏令拿来吧，人给你留下。"

李义府怜悯地看着他，扭过头微微摇头。他自然是没有诏令的，王玄策也知道他没有诏令，所以这个回答实质上还是对太子的拒绝。朝堂廊柱后的爻姬虽然听不到两人的对话，却也看出了王玄策的选择，转身便走。王玄策感觉有异，顺着李义府的目光望过去，重叠的殿宇间空空如也。

王玄策仿佛被抽走了一根东西，心中也是空空如也，无所着落。

李义府默默一挥手，让卫率府的兵卒让开路。王玄策带着袁守诚和刘全离开，走了几步，回头望着李义府道："我恩师魏文贞公在《十思疏》中劝谏陛下说：恩所加，则思无因喜以谬赏；罚所及，则思无因怒而滥刑。请太子深思。"

李义府没有回答，目送他走出嘉福门，离开了东宫。嘉福门门外便是宫城，规模与皇宫一般大，六部各司的衙署、南衙诸卫的衙署、太子卫率府和东宫机构的衙署都设置在这里。

嘉福门外有马厩，都是上朝的官员临时拴马和停车轿的地方，杜行敏等十几名不良人正等着，王玄策低声道："赶紧走！"

一众人等径直上马，策马从延喜门冲出了宫城。

他们刚离去片刻，太子的诏命便送到了爻姬手里。许敬宗起草好了令旨，众臣做了签押，然后呈送给太子。李治批上"可"字，命符玺郎过来用上印玺，一道代表着大唐朝廷的令旨新鲜出炉，各级官员、亿万百姓无不遵照。

爻姬拿着诏令，和李义府骑着骏马冲出东宫，同样从延喜门出皇城，来到崇仁坊的左武候府。爻姬在头上罩了一副黑色的幂篱——如今大唐女性罩幂篱习以成风，她在街市上走动便没那么扎眼。她径直策马进了左武候府的衙门，厉声道："太子有令，左武候将军丘行恭接旨！"

王玄策、刘全、袁守诚和杜行敏等人离开皇城，承天门方向开始传来轰隆隆的暮鼓之声，六街鼓随后跟进。现在是未时二刻，敲的第一通鼓是城门鼓，四周城门关闭，但也提醒着士子和庶民百姓，该归宅了。然后要到申时三刻，才会敲第二通暮鼓，关闭宫城、皇城及各坊门。宵禁正式开始，街上禁止人行，左右武候的骑使上街巡察，看到有人在街上行走即为犯夜，捉回衙门笞二十。

所谓"街鼓喧喧日将夕，去棹归轩两相迫"，暮鼓一响，街上的官吏、士子、庶民、游人、商贾纷纷朝着家宅方向豕突狼奔。一时间街衢上车水马龙，喧嚷拥挤，那些要出城的就更是急迫，必须要赶在鼓停之前奔出城外。若是城门关闭，自家太远又回不去，那就是绝惨之事，最好的办法则是钻进一座坊内避开夜禁再说。至于是住邸店还是在哪个庙宇的廊下猫着，尽请随意。

王玄策知道太子不会善罢甘休，今夜不能回东署，便带着众人赶往另一处密巢。众人都懂规矩，谁也不乱问，跟着王玄策疾驰而去。

刚跑到胜业坊和东市之间，忽然马蹄声隆隆而来，卷起半条街的黄尘。王玄策兜回马匹一看，只见一支骑兵从北面的横街疾驰而来，到了街口，前面的骑兵发现他们，打了个旗语，迅疾兜转马匹朝他们而来。

"是左右武候！"杜行敏看着那衣甲，感觉对方来者不善。

王玄策缓缓摇头："不是巡街的武候骑使，而是武候府的宿卫。"

这时骑兵队伍兜转过来，行伍之中有两名亲卫举着旗幡，一面绣着"左武候将军"，另一面绣着"天水郡公"。

"是丘行恭？"王玄策吃了一惊。这时那支骑兵急速追到身前，足足有上百人，居中是一名身材魁梧、胡子卷曲的将军，紫色袴褶服，身着皮甲。王玄策自然认得他，赫然便是左武候将军丘行恭。

这丘行恭乃是鲜卑人，擅骑射，有勇力，隋末李世民刚起兵便来投奔，追随他征战四方，无役不与，功勋卓著。贞观十年，李世民兴建昭陵，将六匹追随自己征战疆场的战马刻成石雕，立在北司马门内，其中一马名为"飒露紫"，乃是李世民讨灭王世充时所骑。当时双方会战于邙山之上，李世民亲率数十名骑兵冲阵，与部下失散，只有丘行恭追随在侧。王世充骑兵追至，箭矢射中李世民所骑的飒露紫。丘行恭返身回来救援，箭无虚发，射杀敌军多人，随后下马拔出飒露紫身上的箭矢，将胯下战马献给李世民。他自己则一手牵着飒露紫，一手执着长刀步行冲阵，连斩数人，最终冲出敌阵返回唐军。

李世民感念他的救驾之功，下诏凿刻丘行恭为飒露紫拔箭的石雕，立在昭陵的北司马门内,以旌表其武功。

这丘行恭虽然忠心耿耿,勇悍绝伦,性情却极为酷烈,手段残忍,官场同僚无不忌惮。贞观十七年,代州都督刘兰①谋反被腰斩,丘行恭竟然剖出刘兰的心肝烹食,朝野哗然,人称食人将军。皇帝恼怒不已,对他严加斥责,但骂归骂,却仍然宠信,他数次遭到弹劾,革职罢免几个月便会重新启用,贞观十四年,更升任左武候将军,掌握了长安城一半的治安大权。

王玄策的不良人曾经挂在左右武候麾下,如今虽然脱离,却也算做过丘行恭的属下,两人品级也差了三四级。于是,王玄策急忙率领刘全和杜行敏等人下马,双手高举,长揖道:"下官王玄策,拜见丘将军!"

丘行恭不说话,兜马绕着王玄策和袁守诚转圈,脸色阴沉。他手下一名中郎将呼哨一声,率领武候骑兵兜着更大的圈子,将十几名不良人团团环绕,一个个手握佩刀,满脸不善,甚至有人反手摸着马背上的弓箭。

长安城的街道都是用黄土夯压,车辙遍布,坑坑洼洼,骡马车辆一过,黄尘卷起,上百名骑兵兜转马匹惊起的黄尘几乎把王玄策等人彻底笼罩,三步之内不辨人影。那些骑兵纷纷呼哨,口中嬉笑。

"丘将军您这是何意?"王玄策有些恼火,命人上马,这才脱离了黄尘笼罩的范围。

"把此人交给我,你们自便。"丘行恭指着袁守诚,面无表情地说道。

王玄策愣住:"将军要此人作甚?"

丘行恭一招手,那名中郎将取出一卷文书呈给他,他拿在手中展开,三省的大红官印、十几名臣僚的签押和官封姓名、太子的朱批赫然在目。丘行恭面无表情,但眼神中充满一股亢奋之意:"听说你没有诏令,便不服太子调遣。好了,诏令来了,中书和右春坊拟定,门下和左春坊审覆,东宫朱批画诺,请王少卿看好了:东市相师袁守诚心怀怨恨,借相术谋危社稷,诽谤诋毁东宫,涉十恶之谋反及大不敬,着左右武候加以缉捕,解送大理寺三司会审!"

袁守诚的脸色变了,悄无声息地躲在了王玄策的马后。

王玄策也大吃一惊,他没想到一向"仁弱"的太子,手段居然如此凌厉,执

---

① 刘兰,字文郁,青州北海人。《旧唐书》《新唐书》中记载为"刘兰",《资治通鉴》记为"刘兰成"。本书采用两唐书的说法。

意要将袁守诚给拿下问罪。以丘行恭的酷烈凶残，袁守诚落到他手中只怕活不到明日就给瘐毙了。王玄策心中怀疑，恐怕这才是派丘行恭来拿人的真正目的。

他缓缓摇头："丘将军，此人我恐怕不能交给你。我奉了皇命正在侦缉一桩大案，他是关键线索，刚刚被我给拿下。您若是想要，便等我不良人署鞫审完了再行移交。"

见自己被拒绝，丘行恭脸上反而涌出一股亢奋之色，本以为寡淡无味的猎物暴起反抗，让他浑身上下十万根毫毛都发出嗜血的呐喊。他舔舐着嘴唇，狞笑道："王少卿要跟我武候府抢人不成？"

"不敢，"王玄策抱拳，"下官办的是钦案，陛下亲自交代的。"

丘行恭伸出手："圣旨拿来！"

"并无圣旨，只是口谕。"王玄策拿出不良帅的鱼符，"不过陛下命人把这东西给了我，命我检校不良人署。"

丘行恭一马鞭抽在了王玄策的手上，将那鱼符抽到了地上，冷笑道："一群烂脊之人，这东西一文不值。我问你，陛下口谕中可说让你缉捕袁守诚？"

一名不良人急忙跳下马，将鱼符捡回交给了王玄策。

"不曾，"王玄策强忍疼痛接过鱼符，"但是此人与陛下交代的案子关联极大。"

"一派胡言。"丘行恭道，"或许是你与他有旧，想要替他脱罪。嗯，定然如此，且拿回衙署鞫问一番便知。来人，拿下！"

众武候纷纷抽出横刀逼压上来，杜行敏等人将袁守诚护在中间，抽刀和他们对峙。丘行恭漫不经心："动刀就免了，用马鞭、刀鞘把他们抽下马来！"

众武候狞笑着还刀入鞘，摘下刀拎起马鞭围了上来。

刘全勃然大怒，拔刀指着丘行恭："丘将军，陛下命不良人和我北衙飞骑联合办案，你莫不是觉得我北衙飞骑也包庇这袁守诚吗？"

丘行恭这才发现人群中居然还有三名披着五色袍、马鞍铺着虎皮的飞骑，不禁眉头大皱。不良人只是一群低贱之徒，打了也就打了，这飞骑却是天子的贴身近卫，对天子不好交代。但今日之事却是一个政治态度问题，皇帝不豫，谁敢担保太子不是想试探自己一番？

他一念及此，当即大喝："有无天子诏书？若无诏书便一并拿下，拿回衙署好好鞫问！"

"动手！"王玄策忽然朝着一匹马狠狠一鞭，那匹马长嘶一声撒腿便冲向外围。武候们猝不及防，吃那惊马一撞，队形纷乱，便给那惊马冲了出去。这时武候们才发现那惊马的背上趴着一人，紧紧搂着马脖子，赫然便是袁守诚。

"拦住他！"众武候齐声大叫，但王玄策等人早就筹划好了，袁守诚的惊马刚冲出一条通道，其他人便策马跟上，十几匹马挤得密密匝匝，将那条豁口给牢牢撑住。

武候们反应迅捷，随着他们并驾前驱，试图锁住这条豁口，不良人则拼命往外挤，一百多人、一百多匹马拥堵得层层叠叠，马肚贴着马肚，马头贴着马尾，人腿挤着人腿，肩膀挨着肩膀，中间几乎连根竹竿都插不进去，仿佛一团黑色的旋涡势不可挡地朝前席卷而去。连丘行恭都所料不及，马匹也被夹在里面，像裹进泥石流一般被卷走。

这两座坊之间的街道宽有十丈，两侧是排水沟，沟深有六尺，宽有一丈，边上种植着槐树，枝叶繁茂。这一两百匹马拥街塞路，边上的骑兵可就倒了霉，不少人被枝干给挂住，径直飞了出去。有些摔进沟渠，有些则是摔在马群上空，像一条麻袋般被无数马匹乱撞。

马背上的众人一开始还拿着马鞭和刀鞘乱打乱抽，混乱之中打出了真火，也不知道谁的刀鞘先脱了出去，拿着横刀劈砍，片刻之后所有人都甩掉刀鞘，挥刀乱战。一时间兵刃交击，鲜血横飞，不知多少人硬生生被劈下了马。

丘行恭的马匹被夹在靠后的位置，眼见得事态发展到如此地步，顿时怒不可遏，把腿脚从马腹的挤压中拔出来，纵身跳上马背，踩着马背往前跳跃。刚跳了两三匹马，他脚下一个踉跄便摔在马背上。有武候将他搀扶起来，丘行恭继续往前跳跃，有不良人挥刀斩了过来，丘行恭怒吼一声，一刀斩断对方的横刀，再一刀斩断了他的脖颈。颈血上冲三尺，喷得周围众人和马匹一片血红，无头尸身挂在马背上继续驱驰。

无论武候还是不良人全惊呆了，不良人纷纷怒骂，却无法从马背上挣扎起来。丘行恭抹了抹脸上的鲜血，狞笑着踩踏马背跳将过来，遇见不良人随手就是一刀，眨眼间三四名不良人倒在他刀下，尸体随着战马颠簸。

王玄策拼命抽身，终于把腿脚从拥挤的马腹中间拔了出来，也跳上马背，接着又跳到另一匹马上。这匹马上是个武候，趁着王玄策身在半空，挥刀砍去，王玄策挡开他的刀，趁着落下之势，屈膝砸在他的脸上。

那武候捂着脸惨叫，王玄策落在他背后，左臂勒住他的脖子，将他的脸狠狠扭向身后，望着丘行恭。王玄策将横刀搭在他的脖颈上，刀刃慢慢拖过去，缓缓割断了他的脖子，抓着那人的幞头让他的脖子高高扬起，使其颈血肆意喷涌。

整个过程，王玄策动作极为缓慢，手中刀虐杀那武候，眼睛却只是盯着逐渐逼近的丘行恭，狰狞而笑。周围的不良人和武候都骇住了。

这是回应，是宣战，是复仇，是不死不休的决裂！

丘行恭愣了愣，顿时勃然大怒，吼叫着飞奔而来。王玄策也大吼着冲上去，两人踩着奔腾不息的马背，瞬间便交换了四五刀，"当当当当"的兵刃交击声密如爆豆，然后身体相撞，均跌了出去。丘行恭跌在武候群中，被人给拽了起来。王玄策却险些从马屁股后面滑下去，急忙抓住旁边马背上一名武候的后背。

那名武候给他扯得险些跌下马，挥刀砍去时，又吃了王玄策一拽，不觉身体前倾。然而王玄策的横刀就在那儿等着，那武候眼睁睁看着径直撞了上去，刀尖穿胸而过。

王玄策挣扎着踩到马背上，忽然眼前黑影如泰山压顶，丘行恭猛扑过来，王玄策"砰"的一声给他撞出一丈远，跌在几匹马的中间。丘行恭大吼着冲过来，王玄策一脚将他踹翻，两人同时爬起身，嘶吼着挥刀砍杀。

日入前三刻，暮鼓仍然未歇，鼓声激昂苍凉，仿佛落日沙场，铁血杀伐。

此时即将宵禁，街市上人烟密集，车马遍布，一百多匹战马仿佛黑压压的蜂群，所过之处无不人仰马翻，所有闪避不及之人都吃那惊马一撞，或者骨断筋折，或遭铁蹄践踏。此时正是官员散衙之时，不少高官或骑马或乘车，侍从们举着卤簿仪仗，笼街喝道。这时候马群疾驰而来，卤簿仪仗顷刻间土崩瓦解，连官员都不知道给撞到哪里去了。

不少骑马之人看见马群奔来，知道唯一的生机就是在马群前率先奔逃，结果这团蜂群越卷越大，仿佛洪水般卷过胜业坊、卷过平康坊、卷过东市、卷过亲仁坊。各坊的路口都是排水沟过街之处，修建有石桥或者木桥，每过一座坊口桥梁，都有无数马匹摔进沟渠之中，惨叫声不绝于耳。

王玄策和丘行恭站在马背上殊死搏杀，手上的横刀都砍缺了几把，马背上颠簸起伏，险象环生，若不是有手下照应，几次都会跌到马腹下面遭受万蹄践踏。但两人都杀红了眼睛，恨不得将对方立斩于刀下，至于斩杀对方的后果如何，压根懒得多想。

激斗之中，丘行恭一脚将王玄策踹出去，拎着刀逼压过来，狞笑道："朝野上下都说你是大唐朝的未来名将，老子曾经不服，不过今日这结果岂不是更好？老子这刀下又多斩一员名将！"

王玄策抱着一匹马的脖子，挣扎着往马背上爬："你这厮只是一员斗将罢了，服不服有什么打紧？他日我做了一路总管，你无非是我麾下一犬马而已。"

丘行恭气得暴跳如雷，狞笑道："你个田舍奴，念你要死在我刀下，便告诉你一个秘密。不只是刘兰，所有死在我手中的反王叛贼，我都会偷偷掏出他的心肝烹食，薛仁杲、窦建德、刘黑闼、盛彦师、李君羡，你知道那心肝有多好吃吗？那是人间无上美味！王玄策，今夜我便来品评一番你的心肝，看看是何味道！"

王玄策一阵作呕，然而偷眼四顾，却禁不住心中一沉，填街塞巷的马匹上已经没有几名不良人，刘全、杜行敏等人早已踪迹不见，也不知是生是死。在马群的前方，袁守诚两臂抱着一匹马的脖子，一只脚搭着另一匹马的鞍鞯，几乎半挂在马上，岌岌可危。

这时马群已经驰过了延兴门大街，进了升平坊和永崇坊之间的街道。街上拱起来一座石桥，桥下的黄渠从升平坊的坊墙里流出来，穿街而过，进入西边的永崇坊。

黄渠是引自终南山的义谷，是曲江池的水源，后来又引来浐水增加水量，在曲江池汇聚之后从长安城的东南角入城，随后分成两条主渠，一条从大慈恩寺穿过去，一条向北，撞上乐游原高地之后折向西，最终两条水渠又在启夏门大街汇合，顺着坊墙外的排水沟，向北和龙首渠汇合。

正所谓"八水绕长安"，这些遍布全城的水渠使得长安城各坊之中林泉遍地，水竹深邃。但其实朝廷开凿这些水渠，一是为了水源供应，二是为了百万人家和皇宫所用的木材、薪炭等大宗物资运输便捷。家家户户每日都要用薪炭，西市那边就通过漕渠和永安渠将薪炭在山中直接装船，沿着渠道穿过城墙和各坊，运输到西市和皇宫。而城东这边则是通过龙首渠运输进来，大船在通化门穿过城墙，抵达东市和皇宫。至于黄渠则主要是运输些城南的瓜果蔬菜和粮食之类，在各渠之中，黄渠的水以清澈著称，高官贵胄最喜欢在黄渠水网上修建池沼园林。

长安城内的渠道里能够行船，过街之时就必定要有拱桥，眼前这座就是黄渠的拱桥，当地人称之为"升平桥"。此时正有一艘两丈长的漕船从桥下驶过，正满载着刚收的夏麦和瓜果。这是一艘将艅艎船改造缩小之后用来在城渠中行驶的漕船，底平舱浅，吃水不深，运载量大，装卸方便。船工们收了篙，等着漕船过桥之后，穿进永崇坊的墙闸。

这时马群正要冲过拱桥，丘行恭和一群武候都踩着马背，将将包围过来。王玄策在马背上奔跑，来到袁守诚面前，指着下面的漕船喊道："跳！"

袁守诚抱着马脖子往前面一看，顿时头皮发麻。这石拱桥宽度不过两丈，群马奔腾过桥，可谓白驹过隙，瞬息之间的事情。他一旦掌握不好时间，就会跳到地面上，那就免不了遭到马群践踏。一时间袁守诚有些胆怯。

"你是占卜师，今日会不会死自己没算过吗？"王玄策大吼，"跳！"

王玄策返身一刀将追来的武候击退，平起刀身朝袁守诚的胳膊上抽了过去。袁守诚万般无奈，只好爬到最外侧的一匹马上，大叫一声纵身跳下桥去。"咚！"他拿捏不准，直接跳进了水渠之中。

王玄策叮当两刀砍翻一名武候，从马背上奔跑到了桥边纵身跃下，"砰"的一声，仰面朝天跌在装运小麦的麻袋上。他只觉眼前发黑，五脏几乎要移位了，努力睁眼瞧去——马群正通过桥面，闷雷滚滚，路边缘的马匹和骑士被挤出桥面，惨叫着连人带马跌入水渠，有些人砸在水中，惊起水花；有些人砸在渠岸上，骨折之声清脆可闻。

在漕船的摇摇晃晃中，王玄策看到丘行恭屈身踩在马背上，一手拽着缰绳，随着马匹过桥的颠簸起伏，不敢动弹。他看着躺在船上的王玄策，发出惊天动地的怒吼。但是只一瞬，他便被马匹带着疾速远去。

王玄策缓过劲儿来，挣扎着起身爬到船尾，袁守诚正被船工拽着，两只手扒着船舷，浑身湿淋淋的，狼狈不堪。王玄策和众人一起将他拽上漕船，两人躺在船板上喘息，仰面朝天看着漕船穿过石桥，穿过槐树的浓阴和排水渠。忽然头顶一黑，漕船缓缓从丈许宽的坊墙下通过水闸，随即眼前一亮，驶入了永崇坊。

出了这么大的事，片刻间便有坊正带着武候奔跑到渠边喝问，一看王玄策身上的绯袍，知道是位贵人。王玄策拿出不良帅鱼符，一行人唯唯诺诺地退下。这时迎面驶过来一艘返回的漕船，王玄策拉着袁守诚跳上对面的漕船，飘飘荡荡又出了永崇坊，穿街过巷，进了升平坊。

"王少卿果然有急智，丘行恭绕道永崇坊南门进来，沿着水渠向下游追踪，估计要折腾好一番了。"危险一解脱，袁守诚又恢复了神神道道的模样，只不过浑身湿透，连幞头都丢了，水顺着发髻淌下来，看起来极为狼狈。

"莫要废话！今日为了你，老子得罪了太子，得罪了丘行恭，"王玄策咬牙切齿,"给不了我想要的东西,看我饶不饶你!"

漕船漂荡在渠上,黄渠的北岸便是面积广袤的东宫药圃,一群园丁正来渠边挑水,浇灌药园,阵阵草药花香涌荡在水渠两岸,沁人心脾。

袁守诚苦笑道:"去年七月,陛下将天纲召到长安,打算给太子的后宫看相。但他抵京之后,陛下却改变了主意,不说看,也不说不看,天纲便一直留在京师候命。前几日他偶然间有些心悸,占了大卦,却给自己占来一个坎卦:'初六,习坎,入于坎窞,凶。'他无数次想要破解,但是这个坎是坎中之坎,坎了又坎,坎外有坎,极为凶险,有杀身之祸。他占算了无数遍也无法可解,最后在遁卦中看到一丝生机,只好离开长安避难。"

王玄策沉默片刻:"去年想来并无《秘记》这东西,陛下为什么突然要给太子的后宫看相?"

袁守诚愕然:"《秘记》是什么东西?"

王玄策这才想起他并不知情:"你无须知道,回答我的问题便是。"

"我只是东市相师,陛下有什么念头,我怎么知道?"

"去年七月发生了什么事,令陛下改变主意没让袁天纲看相?"

"王少卿,你是临时抱佛脚,有病乱投医,这等皇家大事我怎么知道?不过我可以为你提供一条线索,去年安排天纲进京的人是李淳风,皇帝的诏旨是他来奉行的。"

王玄策来了兴致,详细追问,但袁守诚所知实在太少,只是说道:"李淳风和我那侄儿半师徒半父子,比我这个叔叔亲近得多,你去问李淳风,他知道的肯定比我多!"

王玄策正要再问,忽听有人高声喊道:"船工,靠岸来!"

两人转头望去,顿时惊呆了。此时船往东行,黄渠的北岸就是乐游原。此处台塬隆起,崖壁耸立,黄渠正是撞上了这座台塬高地,才从塬下折向西行。乐游原是长安城的最高点,建有乐游庙、灵感寺等名胜古刹,是一等一的登高览胜之地,地势高平轩敞,京城之内,俯视如掌。而就在黄渠北岸的高坡上,站着数十名戴铁面具之人,一个个弯弓搭箭对准了他们。

一名戴着黄金朱雀面具的女子骑在马上,身形掩映在高坡的杂花野树之中。这时斜阳将暮,满天的落霞映照在黄金面具上,璀璨如火,不可逼视。

"咚——"第一通暮鼓恰在这时敲完四百槌,响彻耳边的隆隆声终于散去,猛然间便是一片寂静。

爻姬慢慢地举起了手臂，只要往下一挥，无数的利箭就会将二人当场射杀。铁面人手里的弓弦嘎吱作响，流水拍打着船舷汩汩有声，风掠过台塬和林梢，带来渠边的万户捣衣声。

黄渠只有两丈来宽，别说弓箭，拿根竹竿都能捅到对岸，王玄策和袁守诚没有试图反抗，站在船上默默地等待爻姬的裁决。爻姬似乎也有些犹豫，最终摆了摆手，兜转马匹泼剌剌地离去，消失在台塬土坡上。

为首的铁面人长孙大器喝道："王玄策，将此人交给我们，且饶你一命。"

不用王玄策选择，船工们忙不迭地将船靠了岸。

袁守诚也只好认命："王少卿，是我自取其祸，怨不得别人。告辞。"

袁守诚跳到岸上，长孙大器命人腾了一匹马给他。一声呼哨，铁面人收了弓箭，簇拥着袁守诚策马而去，卷起一路黄尘。

王玄策沉默了很久，一名船工问道："贵人想去哪里？"

王玄策望着烟柳外残碎的夕阳，疲惫地瘫倒在船上："随便漂吧。"

乐游原上，爻姬策马站在台塬高处，看着那漕船在烟柳扶疏中穿枝过叶，隐入升平坊东墙的闸口之下。

第六章
李淳风，家在虾蟆陵下住

漕船沿着黄渠从升平坊的东坊墙出来，王玄策在一处隐蔽地方跳船上岸，爬上街道，整个行动迅捷至极，哪里还有半点颓唐的模样？街上都是宵禁前归宅的行人与车马，他随手拦了一辆顺路的牛车。

他虽然穿着常服，却是深绯色的，再看腰上的十一銙蹀躞金带，一看便知是四品高官。车夫不敢拒绝，问明是要去常乐坊，距离只有三坊之地，并不会耽误自己宵禁回家的时间，便精神抖擞，一声鞭响，不到半刻钟便把他送到了常乐坊的南门。

常乐坊的正西是东市，东边就是长安城的东城墙。十字街将坊内一分为四，坊内最有名的建筑一座是虾蟆陵，一座是赵景公寺。虾蟆陵在十字街东，是汉代大儒董仲舒的陵墓，汉武帝每从陵前经过都要下马以示尊崇，故谓之下马陵，后来以讹传讹变成了虾蟆陵。赵景公寺在街西，是隋文帝的皇后独孤氏为其父赵景公独孤信所立。寺庙的前街上有一座巨井，八角井栏，当地人称之为八角井，据说这口井与渭水相通，曾经有人误将一只银碗掉入井中，后来这只碗被人从渭河捞了上来。常乐坊盛产美酒，玉浮梁、郎官清、阿婆清、京市腔四大名酒皆产自常乐坊，且都是从这口井中取水酿酒，酒质甘洌，闻名天下。

王玄策从蹀躞带的算袋里拿出两枚开元通宝钱赏了车夫，便在四散的酒糟香味中穿街而过，直奔八角井的西北角。

李淳风的宅子就在此处。

沿路的街上，密密匝匝都是酒肆作坊，家家户户都在店铺边上摆了酒缸和酒碗，免费施于路人品尝解乏，名曰歇马杯。常乐坊酒肆之盛冠绝京城，不少京城的士子专程来到常乐坊品评这歇马杯，令各家酒肆前门庭若市，喝得兴起时便口占一首诗句，众人哄然喝彩。王玄策奔波打斗许久，又饿又渴，也讨了几碗歇马杯来吃，这才解了些乏。

正走之际，前面一辆马车拉着一车酒坛辚辚驶过，忽然摇晃一下陷入了辙沟之中。王玄策沿街走到那辆马车旁边，车夫似乎急着走，使劲拿鞭抽打马匹，要从辙沟里脱困。那辕马一声嘶叫，拼命用力拉车，车轮被辙沟一剐蹭，车辆负载太重，顿时侧翻，一车的酒坛哗啦啦朝着王玄策砸来。

王玄策急忙闪避，十几只坛子砸在街上，酒液四溅，引起路人一阵惊呼。那车夫是个三旬左右的汉子，见差点砸着一位官人，晓得闯了祸，急忙跳下车跑到王玄策面前连连鞠躬赔礼，俯下身去擦拭他袍子角上的酒渍和泥土。王玄策正要推辞，眼角却见寒光一闪，那车夫从袖中甩出一把短刀，反手握住，一刀刺向他的小腹！

王玄策惊骇之下，只顾得拿刀鞘一挡，虽然没能挡住那把刀，倒也格挡住了刺客的手腕，刀尖"噗"的一声插入小腹，却入肉不深。他拼命要拔刀，那刺客大吼一声，一手阻止他拔刀，一手狠狠推送短刀。王玄策被推得踉跄后退，眼看后背就是店铺的山墙，他急中生智，仰面往地上一躺，那刺客正用力猛推，手上忽然一空，身子往前一栽。王玄策躺在地上两脚抵着刺客的小腹一个兔子蹬鹰式，那刺客整个身体从他身上翻了出去，重重跌在地上。

王玄策一个翻滚坐起，拔刀劈了过去，那刺客用短刀叮叮当当挡了几刀，退到马车边上，伸手从车板的稻草下抽出一把横刀，左手短刀，右手横刀，狂风暴雨般攻了过来。

"原来是你！"王玄策吃了一惊。这招式他太熟了，赫然便是方才劫走袁守诚的铁面人首领！

长孙大器冷笑一声，长短刀交错进攻，凶悍狠辣。王玄策先是左右看了一眼，见没有更多的匪徒，微微松了一口气，凝神出刀，将长孙大器的攻势一一化解，间或反攻两招。就在这轰隆隆的暮鼓声中，两人恶斗数招，王玄策的刀势沉稳如山，长孙大器开始心浮气躁了。这里距坊门不远，坊角的武候铺早就得到消息，正吹着哨子呼唤同伴一起冲过来。

长孙大器只好逼退王玄策两步，往东面的虾蟆陵方向抽身便走。王玄策当即喝令武候们绕过去堵截，自己急追过去。

虾蟆陵并没有围墙，也无人修缮维护，陵园左近野松古柏，青藤蔓草，长孙大器跑进来没多久便不见了踪影。王玄策知道他还有数十名手下，生怕他们埋伏在陵园之中，便喝止了武候们。

武候们要将消息报给左右武候和万年县尉，调兵来擒贼，王玄策对丘行恭避之唯恐不及，当即阻止，问他们讨了一包金疮药胡乱洒在伤口上，用布帛勒紧了，继续前往李淳风的宅子。

李宅颇为简陋，虽然也有乌头大门，但门柱都不曾雕饰，前后只三进院落，占地五亩左右，五间五架梁的堂舍也并不起眼。王玄策叩开大门，那阍者见是一位绯衣官人，急忙施礼，问了姓名之后请他稍待，自己去回禀主人。

不多时，李淳风迎了出来，看见王玄策身上的血迹和泥土，他双眸忽然一缩，却没有多问。他品级比王玄策低了五级，乃是下官，急忙施礼寒暄。两人因为玄奘的关系也极为熟稔，彼此都不用拘礼。

王玄策跟着他一路穿过前庭，来到中庭，顿时哑然失笑，这个大唐最神秘莫测的高人，家宅之中居然牲畜满庭！两名仆人正牵着一只母羊挤奶，旁边一只刚生下来的小羊咩咩叫着。三只小狗趴在旁边，耷拉着耳朵正在瞧着。一群小鸡在母鸡的带领下，正在小狗的身边啄来啄去。忽然间王玄策耳边风声一响，一只干松果砸在他的幞头上，他抬头一看，庭院中的一棵古松上竟然蹲着一只猴子，正龇牙咧嘴朝他示威。

李淳风尴尬地解释："这只猴子是你师父玄奘法师收养的，他去年陪同陛下巡幸玉华宫，在山上收留了一只被猛兽咬伤的猴子。为它诊治好了之后，这猴子就不愿走了，回京之后也只好带了回来。法师还给它取了个名字，叫悟空。"

王玄策知道这李淳风最大的乐事还不是研究星象数术，而是饲养小动物，他这癖好在长安官场传为笑谈，他倒也不以为意。不过一听这猴子的名字，王玄策愣了："悟空？这是何意？"

"法师说，鸿蒙初辟原无姓，打破顽空须悟空。想来便是这个意思。"李淳风道。

"不不，"王玄策纳闷道，"师父给我取的法号叫悟净，它叫悟空——"

李淳风同情地看着他："原来是你的师兄弟啊！要不你带走？"

"别别，"王玄策急忙道，"师父为何没把它养在大慈恩寺？"

"去年冬天倒是养在大慈恩寺中，"李淳风苦笑，"只是这猴子顽皮，屡屡挠伤信徒香客，法师无奈，知道我这儿小动物多，便送过来寄养。在我家里它也是脾性不改，甚至还去酒坊中偷酒喝，可把我给折磨坏了。唉，都是悟字辈的，你还是带走吧。"

王玄策呵呵笑着："免了，免了。弥奴才刚满月，别让这厮把孩子给我掳走了。"

两人谈笑间来到廊下，将靴子脱了，穿着袜子登上正堂，在坐榻上落座。李淳风命人奉上茶点，问道："王少卿，您来寒舍有何要事？"

"没什么要事，偶然路过讨个歇马杯吃，扯扯闲篇。"王玄策笑道。他吃了几块金乳酥和天花毕罗，又喝了一碗由芡实、山药与粳米慢火煮成的神仙粥，这狼吞虎咽的模样还真像是只为了吃喝。李淳风微微一笑，也不催他。

王玄策吃得心满意足，才漫不经心地道："李令，去年七月陛下命你将袁天纲秘密召至京师，不知所为何事？"

"去年七月啊？"李淳风诧异道，"颇有些久远了，我想想……"

王玄策笑呵呵地指着他："李令啊李令，能心算圆周率的人，去年七月的事不算久远吧？"

"不，我说的是袁师来京之事……"李淳风丝毫不尴尬，"有密诏吗？"

他这"密诏"乃是一语双关，一是回忆自己去年有没有奉密诏，二是反问王玄策讯问自己有没有密诏。

"怎会没有呢？"王玄策自然能听懂他话里的禅机，笑着把不良帅的鱼符放在食床上，"不就是让他给东宫看相嘛，不调查清楚，我也不便到你家里来问啊！"

李淳风看着这块鱼符，知道谈话的性质变了，这是王玄策代表不良人署对自己的勘问。王玄策知道李淳风此人学究天人，智计无双，想要从他嘴里套出真相，必须在占尽信息优势的情况下，雷霆一击才有希望。果然，李淳风摸不准他的牌面，甫一交手就被打得左支右绌，颇有些狼狈。

"这是陛下亲自赐给我的。"王玄策把鱼符装回袋子里，挂回蹀躞带上，"怎么样，有没有密诏？"

摆在李淳风面前的是一道两难的选择题，他如果否认，万一皇帝告诉王玄策了呢？这可是不良人署的正式勘问！但他如果承认，那可就什么秘密都守不住了！

李淳风沉默片刻，忽然笑了笑："抱歉，王少卿，去年七月我并没有奉行什么密诏，接袁师来京。"

王玄策颇感意外，静静地望着李淳风。忽然，他跳下坐榻奔出正堂，来到庭院中，就这么穿着袜子站到了那两名给母羊挤奶的家仆身后。

这种时候，那两名家仆早就知道他到了自己背后，居然强忍着没有转头看他。这情景当真有些诡异。

李淳风顿时明白，脸色瞬间就变了。

王玄策霍然回头盯着他，冷冷道："李令，方才是谁来过？"

"无人。"李淳风道。

王玄策冷笑："你来门外接我，看见我身上的刀伤、衣服上的血迹和破洞，丝毫都没觉得意外。你李淳风处变不惊倒也罢了，我进你家中时，这两名家仆在给母羊挤奶，对我这个四品官员居然视若无睹，这就有些奇怪了。还有这只猴子……嗯，悟空拿松果砸我，它是受了某些人的惊吓吧？"王玄策走到两名家仆面前，蹲下身盯着他们："你们两位是不是得了别人的吩咐，一会儿有人会来找你家郎君，不要露出破绽？你们不知如何应对，索性装作专心挤奶，视若无睹。对吗？"

两名家仆额头大汗淋漓，瑟瑟发抖。

李淳风怜悯地看着他，温和地道："王少卿，您过于紧张了，胆胃不和，虚烦不宁，不如我为你开几服温胆汤。"

"住口！"王玄策拔刀指着他，厉声道，"方才我在虾蟆陵被人刺杀，一开始还以为那刺客是为了杀我，一路上我便在疑惑，那刺客为何没有多埋伏几名手下？不须多少，只要多一两个，我必然死在常乐坊！现在我才明白，他原来不是想要我的命，而是为了阻挡我一时半刻，让他的主人先一步来和你见面！是不是？"

王玄策眼睛盯着李淳风，手中横刀却抵在一名家仆的脖颈上。

那家仆身子瘫软在地上，哭喊道："贵人饶命！"

王玄策冷冷地道："来见你家郎君的人是谁？"

"是一名女子！"那家仆道。

李淳风静默不动，只是叹了口气。

"什么模样？"王玄策问道。

"她戴着幂篱，瞧不见模样。"那家仆道，"不过那幂篱内金光耀眼，似乎戴着金色面具，像一只狰狞的鸟首。"

"这不可能！"王玄策失声道。他浑身冰冷，涌出一种难言的惊惧，举着刀四下游走，将李宅的房门一间间踢开查找。

李淳风站在堂上默默地看着他，并未阻止。王玄策发疯一样将廊屋的房间找完，待要进内宅，才觉得有些不妥，提着刀回到堂前，盯着李淳风："李令，我来找你之前，刚与那戴着黄金朱雀面具的女子照过面，然后我片刻不停便来到你宅中。我走的东市东街，到此处是一条直线，而她从乐游原来此，须得绕个远路，绝不可能比我更快，可她偏偏截住了我！这女子究竟是谁？她是如何做到的？"

李淳风叹了口气："王少卿，你既然是佛徒，我便送你一句佛偈吧。凡所着有相，入眼皆虚妄。怀州牛吃禾，益州马腹胀。"

"少来，老子的法名虽然叫悟净，生平只爱杀人放火，从未读过几卷佛经！"王玄策道，"不说出此人的姓名，老子拿你到衙署鞠问，看你招不招！"

李淳风不搭理他，一甩袖子，转身进了正堂，还把竹帘给放了下来。王玄策恼怒不已，提刀追过去，忽然间眼前景物一阵变幻，他竟然走到了西边庭院的那棵古松之下。那只叫悟空的猴子正蹲在树杈上笑嘻嘻地看着他。

"古怪！"王玄策又往正堂走去，眼见台阶近在咫尺，一脚跨过，却又到了东边庭院的花圃边。他忽然想起昨夜在袁氏占铺的一幕，那铁面人在狭窄的室内持刀追砍，却碰不到袁守诚的一片衣角。这两人同出一门，看来都会这移形换位、颠倒阴阳的法门。

"喂，我的靴子！"王玄策喊道，他此时脚上还穿着白袜。

"啪啪"，两只皮靴被从廊下扔了出来，落在他脚边。王玄策恼怒地哼哼几声，坐在地上穿起了靴子，嘴里还喃喃地说着，似乎在整理思绪："只有一种可能：她占算出了我的行动，离开乐游原之后便策马直奔你家。而我乘的是马车，速度略慢，她才能和我几乎同时抵达常乐坊，又命那铁面人缠住我，利用这段时间和你见上一面。对吗？"

竹帘之内悄无声息。

"这就是所谓的占卜术？竟然连我的心思都能占算出来？"王玄策问道。

李淳风仍然一言不发。

王玄策叹了口气："你是知道《秘记》一案的，确实万分凶险，连袁守诚都折了进去。你不想趟这浑水我能理解，你不想说她的身份我也能体谅，我只求你回答一个问题：她是来威胁你闭嘴的，还是教了你如何应付我？她为何怕我先见到你？"

"这是三个问题。"门内的李淳风终于说话了。

"你回答最后一个。"王玄策道。

"不知道！"李淳风道。

王玄策离开李宅，来到街上。常乐坊与东市之间的街道名为东市东街，这时候暮鼓将尽，人已经少了许多，剩下的都是行色匆匆，满脸惶急，生怕被关在坊外犯了夜禁。

王玄策深一脚浅一脚地步行，长安的街衢道路都是黄土夯压而成，东市周围的路上车辆太多，被无数的车轮碾压得坑坑洼洼，到处都是车辙和水坑，有些地方深达半尺，因此往来车辆都必须顺着辙沟行驶才能走得顺当，一旦车轨的宽度不同，行驶起来就极为艰难。这也是当年秦始皇要"书同文，车同轨"的缘由。

王玄策两条腿蹦来跳去，这就是"行路难行涩如棘"。不过王玄策是个乐天派，蹦来跳去，倒跳出了童年时跳瓦游戏之乐，嘴里还念叨着："一上一，二上二，三上三，一下五去四，二去八进一……"

路上行人看着这身穿深绯色袍子的高官，纷纷侧目。一名老者骑着驴经过，低声嘟囔："此人莫不是痴傻了？"

王玄策瞥了他一眼，忽然问道："你是占卜师？"

老者没想到一个高官居然认得自己，傲然拱手："贵人莫非认得我？"

"不认识。这几天一直跟你们打交道，都闻得出味儿了。"王玄策摆摆手让他下了驴，"你帮我解一个偈子。"

"啊？"那术师叫苦道，"贵人您看看这天色，暮鼓就要敲完啦，我得赶紧回到坊中！我占铺在西市，您明日再找我如何？"

王玄策拿刀鞘在毛驴的脑袋上敲了敲："想回坊中你就赶紧解，解不完你就在旁边的水渠中睡一夜。"

那术师心急如焚，却敢怒不敢言："贵人请说！"

"怀州牛吃禾，益州马腹胀。"王玄策说道。

那术师松了口气："这简单。怀州在河内郡，益州在剑南道，两个地方天南海北，相隔甚远，怀州牛吃了禾，自然应该是怀州牛腹胀，为什么会是益州马的腹部胀呢？"

"嗯，为什么呢？"王玄策诧异。

"那自然是以讹传讹了。"术师笑道。

"不对不对，不应该是以讹传讹，这里面还有深意。"王玄策想了想，"前面似乎还有两句，我想想啊，好像是一句经文……凡所着有相，入眼皆虚妄。"

那术师呆呆地看着他，气得咬牙切齿："贵人，这两句点题之言你不说，岂不是要砸我温氏占铺的招牌？"

"抱歉抱歉，这不是刚想起来吗？"王玄策赔笑，"先生赶紧解吧。"

"有什么好解的？明白如话！"那术师恼怒，"这两句是从《金刚经》中化来的：凡所有相，皆是虚妄。若见诸相非相，即见如来。就是说，你所听所见都是虚假的，你在这虚假的诸相上寻觅，永远见不到如来。"

"但这也太玄了，如何能讲得更透彻？"王玄策思索一番，问道。

"是有些玄奥。'凡所着有相，入眼皆虚妄'这句话可以解释天地万物，实在太宽泛了，所以这偈子后面两句话给了具体指向。"那术师早忘了夜禁时间，仿佛在店铺里给客人解谶一样，口若悬河，侃侃而谈，"怀州牛吃禾，益州马腹胀。其实说的就是一句话，风马牛不相及也。看到益州的马腹胀，就认为是怀州的牛吃禾撑的，便是说你把不相干之事强行关联在了一起。哎呀，糟也——"

那术师讲得正得意，忽然耳边一片寂静，隆隆的暮鼓之声竟然停了。旁边常乐坊的西门、东市的东门都开始关闭，里面的武候们推上大门，落下门闩。随即远处各条街上就响起了杂乱的马蹄声，左右武候的骑使开始巡街了。

那术师握着拳头，愤怒地盯着王玄策："你这厮害我不浅！"

王玄策同情地看着他，指了指槐树下的水渠："要不，钻沟里吧。找个平坦一点的土坡躺到那儿，再拔些草，折几根槐树枝盖身上，除了遮蔽身体，也能保暖防寒。"

"那我这驴子怎么办？"术师愁眉苦脸。

"唉，谁让我心善呢，只好帮你骑去了。明日你到平康坊不良人署去牵。"王玄策眉开眼笑，从银鱼袋里拿出不良人帅的鱼符给他看了一眼。术师见他是不良人的贼帅，不敢再说话，把驴缰绳交给他，匆匆抱了个拳，一骨碌身爬进水渠找地方躲藏去了。

王玄策兴致勃勃地骑上老驴，嘚嘚一声，那老驴颈下铃铛响起，撒开四蹄，顺着无人的坊间街道就走。

那术师忽然又爬上来，喊道："贵人，老朽刚刚解出来这偈子的关节处了，就是比《金刚经》原文多出来的几个字：凡所着有相的'着'，入眼皆虚妄的'入眼'。你已经着了别人的招，着了相了！相或许存在，但你看到的都是假的！所有你看到的，全是假的！"

王玄策心中猛然涌出惊涛骇浪，李淳风到底知道些什么？他想告诉自己什么？

正思忖间，忽然远处的马蹄声来到眼前，却不是巡街的武候，而是杜行敏等人。众人惊喜交加。原来他们逃脱之后，回到衙署纠集了曹宝鼎等好手来支援王玄策，却找不到他，只好分了几路搜寻，却不料在这里遇到。

王玄策问起刘全，才知道两名飞骑一人断了肋骨，一人跌断了腿，刘全正留在东署照顾他们。

众人都怀着一股郁愤，今日和丘行恭一战，不良人死了四人，死难者的尸体暂时停厝在菩提寺。左右武候也没占便宜，死了两人，伤十九人。杜行敏愤愤地道："方才左武候府、大理寺和御史台都派人来东署，想索要袁守诚。他们拿着太子的令旨，说是您答应他们了，先行鞫问完，就把人犯交给他们。"

王玄策刹那间怔住了，杜行敏见他这表情，急忙朝他身后看了看，街上空无一人，心中顿时一颤："少卿，袁守诚呢？难道——"

王玄策目光呆滞："行敏，我中招了！"

王玄策把经过讲述一番，杜行敏立刻知道事情严重了。因为太子朱批画诺，颁发出令旨之后，袁守诚便成了钦犯。王玄策能无视丘行恭，强行带走袁守诚，只是因为两个衙门互不统属，他奉有皇命，先一步拘了人犯，先行鞫问，谁也挑不出毛病。但人犯被劫走，他麻烦可就大了！

往轻了说，这是走失囚犯。按照唐律的《捕亡令》，囚犯逃亡，官吏要比照囚犯的罪名减罪一等。袁守诚是谋反，王玄策的罪名减掉一等，就是流放三千里。

若是往重了说，这是私纵囚犯，王玄策要坐袁守诚的同等罪名——谋反！

杜行敏急了，让不良人守住四周街道，兜马靠近王玄策的毛驴，低声道："少卿，我们得抓回袁守诚！按照唐律，三十日之内捕回囚犯，便能免罪。这是您唯一的机会！"

王玄策慢慢摇头："行敏，假设太子想要惩处袁守诚，最好的方式是什么？"

"当然是三司会审，以国家法度诛之——"杜行敏说到这里，忽然浑身一颤，霍然望着王玄策，满脸惊骇。

王玄策似乎在整理自己的思路，缓缓道："三司会审必然惹得天下震动，物议汹涌，这岂是太子所愿见到的？那么对太子而言，最好的方式是什么？"

　　"秘密诛之？"杜行敏喃喃道。

　　"这乃是游侠匹夫的手段，太子仁厚，乃是未来的人君，岂会用之？"王玄策道，"最佳手段当是令其庾毙。"

　　"这便是丘行恭的使命了。"杜行敏叹道。

　　"若丘行恭未能成功，便选其次：从我手中劫走人犯，秘密诛杀。这样还能栽赃到我的身上，或者说我私纵罪囚，或者说我玩忽职守，让我扛下这罪责。"王玄策道。

　　杜行敏脸色难看："少卿，您知道此言意味着什么吗？您是在指控那朱雀面具女子乃是太子豢养的死士！"

　　"谁说不是！"王玄策苦涩不已。

　　"谁敢说是！"杜行敏压低声音，紧张得连嗓音都变了，"上到皇帝，下到群臣，对太子的评价是'仁弱'二字，而您却说太子在京城豢养死士，阴养民间，这是什么行为？这是司马懿篡曹！"

　　"或许，我们都得对太子刮目相看了。"王玄策面无表情，"太子所想，无非是破掉女主的谶语，想要破掉谶语，最佳的手段便是让它应谶。既然陛下派袁天纲来查这名女主，那就提前找到袁天纲，收为己用。昨夜那朱雀面具女子恐怕就是这个目的，只是棋差一着，没想到袁天纲逃离长安，陛下换了袁守诚去看相。"

　　这念头实在有些大逆不道。杜行敏没有再反驳他，但神情间忧虑重重。

　　"太子……果真仁弱吗？"王玄策道，"袁守诚一断出妃嫔子嗣皆横死的占辞，太子立即召集监国重臣，拿下袁守诚三司会审。这种霹雳手段，他果真仁弱吗？他其实比全天下的人都大胆！因为袁守诚是陛下派来的，他要抗争的人是陛下！"

　　杜行敏没有再说话，只是默默地看着他。这时暮色四合，街道昏暗，不良人点燃了火把，火光映照在他的脸上，杜行敏看见一种惊惧，一种挣扎，还有一种跃跃欲试的疯狂。

　　一队武候府的巡街骑使远远而来，拉弓喝问，有不良人上前勘合了公文，那队骑使不再理会他们，只是从众人身边经过的时候，纷纷啐着口水。今日一战，两个衙门已经彻底决裂，势同水火。

众人回到东署，却并未见到刘全，一问才知道他送受伤的两名飞骑回禁苑了。

王玄策当即一怔，追查《秘记》一事如此紧迫，他怎么还有心情去送两个受伤的同僚？再一问走的时间是戌时一刻，王玄策的表情便凝重起来，戌时三刻宫城就关闭了，万一他耽误时间，没能在宫门落锁前出来呢？

王玄策沉吟："他骑马还是乘车？"

"乘车。"杨秉道，"他从车坊叫了一辆马车。"

"东署之中有马车，我们还有自己的车坊，为什么没有派给他？"王玄策恼怒。

杨秉额头上渗出冷汗："我们在署里医治伤者的时候，他去外面车坊叫了辆车。我要派东署的马车给他，他说车已经来了。我……没有多想。"

"是否按惯例跟踪？"王玄策极为不满，现在的不良人署怎么都懈怠了？

这条基本规则杨秉好歹没忘，他派了贾正去跟踪。算算时辰，这会儿也应该回来了。

正说话间，便见贾正疯狂地跑进中庭："少卿……贼帅……刘全不见了！"

众人急忙聚拢过来，杜行敏问道："你且详细说！"

"属下远远缀着那马车到了兴安门。那是宫城，我无法靠近，监门卫的人上车盘查登记之后，派人护送马车进了禁苑。我便在门外等着，结果等到宫门夜禁落锁也不见刘旅帅出来。"贾正脸色难看，"后来我亮明身份，问车上三人的状况。谁知道监门卫的人说，车内只有两人！刘全不在车上！"

众人一时间纷纷看向王玄策。

王玄策道："马上去查这家车坊！"

贾正答应一声，带着一群不良人跑了出去。

所谓车坊，长安人也称之为骡马行，便是停放和出租马车的店铺。这行当可谓暴利，尤其是东西二市附近极为兴盛，不但私人和王公百官喜欢开设，甚至朝廷各衙门都开有自己的车坊。后来朝廷只好下诏，禁止九品以上的官员开设车坊，与民争利。可以说，在长安城中能开一家车坊的，都是手眼通天之辈，不良人署就在长安城开设了四五家车坊，当然，他们图的是消息灵通，行动便利。

王玄策和杜行敏就坐在中庭的台阶上等着，仆役们急忙在庭院各处加了几盏灯笼。王玄策疲惫地揉着脸，涉及太子的推断让他倍感焦虑，如果真的是太子掳走袁守诚，今日在东宫，李义府的两问可就没那么简单了——这是两道索命之问！

杜行敏环顾着庭院，忽然有些感慨："少卿，这个不良人署是您创建的，您是第一任不良帅,属下是第二任。"

"是啊,贞观二年至今,已经二十一年啦!"王玄策也感慨。

"大家都很感念您的恩德,东西二署除了我、副帅许城、两名丞、两名长史、四名录事参军,这十个人有官身,其他二百余人都是有恶迹的白身小吏,原本他们应该流徙千里,老死于边疆苦寒之地,都是您将他们从朝廷各司讨要过来,让他们有了戴罪立功、报效国家的机会。"杜行敏道。

"怎么说起这个?"王玄策道。

"没什么,只是笑那丘行恭。他得罪了我们估计也很痛苦,因为那些朝廷限期侦破的钦案没法拿我们当替罪羊了。"杜行敏笑道,"贞观二十年,限期侦破的钦案十六宗,大理寺、刑部和左右武候府催逼甚急,因为逾期,共杖死不良人九人。贞观二十一年,限期要案二十五宗,逾期杖死十三人。贞观二十二年,杖死七人。您在任时的规矩是谁破不了案子谁受杖,后来我们把规矩改了,我们公选受杖之人,无父母兄弟者先,兄弟多者先,父母皆亡者先,家中有妻者先,有子成年者先。一开始大家都不愿替他人受过,打死十几人之后,每每逾期受杖,大家踊跃争先,因为他们知道,曾经有兄弟替自己被杖死了,而自己受杖,是因为自己是最不值得活着的人,他要把活下去的机会留给更值得活着的人。"

王玄策肃然看着他,杜行敏笑着和他对视。王玄策左右四顾,杨秉等人倚靠在四周的廊柱上,脸上云淡风轻,但他知道,自己创建的这个不良人署已然发生了一丝变化。

这时中门外响起杂沓的脚步声,贾正回来复命:"少卿,查清楚了,那辆马车是董家车坊的,就在菩提寺东曲。至于租赁给刘全车辆之人,那掌柜起初不说,我用了些手段他才交代。"贾正面色不太自然,"是南阳公主邑司的家令,程文。"

"南阳公主?"王玄策和杜行敏霍然起身,面面相觑。

这位公主名声极大,身世也极为传奇。她是皇帝的第三女,母亲为齐王李元吉的王妃杨氏,后被李世民纳入宫中册封为妃子,先后生了南阳公主和曹王李明。

王玄策禁不住头皮发麻,怎么会牵涉一位公主?有唐一代,公主们积极干政,权势极大,虽然性格各有不同,但大多数都是横行无忌,六部百司无人敢管。而她们权势的大小,要看皇帝对她们的宠爱程度,受宠的公主可以说豪奢成风,骄纵不法。南阳公主恰恰是极受宠爱的一位。

相比较而言,南阳公主的名声颇好。她成婚时,按照古礼,进门的媳妇须拜见公婆，只是南北朝以来礼节废弛，加上大唐公主个性强悍，反而是公婆来拜见公主。

南阳公主成年后下嫁给宰相王珪的幼子王敬直。因为唐朝公主无视礼法，不但在外面娇悍放纵，嫁给勋贵之家也是欺凌家族，弄得门庭不和，鸡飞狗跳。当时有民谚称，"娶妇得公主，无事取官府"。意思是娶了公主做妻子，等于给自己家迎来一个官府管束，甚至会为日后埋下倾覆之险。王珪便上疏给李世民，要求公主来拜自己，说这不是为了自己荣耀，而是为了国家的尊重礼法之名！

李世民深以为然，命南阳公主向公婆行拜礼。也许是大唐公主彪悍放纵的名声太响亮，这一拜，让南阳公主广受赞誉，名扬朝野。

"难道南阳公主便是那位戴黄金面具的女子？"王玄策心中一动，"做太子爪牙，收买东市丞张典、威胁李淳风，这倒也能解释。"

"不至于吧？"杜行敏道，"南阳公主以端庄贤德著称，应该不至于戴着面具劫杀东市，抢劫人犯。"

"端庄贤德，可未必心中无恨。"王玄策淡淡道。

众人心中一颤，南阳公主婚姻不幸，命途多舛。贞观十七年，她的生母杨妃牵涉进了太子承乾谋反案，服毒自杀。她的驸马王敬直也牵涉其中，被皇帝勒令绝婚，流放岭南。第二年王敬直便死在了岭南。

贞观十九年，皇帝赐婚，南阳公主再嫁刑部尚书张亮之子张顗，不料贞观二十年，张亮谋反被诛，张顗也连坐被赐死。连续两任驸马都被皇帝处死，若说南阳公主心中不曾怨望，恐怕谁都不肯信。

杨秉道："属下赞同王少卿的判断，南阳公主确实嫌疑极大，否则她的家令为何会认识刘全？"

公主出嫁之后便自立府邸，设立公主府邑司，有令、丞、录事、主簿等大小官员，都是公主的心腹，负责为公主收取封户的封物，打理田园、财货等事宜。这位邑司的家令程文是从七品下的官员，官职比杨秉还高。

"是啊！"王玄策点头同意，默默地叹息着，"刘全生活在禁苑之中，除了公主等皇家之人，其他人只怕也没机会认识他。刘全若是埋在我身边的卧底，能指使他的人怕就只有公主了！行敏，咱们去会会她！"

"夜闯公主府……"杜行敏迟疑道，"少卿，若是查不出证据，咱们不良人署就完了！"

王玄策苦笑:"若那女子果真是南阳公主,莫说不良人署,只怕整个天下都要塌掉半边。"

杜行敏和杨秉、贾正对视一眼,都是浑身一颤,一股寒意从脚底蹿到了头顶。南阳公主心怀怨望之下,和太子联手豢养死士,两人想要做什么?

第七章
公主府的道士、符箓和鬼魂

　　隆庆坊偏僻的街巷中，不良人用两辆马车堵住巷口，王玄策和杜行敏、贾正、曹宝鼎四人以黑布蒙面，搭起梯子，翻墙而入。墙内便是南阳公主府。

　　公主府规模极大，足足占了四分之一坊的面积，仅仅是西墙这边的湖水园林就达百亩。草木葱茏，山丘起伏，半轮明月照亮丘陵湖水之间，波光潋滟。众人借着月光悄无声息地绕过湖岸，贴着西侧边缘前往邑司去找程文。

　　一路行来，众人忽然发现了一些古怪，触目所及，那些门上、墙上、地上甚至树上都贴着黄纸符箓，画着各种符文，而门前和廊道上所挂的灯笼居然都是白色的，甚至连一些红色灯笼也用白绫罩了起来！整座府邸寂静无人，除了月光流淌，树梢风动，连鸟鸣虫唱都不闻于耳，阴森诡异，令人头皮麦起。

　　想要找人询问，但一路走遍了馆台殿阁，却连一条人影都没有，往日繁华富贵的公主府灯火皆无，如同阴森鬼蜮。众人走在重檐叠影之中，无穷的暗影沉甸甸地压在心头，似乎走在死亡的世界，一路只有自己的脚步和呼吸。

　　少顷来到一处廊屋合围的院落，应该是仆役所居。杜行敏实在忍不住，趴在廊屋一扇扇的门上倾听，忽觉其中一间房中似乎有些响动，他伸手一推，发现里面拴住了。他拿出一把短刀，轻轻拨开门闩，推开房门。一缕月光随着他走了进去，拉扯出长长的影子。

　　王玄策等人配合默契，抽出横刀贴墙站在门外。

房中漆黑如墨，杜行敏凭着感觉四下摸索，只觉有些古怪，周围隐约传来扑簌簌的震动声。他从蹀躞带上摸出火褶子，拧开竹筒一吹，火光一闪，他不由惊叫一声："什么人？"

就在那火焰一闪的瞬间，他面前的黑暗中竟然浮出四五张惨白的人脸！

王玄策等人听见他惊叫，纷纷冲了进来，各自拿着火褶子一吹，提刀四顾，顿时毛骨悚然。他们四周，竟然无声无息地浮着数十张人脸！再往下一照，他们才松了口气，原来房内站着数十名仆役。那些仆役一个个惊恐万状却不敢作声，拼命用手捂着嘴巴，有些人颤抖得如同风中的枯树枝。方才杜行敏听到的簌簌声竟然是他们的身体在颤抖！

屋内的仆役经受不住极端的惊吓，不少人竟然昏倒在地。

看着这古怪的一幕，王玄策等人面面相觑，但这些人都是大活人，那也没什么好怕的。那些仆役见他们蒙面持刀，知道不是鬼，一个个反而放了心。杜行敏揪过来一人询问，那仆役颤声道："好汉饶命！今夜公主府有妖鬼横行，生食人血，吞食人脑，程家令请了法师设下天罡北斗大阵，要镇住那妖鬼，命我等不得冲撞。故此天一黑，府中上下人等一律不得出门。我等因为害怕，这才聚在一起。方才好汉们来撬门，我们还以为是那妖鬼闯了进来。"

众人恍然大悟，怪不得公主府如此诡异。但他们问这妖鬼到底是什么东西，仆役们就茫然不知了。王玄策又询问南阳公主的所在，可这些仆役乃是低等下人，平素连见公主一面都难，更别说知道她此时的行踪了。

询问家令程文的所在，那仆役倒是知道："据说法师们设下法阵，将那妖鬼困在了天池山，程家令想必也在。"

王玄策问天池山的位置，原来就在他们刚进来时看见的那座大湖的对岸。当年营造公主府时，大湖中挑挖出来的泥土在旁边堆积成山，在其上广栽名木，便形成一座百余亩的湖山盛景。湖畔有山，山顶有湖，名为天池。

众人将这些仆役仍旧锁在房中，便向那天池山摸了过去。

"少卿，此事实在诡异难解。"杜行敏道，"公主府出了妖鬼，程文请法师捉鬼这倒好说，可这与刘全有何干系？程文为何费尽周折将他请来公主府？"

今夜之事也在王玄策的经验之外，他只好苦笑道："且走且看吧。"

府中既然无人，他们索性不再隐藏，便在这满眼的符箓和白色灯笼中穿庭过殿，前往湖畔。进入山林之时，但见月光中飘满了灰烬，随风卷舞，仿佛在下一场灰白色的雪花,却带着一股火焰的味道。

王玄策捏来一片闻了闻,是符箓燃烧后的灰烬。

众人抽出刀在昏暗的山林中小心翼翼前行,越往里走,树身上贴的符箓越多,乃是用黄纸以朱砂画就,还有些符则是直接用墨和朱砂水画在山石上。

"少卿请看!"贾正忽然指了一指。

众人循声望去,只见正北方向有十几棵树上的符纸全都燃烧殆尽,纸灰轻若柳絮,四处飘飞,而其他树上贴的符纸却毫无异样,仿佛树林中被烧出了一条焦黑胡同。众人对视一眼,循着符纸燃烧的方向追踪过去,走不多远,忽然听见呻吟之声,只见一块山石下躺着一名年轻道士,满脸是血,手里握着一柄折断的桃木剑,左腿似乎断了,扭曲在一边。

"你们是什么人?"那道士见他们蒙着面,顿时有些惊惧,拿半截桃木剑指着他们道。

贾正、曹宝鼎在四周警戒,杜行敏一脚踢开他的桃木剑,趁着他张嘴要叫的瞬间,将刀尖伸进他口中:"胆敢喊一句,我便在你后脑勺戳个洞。"

那道士吓呆了,好半晌都没搞明白,明明是捉鬼,怎么惹出来江湖好汉?

王玄策蹲在他身前,抬头看看上面的山崖,温和地道:"从上面摔下来的?"

那道士眨眨眼。王玄策恍然,让杜行敏把横刀从他口中拔了出去。

王玄策道:"腿摔断了?"

那道士又眨眨眼。

王玄策笑道:"可以说话了。"

那道士胆小至极,慢慢拱拱嘴,又努努嘴,发现嘴里没有刀刃,这才长出一口气,竹筒倒豆子般说道:"小道是玄都观的道士灵光子,师父道号青莲,今日申时和六位师叔伯来南阳公主府镇鬼驱邪。我们布下天罡七煞法阵,将那鬼物困在山上。小道方才正面遭遇鬼物,正要以符咒镇之,不意吃它一击,从山上跌下来摔断了腿。我等尚未收到恩赏,身上并无钱财,请好汉爷饶命。"

王玄策这才发现他一只手上还拿着符箓,灵光子迅速把符箓递过来:"这是我师父画的镇一切邪祟符。遇见鬼物,只需将此符禳之,可镇一切邪祟。"

王玄策将符翻来覆去看了看,随口问道:"你可见过一名将军,穿着北衙飞骑的服饰?"

"好汉是说刘全刘旅帅?"灵光子迅速道,"他是程家令请来与我们一起捉鬼的，如今就在天池山上！"

这话让众人一怔，刘全几时会捉鬼了？

王玄策好奇："你见过那鬼物吗？它长什么模样？"

灵光子一愣："好汉们竟然不知？那你们来公主府作甚？"

"知道什么？"王玄策问。

灵光子道："那鬼物便是南阳公主啊！她遭了邪祟，被鬼魂附体，性情凶狂，变成另外一人，因此程家令才请我们来镇鬼驱邪！"

空气似乎凝固成一张铁板，令人窒息，只有林中的符灰仍然在眼前飘动。还没等众人从惊骇中缓过来，远处的山林中突然响起一声惨叫。

灵光子惊道："是我师父！"

王玄策来不及思索，带着众人向惨叫传来的方向飞奔。翻过一座山岭，就见一名老道士扑倒在地，脖颈上一道血淋淋的伤口，身下遍是血污，早已经死去。林中光线太暗，王玄策也不敢打亮火褶子，便将手指探入他的伤口，慢慢感受着伤口边缘的平滑度。是利刃所伤。

血仍然滚烫，杀人鬼物并未走远，众人都悚然戒惧，悄无声息地沉入黑暗之中。山林崎岖难行，不少沟壑间漆黑如墨染，也不知走了多少时候，林间罅隙勉强能渗入月光，王玄策这才发现四人竟已走散，身边只剩下自己沉重的呼吸和脚踩过枝叶的轻响。想到黑暗中潜藏着被鬼魂附体的公主，饶是他胆大包天，也禁不住呼吸沉重，心头悚然。

正行之间，忽然林中传来踩踏枝叶之声，王玄策急忙潜藏在草木中屏息凝神。借着微渺的月光，只见一名老道士左手持着罗盘，右手拿着桃木剑小心翼翼地走了过来，想来此人也是灵光子的师叔伯之一。

突然，那老道士厉声喝道："是谁？"

王玄策以为他发现了自己，正要现身，却见那老道士转向另一个方向，手中一掐诀，桃木剑尖冒出一道火焰，冷笑道："孽畜！再不现身，老道打散你的魂魄！天灵灵，地灵灵，今日架起铁围城，四面八方不显形。铜墙铁壁万丈高，金刀玉剪不沾绳。太上老君急急如律令——"

他正在念咒，一人缓缓从林中走了出来，低声道："天壶真人，是我，刘全！"

王玄策借着老道士剑上的火光也看清了来人，果然是刘全。老道士松了口气，一抖手熄灭了剑尖的雷火："刘旅帅，可找到那妖孽——"

就在雷火熄灭的瞬间，一缕刀光闪过，刀光与雷火同时熄灭，老道士的声音也戛然而止。片刻间，老道士"扑通"一声栽倒在地，再无声息。

"铮"，黑暗的林中响起还刀入鞘之声，随后刘全的身影悄无声息地隐没。

王玄策浑身冷汗，趴在草丛中静静等待了很久，确信刘全已经离开，这才以蛇行鳞潜的姿势悄然来到天壶真人的尸体旁边，将手指探入他脖颈的伤口中。果然与灵光子的师父一样，切口平滑，长度深浅如一。

黑暗中的杀戮竟然是刘全所为！

他与这些道士究竟有何仇怨？他与南阳公主究竟是什么关系？王玄策还没捋清头绪，就听得远处的黑暗中又响起一声惨叫，忙跳起身循声而去，刚奔出几步，便又听得一声惨叫。短短时间，竟又有两人毙命！

王玄策担心杜行敏等人的安危，心中焦虑，干脆不再遮掩身形，疯狂奔跑，身子冲开浓密的枝叶，刮得满脸生疼。与此同时，在黑暗中缠斗的各方也都不再遮掩，山林中响起四五道冲开枝叶的跑动声，都在朝着一个方向汇聚。

王玄策来到山顶的一座亭旁，亭中的地上用朱砂画着八卦图案，满亭布设着各式黄纸符箓、法铃和令旗，地上却倒着两名道士。显然是这两名道士正在亭中作法，被人出其不意斩杀。

灵光子说玄都观来了七名道士，除开他自己受伤，竟然已死四人！

四周的黑暗中，正有四五道脚步声飞速朝着山顶奔跑而来。王玄策知道刘全定然潜藏在暗处，小心翼翼地四下搜寻。刚走到一丛竹林中，猛然间刀光一闪，他横刀一竖，护住颈部，那一刀"当"的一声斩在了他的刀身上，火星在眼前一闪，刀背又拍在脸上，巨大的力道将他撞得一个踉跄。若是抵挡得稍微慢上半拍，这一刀只怕已将他的脖子斩断。

黑暗中王玄策只看见一团模糊的黑影，仓促中反手一刀刺过去，那人挥刀挡开，惊咦了一声，似乎有些诧异，但手中并不停势，挥刀狂劈。王玄策抵挡几刀，拉开距离，低声道："刘全！"

那人的刀停顿片刻，随即闷声不响地杀了上来。王玄策不敢再分神，两人交错厮杀，黑暗的竹林中不辨人影，更看不清刀势，只能凭着感觉格挡躲避，不时有被斩断的竹子哗啦啦地倒下，偶尔双刀交击，碰撞出一闪即灭的火花，映照出人影与轮廓。

激斗中，那人忽然绊在横斜的竹竿上，"扑通"一声摔倒。王玄策扑上去举刀劈砍，那人狼狈不堪地格挡，险象环生。眼看数招之间就能将他斩于刀下，一个黑影猛然扑了出来，举着粗大的竹竿狠狠地砸在了王玄策的头上。王玄策大叫一声，摔倒在地。

黑影尖叫着追砸过来，王玄策连滚带爬斩断竹竿，再一刀刺向那人身躯。刘全惶急大叫："王少卿，她是公主殿下！"

王玄策骇然一惊，急忙收刀，"砰"的一声又被大竹竿砸在身上，疼痛不堪。他一把揪住竹竿顺势一拖，那黑影收势不及，摔在他身上。香风袭人，钗钿满头，果然是个女子。

此地是山头斜坡，被女子这么一撞，两人收势不住，搂抱在一起，咕噜噜地朝山坡下滚去。这女子极为凶悍，哪怕是两人翻滚坠落，跌来撞去，仍然对王玄策厮打扑咬，仿佛癫狂一般。

"砰！"两人滚到山下，摔在了大湖的岸边。月光照耀湖水，波光粼粼，明月如潮，视野顿时敞亮起来。果然，这女子身着襦衫长裙，头上金翠花钿，模样也依稀认得，正是南阳公主。不过这位公主此时也狼狈不堪，发髻披散，衣着凌乱，披帛早给树丛挂走，钗钿也丢了好几只，但她神情依然凶悍狰狞，大叫道："休要伤我家三郎！"

这南阳公主的口音极为怪异，似乎是长安远郊的方言土语，与长安城日常的河洛官话截然不同。她爬起身扑了过来，王玄策不敢伤她，打算擒拿她的手臂，不料南阳公主力大无比，这一下竟然没拿住，被她一拳捶在头上，眼冒金星。南阳公主骑跨在他身上，按着他猛打，神情疯癫，似乎变成了另外一个人。王玄策忽而想到灵光子说她被鬼魂附体，心中一动，从怀中取出灵光子那道镇一切邪祟符，趁着她不备，劈手攘在了她的脸上。

南阳公主正厮打之间，身子猛然一僵，直挺挺地倒在了地上，口中说道："三郎，我要走了，谷子记得碾完。后晌要下雨。"

忽然间她嗓音一变，一个略显柔媚的声音操着日常官话说道："你这贱婢放我出去！我乃是大唐南阳公主，小心我奏请阿爷诛尔三族！"

随后嗓音又变回之前略粗的方言土语："三郎，刘圪垃家的借了咱家三斗麦子，答应给十五合的利。十九婶借了我六双鞋底。屋门口大瓮下我藏了六百七十钱——"

河洛官话的嗓音怒道："快离开我的身体！我请了玄都观的道士，一时三刻让你魂飞魄散！"

那略粗的方言土语悲苦地说道："三郎，那些臭道士来了，我先走了，记得接我回家。鸡还没喂呢。"

王玄策早看得目瞪口呆，浑身寒毛直竖，幸好南阳公主身子直挺挺地不能动弹。说完这句话，她两眼一闭，身子就此软了下来，再也不说话了。

王玄策松了口气，挣扎着爬起身。就在这时，刘全神情惶急地从山坡上跑下来，看见南阳公主脸上襄着符箓，顿时怒吼一声："王玄策，你疯了不成！"

王玄策冷笑："你不该给我个解释吗？"

刘全不搭理他，急忙扯掉符箓，将南阳公主抱起来，喊道："翠莲！翠莲！你醒醒，别走啊！你给我回来——"

那声音惶急不安，竟带着哭腔，但南阳公主一直昏迷不醒。这时两名老道士和一名穿着浅绿色袍服的官员跑过来，刘全哭道："程家令，快来救救翠莲！"

原来这官员便是王玄策他们要找的公主府邑司的家令，程文。

这时，杜行敏三人也从各处抵达湖边，王玄策摆手让他们守在四周，众人一言不发地冷眼旁观。程文让两名道士上前察看，一名道士拿出一丸丹药塞进南阳公主口中，然后用手指蘸了朱砂，在她额头上画了个道符。

另一名道士拿起地上那张符纸看了看，说道："程家令，这是我师兄画的镇一切邪祟符，想来公主体内的鬼魂暂时被镇了下去。想要彻底祛除，恐怕还得做个大醮，用五雷正法将它彻底轰散。"

刘全狞笑一声，骤然暴起，刀光搅动月光与波光，宛如一道匹练般在那道士的脖颈上一斩而过。众人还没反应过来，刘全退身错步，又一刀刺入另一名道士的胸口。

"扑通""扑通"，两名道士同时栽倒在地，瞬间毙命。

王玄策等人纷纷举刀抵住了刘全身上要害。刘全冷笑一声把横刀抛在地上，望着程文说道："程家令，等公主醒了你便告诉她，这些道士尽数被我杀了，请她将我治罪吧！"

程文虽然职级不高，却是替公主行使权力的心腹之人，处事果决干练。他已经知道了王玄策等人的身份，苦涩地叹息着请王玄策等人收刀，然后道："公主如何能治你的罪？溺亡之时，哪怕连一根稻草都要抓一下，这是人之常情罢了。刘旅帅请不要责怪公主。这两名道士——"

刘全伸出手指："六名！这几个老道士全被我杀了，那个小道士不知躲在何处，没有找到！"

程文顿时傻眼，好半晌才勉强道："这六名道士既然来降妖捉鬼，那便是所学不精，被妖鬼所杀吧。我公主府会对道观多加抚恤，谅他们也不敢多说。王少卿，你们不良人署既然是奉了皇命来查案，这件事倒无须隐瞒，原原本本秉明陛下也是无妨的。"

"二位不该给我个解释吗？"王玄策淡淡道。

"王少卿，我来给你解释！"刘全愤然道，"南阳公主体内的魂魄乃是我的娘子翠莲！南阳公主本是已死之人，她却不甘就死，占着这副躯壳不愿让我娘子归来！就是这么简单！"

王玄策等人没想到此事竟然如此诡异，刘全的妻子于去年中元节时上吊自杀，而南阳公主还好好活着，怎么反而是南阳公主占着刘全之妻的躯壳？

程文叹息一声，竟似是默认，不愿多说什么。这时他安排的仆役们纷纷赶来，连御医都随行在内。见南阳公主昏迷不醒，御医们似乎也习以为常，招来一架步辇将她放上去，抬着步辇飞奔而去。

程文向众人一抱拳，跟着步辇离去。

这些人来时一言不发，走时悄无声息，仿佛排练已久的一群傀儡，片刻间周围空无一人。万籁俱寂，山林沉黯，只有明月如波涛一般拍荡着湖岸。若非地上横躺着两具道士的尸体，方才的一幕就像是一夜梦魇，一场幻觉。

只有一事如同青天之上的银钉一般明朗确凿：南阳公主绝不是那戴朱雀面具的女子！

"你曾经问我，去泥犁狱中献瓜可曾见到我的父母妻儿，我回答说，炎魔罗王对我有所回报。很感念你当时并未追问，但今夜我可以告诉你，那日在泥犁狱中，我见到了我的娘子！"

隆庆坊的西门外是王玄策白日里经过的东市东街，此处有一条过街渠，乃是龙首渠的南支，穿街过巷往西进入皇城。渠上有桥，名为隆庆桥。王玄策和刘全站在桥上，杜行敏和贾正、曹宝鼎等人将带来的两辆马车停在桥下，封锁了桥梁。

刘全却并无逃走之意，他望着桥下的流水喃喃讲述，神情充满热烈渴盼，似乎那水中的月影就是泥犁狱之门，娘子的身影低头可见。王玄策听得毛骨悚然。

"我的父母和女儿已得往生，无缘再见，只有娘子的魂魄仍在。炎魔罗王唤来娘子与我相见，她仍然穿着去世时穿的那件水绿色襦裙，梳着云朵髻，发髻上却没有簪那只金钗，她拿去感业寺斋了僧。她见了我很是悲伤，说：'三郎，你怎的来了？不是说诸般恶业都转到我身上了吗？'"刘全忽然喉头哽咽，泪流不止。

王玄策看着刘全的模样，忽然想起被自己俘虏的天竺王阿罗那顺，从小就被婆婆寐植入一种记忆，认为自己在尘世间轮回了三十三世，他能清楚回忆起自己每一世的模样，偏生无法认清现实里的自己。那一夜的献瓜仪式乃是婆婆寐主持的，难道刘全的泥犁狱之旅也是堕入婆婆寐所营造的幻境了吗？

"炎魔罗王查我的生死簿，说我该当登仙之寿，命不该绝，然后给了我那卷《秘记》，让我携回阳世交给皇帝。他说我是进献善果而死，有了功德，恩赐娘子与我一同还阳。"刘全说道。

王玄策问道："你娘子死了半年之久，尸身早已腐烂，如何还阳？"

"那判官也是如此说，说我娘子尸首无存，魂魄无处归附。"刘全满脸泪痕，却咧嘴而笑，"炎魔罗王说道，南阳公主今夜该当猝死，可让我娘子借她尸首还魂归来！"

王玄策看着他喜悦的表情倍觉恐怖，甚至连这半夜子时的长街也鬼气森森，满天的月光更是冰冷彻骨，触之生寒。就在刘全的讲述中，他似乎身临其境，亲自见证了那一夜的献瓜之祭。

原来那一夜南阳公主也在祭坛旁边。

南阳公主的两任驸马都被皇帝处死，近些年她心情抑郁，身子骨极差，皇帝对她也怀有歉疚，时常召她到身边陪伴，一住累月。那一晚，她听说有这等奇事，便换了宫中女官的服饰，躲在人群中瞧稀罕。

就在刘全举着文书从祭坛上复活，内侍和宫女惊呼尖叫，北衙飞骑拔刀冲向祭坛的同时，南阳公主"扑通"倒地，昏迷不醒。但此时众人的注意力被刘全复活吸引了过去，无人发现。刘全献上《秘记》后，说自己和娘子一起还魂归来，娘子会借南阳公主的躯壳复活，皇帝这才发现南阳公主昏迷不醒。

皇帝急忙命御医救治，待得南阳公主悠悠醒转，果然变成了另外一人，说自己名为刘氏翠莲，乃是凝碧池畔刘家庄刘全的妻子。去年中元节她将金钗拿去斋僧，遭到郎君辱骂斥责，自缢而死，正在泥犁狱中等候轮回往生，不意郎君替天子进献瓜果，积了大功德，炎魔罗王恩赐还阳。方才她随着鬼使从祭坛的门户中出来，那鬼使将南阳公主扑倒在地，从躯壳中拽出她的魂魄，将自己推进了她体内。

这南阳公主说话时非但口音与平日的官话完全不同，连眼神、表情、动作都不同于以往，真的如刘全所说，同一个躯壳内嵌入了另一人的灵魂。

"之后呢？"王玄策审视着刘全，沉声问道。那一夜竟然发生了如此多的异事，想到当时玄奘法师也在场目睹，他忍不住有些好奇，想要知道师父是如何处理的。

"之后陛下召见我，敕封我为振威校尉，从六品的飞骑旅帅。他说人生人死是前缘，短短长长各有年。既然生死簿上注定，他会遵从炎魔罗王的意旨，让翠莲借南阳公主的躯壳还魂，甚至可以将借壳而生的翠莲嫁给我，成全我的姻缘。"刘全欢喜中又有些愤怒，"我欢欣喜悦，满是期待，不料陛下私下里却命那天竺老僧婆婆寐施法，想要打散我娘子的魂魄，让南阳公主复活。那婆婆寐果然有些本事，竟将公主的魂魄招了回来，然而片刻之后便又被那鬼使给拘了回去，公主重又陷入昏迷。"

"我师父怎么说？"王玄策问道。

"玄奘法师……"刘全沉默了很久，"他什么话也没说，就那么一直看着。后来陛下问他，他说：'陛下您是否还记得一首佛偈：佛法在世间，不离世间觉。离世觅菩提，恰如求兔角。'然后陛下便没有再问，命人将公主送回府邸将养，留下太子监国，自己径直巡幸翠微宫去了。"

王玄策感觉到师父似乎在进行一场不动声色但异常凶险的搏杀，他没有再深究，转而询问刘全今夜的经过。原来刘全在丘行恭一战之后回到不良人署，南阳公主府的程文找到他，说公主醒了，又变成了翠莲。刘全二话不说，借口护送两名飞骑回禁苑，半路转向南阳公主府。

到了公主府他才发现，原来程文竟然又请了玄都观的道士作法，想要再次打散翠莲的魂魄，翠莲惊恐之下逃进了天池山。他这才追进天池山，秘密猎杀那群道士，最终功败垂成，翠莲还是被王玄策给攘了符箓，陷入沉眠。

王玄策这才明白缘由，没想到刘全身上竟然有如此离奇的幽冥谜局。

杜行敏和贾正、曹宝鼎等人相距甚远，听不见他俩的对话，只是远远地看着。此时异变突起，两人竟开始贴身搏杀。刘全抬手拔刀，王玄策一撞他的手背，将他拔出半截的横刀推入鞘中，随即也去拔刀，却被刘全撞进怀中，将其横刀也撞入鞘中。双方近在咫尺，贴身擒拿短打，都想拔刀，却偏生为对方所制，刀无法拔出。

杜行敏等人反应迅速，飞快地冲了过去，刚到桥头，就见王玄策技胜一筹，利用刘全拔出来的半截刀刃割断了自己刀鞘上的挂绳，然后他将刀鞘甩出，横刀已霍然在手，一个转身，反手刺入了刘全的胸口。刘全惨哼一声，跌入桥下，在水边的草丛中滚了几滚，一动不动。

　　众人来到桥边，都是呆若木鸡。王玄策并不解释，叹息一声："走吧！"

　　众人不敢再问，也不敢再说，默默地随着王玄策来到马车边。有不良人牵来马匹，众人翻身上马，车声辚辚，马蹄嘚嘚，在明月流光中返回平康坊。

第八章
面具之下，皇权之上

刘全一动不动地躺在渠边的草丛中，胸口的鲜血顺着草丛淌入龙首渠，蟋蟀爬上他的身躯，露水将他身上打湿。街上有武候骑使策马经过，蹄声和甲胄哗啦啦远去，又有求医问诊的百姓驾着牛车驶过，马鞭轻响。

也不知过了多久，街边槐树茂密的枝叶轻轻一动，一个蒙面人潜伏在树干上盯着斜坡下刘全的尸体。那人极有耐心，纹丝不动地看了一刻钟，才从树上跳下来，悄然到了尸体旁。他伸出手指去探刘全的颈部脉搏，刚俯下身，忽然刘全手臂一抬，雪亮的横刀压在了他的脖颈上，那人的身子顿时僵硬了。刘全劈手扯下他的蒙面巾，赫然便是贾正。

"原来是你！"刘全叹息道。他知道贾正刀法惊人，乃是不良人署的高手，丝毫不敢大意，用刀死死地压住他的脖颈，慢慢起身。

贾正也随着他的刀势慢慢起身，问道："什么意思？"

"不良人署的内谍，原来是你！"刘全道。

贾正忽然一笑，趁着他身子将要站直的刹那，猛然往前一冲，撞入刘全怀中，将他狠狠扑倒在地。两人咕噜噜顺着草坡滚入龙首渠。翻滚之中，贾正身子压住刘全的胳膊，在肘窝狠狠一击，刘全横刀脱手。待得两人踉跄着从水渠边爬起身，贾正已经抽刀在手，抵住了刘全的咽喉。

"玩刀，你不行。"贾正冷笑道，"你装死设局，是为了诱我上钩？"

"没错。"刘全坦然道。

贾正心中一沉:"是少卿的计谋?你被他刺了一刀,是配合他做局?"

"当然。"刘全道。

"可惜你武功不精,我杀了你,没有人知道我来过。"贾正淡淡说道,手一翻,横刀便要刺穿刘全的咽喉。

猛然间黑暗中"嗡"的一声响,似是弓弦震动,贾正知道不好,反手格挡,却已然迟了,一支利箭破空而至,"噗"的一声穿透他手臂。贾正闷哼一声,横刀跌落在地。

隆庆坊的坊墙上探出两条人影,其中一人竟然是王玄策。另一人持弓搭箭,正是曹宝鼎。贾正顿时脸如死灰,知道逃走无益,便托着右臂从龙首渠里爬上来。

这坊墙的墙基有丈许之宽,却并不甚高,只有六七尺。王玄策等人翻上坊墙,跳到下面的排水沟边,然后跨过排水沟来到街上。

贾正右臂上还插着箭矢,鲜血淋漓,他笑道:"见过少卿。"

王玄策神色复杂:"日后你这胳膊还能不能使刀?"

"伤着了大筋,估计是废了。"贾正笑了笑,浑不在意。

王玄策的眼眶瞬间便红了:"可惜你这身本事了,老贾!"

"没什么可惜的,"贾正有些感慨,"早在贞观十四年我便该死了。我在高昌城杀死十七位同袍,然后逃回长安自首。朝廷判了我斩监候,若不是少卿暗中相护,我熬不到侯君集垮台的那一天。"

"侯君集纵兵抢掠高昌,军纪败坏,朝廷里也是多有不满。那些高昌国的百姓本是孤悬西域的汉人,你为了保护他们敢于得罪上官,我是极为佩服的。"王玄策道,"回护你,便是回护我大唐的良知。"

刘全在一旁听着,略略明白是怎么回事了。原来这贾正当年是军中的校尉,贞观十四年侯君集攻灭高昌国之后纵兵抢掠,顿时军纪大坏,那些骄兵悍卒挨家挨户杀人劫掠。高昌国虽然地处西域,却是汉人国家,同文同种,贾正为了保护一户高昌人家与军中同僚起了冲突,他扬言要告发众人,上官便想将他灭口,却不料被他一人连杀十七人。

贾正当即逃回长安向朝廷告发侯君集。皇帝震怒,将侯君集下狱治罪,但他毕竟刚立下灭国之功,后来经岑文本求情,便将他释放了。只是贾正可就不好处置了,多方权衡之下判了斩监候。在王玄策的暗中回护下,贾正在狱中熬了两年,两年后侯君集参与太子谋反被诛，王玄策帮贾正翻案，带到不良人署任用。

贾正笑道："少卿，你先是救了我性命，又让我肆意痛快地多活了八九年，喝了那许多杯中烈酒，杀了那许多盗寇贼匪，这份恩义我一直不知该如何报答。"

"说什么报答。"王玄策心中难过，"我这些年宦海沉浮，年龄越大，心肠便越硬，唯独对老兄弟，心肠却是越来越软。为何你我不能善始善终？"

"因为每个人啊，总有些债要还。"贾正道。

"你所欠之人便是那朱雀面具女子吧？"王玄策道，"她能在东市占铺狙击我，想来也是你暗中通风报信。说出她的身份和下落，我放你离开。"

"既然欠了她，又怎么能出卖她？"贾正苦笑，"少卿当知我的为人。"

"那为何要背叛我？"王玄策愤然怒吼，两眼已是泪水满眶，"难道我对你便薄情寡义了吗？"见他黯然不答，王玄策更是恼怒，"你不说，难道我便找不到她了？"

就在这时，只见西南方向骤然升起一支旗火。那旗火似乎距离极远，无声无息地升上长安城的夜空，又无声无息地绽放。花开两枝，十字交叉。

贾正的脸色变了："不良人署的旗火信号？那里是……宣平坊？"

"是宣平坊吗？"王玄策眺望着旗火烟花，淡淡道，"看来杜行敏找到她了！"

"你……你怎么做到的？"贾正满脸惊骇。

"很简单，方才与刘旅帅长谈之后，我既然知道南阳公主与那朱雀面具女子毫无关系，那刘旅帅自然也与她无关。于是我便请刘旅帅配合我演了一出戏，我一刀杀了他，将他抛下桥去。如果我身边有那朱雀面具女子的卧底，便一定会把这件突发大事通报于她。"王玄策道，"回到东署之后，我只需要盯着看谁离开，谁便有嫌疑。"

贾正哑然半晌："原来你派人跟踪了许老三。"

"没错。"王玄策道，"杜行敏亲自跟踪许老三去了。但许老三只是东署的仆役，职位低下，指使他的人定然还在东署。这个人派出许老三之后，肯定越想越迷惑，我怎么会无缘无故就杀了刘全？刘全真的死了吗？万一自己送给朱雀面具女子的是个假消息呢？他越想越不解，越想越不安，所以必定会来确认一番。"

贾正苦笑不已："少卿，你真是拿捏住了我的心思。没错，我所思所想确实如你所言，这一脚踏进你的局里，着实不冤！"

"杜行敏已经开始围捕那女子，这一夜她在劫难逃。老贾，说出她的身份吧，给我一个放你离开的理由！"王玄策已经近乎哀求，"老贾，不管欠了她什么你都尽力了！你胳膊已废，好生找个去处安度余生吧，从此你我相忘于江湖。"

贾正含笑望着王玄策，眼中泪水流淌："少卿，这个人你是抓不住的，别费心思了。但是有你这句话啊，我虽死无憾了。我欠的这个人，情分太重，重逾泰山，我这条命贱，这辈子都还不起。对不住了，少卿！"

话音未落，贾正从胳膊中拔出利箭，反手刺入了自己的咽喉。

王玄策大叫一声，扑上去想要夺他的箭，但这支箭已经从咽喉戳透到后颈，贾正喉头咕嘟嘟冒出鲜血，一句话都说不出来，只是悲哀地望着王玄策，眼中泪水流淌。片刻之后，贾正的身体在王玄策怀中慢慢冰凉，眼角的泪也已经干涸。

王玄策将贾正的尸体放在街边，脱掉深绯色的官服盖在他的身上，然后面无表情地起身："走，我们去宣平坊会会她！"

宣平坊，杜行敏正对法云寺展开突袭。

法云寺是一座尼寺，位于宣平坊的西南角，规模并不大，但是在坊墙上开有寺门，夜晚出入无须经过坊门，相对便利。这恐怕也是那朱雀面具女子把此处当作落脚点的一个考量。

王玄策深知此人手眼通天，生怕情报泄露，便和杜行敏反复做了筹划。先是调来十辆马车，命令六十多名好手全部披上甲胄，带上横刀和弓弩，列队上车之后将门窗钉死，防范泄密，然后在东署的庭院里静静等待。

等跟踪许老三的不良人传来位置之后，十辆马车扬鞭奋蹄，直扑宣平坊。杜行敏把不良人分为五组，自己带队走寺庙正门，其他三组从各个入口突进，还有一组搭了梯子登上大殿的房顶和墙头，发现有人外逃立即射杀。可以说寺中之人已经插翅难飞。

从山门走向大雄宝殿的路上静悄悄的，只有杜行敏等人杂沓的脚步声和甲片的碰撞声，但在寺庙的后院，双方已经接战。初时是一声声闷响，随后刀剑碰撞声、甲胄震响声、死伤者的惨叫声瞬间鼎沸，长安之夜就仿佛一张平整的锦帛被骤然撕裂。

杜行敏等人并没有着急支援，众人每经过一处便点一盏灯笼挂上，照得庭院里亮如白昼。从大殿顶上看，整座寺庙就像持续不断被点亮一般，随着不良人的推进，光明很快从外围向着最黑暗的区域蔓延。

在法云寺北的角门，长孙大器率领手下正在与四名不良人殊死搏杀，他的部下都是战场上厮杀出来的精锐老兵，本以为能轻易杀出包围，不料这些不良人人人披甲，顿时被杀得惨不忍睹。

爻姬沉默地站在树影下，将自己的脸深深地隐藏在黑暗中。看着四周越来越多的灯笼，她起初不知何意，但随即便感觉到了棘手——她的黄金面具雕饰繁复，极容易反光，只要有一丝光亮照上便会熠熠生辉。杜行敏在大殿和围墙顶上埋伏有人手，只要看见反光便吹哨示警。

爻姬知道，这是王玄策为了捕获自己设下的阳谋，就是赌她不敢摘掉面具！如今夜色漆黑，她也无法戴上幂篱，只好被动应对，命铁面人三三一组，试图搅乱对方的部署，自己在长孙大器等人的保护下分散突围。但她的面具过于耀眼，在寺庙中转来绕去都被阻截了回来，腾挪的范围越来越小。

这时门前巷道里尸横遍地，长孙大器将手中短刀贴着甲胄的缝隙刺杀了最后一名不良人，自己也受伤不轻，跌坐在了地上。爻姬静静地走出黑暗，长孙大器用刀撑着地面，挣扎着站起身，推开角门，便是一愣。

杜行敏和四名不良人正悄无声息地站在门外，手中端着弩箭瞄准他们。

"大娘子，属下尽力了！"长孙大器惨笑一声，举起横刀便要冲杀过去。

杜行敏举起手臂，慢慢地往下挥。

四名不良人手指用力，正要扣下弩机。

刹那间爻姬伸出纤纤手指，拨开了长孙大器的横刀，静静地走到了杜行敏面前，面具上的珠钻之光映照着她的目光，灼灼其华。

"摘掉面具，饶你不死。"杜行敏淡淡道。

爻姬沉默地摘掉面具，轻声道："杜大郎你真是好手段！"

杜行敏看见她的面容，如遭雷轰电击一般，整个人都呆滞了："薛薛……薛娘子？怎么会是你？"

眼前的面孔雍容华贵，端庄绝艳，平日里再熟悉不过，赫然是王玄策的妻子，薛景娘！

一旁的长孙大器和四名不良人虽然没见过景娘，但见到杜行敏的反应，听到这姓氏，哪还有不明白的，一个个都目瞪口呆。谁也料不到，和王玄策生死搏杀数日的爻姬竟然便是王玄策夫人！众人都有些如坠梦中的感觉，纷纷放下武器。

"大娘子，这……这是怎么一回事？"杜行敏低声问道。

"要在这里说吗？"景娘笑道。

这时寺庙里仍然在激烈搏杀，死伤者的惨呼声远远地传来。杜行敏思忖片刻，留下两名不良人守住角门，带着景娘和长孙大器拐入一条街曲。两名不良人持着弓弩盯紧了长孙大器，杜行敏带着景娘来到偏僻处，拱手告罪道："大娘子多有得罪，但诸多疑问还要请您明示！"

景娘毫不避讳，径直道："我为太子效命！"

"是因为薛中舍人吗？"杜行敏对此并不意外，景娘的父亲薛寅是东宫中舍人，王玄策的家族也多有仰仗薛寅在东宫的势力。

"不止如此，我亦是东宫的宫官。"景娘道，"自贞观十七年太子被册封，我便在他身边服侍，嫁给玄策之后虽然离开了东宫，但太子对我依赖甚深，一旦有事仍会召我回宫效力。"

杜行敏当然知道她说的宫官乃是宫中的职事女官，朝廷中一些高官显贵往往喜欢将女儿送入东宫和诸皇子的府中做女官，到了皇子们的婚配之年，选上妃嫔的概率便会大增。薛寅身为东宫的中舍人，将女儿送入东宫想必便是这打算，只是不知为何景娘未能选上，才出宫嫁人。

嫁给王玄策之后，景娘便不再是宫中的女官，而是堂堂四品诰命夫人，太子再要召她入宫可就有些不便了，不但有损太子的私德，还有损王玄策的颜面，因此景娘才终日戴着面具。

这些只是在脑子里略略一转，杜行敏便明白了其中的缘由，顿时苦笑不已："这几天与我们相斗的原来是大娘子，怪不得少卿的一举一动都瞒不过您。可笑，我们还以为天下真有如此神奇的占卜术。"

他们第一次是在袁氏占铺遭到阻击，那次毫无疑问是贾正通风报信，将景娘引了过来。

第二次是王玄策带着袁守诚反向跳上漕船，却在黄渠上被景娘堵了个正着。真相其实更为简单，王玄策的行事逻辑能骗得了丘行恭，哪能瞒得过他的枕边人？

第三次是他去找李淳风，又被景娘料中，让长孙大器阻拦他，自己先一步见到了李淳风。王玄策一直好奇爻姬跟李淳风说了些什么，其实景娘什么话都不消说，只需将面具摘下，李淳风见是王玄策的娘子，哪还肯趟他们家的浑水？

景娘笑了笑："占卜术确实有，但占算的是权谋、人心、利益、信息等诸多汇总，将它们因明推理，格物致知，这才能捕捉到一丝高邈难测的天意。"

"天意？"杜行敏沉声道，"这么说，确实是太子在与我们为敌？"

"错了，是你们在与太子为敌。"景娘叹了口气，"唐三世而衰，女主武王，代有天下。《秘记》的谶语一出来，任谁都看得出来它的目标便是扳倒太子！这是一场大旋涡、大风暴！我答应帮太子，便是因为这件事将玄策卷了进来，我必须将他摘出去，五月十九那晚若是让我抓了袁天纲或者袁守诚，这件事早便结束了，可笑你们居然如此卖命！却不知你们越卖力，脖子上的绞索便会越紧，直到活生生将你们绞死！玄策保护袁守诚闯出东宫之后，我已经没有半分转圜的余地了。"

景娘黯然神伤，眉目间忧虑重重。

杜行敏苦笑不已，他当然相信景娘是为了救王玄策，可一系列不可抗拒的大势，竟然将她和王玄策推上了不死不休的境地！

杜行敏叹道："大娘子，你在黄渠上劫走袁守诚，也将少卿逼到了绝境啊！少卿丢了钦犯，那是要连坐的！"

景娘恼怒："我在东宫时便让李义府提醒过他，太子给了我们家一个长安县尉、一个崇贤馆生、一个武骑尉，难道抵不过一个相师吗？他怎么做的？用《十思疏》来讽谏太子，然后闯出了东宫！我让丘行恭拿着太子的诏令问他要人，多好的一个台阶，皇帝不会责怪他的！他怎么做的？和丘行恭在大街上杀得血流成河！若非他执迷不悟，我犯得上劫走人犯？还连坐？我宁愿让他连坐，也不能让他得罪太子！"

景娘越说越生气，若是王玄策在场，她定会拿笤帚捶死他。

"袁守诚呢？"杜行敏苦笑道，"还活着吗？"

"当然还活着。"景娘道，"此人我还有大用，待得时机恰当，他必须出来还太子一个清白！这是唯一能缓和玄策与太子矛盾的方法！"

杜行敏呆呆地看着景娘，总算明白了这几日的内幕。

这时法云寺的杀声彻底平息，显然那些铁面人已经被彻底消灭，长孙大器黯然神伤，抱着头蹲坐在街角，痛苦不堪。寺北的角门忽然传来呼喝声，似乎有不良人从寺庙内搜到了门口，被门口值守的两名不良人给堵了回去："贼帅有令，此门封锁！任何人不得出入！"

"杜大郎，玄策只怕快到了。你若想拿我，便绑了我去见他。"景娘说道。

杜行敏苦笑："属下不敢。且请大娘子稍待，少卿片刻间就到。"

"他来了又如何处置？"景娘问道。

杜行敏顿时愕然，左右一想，脸色变了。王玄策能拿他娘子怎么办？绑了交给朝廷自然是万万不能的。私放了景娘？若是皇帝在不良人署安插有密谍，得出的结论就是王玄策背弃了自己，投靠了太子！

"那咱们三人私下计较一番，想个周全的主意如何？"杜行敏左思右想，说道。

景娘笑道："你这主意若是可行，我和玄策夫妻二人早就在内宅计较完了，何必咱们三人一起？"

杜行敏闹了个大红脸。

"《秘记》案不知有多少双眼睛都在盯着，我夫妻二人只要敢联手糊弄，不管计划得如何妥帖，只要有一丝破绽被人揪到把柄，便是既得罪太子，又得罪皇帝！"景娘冷笑中隐约带着一丝恐惧，"我甚至怀疑……怀疑……"

她迟疑半晌，脸上惊惧不安。

杜行敏好奇，低声道："怀疑什么？"

景娘一咬牙："怀疑玄策是陛下磨砺太子的一把刀！"

杜行敏悚然动容，瞬间便汗流浃背。

"五月十九那晚，长孙无忌曾对太子言道，刘全从泥犁狱中带回《秘记》之后，陛下拔脚便去翠微宫避暑，诏令太子监国，其用意就是要让太子来处置《秘记》一案，看看他处置突发事件的手段。"景娘缓缓道，"既然放手交给太子处置，却又钦点了玄策插手，这用意很难猜吗？"

杜行敏点头："所以，少卿的一举一动陛下都盯着呢，这是他磨砺太子的刀，他绝不会允许少卿投靠太子。"

"所以，我只能做那刀与磨刀石之间的一层水，既不能让石折断了刀，又不能让刀斩断了石。"景娘道，"局势便是如此，恳请杜大郎相助！"

杜行敏叹息道："贾正也是被你这般劝服的吧？"

"没错。你们都是玄策的心腹兄弟，我夫妻和弥奴三人的性命便交托给你们了！"景娘盈盈一拜。

杜行敏急忙将她搀扶起来："大娘子折杀我了。却不知这种日子我们要熬到什么时候？"

景娘目光灼灼，声音却更加低了："皇帝不豫，什么时候太子即位，什么时候才算结束。所以，我们决不能让玄策把太子得罪狠了，否则太子即位之日，便是我王家覆灭之时！"

杜行敏半晌不语。这时法云寺北角门的方向传来嘈杂的声音，甲胄碰撞，脚步杂沓，把守角门的两名不良人大声道："参见少卿！"

原来是王玄策到了！只听王玄策问道："那朱雀面具女子便是从此处逃走的？行敏哪里去了？"

一名不良人道："是，少卿！贼帅带人追他们去了！"

声息渐近，王玄策似乎带了一群人疾奔而来。景娘毫不惊慌，只是沉默地望着杜行敏。

杜行敏长叹一声，抱拳长揖："敢不为大娘子效命！"

这时街边一户人家的院门忽然开启，景娘一言不发地走了进去，随后出来一对老夫妇，到街上将长孙大器搀扶进去，闩上房门，瞬间便悄无声息，仿佛人间蒸发了一般。杜行敏没想到自己竟然在她的密巢边聊了半天，对这位大娘子的手段又是钦佩又是骇异。

这时王玄策、刘全、曹宝鼎等人疾行而来，急切道："捉到人了吗？"

杜行敏苦笑着迎了上去："少卿，属下无能，跟丢了。"

王玄策沉默不言，朝四周看了看，走到墙边捻起一撮土，拿到灯笼边看了看，土里沾了鲜血。杜行敏知道自己这个上官机敏过人，生怕他瞧出破绽，颇有些惴惴。所幸王玄策并未疑心他，喃喃道："行敏，贾正死了……自杀。他为了保护朱雀面具女子，用一支箭刺穿了自己的喉咙。"

"什么？"杜行敏几乎不敢置信，贾正居然会付出如此惨烈的代价！

"我一开始以为他被胁迫或者收买，可他说，他欠这个人的情分太重，这辈子都还不清。"王玄策咬牙切齿，"他无父无母，无妻无子，让他欠下如此情分的人，平日定然往来频繁！行敏，给我查！"

杜行敏在心中大吼：少卿，这个人就是你啊！是你的情分重逾泰山，贾正是为你而死的！

但他心中哪怕翻江倒海，面上也只能不动声色，默默地点头。

这时右长史孙尊礼急匆匆奔跑过来，低声在王玄策耳边说了些什么。王玄策神情冷峻，让曹宝鼎等人继续搜捕，带着刘全和杜行敏赶回法云寺。

法云寺中灯火通明，所有女尼都被驱赶到大雄宝殿中，有专人审讯笔录。这场抓捕声势惊人，武候府和万年县也被惊动，派人来将那些尸体一一收拢，勘验。

王玄策随着孙尊礼来到观音院，只见院落之中五步一岗十步一哨，甚至房顶都有不良人持着弓弩逡巡，路上王玄策和杜行敏已经听了孙尊礼的简短汇报，知道这观音院便是那朱雀面具女子和铁面人日常盘踞的院落，如今看来只怕有了惊人的发现。

孙尊礼直接带三人来到一间厢房，房内布置得简单典雅，地毡上摆着一张宽大的书案，案上摆着一卷《皇极历》和一卷《孙子算经》。旁边的食盒里盛着五色松花饼和一碗馄饨，那馄饨还冒着微微的热气，似乎主人夜读算经，略去便回。

杨秉正在房间内等着，王玄策劈头便问："是不是有了袁守诚的下落？"

"并没搜到袁守诚的下落，倒是发现了这个。"杨秉将《皇极历》递给他，"少卿，你看看这个。"

杨秉帮他打开历书，拿出夹在其中的一张纸头："这张纸原本就是夹在此处的。"

王玄策拿来一看，上面只有一行字："唐中弱，有女武代王。"

他脸色顿时凝重起来，跪坐在书案后，拿起笔把《秘记》第七谶的谶语写在纸上："唐三世而衰，女主武王，代有天下。"

他将两句话摆在一起，推到众人面前。刘全反复比较，忍不住道："王少卿，这句话似乎有些……有些不同，它是从《秘记》谶语中演化而来的吗？"

"不，"王玄策缓缓摇头，"它不是从《秘记》谶语中演化来的，可能《秘记》谶语是从它演化来的！"

众人都有些不解，王玄策又提笔在一张纸上写下几个字："女主昌。"然后道："大家都知道，不管是找袁天纲也好，查《秘记》也好，我们的使命归根到底是要找到那名女主。而事情的缘起，便是在贞观八年，太史局观测到了太白昼现，太史令薛颐的这句占辞：女主昌！"

女主昌。
唐中弱，有女武代王。
唐三世而衰，女主武王，代有天下。

三张纸，三句话，并排放在一起，众人立刻看出了不同。杜行敏脱口而出："一条比一条精准！"

"没错。"王玄策道，"师父给我讲过，从星占上而言，太白昼见预示着三种征兆，强臣、女主、改政易王。贞观八年那次占算出来的结果只说是女主昌，但其实模糊不清，指向不明，今晚发现的这条占辞就精准了许多。"

"唐中弱，有女武代王。"杜行敏念着，"少卿说得没错，精准之处有二：第一，算出了时间当在大唐的中期；第二，算出这名女主和武字有关。"

"还有第三条，这女主不只是昌……"王玄策满脸恐惧，缓缓道，"她不是像秦之宣太后、汉之吕后和窦太后、北魏冯太后那般架空皇帝，临朝摄政，她是要取代皇帝，改政易王！"

一言既出，满屋惊悚。一时间空气凝固，针落可闻，满世界只有灯芯火苗扑簌簌的燃烧声。

王玄策继续道："这占辞已经精准到了这种地步，而刘全带回来的《秘记》则更进一步，不是模糊的唐中期，而是第三世就衰亡，女主的名号叫武王，取代了大唐天下！"

众人只觉额头汗如雨下，今夜所谈的内容哪怕泄露一句，所有人都得人头落地。

"咱们得找到她！"王玄策的嗓子都紧张得嘶哑了，"这个朱雀面具女子，还有写这张纸的人！咱们必须找到他们！"

杜行敏面无表情，努力抑制着自己的情绪，转头问道："你们可看出什么眉目了吗？"

杨秉道："方才我和孙长史仔细商量了，从这张纸能看出些东西。它是益州白麻纸，是朝廷官方用纸。其中皇宫和三省用的是黄麻纸，六部二十四司用的是白麻纸。益州向朝廷进贡用纸每年解送两批，这张纸不是今年的新纸，但也不旧，应当不超过三年。"

孙尊礼道："少卿，这行字从书法上来看，笔力苍劲有力，圆转如意，应当是男人所写，年龄当过中年。"他拿着纸在灯火下端详，又在鼻尖轻轻嗅着，甚至用手指蘸了墨舔了舔，"所用的墨乃是自制的松烟墨，里面除了朱砂、麝香，还混有硫黄。"

刘全听得暗暗佩服，这不良人署真是奇人异士层出不穷，也不知道王玄策都是如何招揽的。

"还有吗？"王玄策问道。

"还有这本刘焯的《皇极历》。"杨秉知道王玄策、刘全、杜行敏未必听说过此人，便略略做了解释，"刘焯是隋时的经学大家，更是天文历算大家，编有《皇极历》，但这份历法在隋朝未被采用。到了本朝，李淳风正是依靠他的《皇极历》才造出一份新历。"

"又是天文历算！"王玄策忽然冷笑，"我知道《皇极历》中夹的占辞是谁写的了，李淳风！"

众人都愣住了，想了想，李淳风的太史局用的确实是益州白麻纸，他的年龄也符合孙尊礼的推断。

刘全问道："王少卿，您怎么判断出来是李淳风？难道李淳风和那女子之间有什么瓜葛？"

"他俩之间并无瓜葛，"王玄策摇头，"李淳风这个占辞不是写给朱雀面具女子的，而是写给皇帝的！这条占辞当是写于去年，也就是贞观二十二年，因为那年李淳风接任了太史令，占算天象就是他的职责。那次便是他得出了这个占辞。所以皇帝才命他将袁天纲召至京城，要再次为太子的后宫看相！"

杨秉道："少卿，这字迹是李淳风的吗？"

王玄策摇头："他的字迹极少流传，我师父的大慈恩寺当收藏有他的信函，并不难找。我如此笃定是因为别的原因，来，你闻闻这墨里的朱砂和硫黄，除了他这种道士要随时写符纸辟邪，谁还会往墨里混合这种东西？"他冷笑着抓起刀，"上次用一句佛偈子打发了我，那就再去一趟常乐坊，看他还有何话说！"

第九章
御史台的毒酒，太史局的吊索

景娘在法云寺后安置的密巢紧邻水渠，老翁夫妇带着她和长孙大器穿过后院便到了渠边。渠上有舟，登舟之后，老翁撑着船篙无声无息地划过水面，片刻间便到了坊墙下的水闸处。早等在此处的一名本坊武候，拿着钥匙升起闸门，小舟便离开了宣平坊。

显然，这条路线早已经布置得周密至极。

更令人吃惊的是，小舟穿过街道之后便进了西边的永宁坊。长孙大器当然知道她和王玄策的宅邸便在永宁坊，她竟然以小舟穿街过巷，将密巢和家宅连接了起来。

长孙大器禁不住暗暗心惊，这女人的心计也忒了得！

到了自家所在的永宁坊，景娘安置妥帖，弃舟上岸，便有一辆马车在等着。也就是在此时，车夫禀告了贾正自杀的经过。景娘一阵失神，却没说什么，带着长孙大器登上马车，一声鞭响，马车向北出了永宁坊，沿着宽阔的兴安门大街直奔东宫。

一路上景娘和长孙大器都默默地坐着，一言不发。进入东宫的左永福门外，李义府和太子卫率府的马策正候着二人。马策将长孙大器带去医治，长孙大器才禁不住悲从中来，向景娘深深一拜："大器无能，将太师的亲兵全给折了，请爻姬娘子代我向太师请罪，请赐大器一死！"

太师便是长孙无忌。他曾任太子太师，这是他最为自得的官职，身边亲近之人也喜欢称呼他为太师。

景娘的黄金朱雀面具在灯笼火把的照耀下熠熠生辉，眸子与珠钻一同闪耀着光华，谁也看不清她的表情。只见她微微点头，便随着李义府走进重楼叠影之中。

李义府带着景娘向崇贤殿走去，低声道："今夜你们在法云寺的厮杀，已经惊动了不少人。"

"嗯。"景娘低低应了一声。

"赵国公也来了。"李义府道。

景娘没有再说什么，沉默地跟着李义府穿过崇贤馆的庭院，走进崇贤殿。太子和长孙无忌正在讲筵上候着，看着景娘盈盈拜倒，两人的脸色都有些阴沉。长孙无忌道："我那些部曲都死光了？"

"爻姬无能，请殿下和赵国公责罚。"景娘道，"长孙大器托我向太师请罪，肯请赐死。"

长孙无忌叹息："这些人追随我十多年了，都是隋末时我那些部曲的子侄，他们跟着我征过高句丽，打过安市城，出生入死，战功赫赫，没想到一夜之间全死在了法云寺！"

"阿舅节哀。"李治劝道。

长孙无忌摇摇头："殿下无须自责。高句丽只是癣疥之疾，尚且战死了几万人，《秘记》动摇的是国本，只要国本能稳，莫说我这十几名部曲，便是再死个十万百万他们也无怨无悔！况且我们的对手是王玄策，多少帝王将相都被他杀得身毁国灭，我们想对付他，哪有不付出代价的道理？"

李治沉默了片刻："爻姬，摘掉面具。"

景娘迟疑片刻，伸手摘掉面具，一张绝美无双的面孔流淌在灯烛之下。长孙无忌诧异地看了看她，有些不明所以地望着李治。李治低声道："阿舅，爻姬姓薛，是中舍人薛寅之女。"

"薛寅两子一女，他的女儿……"长孙无忌顿时变了脸色，"薛寅之女那岂不是……岂不是……"

景娘淡淡地道："妾身正是玄策之妻。"

长孙无忌半晌没有说话，在大殿中灯烛的照耀下，整张脸阴晴不定。他本以为爻姬用面具遮脸是为了掩饰东宫女官的身份，万万没有想到，她的真正身份竟然如此惊人！

李治急忙解释："阿舅，我并不是有意对您隐瞒，只是爻姬的身份特别，是朝廷四品官员之妻，我要用她须得掩人耳目。"

"为何一定要用她？"长孙无忌问道。

李治苦笑："贞观十七年我被册封之时，阿爷征召了一批朝廷官员的亲眷担任女官，为我充实东宫，爻姬便是那时入东宫做了女官。但爻姬与普通女官不同，她早年偶然得遇异人传授了一份秘卷，学得了前隋经学大师刘焯的大衍占卜诀，各种杂占术数，无不精通。这些年为我占卜问卦，无有不中，因此我才赐给她'爻姬'之名。"

长孙无忌悚然动容："刘焯的大衍占诀？这东西竟然传下来了？"

他们这些生于隋朝之人，对刘焯的大名简直如雷贯耳，因为刘焯便相当于那时的李淳风。他与李淳风一样，虽然精通杂占术数，却认为这是旁门左道，他们走的是天文、历算这种大道，志在编写历书。他的《皇极历》将历法的精确性推到了前无古人的地步，李淳风的《麟德历》也只是站在他的肩膀上才取得了这等成就。

但刘焯此人却有一个大毛病，以为自己的学问奇货可居，凡是向他求教之人都必须奉送金银财帛做束脩。如果束脩不够丰厚，他就虚以应付，因此他名声极差，几度被罢官，甚至遭到充军发配，最终病死于家乡，那些秘卷也流散殆尽。没想到，他最玄异的大衍占卜诀竟然传了下来！

景娘向长孙无忌解释："当年传授我的异人说，他在开皇年间想拿五千两黄金来求刘焯的大衍占卜诀，却遭到刘焯的拒绝。大业年间他去河北看望刘焯，此人僵卧孤村，老病将死，他便拿十袋稻米给换了来。我幼年时在一座道观破解了几篇算学灯谜，而这灯谜正是那异人写的，他挂灯出谜，是想寻找算学方面有天分之人，后来他便传给我刘焯秘卷，教了我大衍占卜诀。"

长孙无忌感慨万千，也不知是为刘焯秘卷而叹息，还是为大衍占卜诀后继有人而庆幸。一时间大殿内一片沉默。

"爻姬，"长孙无忌沉声道，"虽然你曾经是太子女官，但如今已经嫁入外官，且还是四品诰命夫人，尊荣显贵。若是对付旁人我自然不怀疑你的忠心，但如今是要对付你的郎君夫婿，生死搏杀，刀刀见血，你会为了太子与夫君为敌吗？"

景娘平静地道："爻姬自幼便入了东宫陪伴太子殿下，这些年明刀暗箭，风风雨雨，都是夋姬陪着太子一起熬过来的。虽然如今嫁了人，但夫妻之情再大，总大不过君臣之义。且夋姬学的是阴阳术数，讲的便是趋吉避凶，顺从天命。天命在太子，夋姬岂敢逆天而行？"

李治心有不忍，劝解道："阿舅，夋姬说得没错，这些年我辛苦艰难，栗栗危惧，都是夋姬陪着我熬过来的。我们君臣相得，从无疑心。夋姬嫁人之后，我也是因为她的情面才对王玄策广施恩德，不但赐他大宅钱帛，还越级恩荫他的儿子，我相信到那退无可退之时，夋姬定能劝服王玄策归顺我们这边。"

"殿下英明。"长孙无忌最终点头，"这果然是一步好棋！"

就在这时，李义府轻手轻脚地走进大殿，低声禀奏："殿下，刚收到消息，王玄策要夜闯皇城！"

景娘脸色顿时变了，李治也浑身一僵，手上用力，"啪"的一声，一根上好的狼毫应声折断。

时辰已过亥时，接近三更。整座长安城陷入沉睡，不良人署的大队人马手持灯笼火把来到常乐坊，将武候铺的人叫醒。武候们一看是不良人署，睡眼惺忪地依照程序索要文书，杨秉为了应付宵禁，早用大印盖了一沓的文书，抽出一张递了过去。武候们面面相觑，苦笑着打开坊门。

众人来到李宅的乌头门外，仍然是日间的那名阍者迎了出来，一问，才知道李淳风今夜到太史局宿直去了。王玄策顿时怔住了。

宿直便是去宫禁中值夜班。每个衙门都会根据官员名单造册，制成宿直簿，按名单轮流宿直，一轮五日，吃住都在衙门，连宰相都躲不过去。朝廷的官员对宿直厌烦透顶，因为宿直期间不能离开宫禁，晚上值班通宵，白天还要上朝，连续五日五夜下来，铁打的身子也要脱层皮。

黄昏宵禁时李淳风尚在宅中，怎么忽然就去宿直了？

王玄策又问阍者李淳风离开宅子的时间，果然是自己前脚刚走，他便牵了匹马疾驰而去。王玄策冷笑不已："原来李淳风算到我会再来，居然躲到皇城去了！"

刘全不解："少卿，你怎么猜出他在躲你？"

"我离开他家的时候第二通暮鼓即将结束，再有一刻就要宵禁，他须得策马狂奔，才能在夜禁前赶到皇城。"王玄策道，"你刚刚做官有所不知，违反宿直的处罚是颇为严厉的，应直不直，应宿不宿，各笞二十。若点不到者，一点笞十。

然如此惊人！

李治急忙解释："阿舅，我并不是有意对您隐瞒，只是爻姬的身份特别，是朝廷四品官员之妻，我要用她须得掩人耳目。"

"为何一定要用她？"长孙无忌问道。

李治苦笑："贞观十七年我被册封之时，阿爷征召了一批朝廷官员的亲眷担任女官，为我充实东宫，爻姬便是那时入东宫做了女官。但爻姬与普通女官不同，她早年偶然得遇异人传授了一份秘卷，学得了前隋经学大师刘焯的大衍占卜诀，各种杂占术数，无不精通。这些年为我占卜问卦，无有不中，因此我才赐给她'爻姬'之名。"

长孙无忌悚然动容："刘焯的大衍占诀？这东西竟然传下来了？"

他们这些生于隋朝之人，对刘焯的大名简直如雷贯耳，因为刘焯便相当于那时的李淳风。他与李淳风一样，虽然精通杂占术数，却认为这是旁门左道，他们走的是天文、历算这种大道，志在编写历书。他的《皇极历》将历法的精确性推到了前无古人的地步，李淳风的《麟德历》也只是站在他的肩膀上才取得了这等成就。

但刘焯此人却有一个大毛病，以为自己的学问奇货可居，凡是向他求教之人都必须奉送金银财帛做束脩。如果束脩不够丰厚，他就虚以应付，因此他名声极差，几度被罢官，甚至遭到充军发配，最终病死于家乡，那些秘卷也流散殆尽。没想到，他最玄异的大衍占卜诀竟然传了下来！

景娘向长孙无忌解释："当年传授我的异人说，他在开皇年间想拿五千两黄金来求刘焯的大衍占卜诀，却遭到刘焯的拒绝。大业年间他去河北看望刘焯，此人僵卧孤村，老病将死，他便拿十袋稻米给换了来。我幼年时在一座道观破解了几篇算学灯谜，而这灯谜正是那异人写的，他挂灯出谜，是想寻找算学方面有天分之人，后来他便传给我刘焯秘卷，教了我大衍占卜诀。"

长孙无忌感慨万千，也不知是为刘焯秘卷而叹息，还是为大衍占卜诀后继有人而庆幸。一时间大殿内一片沉默。

"爻姬，"长孙无忌沉声道，"虽然你曾经是太子女官，但如今已经嫁入外官，且还是四品诰命夫人，尊荣显贵。若是对付旁人我自然不怀疑你的忠心，但如今是要对付你的郎君夫婿，生死搏杀，刀刀见血，你会为了太子与夫君为敌吗？"

景娘平静地道："爻姬自幼便入了东宫陪伴太子殿下，这些年明刀暗箭，风风雨雨，都是爻姬陪着太子一起熬过来的。虽然如今嫁了人，但夫妻之情再大，总大不过君臣之义。且爻姬学的是阴阳术数，讲的便是趋吉避凶，顺从天命。天命在太子，爻姬岂敢逆天而行？"

李治心有不忍，劝解道："阿舅，爻姬说得没错，这些年我辛苦艰难，栗栗危惧，都是爻姬陪着我熬过来的。我们君臣相得，从无疑心。爻姬嫁人之后，我也是因为她的情面才对王玄策广施恩德，不但赐他大宅钱帛，还越级恩荫他的儿子，我相信到那退无可退之时，爻姬定能劝服王玄策归顺我们这边。"

"殿下英明。"长孙无忌最终点头，"这果然是一步好棋！"

就在这时，李义府轻手轻脚地走进大殿，低声禀奏："殿下，刚收到消息，王玄策要夜闯皇城！"

景娘脸色顿时变了，李治也浑身一僵，手上用力，"啪"的一声，一根上好的狼毫应声折断。

时辰已过亥时，接近三更。整座长安城陷入沉睡，不良人署的大队人马手持灯笼火把来到常乐坊，将武候铺的人叫醒。武候们一看是不良人署，睡眼惺忪地依照程序索要文书，杨秉为了应付宵禁，早用大印盖了一沓的文书，抽出一张递了过去。武候们面面相觑，苦笑着打开坊门。

众人来到李宅的乌头门外，仍然是日间的那名阍者迎了出来，一问，才知道李淳风今夜到太史局宿直去了。王玄策顿时怔住了。

宿直便是去宫禁中值夜班。每个衙门都会根据官员名单造册，制成宿直簿，按名单轮流宿直，一轮五日，吃住都在衙门，连宰相都躲不过去。朝廷的官员对宿直厌烦透顶，因为宿直期间不能离开宫禁，晚上值班通宵，白天还要上朝，连续五日五夜下来，铁打的身子也要脱层皮。

黄昏宵禁时李淳风尚在宅中，怎么忽然就去宿直了？

王玄策又问阍者李淳风离开宅子的时间，果然是自己前脚刚走，他便牵了匹马疾驰而去。王玄策冷笑不已："原来李淳风算到我会再来，居然躲到皇城去了！"

刘全不解："少卿，你怎么猜出他在躲你？"

"我离开他家的时候第二通暮鼓即将结束，再有一刻就要宵禁，他须得策马狂奔，才能在夜禁前赶到皇城。"王玄策道，"你刚刚做官有所不知，违反宿直的处罚是颇为严厉的，应直不直，应宿不宿，各笞二十。若点不到者，一点笞十。

也就是说，没去宿直，或者迟到了，都要挨板子。李淳风真要宿直，绝不会掐着点的。"

王玄策兜转马头便走，众人急忙跟上。

出了常乐坊便是东市的东门，王玄策却不进东市，径直往北。杜行敏急忙驱马追了上去，问道："少卿，您要去哪儿？"

"太史局。"王玄策笑道，"他莫不是以为这便能躲得掉我？"

杜行敏脸色变了："少卿，太史局在皇城里呢。"

"我当然知道，在我鸿胪寺的北面，一街之隔。"王玄策若无其事。

"可是……已经宵禁，我们是进不去的！"杜行敏提醒道。

"事在人为。"王玄策淡淡地说着，驱马疾驰。

杜行敏有些无奈，他颇为认同景娘的看法，万分不愿王玄策对《秘记》案追得太紧，涉入太深，却又无法左右他的决定，只好跟着并辔而行。一行人很快便到了皇城的东门，景风门。

皇城各门是监门卫负责值守，今日轮值的中郎将名为沈丘，见大队人马持着灯笼火把过来，当即喝令止步。王玄策和杜行敏上前递上自己的门籍。所谓门籍，便是官吏人等出入宫禁的凭证，是一块竹牒，记录了此人的姓名、官爵。一份自己持有，一份放在监门卫备案，入宫的时候两份门籍勘验核对。沈丘命人掌来灯笼，只见门籍上面写着："官籍，鸿胪寺少卿，王玄策。"

沈丘一皱眉："王少卿要去宿直？今夜已经误了应卯的时辰！"

"无非是一顿板子而已，"王玄策笑道，"明日我自然会去领受。"

沈丘冷笑："王少卿，你在鸿胪寺早就没了职司，鸿胪寺的宿直簿中根本没有你的名字，哪还需要你来宿直！"

王玄策悚然一惊，深深地望着他："看来将军对我挺熟悉啊？你我素不相识，这都是谁告诉你的？"

沈丘一怔，有些恼羞成怒："赶紧走！若是再骚扰喧哗，拿下问罪！"

王玄策冷笑："李淳风来皇城躲我，看来是有所安排……不对，他是太史令，指使不动监门卫……是那朱雀面具女子吗？她是直接找的你，还是找了监门卫将军张阿难？"

沈丘愕然片刻，冷冷地盯着他一言不发。王玄策观察着他的表情，恍然道："原来是张阿难！"

仰头看着巍峨的宫墙，王玄策倒吸一口冷气，忽然感受到一股泰山压顶般的威压。张阿难是贞观朝唯一执掌兵权的宦官，当年在秦王幕府时便追随李世民，屡立战功，封汶江县侯，如今任左监门卫将军。他能替皇帝守卫宫城，自然是皇帝一等一的心腹之人，今夜居然帮着朱雀面具女子阻挠自己办案，也就是说，他其实在皇帝和太子之间选择了后者！

杜行敏低声劝道："少卿，回去吧。"

王玄策缓缓摇头："对太子而言，张阿难是绝佳的一张牌。朱雀面具女子不惜亮出这张底牌也要阻挠我见到李淳风，到底是为什么？"

杜行敏勉强笑笑："李淳风又跑不掉，明日再来不迟。"

"不对，不对。"王玄策心中有如惊涛骇浪一般，他整理着思绪，"那朱雀面具女子也知道，明日皇城开启之后我随时都能见到李淳风，可她偏偏不让我在今夜见到他，哪怕把张阿难这张牌打出去牺牲掉也在所不惜！今夜到底会发生什么事？"

杜行敏欲言又止，刘全却脱口而出："少卿，莫不是谶图上那三人就要死在今夜？"

王玄策和杜行敏都是一怔，脸色立刻凝重起来。《秘记》第一谶的谶语是："癸亥。娘子年五五，青龙杀玄武。一日丧几命，北向问鸿胪。"

癸亥便是今日。今晚只要还没过子时，都是癸亥日。

"北向问鸿胪……原来是这个意思！"王玄策喃喃道，"鸿胪所指的并不是我，而是李淳风！"

刘全诧异："李淳风和鸿胪寺有什么关系？"

杜行敏也明白了，苦涩地摇头："他本人和鸿胪寺没有关系，但他是太史令，太史局的位置就在鸿胪寺北面。这句谶语是个倒置句，应该是鸿胪向北问！"

"我知道她为什么要阻止我与李淳风见面了！"王玄策叹道，"因为李淳风或许破解了这条谶语！"

王玄策走到沈丘身边，亲热地揽着他的肩膀，将他拉到了城墙的暗影处。沈丘以为他要说什么秘密，忽然肋下一痛，一把短刀贴着甲胄披膊下的缝隙，刺进了他的肋骨之间。

"莫要喊叫。"王玄策握着刀，声音平稳，毫无起伏，"你既然知道我，就当知道我正在办什么案子。这是陛下和太子之间的角力，无论你还是张阿难参与其中皆不明智。但我能理解张阿难的难处，他毕竟是皇室家奴，无论老主还是少主他都不敢得罪，所以我给他一个借口。"

"什么借口？"沈丘是张阿难的心腹，当然知道上官的艰难处境，强忍着疼痛问道。

"就说我持刀挟持了你，自己闯入皇城，与张阿难无关。你看如何？"王玄策平静地道，"你若是答应，最多落个失职之罪，若是不答应，我一刀杀了你闯进去。张阿难依附太子的秘密便会大白于天下。"

沈丘愕然愣住："可是你持械私闯皇城，却是死罪！"

"不私闯又如何？难道你愿意放我入城？"王玄策问道。

沈丘哑然，怜悯地看了他片刻，苦笑道："再狠一些。"

王玄策不解其意，沈丘低声道："捅狠一些，等你入城后，我去请示张将军，失血过多昏迷在半路，如此便能多给你两个时辰。否则你哪怕闯进去，监门卫随即追捕，你根本到不了太史局。"

"谢了。"王玄策口中说着，手一紧，短刀深深刺入沈丘体内。他闷哼一声，顿时脸色煞白。

王玄策揽着他的肩膀，半扶着他来到城门口。

沈丘大声道："命你的人卸掉甲胄，上缴弓弩，着即入城。"

进皇城不能披甲持弩是应有的规矩，王玄策命不良人卸甲。有监门卫的校尉觉得不妥，过来提醒，却被沈丘呵斥了回去。那校尉只好高声喊道："亥时一刻，奉命开城！城门启——"

监门卫卒轰隆隆地打开城门，王玄策率领人马鱼贯而入。

沈丘命人关上城门，强忍着疼痛和失血的眩晕，在城门簿上签署画押之后，便策马朝东边张阿难的宅邸方向疾驰而去。黑暗的街衢上空无一人，槐叶扶疏，沈丘看了看路边的排水沟，叹道："但愿明日能拾回一命！"

他猛然一拍马臀，那战马奋蹄疾驰，自己一头栽下马背，跌进沟渠之中。他身上穿着五六十斤重的甲胄，连受伤带这么一摔，立时真正昏迷了过去。

太史局在皇城的西边，王玄策带领人马穿城而过，马蹄滚滚。两侧都是衙署，里面都有官员宿直，长夜寂寞无聊，不少官员都跑到衙门口瞧新鲜，一路上不知有多少人指指点点。

到了太史局门外，李淳风见他敢追来皇城，便也不再抗拒，命小吏将他们迎了进来。王玄策、刘全和杜行敏来到二堂，李淳风正在堂上调制一座漏刻。漏，指漏水的壶。刻，是带有刻度的箭。漏刻便是此时通用的受水型计时装置。堂上这座乃是李淳风近些年研制出来的四级漏刻，比之前的多增加了一只平水壶进行分流，能使水位保持恒定，流水均匀，计时更为精确。

李淳风穿着粗布短衣，拿着斧凿正在忙碌，看见王玄策等人进来，禁不住苦笑："王少卿，何苦呢？"

刘全和杜行敏不动声色地将各处搜查一遍，没有发现什么异常，王玄策这才来到李淳风身边，好奇地看着这座漏刻："这东西很少见。"

"当然，连指挥宵禁的承天门都没有漏刻。"李淳风道，"长安城的报时都由太史局管理。每日到了五更二点，由太史局派员给承天门的城门郎送去鼓契，承天门开始击鼓，各城坊门开启。到了日入前五刻，太史局又送去所牌，城门郎击宵禁鼓，各城坊门关闭。可以说，你脚下所站的地方乃是大唐朝的计时中枢。"

"时不我待，长话短说吧。"王玄策把那张纸头递过去，李淳风接过来看了一眼，瞳孔顿时一缩。

"唐中弱，有女武代王。这条占辞、这个笔迹，李令不陌生吧？"王玄策问道。

李淳风沉默半晌："王少卿名不虚传，没错，这句占辞是我写的。"

"时间呢？"王玄策问。

"贞观二十二年七月五日。"李淳风道。

"正是因为你写出了这句占辞，陛下才让你秘密征召袁天纲进京，给太子的妃嫔看相。"王玄策感慨万千，为了这句话，他历尽艰辛，不但得罪了太子，更与丘行恭厮杀一场，折损了数条人命，这才从袁守诚口中挖出只鳞片羽的线索，"可是，袁天纲来到长安之后，陛下却迟迟没有安排他进东宫，但是他奉了密诏，也不敢到处走动，便一直滞留在袁守诚的占铺。"

李淳风专心摆弄着漏刻，淡淡道："既然你都了解清楚了，何必来找我？"

"我找你只为解一个疑惑。"王玄策一字一句，"去年七月，袁天纲被召到长安之后，陛下为什么会改变主意，没让他去东宫看相？"

李淳风身子一僵，手中仍旧不停地凿着那支刻箭，好半晌才道："王少卿以为是什么原因？"

"只有一个原因，"王玄策拿过占辞，"陛下不需要袁天纲了！因为他找到了这名女武！"

此言一出，堂上宛如响了一声霹雳，无论李淳风还是刘全、杜行敏，尽皆变色。李淳风厉声道："王少卿，慎言！"

王玄策让刘全拿出《秘记》，轻轻展开第一幅谶图，摆在漏刻台上，指着谶图上那名无头的将军："他便是李君羡，对吗？"

李淳风面无表情，杜行敏却浑身一颤，如醍醐灌顶一般串起了所有的线索。刘全不知李君羡是何人，正想问，却被杜行敏悄悄拽了一把。

王玄策知道刘全不解，便解释道："娘子年五五，青龙杀玄武。这个娘子所指的并不是一个女人，而是李君羡。李君羡乃是河北武安县人，隋末大乱之时投入瓦岗寨，李密被王世充击破之后，他与秦琼、程知节等人先是投了王世充，后来又投了陛下。陛下当时还是秦王，他追随陛下破宋金刚、讨王世充、窦建德、刘黑闼，战功赫赫，忠心耿耿，被封为武连县公、左武卫将军。贞观十七年，玄武门守将李安俨跟随废太子承乾谋反，陛下便换了李大亮守卫玄武门。贞观十八年，李大亮病故，陛下便选了李君羡守卫玄武门——"

刘全失声道："青龙杀玄武，原来是这个意思！"

"没错。我们也一直猜测玄武指的便是玄武门，但一直以为与武德九年的玄武门之变有关，其实这个玄武指的是玄武门守将李君羡。"王玄策道，"去年七月七日，也就是太白昼见两日后，陛下在宫中设宴，与军中武将把酒言欢，席间陛下行了一个酒令，让众人说出自己的乳名。李君羡言道，自己乳名五娘子。陛下愕然大笑道：'何物女子，如此勇猛！'"

"娘子年五五，原来是五娘子的意思。"刘全苦笑道。

"不，除了五娘子，还有武安县人、武连县公、左武卫将军、玄武门守将，加起来才是五武！"王玄策道，"五娘子是最致命的一击，让他应了女武之谶！"

刘全听得惊心动魄，杜行敏虽然知道李君羡谋反被杀，却不知道里面竟然牵涉如此可怕的真相，一时间也惊呆了。

"后来呢？"刘全问道。

"陛下既然确定了'女武代王'之人便是李君羡，就没必要让袁天纲再去东宫看相，于是袁天纲滞留长安。至于李君羡……"王玄策顿了顿，"陛下将他调离长安，担任华州刺史。这些内情隐秘幽微，其中有大恐怖，除了像李令等人与闻，朝野之间一无所知，甚至连李君羡都懵懂不知，糊里糊涂就被贬谪到了华州。李君羡到了华州之后，对自己为何被贬百思不得其解，内心苦闷时便到处求神问卜。华州有一隐士名叫员道信，传闻他能辟谷数月，不饮不食，并且精通占卜。李君羡对他极为崇信，几次找他问卜，其间屏退所有人，占卜的内容也不为他人所知。此时台院一名侍御史突然得到奏报，说李君羡私自与妖人交通，图谋不轨，当即上本弹劾。七月十三日，李君羡被诛，籍没其家。除他本人被斩之外，他的父亲、十六岁以上的儿子皆被绞，十五岁以下的儿子及母女、妻妾、祖孙、兄弟、姊妹，还有那些部曲、资财、田宅都被籍没入官。家族中的伯叔父、兄弟之子皆流三千里。"

这是去年震惊朝野的大惨案，也是王玄策灭亡天竺，回到长安之后遇到的第一桩大案，他印象极为深刻。李淳风微微一叹，终于停下了手中的活计，坐在漏刻台的一处隔板上，盯着烛影默默地出神。

"你既然已经查到了这种地步，又何必冒着生死闯进皇城来问我？"好半晌李淳风才说道，"仅仅是为了证实自己的判断吗？"

王玄策摇摇头："我看到你这句占辞时，便判断出了谶图上的无头将军是李君羡。之所以必须找到你，是因为在《秘记》中应谶的不是我，是你。一日丧几命，北向问鸿胪。这句话应该是鸿胪向北问。"

李淳风不由抬头朝南面看了看，隔着一条街，便是鸿胪寺的衙署，自己这太史局恰好在其北面，禁不住苦涩一笑："王少卿这论断好生有趣。"

"这是打趣还是真相，李令你心中有数，所以你才躲到太史局宿直。"王玄策道，"但是我既然敢闯入皇城，你便再无半分转圜的余地，我只想问你一个真相，谶图上这名服毒酒自杀的六品文官，他到底是谁？这名自缢而死的平民百姓，他到底是谁？今夜子时，到底会发生什么大事？"

李淳风摇头不已："王少卿，你这都是臆测，并无证据。抱歉，下官一无所知。"

"我既然敢来问你，便不怕你否认。"王玄策将那份纸头递给杜行敏，"封入不良人署的官函之中，火漆封印，连夜送往终南山翠微宫。"

李淳风瞬间愕然，随即摇头哂笑："这本来就是我写给陛下的占辞。"

不料王玄策又加了一句："就说这是从那朱雀面具女子的案头截获的。"

李淳风的脸色顿时变了："无耻！"

王玄策静静地望着他："我并无一句虚言，句句属实。"

饶是李淳风学究天人，这会儿也无奈了。此物虽然是自己写给皇帝的，但如今到了朱雀面具女子的手上，其间的隐秘流转牵涉太子，自己福祸难料。更棘手的是，当时为了保密，这份占辞没有落款，那就只是一份普通的纸头，如果皇帝疑心是他另写了一份交给朱雀面具女子，自己又如何解释？

"王少卿，我送你一言，然后咱们大道朝天各走一边，如何？"李淳风最终妥协。

王玄策当即答应。

"北向问鸿胪指的并不是太史局。"李淳风说罢，转身便走进后堂。

"不是太史局是谁——"王玄策冷笑一声，忽然脸上变色，转头望着东边，"是御史台？"

鸿胪寺里面建有接待四夷使者的客馆，因此占地极大，它的正北并列有三家衙署，太史局、御史台和宗正寺，其中御史台居中。确切地说，鸿胪寺正北乃是御史台。

杜行敏缓缓道："弹劾李君羡谋反之人是台院侍御史邱凌，从六品下，官服是双钏图案，深绿色。"

御史台分为三院，台院、殿院和察院。台院共有四名侍御史，邱凌排名第二，正式称呼为"知弹侍御史"，通俗称呼为第二侍御史。他的责权极大，除了日常的推鞫狱讼之外，最令同僚敬畏的便是风闻奏事，弹劾百官。他们的弹劾方式分为仗弹和上书弹，对地方上任职的官员一般用上书的方式弹劾，而对朝廷五品以上高官，则往往采用仗弹。

所谓仗弹，便是皇帝上朝，受弹劾的官员也身在朝班之时，侍御史头戴法冠，身穿法衣，当着皇帝的面喝令该官员出列受弹，到廊下待罪，然后当众诵读弹章，历数罪名，虽宰相亦不能免，皇帝更不能阻止。因此群臣百官见到侍御史戴法冠，穿法衣，无不两股战战，震恐不安。

王玄策率领大队人马来到御史台衙门，径直夺门而入，明火执仗，肆无忌惮。这就是不良人署的恐怖之处——他们一旦突破规则束缚，往日再威严肃穆的衙门也只是嗷嗷待宰的绵羊。哪怕第二日御史台能一纸弹劾解散不良人署，将所有人都捉拿下狱，乱棍打死，但今夜他们只能在不良人的阴影下颤抖。

王玄策来到值房拿出宿直簿翻看，果然今夜宿直之人便是邱凌。他冷笑一声，命不良人控制了整座御史台，不使走漏风声，自己径直来到台院。

整个御史台中只有一些宿直的文吏，谁也不敢阻拦，眼睁睁看着他们一众人等来到台院的宿直房。邱凌身穿法衣，头戴法冠，正威严地坐在书案后等着他们，手中品着一杯茗茶。

"邱御史被甲枕戈，看来早有准备啊！"王玄策笑着坐在他面前，一摆手，杨秉和孙尊礼立刻查阅四周书架上的文牍。

邱凌并不阻止，冷笑道："乱臣贼子！"

"我是奉了皇命而来，这四个字恐怕并不贴切。"王玄策淡淡地说着，把宿直簿扔在他面前，"这簿子上，你的名字并不在宿直之列，是今夜新添加进去的。你们御史对于推鞫狱讼并不陌生，我也不想把手段用在你身上，说说吧，今夜是谁通知你来皇城宿直的？"

邱凌饮了口茶，又是一声冷笑："乱臣贼子！"

王玄策也不理会，继续问道："你去年七月弹劾华州刺史李君羡与妖人交通，图谋不轨，是谁指使的？"

邱凌仍旧是一声"乱臣贼子"。

王玄策拍案大怒："你我谁是乱臣贼子，问之于己！你身为侍御史，执掌国家刑宪，却如提线木偶一般受人指使，诬陷忠臣，你还有什么脸面骂我？"

"我不曾受人指使！"邱凌大吼。

"你敢说你来宿直不是受人指使？"王玄策冷笑。

邱凌顿时哑然。

"李君羡赴任华州才三日，你便自称接到举告，上书弹劾他图谋不轨，两日之后他便被诛。你执掌刑宪，推鞫狱讼，你自问是办了一桩铁案吗？"王玄策怒斥。

邱凌无言可对，好半晌才将手中茶一饮而尽，失神道："今日你冤我毁我谤我，他日我血秘藏三年，必化为碧。"

"这是要做苌弘？"王玄策嘲弄道。

这时杨秉捧着一摞文牍快步走到案头："少卿，找到了邱御史的弹章和卷宗。"

"查！"王玄策冷冷道，"贞观二十二年七月十日！"

杨秉和孙尊礼都是积年老吏，老于文牍，侍御史办理的都是大案要案，一年到头也办不了几桩，很快便找到了"弹华州刺史李君羡图谋不轨事"的弹章和卷宗。弹章是公开的，朝野都能传抄，卷宗外人却看不到。杨秉一目十行，片刻间便将卷宗过目一遍，不由倒吸一口冷气。

"如何？"王玄策问道。

杨秉将卷宗递给他，低声道："举告李君羡之人……是员道信！"

王玄策顿时一怔，员道信即李君羡在华州访得的隐士，为其求卜问卦，占算吉凶，备受其信赖，怎么是他举告了李君羡？

"这是一个局，为的就是要杀李君羡，对吗？"王玄策把卷宗扔在了邱凌面前，"七月七日宫中夜宴，陛下得知李君羡的乳名。八日，李君羡被贬华州。十日，你上书弹劾李君羡图谋不轨。十三日，李君羡被诛。为了尽快杀他，你们不惜收买员道信，诱他在求卜问卦时犯忌，再由员道信举告。对吗？"

邱凌只是喝着茶，沉默不言。

杨秉将卷宗拿回来，展到最后一页："少卿请继续看，员道信举告谋反有功，被赐了官身，现任太史局灵台郎。"

王玄策的脸色顿时变了，又是太史局！这太史局里到底藏着多少秘密？

忽听"噗"的一声响，邱凌呕出一口黑色的鲜血。众人大吃一惊，杜行敏劈手将他手中的茶杯夺了过来，闻了闻，喃喃道："茶中有毒！"

王玄策掌过一盏灯，这才发现邱凌的脸上已经是一片青紫，呼吸急促，藏在袖中的双手轻轻抖动。邱凌浑身僵直麻木，艰难地笑了笑："王少卿，自你闯进御史台我便知道今晚在劫难逃，这乌头汤，我喝了好几碗啦！"

"邱凌，你这是何苦？"王玄策痛心疾首。

"乱臣贼子这四个字并非说你，而是说我自己。"邱凌道，"我头戴獬豸冠，身穿法袍，手掌国家大法，堂堂正正，从不亏于私德，办李君羡这案子也是秉持一片公心，在为朝廷诛除奸邪！可是今日，陛下却命你来查我……"

"既然是出于公心，说明白便是，你又何必寻死？"王玄策叹道。

"只有一死，三年后我的血方能化碧。若是说了，我便真的是乱臣贼子啦！"邱凌苦涩一笑，呼吸越来越急促，浑身抽搐，王玄策扑过去救护，却被他狠狠抓住手腕，瞪目大吼道，"王少卿，陛下命你查案，为何没有给你诏旨？你和我其实并无区别！"

王玄策愕然怔住，呆呆地看着邱凌抽搐片刻，最终毙命。

众人沉默地看着，夏夜虫鸣和午夜寒凉阵阵袭来，宿直房内冷寂如冰。刘全从怀中取出《秘记》，拿到王玄策面前，第一幅谶图上那名官员虽然没有穿法冠法袍，但倒地毙命的姿势与旁边散落的杯壶，几无二致。

王玄策浑身颤抖，疯狂地奔跑出去。

王玄策、刘全、杜行敏率领不良人执着灯笼火把再度闯入太史局，揪着值房的吏员询问员道信，他果然是太史局的灵台郎！

　　灵台郎是正七品下的官职，专司观测天象和气象，因为四时不同，便设置有春官、夏官、秋官、冬官、中官，这员道信便是秋官灵台郎。王玄策查了宿直簿，原本今夜并非他宿直，也是临时来为别人替直的。

　　灵台郎宿直并不在值房，他们负责观测天象，必须整夜都待在灵台。王玄策率人拥入后院，一推开门，便见到眼前的暗夜中耸立着一座巨大的观星台——通体为水磨青砖所建造，高四丈有余，顶上建有石室，两侧有台阶盘旋而上，庭院的地面上铺设有一座长达十多丈的石圭，俗称量天尺，为测量日影长短所用。

　　刘全和曹宝鼎带着不良人从左右廊道登上观星台，廊道很窄，左右皆是青砖墙壁，刚登上中途，众人愕然愣住，眼前居然是一堵墙壁。刘全觉得古怪，用横刀向前捅了捅，"叮"的一声，果然是实体墙。再左右一摸，也是实体墙。

　　"怪哉！没有路又如何上去？"刘全喃喃道。

　　一名不良人焦躁起来，朝着前面的墙壁一脚踹去，竟一脚踹空，"啊"的一声消失在墙壁间。众人又惊又怒，刘全伸手一摸，前面仍然是墙，正面面相觑之时，就听得不远处传来物体坠地声。

　　而在庭院中的王玄策等人也目瞪口呆，因为在他们看来，刘全等人正顺着廊道往上走，忽然一人对着旁边的虚空猛踹一脚，然后跌下了观星台！

　　正诧异间，曹宝鼎那队也出事了，就见曹宝鼎带领不良人纷纷爬上台阶旁的矮墙，像下饺子一般跳了下来，跌在地上惨叫哀号，爬不起身。所幸他们登上的台阶距离地面只有一丈多高，不至于摔死。

　　王玄策等人急忙冲过去，刚跑到观星台的阴影下，猛然间天空一沉，原本高邈深邃的星空竟然缓缓压在了人的头顶！星斗闪耀在眼前，云雾缭绕在身边，眼前忽然大光明，月亮大如磨盘向着众人的头顶逼压而来！

　　天塌了！

　　不良人们从未见过这等恐怖的景象，纷纷惊叫着挥舞横刀乱砍，搅得星斗滚动，云气动荡。伴着一声惨叫，一名不良人被旁边之人砍中，当场翻倒在地。

　　"不要动！是幻象！都不要动刀！"王玄策大叫，冲过去挡开众人的刀剑，但不少人已经彻底迷失，挥刀乱砍，被砍伤之人则更是恐怖，挥刀自保。庭院中乱作一团。

"道信，罢手吧！"忽然李淳风的声音似乎从天边传来，穿透云雾与星斗，"你是知天命之人，当知道他们是奉了谁的谕令。"

众人的脑子瞬间清醒了一些，一个个持刀戒备，不敢乱动。

又有一个声音从天顶滚滚而来："老夫不服！当初要杀李君羡的是天子，今日要追查此案的还是天子，凭什么他转念之间，老夫就该被碾为齑粉？"

声音虽然宏大，却充满悲怆凄惶，仿佛一尊即将陨灭的神灵。

李淳风的身影出现在了庭院的天幕之下，叹道："天子一转念，便是天意；天子一开口，便是天命。你隐居华山，占风望气四十年，所谓的决算阴阳，趋吉避凶，不就在揣摩这些吗？去年你投其所好得了官身，从民间术士脱胎换骨成了朝廷的灵台郎，这趋避之间，有大利益，但也有大恐怖。去年你赢了，今夜你输了，又有什么不甘心的？"

员道信沉默良久："太史令也有大恐怖？"

"便连屈子也发出《天问》之章，自古天意高难问，仰望浩渺高天，谁不畏惧？"李淳风道。

员道信发出宏大的叹息："太史令笔参造化，学究天人，连你都逃不开这大恐怖，老夫认输便是。"

观星台上无声无息，员道信没有再说话，众人身边那座天幕和星斗也渐渐散去，庭院中重新恢复日常的夜色。李淳风朝王玄策点点头："抱歉了，王少卿。请吧。"

"这是什么法术？"王玄策心有余悸。

"算不得什么法术，我太史局在这院子里设置了一座阴阳大阵，引下来二十八宿周天星辰，让它们按照赤道、黄道、白道运行，模仿周天星象，只是为了研究天象之时更直观罢了。"李淳风轻描淡写地说道。

王玄策带着人登上台阶，走上观星台。

观星台顶上是一座石室，室内是一座铜铸的浑天黄道仪，果然便是庭院中那座天幕的实体缩微版，这是李淳风在古浑仪基础上改造而成的三重浑仪，不但可以测量太阳、月亮和恒星的位置，还能观测日月星辰在各自轨道上的运行，可谓前无古人后无来者。但王玄策觉得，庭院中那座幻境才真正是大手笔。

就在固定浑仪的架子上，一名六旬上下的老者悬挂在横梁上，身子随风摆动，已经自缢身亡。正是员道信。

王玄策等人呆呆地看着，空荡荡的脑子里只浮现出那一幅谶图和一行谶语："癸亥。娘子年五五，青龙杀玄武。一日丧几命，北向问鸿胪。"谁也没想到，这从地狱中带回来的《秘记》谶语，竟然是以这种方式完成。

"当当当——"，太史局的二堂中，司辰师敲响了铜钲开始报时："子时正，甲子日！"

大唐进入了贞观二十三年五月二十一日，甲子日。

第十章
玄武门的五娘子

御史台和太史局的命案几乎在发生的第一时间就被报送到了东宫崇贤殿，李治、长孙无忌全都惊骇不已。他们虽然身处众生之巅，对大唐百姓是宛如神灵一般的存在，但此时脸上却露出无穷无尽的恐惧。

"把《秘记》拿来。"李治嗓音嘶哑。

景娘从层层叠叠的书架暗格中取出一卷临摹的《秘记》，跪坐在太子面前，将其轻轻在书案上展开。第一幅谶图上，无头将军李君羡托着自己的头颅居中而立，左侧是邱凌喝了毒酒倒毙在地，右侧是员道信悬梁而挂。

李治呆滞地看着，整个人因为恐惧而绷紧："癸亥！今夜正是癸亥！今夜的结局跟谶语一模一样，分毫不差！为什么会这样？为什么？"

长孙无忌心中也是惊惧翻滚，今夜的结局证实了《秘记》中第一谶语的准确性，也便连带印证了最后一谶的准确性——"唐三世而衰，女主武王，代有天下"。可以说，今夜这一幕对李治将是个摧毁性的打击。

长孙无忌厉声问道："爻姬，今夜是你安排他们二人到衙署宿直的？"

景娘低声道："是，请容许妾身禀告详情。"

长孙无忌道："讲！"

"五月十八日那晚，刘全从地狱中带回这卷《秘记》，陛下便请了玄奘、李淳风、尹文操等人来解谶，当时众人都推脱无解。但妾身知道，玄奘或许没有解出来，李淳风和尹文操却一定解出了第一谶!"景娘道。

"为何?"长孙无忌有些诧异。

"玄奘是僧人,又长年不在大唐,对朝廷规制和人事并不熟悉,"景娘道,"但李淳风和尹文操却不同,他们熟悉朝廷的各种内幕,又精通占卜,因此第一谶并不难解。妾身奉太子之命造访玄都观,果然从尹文操口中逼问出了真相,谶图上之人便是李君羡、员道信、邱凌。太子和妾身立时推断出,这谶图就是针对太子而来!那暗中的对手想要让员道信和邱凌应谶,向世人证明《秘记》的准确性!"

"嘿!"长孙无忌咬牙道,"用心何其歹毒!"

"赵国公所料不差。晌午时分,那袁守诚在东宫占出大逆不道的占辞之后,妾身更确定了《秘记》就是针对太子而来。"景娘道。

长孙无忌怒不可遏:"袁守诚这厮若非被人利用,便是那幕后之人的同党!你劫走他之后如何处置的?"

"将他关押在一处秘密场所,太子希望他向朝廷自首,说自己是受人指使,借占卜来污蔑太子。"景娘道。

长孙无忌点头不已,显然这是最好的处理方式:"他招供了吗?"

"目前还没有。"景娘道,"只说自己利欲熏心,为了超越袁天纲,想占一桩震惊世人的大卦。"

长孙无忌沉默片刻,这等小人物迟早会屈服,并没什么好担心的:"景娘,你觉得指使他的人是谁?"

"便看太子需要是谁,或者看我们查出的人是谁。"景娘看了李治一眼,"所以,袁守诚这把刀妾身并不急用,只是引刀半出,看谁是该斩之人,就让他攀咬谁!"

长孙无忌露出赞赏之色:"殿下,你这位女官了不得,干练通透。"

李治面露得色,景娘继续道:"妾身继续说《秘记》谶语之事,从尹文操口中得知邱凌和员道信的身份之后,妾身便判断第一谶的核心目的其实是要完成这两场死亡。玄策的思路应该跟我一致,他想从李淳风那里得到真相,李淳风极为机敏,自然不会吐露给他,于是便借口宿直躲进了太史局。我受他启发,也安排邱凌和员道信进皇城躲避。因为按照谶语,他二人今夜是必须死的,在皇城内毕竟安全一些。我本以为会有人来暗杀他们,却没想到玄策竟然明火执仗闯入皇城,逼得他们自裁。"

"也就是说,第一谶之所以最终完成,你家郎君王玄策出力最大。"长孙无忌冷冷一笑，"而且还主导了全程。"

景娘浑身颤抖，跪伏在地："太子殿下、赵国公，玄策绝不会是那幕后的主使者！"

"未必吧？"李治淡淡地问道，"他是鸿胪寺少卿，一手打造出不良人署这个怪胎；他在碎叶城挑动西突厥内战，在于阗城剿灭欲谷设，他帮助吐蕃灭掉了女儿国，他带领七千人灭亡天竺；他查出了我三位兄长的内乱，让幕后主使者杨妃服毒自杀。你们虽然是夫妻，但这等将世上诸侯玩弄于掌中的枭雄，你能看透他？"

景娘一时哑然，不知如何应对。

"爻姬，我只问你一句，"李治厉声道，"当王玄策和我反目，再不受我控制时，你会怎么做？"

景娘深深跪伏在地，颤声道："景娘满门上下都是太子所赐，如果景娘背叛太子，有一分一毫的不忠，便请太子将给予我的一切全都拿走！景娘毫无怨言！"

"包括你那还在襁褓中的儿子，武骑尉，弥奴吗？"李治死死地盯着她。

景娘咬牙，颤声道："满门上下俱是太子恩典，包括妾身，也包括弥奴。"

李治轻舒口气，似感欣慰。便在这时，李义府悄无声息地走进大殿，躬身道："禀告殿下，王玄策撤出皇城，返回宅中。"

"返回宅中？"景娘吃惊，"哪个宅中？平康坊不良人署？"

"是永宁坊。"李义府道，"杜行敏、刘全带人回了不良人署，王玄策返回永宁坊您家去了。"

李治一怔，王玄策没有继续追查，回家了？难道是探出了深浅，想要罢手？但景娘的脸色却有些变了，急忙起身向李治告辞。李治顿时恍然，王玄策回到家中若是不见景娘，难保不会起疑心。

景娘来时所乘的马车不能入宫，还在东宫的左永福门外，李治嫌步行太慢，命内侍将自己的车辇赶来崇贤殿外，景娘登车，一声鞭响，车辇辚辚而去。到了左永福门，景娘又换了马车离开东宫。

马车上悬挂有左右武候府的旗帜，一路上巡街的武候府骑使纷纷施礼让行。到了永宁坊的西门外，坊内武候铺早就被景娘安插了心腹，马车刚到门前，坊门便悄无声息地开启，马车丝毫不曾停顿，长驱直入，坊门转瞬便又关闭，似乎从未开启过。

王宅位于十字街西北，大门开在十字街，乌头门、阀阅柱，恢宏肃穆，甲第深沉。景娘的马车并不走正门，而是拐进王宅与坊墙之间的窄巷，此处开有王宅的侧门。马车到了门口略略一停，车夫迅速下车，放下踏脚凳，掀开车帘，景娘缓步下车。她已经摘掉了黄金朱雀面具。

　　一声轻响，那马车便疾驰而去，转瞬消失在窄巷深处。这时侧门无声无息地打开，十几名仆妇和婢女掌着灯笼将景娘迎入宅中，这些仆妇和婢女手上捧着各式漆盒，漆盒中放着景娘的各种寝居之物，衣物、头饰、鞋袜，甚至有卸妆用的澡豆，助眠用的熏香炉。

　　两名婢女掌着灯笼在前引路，穿过重重的花树和亭台楼阁朝寝居的院落走去。景娘跟在她们身后，身边的仆妇各司其职，一人迅速脱掉她肩上的半臂和帔服，另一人立刻动手脱掉她身上的小袖短襦，随即又有人帮她脱掉长裙，等景娘只剩下贴身的亵衣，众人再为她穿上日常的睡袍。而另一组人则七手八脚，为她卸掉头上的金花钿、碧玉梳、金步摇等头饰，然后有人摘掉簪子，打散发髻。整个过程景娘一言不发，也不停步，众仆妇也是沉默无声，手上动作快捷。甚至还有人端着澡豆水为她洗掉胭脂面妆、唇妆和面饰，额头上的花钿也一片片地摘掉，用澡豆水轻轻擦拭干净。

　　这时景娘已经走进后宅，一行人快步疾走在厅堂楼阁之间。这些仆妇和婢女训练有素，所有人的动作有如行云流水，卸妆之后有人帮她涂上面脂，还有一名婢女拿出一直捂着闷熏的熏香炉，在她身上均匀地撒上熏香。众人各司其职，每做完一个程序，就自行退下。就在景娘走进卧房的刹那，最后一名婢女奔跑到前面，跪伏在地上摆上木屐，景娘面无表情地走过去，略略一停顿，婢女脱掉她的鞋袜，帮她穿上木屐，然后无声无息地退入隔间。

　　卧房中有婢女，名曰青桃，听到脚步声，急忙拉开内室门，景娘款款走入，已经是一副酣梦初醒、尤带倦容的贵妇人模样。

　　"郎君呢？"景娘低声问。

　　"已进内院，马上便到。"青桃道，"奴婢请罪，未能及时为大娘子暖和锦衾，里面还未热。"

　　景娘沉吟片刻，走到侧间。弥奴正在小床上酣睡，一名奶娘守在一旁打瞌睡，见大娘子进来，奶娘瞬间惊醒，跪下来请罪。景娘摆摆手，半躺在弥奴身边，轻轻抚摸着孩子稚嫩的面颊，眼神迷离。

这时，堂屋外响起王玄策的脚步声，景娘这才迎了出去。透过竹帘月影，只见王玄策风尘仆仆，面容疲惫，细细一想，十九日那晚他被内侍传旨叫走，如今已经两日不曾回家。仅仅两日，无论朝廷还是王家，风云震荡，时事星移，有多少人和多少事都变了模样。自己能稳住这个家吗？景娘想来，也禁不住一声叹息。

王玄策穿庭过院走到廊下，先是脱掉靴子，待要进门，忽然拼命揉搓自己的面颊，将脸上紧绷的肌肉揉按松弛，又扯着嘴角往上拉。折腾片刻，阴郁疲惫的面容终于有了些许轻松笑意。

无他，方才在太史局之时他的情绪绷到了极致，整个人几乎要崩塌。包括杜行敏和刘全等人，所有人都对那深不可测的命运充满了恐惧——调查《秘记》整整两日，最终完成了《秘记》谶语的竟然是自己！

众人已经两日两夜未曾休息，再也支撑不住，王玄策只好命他们回东署休憩。他也满怀着疲惫惶恐回到宅中，只想抛开烦扰纷争，在妻儿身边睡他个天昏地暗。

王玄策的举动都被景娘看在眼里，但她没有作声，只是沉默地看着。夫妻俩隔着竹帘，仿佛隔开了山川大海，阴阳世界。

王玄策并不知道景娘在帘后窥视，他推门而入，看见景娘顿时一怔，小心翼翼地道："怎的还未休息？是我吵醒你了吗？"

"不曾。方才弥奴哭闹，我去哄了哄。"景娘轻声道，看着他疲惫憔悴的模样，有些心疼，走过来帮他脱掉外袍。青桃端过铜盆，帮他洗漱，王玄策拧了拧毛巾，温热的毛巾敷在脸上，毛孔和肌肤这才真正舒展开来，畅快松弛。

忽然景娘闻了闻袍子："怎的有血腥味？你与人厮杀了吗？"

王玄策干笑一声："办了一桩小案子，一个小蟊贼拒捕。"

景娘冷笑："什么样的小案需要你这个鸿胪寺少卿出手？"

王玄策一怔，这才想起景娘并不知道自己检校不良人署，更不知道自己与各方势力鏖战厮杀，险死还生。他知道自己的妻子聪颖过人，顿时乱了方寸，不知如何解释。

景娘去他外袍的蹀躞带上一阵翻找，从算袋里掏出了不良帅的鱼符，拿到他面前："你又做了不良帅？"

王玄策顿时蔫了："只是检校，检校……办完案子便会交卸的。"

景娘没再说话，为他更换内衣。青桃端来木盆倒了洗脚水，景娘遣开青桃，亲自为他洗脚，整个过程一言不发，王玄策惴惴不安。等洗完脚，景娘命青桃端走木盆，给他换上木屐，带着他走进弥奴的室内。

奶娘微微施礼，转身退了出去。

王玄策坐在床边，轻轻俯下身倾听弥奴平稳甜美的呼吸声，刚满月的婴儿，似乎整个身体都散发着香味，一时间王玄策整个人都融化了。这时，景娘把不良帅鱼符放在弥奴枕边，王玄策僵住了。

"贞观十七年，你破获废太子谋反案之后，陛下为什么让你交卸了职司？"景娘平缓地说道，"因为陛下的三个儿子，经你的手死掉了两个！因为皇家被你亲眼见到了太多的不堪和黑暗！陛下为了保你，才将你调离不良人署，先是送文成公主去了吐蕃，又寻玄奘法师到了天竺。这其实就是放逐。陛下或许动过杀念，却念你有大功劳，想要君臣相得，才在他平复心境之后召你回朝做了鸿胪寺少卿，成了堂堂正正的朝臣。郎君，当年你的生死就在一念之间啊！"

"我知道。"王玄策想起当年生死一发，也不禁心有余悸。他握着景娘的手，看着酣睡的婴儿，眼前险些便是南柯一梦。

"既然知道，为什么又要去沾染这不良人署？"景娘恬淡的神情终于变了，"贞观二年，陛下想要对突厥人用兵，为了肃清长安内外的番谍，这才命你创立了不良人署。可是贞观十七年，废太子承乾、汉王李元昌、驸马都尉杜荷、吏部尚书侯君集、玄武门中郎将李安俨，十余名皇亲国戚、文臣武将谋反，陛下竟然一无所知。这之后不良人早不是当年的军国利器，它变成了陛下的一双眼，一把刀……"景娘顿了顿没有明说，"你是朝廷名将之选，将来便如那卫国公李靖一般出将入相，何必做这神憎鬼厌的勾当？"

王玄策叹息着，景娘说得分毫不错，仅仅一日，他便彻底得罪了左右武候府、左右监门卫、御史台、太史局，更别说太子一系。

"太子派人找你了吗？"王玄策看似随口问道。

景娘心中一跳，没想到自己的郎君如此敏锐，她脸上的惊讶恰到好处："太子为何派人找我？难道你办的案子与太子有关？"

这回轮到王玄策狼狈了，急忙道："无关！无关！这不前两日太子恩荫了弥奴一个武骑尉嘛，我想着咱们该入宫谢恩，但又想着这是陛下诏旨恩典的，感谢太子似乎并不妥当，故此才问你。"

"确实不便拜谢太子，我托阿爷私下向太子谢恩便是。"景娘说完，急忙把话题拉了回来，"你莫跟我打岔，且说你这不良帅该怎么处置？"

"娘子放心，这次我只是检校不良人署，随时可以交卸。"王玄策慨然道，"明日我便去辞了这职司。"

景娘一怔："当真？"

"当真！"王玄策信誓旦旦。

景娘当然知道《秘记》所担的干系，丝毫不相信他能交卸掉，一时有些狐疑。但方才王玄策似乎起了疑心，她又不好再逼迫，思忖片刻，刚想再探几句口风，却见王玄策发出呼噜声。他疲累至极，竟然躺在弥奴身边睡着了。

弥奴刚满月，婴儿肥正浓，但父子俩的脸型已经有了些许相似，景娘痴痴地看着，这就是自己的夫君、自己的孩子、自己的家。她对这个男人忽然心疼无比，轻轻伏在王玄策身边，一家三口就这么并排躺在一起，沉入乱梦之中。

王玄策这一觉睡得酣畅淋漓，一直到日上三竿才醒来，连震天响的街鼓都没听到。洗漱完毕，他便到饭堂陪同洛阳王氏的耆老们用膳。这些耆老从洛阳远道而来祝贺弥奴满月之喜，景娘特意安排他们多住几日，赏一赏长安盛景。

用完膳，王玄策返回后宅。景娘和奶娘正带着弥奴在庭院中晒黄疸，他逗弄了一会儿弥奴，命青桃取来崭新的深绯色圆领袍衫，戴上进贤冠，扣上十一銙蹀躞金带，郑重其事。

景娘不禁怔住："郎君，这是要作甚？"

王玄策笑道："去东宫拜见太子。"

景娘心中便是一突，面上却不动声色："所为何事？"

王玄策若无其事地系上横刀，笑道："如今太子监国，我要交卸不良人署的差事，自然得面禀太子。娘子无须多想，且放宽心。"

景娘脸上笑着，从奶娘怀中接过了弥奴，抱着轻轻摇晃，淡淡道："郎君早去早回。"

王玄策默默地看着儿子，心中一叹，转身离去。

景娘把孩子递给奶娘，一招手，青桃捧来一只算子筒，里面是一把象牙算筹。景娘拿着算筹在手之间飞舞，迅速起了一桩大卦。正反复演算间，忽然其中一根从指尖跌在了青石地面上，顿时折为两截。

景娘脸色难看起来，这时管家薛弘进来禀报："大娘子，郎君骑了马往东宫去了。"

景娘转身回到内宅，片刻后，一身胡服装扮，头戴幂篱，离开了王宅，仍旧从西巷的侧门出来。昨夜那辆马车已经候在门前，景娘登车落帘，低声道："东宫。"

一声鞭响，马车辚辚而去。

景娘沉默地坐在车上，看着帘外的景致。待得马车驶出永宁坊，两名骑士从后面策马追了上来，俯下身子对帘内低声道："无人跟踪。"

景娘打开车厢内的一处暗格，里面赫然是那副黄金朱雀面具，辰时的日光透过车帘照射进来，流光溢彩。景娘面无表情地拿起，扣在了脸上。

东宫，李治在显德殿接见王玄策。

他看着跪伏在大殿中的王玄策，禁不住心神摇曳，这曾是他极为钦重的臣子。当年王玄策一战灭天竺，献俘长安，当观德楼前演奏起《秦王破阵乐》时，他整个人都似乎要沸腾燃烧一般，与有荣焉。

之后自己的女官爻姬嫁给王玄策，他更是倍觉亲近，一心笼络，想等继位之后君臣相得，携手开疆拓土，扫荡寰宇。可情势如何演变成了这般模样？

此人到底怀着怎样的心思？他为何对《秘记》案如此执着？正是他的执着追查才使《秘记》谶图得以实现，这到底是有意为之，还是被人利用？若是有意为之，他到底意欲何为？一连串的追问让李治悚惕惊惧，看着眼前的王玄策，心中更是复杂难言。

"王卿，你见我所为何事？"李治勉强让自己的声音保持平和。

"五月十九，陛下诏命臣访查《秘记》一案，昨夜略有所得，因此特来向殿下禀奏。"王玄策道。

"说来听听。"李治笑道，声音却有些颤抖。

王玄策从自己追问李淳风，闯入皇城开始讲起。他声音平稳，毫无感情，似乎只是在办一桩与己无关的公案。

与此同时，景娘戴着面具走进后殿，此处与李治的坐榻隔着八扇木屏风，透过屏风间的缝隙，影影绰绰可见李治的身影。景娘沉默地在屏风后跪坐下来，王玄策的声音便在耳边回荡。

"所以，'娘子年五五，青龙杀玄武'所指便是李君羡被诛一事。贞观二十二年七月初七，陛下宫中夜宴，得知李君羡小名五娘子，使得他应了'女武代王'之谶。七月初八，陛下将李君羡调离玄武门，贬为华州刺史。七月初九，李君羡在华州访得隐士员道信替他占卜问卦。七月初十，侍御史邱凌上书弹劾李君羡与妖人交通，图谋不轨，陛下命三司会审。七月十二，御史台、大理寺和刑部判其斩立决，籍没其家。七月十三，李君羡被诛。"王玄策道，"整个过程一环扣一环，连环缜密，间不容发，七日之内便要了李君羡的命。"

李治笑道："这说明我大唐司法严整，官吏用命，有什么问题吗？"

"不。"王玄策摇头道，"这说明李君羡之死乃是有人设局，侍御史邱凌、华州员道信都是受人指使，甚至御史台、大理寺和刑部都被人笼络收买，一步一步以国家法度置李君羡于死地。"

李治沉默地盯着王玄策，眼神慢慢凌厉起来，身子也不再颤抖，而是紧绷如铁，像一头蓄势待发的猎豹。他慢慢道："那么王卿认为，是谁要置李君羡于死地？谁又收买得了朝廷的三法司？"

屏风后的景娘忽然浑身颤抖，呼吸不稳，面具上的珠钻璀璨生辉，宛如金戈映日。大殿之内也陷入死一般的沉默，李治和王玄策互相凝视着，双方都知道，这一句话出口，便无可转圜，这一句话出口，便是天崩地裂。

王玄策道："殿下应该再问一句，是谁能让陛下在夜宴时出个莫名其妙的酒令，让武官们讲自己的小名？"

"是谁！"李治紧紧咬着牙齿，似乎能听见牙齿崩断之声。

"自然便是殿下您！"王玄策一字一句道，"要杀李君羡的人，是您！"

"吁——"李治重重吐出一口浊气，绷紧的身躯忽然松弛下来。图穷匕见，那便无须遮掩了。这一声轻吁听在景娘耳中，如同雷轰电闪，天塌地陷，她浑身颤抖着跌坐在地，目光中满是绝望和呆滞。

王玄策从袖中掏出三张纸头，毕恭毕敬地托在手中，呈送到李治的书案上。李治一一摆开，只见三张纸头上各写着一句谶语：

女主昌。
唐中弱，有女武代王。
唐三世而衰，女主武王，代有天下。

李治苦涩地笑着，指着第一张："这是贞观八年太史令薛颐占断的。从此之后，女主的谶言就成为我大唐皇室的噩梦，不，准确来讲，是大唐太子的噩梦。因为阿娘早亡，阿爷英明神武，千古一帝，他自然不会认为女主能出现在自己的后宫，那便只能出现在太子的东宫。那时候太子还是我兄长承乾。东宫射殿前有一片广场，承乾很喜欢那块空地，他让奴婢们每五人成立一个部落，披上羊皮袄，编上辫子，穿上彩绸做的舞衣，爬竿舞剑。他还张设毡房做成尸帐，做一杆五狼头大蠹，自己假扮成突然身亡的突厥可汗，看那些假扮成胡人的奴婢奔走号哭，以刀划伤面孔，血流满脸，在他的尸帐外策马奔绕。"

李治似乎沉入无边的往事，悲欢凄凉，滋味百般。

"他被废为庶民后，我搬进了东宫，那一年我十五岁。我刚住进东宫的时候经常去那片空地，翻来覆去琢磨一件事，承乾为什么对死亡如此热衷？如此渴望？王卿，他是败亡在你手中的，你说说看，他把自己当成死去的可汗，是想感受什么？"李治问道。

王玄策沉默良久："他对死亡不是热衷，也不是渴望，而是恐惧。殿下，他恐惧死亡，害怕死亡，所以他想感受死亡的模样。"

"是啊！他被折磨得过于恐惧了，女主昌的谶语让他在朝野间备受质疑，不但引起四哥李泰的觊觎，连五哥李祐这种庶出皇子都敢虎视眈眈。所以你说得对，承乾是死于那种恐惧。"李治感慨道，"做了三个月太子之后，我便看懂了，因为我们都坐在同一座火山口上。这样说并不是阿爷不爱我们，阿娘只生了我们三兄弟，阿爷对我们三人都是疼爱至深。但最深沉的父爱也无法给一个太子带来安全感，正如再仁孝的太子也无法给一个皇帝带来安全感。因为寻常人家的儿子意味着传承，皇家的太子则意味着取代。从前隋到大唐，文帝的太子杨勇、炀帝的太子杨昭、高祖皇帝的太子建成、阿爷的太子承乾，可有一个太子能顺顺当当继位吗？全都败亡了！所以我时常到那射殿的广场上看一看兄长，我想在他的尸帐外，在这片尘土里，找一找那些奴婢为他流的泪、滴的血。我阿爷说，以人为鉴，可以明得失。我无人可鉴，只有兄长。"

李治说得很慢，很诚恳，真情流露，毫不掩饰，那股大悲凉震动人心，王玄策感同身受。他如今有了子嗣，考虑问题与以往似乎有了些许不同。当年被册封为太子时李治才十五岁，三位兄长李承乾、李泰、李祐为了争储，阴谋暗战，血雨腥风，最终同时败亡。便是在这种情势下，李治在群臣的争议和皇帝的疑虑中被扶上了太子之位，这个十五岁少年焉能不惶恐战栗，惊惧不安？

"所以，殿下从废太子身上借鉴到了什么？"王玄策问道。

"做一名好太子，我要至仁至孝，纯善好礼，不能有一丝瑕疵，不能沾半分恶浊，不能受人质疑，不能引人评议。所以……"李治凝望着他，微微笑道，"任何关于太子的流言蜚语都必须迅速扑杀。贞观八年，太白昼见，太史令薛颐占出的'女主昌'毁灭了兄长承乾。去年七月甲申，也就是七月五日，再一次太白昼见。①阿爷命李淳风占算，得出了这句占辞：'唐中弱，有女武代王。'"

李治伸手指点着第二张纸，喃喃道："它又来了！整个故事与贞观八年几乎一模一样，当年阿爷宣召袁天纲给承乾的后宫看相，这次阿爷又宣召袁天纲为我的后宫看相！这简直就是一场悖论——若是能找出女主，太子必然被废。若是找不出女主，外遭群臣非议，内有兄弟觊觎，结果一样是被废！进亦死，退亦死，那便殊死一搏！"

"所以，你便陷害李君羡？"王玄策问道。

李治嘲讽地一笑："我宫中有一名女官，名曰爻姬，精通占卜术数，无不应验。她为我起大卦推演，我的一线生机就在李君羡身上。"

王玄策早就察觉到木屏风后有光芒闪动，果然这一句说出，屏风后那人似乎身子动了动，又是一阵珠光钗影。他终于笃定，这便是与自己暗中厮杀多日的黄金朱雀面具女子。

"谶语中只说是'女武代王'，但'女武'可不见得是女子，自古以来哪里有女子做皇帝的？"李治笑道，"所以也可以解释成与女子有关的武将！恰好爻姬探听出李君羡的小名便叫五娘子，这真是天意如此。他是武安县人，又是武连县公、左武卫将军、玄武门守将，还有谁比他更能应这女武之谶？我使了个计策，安排内侍谈论李君羡的小名故意被陛下听到。果然陛下便起了疑心，七月七日他在宫中夜宴武官，行了个酒令，让众人说出自己的小名。李君羡懵懂不知，果然说出自己小名五娘子。陛下虽有疑虑，却不忍无罪诛之，也不能再让他驻守玄武门，便将他贬到了华州做刺史。"

"李君羡已经替你受过了，何必要杀他？"王玄策黯然道。

"他不死，陛下便永远耿耿于怀，疑虑不安；只有他死了，才算解了谶，应了劫，盖棺论定，冰消瓦解。"李治说道，"所以爻姬便设局，将华山隐士员道

---

① 《新唐书·本纪第二》：贞观二十二年七月甲申，太白昼见。壬辰，杀华州刺史李君羡。

信引至李君羡身边，诱他问卦占卜时犯忌。至于邱凌和三司，爻姬更是安排妥当，每一步都合乎法度，无可挑剔。"

王玄策默默地看着他，眼前的太子即便在讲这不堪之事，也是谦恭有礼，神情恳切，透着一股雍容华贵，至仁至孝。他低声道："殿下，死的可不是李君羡一人，他的父亲和三个儿子全都被绞毙，幼子、妻妾、年逾七十的老母，三个女儿、两个兄弟都被官卖为奴。家族中的伯叔父、兄弟之子皆流徙三千里。"

李治叹道："覆巢之下，安有完卵？死去之人无法复生，等到来日，我自会善待他的家人。"

然后两人无话。好半晌，王玄策起身："殿下，臣告退。"

"王卿，"李治道，"方才你我君臣问对，我对你可有丝毫隐瞒？"

"不曾。"

"可有半分伪饰？"。

"不曾。"

"我对你是否推诚相见？"

"是。"

"好，王卿回宅之后便好好想一想！"李治欣然道，"近日陛下不豫，我日夜忧叹，只怕将来有负陛下所托。我对你期许之高，是汉文帝之与周亚夫，汉武帝之与卫、霍，陛下之与李卫公，只望你我互不相负！"

"殿下误会了。"王玄策摇摇头，"臣并非回家，而是去终南山翠微宫。"

李治瞬间变色，便是屏风后的景娘也浑身一颤，目光中满是惊骇。

王玄策却是神情平静，慢慢道："贞观二年，臣被陛下和魏文贞公从融州黄水县令简拔到了朝中，创建不良人署，做了第一任不良帅。起初，臣的职司是肃清长安番谍，无论是贞观三年李卫公灭东突厥，贞观九年破吐谷浑，还是贞观十四年侯君集灭高昌国，贞观十五年李世勣伐薛延陀，我都曾为国效命，出生入死。但是之后朝政内争频繁，陛下疑虑日深，所以臣开始刀口向内，做了不少有悖初衷之事，臣的娘子曾用四个字来评价：神憎鬼厌。"

李治一怔，不由想往屏风后看去，又急忙硬生生忍住。

屏风后的景娘轻轻一叹，眼神中满是伤感，却又有一缕柔情。

"但臣从不后悔做过这些事情，因为我在铲除奸顽，革除积弊！我们这些从隋末的尸山血海中厮杀出来的人，对那场乱世怀有噩梦般的恐惧，仅仅十二年，四千六百万百姓便死掉了三千六百多万，只剩下九百多万人！我华夏几乎亡国灭种！所以我们矢志不渝就是要建一个梦想中的大唐，政治清明，百姓安乐，上有圣主明君，下有官吏用命。我们不知道那是什么样子，也不知道怎样才能成功，但我知道怎样去称呼它，那便是——贞观！"王玄策的眼睛里有些湿润，脸上却浮起笑意，"《易经》中说，天地之道，贞观者也。贞，正也。观，示也。贞观，便是以正示人，如同日月经天，江河行地。过也，人皆见之；更也，人皆仰之。而我们这些贞观之臣所担负的职责，便是澄清天下，恢宏正道。"

"所以呢？"李治咬着牙问道。

"李君羡虽然与我并不相熟，但我深知他也是这种贞观之臣。他最初投的是瓦岗，李密败亡之后，他与秦叔宝、程知节、裴仁基、王君可、单雄信、罗士信等人又投了王世充，之后他们厌恶王世充为人，便趁着陛下征讨王世充时，在两军阵前又投了陛下。为何他们这些人三番四次择主而投，世人却并无半分指责？因为所有人都明白，在那隋末乱世之中，他们这些人并不是在投机钻营，而是在寻找圣主明君，想要结束乱世，建那个梦中的家国。遇到陛下之后，李君羡战功赫赫，追随陛下破宋金刚、讨王世充、灭窦建德、擒刘黑闼，所到之处先登陷阵，勇猛无敌。贞观元年陛下刚刚登基，突厥人见朝政不稳，大举入侵，攻到了长安城外，渭水桥边。李君羡与尉迟敬德率领几百骑兵与突厥人激战咸阳，大破敌兵。颉利可汗这才与陛下立下盟约，退兵而走。当时陛下说：'使皆如君羡者，虏何足忧！'

"李君羡的忠诚陛下也从不怀疑，玄武门中郎将李安俨谋反之后，陛下对玄武门守将审慎挑选，先是李大亮，之后是李君羡，如今则是薛仁贵。陛下对他毫无嫌猜，他则对陛下输肝剖胆。就是如此之人，竟然因为一句谶语就被殿下您构陷致死，满门抄灭。殿下，您杀的不是一个李君羡，您杀的是贞观之臣心中的天地之道！"

王玄策说罢，大殿里一片静默，李治死死地盯着他，胸中怒气升腾。屏风后的景娘默默地叹息着，情势竟然比自己占算的还要坏，间不容发，无可转圜。

"所以呢？"李治重复了一句。

"臣受皇命侦缉《秘记》案，职司所在，不敢不尽忠职守，所以要去翠微宫向陛下秉明案情，然后请辞。请殿下恩准。"王玄策道。

李治木雕泥塑一般，喃喃道："何必问我？我不准，你便不去吗？"

王玄策没有说话，举手作揖，转身离去。李治沉默无声，呆呆地看着他消失在大殿尽头，直到背影被阳光吞噬，胸中一口气这才排遣出来，发出一声狼嚎似的怒吼。

　　景娘急忙绕过屏风奔跑进来，惶恐不安地跪伏在书案前："殿下息怒……殿下……"

　　李治怒不可遏，抓起书案上的一把碧玉镇尺劈手掷向景娘，"当"的一声响，正砸在朱雀面具上，这一下甚重，连面具上的黄金鸟羽都歪折了，珠钻崩碎，叮叮当当落在地上四处乱飞。景娘一声闷哼，却不敢动弹，仍旧跪伏于地，面具下滴滴答答地渗出了鲜血，想是头脸被砸破了。

　　"你都听见了！我看错了此人！"李治咬牙切齿。

　　"妾身也看错了他，"景娘苦涩难言，"原来我一直都不曾真正了解他。"

　　"他如今要去翠微宫，你有何应对之策？"李治问道。

　　"妾身立刻安排人手阻截。"景娘道。

　　"阻截？"李治面皮抽搐着笑了笑，"很好！我静候佳音！"

　　景娘心中一颤，她对李治的熟悉甚至超出他本人。她知道，李治已经对王玄策动了杀念，更对自己有了些许不满。她又该何去何从？

第十一章
君臣、夫妻、翁婿、婢女

王玄策回到东署，刘全、杜行敏等人都知道他去了东宫，正等得焦虑不堪。他也不解释，让刘全跟自己去翠微宫面圣。他知道这一趟路途凶险，随时可能遭遇狙杀，便让杜行敏拿来两套铠甲。

众人都吓了一大跳，忧心忡忡，杜行敏也想跟去，却被王玄策拒绝。他知道自己已经与太子交恶，不愿把东署牵扯进来。杜行敏坚持要派两名护卫，哪怕必要时回报个音讯也好。王玄策只好应允，带着三人策马出了平康坊，直奔长安城南的启夏门。

启夏门口人流如织，车声辚辚，前些年马周提出的"入由左，出由右"用法令颁行全国之后深入人心，交通丝毫不乱。王玄策和刘全等人从右侧门道疾驰而出，顺着圜丘东侧的官道往终南山方向而去。

翠微宫就在终南山中。因长安城夏季酷热，尤其是太极宫地势偏低，宫中河渠池沼众多，到了夏季湿热难散，李世民患有风疾，更是难熬，每年入夏都会到各处离宫去避暑。他常去的离宫有麟游县的九成宫、宜君县的玉华宫，但近些年身体不豫，这两处离宫距长安太远，不耐舟车劳顿，工部尚书阎立德便将终南山中的旧太和宫改造一番，建了这座翠微宫，距离长安城只有五十五里。

李世民对这座离宫满意无比，一则距离长安近，不耽误政务，二来这翠微宫清爽宜人，有凉泉古木，老猿怪石。他曾作《秋日翠微宫》一诗："秋日凝翠岭，凉吹肃离宫。摅怀俗尘外,高眺白云中。"

王玄策等人一路往南,中途全神戒备,等待预料之中的那场暗杀,谁知一个时辰之后到了终南山南麓的沣峪口,爻姬仍然毫无动静。王玄策终于松了一口气。此处乃是进入终南山的必经之地,有一座百十户人家的村庄,附近有不少高官贵胄文人墨客建的别业,因此人烟颇为繁盛。雍州府还在此建有关津,因为皇帝巡幸,此刻是由左右屯营接手,之后的路途想要刺杀可就不易了。

四人在村口一家摊贩处要了几张面脆油香、新出炉的胡饼,配着一碗鸭花汤饼胡乱吃了,便骑马进山。进山后五里到了蒿沟的路口,顺着左侧岔路折向东,进入翠微山需要再走五里路。

蒿沟路口有左右屯营设的关卡守卫,哪怕刘全是飞骑旅帅也必须勘验鱼符或者门籍才能进山。四人勘验之后屯营仍不敢放行,而是派人先行通传,半个时辰之后得到诏命才放他们进入。王玄策等人都是第一次来翠微宫,上山时忍不住心惊肉跳。这一路山陡路险,十步一折,两匹马并辔而行,左首边的马头下便是深谷奔流,只要马匹稍微一惊,立时便坠入深涧,尸骨不存,也不知道十九日夜晚玄奘到底是怎生把那些马车给赶上山的。

众人沿着山路往上走了五里,终于到了翠微宫外。这时仍然没有见到爻姬的狙击,王玄策终于彻底松懈下来。

翠微宫坐落在一座平整的谷地之中,宫门为云霞门,进了云霞门便是皇帝处理政务的翠微殿,翠微殿后是皇帝的寝宫含风殿。整座翠微宫面积虽小却五脏俱全,不但有皇帝的行宫,还为太子和大臣们修了别宫,玄奘也在宫中有一座翻经院。

王玄策等人来到云霞门前,此处驻扎的已经是北衙七营,今日值守之人正是玄武门中郎将薛仁贵。两名不良人驱马上前,似乎要通传,两名兵卒立时喝止:"下马!卸甲!"

两名不良人对视一眼,从马背上掏出弓弩,众人都以为他们要卸掉兵器,不料仔细一看,那弓弩竟预先上了弦,弩机大张,处于击发状态。所有人都没来得及反应,两名不良人对准兵卒们扣动了扳机,嘣嘣两声,已经将两名兵卒射杀!

整个过程电光石火,兔起鹘落,等众人反应过来,两名兵卒已经倒地毙命。王玄策瞬息间脑子空荡荡的,眼前发黑,胸膛中一股热流在翻滚,似乎要从喉咙里喷涌而出。

他终于知道爻姬为什么不在半路劫杀,原来这个女人把杀招部署在了翠微宫！她的目标根本不是要杀自己灭口，那只会使皇帝震怒，继续派人查案！她要做的很简单：让自己无法接近皇帝！让自己失去皇帝的信任！

还有什么比眼前这一幕更有效的？

整个念头只是一瞬，仿佛脑子里有一道闪电蜿蜒而过，照亮了黑暗。与此同时，两名兵卒刚刚跌翻在地，城墙上原本赤手空拳的薛仁贵手中突然多了一把弓，如幻术一般，又有两支箭凭空出现在手指上，倏忽搭在弦上。整个动作如行云流水，眼睛根本捕捉不到，只听得"嘣"的一声弓响，便见两支利箭带着两蓬血雨从两名不良人的咽喉穿射而过。

两名不良人同时栽下马来，刘全被吓呆了，不由自主地想要抽出横刀。王玄策大吼一声："不要拔刀——"

话音未落，只见刀光一闪，刘全刚拔出半截刀，一支利箭"叮"的一声便射在了刀背上。巨大的力量震得刘全手掌发麻，横刀脱手飞出。王玄策大叫："薛郎将，莫要误会！我们遭人陷害！"

王玄策摘掉腰间横刀抛向地下，横刀还没落地，忽然就横飞而去。原来是一支利箭闪电般而来，带着横刀远远地钉在了一旁的松树下。城墙上的薛仁贵仿佛死神一般，面无表情，手中不停，嘣嘣嘣嘣连珠箭响，又发四支箭射穿了四匹坐骑的脑袋。战马哀鸣着扑倒，王玄策和刘全"扑通"摔在了地上。

直到彻底消除了所有威胁，薛仁贵才收起弓箭，喝道："拿下！"

北衙七营的将士蜂拥而来。王玄策和刘全都披着重甲，两人互相搀扶，艰难地站起身，看着对方都忍不住苦笑。姒姬这个女人当真狠辣歹毒！她收买不良人，在翠微宫前射杀北衙守卫，翻手间就逆转了局势，把自己打落尘埃，成了谋刺皇帝的逆贼。

王玄策叹道："刘旅帅，咱们是束手就擒，在狱中被严刑拷打，还是殊死一搏？"

"殊死一搏？怎么搏？"刘全愕然地左右看看，眼前是森森刀戟，身后是高涧深崖，城楼顶上还有个薛仁贵杀神一般持弓而立，这还有什么机会一搏？

王玄策和他互相搀扶着退到悬崖边，让他往下面看，刘全顿时明白了，看着脚下的密林深涧，轰隆隆的水声奔腾咆哮，禁不住头皮孥起。王玄策一边退，一边低声道："我们有甲胄，抱紧四肢，蜷缩身体贴着崖坡滚下去，应该能侥幸活命。一旦入水，切记用匕首割断甲上的革带，迅速脱掉铠甲，否则沉入水底必死无疑！跳——"

薛仁贵惊骇至极，从城墙上奔跑下来，大叫道："王少卿，切莫如此！"

王玄策抱拳："薛郎将，请转告陛下，臣受命查案，却遭奸人陷害，若是侥幸跳涧不死，必定查清真相，洗刷冤屈！若是死了，请陛下善待臣的妻儿！"

话音刚落，王玄策和刘全一声大吼，奋力跳下深涧。薛仁贵等人奔到悬崖边时，早已不见人影，只听"砰砰砰"的碰撞声不绝于耳，山崖处的草树竹林纷纷震荡，片刻后一声闷响，再无声息。

薛仁贵神情凝重："我去禀告陛下，你们取绳索攀缘下去，沿着溪涧搜索。"北衙兵卒面面相觑，一个个心神悚动，头皮发麻，"另外速去通报蒿沟路口的屯营守卫，还有沣峪口的关津守卫，让他们逆流上溯搜索。活要见人，死要见尸。"

王玄策和刘全翻滚着摔下深涧，一路上撞了不知多少山石树木，轰隆隆跌进溪水中，瞬间便沉到了水底，被狂暴的溪水冲得摔来撞去。也亏了他们身上有甲胄，才没有骨断筋折。

王玄策强忍着身上的疼痛，抽出匕首割断了铠甲上的皮革带，卸掉左右掩膊、胸甲和背甲，但是铠甲结构极为复杂，下身甲裙还有腹吞、鹘尾、护裆、胫甲，等等，各类甲片层层叠压，皮革带泡水之后坚韧无比，急切之间难以割断。王玄策被水流冲得在河道岩石中乱撞，五脏欲裂。他努力不让自己晕过去，只要头一露出水面便疯狂呼吸，直到被水流冲出去一二里远，这才割断所有的革带，将甲片全都卸掉。

身子一轻，趁着河道拐弯之时他抓住垂在河面上的藤蔓攀爬到了岸上。艰难地喘息片刻，脑子慢慢恢复了清明，原本漆黑的两眼也渐渐看到光明。激流中漂过来一只头盔，王玄策吃了一惊，急忙踩着礁石往上游攀爬，去寻找刘全。

寻了半里左右，拐弯处的深水中浮上来一些衣物。王玄策跳下水一摸，刘全果然沉在水底，人已经昏死过去。他奋力将刘全托拽上岸，用刀子割断铠甲上的革带，让刘全趴伏在一块大圆石上，拼命按压捶打其后背。也不知过了多久，刘全"哇"的一声吐出来一大股水，这才慢慢恢复了知觉。

两人精疲力竭地喘息着，好半响才算恢复了些许力气。刘全挣扎着从石头上爬下来，朝着王玄策郑重施礼："王少卿，救命之恩，刘全来日必报！"

王玄策累得一句话都不想说，摆了摆手，指了指下游，挣扎着站起身。刘全明白，用刀子割断革带，卸掉了身上全部甲片，两人深一脚浅一脚，攀爬着河岸边的大礁石向下游走去。

忽然，头顶的山路上传来策马奔腾之声，一群又一群的骑兵呼喝着向山下而去。两人知道不好，到了礁石少、水流深的河段，干脆跳进水里在急流中翻滚而下，速度竟然势若奔马，片刻间居然快过了头顶上那群骑兵。一炷香之后，两人便漂到了蒿沟路口，山涧水从此处汇入沣水。沣水在秦岭中劈开高山深谷，冲出沣峪口，进入渭河平原。

蒿沟路口左右屯营的关卡驻扎有一营人马，房舍就建在两河交汇的拐角山崖上，山涧水到此形成巨大的落差，奔涌成一条瀑布，冲入沣水山谷。两人仿佛两片落叶般顺水漂流，就在被冲入山谷之时，险而又险地抱住了岸边的枯树根，挣扎着爬上岸。

便在这时，薛仁贵的骑兵到了，关卡上一片忙乱，一部分兵卒纷纷下了河道，朝着山涧上游搜索过去。另一部分兵卒则会合骑兵疾驰下山，去往沣峪口关津。

两人暗自庆幸，当真是好险，只差片刻就会被左右屯营堵在山涧里。

两人顺着旁侧的山壁悄悄爬上去，只见一名中郎将大声呼喊着，似乎在水里发现了甲片或者衣物，命人去寻找长杆，房舍里的兵卒纷纷跑了出去。两人的衣服早就湿透，当即脱得赤条条的从后窗翻进房中，换了一套屯营的衣甲，连横刀都顺手拿了。

王玄策换完衣物，带着刘全推门而出，来到旁边的马厩里各牵了一匹马，就这么大模大样地上马，策马驰出关卡，直往沣峪口而去。不远处有兵卒们看到也不以为意，继续砍伐树木制作长杆。

两人顺着沣水边的山路疾驰了一炷香时间，终南山中早就乱了套，皇帝遇刺，王玄策箭射翠微宫，这可是大唐多少年没出过的大事，左右屯卫大举出动，各营兵马来往不绝，沣峪的山谷中大批兵马被派下山谷沿河搜索。两人就这么大摇大摆地策马疾驰，一路上居然无人盘问，甚至到了沣峪口的关津也是如此，关津守卫一见是屯营的骑兵，人还没到便急忙搬开鹿角，挥手放行，估计以为他们是被派去长安的信使。

刘全对王玄策佩服得五体投地，此人从贞观二年出道，二十年纵横大唐和西域，灭国擒王，纵横无敌，还真不是靠运气。这次在翠微宫前被伇姬暗算一招，随后他便谋定后动，处处觑准了对手的思维盲区行事，天罗地网的封锁被他闲庭信步一般闯出个海阔天空！

东宫，内坊。

内坊一处偏僻的院落，房顶上鹞鹰和鹘鸟盘旋，整群的鸽子咕咕咕叫着仓皇乱窜，但总是被鹞鹰和鹘鸟给驱赶回来，在半空里猎杀掉，鸽羽、鸟尸和鲜血纷纷扬扬从天上洒下来。

此处便是东宫五坊。所谓五坊，一曰雕坊，二曰鹘坊，三曰鹞坊，四曰鹰坊，五曰狗坊。顾名思义，便是为皇家驯鹰养狗的所在。自前隋以降，上至皇帝下至权贵都喜欢饲养飞禽，放鹰走狗，李世民对此尤其热衷，专门分门别类，设置五坊，让专人执掌，称为五坊使，后来改称闲厩使，只有受宠的殿中监才能充任。让堂堂从三品大员来饲养飞禽，可见皇帝对这鹰犬之物的喜爱。

李世民养过一只白鹘，极为喜爱，命名为"将军"。他喂养白鹘时就放飞一群鸽子和灰雁，这只白鹘经常把鸽子和灰雁驱赶到大殿顶上扑杀，鸟羽纷飞，血洒殿顶。李世民只觉赏心悦目，将大殿命名为"落雁殿"。

这只白鹘甚至被褚遂良写入《起居注》。李世民疼爱四子李泰，他给李泰起的小名便叫青雀，李泰居留洛阳时，李世民经常命这只白鹘传送书信，一日之间往返数次。也正是这种溺爱，激起了李泰的争储之心。

还有一次他得到一只极为俊美的雏鹞，正玩得兴致勃勃，忽然魏徵前来奏谏。李世民急忙把雏鹞藏在怀中，认真听取魏徵的谏言。恰好这谏言是希望皇帝约束皇亲贵戚放鹰走狗，不要玩物丧志。李世民心虚，怕魏徵发现怀中的雏鹞，仔细捂好。结果魏徵故意旁征博引，口若悬河讲了许久才告辞。等他一走，李世民急忙拿出，发现雏鹞已经被捂死了。

此后李世民才有所收敛。但是上行下效，朝中熬鹰驯鹘的风气极为盛行，太子这内坊中也置有五坊，为他饲养飞禽。鹞鹘这种东西速度极快，又不惧天敌，除了玩赏之外，皇帝和太子经常以之来传书通信。

东宫五坊这座院子便被景娘改造成了书信传输的中枢之地。这时，李治和景娘站在庭院的房檐下，看着一只白鹘从南面飞来，盘旋而落。一名五坊小儿奔跑过去将白鹘架在胳膊上，摘掉它腿上的小竹筒。另一名内侍打开竹筒，从里面取出一截帛书，恭恭敬敬地递给李治。

李治看了一眼，递给了景娘，淡淡道："屯营在溪涧里没有找到尸体，却发现丢失了两匹马和两套衣甲。"

隔着面具，李治看不见她的神情，她的眸子连动都不曾动一下，想来面具下的面孔也是平静无波。李治有些不满："他还活着，你是不是松了口气？"

"殿下命我阻截王玄策面圣，是想达成怎样的效果？"景娘道。

"当然是让他无法面圣，把调查结果烂在肚子里！"李治恼怒道，"我就知道你顾念夫妻之情，舍不得下手！"

景娘沉默片刻："我是有些顾念夫妻之情，但他也确实不能杀！他功勋卓著，是朝野瞩目的国之良将，又是陛下钦命委派。我要杀他容易，但是陛下会不会震怒？"

李治张张嘴，打了个寒战。

"所以我采用了最有效的方式，不良人一箭射杀北衙飞骑的那一刻，王玄策的仕途便宣告终结了。无论他是否清白，陛下都不可能再见他，也不可能再用他。他从此之后就成了逆贼，东躲西藏，不见天日，有家难回，妻离子散！"景娘说得很平静，话语间却有深深的怨气与悲怆，"殿下，妾身这叫舍不得下手吗？"

李治哑口无言，仔细想了想，终于恍然赞叹："这手段确实无懈可击，一则阻止了王玄策面圣，二则不留痕迹，所有人都怀疑不到我们头上，三则是彻底阻断了王玄策和不良人署调查《秘记》。"他放低姿态道，"爻姬，是我的话重了些，你莫要见怪。十五岁时你便陪着我一路煎熬，六年来风风雨雨，我们君臣相知，我坚信我们的君臣之义大过一切。我也知道这段夫妻之情你难以割舍，但人间事便是如此，自古难两全，真到你割舍的时候，我希望你莫要拖泥带水。"

李治的脸上有些歉疚，话语中却含着警告。景娘默然无声，微微欠身鞠躬。

这时又有一只白鹘飞回，带回来终南山的消息，却是沣峪口处的守卫禀告，王玄策和刘全冒充屯营兵卒，偷出关津。

随后不久，李义府匆匆来报："殿下，爻姬娘子，监门卫将军传来消息，两名疑似王玄策和刘全的屯营兵卒从明德门入城。他们在周边搜索，却只在一处寺庙的马厩中找到两匹马和两件藏起来的屯营甲衣。"

"他们入城了！"李治脸色凝重，"我猜测王玄策极有可能回宅看望妻儿。爻姬，你该回家了！"

景娘默默地望着天上盘旋的白鹘，这种猎隼快如闪电，锋锐如刀，看似翱翔天宇纵横自在，可何时有过真正的自由？

平康坊，十字街西北的第一曲，不良人署。

昔日威严深沉的不良人署今日却被左右武候的兵马团团包围，长史孙尊礼等官吏都被五花大绑押了出来，一一送上马车。左武候将军丘行恭正指挥手下把署里的文牍一件件装箱，搬运出来，顷刻间已经装了四五辆马车。

平康坊是长安最为繁华热闹的所在，周围早挤满了围观的百姓士子，一个个指指点点，议论纷纷。不过不良人署在民间没什么名气，大多数人并不了解这座衙门。就在人群的角落，左丞杨秉正偷偷地围观，忽然他胳膊一紧，身子一个踉跄，被人拽进了一旁的食肆中。

杨秉吓得魂飞魄散，急忙一转头，才看见拽他的人居然是刘全，酒肆之中赫然坐着王玄策！杨秉顿时鼻子一酸，泪水流淌："少卿！不良人署……被抄啦！方才丘行恭带着太子的令旨，说你带着不良人谋刺陛下，奉命查抄！"

王玄策叹息一声："行敏呢？也被捉了吗？"

"贼帅带着曹宝鼎外出公干，并不在署中。"杨秉急道，"可这些文牍之物却不能被武候府抄走啊！这里面有很多都涉及朝廷机密、百官阴私，连《秘记》的原本也在其内，万一泄露——"

"无妨，太子想自掘坟墓，"王玄策冷笑道，"且看他有没有这胆量！"

便在这时，只见李义府急匆匆策马而来，拦住那些装文牍的马车，大吼道："太子殿下令旨，所有文牍放回原处，就地封存，不得妄动！违令者斩！"

丘行恭心有不甘，却只好命人卸下文牍，重新抬回东署。

王玄策和刘全带着杨秉来到一处偏僻所在，低声将翠微宫前发生的事讲述了一番，杨秉惊得面无血色。王玄策知道他是不良人署的人形库房，这十余年来不良人的所有文牍和秘辛都在他脑中装着，便询问他那两名不良人的来历，究竟是谁能指使得动他们，让他们甘愿背着叛逆之名赴死？

杨秉知道他在怀疑杜行敏，心中难过，低声道："少卿，杜贼帅或许会背叛你，但绝不会毁掉不良人署，况且这谋逆之罪除你之外，便是他最重。"

这话王玄策其实也清楚，但他始终百思不得其解，自己和杜行敏一手经营出来的不良人署，究竟谁能渗透得如此之深？不但贾正甘愿为之赴死，两名普通的不良人甚至愿意听命去刺杀皇帝？

"我当日命你们去调查贾正，可有消息？"王玄策问道，"他临死前说，此人对他情分太重，重逾泰山。这个人的身份定然极为特别，并不难查！"

"这几日情报一直在汇总，贾正无父无母，无妻无子，世上对他恩情最重的人只有一个，"杨秉苦笑道，"便是少卿你！"

王玄策顿时愕然，慢慢地脸色变得铁青，缓缓道："我岳父近日可有什么异常？"

杨秉倒吸一口冷气，立时明白了他的想法，能让贾正和不良人甘愿效死的只有王玄策本人了，连杜行敏都差点意思。王玄策的岳父薛寅是太子的中舍人，若是受太子之命来收买贾正和不良人，这些直性子的糙汉怕是真会受他蛊惑，以为自己是在替王玄策效命！

杨秉迅速在大脑的文牍库中搜索一番，迟疑道："薛舍人倒也无甚异常，每日里诗酒酬唱，歌舞宴乐，不过他前日去了龙华寺的慈悲院拜祭。"

慈悲院是寺庙中暂厝停灵之所在，人死之后暂时不能运回祖地坟茔安葬的，便将棺木暂厝在寺庙的慈悲院。刘全诧异道："这也算异常？他拜祭之人是谁？"

杨秉低声道："是薛家一名唤作绿蝶的婢女，一年前病亡，棺木就停厝在龙华寺的慈悲院。薛舍人时常祭拜，以往只在中元、寒食、清明这等节日之时，近一个月却颇为反常，频繁祭拜。"

这回刘全也无话可说了，这确实算是异常，一个婢女何以让薛寅时时祭拜？又为何不将她下葬，一直停厝寺院之中？

王玄策想了想："你认为是何故？"

杨秉琢磨片刻："某不是贵泰山与这婢女有私情？"

王玄策摇摇头，岳父与这婢女是否有私情并不重要，近日他频繁出入龙华寺却颇为可疑，难道是在寺中与人密会？他默默叹息着，看着丘行恭查抄东署的一幕，越发担忧起景娘和弥奴。虽然景娘做过太子的女官，却不知道太子会不会网开一面？

王玄策道："刘旅帅，咱们暂且别过，你和杨左丞去不良人的密巢躲避几日。我且去处理一些私事。"

刘全却摇头道："王少卿，《秘记》还在东署，那是陛下亲自交给我保管的，我须得拿回来。"

王玄策自然无有不允，叮嘱一番之后，悄然来到一家车坊。这是东署的秘密车坊，掌柜早就备好了一辆马车，车上居然还挂着御史台的三角旗。王玄策登上马车，车夫一声鞭响，车便驶出了平康坊。

景娘乘坐马车回到王宅，跟随她一起来的是太子卫率府的兵马，由中郎将马策率领。怕惊动王玄策，这些兵马并未衣甲鲜明地开进永宁坊，而是如同王玄策一般乘坐了十几辆民间的马车，分别驶入周围的几家宅院，秘密潜藏。

　　婢女青桃服侍景娘下车回到内宅。刚走到庭院中，景娘便是一惊，没来由地察觉有些怪异。她停下脚步，默默地思索片刻，命青桃离开，自己跨步进入庭院。绕过影壁墙，果然便见王玄策抱着弥奴坐在一张胡床上晒太阳，旁边两名奶妈垂手侍立。下午天气炎热，弥奴只穿着小肚兜，趴在父亲的膝盖上让日光晒着屁股和后背。王玄策时不时地挠挠他，弥奴发出"嘎嘎"的笑声。

　　景娘无声站在花树下看着眼前这一幕，心头剧烈震荡。王玄策抬头看了她一眼，立时便明白她知道了自己遭缉捕之事。夫妻二人默默对视，一时不知该从何说起。

　　王玄策抱着弥奴站起身，来到景娘面前："你都听说了？"

　　"嗯，太子派人来问话，说了你箭射翠微宫的事。"景娘默然片刻，"我方才去了东宫，想恳求太子救一救你，他却不肯见我。"

　　王玄策满是歉疚，轻轻抱住景娘，把孩子放在两人中间。景娘犹豫片刻，伸手抱住他，也抱住了孩子。一家三口就这么在日光与蝉鸣中默默地抱着，却浑然感受不到那股暖意，只觉得周围暗流侵扰，遍体生寒。

　　"殿下叫李义府出来与我说了句话。"景娘喃喃道。

　　"他说了什么？"王玄策问道。

　　"他说，显德殿的案头有三张纸，殿下希望你去取回。"景娘道，"郎君，那是什么意思？"

　　王玄策自然知道太子的意思，苦笑一声："他想让我收回当日说过的话。"

　　"你为何不能收回？"景娘问道。

　　王玄策哑口无言，他能对着太子侃侃而谈贞观之臣的风骨与气节，却又如何对妻子讲这种虚无缥缈之物？只好低声道："景娘，这其中牵扯太多，一时解释不清，我冒险回来是想带你和儿子离开。你且去收拾些衣物。"

　　景娘吃惊："左右武候正在全城缉捕你，咱们家已经形同软禁，又如何离开？"

　　王玄策笑道："莫说区区武候府，这天下之大，我要来便来，要走便走，就是皇帝也休想拦住。"

　　"郎君好本事！"景娘抱回孩子，脱开他的胳膊，"我只问你，你忠的是大唐还是皇帝？"

"这话何解？"王玄策诧异。

"若你忠的是大唐，你须知这大唐姓李，你所有危及太子之举都是在危及大唐国本！你若忠的是皇帝，你须知今上不豫，怕是连今年都难过，太子之后自然便是皇帝，你又向何人效忠？"景娘一字一句，句句诛心，"你我初见之时，你说不愿受家室之累，也罢，我和弥奴你可以无须考虑，但是太子登基之后，你自己又何去何从？"

王玄策无言以对。他看着景娘却涌出一股难言的温柔，忽然便想起当年住在修行坊老宅时，那个戴着幂篱突然上门为自己做鲈鱼脍的女子，那一夜他们在庭院中醉倒，用铜箸击壤高歌。

第二次相见，她为自己送来了洛阳之林二百株，随后又生下了怀中的弥奴。可以说，自己眼前所拥有的一切皆是景娘所赐，若是没有遇见她，自己仍旧是孤身一人，满身疮痍。

"景娘，你胡说些什么？"王玄策温柔地道，"你和弥奴对我而言重如山岳。我出身于乱世，见惯了尸山血海，对这命运和世界从来不屑一顾，因为这世上让我体会到的只有失去，从来不曾拥有。可认识你之后，我今生便拥有了这世上最美妙之物，我心中的感恩无可言喻。"

景娘怔怔地望着他，终于泪流满面，哭道："那你为何要得罪太子？你让我和弥奴在这长安、在这大唐如何立足？你以为我不明白你吗？世人都赞你是忠臣良将，都是假的！你谁都不忠！不忠于大唐，不忠于皇帝，你只忠于你心中的信念和风骨！你是自在了，你让你的妻儿如何自处？你不是要带我们走吗？你能带我们逃出永宁坊，逃出长安城，可最终你能带我们去哪儿？普天之下，莫非王土；率土之滨，莫非王臣！难道你能做国之叛逆，逃到西域，让你儿子躲在匈奴人的毡帐里剃发文身，喝着腥膻的羊奶吗？那你心中的信念和风骨还在吗？"

王玄策眼眶通红，紧紧地抱着她，用袖子为她擦拭泪水。忽然他愣怔片刻，从景娘的袖子里摸出一截竹筒。那竹筒上有个盖子，下面却有截绳子。景娘看着这竹筒，脸色也有些不自然。

"这是竹镝，一拽绳子，顶上竹盖便会弹射上高空，发出鸣镝般的锐响。"王玄策慢慢道，"是太子给你的吗？"

景娘点头："李义府给的。"

"卫率府的兵马也来了吧？"王玄策左右四顾，"藏在街宅之中，就等你发出竹镝？"

景娘拿过竹镝丢在地上，用一块花砖狠狠地砸碎："郎君，你走吧。"

王玄策叹息："你不跟我走吗？"

"我和弥奴便留在家中。若你逃脱在外，太子不会为难我们的，若是你被捉，我们一家三口便死在一处又有何妨？"景娘道。

王玄策无可奈何，忽又问道："你在闺中时，家中是否有一名婢女，名唤绿蝶？"

景娘脸色变了，勉强道："是有此人，已经死去许久了……郎君，快走！快走！"

王玄策点了点头，转身要走，突然又抓住景娘的手，低声道："咱们这座大宅是当初一位高官所建，太子赐宅之后，我曾用不良人的手段详细勘察，发现有一处密道，入口在池沼院的凉亭之中。你将凉亭的八角石桌左扭三分，右扭二分，能打开一条地道，出口在坊内北曲十字街一座普通民宅。我在那民宅里安置有马车，有专人值守，如果事态紧急，你便带着弥奴迅速离开！"

景娘愕然片刻，这才知道他如何能神不知鬼不觉地进来。她默默地点了点头，王玄策悄然没入花树，消失不见。

景娘沉默良久，才将弥奴递给两名奶娘，让她们回屋去，然后对着影壁墙外淡淡说道："他已经走了，你何必躲躲藏藏不敢见人？"

片刻之后，只见杜行敏从影壁墙后转了出来，而他手中却用衣带勒着青桃的脖子，挟持着她一起来到庭院中。青桃似乎被勒了许久，脸色都有些发青肿胀，呼吸困难。

"放了她！"景娘厉声道。

杜行敏冷笑一声，拿出一物抛给景娘，却是一把竹镝："若不是我及时出手，你这婢女就拽响了竹镝，卫率府的兵马早冲进来将你和少卿都绑了去！"

景娘看着手中的竹镝，问青桃："你是太子的人？"

"我们都是太子的人。"青桃挣扎着说道。

景娘摇头不已，杜行敏见状，顿时手中用力，青桃呼吸一滞，无力地挣扎片刻，气绝而亡。杜行敏又勒了片刻才将尸体丢在地上，冷笑道："大娘子，看来太子也并不如何信任你啊！"

"只是少年心机罢了。"景娘淡淡道，"他怕的不是我，而是玄策。"

"大娘子，少卿对你一片赤诚，你却如此待他，属下替他不值！"杜行敏道。

"方才我们的话你也听见了,我可有一字虚言?"景娘问道,"不如杜大郎你来替我做个选择,我是让他得罪太子,还是让他投效太子?"

杜行敏哑口无言,却叹息道:"所以你就让他刺王杀驾,背负叛逆之名,连整个不良人署也被查抄?大娘子,你这招未免太过歹毒了!"

"原来杜大郎是来讨公道的。"景娘冷笑。

"不敢。"杜行敏道,"想来听听大娘子如何巧言善辩,文过饰非。"

"《贞观律》曰,谋反及大逆者,皆斩。父、子年十六以上,皆绞。十六以下,及母子妻妾,没官。"景娘从容道,"哪怕我心肠再歹毒,但我是他的妻子,弥奴是他的儿子,你觉得我会让自己和弥奴连坐?"

杜行敏怔住,狐疑地看着景娘,一时不知如何反驳。

"我曾跟你说过,玄策很可能是陛下拿来磨砺太子的一把刀,陛下并不会考虑自己驾崩、太子继位之后,玄策又该何以自处。他不去想,我却不得不想。"景娘道。

杜行敏思忖片刻:"大娘子的意思是——"

"我决不能让玄策和太子结仇!太子这个人的性情你也见识了,敏感,多疑,记仇,此时他能够忍辱负重,谦恭谨慎,但他登基之后必然会十倍百倍地报复玄策!无论玄策本人,还是我、弥奴,甚至整个王氏家族,他一个都不会放过!"景娘惶惧不安,甚至身体都在颤抖,"可事到如今,玄策已经越陷越深,若是他果真上了翠微宫,把太子的秘密告诉陛下,那他和太子之间便彻底反目,无可转圜!"

"所以你便指使不良人射杀北衙飞骑,箭射翠微宫?"杜行敏问道,"就是要阻止少卿面圣?你不觉得让他付出的代价太大了吗?"

景娘冷冷一笑:"那只是你们最粗浅的理解。玄策不能受太子忌恨,也不能遭陛下猜疑,觉得自己使唤不动这把刀了,这刀要投入太子的鞘中。怎么做?我只能将他这把刀给折断了!让他遭人所害,身败名裂!所以杜大郎,想要救他,就必须把他从陛下的布局中给解脱出来!哼,箭射翠微宫,我就不信陛下还敢用他!"

杜行敏这才明白景娘的深意,顿时目瞪口呆,刚听时觉得这女人简直疯了,但设身处地,却也能理解她的良苦用心。

"玄策是不是谋逆,陛下自然清楚,这把刀为他而折,他应该不会对玄策诛罚连坐。"景娘道，"至于太子那里，玄策再也无法追查《秘记》案，自然对他毫无威胁。而这些却是我大义灭亲，亲手所为，太子哪怕看我的薄面也不会对玄策太过刻薄。如此，尚能保全弥奴和王氏家族不受牵连。"

杜行敏听得惊心动魄，这位大娘子心计之深沉，谋划之精准，手段之决绝，当真是他平生仅见。

"那么……少卿呢？"杜行敏问道。

"掉入这新老皇帝交替的夹缝中，想要全身而退又怎么可能？"景娘幽幽长叹，"谋逆的罪名我已经筹划好了，那两名不良人的家中我也安排了线索，武候府将来会查获证据，证明这两人是受他人指使，故意箭射翠微宫，栽赃诬陷玄策。他虽然有过，却并非大过。只要太子肯谅解他，将来新皇登基，天下大赦，他便平安无恙了。"

"那这两名不良人呢？我这不良人署呢？"杜行敏咬牙道，"他们都是我的心腹兄弟！正是忠于少卿，感恩少卿，他们才甘愿为之赴死！这等勇烈义士难道只是你手上的算筹，想怎么摆弄便怎么摆弄，想怎么丢弃便怎么丢弃吗？"

"杜大郎，这二人之死我甚是抱歉，只要能救玄策，我愿意做一切恶事，犯一切罪业。若有神明罚我，我死后愿入那泥犁狱中受千万劫的苦，总忏一切罪。"景娘平静地道，"唯有一桩，你需得感谢我。"

"哪一桩？"杜行敏见她立下如此毒咒，倒无法苛责，心中悲苦难言。

"你的不良人署，也被我从这新老皇帝交替的凶局之中给摘了出来！"景娘道，"若是不良人署追随玄策调查太子，越陷越深，等到太子登基，不良人署必然毁灭，你们所有人都有抄家灭族之祸。它今日被查抄，是让它中止了运作，连陛下都无法再动用它。这不是你们最佳的结果吗？"

杜行敏怔怔地看着眼前的大娘子，忽然打了个寒战，这女人竟然把权谋和人心算到了这等地步！

"《老子》曰：'曲则全，枉则直，洼则盈，敝则新，少则得，多则惑。'所以，废掉玄策的左膀右臂，也废掉皇帝对他的信任，让他成为废人。《孙子》曰：'投之亡地而后存，陷之死地而后生。'这就是我替他卜算出来的唯一生机。"景娘道。

杜行敏完全无话可说。

这时一名婢女急匆匆地奔跑进来，禀告道："大娘子，大郎君他去了安仁坊，当街带走了家翁！"

安仁坊乃是景娘娘家所在，婢女口中的家翁便是景娘的父亲，太子中舍人薛寅。景娘的脸色顿时变了，深深吸口气："杜大郎，速走！"

杜行敏知道这位大娘子谋定后动，步步心机，她让自己走，便是非走不可，当即不再迟疑，转身奔向后花园。

待杜行敏的身影消失后，景娘定了定心神，拿出那支完好的竹镝，一拽尾部的绳子，"砰"的一声竹筒前段弹射向高空，发出尖锐的嘶鸣。片刻之后，马策率领大批兵马冲进王宅，弓上弦刀出鞘，将庭院团团围困。

马策率人闯了进来，看到地上青桃的尸体，顿时愣住："大娘子，那叛贼呢？"

"他偷偷回来被青桃撞见，将其勒毙，已经逃走了。"景娘惶急地道，"他恨我举告，扬言要报复我阿爷，应该是去了安仁坊。"

马策一挥手，率领兵马哗啦啦冲了出去。这回不再隐藏，出了乌头门便敲响军中木桥，四周的宅院大门洞开，无数甲兵蜂拥而出，仿佛铁甲洪流般直扑安仁坊。

第十二章
天地为铡人为草，皮囊歌里夺一生

"王九你这贼死鸟！和小女成婚一年来，我薛氏待你不薄，陪嫁巨万，为了扶植你洛阳王氏，景娘更是几乎把薛家都搬空了，东西两市的店铺直接转给你们王氏，分文不取！景娘动用了薛氏所有的门生故吏，把你们王氏有官身之人拼了命地往上提拔，砸出去整车整车的财帛，砸出来一个许州的判官和陈留的县尉。她更是亲自求到太子头上，将王玄诚这个掌管津济舟梁的津令，正九品上的小官，提拔为长安的县尉！"

马车辚辚，行驶在安仁坊的十字街上，太子中舍人薛寅坐在车内，正面皮发胀，怒不可遏地训斥着一旁的王玄策。王玄策只能满脸赔笑，聆听教训。

薛寅已经年过五旬，养了一副美髯，身为顶级大士族的嫡系长房，平日里自然有一番气度，在朝廷中也以养气闻名。但他今日着实被气着了，胡须乱颤，唾沫喷了王玄策一脸："今年春选，老夫更是舍了面皮，亲自求到太子面前，给你们王氏的后生补了一个崇贤馆生、两名国子监生！你说，老夫和景娘哪里对不住你，为何如此坑害我父女？"

原来薛寅也是惊闻王玄策箭射翠微宫之事，惊骇交加地跑到东宫向太子请罪，却遭太子拒见。薛寅绝望之下只好返回宅中待罪，不料还没到薛宅门口，马车便被王玄策"劫持"，硬是挤上车，让车夫驶出安仁坊。

薛寅知道他正被缉拿，又是惊吓又是愤怒，忍不住破口大骂。

"岳父大人请息怒，莫要气着您老人家。"王玄策赔笑道，"小婿是被贼人陷害，只要我查出真凶便能洗脱冤屈，绝不会连累到薛家。"

"薛家自然是连累不到的。"薛寅神情复杂地望着他，"景娘嫁入你王家，便与薛家再无干系，哪怕你犯下谋逆之罪，也牵连不到薛家头上，只是苦了景娘和孩子。"

"岳父大人放心，我绝不会让景娘和弥奴受到一丝伤害。"王玄策道。

薛寅冷笑："一丝？你可知道这几日景娘承受了山一般的煎熬，遭众人唾弃！谁不知道你手中那案子针对的就是太子，你屡次三番闯入东宫，面折太子，长街抗命，朝廷里早就议论汹涌！老夫和景娘都是太子属官，多年来受太子恩遇，薛家早就与太子捆绑在一起，你这么做，置我于何地？置景娘于何地？"

王玄策想起景娘，禁不住心中一痛。数日前他还从未想过，只是调查一桩《秘记》案，自己所有的一切竟然席卷其中，连家人都遭到如此伤害。他神情中有些彷徨，难道该就此罢手？

这时，马车驶出了安仁坊的东门，折向南行。安仁坊位于朱雀街东、天街以南第三坊，出东门往南，经过光福坊和永乐坊，便到了横贯长安东西的延兴门大街。车夫到了延兴门大街上，按照王玄策的指示，径直往东而去。

薛寅愕然："王九，你这是要去哪儿？"

王玄策道："岳父，我想请您去一趟龙华寺。"

王玄策目光平静地望着他，细细观察，只见薛寅的脸色顿时变了，惨白如纸，似乎想看王玄策一眼，眼睛瞥来的瞬间又失去了勇气，整个人充满惊惧。

"岳父，"王玄策慢慢地道，"您的宅中有一名婢女唤作绿蝶，去年病亡，一直停厝在龙华寺的慈悲院中。这绿蝶深受您的宠爱吗？"

"你还知道些什么？"薛寅终于凝望着他，一字一句道。

"为何不肯葬了她？"王玄策道。

"她是河东人，与亲人失散多年，老夫曾差人去寻，却没找到其亲眷，故此无法运回家乡。"薛寅喃喃地说道，话语中颇为伤感。

"岳父为何又频繁去祭拜？"王玄策叹息道，"佛家说，'汝爱我心，我怜汝色，以是因缘，经百千劫，常在缠缚'。她已经死了这么久，难道时间越是擦拭，她在岳父心中反而越是鲜亮吗？"

薛寅脸上露出难言的哀痛，好半晌才道："我倒忘了你是玄奘法师的弟子，虽然不读经卷，倒也有几分佛性。那你当知'生世多畏惧，命危于晨露'。每个人都有他最疼之处。"

这句话王玄策并未听过，想来应该是出自哪篇佛经。他摇头道："岳父或许真有难言之隐，小婿不便多问，那就陪您到慈悲院拜祭一番如何？"

薛寅愤怒至极，正要说话，忽然身后传来轰隆隆的铁蹄之声。两人掀开车帘，只见宽阔的延兴门大街上，乌泱泱的骑兵正蜂拥而来，拥街塞巷。队伍中打着旗帜，正是太子卫率府的中郎将马策。

王玄策厉声催促车夫，那车夫挥鞭抽打着马匹在街上疾驰。虽然是长安主街，路面也颇为坑洼，车内颠簸起伏，王玄策和薛寅紧紧抓着扶手，跌来撞去。马策大吼："前面的马车速速停下，否则乱箭射杀！"

"加速！"王玄策对着车夫大吼，然后提醒薛寅，"岳父，咱们得趴下身子了。"
薛寅怒目而视，随即给颠到一旁，撞得头晕眼花。

车夫无可奈何，拼了命地抽打马匹，马车在坑洼不平的街道上卷起尘土，风驰电掣。卫率府的兵马如同洪流一般追来，双方你追我赶，街上的行人车马纷纷避让，乱作一团。

这时双方追逐着来到永宁坊的南门，忽然前面铁蹄震动，一支骑兵席卷而来，远远地便看见了左武候将军丘行恭的旗帜，他竟然也来了！

原来安仁坊在永宁坊西北，隔了两三座坊，要往东去，永宁坊是必经之路。卫率府的兵马是追着王玄策绕了个大圈，丘行恭则是处置完不良人署事宜，径直来到永宁坊，恰好将王玄策堵了个正着。

丘行恭狞笑着一挥手，武候骑兵封锁了整条街道，弓上弦刀出鞘，长槊夹在手臂之中，做出扑击之势。车夫满头大汗，拼命勒马，那匹马前蹄高高扬起，拽着车厢在街道上横移七八尺，几乎翻倒，这才算停了下来。

后面卫率府的骑兵也到了，马策一挥手，兵马按照阵列散开，街上的人们惊慌失措地奔逃，卫率府和武候府并不阻拦，任由他们通过，片刻间街道便清空，只剩孤零零的一辆马车。

王玄策掀开车帘沉默地看着四周，此处在永宁坊和永崇坊之间，两侧都是粗厚的坊墙、宽阔的排水沟和茂密的槐树，街衢上死一般寂静，只有战马在喷鼻，弓弦在嘎吱，烈日映照，风摇影动。

王玄策跳下马车，把薛寅从车上搀扶下来，然后举手齐眉，恭恭敬敬地行天揖礼，请他先行离开。薛寅叹息一声，带着车夫走向马策的军阵。马策命人敞开一条通道，待薛寅过去便重新合拢，整条街道封得严严实实。

王玄策笑了笑，抽出横刀，将刀鞘扔在地上，提着刀便向丘行恭的军阵走了过去。他神情从容，步态平缓，如同闲庭信步，但整个人却充斥着慷慨悲歌之气，一人一刀，面对铁甲军阵，那气势竟然犹有胜出。

几名亲卫想策马冲出，却被丘行恭拦住，他狞笑一声："一人灭一国，如今还不是笼中之犬？来人，槊来！"

几名亲卫递上一杆长槊，丘行恭持槊在手，夹在腋下，将槊刃指向王玄策，然后大吼一声，一抖缰绳策马冲出。他全副甲胄，连人带马有如一尊钢铁怪兽，仿佛整条街道都在颤抖，这一冲之势重逾千钧，哪怕面前是一堵城墙都能给撞塌了。

王玄策脸上平静无比，提着刀不急不缓地走着，仿佛迎向一片遮天蔽日的龙卷风。卫率府和武候府的人齐声呐喊，敲响军中的鼓桴，这一动一静，一大一小，一急一缓，对比之鲜明有如时光被拉长，军卒们激动得浑身颤抖，等待着王玄策被碾为齑粉的刹那。

忽然间一支利箭破空而至，射穿了丘行恭的马头。那战马一声惨嘶，"扑通"跌翻在地，丘行恭猝不及防，重重地摔在了地上。他穿着几十斤重的铠甲，如同一块巨石在地上滚出去四五丈远，正好滚到了王玄策面前，挣扎不起。

鼓桴和呐喊声戛然而止，一名中郎将听风辨位，掣弓，搭箭，上弦，就要往坊墙方向的槐树丛中射去。与此同时，两名亲卫大叫着策马冲上去，想救回丘行恭，却不料又是三支利箭射来，一支射断了弓弦，两支射穿马头，"嘣"的一声，那中郎将被弹回的弓身崩得满脸鲜血，两人两马则栽倒在地，尘土飞扬。

槐树丛中传来声音："听说北衙七营中有薛仁贵者，神射无敌，我很想会一会他，烦请诸位转达。只是今日就莫要阻少卿的路了，我的箭不想再杀军中袍泽。"

众人都被这神技给惊住了，军卒们弓箭在手，却不敢有一丝轻动。街上鸦雀无声，槐树丛中也没有一丝响动，只有夏日的蝉鸣和树叶摇动的轻响。

接连两番异变，王玄策连脚步都不曾停歇，从容不迫地走到丘行恭身前，拽着他甲胄上的祥带将他拽起身。丘行恭摔得头破血流，五脏六腑几乎都摔了出来，整个人软绵绵的。王玄策一手提刀，一手揪着丘行恭，来到武候府的军阵中把他往地上一丢，用刀抵着他的头颅，抬头朝众人淡淡道："下马。"

那中郎将满脸是血，跳下马来狠狠地将缰绳丢给他。王玄策扫视了一眼武候府骑兵，众军卒纷纷下马。

王玄策继续道："把弓箭扔进水渠。"

那中郎将把手里的弓箭扔进路边的水渠，众人也纷纷解开箭袋，将弓和箭丢进水渠。王玄策翻身上马，冲出武候府的军阵扬长而去。众亲兵这才赶紧扶起丘行恭，那中郎将怒不可遏，跳上一匹战马，抄起一杆长槊便追了出去。却不料刚奔出几丈远，槐树丛中一支利箭飞来，贯穿马头，那战马扑倒在地，中郎将也重重摔了出去。

王玄策骑马奔出一坊之地，到了一处拱桥边，忽然听见一声呼哨，只见拱桥下摇过来一只歇艎船，杜行敏正站在船头。原来此处便是王玄策昨日与丘行恭激战的升平桥，那歇艎船正从永崇坊的墙闸穿出来，驶向升平坊。

漕船上下来一人，居然穿着与他相似的袍子，身材也相仿。那人从漕船跳上岸，来到王玄策马前，躬身道："请少卿下马上船。"

王玄策顿时明白，下了马朝那人深深一揖，那人跳上战马疾驰而去。王玄策跳上漕船，和杜行敏钻进船舱，船夫猛一撑篙，那漕船顷刻间穿街过坊，进了升平坊的墙闸。片刻之后，街上轰隆隆的马蹄声追着那人滚滚而去。

王玄策这才松了口气，问道："方才那箭手是宝鼎吧，他能否安然脱身？"

"正是宝鼎。"杜行敏道，"少卿放心，以宝鼎的箭技，武候府的人拿不下他。"

王玄策略略放心，却又有些诧异："你怎么知道我的行踪，安排得如此妥帖？简直环环相扣！"

杜行敏自然不会说出是从景娘那里听到的消息，只好干笑一声，岔开话题："少卿，此事不光是我和宝鼎，参与的还另有其人，且让我给你引见一番。"

王玄策见他神神秘秘，顿时一头雾水。

这升平坊处于乐游原上，岸边有一处树林，漕船停了下来，杜行敏请王玄策弃船登岸。王玄策跟着他穿过树林，不由一怔，却见一处空地上站着十余名骑士，一个个姿容整肃，一看便是精锐之士，为首的却是刘全和杨秉！

"刘旅帅，你们怎的在此？"王玄策诧异道，"这些人难道是你飞骑中的袍泽？"

"飞骑中我哪里有什么袍泽？"刘全笑道，"少卿，我为您介绍一人。"

他和杨秉兜开马匹，露出身后一名骑士。那骑士一身胡服打扮，姿容清秀，身形纤细，戴着黑色幞头，冲着王玄策一抱拳："王少卿，当日多谢救助！"

此人嗓音清澈，居然是一名女子，相貌却有些眼生。王玄策有些迟疑，朝旁边看了看，发现她身边那名骑士正是南阳公主府邑司的家令程文。王玄策顿时明白了，这女子竟然是南阳公主！

升平坊北门的延兴门大街上，一辆马车自西向东而来，驶入了其东侧的升道坊。坊中西北隅，便是龙华寺。这是一座尼寺，寺中都是女尼，平素里游走于长安的豪门朱户之中，极受欢迎。

这些女尼的眼力也颇为刁钻，一见这辆马车的规制便知是高官豪门，急忙大开中门，把门槛都抽掉，请马车径直驶入山门。那马车在天王殿前停下，寺主亲自来请贵人下车，车夫摆上脚凳，掀开车帘，下来的居然是景娘和薛寅。

薛寅脸色极为难看，他起初被王玄策"劫持"来这龙华寺，所幸半路遇上卫率府和武候府拦截，被王玄策放回。薛寅见王玄策杀出军阵逃走，总算松了口气，却不料随即景娘便又将他请上马车，继续带他来这龙华寺。薛寅几乎要气炸，但对这女儿却似乎有些畏惧，并不敢违拗。

寺主自然识得薛寅，急忙合十施礼："薛舍人大驾光临，怎的不早些知会，敝寺早做安排。"

"安排什么？"景娘似笑非笑地问道，"祭祀那贱婢吗？"

寺主顿时不敢再说，告罪一声，急忙离开。

景娘也不以为意："阿爷，这慈悲院您自然是极熟悉的，咱们便去瞧瞧？"

薛寅无奈，一路带着她穿过重重的殿堂塔院，来到后面的慈悲院。这慈悲院主要是厝灵之处，极为幽僻，庭院中古柏参天，遮住了黄昏时的余晖，人行其中，只觉阴风阵阵，砭肌入骨。

两人推开正堂的雕花木门，蛛网与灰尘簌簌而落，里面赫然厝置了十几口棺木，两侧的厢房中还有数十。有些棺木颇有些年头，看规制和牌位，甚至连隋初的都有。在西侧的一角，景娘终于找到了一口楠木大棺，牌位上写着："薛氏绿蝶之灵。"

地上摆着石供台，香烛已经烧完，里面还残留着些黄钱的碎屑。

"阿爷，她只是薛家的婢女，活着的时候您再宠她，都该让她入土啦！"景娘叹道，"停厝寺庙，又何必呢？"

薛寅眼神呆滞，喃喃道："你不同意将她葬入祖坟，如何入土？"

景娘的眼神凌厉起来："阿爷，我不允您将她葬入祖坟，但这天下遍地吉壤，哪里不可葬她？您暂厝于此又是何意？想着等我死之后，您便无人钳制，欢喜地将她葬进薛氏祖坟不成？"

薛寅讷讷不言，更诡异的是，他竟然没有反驳。

景娘森然冷笑："阿爷，或许我还能活很久的。好人不长命，祸害遗千年。我如今是四品诰命，我还要做三品的郡夫人，甚至国夫人。我还要给玄策生很多孩子，儿女双全，多子多福，我会看到王氏家族从九品寒族变成五品高门，最后我会老病而死，躺在榻上，玄策和我的儿女、孙辈、重孙辈趴在我床前哀哀哭泣。他们会由衷感激我这位祖母让王氏脱胎换骨。阿爷，这就是我，景娘的人生。而那时您早已老去，您没有机会将绿蝶葬入祖坟，她会在这龙华寺中停厝一百年！一千年！"

景娘所说的寒族和高门是皇帝于贞观十二年颁布的《氏族志》，重新评定门阀高低，将天下士族和庶族划分为九个等级，皇族、后族为二品，三品至五品为高门，六品至九品为寒门。而景娘的宏愿便是将洛阳王氏提升为五品高门，进入门阀世家之列。

薛寅听得老泪纵横，痛哭失声："你这毒妇！小女和你无冤无仇，素不相识，你为何如此待她，让她死后不得入土？你今日也为人父母了，难道便不愧疚吗？"

若是这大堂上另有他人，此刻只怕惊骇得无以复加，这景娘竟不是薛寅之女？景娘的身子似乎有些僵住了。大堂上死一般寂静，有午后的风从棺材的缝隙中鼓荡而过，带着鬼哭般的呜咽，带着冷热交织的刺疼，令人寒毛直竖。

景娘沉默了很久，走上来轻轻擦拭着薛寅脸上的泪水："阿爷，您有许久不曾骂我了。一年来你我父女相谐，父慈子孝，无论人前人后，我是真把您当作了父亲。"

"可你不是她！你不是！"薛寅推开她，大吼道，"你只是个杂户贱婢！是教坊司的贱籍！"

"阿爷，"景娘脸色已经惨白，却努力笑着，用力抱着他的胳膊，"我常去玄奘法师处听经，他说我们是集众多因缘所生，故名众生。因缘这东西在我们每个人的身上流转生死，因果相续，这中间没有谁是主宰者，也没有谁是始作俑者，自然也没有谁是受害者。我们一切众生，不能勘破因缘之法，所以在这生死苦海之中轮转不息。我初见玄策，便认定他是我孩子的父亲。我初生下弥奴，便认定了他是我的孩子。正如我初见您，也认定了您是我的父亲。我们今世有此痴缠，都有一桩我们看不透的前世之因。阿爷，一年前景娘暴病而亡，您不痛吗？我来接续这场父女之谊，难道不是上天的安排吗？菩萨畏因，众生畏果，比起您在冥冥中欠下的因果缠缚，一点血缘又有多紧要呢？"

薛寅一跤跌倒在地，背靠着供桌，神情呆滞，嘴里只是喃喃道："你是个魔鬼！你是个魔鬼！"

景娘陪他坐在地上，柔声道："阿爷，我不是魔鬼。您说得没错，我是教坊司的杂户贱籍，而且是贱籍中最卑贱的犯官之女，被籍没入官，只能做最粗笨的活计，吃最粗陋的吃食。在唐律中，我这等奴婢贱人比同牲畜财产，我在教坊司的户籍手实中被注明是'贱口'，不得与良家子婚配。我将来的结局会有几种……"

景娘掰着薛寅的手指，认真地数着，目光专注，神情温婉，但在薛寅看来却如同魔鬼鼓瑟而弹，催魂夺命。

"一呢，我会在教坊司因疾病劳累而死，葬入宫人斜①。二呢，若有妃嫔出家，我或许会被幸运选中，随她出家做一名僧尼或者女道，为这些妃嫔去浆洗衣物，洒扫庭除。三呢，若赶上皇帝驾崩，我会被中官给锁拿了，发配到陵园守陵，在山中陵园孤独终老。四呢，若赶上宫廷生变，后妃之争，我可能受到株连而被处死。阿爷，你知道我最好的结局是哪一种吗？"景娘微微笑着，"是皇帝为了节俭宫中用度，博得爱惜民力之名声，诏令放归宫人。如此，我会被许配给某些高官显贵的家奴为妻，将来生下子女，仍旧身为奴婢贱籍，世世代代，比同牲畜。阿爷，在你们看来这样活得连牲畜都不如，它却是我最完美的一生！我拼尽全力也无法求得！"

"这与我薛家无关，景娘也不曾得罪于你！"薛寅浑身颤抖，惊惧交加。

"景娘么，那个文文弱弱的小娘子她怕我怕得要死，焉敢得罪我？"景娘笑着拍了拍身后的棺材，她口中的"景娘"自然便是薛寅真正的女儿，"阿爷，我与景娘相识甚久了。那年还是太子刚刚册立，搬入东宫，你利欲熏心，让她采选入宫想要博个良娣或者良媛，可是景娘性子软弱，每日惊惧忧思，如何敢在那狼贪虎视的宫中夺食？"

薛寅知道她说得不假，禁不住老泪纵横，呜咽痛哭。

景娘并不在意他的情绪，似乎沉浸在往昔的回忆中，神情悠远，语气叹惋："也

---

① 宫人斜亦称"宫人冢"，皇宫埋葬因疾病、年迈死去的宫人的地方，在禁苑附近。

正是那一年，我随教坊司去玄都观中歌舞宴乐，恰好遇见那异人在道观中挂灯出谜，我破解几篇算学灯谜之后，才知道那异人是想寻一算学奇才，传下隋时经学大师刘焯的大衍占卜诀。我也算不负所望，短短三日间便学透了大衍占卜诀，从此占算如神，闻名诸王公。侥幸得遇太子之后，我充入东宫做了女官，总算脱离了教坊司的苦海，也得以与景娘相识。"

"你与我说这些作甚？想要杀人灭口不成？"薛寅忽然一怔，"我并不曾泄露你的秘密！"

"阿爷说的哪里话来，我怎会杀你？你是我的阿爷呢！"景娘笑道，"薛景娘这个名字对我并无价值，我唯一所用者，只是河东薛氏的士族名分罢了。阿爷，我虽然是东宫女官，却仍是贱籍，婚姻绝于士类，名籍异于编甿，贱籍女子绝不能嫁给良家子，所以我要嫁给玄策，便不得不冒用一下景娘的名分。"

"你疯了！"薛寅知道她说的便是王玄策，哪怕如今她已成功，只要一想便止不住惊骇交加。因为在这大唐，莫说一名杂户贱籍的奴婢要嫁给高官做正妻，享受诰命封号，哪怕是这高官想要纳她为妾也是绝不可能的。

大唐对身份等级的划分极为森严，对她这等杂户贱籍，《贞观律》有做严厉限制：杂户者，前代犯罪没官，配隶诸司，不得与良人为婚，违者，杖一百。奴婢妄作良人，嫁娶为良人夫妇者，徒二年。

景娘此举便是后者，杂户贱籍的奴婢假冒身份，嫁给良人。她嫁的还不是普通良人，而是大唐从四品的高官！这何止是惊世骇俗，简直是将历朝历代的纲常伦理踩于脚下，悖逆不道！

"阿爷，我没有疯。"景娘温婉地道，"自从学得了大衍占卜诀，我占算天机从无错漏。都说占卜师有三不占，自身不可占，我拼着气运反噬，为自己起了这天下最大的一卦。我将天下四大奇人充作我的四象：趁着玄奘法师随同陛下巡行玉华宫，在北；借太子诏令，将李淳风遣去了洛阳，在东；将袁天纲滞留陈仓，在西；派尹文操做大醮于龙虎山，在南。我以这座长安城为卦盘，城内山川河流、东西十四南北十一的天街为蓍草，我甚至填埋了一截龙首渠作为遁去的一，终于在千万种悲惨绝望的命运中为自己占算出了一条生路，一场幸福！那便是眼前这段人生！"

"你这是欺骗，总会有败露的一天！"薛寅被震骇得无以复加，怔怔地看着眼前这女人，似乎看见了一个古往今来最疯癫之人，喃喃道，"到那时，莫说国家律法饶不过你，王玄策也会恨你入骨，他会弃你而去！你所拥有的一切都会烟消云散！"

"是欺骗吗？对我而言是真的就好！"景娘似乎也有些苦涩之意，却仍然淡淡地笑着，"我为他搜寻隋末后崩溃四散的家族，我为他建了一个兴旺蓬勃的洛阳王氏，我督促族中子弟勤勉好学，我为他生下乖巧可爱的儿子。他心中曾经是一片废墟，凋零破败，是我在这座废墟上重建，这是他的幸福，也是我的幸福。你是我的阿爷，他是我的丈夫，家里有我的孩子，我身上有郡君诰封，我住在长安城的朱门甲第。当年那些悲惨俱是过往，眼前的幸福可以触摸，可以拥抱，难道还不够真实吗？"

"建立在谎言和欺骗之上的幸福，你觉得可以拥有多久？"薛寅咬牙讥讽。

"如果此生就这般过去，如果带入坟墓那一刻都不曾揭穿，哪怕是欺诈和谎言，它也是真实的一生。"景娘温温柔柔地说着，语气却无比冷酷，"所以阿爷，你对我很重要。真的很重要。"

"须得陪你做戏吗？"薛寅苦涩地说道。

"你可以不用做戏，但你必须不露破绽。"景娘道，"你把景娘停厝在这慈悲院中一年之久，我故作不知，也是体谅你丧女之痛。可你为何这一个月来频频祭拜，以致引起了不良人的关注？"

薛寅呜咽痛哭："因为你生了孩子！亲友同僚都来恭祝我喜得外孙，我看着你，看着孩子，就如同看见景娘还活着，嫁人生子，得享幸福！"

景娘怅然叹息，她看着棺木上的牌位，苦涩地站起身，推开门走到廊下。隔着森森庭院，院门外侍立着一名小小的女尼，想来是寺主留下来等候招呼的。景娘笑着招呼："小师傅，烦你抱一坛香油来做贡品用。"

那小女尼脆生生地应了一声，飞快地跑去抱来一坛子香油递给景娘。景娘笑着将她遣出慈悲院，然后打开坛子，将香油淋在绿蝶的棺材上。薛寅大叫一声，扑过来挡住："你要做什么？"

景娘不以为意，在房中其他棺材上也淋上香油，又将角落里堆放的一些破门板和稻草之类的浇透，嘴里说着："阿爷，我当时选中景娘的身份是经过缜密占算的。她自幼长在河东老宅，十四岁被采选入东宫，在长安无人相熟，薛宅中认识她的人除却几位姨娘，便是内宅的婢女，我已经使过手段，保证她们不会泄露。可是你不应该来这慈悲院。你频繁祭拜不但引起不良人的关注，也引起了玄策的怀疑……阿爷，你把我的局捅破了一个窟窿，如今我须得补一补啦！"

景娘抱着剩余的半罐香油，最后来到绿蝶的棺木前。薛寅"扑通"一声跪倒在地，老泪纵横："爻姬娘子，求您手下留情！老朽以后任凭您指使，绝不违拗，只求您能留下小女的尸身！我……我今夜便将她埋到城外的乱葬岗上，从此再不祭拜，只求您留下她的尸身！"

　　"不成啦，玄策是何等人？既然盯上绿蝶，你无论将她藏在何处都能被他找出来。景娘生时心中苦，死后皮囊苦，不如解脱。"她一边泼着香油，一边颂念达摩祖师的佛偈：

　　　　这皮囊，多窒碍，与我灵台为患害。
　　　　随行逐步作机谋，左右教吾不自在。
　　　　筋一团，肉一块，系缀百骸成四大。
　　　　有饥有渴有贫穷，有病有灾有败坏。
　　　　……

　　烈火熊熊而起，蔓延至整座大堂，转眼间吞噬了十几口棺材，薛寅疯狂大叫，想要冲过去扑灭女儿棺材上的火焰，却被景娘死死地拽住。她面无表情地看着眼前的烈火，瞳孔里倒映出火焰，仿佛过往的一切都在烈火中燃烧。

　　直到火焰逼近，景娘才拽着薛寅从燃烧的火焰中从容走出大堂，来到古柏参天的庭院之中。这时整座房舍都开始燃烧，浓烟冲天而起，寺中的僧尼纷纷提着水桶跑来救火，升道坊西门的武候铺中也响起敲钲之声，无数人蜂拥而来。景娘沉默地站在庭院中看着崩塌燃烧的殿堂，这时才有一股止不住的悲苦涌上心头，她泪水流淌，双掌合十，轻声颂念：

　　　　放光明，遍法界，内外相通无挂碍。
　　　　照见堂堂出世人，端严具足神通在。
　　　　也无罪，也无福，也无天堂并地狱。
　　　　一朝摆脱这皮囊，自在纵横无管束。
　　　　也不来，也不去，来去中间无定住。
　　　　荡荡巍巍烁天虚，谁能更觅成佛处。

第十三章
应谶人，二度守寡的大唐公主

大兴善寺南门的街上，南阳公主府的扈从簇拥着马车一路西行，这辆马车乃是特制，车厢宽大，雕饰和用料都是皇家御用，路上的行人、车辆和马匹一看就急忙避开，武候府的兵马更是无人敢来盘查。

马车内，南阳公主身着盛装坐在榻上，王玄策和刘全搬了个胡床坐在她对面。车厢虽然宽大，乘坐三人却也有些挤，不过大唐民风开放，南阳公主都不以为意，王玄策二人也只好正襟危坐，陪坐在侧。

便在这时，街上众人一阵惊呼，纷纷往东看去。听见声音，王玄策三人也掀起帘子，只见隔着几座坊的距离，城坊的上空浓烟滚滚，扶摇直上，宛如龙吸长安。

"杨左丞，是何处走了水？"王玄策招招手。

混在扈从队伍中的杨秉转头往东面看去，估算一番距离，策马奔到车边："少卿，像是升道坊一带。"

王玄策心中一沉："去问问，是不是龙华寺？"

程文立刻安排一名扈从策马掉头，向东而去。

"王少卿，坊内走水乃寻常之事，无须大惊小怪。"南阳公主放下挂帘，"我们且继续讲这《秘记》。"

车厢中间的短几上，赫然放着刘全从不良人署偷出来的《秘记》。

原来今日刘全和杨秉从东署偷出《秘记》，一时无路可去，便来了南阳公主府。

除了皇帝，谁也不知刘全和南阳公主的纠葛，武候府和卫率府更不可能来公主府搜查，此处可说是最安全之所。

唯一可虑者，便是南阳公主体内争夺不休的两个魂魄，若是翠莲占了上风，那自然与刘全夫妻一心，可若是南阳公主占了上风，便不免有些尴尬。

程文通传之后，南阳公主立即在寝殿召见他们，只一眼，刘全便知道眼前的是真正的公主，不是自己的妻子翠莲。但两人之间的纠葛纯粹是造化作弄，并无对错之分，刘全也无法怨怪她，只是叹息而已。

刘全正在被武候府追捕，沸沸扬扬，震动朝野，南阳公主当然知道，却并不介意，当即借给他们一处偏僻的宫苑。刘全和杨秉开始研究《秘记》，试图继续调查第二幅谶图。南阳公主早在五月二十八日那晚亲眼见这东西被从地狱中拿回来，却还没真正见过内容，好奇地过来翻看，顿时便是一声惊呼，脸色煞白，险些跌倒。

这幅谶图确实有些惊悚可怖，刘全还以为南阳公主受到了惊吓，急忙上前搀扶她。但南阳公主显然另有心绪，呆滞地看了那谶图半晌，问道："刘旅帅，这谶图你们可解出一些眉目？"

"不曾。王少卿似乎另有发现，并没有告诉我们。"刘全苦笑。

南阳公主当即起身，召集公主府的扈从部曲去寻找王玄策。恰好王玄策在长安城折腾出偌大阵仗，惹得武候府和卫率府封锁长街缉拿，杜行敏和曹宝鼎正设法营救，众人便一起合力将王玄策从军阵围困中救了出来。

杜行敏引王玄策见到公主一行，当即告辞离开。王玄策觉得杜行敏的神情有些怪异，似乎怕与自己相处，便问其缘由。

杜行敏心中苦涩，却笑着解释："少卿莫要误会，您如今正被全城缉拿，我和宝鼎留在暗处才能使对手有所忌惮。"

王玄策想到曹宝鼎凭借惊人的箭术压制整条长街的一幕，当即点头同意。杜行敏松了口气，抱拳离去。他是真的无法再面对王玄策了。

南阳公主请王玄策和刘全上了马车，便一路向西而去。路上有武候府设卡检查，但南阳公主的车驾谁敢拦截，一路畅通无阻穿过朱雀大街，进入西边的长安县，这便离开丘行恭的左武候府管辖，进入了右武候府的管辖范围，众人都松了口气。

"王少卿，"南阳公主指着短几上的《秘记》第二谶，"听说你对解谶颇有些见解，不知道这幅谶图如何解？"

第二谶的画面极其阴森恐怖，背景上绘满了鬼魂，成百上千，一个个眼眶漆黑，奔走呼号。

在画面的边角上，有一名男子悬梁自尽，一名男子被箭射杀，一名男子戴着杻铐横躺在地，痛苦痉挛。

画面的最前方是三个人被捆绑着并排跪地，俯首待斩。居中之人是一名官员，紫色圆领官服，金玉相间的蹀躞带，分明是三品以上的高官。

左侧是一名男子，穿着颇有些古怪，头戴汉代帝王的通天冠，身上赤黄色的袍服却又是大唐帝王的颜色，看起来不伦不类。

右侧一名年轻男子被按压在地上，正侧着头看向远处，就在他目光所注视的方向，一名年轻女子正将匕首刺入一名老者的胸口。

同时也附带一篇谶诗：

甲子。
一主天之弓，二主天子箭。
剥龙鳞，斩肉角，五百罗汉挖掉眼。
三三六六逢甲子，长安廨里黄金殿。

王玄策和杜行敏、杨秉、刘全等人早做过多番解读，这幅图人物繁多，细节饱满，要说是利于解谶的，但偏生更加难解，因为太具象，导致各种解读总是挂一漏万，并不完全贴合。

"公主，谶书乃是征验之书。所谓征验，便是预言在前，应验在后。所以解谶最困难之处便在于，我们不知道它哪句是已经发生的，哪句是未来要发生的。"王玄策道，"我们唯一能确定的便是这第二谶的内容要在今日验证。因为今日是甲子日。"

"那么图上这些人物可有什么线索？能否找出他们的身份？"南阳公主伸出纤纤玉手，指着谶图问道。宽大的袍袖下，她手臂上似乎有铃铛配饰，叮咚作响。

王玄策沉默了很久："我们更希望它是曾经发生的，否则，长安城只怕会有一场泼天大祸。"

"为何？"南阳公主吃惊。

"若是应验，那么今日朝廷便会处决一名三品以上的高官，一名皇亲国戚，

甲子

一主天之弓,二主天子箭。
剝龍鱗,斬肉角,五百羅漢挖掉眼。
三三六六逢甲子,長安廟裏黃金殿。

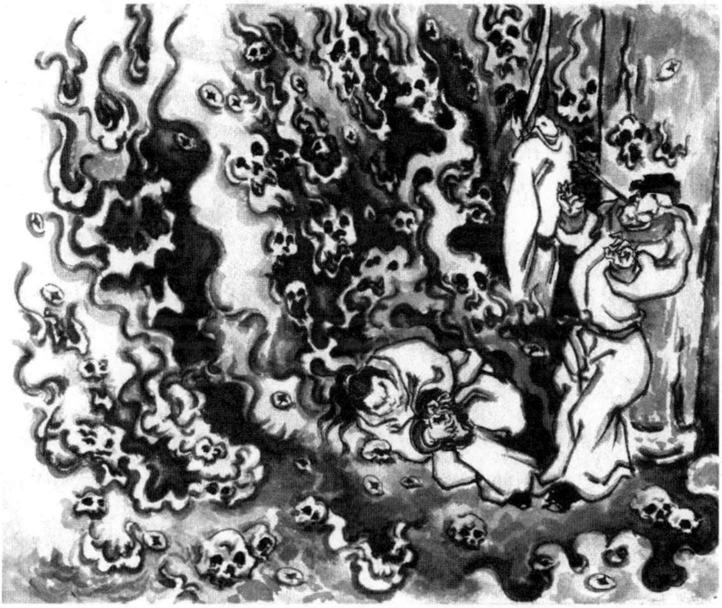

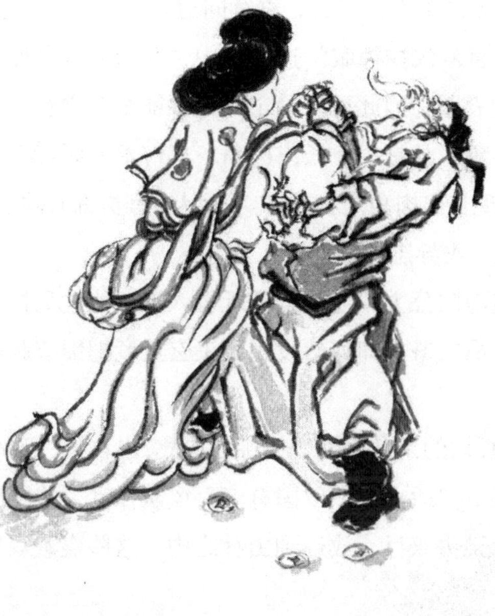

还有五百名犯人！"王玄策一字一句地道。

南阳公主和刘全都忍不住打了个寒战，这谶图竟然惊悚至此！

王玄策继续道："句首的'甲子'无须多解释，与第一谶的'癸亥'一样，是预言发生的日期，便是今日。第二句'一主天之弓，二主天子箭'颇为明确，所指的乃是弧星。"

"什么是弧星？"南阳公主有些诧异。

"弧星也称弧矢，位于二十八宿中的井宿，共有九颗星，其中八星如弓形，一星象征箭矢，整体像一副上弦的弓箭。因为它在天狼星的东南，从天文星占上而言，弧矢九星乃是天子之弓，为天子镇守东南，常年箭在弦上以备盗贼和群狼。"王玄策如数家珍，侃侃而谈，"正所谓，弧九星，在狼东南，天之弓也。以伐叛怀远，又主备贼盗知奸，弧矢向狼。"

"王少卿您当真博学多闻，怪不得有偌大名声。"南阳公主钦佩不已。

王玄策老脸一红："不敢，臣对天文星占一无所知，是请教了太史局的李淳风。"

"王少卿倒是坦诚。"南阳公主嫣然一笑，思索道，"自古道，天人相感，阴阳相和，这弧星倒是像极了朝中的一位大臣。"

"公主说得是。"王玄策道，"弧星应该便是图中被斩的三品高官，而且是牧守一方之人。但朝中三品以上的高官甚多，又不知他是早已被斩，还是今日要被斩，因此难以猜出他的身份。"

"那么下面一句呢？"南阳公主不置可否，继续问道。

"'剥龙鳞，斩肉角，五百罗汉挖掉眼'这一句中'龙鳞'有多种解法，可以指帝王，可以指帝王的龙袍衮服，因此可以确定其是象征帝王之意。至于'肉角'则很明确，角，预示着兵象。凡是头上长出肉角，从占术上而言都是大凶，预示着刀兵四起。所以各地出现长出肉角之物，蛇、马、人，官员都必须上报朝廷，因为修史的时候，这是要列入'灾异志'的。"

王玄策细细讲解着，不但南阳公主，连刘全都听得入神。他这几日几乎与王玄策寸步不离，也时时讨论这第二谶，却浑然没想到王玄策竟把细节调查到如此细微的程度。

"'五百罗汉挖掉眼'一句，用的是五百强盗成佛的典故，出自《大般涅槃经·梵行品》。"王玄策开始讲故事，"话说乔萨罗国有五百盗贼作乱，波斯匿王派一名将军平叛，将他们生擒之后挑去双目，放逐到山林之中。这些盗贼双目被挖，在山林里终日哀号，每日诵念南无佛陀，恳求佛陀救护。佛陀大发慈悲，吹来雪山香药，使得五百盗匪双目复明。佛陀又现身说法，这五百盗贼开眼即见如来，从此一心向善，最终修成正果，便是五百罗汉。"

两人听完眼神发亮，刘全问道："图上这名高官难道便是平叛的将军？他身为大唐的天之弓、天子箭，曾经平灭过这五百盗贼叛乱？"

王玄策大致也是这种思路。

南阳公主又问："那么最后一句何解？"

王玄策顿时苦笑起来。"三三六六逢甲子，长安廨里黄金殿"这一句是谶诗中最难解的部分，尤其是三三六六这种数字，可以说有无数种可能，乃是谶诗中最核心的部分。

"公主，目前臣只能大致猜测，今天正逢甲子日，谶诗所预言之事会在皇宫中应验！"王玄策道。

南阳公主也认同这种猜测，心情不禁有些沉重："那么谶图上这些人物，你可看出些眉目？"

王玄策道："自缢者、中箭者、倒地者、持刀女子、被刺老者、被斩男子，无论服饰还是相貌都没有描绘，因此无从猜测。只有这位头戴汉代通天冠、穿着大唐皇帝赤黄色衣袍之人可以做些推测，但他的身份着实难猜，因为这种服饰搭配绝无可能存在，所以臣便从隐喻上理解，或许大唐宗室中有个人与汉代有些瓜葛。我们分析了已经处死的一些宗室，譬如隐太子建成、齐王元吉等，并无与汉有瓜葛者，只有汉王元昌的封爵中带有'汉'字，臣等正在调查。"

汉王李元昌是高祖李渊的第七子，李世民的弟弟，被封为汉王，贞观十七年追随废太子承乾谋反，被赐死于宅中。

这些自家的旧事，南阳公主自然是极为熟悉的，她默默地叹息一声，沉默不语。

这时车辆顺着皇城外的天街驶入芳林门大街，来到颁政坊。

颁政坊位于皇城的正西边，位置绝佳，走出坊门往东几步路就进了皇城的顺义门，往南隔了一座坊就是西市。坊内高官宅第云集，佛寺道观林立，极受科考士子的青睐，一则有寺观可以借宿，二则有朱门可以拜谒，因此每到科考之时坊内文风鼎盛。不过此时春闱已过，秋闱未到，坊内便冷清了许多。

南阳公主的车驾来到颁政坊南门外，临街有一座宅第，直接在坊墙上开门，乌头门之内雄伟壮观。

长安人对"甲第"是有特指的，普通宅子虽然也称宅第，但对于长安人而言，能在坊墙上开门，出门就是长安的大街，这种宅子才配称呼为"第"。因为按照唐律规定，只有三品以上的官员才能直接向街开门，否则哪怕爵位封侯，宅子也不配称第，或者宅门开在坊内也不能称第。譬如王玄策在永宁坊的宅子，虽然尊称一声甲第，但只是宅，不算真正的"第"。

眼前这座可是真正一等一的朱门甲第，透过乌头门可以看见里面门舍的规制也仅次于诸王，乃是面阔三间、进深五架的悬山屋顶大门。但这门户却萧条破败，荒芜萧疏，门上显示主人身份的牌匾已被摘掉，夸耀主人功业的阀阅柱也被拆毁，乌头门上黑漆剥落，台阶上野草侵凌，门上还贴着朝廷的封条，竟然是已被查封了。

自从来到颁政坊外，南阳公主便掀开车帘呆呆地看着这座宅第，似有无边的苦涩和惆怅。这时程文策马来到马车边，低声请示："公主，从此处进去吗？这门上有刑部、大理寺、御史台和太府寺的封条……"

南阳公主淡淡道："砸了，我看谁敢多事。"

程文带着扈从上前，径直砸开侧门的锁链，撕掉封条，公主的马车丝毫不停，从侧门中驶了进去。王玄策顿时苦笑，他还没猜出这是哪位高官的宅第，但既然贴着封条，便是被查封抄没的宅子，公主就这么悍然给撕了。

马车驶入大宅，车轮碾过满地的蒿草和麻葛藤蔓，来到大宅的正堂。这座正堂高达两层，仅仅底下的台基就有三尺之高，宏伟壮观，但如今也是破败不堪，墙皮斑驳，油漆剥落，雕饰繁复的门窗也损毁残破，蒿草蔓延，藤蔓缠绕。

程文搬过脚凳，请公主和王玄策、刘全三人下车，杨秉也跟了过来。南阳公主带着众人在这大宅中慢慢走着，身上佩饰叮咚，华服旧宅，夕阳鬓影，裙裾拖曳在断壁残垣之间，无限苍凉。

"王少卿，你可知这是谁的宅第吗？"南阳公主问道。

"臣不知。"王玄策苦笑。

杨秉躬身赔笑："这座宅第的主人薨逝之时，少卿出使天竺未归。"

"那么你知道这是谁的宅子？"南阳公主问道。

杨秉小心翼翼地道："臣当然知道，这是凌烟阁二十四功臣之一，已故太子詹事、刑部尚书、郧国公张亮的旧宅。"

王玄策大吃一惊，脑子中如同雷轰电闪一般，瞬间明白了缘由。

刘全也骇然看着南阳公主："你……你……此处是你——"

南阳公主微微一笑:"没错,此处便是我曾经的家!"

南阳公主的第二任丈夫便是张亮的长子张顗!

刘全忽然间对南阳公主充满了怜悯,这位高高在上的公主虽然"霸占"了娘子翠莲的躯壳不还,让自己夫妻不得团聚,但她的人生和自己一样悲惨不幸。她初婚下嫁给了宰相王珪的幼子王敬直,王敬直牵涉废太子承乾谋反案,被发配到岭南而死。贞观十九年,南阳公主再嫁张亮之子张顗,但婚后不到一年,张亮谋反被诛,张顗也连坐被赐死,她再度守寡。

众人一时间无话可说,唯有叹息而已。

南阳公主拖着裙裾走上正堂的台阶,带着众人在破败的屋舍间缓步而行,感受着当年的悲欢离合,阴晴圆缺。她时而痴笑,时而伤感,时而开怀,时而落泪,似乎那殿堂楼台之间倏忽鲜活起来,闪过夫妻俩胶漆相投,一家人其乐融融的一幕幕。

"王少卿,刘旅帅,方才你们说过,谶图中那位被斩之人是一位三品高官,而且是牧守一方之人,是大唐的天之弓、天子箭。不错,他便是本宫的舅公①,郧国公张亮。"南阳公主喃喃地说道。

众人顿时惊呆了,禁不住面面相觑,都有些半信半疑。

"公主,您为何认为此人会是张公?"王玄策纳闷道,"解谶可不是一朝一夕之事,尤其这第二谶,连李淳风和尹文操都觉晦涩难解,怎么您只看了一眼便笃定是他呢?"

"我并不能确认此人是郧国公,"南阳公主凄然道,"但我能认出那名侧头看向别处的男子,他便是我的郎君,张顗!"

众人一时愣住,刘全急忙从后背的匣子中取出《秘记》,展开卷轴。那名年轻男子被按压在地上,正侧着头看向远处。此人面目勾画得并不清楚,只是寥寥几笔,根本看不清模样。一时间众人瞧着南阳公主,都有些惊疑。

王玄策沉声道:"公主,你是如何看出此人便是张顗的?"

"因为我当日便在西市刑场!"南阳公主哭道,"他侧头所看之人,便是我!"

众人都怔住了。这时已经是未时二刻,有暮鼓之声轰隆隆响起,宛如雷声滚滚,天地崩摧。又有呜咽的风从荒宅的裂隙中吹来,砭人肌骨。王玄策一阵恍惚,

---

① 唐时妇人称呼公公为舅,婆婆为姑,合称舅姑。参见唐代朱庆馀《近试上张水部》诗:"待晓堂前拜舅姑。"

心头升起一股强烈的不安，无数大神通之士绞尽脑汁都无法破解的谶语，就这么给解了？

"那一日，父皇将我锁在宫中，不准我去西市送别郎君。我换了宫中女官的衣装，持着她的门籍混出西内苑，奔跑到了西市。刑场在西市东北角的十字天街上，街边有一棵古柳，长安人叫它独柳树，就像灞桥折柳送别一般，希望自己的亲人能留下。可是独柳树下只见人头滚滚，何人能够留下？"南阳公主流着泪，似乎在自言自语，穿梭行走在往昔的楼台殿阁之间，身上叮咚作响，珠环佩饰敲响了尘封已久的荒芜。

"我哭着挤入人群，和这谶图上不同，当日斩首的有九人，因为郧国公是谋反，唐律籍没其家，他三个儿子都被坐诛，还有五名部曲首领。郧国公跪在中间，大郎跪在他左侧，他看见我冲进人群，悲伤地看着我，然后冲我摇头，示意我不要靠近。我站在那里哭得眼前模糊，拼命地擦着眼睛，想将他的每一丝表情都留在记忆中。临刑前，他的头被按在木砧上，他就这样望着我，似乎还笑了笑，然后嘴里念了首诗。或许众人以为他在哭着求饶，但只有我知道，他在向我告别：'今日已欢别，合会在何时？明灯照空局，悠然未有期。'那是贞观十八年清明，曲江池上踏青游宴中我们第一次相遇，当时手谈一局双陆，临别时他为我念了这首诗……"

南阳公主忽然号啕痛哭，大哭大笑，似乎癫狂一般。

"一篇尚未诵完，他的唇角仍然带着微笑，眼中仍然带着眷恋，刽子手便一刀斩掉了他的头！我冲过去扑在地上，抱起他的头，抱在怀里，紧紧搂着他！我终于抱住了他！谁也夺不走！我喊他的名字，我亲他的嘴唇，他眼睛瞧着我，我让他不要怕，不要怕疼。他脸颊和鼻子上沾了泥土，我帮他擦，他是个爱洁之人，我一定要帮他擦干净，我擦啊，擦啊，擦啊，擦啊……怎么满手都是血？"

众人惊骇交加，看着公主癫狂的模样，只觉毛骨悚然。程文早有准备，带着两名扈从冲上来搀扶住她。这时正经过一座廊屋，旁边有坐榻，上面满是灰尘，程文将公主平放在榻上，一边低声安慰着，一边解开她的外袍。

众人一怔，只见公主的衣裙之上襄满了各种符箓，身上挂着三清铃、葫芦和法印等法器，怪不得走动之间叮咚作响。一名扈从手脚麻利，把这些法器摘下来挂在公主的四肢和头顶，又取下一张符箓在半空中一抖，凭空自燃，然后拿到公主的鼻息下让缭绕的烟雾钻入她的鼻腔，随后一抓，灰屑被抓在手心。他又用手指捏了灰屑在公主额头画了一道符。

王玄策见那扈从有些眼熟，忽然醒悟："你是灵光子？"

此人正是当夜在南阳公主府后山摔断了腿的玄都观道士，杜行敏还将横刀插入他口中。不过显然灵光子已经忘了他们的模样，诧异道："正是，贵人认识小道？"

王玄策急忙道："不认识。"

"我也不认识。"刘全更加不好意思，"道长，公主可有大碍？"

"何止是大碍！"灵光子道，"公主被鬼魂附体，那只幽魂一直潜藏在她体内，靠了道符镇着才能安然无恙。然而一旦心神悸动，就会让那幽魂有机可乘，占了她的躯壳，到那时候公主的灵魂和意志便彻底烟消云散了。"

刘全心中涌起阵阵伤感，苦涩地叹息着，低声道："她身上这些法器便是为了镇压翠莲的魂魄吗？"

灵光子不知翠莲是谁，当即愕然。程文低声道："刘旅帅，公主此生命运凄凉，蝼蚁尚且贪生，何况公主呢？这些道符和法器原本挂在衣服之外，但因为要见你，公主顾念你的情绪，这才贴到了内侧。"

刘全愣住了，看着昏迷中的南阳公主，忽而感受到一股暖意。程文说得并没错，公主其实是无辜的，只是炎魔罗王选中了她的躯壳让翠莲占用，借以复活。蝼蚁尚且贪生，公主凭什么甘愿就死，把躯壳借给一个农妇？

她知道刘全时刻期盼自己早死，让翠莲借尸还魂，从这种意义上而言，双方其实是不死不休的仇敌，但她仍然能顾念刘全的情绪，温柔以待，可见其本性之良善。

刘全眼眶泛红，冲着南阳公主长长一揖。

便在这时，杨秉急匆匆奔跑过来："少卿，我发现一样东西，请您务必看看！"

王玄策和刘全跟随他绕过几座亭台，穿过外宅，来到内宅的内堂。这座内堂是一座二层的楼阁，抬头往上看，二层没有边墙，巨大的木柱支撑起一座屋顶，屋檐下挂着残破的竹帘，光影交织在雕纹花砖的地面上，带着一股苍凉萧瑟。

内堂中空荡荡的，值钱之物都被抄没，满地狼藉，四处挂满了蛛网。此时光线昏暝，除了顶上射下来的一线夕阳，其余各处都笼罩在黑暗之中。日光的一角，照见了一尊人像。

王玄策三人一步步走过去，随着他们走进光与影的界限，饶是王玄策如此胆大之人也禁不住遍体生寒，神魂悸动，旁边的刘全更是吓得失声惊呼，抽刀出鞘。无他，眼前的景象当真是可怖至极，原来那墙壁边上并非只有一尊人像，而是密密麻麻五百尊，贴着整座墙一直到内堂的房顶，仿佛从地下涌出一片鬼魂之潮，一座修罗之场，如怒涛一般席卷而上。

这些雕像都是人物像，泥塑彩绘，姿态各异，或者遭到刀砍、箭射，或者被长矛刺杀，每个人身上都带着血淋淋的伤口，痛苦哀号。

"五百罗汉挖掉眼！"刘全喃喃地道。

"这五百死者看得出来是什么身份吗？"王玄策问道。

"应该便是张亮的五百义子。"杨秉道，"张亮谋反的一大证据便是蓄养五百义子。"

"看来我们解谶还是出了大差错，本以为五百罗汉指的是张亮镇压过的一群盗贼，其实谶语所指乃是他的五百义子！"王玄策叹道，"这群雕塑证明了南阳公主所说没错，谶图上的高官正是郧国公张亮，侧头被斩男子是张顗，悬梁自杀之人的身份也呼之欲出了。"

"是术士公孙常！"杨秉道，"'剥龙鳞，斩肉角'我们也猜错了，它所指的便是旁边这位戴汉冠、穿唐服的伪皇帝，卫州刘道安！"

刘全急眼："你们别打哑谜啊！这些人都是谁？谁是刘道安？谁是公孙常？"

王玄策这才想起来刘全对时政几乎一无所知，于是将张亮谋反案原原本本讲述一番。

张亮乃是郑州荥阳人，出身贫寒，以务农为生。隋末大乱，张亮投奔瓦岗寨的李密，做到骠骑将军。他是李世勣的部下，跟着李世勣投唐，被李世民任命为天策府的车骑将军。

武德九年李世民和建成、元吉之间的矛盾彻底激化，摊牌在即。李世民派张亮携带重金，秘密前往洛阳联络豪杰，一待局势不利，便控制洛阳接应李世民。

却不料这个计划被李元吉得知，告发张亮图谋不轨，李渊大怒，命人拿下他严刑拷问。张亮被打得皮开肉绽，却咬紧牙关，严守秘密。玄武门事变之后，李世民登上帝位，感念张亮的忠勇，封其为怀州总管、长平郡公。之后张亮功勋卓著，步步高升，不但封了国公，任太子詹事，又绘像凌烟阁，二十四功臣排名十六。

到李靖年老、侯君集被杀之后，张亮事实上已经成为仅次于李世勣的军中第二号人物。贞观十八年皇帝征讨高句丽，命李世勣为辽东道行军大总管，率军六万从陆路出兵，命张亮为平壤道行军大总管，率兵四万走海路进军。张亮渡海攻陷卑沙城，又在建安城下大破敌兵。

贞观十九年秋，因辽东入冬，皇帝下令撤兵，张亮跟随御驾回到太原。也就是在太原，张亮无意中惹出一桩泼天大祸。

贞观二十年正月，皇帝心情抑郁，打听当地有什么著名术士。恰好张亮有一名义子名叫公孙节，公孙节的兄长公孙常乃是河东有名的术士，占算阴阳，无有不中。张亮便向皇帝推荐了公孙常。

皇帝早就听闻此人大名，当即派人召见。不料公孙常一见到官兵前来，当场暴起反抗。传召的北衙飞骑也蒙了，双方爆发激战，最终公孙常寡不敌众，走投无路之下悬梁自尽。

"所以，谶图上悬梁自尽之人便是公孙常？"刘全恍然大悟。

"应该是此人。"王玄策点点头，继续讲述。

这一场变故皇帝也很是惊诧，下旨严查，最后在公孙常的行囊中发现一封写给其弟公孙节的书信，信中说一人"头有肉角，乃天命之主"，相约于今年二月举兵谋反。皇帝没想到一时心血来潮想找个术士，居然查出一桩谋反案，当即派人拿下了公孙节。

一审之下，公孙节如实交代。原来卫州有一人名叫刘道安，此人善于蛊惑人心，说自己"头有肉角，隐见不常"，乃是上天遣他下界造反，创建大同世界，卫州人多有信附。刘道安甚至自立为帝，国号"后汉"，年号"大同"，定于贞观二十年二月举兵起事。这河东术士公孙常乃是"后汉国"预定的尚书左仆射、太子太师。

"原来如此！"刘全苦笑道，"这位戴汉冠、穿大唐皇帝服饰之人，想来便是这'后汉国君'刘道安了，怪不得如此不伦不类！"

皇帝勃然大怒，下令卫州出兵围剿，刘道安等十余人伏诛。

一场谋反闹剧，就这么消于无形。

按常理本该尘埃落定，却不料横生枝节，满朝震动。原来看押在牢中待斩的公孙节在审讯中吐露了一个秘密，说他的义父张亮曾经言道："吾尝闻图谶中有'弓长之主当别都'。"据公孙节交代，张亮说"弓长"乃是张姓，相州曾经是东魏、北齐的旧都，自己如今又是相州大都督长史①，认为自己名字应谶，还叮嘱众人

---

① 相州大都督为魏王李泰，遥领该职，不就任。相州最高长官为大都督长史张亮。

不得对外乱讲。

讲到此处，王玄策也终于明白，"一主天之弓，二主天子箭"所指的确实是弧星，但并不是意指，而是极其具象。因为弧星还有一代称，便是指张姓！传说张姓始祖乃是黄帝之孙，因为受弧星的启发发明了弓箭，被皇帝赐姓为张，便是弓长之意。

《秘记》中的谶语竟然明确到了这种地步，指名道姓，精准无误！王玄策禁不住毛骨悚然。

"弓长之主当别都，意思是说一名姓张之主掌管另一座都城，虽然符合了张亮坐镇相州的谶语，但这个主可未必是君主的意思。君王可以称主，上司也可称主，家宅之内也可称主。"刘全忖着说道，"仅凭这句话就说张亮谋反，可有些牵强了。"

"刘旅帅说得是！"王玄策叹道，"所以那公孙节又交代出一桩证据。张亮与一名术士程公颖相善，私底下问他：相州乃形胜之地，有人占断说，不出数年就有王者崛起。公以为何如？程公颖猜出他有异心，当即吹捧之，说'亮卧若龙，必当大贵'。"

"呃——"刘全无言以对，"后来呢？"

王玄策想了想："后来么，据公孙节所言，张亮闻之大喜，说国家必将有乱，我臂上的龙鳞将奋起，我儿张慎几也将大贵。"

"龙鳞？"刘全吃惊。

王玄策苦笑："没错，张亮常年征战，胳膊上生了皮肤病，状似龙鳞。这就是谶语中的'剥龙鳞，斩肉角'。解谶就是这样，源头错，全盘错，一旦切中肯綮，便能够直达真相。"

杨秉插嘴："公孙节还指证了一句，张亮曾对他的兄长公孙常说，吾有一妾，相师云必为诸王姬。"

刘全叹息不已，张亮说出这些话，处死他倒也不冤，只是……他忽然一怔："公孙常已经死了啊！而且……全都是公孙节的供词，难道没有别的人证、物证吗？"

王玄策和杨秉对视一眼，脸上都是意味莫名。

"没有，张亮坚决否认了所有的指控，认为公孙节怕死，诬告自己。"王玄策道，"所以此案引起过极大的分歧。陛下命马周审理此案，结果审了一个多月仍然毫无进展，除了公孙节和程公颖破绽百出的口供，没有任何旁证能证明张亮有罪。陛下命百官合议他的罪名，众人都认为张亮有谋反之意，当诛，只有将作监少匠李道裕直言不讳，认为谋反必须有同党，张亮根本没有同党，如何能谋反？陛下无法反驳李道裕的话，却也不愿放过张亮，便命马周加紧追查其同党。"

刘全叹道："陛下为什么一定要杀了张亮？"

"因为女主之谶！"忽然身后传来南阳公主的声音，她已经恢复神智，仍旧带着那般雍容华贵，裙裾摇曳地走进内堂。

南阳公主来到墙壁边，显然也被这恐怖惊悚的雕塑给吓住了，好半晌才深吸一口气，缓缓道："阿爷必杀郧国公的缘由，是有人传言我的姑婆李氏便是谶言中的女主！"

众人调查《秘记》，便是要追索隐藏其中的女主，对这方面的了解已经极其深入。张亮被杀是贞观二十年，"唐中弱，有女武代王"和"唐三世而衰，女主武王，代有天下"这两句谶语还没有出现，但"女主昌"这三个字皇帝已经追查了十二年。众人无论如何也没有想到，张亮案居然也牵涉女主！

"郧国公此人，无论治政还是领军都是一等一的干才。他出身贫寒，深知民间疾苦，每任职一方都派手下明察暗访，对治下的奸邪之事洞若观火。他抑制豪强，抚恤贫弱，官声极好，但他私德有亏，不善管理内宅。他在地方任职时休了原配，便是我夫君的生母，后来又娶了陇西李氏的一名旁系嫡女。郧国公因为出身寒贱，对这名出身士族的李氏又宠又怕，但这李氏品性不端，骄悍善妒。郧国公主政相州时，州里有一个卖笔的郎君，生得貌似潘安，美白强健，还擅长歌舞。李氏极其喜爱那郎君，与之私通。为了便于幽会，李氏借口此人是郧国公的私生子，是郧国公与其母野合所生。郧国公不但默认，而且认他为子，取名张慎几，任凭他光明正大出入内宅。"

众人听得又是骇异又是好笑，张亮英雄一世，却不料在家宅之事上如此糊涂，被个淫荡妒妇玩弄于股掌之间。

南阳公主拨开地上的杂物，捡起一支玳瑁簪，上面沾满了蛛网："这簪子便是当年李氏之物，可惜繁华一梦。李氏喜好旁门左道，所到之处巫婆术士盈门，她又喜欢干预政事，白日里郧国公在衙门议定之事，晚上只要她在枕边一吹，第二日便会改弦更张，因此郧国公受她所累，名声日渐受损。李氏的秉性朝野皆知，偏偏陛下确实曾做过安排，将来想让郧国公、李世勣、长孙无忌等人来辅政，因此坊间传来流言蜚语之后，陛下也疑虑郧国公将来会成为霍光、曹操、司马懿一般的人物，而这李氏便是未来的女主！"

"原来如此！"刘全恍然，这"女主"对皇帝的折磨看来是深入骨髓，以至于草木皆兵了，"后来如何了？"

王玄策看着墙壁上的塑像："朝廷就在张亮的谋反证据上僵持不下，结果陕州有一名叫常德玄的儒士前来告发张亮，说他豢养了五百义子。陛下派人查证，公孙节和程公颖都证实他确实有义子五百人，于是这五百义子便成了张亮谋反的同党。张亮案一锤定音。陛下盛怒之下，将他斩于西市，籍没其家。"

众人看着眼前这恐怖如同地狱的五百尊雕塑，心神悚动，遍体生寒。

"张亮若没有反意，为何要蓄养五百义子呢？"刘全问道。

王玄策向他解释，原来蓄养义子是隋末的一种军制，称为"养子制"，在当年的山东豪杰中极为盛行。他们用养子建立起一种类似于血缘关系的亲兵部队，颇有些类同胡人所盛行的部落兵。当年河北反王高开道就蓄养了数百名义子，皆军中勇士，号为"义儿兵"。大唐建国之后，这些军中将领为了避免蓄养军队的嫌疑，让义儿都脱离军队，变成自己的部曲和家丁。张亮是军中仅次于李世勣的名将，常年征战，有五百义儿亲兵并不是什么稀罕之事。举告他的义子公孙节便是其中之一。不过既然要诛之，这便成了团伙和同党的证据。

"这五百义子后来如何了？"刘全问道。

这种细节并未记在卷宗之中，王玄策便不清楚了。

杨秉低声道："这五百义子当日在西市斩了五人，其他人流三千里，发配安西。后来下官曾看到刑部一卷公文，说这些人经过祁连山时遭遇泥石流，尽皆死亡，从此便无人再问。"

刘全叹了口气，从这座雕塑来看，估计那五百人并非死于意外。

"王少卿，我们下一步该如何行事？"南阳公主问道。

"自然是查出谶图上其他几人的身份。据我所知，公孙节不但还活着，而且就在长安城……"王玄策忽然醒悟，"我们？公主您的意思——"

"我要与你们一同行事，查出郧国公案的真相！"南阳公主淡淡道。

王玄策大惊失色："公主殿下，使不得！这《秘记》案牵涉……"

他犹豫半晌也没敢说出"太子"这两个字，但他和太子之间剑拔弩张，双方已势若水火，南阳公主岂能不知？她凄然一笑："王少卿，我是应谶来了。因为谶图上那名手持匕首的女子，极有可能便是我！"

第十四章
一桩事先张扬的谋杀案

永兴坊西南隅，左武候府。

太子的车驾驶入武候府的庭院，两名内侍奔跑过来搬上脚凳，伺候太子下了马车。这时景娘重新戴上了朱雀面具，和马策、武候府的属官跪拜接驾。李治脸色阴沉，一言不发地穿过人群，走进内堂。

丘行恭躺在榻上昏迷不醒，他已经卸掉了铠甲，赤裸的上身缠着白麻布，敷着伤药。几名医师见太子进来，急忙跪倒参拜。李治仔细看了看丘行恭的病情，忧心忡忡。这可是陛下的心腹骁将，近些时日也有意向自己靠拢，多有示好，可堪大用，若是就这么折在了长安的街头，那可无法向陛下交代了。

"丘将军伤势如何？昏迷多久了？"李治低声问道。

一名医师急忙道："殿下勿忧，丘将军并无大碍。他摔断了两根肋骨，另外头颅和脏腑受震。如今昏睡是因刚喝了汤药，药中掺了曼陀罗，有助于减轻疼痛，将养身体。"

李治这才松了口气，命内侍："回宫，去把陛下赐给我的那根千年老参取来，给丘将军入药。"

那医师急忙道："殿下，丘将军是受伤，千年老参虽然贵重，却并不对症。"

李治看也不看他，淡淡地重复了一句："快去！"

那内侍飞一般奔跑出去。景娘知道太子的心思，这乃是太子向臣下示恩之举，丘行恭收到如此贵重的人参，对太子的恩德瞬间便懂，只会感激涕零，哪还管对不对症？

景娘挥手命几名医师退下，马策也急忙退出去，守在门口，堂上一时空空荡荡。李治淡淡道："那箭术可怖之人究竟是谁？"

景娘低声道："是不良人署的参军曹宝鼎，他原是陇右军中的神射手，能拉一百五十斤强弓，百步之内可射穿五层铠甲。"

"和军中第一神射薛仁贵相比如何？"李治问。

"恐怕在伯仲之间。"景娘道。

"薛仁贵是陛下寻觅多年才偶然得遇的骁将，这王玄策究竟有什么能耐，随便就能找到这等奇人异士为他效力！"李治咬牙，"此人务必要除掉！有他一把弓一支箭躲在长安城中，谁都夜不能寐，寝不安席！"

"此事不难。"景娘声音平淡，语气如同碾死一只蚂蚁那般容易。

李治瞥了她一眼，他知道景娘的能耐，贞观十七年得到她的辅佐之后，自己便有如神助。无论碰上什么艰难险阻，她纤纤玉手一掐一算，一拨一弹，大唐上下便是山摇地动，那些对自己不敬的功臣悍将人头滚滚，自己才战胜一路艰险走到了今天。

便在这时，李义府跑进了庭院，满头大汗，上气不接下气，到了廊下才收住势头。他整整衣袍和幞头，毕恭毕敬地走进房中："殿下，爻姬娘子，找到王玄策的下落了！"

李治咬牙："他在哪儿？"

"他……"李义府迟疑片刻，"他与南阳公主同乘一辆马车，躲过武候府和卫率府的盘查，去了郧国公张亮的旧宅！"

李治的脸色顿时变得极为难看，景娘戴着面具，但眼神中也露出惊骇之意。两人默默地对视，都从彼此的眼中看出一些难言的意味。

"公主命人撕掉了门上的封条，砸毁了铁链，悍然闯入。"李义府以为他们担忧公主插手，低声道，"那边归属右武候府管辖，他们不敢擅专，特来请旨。"

李治仿佛没听到一般，仍然沉默地盯着景娘，忽然叹息一声："爻姬，当日我曾问你，若是王玄策和我反目，再不受我控制，你会怎么做？我本念你夫妻恩爱，想要网开一面，但今日王玄策既然走进张亮的宅第，那便不能再留他了。"

李义府浑身一颤，他知道爻姬的身份，李治竟然要逼迫她处死自己的丈夫！

却不知景娘该如何纠结。

没想到景娘只是叹息一声，毫不犹豫地道："妾身说过，满门上下俱是太子恩典。玄策误入歧途，妄图动摇国本，罪不容赦！"

"那你去妥善安排，今夜便处置了他吧！"李治也极为沮丧，"你儿子弥奴长大后，我会让他袭了王玄策的爵位，再赐他二级。"

王玄策只是从四品，但他当年破获承乾谋反案，被皇帝赐爵开国侯，弥奴袭了侯爵再赐二级，那便是正二品的开国郡公。这是以郡公的爵位来换王玄策的命了。

景娘默默地施礼，表示遵从。李治看了她半晌，带着她走出内堂，挥手遣散众人。古雅肃穆的武候府中古松参天，夕阳满地，李治慢慢往外走着："听说你烧掉了龙华寺的慈悲院？"

没错，太子也知道她不是真正的薛景娘，乃是冒名顶替。

"是。"景娘道。

"我知道你爱慕英雄，嫁给王玄策之后夫妻感情甚笃，又生下了孩子，你花费偌大的心血扶持王氏家族，是真心真意要营造自己的家。"李治说道，"但事实上，你是在营造一座空中楼阁、海市蜃景，因为所有的根基都牵系于一人身上，那就是王玄策。只要王玄策知道你教坊司杂户贱籍的身份，你所拥有的一切就会灰飞烟灭，你的夫妻之情、你所生的孩子、你创建的家族，如梦幻泡影，如露如电。"

"臣妾知道。"景娘苦涩凄凉，"我这场幸福从一开始便是欺骗，那就只能一直骗到老死，骗到坟墓之中。"

"爻姬，你想过没有？王玄策是何等样人，他屠王灭国，纵横大唐西域，有如此英雄气概之人你能骗他多久？"李治毫不留情地戳破了她的幻想，"到如今仅仅一年你便骗得如此辛苦，若是五年、十年、二十年、三十年呢？无论多久，只要被他察觉，你的幸福便会分崩离析！"

饶是景娘智计无双，谋算天下，这一刻也不禁惶惑不安，失了分寸。

"请殿下教我！"景娘喃喃道。

"杀了他吧！"李治叹息道，"他一死，所有的秘密都会被掩埋，你的身份将再无破绽。弥奴是你的孩子，家族是你亲手创建，你是永宁坊王氏唯一的主人。夫家有王氏家族，娘家有薛氏家族，你从此便与其他女子一样，真正有了安身立命之所，不用再恐惧，不用再焦虑，也不用担心夜半惊醒，怕被人戳穿身份。"

"是，我听殿下的。"景娘向李治肃拜施礼，朝武候府外走去。

李治就这样目送着她离去，神情落寞，喟然长叹。

景娘走得很稳，她戴着面具，谁也看不见她脸上的表情，露在外面的双眸也平静、麻木，看不出喜怒哀乐。到了二门的马车边，侍女急忙抱过脚凳，景娘踩凳上车时腿一软，险些跌倒，侍女们慌忙七手八脚将她搀扶上车，放下车帘。

到了这种封闭无人的空间，与辉煌长安隔了一层车板，景娘才摘掉面具，她面具下的脸已经布满泪痕。她捂着嘴，蜷缩在车厢的一角无声痛哭。

车夫一声鞭响，马车驶出武候府，载着一车的泪水和哀哭向着永宁坊而去。时辰已经是未时二刻，六街之上暮鼓声响起，归宅的人群和车马熙熙攘攘，长安城的喜怒哀乐便在街头涌来荡去。

进了永宁坊王宅，景娘从车厢内的暗格里取出一支旗火，然后走下马车，又恢复了仪态雍容、神情淡然的贵妇人形象。她将旗火拿在手上，招招手，管家薛弘急忙拿来一只火褶子帮她点燃，那旗火"嗤"的一声升上天际。景娘眯着眼睛仰头望着，夕阳日落中，旗火在长安城的上空无声无息地炸开，花开两枝，十字交叉。

景娘吩咐薛弘将王叔阳、王运直等耆老和王玄诚都请来，然后径直穿过中庭，来到正堂，又吩咐两名奶娘将弥奴抱了过来。她把弥奴抱在怀中，端坐在坐榻上，神情肃穆庄静，下人们都知道要有大事，一个个屏息凝神，蹑手蹑脚。

王叔阳、王运直等五名耆老都住在王宅，很快来到堂上，不多时王玄诚也被请了过来，众人都是一头雾水。

景娘见人都到齐，吩咐道："阖宅闭门，禁止出入。其余人等退出中庭，敢踏前一步，乱棍打死。"

众人都是心中一颤，一个个凛然遵命，急忙退出正堂，关上门扇。夕阳透过雕花镂空的门扇，斜照在堂前的菱花地砖上，正堂上一片昏暗，景娘的面孔似乎藏在迷雾之中。

"大娘子，究竟发生了什么事？"辈分最高的王叔阳忐忑问道。

"我王氏倾覆在即，请各位族中耆老来拿个主意。"景娘直截了当地道。

一时间所有人都变了颜色，王叔阳急忙追问缘由，景娘并不隐瞒："耆老们有所不知，但七郎身为长安县尉，想必听过一些传闻，近日玄策受了皇命在追查一桩案子，结果与太子起了冲突。"

七郎便是王玄诚，他在宗族中排行第七。

王玄诚比王玄策略长几岁，一年前他只是在河南县做个掌管渡口的津令，正九品上的小官。王玄策灭天竺回国献俘，认祖归宗，他也没当回事，只以为多了个大唐名将的堂弟罢了。却不想忽然有一日，朝廷一纸调令，竟然任命他做了长安县的县尉！

从正九品上的津令到从八品下的长安县尉，这可不只是明面上提升了一级，可以说这场升迁为王玄诚打开了通天大道，他当然清楚这是托了王玄策和景娘的福分，心中感恩至极。

近几日王玄策乃是长安城的风暴中心，王玄诚身为长安县尉怎能不知？他苦苦一笑，向耆老们讲述了王玄策的所作所为，闯东宫面折太子，长街上血战武候府，夜闯皇城逼死朝廷官员，终南山箭射翠微宫，再加上刚刚挟持丘行恭闯出武候府和卫率府的联手合围，被太子下诏全城缉拿。耆老们听得唇青脸白，浑身颤抖。

"事实上，九郎如今已经是国之叛逆，可能是托了大娘子的福，大娘子和薛公两代为东宫效力，太子才法外开恩，没有连坐到王氏一族。"王玄诚苦涩地道，"这几日我在长安县廨也被上官投闲置散，进出之时都暗中有人监管，想来若是太子一怒，决意连坐族人，我随时便会被拿下。"

耆老们这些时日在长安城游乐宴饮，景娘安排奴仆们照顾得无微不至，什么东西二市、乐游原曲江池、平康坊鸣珂曲，无不游览个遍，各种吃食更是一一品尝，都有些乐不思蜀了，哪想到局势已经险恶到了这种地步？

这些王氏的族人除却王玄诚等几人，大多数身份低微，务农为生，这辈子都不曾出洛阳。自从一年前被景娘捏合成王氏宗族之后，一夜之间飞上枝头变凤凰，良田成千上万顷地送来，大宅一座接一座拔地而起，不但在乡里受人敬仰，哪怕到了县府一级也是有身份之人。耆老们飞快适应了这种锦绣人生、繁华盛景，但所谓宗族便是一荣俱荣一损俱损，享受了宗族兴旺带来的锦绣荣耀，也要承受宗族覆灭带来的抄家之祸。只是……耆老们欲哭无泪，这也忒快了点儿，仅仅享受一年，便要抄家灭族不成？

王运直痛心疾首："玄策为何如此糊涂啊！"

景娘替他开脱，解释道："郎君也是无奈，他受皇命调查《秘记》案，但此案的矛头直指太子，调查到最后的结果便是动摇东宫，废掉太子。所以太子断不会容忍他。"

"这岂不是大谬？"王运直怒不可遏，"太子是储君，是大唐国本所系！什么样的案子也不能威胁到太子！你便不曾劝劝他吗？"

"当然劝过，可是没用。"景娘凄凉地道，"他要建一个他梦想中的大唐，他这大唐没我和孩子的位置。我抱着孩子恳求他不要与太子作对，不要和太子结仇。皇帝龙体不豫，太子只怕不久便能继承大统，到时会十倍百倍地报复他。包括我和弥奴，甚至整个王氏家族，太子一个都不会放过。可他非但不听，反而变本加厉，今日更是几乎射杀了丘行恭。"

王氏耆老一个个呆若木鸡，浑身汗水淋漓。

"刚刚太子召见我，说玄策又挖出一桩大案，定要把太子牵连其中，此案一旦曝光，太子被废黜怕也不远了。"景娘道，"太子顾念我父女两代效力之情，给了我王氏最后一次机会。"

"什么机会？"王叔阳急忙问。

"要么我们阻止玄策，要么王氏阖族与他陪葬。"景娘哭道，"所以我想恳请耆老们去劝劝玄策，救一救他！也救救我和弥奴！"

耆老们面面相觑，一个个都吓呆了，"阖族陪葬"这四个字让所有人的脑袋嗡嗡作响。说这话的可是太子，大唐未来的皇帝！至于劝服王玄策，这些人压根没敢想，自己自知自家事，连景娘抱着弥奴都动摇不了王玄策的决心，自己这种乡野老农又有什么本事？可是……难道自己一家人便要陪着他掉脑袋吗？

"扑通"，一名耆老一口气没上来，当即昏厥了过去。众人谁也没有理会，各自沉浸在无边无际的悔恨和恐惧之中。

"求大娘子救命！"王运直忽然号啕痛哭，"老朽死不足惜，可我王家几代人本本分分，不能背着谋反的名声啊！"

"求大娘子救命！"另一名耆老也哭道，"我家中去年娶了新妇刚生下孙子，求大娘子看在孩子的分上，救我们脱罪吧！"

这些耆老都是年老成精之人，知道家族生死都系于景娘身上，一个个痛哭流涕地哀求。王玄诚是这些人中唯一有官身的，对太子和王玄策之间的情势更加了解，原本以为必无幸理，这几日早已经心灰意冷，值衙应卯也只是走个过程，等待何时被拿下。不料今日从景娘的举动中，嗅出此事似乎仍有一线生机，他禁不住激动万分。

他的县尉一职主要负责缉捕盗贼，审理案件。在这天子脚下，尤其是高官宅邸云集的长安县，县尉的一举一动关系到京城治安的稳定，只要王玄诚愿意，他有权对嫌犯处以刑杖，便是打死也无人敢问。他甚至能觐见皇帝，直接陈述案情，职权之大，哪怕宰相九卿也不得不让他三分。尝过这种权柄的滋味，他更是万分不愿失去。

王玄诚离席来到堂上跪倒在地，朝着景娘磕头："大娘子，今日我王氏全族三四百口的性命全系于大娘子一人身上了！只要能让我王氏从这场灭族之祸中解脱出来，我等上上下下任凭大娘子驱使，绝无二心！请大娘子吩咐！"

"是啊！是啊！"众耆老纷纷表态，"我等全族上下任凭大娘子驱使！"

景娘沉默了很久，见众人彻底失了分寸，这才缓缓道："太子说了几个字：纥干承基。"

众耆老面面相觑，都不知纥干承基是何人。王玄诚轻轻吐了口气，低声向耆老们解释。原来这纥干承基乃是当年太子承乾的心腹卫士，参与了太子谋反案，被王玄策抓了之后，便举告承乾谋反，使得承乾功败垂成。皇帝因他举告有功，非但赦免其罪，还赐封平棘县公。

耆老们顿时恍然，太子这话很明显了。王运直惊道："竟然是要让我王氏举告玄策！这这……"

景娘冷冷地看着他："只是想要举告玄策，太子何须王氏？"

众人心中一颤，即使再笨之人也知道太子想要什么了，也知道景娘没能说出口的话是什么了。一时间谁也不敢开口，甚至不敢看别人，堂上一片诡异的寂静。此时日影西斜，暮鼓将尽，苍凉的鼓声如同心跳一般震颤着全身。

这时弥奴哇哇哭了起来，景娘轻轻抚摸着弥奴柔嫩的脸颊，忽然手上沾了一丝凉意，她搓了搓，原来是弥奴的眼泪。景娘努力让自己声音平缓，不露出情绪："太子说，留给王氏的时间不多了。郎君如今正从颁政坊前往长寿坊，等他到了长寿坊，捉到那个人，王氏如何选择便毫无意义。"

"长寿坊？"王玄诚一惊，"长寿坊何处？他要捉谁？"

"长寿坊的长安县廨！"景娘盯着他，一字一句地道，"他要去长安县廨捉拿你的同僚，县尉公孙节！"

王玄诚呆若木鸡，默默地望着景娘。两人目光对视，王玄诚忽然间便明白了一切，原来今日这场家族议会乃是为自己而开。

长安城以朱雀大街为界分为两个县，街西为长安县，街东为万年县。天下各县的等级分为京、畿、望、紧、上、中、中下、下八等县，长安和万年乃是职级最高的京县。别的县只有一二个县尉，长安县却有六个县尉，分别对应六曹，王玄诚担任的乃是职权最重的司法县尉，公孙节举告了义父张亮之后得到赦免，被擢拔为司兵县尉，专管兵备、兵器、防御之事。

王玄诚好半晌才颤声道："大娘子是要我……要我……杀死九郎？"

众耆老纷纷望着景娘。景娘忽然呜咽大哭，这时弥奴也在哇哇哭泣，母子俩的哭声撕裂人心："王七郎你何必如此残忍？我身为妻子，难道舍得自己的郎君死掉吗？你们将这等罪名置于我的头上，哪怕保全了王氏，将来我如何对弥奴交代？如何对天下的清议交代？我只是传达太子的令旨，想给王氏找一条活路罢了，你们为何如此诬栽于我？罢罢罢，今日之事大家便就此忘掉，我和弥奴身为玄策的妻、子，自当与他承受那连坐之罪。反正弥奴刚出生，尚不满十五，只是与我一同被籍没入官罢了。你们这些家族中的伯叔父、兄弟也并无性命之忧，只是流三千里罢了。"

景娘抱着孩子起身便走，众人全慌了神，王叔阳奔过去急忙拦住，连连作揖赔礼："大娘子！大娘子莫要误会，是玄诚口无遮拦，一时失言。王七！还不过来赔罪？"

王玄诚急忙跪拜谢罪："大娘子千万恕罪！"

王运直扫视着众人，厉声道："诸位都听到太子的令旨了，今日家族中耆老都在，那便代表家族拿出个主意，谁也莫想冤枉到大娘子头上！"

"对对，此事由我王氏家族议定！"王叔阳也急忙道，"若是真决定杀死九郎，让大娘子承受丧夫之痛，让弥奴刚满月便承受丧父之悲……他们才是最为痛苦之人，是我王氏永生永世都亏欠他们母子的！"

景娘抱着孩子掩面大哭。

王运直急眼，怒视着王玄诚："王七，快点决定，究竟做不做？"

王玄诚跪伏在地上不敢抬头，喃喃道："全凭族中耆老决断！"

王运直见他不肯担责，气坏了，但他也知道此事过于残酷，任谁都无法一人扛下这等罪责，便咬牙道："那我们五位耆老便做个决断吧，赞同处死九郎的——举手！"

众耆老额头上满是汗水，互相对视一眼，一咬牙，纷纷举手。一场残酷至极的家族谋杀便在瞬间决定。景娘抱着孩子掩面而走，奔向内宅。众人仿佛也被自己的决定吓住了，都呆滞不动，那呜咽的哭声袅袅不绝，似乎仍旧停留在堂上，于耳边萦绕。

景娘抱着孩子穿过重叠的院落，走进内宅。有管家的约束，下人们都躲在房中没有出来，整座大宅空空荡荡，正如同景娘空空荡荡的心境。她温柔地亲吻着弥奴娇嫩的面颊，喃喃道："吾儿，世界皆幻影，所以无常，所以苦空，所以无人无物，只有你才是我的永恒挚爱。"

景娘走进内宅的庭院，忽然停下了脚步，两条人影从葱茏的草木中绕了出来，一人配着横刀，另一人握着弓箭，赫然便是杜行敏和曹宝鼎！

杜行敏咬牙怒视着她，曹宝鼎呸了一口，恶狠狠地道："毒妇！"

景娘对他二人的出现丝毫不以为意，连脚步都不曾停歇，走到廊下，把弥奴往杜行敏怀中一塞："替我抱着孩子。"

杜行敏吃了一惊，慌手慌脚地抱住弥奴，景娘瞥了他一眼："托着脖颈，孩子脖颈尚未长结实。"

杜行敏急忙托起弥奴的脖子，谨慎小心得有如捧着一团色彩缤纷的泡沫，生恐一不小心便会戳破。弥奴觉得不舒服，哭将起来，杜行敏吓得一哆嗦，曹宝鼎惊叫一声，扔掉弓箭冲上去，双手托在弥奴身下。两个大男人瞬间满头满脸都是汗水，忙乎了好半天也哄不好弥奴。景娘伸手把弥奴抱回怀中，说来也怪，弥奴瞬间便不哭了，小脑袋拱在母亲的怀中，乌溜溜的眼睛望着二人。

二人如释重负，曹宝鼎把地上的弓箭捡起来，那股杀气却泄了个无影无踪。二人对视一眼，都有些颓然无奈的感觉。

杜行敏哼了一声："大娘子好手段！"

曹宝鼎怒道："别以为拿弥奴就能威胁我们！"

"威胁不了吗？"景娘只是一句话，便让二人无言以对。

对王玄策本人他们或许会因为家国大义而弃之不顾，但对王玄策的襁褓幼子，哪怕是肝脑涂地也不敢令其有丝毫损伤。景娘早将他们拿捏到了骨子里。

杜行敏冷笑："大娘子，你发出旗火令箭，便是要我来看着你们如何谋杀少卿吗？我实在不懂，你做下如此恶毒之事，非但没有顾忌，反而大张旗鼓地召来族人公议，到底意欲何为？"

原来那支旗火是故意发给杜行敏看的。他和曹宝鼎看到永宁坊发出不良人的旗火，急急忙忙赶来，却不料目睹了那一幕！两人虽然愤怒，却更为不解，于是拦住景娘逼问。

"以妻弑夫，乃是不赦之罪，悖逆纲常，灭绝人伦。这罪太重，这孽太深，我独自一人承受不了，所以便找人分担一些。"景娘神情平静地道，"王氏族人一年前还是一群乡野农夫，他们这场富贵是拿玄策的血换来的，凭什么只需享受这海一般的良田，山一般的美宅，泼天一般的富贵，却不承受心中这场鞭笞与凌迟？我要他们和我犯一样的罪！我要他们永生永世都记住玄策的血！我要他们永生永世都陪着我在煎熬和痛苦中度过！"

杜行敏二人惊心不已，这女人已经癫狂了。

杜行敏叹道："大娘子，你做着如此凶狠恶毒之事，是如何做到云淡风轻、理所当然的？"

"佛祖说，南阎浮提众生，举止动念，无不是业，无不是罪。在这世上想要活下去已是千难万难，想要清清白白地活着，更是痴心妄想。我行走在这世间，沾染了无边的尘垢，无论是惺惺作态也好，云淡风轻也罢，那客尘如刀，时刻刮着我的肉，削着我的骨，这种痛何必为他人道哉？"景娘道。

杜行敏震惊不已，她是士族门阀的嫡女，天生贵胄，日常哪来的这种切肤之痛？这似乎只能来自底层，生活中满是欺辱折磨、艰难困厄，才能让人如此的封闭、扭曲、灰暗。

"大娘子，"曹宝鼎冷笑，"你当着我们的面谋杀少卿，不怕我们杀了你吗？"

景娘面露讥讽之意："我知道你，曹参军。当年你在灵州做到果毅都尉，因为举告军中贪腐，得罪上官。后来你随军出征吐谷浑，路上有数十名牧民接近粮道被你射杀，军中都知道那些吐谷浑人骑上马是牧民，拿上弓是战士，身份转换只在一瞬之间，但上官借此诬陷你杀良冒功，流三千里。一路上你不成人形，奄奄一息时在大漠中遇见少卿。少卿久闻你军中神射之名，不但将你征调至不良人署录用，还洗雪了你的冤屈。他想让你恢复官职回到军中，但你感恩他，只愿留在他身边效力。所以，你居然威胁我说要杀你恩主的妻子？杀你小主的亲娘？你做得到吗？"

"你你你你——"曹宝鼎气得语无伦次，大败亏输。

杜行敏也有些难办，这女人本就难缠，再加上王玄策之妻的身份，自己这些人在她面前简直束手束脚，处处受制，只好道："大娘子，有我和宝鼎一人一弓，莫说是区区王玄诚,便是千军万马也休想杀死少卿!"

"有你们暗中保护,我当然知道王玄诚杀不了他,所以才发了旗火召你们前来。"景娘一字一句道,"因为,最终要动手杀他的人不是我,也不是王玄诚,而是你们!"

长安县廨位于长寿坊的西南隅,占了四分之一坊,正门开向延平门大街,虽然是一座县衙,规制却堪比地方的州府衙门。围墙比寻常的坊墙高出一丈有余,有如小型的城墙,大门两侧还设有角楼,其上日夜有吏卒值守。

这时节正当暮鼓隆隆,延平门大街的街鼓就在县廨的门前左右,一群武候奋力敲击着六只硕大的牛皮巨鼓,震得人面皮鼓胀,摧人心魄。南阳公主的车驾就在这震天动地的鼓声中驰入县廨,门口的吏卒想要拦截,程文一鞭子抽了过去,厉声吼道:"南阳公主的车驾也敢阻拦?叫长安县令沈忠出来接驾!"

这些吏卒早看见了南阳公主的卤簿仪仗,哪里还敢阻拦,捂着脸上的鞭痕退开。车驾轰隆隆驰入县廨。一进门是宽阔的仪门广场,尽头是高大雄伟的县廨正堂,两侧是功、仓、户、兵、法、士六曹的官舍。

王玄策、刘全、杨秉骑马隐藏在随行的扈从之中,随着车驾来到了仪门下。高大的仪门映照在西斜的落日中,苍茫肃穆。王玄策忽然觉出异常,现在正是散衙时分,暮鼓再有一炷香便尽了,往日里县廨的吏员纷纷攘攘都要赶回各家各坊,今日却阒无一人,只有隆隆鼓声震响四壁。

突然,身后门响,王玄策霍然回头,只见那群吏卒关上县廨大门,拿铁链锁住,撒腿飞奔而去。随即四面八方传来沉闷杂沓的脚步声,两侧六曹官舍的房门打开,十几支军队蜂拥而出,一个个身穿军中制式的步兵甲,手持长枪大盾,将他们团团围困。众扈从策马冲上,纷纷拔出横刀护在公主的车驾前。

杨秉失声道:"南衙兵?"

众人顿时一愣,眼前兵卒的铠甲、长枪、长方形的牛皮盾都是南衙府兵所用,但这些人铠甲内穿的衣袍却不是府兵规制,而是日常的圆领袍衫,颇有些不伦不类。

"不太像!"王玄策也疑惑地道。

便在这时,正堂和两侧的巷道中又拥出三支队伍,这些人人数众多,阵容却凌乱了一些,也都是身穿步兵甲,但有人持枪,有人举盾,有人握着横刀。六曹官舍的房顶也哗啦啦作响,悬山顶的屋脊上出现了十几名吏卒,一个个手持军中的制式长弓，居高临下对准众人。

王玄策恍然大悟："这些人是县廨中的捕卒，他们开了武库！"

原来这县廨中有一座武库，储藏有装备数千人的铠甲兵器，以备不时之需。譬如玄武门之变时，长孙皇后的舅舅高士廉就曾打开长安县廨武库，将大牢中的数百名囚徒武装起来支援李世民。想来眼前这支怪模怪样的军队应该都是县廨中的吏卒，有人打开武库给武装了起来。根据唐律，擅开武库无异于谋反。众人惊骇不已，到底是谁如此大胆？

疑惑间，县廨正堂响起一声长笑，一名身穿铠甲的雄壮男子大踏步走了出来，站在军阵之后，手中横刀一指："王玄策你个逆贼，还不下马就缚！"

"你是何人？"王玄策冷冷地望着他。

那人雄伟壮硕，脸上神情亢奋，癫狂大笑："你既然来拿我，怎么连老子的样貌都不认得？"

刘全吃惊："他是公孙节！"

原来此人便是自己来捉拿的长安县尉公孙节！身为司兵县尉，公孙节掌管的便是武库，他竟然打开武库，将县廨中的吏卒都武装起来对付自己！

王玄策不解："你如何知道我要来拿你？"

公孙节乐不可支："自有贵人神机妙算，来成就老子这场泼天功劳！来人，诛杀逆贼王玄策，人人封赏！"

众捕卒呐喊一声，持着长枪巨盾就要冲杀上来。便在这时，一只纤纤玉手挑起车帘，南阳公主钻出马车，站在车舆上朝四周扫视一眼："我看谁敢动手！"

长安县的捕卒全迟疑了，看着身后的仪仗卤簿，任谁都知道这位贵人的身份。李渊对子女极为宠溺，从武德初开始，公主们便权势滔天，莫说他们这等低贱的吏卒，便是高官贵胄，公主们也随意折辱，肆无忌惮，直接奠定了大唐二百年的风气。这位南阳公主虽然贤德之名流传于长安，但当真惹怒了她，说打死便打死，绝对没地方喊冤。捕卒们满面忧惧，逡巡不进，局面一时僵持不下。

"公主恕罪！今日臣为国杀贼，请公主及时避让，莫要惹恼了陛下和太子！"公孙节也有些怯意，却不得不硬着头皮怒吼，"避开公主，只杀王玄策！放箭！杀杀杀！"

捕卒们面面相觑，房顶的弓箭手更是紧张得胳膊颤抖，手中弓弦咯咯作响，乱军之中刀剑无眼，一旦公主有个损伤，多少条命都不够填的。

南阳公主站在车舆之上雍容华贵，满脸不屑，看着眼前这座森然军阵，如同俯视一群羔羊、一群蝼蚁。

公孙节气急败坏，几乎要癫狂了，因为他已陷入生死两难的境地。

半个时辰之前，他接到贵人口讯，王玄策要来县廨捉他，拷问张亮案的真相。他顿时惊惧交加，惶惶不可终日，为了自己一人活命，他诬告义父张亮使其全家被诛，五百义儿兄弟被斩尽杀绝。这是他三年来挥之不去的噩梦，他每日都担心有人夜半索命，临睡前在庭院里提剑四顾，查遍每一个角落，却阻不了无头的张亮和五百名兄弟从梦中而来。

这些年无论是求道问佛、念经做醮一概没用，唯一能让他睡得安稳的，便是他越来越坚信张亮真的要谋反！自己举告他是为国锄奸，为朝廷除害！三年来他便是将自己糊在这纸做的笼子中规避天光，才勉强睡得踏实安稳，而今日，王玄策却要来戳破这只纸笼。

便在这时，一条人影从县廨的围墙上跳下，喊道："且慢动手！"

敌我双方纷纷转头看去，竟然是王玄诚。

王玄诚乃是司法县尉，又称捕贼官、贼曹尉，现场这些捕卒大都是他的属下，看见自己的上官来了，只好让开通道。王玄诚来到众人面前，先对着公主一拜，然后神情复杂地望着王玄策。

王玄策叹息："七哥是来捉我的吗？"

王玄诚虽然受了家族之命来刺杀王玄策，此时也禁不住百感交集，心中涌出浓浓的愧意。他不敢与王玄策对视，只是双手抱拳遮住面孔，低声道："九郎哪里话来，你我兄弟同宗同族，同生共死！"

"铮"的一声，王玄诚转身抽刀，大踏步走到军阵前，喝道："你们这些直娘贼，不要命了吗？这是跟着公孙节谋反！速速卸掉甲胄，扔掉刀枪！"

王玄诚在长安县的六名县尉中职权最重，排名还在公孙节之上，捕卒们面面相觑，一时都有些犹疑，尤其是平素与王玄诚亲善之人，更是垂下了刀枪。

公孙节怒不可遏："休要受他蛊惑！此二人乃是同宗兄弟，王玄策谋反，王玄诚必定连坐，将来少不了西市独柳树下那一刀！"

王玄诚啐了他一口："公孙节，你我到底谁是死罪？《贞观律》曰：盗禁兵器者，徒二年。甲、弩者，流三千里。盗甲三领，及弩五张，绞！你身为司兵县尉，负有看守武库之责，却擅自打开武库，分发兵器铠甲，形同谋反！将来朝廷追责，我看你如何交代！"

这番话顿时戳中了公孙节的痛处，那贵人传讯之后他本想逃走，但那贵人严厉告诫他，务必猎杀王玄策。要杀王玄策谈何容易？公孙节可听说了，连卫率府和武候府都铩羽而归，丘行恭至今昏迷不醒。他索性心一横，打开武库，搬出兵器铠甲将所有吏卒都武装起来。如此一来，固然为王玄策布下了死亡陷阱，但他私自打开朝廷军备武库，取出一百多副甲胄、数十张弓弩兵箭，也给自己编织了一座死亡牢笼。

如今他唯一活命的机会便是诛杀王玄策，获得那贵人和太子的宽宥，甚至封赏。

眼见这些捕卒被王玄诚说得犹疑，公孙节大叫一声，提着刀奔进了县廨。众人面面相觑，都不知道他要作甚，此人的行止如同癫狂一般。却不料片刻之后，他从正堂中揪出来一名囚犯，那囚犯胳膊上系着锁链，脖子上套着大枷，身上穿着深绿色的官服，竟然是一名六品官员。

"冤枉！冤枉！"那官员嘶声哭喊着来到大堂外，被公孙节一脚踹在膝窝，"扑通"一下跪倒在地。众人一时不知道这人葫芦里卖的什么药。

公孙节将横刀压在那人脖颈上，厉声道："报上你的姓名！"

那官员战战兢兢地道："下官……下官实在是无罪，请各位上官明察！"

"报上你的姓名！"公孙节怒吼一声，用刀背狠狠抽了他一记。

那官员痛得惨叫一声，急忙道："下官是国子监助教，常德玄！"

第十五章
亮若卧龙，亮卧若龙

王玄策等人顿时哗然，郧国公旧宅长谈之后，这个名字简直如雷贯耳。就是他，在张亮案最胶着之时带来致命一击，一句"豢养五百义子"将张亮推进了万劫不复之境，掀起一场惨绝人寰的杀戮。

常德玄本是陕州一介酸文腐儒，郁郁不得志，举告张亮之后，朝廷论功行赏，赐给他奉议郎的官爵，任国子监助教，从六品上，从此心愿顺遂，步入仕途，却不料今日突遭横祸。

"今日国子监刚散值，我就被公孙节捉来县廨，关押在狱中……下官从无作奸犯科之事，冤枉啊！"常德玄哭道。

公孙节将横刀搭在他的脖颈上，狞笑一声道："王玄策，此人便是常德玄。你要查张亮案，这天下便只有我二人知道内情，够胆你就别躲在公主身后，凭本事闯到老子面前带走他，否则老子便一刀将他斩了！"

王玄策骑在马上沉默不语，两人隔着层层的长枪与巨盾对峙。忽然他跳下战马，抽出横刀便要走过去，众人惊骇失色。

王玄诚道："九郎不可，他这是要借机杀你！"

"我当然知道。"王玄策道，"今日他把常德玄捉来，应是受了那爻姬的指使，想要杀人灭口。绝不能让常德玄死了，否则张亮案永远无法查出真相！"

刘全也拔出横刀："我陪你闯一闯！"

"还有我！"王玄诚上前一步，与他们并肩而立。

南阳公主皱眉："他们一百多人，你们只有三人，与送死何异！"

"三三六六逢甲子，长安廨里黄金殿。"王玄策低声道，"公主，长安廨指的就是这座长安县廨！"

众人顿时面面相觑，对第二谶的谶诗他们做过无数解读，当初以为长安廨指的是长安城中任何一座官舍衙署，没想到它居然如此简单明了，就是字面意思——长安县廨。

王玄策提刀一指大堂廊下的常德玄："至于图上那名戴着杻铐、痛苦倒地的男子，我怀疑便是常德玄！'三三六六逢甲子'指的是张亮案发至今日，恰好是三年三月另六日！这句谶诗便是说，图上所绘之事，将在三年三月六日之后的甲子日，在长安县廨和皇宫大殿上发生！"

南阳公主和杨秉都记得张亮案发的具体日子，贞观二十年二月十五日，今日是贞观二十三年五月二十一日，掐指一算，恰好三年三月另六日，而且恰逢甲子日！

五月底的晚风已经有些燥热，但吹到众人身上却如同冰山寒流，森冷刺骨，所有人都惶然相顾，被这无可抗拒的宿命拍得眼前发黑，惊惧不安。难道这卷来自泥犁狱的谶言真的已被上天注定，无论如何抗拒，都会按照命定的轨迹发生？

南阳公主猛地跳下车驾，迎着长枪巨盾走进军阵之中，她手中只提着马鞭，并无兵刃，捕卒面面相觑，不知该如何是好。忽然，公主抡起马鞭左右开弓，狠狠地抽在三名捕卒的脸上，怒道："卸甲！"

三人愣怔片刻，终被公主的彪悍之气震慑住，乖乖地卸掉甲胄。公主将甲胄提起来扔给王玄策三人："穿上甲胄，活着回来！"

杨秉和程文等人急忙帮他们穿上铠甲，戴上头盔，将一条条袢带都仔细扎紧。远处的公孙节并未阻止，脸上反而有些期待，他很清楚，三个人无论多勇猛，在这上百人的军阵中也会被碾为齑粉。

王玄策三人穿上铠甲，一手持着巨盾，一手持着横刀，杨秉等人为他们拉下保护颈部和面部的顿项，立时整个人都隐藏在了钢铁具装之中，化作一头头狰狞猛兽。

周围的捕卒们虽然知道这三人是飞蛾扑火，必死无疑，却也不禁浑身紧张，纷纷拉下顿项，将头面和颈部遮蔽起来。一时间整座广场全都是钢铁具装，鲜亮的铠甲在余晖的照耀下金光闪闪，杀伐凛冽。

咚咚咚——

闻鼓则进！县廨外的街鼓爆发出震天的响声，捕卒们大声呐喊着，用刀背敲打着巨盾，小小的县廨仿佛无边无际的塞外沙场，金戈铁马之气磅礴而起。

王玄策横刀一指，大吼道："杀——"

三人紧紧挤在一起，将巨盾举在身前奔跑过去。捕卒们举枪攒刺，大多刺在了盾面上，火星点点，偶尔有几把枪刺入盾的缝隙，也被大盾夹住。捕卒们未经刺枪训练，纷纷乱乱地刺了一阵便抽枪后撤，第二排的盾手们跨步推进，王玄策等人顺势冲过枪林，轰隆隆地撞在他们的盾墙之上，双方都是东倒西歪。

趁着盾手们队形凌乱，王玄策三人挥刀砍翻数人，便突破了盾墙和捕卒们近身搏杀。双方都穿着铠甲，寻常刀砍几乎无效，皆是试图寻找甲胄的缝隙砍刺，或者把对方撞翻在地。身着这种六七十斤的重甲，只要倒地几乎没可能自行爬起，而且一旦摔倒，甲裙和披膊便会翻起，露出要害，这时候被人寻隙刺杀，根本无从反抗。

站在高处望去，县廨庭院仿佛成了一座斗兽场，一百多头钢铁巨兽围成一团撕咬、碰撞、搏杀，不断有人倒地，不断有人惨死，不断有人痛苦哀号，水磨青砖的地面上，鲜血汇聚成一条条小溪如同蛛网般蔓延四方。无论是南阳公主等人还是公孙节，都看得血脉偾张，惊心动魄。

双方搏杀了一盏茶的工夫，王玄策周围已经倒下了十几具尸体。三人也是伤痕累累，王玄策身上不少甲片被砍裂，凌乱地挂在身上。刘全更惨，头盔被砍开，露出半张脸，胳膊上还中了一刀。王玄诚则是腿上中枪，血流如注，正一瘸一拐地奋力砍一面大盾，忽然横刀被卡在了盾牌上，一名捕卒觑准时机，挺枪刺向他的肋下，另一人则挥刀砍向他的手腕。这情势避无可避，王玄诚心中一凉，吾命休矣。便在此时，耳边"当"的一声响，原来王玄策伸出胳膊，用护臂挡住了对方的一刀，随即飞身扑上，用护胸的板甲挡住了长枪。"叮"的一声，枪尖刺在胸前，顺着板甲边缘滑入铠甲缝隙，刺进了王玄策的胸口。

王玄策飞起一脚踹在那面大盾上，盾手跌翻出去，他也疼得难以喘息，跪倒在地。王玄诚借机抽出横刀，顺势砍翻那名长枪手，将他搀扶起来："九郎，没事吧？"

"跟在我身后！"王玄策挣扎着起身，"若是我死了，王家便托付给你了！"

王玄诚一怔，这才想起自己的使命是刺杀王玄策，看着他胸口的鲜血顺着铠甲缝隙流淌，禁不住心中五味杂陈。

这时三人已经杀过半个庭院，距离公孙节不足三十步，三人重新紧紧贴在一起，大吼着奋力冲杀。公孙节没想到这一仗如此惨烈，县廨中如同血洗一般，尸横枕藉，禁不住浑身颤抖，冲着房顶大吼："还愣着作甚？射射射！射杀他们！"

房顶的弓弩手早看得呆若木鸡，敌我双方在庭院中挤作一团，根本无法放箭，但在上官的催促下，众人硬着头皮拉开长弓和硬弩攒射。刚射了几箭，猛然听得空气中传来尖啸，数支利箭横穿庭院上空，瞬间射翻数人，咕噜噜滚下房檐。

弓弩手们惊骇之下举目搜寻，只见衙门的角楼上站着两条人影，其中一人手持大弓，后背挂着箭囊，正是杜行敏和曹宝鼎。曹宝鼎左手持弓，右手搭箭，那手指便如同翻花一般将利箭搭在弦上，信手而射，箭无虚发。

弓弩手们急忙调转方向攒射，但十多人竟然压制不住他一人，他射速实在太快，一人一弓，箭矢源源不断，密集得如同疾风暴雨。只是眨眼间，房顶上便如风暴扫过一般，十多人纷纷中箭跌了下去，清扫一空。

"何苦呢，我们是来杀人，不是救人！"杜行敏叹息，"只消混在这些弓弩手中，一箭便能结果了少卿的性命。他不会知道是谁杀了他，没有知觉，没有痛苦，不好吗？"

"少卿一世英雄，岂能死在这群宵小手中！"曹宝鼎悲痛难抑，他放缓射速，不紧不慢地抽箭搭弦，射杀庭院中的捕卒。

这一百五十斤拉力的强弓让他根本无须瞄准，铠甲便如纸糊的一般，一箭射去透甲而过，甚至能将身躯射个对穿。公孙节看了个真切，骇得魂飞魄散，急忙扯着常德玄退进了大堂。王玄策朝着杜行敏的方向握拳致意，三人精神大振，奋力厮杀。

杜行敏叹息道："我们既然答应了大娘子，岂可言而无信？"

原来二人竟然被景娘说服，来刺杀王玄策！

以他们与王玄策的生死情谊，景娘想要说服他们靠巧言如簧是毫无用处的，但这个女人最可怕之处便是对人心的拿捏妙到了极致，将情势利用到了极致。她将如今的情势直言相告，太子只给了自己两条路：杀死王玄策荫封其子为开国郡公，或者附逆连坐，王氏灭族。

这时就看出景娘的布局之缜密了，她放出烟花，不动声色地将杜行敏和曹宝鼎引到王宅，让他们旁听了这等骇人听闻、闻所未闻之事——全族公投杀死王玄策！

就在他们心魂震荡、心神失守的当口，景娘抱着弥奴，请他们在砝码两端抉择，一边是王玄策的妻子、儿子、宗族三百口，一边是王玄策本人。

他们誓死要保全王玄策，可景娘不带丝毫感情，只是沿着情势推论，他们愕然发现无论如何选择，王玄策的结局都是一死，无非是被朝廷诛杀，还是被亲友谋杀。

景娘非但是一位天才的占卜大师，更是一位天才的兵法大师，她以自身的利益为唯一考量标准，"合于利而动，不合于利而止"。一旦利之所取，便开始谋势，天地风云，朝野万象，上至帝王将相，下至升斗小民，无不被她信手拈来，谋篇布局。一旦势成，她就动如雷霆，就像湍急的流水撼动巨石，就像鸷鸟借势俯冲搏杀燕雀。她营造的态势极为险峻，仿佛张满的弓弩；她进攻的节奏短促迅猛，就像猝发的弩机。

杜行敏和曹宝鼎一步步坠入她的逻辑陷阱，跌入她营造的"势"中，果真答应来刺杀王玄策。

见曹宝鼎还在犹豫，杜行敏忽然说起了往事："当年我初掌不良人署时，少卿告诉我，这衙门就是个怪胎，我们这些贼帅则是怪胎产下的畸形之物。因为我们掌握的隐私太多，欠的债也太多，狡兔死，走狗烹，迟早会不容于世。他与我约定，如果将来朝廷要杀他，务必与他划清界限，倾尽一切可能让不良人署活下去。"

"为什么？"曹宝鼎愣住了，停下手中的弓箭。

"因为不良人署中藏着大唐真正的良知！"杜行敏道，"少卿说他的性命在这些良知面前轻若鸿毛。"

"大唐的良知……是谁？"曹宝鼎愕然问到。

杜行敏盯着他："就是你！就是贾正、杨秉、孙尊礼！还有很多很多人！贾正是替高昌城百姓出头杀死同僚，你曹宝鼎是战功赫赫却遭人诬陷。还有杨秉，人人都知道他贪墨了三四万的钱帛，但你可知他将这些钱帛用在了何处？他偷运到剑南道，周济民乱中破家的百姓！"

曹宝鼎大吃一惊，"剑南道"这三个字一出口，他便瞬间明白了。

去年，也就是贞观二十二年，皇帝想要再度征讨高句丽，命令剑南道的百姓营造巨舟大舰，原因是隋末的动乱不曾波及剑南道，当地民生富裕。征造的舰船达到一千六百五十艘，当地百姓苦不堪言，雅、邛、眉三州的獠人干脆率众反叛，剑南道一片大乱。朝廷派兵镇压，同时又调整政策，让剑南百姓出钱雇潭州人造船，是谓船庸，造一艘大船要求百姓缴纳庸绢两千两百三十六匹。

当时剑南道百姓一片哗然，因为这船庸之高骇人听闻，按照这种价格来造船，大唐全国一年的庸绢收入只能造五百多艘大船，却要剑南一地造一千六百多艘！官府几乎将剑南道刮地三尺，百姓变卖田宅、鬻儿卖女也供不了船庸，粮价暴涨，物价飙升，剑南百姓饥寒交困。

杨秉是剑南眉州人，时任民部金部司员外郎，掌握朝廷财货出纳。他无法改变朝廷的政策，便使了些财会手段，变更统计方式，截留了朝廷三万七千钱、一万九千匹帛，秘密送抵剑南道，赈济百姓。

原本杨秉有一百个脑袋也不够砍，但这件事的内幕却颇伤天子颜面，大理寺最后以坐赃论罪，也不知王玄策使了什么手段，居然将他弄进不良人署保护了起来。

曹宝鼎低头看着庭院中正在观战的杨秉，没想到这个貌不惊人的同僚竟然还有这等英雄壮举，一时感慨难言。

"孙尊礼也有故事？"曹宝鼎低声问道。

"孙尊礼是河北魏州的一名县令。隋末以来，河北战乱频仍，当地豪门不但大量侵占百姓的田地，将土地挂在寺庙名下规避税赋，而且勾掉百姓的手实户籍，将他们蓄为家奴。孙尊礼到任后主持清丈，清出大量土地和人口，释放奴婢，使居者有其屋，耕者有其田。但县里豪绅和寺庙对他恨之入骨。后来他们设计了一桩杀人冤案，孙尊礼行文刑部将犯人勾决之后，他们放出真凶喊冤，使得他坐罪免官，流放千里，后来也被少卿纳入不良人署保护。"

杜行敏说得很慢，曹宝鼎沉默地听着，沉默地射着，逐一将王玄策周围的捕卒射杀。王玄策等人伤痕累累，早已不支，但捕卒们见同伴纷纷被射杀，心中更是恐惧，双方就在这意志与血勇的较量中僵持着，最终捕卒们彻底崩溃，四处奔逃。广场上只留下满地的尸体和涓涓的血水。

王玄策等人的甲胄破碎不堪，甲叶一片片挂在身上，浑身上下都是伤口，有些地方深可见骨，三人就这么挂着刀，相互搀扶着一步步走上大堂。公孙节满是恐惧，拖着常德玄一步步后退，退上了木楼梯，登上了二层的阁楼，王玄策一步步跟上去。

王玄诚看了一眼他的后背，他的背甲已经撕裂，两块背甲板脱落了一块，里面的衣服被鲜血浸透。王玄诚又回头看了一眼县廨大门的方向，从角楼已经射不到大堂内，他忽然一咬牙，挥刀便刺向王玄策后背。

刘全一声惊呼，却来不及阻止，看着那刀光在昏暗的大堂内闪出璀璨之花。王玄策愕然回头，那刀光便映照在他眼前，也照见了王玄诚有些狰狞疯狂的面孔。

一条人影从大堂外疾奔而来，堪堪冲进刀光之中，扑在了王玄策身上，那璀璨刀光顷刻间便灌入了来人的后背。

王玄策呆滞片刻顿时明白了，王玄诚竟然想杀自己！这时王玄诚正呆若木鸡，王玄策一脚将他踹翻出去，他手中刀带着一蓬血雨从那人影身上拔出，"叮当"一声跌落在地。

王玄策仔细一看，替自己挡刀之人竟然是王冲雅。

王冲雅眼中满是欣慰，喃喃道："抱歉，九叔，我从永宁坊一路奔来，我没有马，又要躲避巡街的武候，还翻不过县廨这围墙……真是百无一用……所幸不曾误了九叔的性命……"

那刀伤从后背贯入心肺，穿透胸腹，他说一句，鲜血便涌出来一团，哪怕孙思邈在场也回天乏术。王玄策手忙脚乱地捂着他背上的伤口，惶急道："别说话……别说话……冲雅，我能救你的！"

王冲雅抓住他的手，急切道："九叔，九叔，你且听我说……你一定要记住，将来无论世人如何看你，无论亲朋如何待你，哪怕他们都背弃了你，哪怕人人都视你如仇寇，你也千万莫要怀疑这世间的正义、公理、仁善……还有慈悲。我只读过书，不懂人生之艰难困蹇，我来受这一刀，只是想要你知道：羞恶之心，人皆有之；是非之心，人皆有之。无论人心如何幽暗难测，总有人愿意为你舍生取义，肝胆相照！"

王玄策怔住了，心头悚然悸动，仿佛有某样东西突然塌陷，四分五裂。

"冲雅！冲雅……"王玄诚爬过来，抱住了王冲雅失声痛哭。他行伍多年，一看这伤势就知王冲雅必死无疑，禁不住心头大恸，自己竟然杀死了洛阳王氏的千里驹！

王冲雅是洛阳的天才学子，小小年纪便精习五经，深受州学大儒的器重。尤其是今年景娘给他补了崇贤馆生，陪伴太子读书，几乎可以预见，将来太子登基后，他必会一片坦途，成为王通、刘焯、孔颖达、陆德明之流的当世大儒，为洛阳王氏带来万世不移的荣耀。

可惜，他却用身体受了这一刀，来求证自己心中的大义。

王冲雅喃喃道："七叔，带句话给他们……孟子曰，'天子不仁，不保四海；

诸侯不仁，不保社稷；卿大夫不仁，不保宗庙；士庶人不仁，不保四体……无论一国、一族、一家、一人，若无仁义之心，则其违禽兽不远矣'……"

王冲雅就这般恳切地望着王玄诚，脸上慢慢失去了血色，眼神慢慢凝固。王玄诚号啕痛哭。

"是谁指使你的？"王玄策咬牙问道。

"莫要问，你杀了我吧！"王玄诚惨笑道，"我今日杀了冲雅，如何还有面目去见王氏列祖列宗？"

王玄策怒吼着一刀劈向他的头颅，王玄诚闭目等死。不料王玄策忽然拧刀横拍，用刀背抽在其脑袋上，王玄诚一头栽倒，昏厥了过去。

"捆了！"王玄策吩咐一声，他卸掉残破不堪的甲胄，提着刀，挣扎着走上阁楼。杨秉、程文等人奔跑进来，取出绳索将王玄诚捆了起来，刘全和南阳公主沉默着跟在王玄策身后。

阁楼极小，只是存放些文牍之类，并无别的出口。公孙节拽着常德玄上来之后已推开了所有窗户，窗外是大堂外的庭院，虽然并不甚高，可跳下去便会暴露在空旷之处。公孙节不禁看了看望楼，楼上正有两条人影，一把长弓冷冷地盯着他，又急忙缩回了身子。

从杜行敏二人的角度无法看到县廨大堂内部，也看不见王玄诚刺杀王玄策那一幕，但眼见王玄策挣扎着爬上楼梯，便知道王玄诚的刺杀已然失败。二人默默地看着，只见他浑身上下鲜血淋漓，血肉翻卷，有些地方深可见骨，走一步便要摇晃片刻，拄着刀一步步奋力上楼。

杜行敏心如刀绞，眼中满是泪水，喃喃道："像杨秉、孙尊礼这样的人东署还有很多，有些人的冤屈少卿帮他们洗雪了，有些则要永世沉冤了。但少卿对我说，他们才是大唐真正的良知与风骨。他想要那样一种大唐：有森严公正的律法滚滚向前，无偏无私，视万物如刍狗，也会有法外的慈悲来广施仁义，扶危济困。而不良人署便是那慈悲之心，庇护之所。所以我们倾尽一切也要让不良人署存活下去，如果它没了，孙尊礼和杨秉这些人就再也无人庇护，就会任人践踏，任人屠戮，而大唐就会永堕黑暗。少卿说，它比我们的性命更重，比我们的荣耀更重。宝鼎，眼前便是最后的机会了，杀了他吧，让不良人署活下去，让他的妻儿活下去。这样，他的梦想和血脉都还活着，就像他不曾死去一样。"

曹宝鼎禁不住失声呜咽，泪水渐渐模糊了视野，手中的弓拉满，箭却颤抖起来。

阁楼上，公孙节满脸绝望地看着王玄策逼近，怒吼道："王玄策，连同宗兄长都为那贵人所用，你已经众叛亲离，难逃一死！"

"你那贵人是不是戴着朱雀面具的爻姬？"王玄策剧烈地喘息着，挣扎问道，"她究竟是谁？为什么终日戴着面具？"

"她是谁？"公孙节疯狂大笑，"她就像一只巨大的蜘蛛，在长安城编织了一张天罗地网，千手千眼，无所不在，无所不察。她捏一道法诀可以算出人间万象，她念一声咒语可让你灭门破家，生不如死。但她却不是菩萨，她是太子最锋利的獠牙，她是潜藏在东宫的魔鬼。老子也是她网上的虫豸！"

"你举告张亮是不是受她指使？"王玄策实在撑不住，在刘全的搀扶下坐在一只装文牍的木箱上。

"我哪里配受她指使！"公孙节冷笑，"我只是一介蝼蚁罢了，但蝼蚁也会惜命。我兄长公孙常与刘道安谋反，我受其连坐，恰好张亮平素宠爱李氏，与术士、巫觋往来密切，有诸多违禁之言。原本我是胡乱攀咬，什么'弓长之主当别都'，什么'国家殆必乱，吾臂龙鳞奋矣'之类，根本没想到能把张亮告倒。可是忽有一日，我的供词被人篡改了一个字，我立时便知道，有人出手了！我能活命了！"

"改了哪个字？"王玄策问道。

"其实并不算改了字，只是调整了字序。"公孙节笑道，"我当初交代的原话是：术士程公颖曾言'亮若卧龙，必当大贵'。可是几日之后我再见那供词，上面却是'亮卧若龙，必当大贵'！"

"亮若卧龙，亮卧若龙……"王玄策顿时怔住了。他默默念了两遍，这八个字读起来甚至有些生涩拗口，但字里行间埋伏的杀意让人不寒而栗。

南阳公主禁不住咬牙切齿："他们真的好狠！颠倒一个字，意义便完全不同！一个是要做诸葛卧龙一般的忠臣良相，一个是心怀反意！"

"如此诡谲恐怖的杀局，想来便是那爻姬所谋划，"王玄策怒吼，"她到底是谁？"

"你永远也别想知道！"公孙节神情癫狂，"三年前老子举告张亮，挣了一条命！今日爻姬娘子许了我一世富贵，杀了你，老子便能彻底挣脱了枷锁！"

他举起横刀劈向王玄策。王玄策移步抵挡，腿上的伤口一痛，使不上力，一跤跌倒，横刀也脱手飞出。刘全惊叫一声，距离上却来不及救援，眼见王玄策就要被一刀斩掉头颅，忽然一支利箭凭空而至，穿透了公孙节的脖颈，带着一蓬血雨，将他整个身体钉在身后的角柱上。

公孙节喉头咯咯作响,想要去抓喉咙上的箭矢,但手到半途便绵软无力,气绝身亡。

王玄策、刘全和南阳公主惊骇交加,禁不住浑身冰凉,因为公孙节这死状,与那《秘记》谶图中被利箭射杀的男子一模一样!

王玄策挣扎起身,望向窗外的角楼。

角楼上,杜行敏和曹宝鼎也凝望着他,三人都对谶图极为熟稔,心中有如惊涛骇浪般起伏,尤其是曹宝鼎,万万没有想到这谶图竟然应在自己手中!来自幽冥地狱的图上,插在图中人咽喉的利箭竟然是自己所射!饶是他胆大包天、杀人无数,这时也惊惧不安,冷汗涔涔。

"看来是天意如此,"杜行敏意兴阑珊,"走吧!"

王玄策默默地看着杜行敏二人离开,人去楼空,仍旧神思飘荡,心中那种大恐怖挥之不去。

"少卿,那名戴着柙铐之人!"刘全指了指常德玄,低声道。

谶图上,被利箭射杀的男子旁边便是一名戴着柙铐的男子,躺在地上,身子扭曲痉挛。三人一起古怪地盯着常德玄,常德玄头皮发麻,满面赔笑。

刘全咔咔几刀斩断了他手上的枷锁,他爬起身,却四肢乏力,又跌倒在地。三人禁不住骇然相顾,只见常德玄口唇青紫,眼角慢慢地渗出鲜红的血珠。但他似乎毫无知觉,挣扎着跪地磕头:"谢公主殿下和少卿救命之恩。下官……下官今夜还要回国子监宿直,若是误了卯,要答二十的。"

王玄策道:"公孙节给你喝了什么东西?"

"喝了一壶郎官清。"常德玄也觉出脸上有东西流淌,随手擦拭眼角,却急着回话,没有看自己已是沾满鲜血的手,"公孙节这恶贼说敬我是读书人,让我陪他喝两杯,问完话便放了我。"

众人面面相觑,公孙节是奉了灾姬之命要杀人灭口,竟然一早便下了毒。

王玄策急忙道:"常助教,你当年举告张亮是受了何人指使?"

"指使?不不不,无人指使,我激于义愤,为国除贼!"常德玄干笑道,让脸上的血痕更为扭曲,看着狰狞可怕却又无比可笑。

三人怪异地看着他,常德玄的耳朵和鼻子里也渗出鲜血,他毫无痛感,只觉得脸上痒痒的似乎有汗水流淌。他擦来擦去,忽然愣住了,满头满脸一摸,顿时惊骇交加:"怎么回事?我到底怎么了?"

"当然是被人下了药。"王玄策已经知道他便是那应谶之人,叹道,"那位贵人命公孙节杀你灭口,你还要替她掩盖吗?"

"你时间不多了,有什么话就尽快说!"刘全喝道,"说不定我们能替你报仇!说!"

常德玄不由瞪大双眼,只这片刻间,他口唇上的青紫之气已经蔓延至整个面部,忽然一口鲜血喷了出来,色泽漆黑。他哭着大叫:"少卿救我!下官与张亮素不相识,从无交集,是有人指使我,说送我一场富贵!"

刘全喝道:"谁?"

"鲜于忠——"常德玄话刚出口,体内脏器和眼耳口鼻的血管便彻底爆裂,身子痉挛片刻,扭了几扭后,当场毙命。

三人惊骇交加,半晌无言,阁楼上的场景一如谶图中所绘。

"王少卿,刘旅帅,我身子不适,暂且告辞。"南阳公主脸色苍白,向二人告罪一声,急匆匆地走下阁楼。程文急忙搀扶着她登上马车。

王玄策扶着窗户,望着公主的车驾驶出县廨,就在这车轮与马蹄的震响中,他忽然感受到一股寂静。阁楼上阒然无声,整座县廨也阒然无声,方才激烈血腥的搏杀竟然无人问津,往日里巡街的武候也凭空消失,仿佛长安城对他们的厮杀与死亡漠不关心,冷眼旁观。

二人下得阁楼,楼下满堂空寂,公主府的扈从已散得干干净净,县廨的捕吏们也逃之夭夭。只有杨秉一手持着横刀,一手撩着袍子,扎着马步,目光炯炯地守在楼梯口,就如教坊司演戏的伶人一般,瞧起来有几分滑稽。

"少卿,此人如何处置?"杨秉指了指一旁的王玄诚。

王玄诚仍旧昏迷不醒,身上的甲胄已被卸掉,捆上了绳索。王玄策心中五味杂陈,扶着门框慢慢坐在门槛上,低声道:"我要送他去见一个人。刘旅帅,劳烦你去套辆马车。"

刘全答应一声跑了出去。此时已经夜禁,为避免节外生枝,杨秉去写了一份夜行的文牒,县廨的公案上有文牍纸,有公印,霎时一份如假包换的文书便新鲜出炉。不多时,刘全从县廨的马房里套了辆马车过来,那车头还挂了两只灯笼,上书"长安县廨"字样。

杨秉搭把手,二人将王玄诚抬了出来,扛进车厢。

"杨左丞，你可听说过鲜于忠？"王玄策问道。

杨秉记忆力绝佳，只是略一思忖，便摇头道："我在民部金部司掌管天下所有官员的薪资俸禄，从未见过此人名目，他应该不具官身。此人名声不彰，并非什么闻人达士。不过只要是真名实姓，便不难查，只需去民部司查一查登记天下州县户籍、田地、赋税的籍帐便一清二楚。"

王玄策苦笑，如今他们被全城缉拿，想去民部司查籍帐简直是痴人说梦。杨秉也想起这茬，禁不住哑然失笑，继续道："鲜于氏是小姓，主要出自两支，一支是铁勒族内迁之后汉化而来，郡望在渔阳、朔方一带，另一支是箕子朝鲜的王室后裔，郡望在渤海郡、太原郡。如今鲜于氏没什么闻达之人，身份最贵者，当属申国公的夫人。"

"申国公？高士廉？"王玄策诧异，"他夫人姓鲜于？"

"没错，正是长孙皇后的亲舅舅、凌烟阁二十四功臣之一、太子太傅、申国公高士廉。"杨秉道，"申国公出身于渤海高氏，是当地豪族。其妻家族渤海鲜于氏只是当地普通士族罢了，并没什么才俊，所以长安的鲜于氏族人大都依附于申国公门下。"杨秉道。

"难道指使鲜于忠陷害张亮之人便是高士廉？"刘全惊呼一声，取出《秘记》，打开第二幅谶图，"你看被这女子刺杀的老者，难不成就是他？"

王玄策在灯笼的映照下看着这幅阴森恐怖的谶图，好半响才摇头："高士廉在贞观二十一年正月已经薨了。"

"薨……薨了……"刘全哑然片刻，指着谶诗道，"'长安廨里黄金殿'，王少卿，这首谶诗只剩下最后半句还未发生。'长安廨'既然精确到长安县廨，那'黄金殿'就必定是皇宫大殿！也即是说，今夜在皇宫的某一座宫殿上会发生一场刺杀！若是高士廉已死，那高家还有谁能在夜禁之后进出皇宫？"

"刘旅帅说得是！"杨秉点头认可，"高士廉有六个儿子，长子袭了他申国公的爵位，官职是卫尉卿，虽然是从三品的高官，却不可能夜入宫禁。其他五子就更不可能。"

"有一人可以！"王玄策一字一句道，"高士廉的亲外甥、故文德皇后的兄长、太子的亲舅舅、赵国公长孙无忌！"

二人都愣住了，纳闷地看着王玄策。

王玄策道："长孙无忌的母亲是长孙晟的继室，幼年丧父之后，他和母亲高氏、妹妹长孙皇后一起，被异母兄长孙安业赶出了家门，舅舅高士廉抚养他们兄妹长大成人。因此高家和长孙家同气连枝，亲如一门。高士廉去世后，长孙无忌才是高家真正的主事人！"

"少卿的意思……指使鲜于忠的人便是长孙无忌？"杨秉吃惊。

"真正的高家人反而不会用鲜于氏的人，关系太过直接，但长孙无忌就不同了，虽然他是高家的主事人，但鲜于氏与他又隔着一层，任谁也不会想到鲜于忠竟然是受他指使，诬杀张亮！"王玄策道。

刘全喃喃道："长孙无忌为何诬杀张亮？"

"想知道缘由，就得在长孙无忌遇刺之前问他。"王玄策苦笑。

"遇刺？"刘全和杨秉都怔住了。

王玄策喃喃道："如果我所料不错，南阳公主早就想通了这里面的根结。她的生母虽然不是长孙皇后，但从礼法上而言，长孙无忌其实也是她舅舅。这些皇亲族裔之间的勾连隐秘复杂，你我虽然不知，公主却是知道的。她听见鲜于忠这个名字，便知道幕后主使者是长孙无忌，因此当机立断，驱车离去！"

刘全脸色惨白："她……她去刺杀长孙无忌？"

王玄策叹息："她一直说谶图中那女子便是她，自己就是那应谶之人。既然猜到那老者便是长孙无忌，自然是怀揣利刃，去为自己的郎君复仇！"

第十六章
三三六六逢甲子，长安廨里黄金殿

南阳公主果然是去找长孙无忌复仇的！

长孙无忌的宅邸在崇仁坊，皇城和天街的东南角，距离长安县廨甚远，几乎穿了半座长安城。此时已经宵禁，南阳公主并没有夜行文牒，在街上遇见巡街的武候街使喝问，公主干脆命人一通乱棍打过去。武候街使对干犯夜禁之人虽然有生杀大权，但面对一名撒了泼的公主，却只能按照程序通过武候府和御史台行文参她，今夜真得罪了公主，吃亏的只能是他们。

南阳公主一路悍然打跑了四五支武候街使，终于来到崇仁坊。长孙宅是临街开门，无须进坊，南阳公主命人砸门，叫阍者通传。长孙无忌乃是当朝第一权臣，这些奴仆平日都横行惯了，可见到南阳公主横行霸道地打上门来，也不禁惴惴不安，一时间鸡飞狗跳。他们却不知，南阳公主的心中更加惶恐畏惧。

低贱者慑于权势，权贵者慑于天意。

南阳公主畏惧的便是那推也推不开的宿命轨道，"长安廨里黄金殿"，今夜在皇宫大殿里注定了一场刺杀。在阍者去通传的过程中，她简直望眼欲穿，千遍万遍地祈祷，祈祷长孙无忌就在家中！因为长孙无忌若是今夜在家，那谶图中被刺的老者就不会是他，那女子或许也不是自己！

不多时，长孙无忌的四子长孙淹急匆匆迎出门，满脸歉意："公主殿下，家父半个时辰前被太子召入东宫去了。您若有闲暇，不妨暂候片刻。"

刹那间南阳公主脸色惨白,身子瘫软,险些摔倒,慌得程文和长孙淹抢步上前扶住了她。好半晌南阳公主才缓过来一口气,咬牙道:"去……东宫!"

崇仁坊向北一坊之地便是皇城,在延喜门的监门卫官舍递上公主的门籍玉牒进入皇城,就来到东宫之外。到了东宫便无法像长孙宅那样随性了,须得做足了流程,先是请卫率府报请詹事府,詹事府发文给当值的太子舍人,太子舍人奏禀太子。流程冗长复杂,太子何时何地见了何人,都需记录文书,将来要编入起居注和国史的。

趁着程文去通传的当口,南阳公主从车厢的暗格中取出一把利刃,这是当初张颐所赠的乌兹刀,来自遥远的波斯,刀身上布满了火焰纹,就仿佛她燃烧的业火,在宿命的指引下完成这场业报。

公主将利刃合于掌心,双掌合十,低声诵念着:"阎罗常告彼罪人,无有少罪我能加。汝自作罪今日来,业报自招无代者。"

东宫今夜宿直的舍人仍旧是李义府,他得到詹事府的文书,见是南阳公主冒着夜禁来到东宫,心中不禁就是一突。因为太子今夜召见长孙无忌,商议的便是如何处置南阳公主!

今日南阳公主带着王玄策闯入张亮旧宅,又闯入长安县廨与公孙节血战,双方死伤上百人,满城震动。李治简直头痛欲裂,这王玄策也忒能折腾了,卫率府和武候府联手都拿不下他,还让他找到强援,把自己妹妹给拖进这摊浑水。李治很清楚,这个妹妹或许不是最受宠的那位,却是阿爷最心疼的那位。因为她的两任夫婿都被阿爷处死,他对这个女儿充满了亏欠与愧疚,哪怕她把天捅破个窟窿,阿爷也不会拿她怎么样。

若是平常,李治也可以宠溺纵容她,可她偏生涉入了《秘记》案!

李治左右为难,一边暂令各司衙门装聋作哑,一边召来舅舅长孙无忌商议对策,不料南阳公主竟然找上门来。二人摸不准她的来意,李治请舅舅到屏风后暂避,自己来探她的口风。

不多时,南阳公主提着裙裾,款款迈进崇贤殿的门槛,向李治行肃拜礼:"九哥一向可好?"

李治对这位妹妹凄凉的命运也颇为怜悯,急忙搀扶她起身,命内侍抬来食床,上了果酒和糕点。南阳公主却抬手阻止:"九哥无须客套,我今夜是来寻舅舅的。"

"舅舅?"李治恍然想起长孙无忌也是她舅舅,顿时怔住,"如何来我宫中寻他？"

"因为我已去过他宅中，"南阳公主道，"听长孙淹说他被九哥召来了东宫。"

她的神情冷静、从容，但李治似乎察觉到一股冰冷的火焰在燃烧，一时不知如何作答。长孙无忌在屏风后听得勃然大怒，以他的权势地位，便是皇帝也得礼敬七分，这南阳公主胆敢如此无礼！

他大踏步走了出来，冷笑道："不知公主殿下有何指教？"

"舅舅，"南阳公主轻轻一拜，悄然将手探入衣袖，攥住了乌兹刀的象牙刀柄，低声道："今夜并非我要来找你，而是郎君张颛托我前来问候舅舅。"

李治和长孙无忌相顾愕然，趁着二人失神的刹那，南阳公主便要拔刀出袖。恰在这时，李义府从大殿外疾走进来，低声道："太子殿下，王玄策在皇城外叩见！"

众人全怔住了，李治难以置信："王玄策要见我？他来投案自首？"

"他声称自己奉了陛下密令调查《秘记》，如今已查清第二谶，要叩见太子禀奏原委。"李义府道，"人已经被监门卫拿下，但监门卫不敢擅专。"

南阳公主的手慢慢松开刀柄，从袖中滑了出来。长孙无忌浑然不知自己从鬼门关走了一遭，朝李治轻轻点头，李治转身走上讲筵，在席上正襟危坐，冷冷道："宣！"

不多时，王玄策被监门卫移交给了卫率府，由卫率府的人押解进殿。他手上脚上都被砸上镣铐，行走之间铁链触地，当啷作响。

原来王玄策和刘全一路追着南阳公主到了长孙无忌的宅第，揪住阍者一问，得知她又追着长孙无忌去了东宫，顿时毛骨悚然，今夜的每一步竟然严丝合缝地按照谶语而行！

王玄策知道，必须阻止谶图继续发生，仅仅两幅图已经如此骇人听闻，后面还有五幅，一旦演变到最后，恐怕会形成一道势不可挡的惊涛骇浪，谁也不知它会卷向何处。刘全更是焦急，因为公主的体内寄生着他亡妻翠莲的魂魄，一旦公主有个三长两短，翠莲必定魂魄散尽，再也无法复活。

两人来到皇城外，面对巍峨肃穆的延喜门望而兴叹，一番商议之后，决定分头行事。王玄策来到延喜门前当众投案，要叩见太子禀奏机密，趁着监门卫乱作一团，刘全趁机去值房偷了一套铠甲。待得东宫旨意下来，将王玄策押赴东宫，刘全便混入监门卫的兵马之中进入皇城，与候在东宫门外的程文等人会合。

王玄策则被监门卫移交给卫率府，一路辗转，终于见到了太子。

到了崇贤殿上，王玄策见南阳公主和长孙无忌好端端的都在，顿时长出一口气。

李治只想早日处死王玄策结束一切，当即例行公事一般询问了几句，没想到他还真的讲起自己调查《秘记》第二谶的始末，从翠微宫遭人设局陷害，长安城逃脱武候府的围捕，遇见南阳公主一路解谶，到张亮旧宅探秘，长安县廨遇伏，决战公孙节，讲得一板一眼，像履行公务一般。

李治命内侍抬上第二幅谶图，这是一幅放大了十多倍的巨图，用木架绷上，立在大殿内，再照上几盏灯烛，图上纤毫毕现。

王玄策将谶图中的人物一一说明："所以臣最后查明，自缢的是公孙常，穿龙袍的是刘道安，被斩首的是张亮、张颛，被箭射杀的是公孙节，中毒而死的是常德玄。"

其实这些内容和细节李治全程掌握，爻姬每跟进一步，都用白鹄传讯到东宫五坊，五坊小儿设有专人值守，及时将每一份情报交到他手上。整座长安城被爻姬编织成了一张巨网，网上的每一丝震动都经过她辨析汇总之后，交由李治决策。

听着王玄策的讲述，李治只觉有些难办。

李世民用两个字来评价李治——"仁弱"，但其实李治的性情并非仁弱，而是过于在意皇帝甚至他人的看法，凡事力求妥帖、完美，但凡有一丝引起非议之处他就会犹豫难决，更不肯背上丝毫骂名，因此才显得仁善懦弱。

李治沉默地看着王玄策，他在县廨时以桑皮线缝合了伤口，敷上金疮药，草草地包扎一番，但一路奔波之后鲜血又溢透了丝绢，浑身上下血迹斑斑，一走一动之间鲜血浸染了大殿。王玄策以禀奏的语气将查案经过一一讲来，任谁听来都是一名坚贞勇毅的臣子为了完成皇命，哪怕血溅三尺，也死不旋踵。此情此景如何杀他？李治有些犹豫了。

李治梳理了一番谶图中的人物，还有一些疑惑："那么，被刺的老者是谁？那女刺客是谁？"

"这二人的身份便是第二谶最终指向的目标。"王玄策道，"也是臣想要告诉殿下的真相。"

"他们是谁？"李治和长孙无忌都来了兴致。毕竟爻姬再厉害，也无法听到常德玄临死前说出的那个名字。

"那女子是谁,臣暂且无法确定,因为谶语之可怕便在于它预言的是未来。未曾发生,人选随时可能更换。臣冒死而来,想要逆转的就是此人的命运。"王玄策说道。

南阳公主的心中剧烈震颤,忽然有一种久违的感动。自小生于皇室天家,见惯了阿爷和叔伯之间的尔虞我诈、自相残杀,她万万没有想到,王玄策投案自首,甘愿就戮,竟然是为了救她!

"但是,"王玄策并没有看她一眼,继续道,"谶图上那名老者,臣却查出了他的身份。"

"谁?"李治问道。

"他便是赵国公!"王玄策望着长孙无忌,一字一句道。

"胡说八道!"长孙无忌拍案而起,厉声怒斥。

王玄策却神色从容,淡淡道:"殿下,请容许臣讲一件旧事。"

李治请长孙无忌少安毋躁,听听王玄策有何话说,长孙无忌才气哼哼地坐下。

王玄策讲述得很慢:"贞观七年左右发生了几件事,一是当时的太子承乾接连生了两场大病。二是皇帝下诏,封魏王李泰为郧州都督,封殿下您为并州都督。当时魏王泰十三岁,殿下您五岁,因此你们都是遥领而并不就任。三是陛下拜张亮为相州大都督长史,拜李世勣为并州大都督府长史。当时看来,这种人事任命或许并不起眼,但陛下深谋远虑,今日才能明白其中深意。"

李治冷笑:"有什么深意?"

"陛下是在为承乾身后做布局!"王玄策道,"承乾一旦有所不测,如果魏王泰接任皇太子,则有张亮辅佐;如果是殿下您接任皇太子,则有李世勣辅佐。"

李治哑然无声,神情间苦涩难言。

"承乾后来病愈,但留下后遗症,跛足,于是事情往另一个方向演变。承乾跛足之后性情大变,敏感自卑,性情乖张,越来越不为陛下所喜。反之,魏王泰越来越受陛下宠爱,这给了魏王泰一个错觉,以为可以扳倒太子取而代之,二人之间爆发了一场争储之战。"王玄策叹了口气,他是此事的亲历者,当年三王争储,连环设局的一幕犹在眼前,"但其实,陛下并没有更换太子之意,或许是为了告诫魏王,或许是为了安抚太子,又或许是为了保护张亮,陛下又将张亮拜为太子詹事,让他辅佐太子承乾。因为张亮是军中的第二号人物,仅次于李世勣,他的态度会极大地影响太子和魏王之争的成败。于是魏王泰偃旗息鼓,不在明面上争斗，开始暗中布局诱导承乾犯错，最终在贞观十七年，承乾在魏王泰的设计下起兵谋反，被废为庶人，流放黔州，而魏王泰也争储失败被贬到了均州。最终陛下选择殿下您做了皇太子。"

李治长长地喟叹一声，他虽然是两位兄长相斗的最大得利者，想起当年事却是心如刀割。兄弟阋墙、同室操戈似乎成了大唐皇室的诅咒。

"你讲这桩旧事是要影射什么？"长孙无忌冷笑，"说殿下得位不正乎？"

"殿下立储是陛下册封，百官拥戴，自然是名正言顺。"王玄策并不上当，还轻轻拍了他一记，"尤其是赵国公您居功至伟，关键时刻逆转乾坤，但是您也面临一个棘手的难题。"

贞观十七年，到底是立魏王李泰还是晋王李治，百官争议颇大，皇帝也举棋不定。在关键时刻，长孙无忌与褚遂良向皇帝提出：陛下立魏王，请先措置晋王，始得安全。这让李世民意识到：李治仁弱，立他为太子，则承乾、李泰皆能保全；立李泰为太子，则承乾、李治皆不存。

一语定乾坤，最终李世民下定决心，将李泰贬出京城，立了李治。

"什么棘手难题？"听了王玄策这句吹捧，长孙无忌禁不住心头大悦，这是他最得意的手笔，也是他在李治面前最为雄厚的资历。

"如何剪除魏王羽翼！"王玄策道。

李治和长孙无忌对视一眼，脸色变得阴沉冷酷。

长孙无忌咬牙道："你说！"

王玄策毫不在意，继续道："当初太子承乾和魏王争储，双方各有拥趸。贞观十七年之后，太子一党纷纷被诛被贬，第二年承乾又病逝，太子一党再也无法掀起风浪。但是魏王一党并未受到株连，势力不容小觑，尤其是张亮，深受陛下信赖，依旧掌握军权。那么赵国公您就考虑到一个问题，若是陛下不豫，李泰仍有野望，想学那李建成、李承乾来一场夺门之变，该如何应对？张亮在军中的势力盘根错节，殿下在军中虽然有李世勣支持，但张亮出身瓦岗，原本就是李世勣旧部，二人交情莫逆。守卫皇宫的左屯卫大将军程知节同样出身瓦岗，与他交好。一旦张亮决意辅佐李泰来一场兵变，如何抵挡？恰好就在这时，张亮义子公孙节的兄长公孙常涉嫌谋反，您便决意掀起一场大案，将张亮卷入其中！"

"你继续说！"长孙无忌面无表情。

王玄策道："公孙节入狱后为了活命，在你的诱导之下开始攀咬张亮，什么'弓长之主当别都'，什么'吾有一妾，相师云必为诸王姬'，什么'国家殆必乱，吾臂龙鳞奋矣'，但这些尚不足以扳倒张亮，后来或许是爻姬出谋划策，或许是您自己灵光乍现，将公孙节供词里的'亮若卧龙，必当大贵'调整了一个字的次序，变成'亮卧若龙，必当大贵'，终于激怒陛下，决心诛杀张亮。但此案在朝廷中异议纷纭，认为谋反证据不足，仅凭三两人的口供不足以诛杀一名凌烟阁功臣。后来您暗中策划由常德玄来告发张亮，说他豢养了五百义子，是他谋反的党羽，终于将张亮置于死地，斩于西市。"

长孙无忌冷笑："什么妖言惑众之词都要往我身上攀扯，我根本不认识这常德玄。"

"他是受了鲜于忠的指派。"王玄策道。

长孙无忌哑然半晌，连连冷笑，却一句话也说不出来。

李治一直默默地听着，这些细节他并不知晓，但他知道王玄策的分析丝毫不错，因为除掉张亮便是他和爻姬所策划，交由长孙无忌执行的秘事！

贞观十七年，他立储之后与爻姬初遇，爻姬就为他推衍过未来大略，其中有一句，李治印象鲜明得如同反复擦拭的血痕：魏王若薨，张亮可活；魏王若在，必诛张亮。

承乾被废之后第二年便死了，可李泰不但活着，还颇受阿爷记挂，阿爷曾经拿着他的上表对众臣说道："泰诚为俊才，朕心念之。但为社稷故，不得不断之以义。"

于是，李治深切体会到了承乾做太子时的那种恐惧。

李世民的情感丰富炽热，他对长孙皇后敬之爱之，他对尉迟敬德、张亮、李君羡这等爱将信赖备至，他对长孙无忌、魏徵、房玄龄这等文臣推诚置腹，他对承乾、李泰、李治这些儿子的父爱炽热直白，对他们照顾唯恐不周，关怀唯恐不够。但问题在于，他对儿子们的父爱缺乏边界感，承乾做太子时，他对李泰与李治的宠溺让承乾心生疑虑；李治做太子时，他对李泰的不舍与思念又让李治惴惴不安。

在儿子们面前，他认为自己只是个父亲。

在儿子们看来，他除了父亲，更是个皇帝。

所以，李治无论为了自保，还是为了保全李泰，都必须诛除张亮，斩断李泰的一切野望。要杀张亮并不容易，此人不但是军中排名第二的名将，更是少有的出将入相之才。李靖、李世勣、侯君集都是独当一面、灭国开疆的一代名将，却不善于政务，只有这张亮，武能独领一军，开疆拓土，文能治理州郡，抑强恤弱。

因此皇帝才命他辅佐李泰，万一将来李泰继位，便是留给他的宰辅人选。功勋更著的李世勣，皇帝也只让他辅佐继承顺序靠后的李治，可见皇帝对张亮的信重。

要杀这样的人，谈何容易？

偏生爻姬就在这万千不可能之中制造出了唯一的机会，借着术士公孙常牵涉刘道安的谋反案，连坐了公孙常的弟弟公孙节，又借着公孙节将张亮攀扯进来。爻姬又用"亮卧若龙"四个字和五百义子夯实证据，用其妻李氏的"女主"气象激怒皇帝，终于将张亮置于死地。整个过程神不知鬼不觉，每一步都是堂堂正正的国法裁决，三司会审，哪怕后来皇帝追悔莫及①，也无法翻案，可今夜却被王玄策抽丝剥茧一般查了出来。

李治与长孙无忌对视一眼，两人知道，今夜决不能让王玄策活着离开，张亮案的真相若传了出去，势必引发山崩海啸一般的风波，因为这是一场彻头彻尾的政治陷害与诬杀。

长孙无忌沉默片刻，淡淡道："你并无证据。"

王玄策大笑，举起双手一摇，铁链哗啦啦作响，满脸嘲讽之色："我今夜乃是阶下之囚，有死而已，难道还能走出这东宫？杀张亮是诛除政敌，又不是什么丢脸之事，赵国公杀伐果断，戎马半生，何必敢做不敢当呢？"

"好！"长孙无忌被激怒，大喝一声，"就冲你这份胆识，老夫便认了！知道老夫为何誓要诛杀张亮吗？因为太白昼见的征兆可不只是'女主昌'，还有一种征兆'强臣争'。朝廷追查女主十二年，为何没有查出来？因为女主武王并非一个人，而是两个人——女主和武王！武王篡了大唐，女主主宰朝政。张亮就是将要断送大唐之强臣，他的妻子李氏就是谶语中的那名女主！'女主昌'这三个字就应在她的身上！所以，无论出于立储之争，还是为了大唐稳固，老夫必须杀了张亮！"

"原来是你！"南阳公主凶狠地盯着他，喃喃道，"原来是你！"

长孙无忌不悦："什么原来是我？我便是我！"

南阳公主道："在长安市上散布谣言，说我姑婆李氏便是谶言中的女主，幕后之人原来是你！"

---

① 《旧唐书·张亮传》：岁余，刑部侍郎有阙，令执政者妙择其人，累奏皆不可。太宗曰："朕得其人也。往者李道裕议张亮云'反形未具'，此言当矣。虽不即从，至今追悔。"遂授道裕刑部侍郎。

"是我。"长孙无忌慨然承认,"王玄策,既然这遇刺的老者是我,刺杀我之人又是谁?"

"是我!"南阳公主双掌合十,缓缓诵念道,"汝自作罪今日来,业报自招无代者。"

王玄策眼角余光一瞥,忽见她掌心光芒一闪,竟然夹着一把短刃!他知道不好,爬起身要冲过去,却忘了脚上锁着镣铐,刚奔出一步便摔倒在地,眼睁睁看着南阳公主手持利刃朝长孙无忌冲了过去。

李治失声惊叫,却救援不及。

只有长孙无忌在这生死关头清醒无比,他长年戎马生涯,虽然年龄大了腿脚不便,但南阳公主的刺杀毫无章法,他轻松便能避开。但他转念一想,这公主深恨自己,已经不死不休,若不借此机会弄死她,将来便是巨大的隐患。

就在利刃刺来的刹那,长孙无忌伸出手臂一挡,卸掉了公主的力道,却仍然让利刃刺进了他的身体。原本他只是想划伤些皮肉即可,没想到一瞥之下,那居然是一把乌兹刀!

"我命休矣……"长孙无忌脑中闪过一念,随即被乌兹刀刺入小腹,柔滑平顺,如汤沃雪。

三三六六逢甲子,长安廨里黄金殿。

就在甲子日的最后一个时辰,第二谶的预言就这么如约而至,<u>丝丝</u>入扣。

盘脚盘,盘三年。降龙虎,系马猿。
心如水,气如绵,不做神仙做圣贤。
笤帚秧,扫帚秧,直干繁枝万丈长。
上边扫尽满天云,下边扫尽世间尘。
摘豆角,不待老,嫩的甜,老的饱。
豆角虽嫩不伤人,五月桃李已入唇。

景娘哼唱着儿歌,轻轻拍打着怀里的弥奴想要哄他入睡。今夜不知何故,弥奴睡得极不安稳,时不时便哭闹起来,两名乳母也哄不下去,景娘便整夜抱着他,嘴里哼唱着儿歌,光脚穿着木屐,在屋子里走来走去。

屋檐外不时传来扑棱棱的振翅声，每刻钟都有一只白鸽从东宫飞来，带来宫中的动向。两名婢女互相监督，从白鸽腿上摘掉竹筒，取出卷成一团的益州麻纸拿进屋中，请景娘查验完丝绢上的火漆印鉴，便展开诵读。

景娘随口做出指令，婢女们当场拿笔记录于麻纸之上，再请景娘验看无误，封上火漆装入竹筒，绑在白鸽腿上让它带回宫中。

这一套流程已经执行了六年，无论身居宫中还是家宅，景娘就是通过这种方式替太子监控着长安乃至整个天下，她如同一只蛛后，对蛛网上最轻微的颤动都会迅速有效地做出反应。

"甲子日，亥时初刻。公主行刺赵国公，创口入腹两寸，无性命之忧。"

"甲子日，亥时二刻。太子诏令，将南阳公主押送至宗正寺监管。"

"甲子日，亥时五刻。太子拟书，以白鸽飞报翠微宫。太子命誊抄副本，报送大娘子。"

"甲子日，亥时末。太子问计于大娘子，如何处置大郎君？绞？鸩？瘐毙？明正典刑？抑或就地扑杀？"

景娘终于停下口中的儿歌，沉默而有节奏地轻拍着孩子，沉吟许久。夜灯如豆，墙上暗影摇曳，母子俩如同一道剪影。孩子忽然不哭了，睁着乌溜溜的眼睛看着母亲，目光澄澈得如同琉璃，照得景娘微微有些发慌。

景娘微微叹息，人已经在东宫被拿下，太子还是不肯脏了他的手。或者，这是对她有所疑虑，在试探她的心意罢了。她捂住孩子的眼睛，淡淡道："回函：爻姬顿首，自会依前日约定处置。"

婢女提笔写完，放飞白鸽。

景娘吩咐全宅掌灯，唤醒家族耆老，迎候大郎君回家。然后她拿开手掌，望着孩子的眼睛，坚定而温柔地道："弥奴，你阿爷要回家了。"

弥奴"哇"的一声又哭闹起来，摔胳膊蹬腿，一时闹得景娘和乳母们手忙脚乱。

甲子之夜的最后一刻钟，王宅中门大开，从内宅至大门掌起了灯笼，铺就了一条光明大道等待着它的男主人回家，但更像是一只匍匐沉睡的巨兽张开了狰狞巨口。

不多时，丘行恭率领兵马押送着马车来到王宅，径直驰入中门，马蹄铁践踏着青砖地面哒哒作响。丘行恭受伤颇重，原本在将养，但是心中沸腾燃烧的嗜血之意却让他忘掉了一切伤痛，主动请缨而来。

丘行恭用长槊挑起了车帘，王玄策戴着杻铐和脚镣从马车上下来，慢慢地走向家中，脚镣拖在青砖地面，在沉寂的夜晚叮当作响。庭前廊下都挂上了灯笼，白底黑字，映照出凄凉之意。灯笼照耀不到的黑暗中人影绰绰，王宅的亲族和仆役都躲在暗处屏息凝神，注视着自己的主人走向家中，走向死亡。

经过中庭之时，王玄策看见了王叔阳、王运直以及王冲虚、王冲志等人。众人备好了酒，一一上前请王玄策满饮，却相顾无言，唯有眼神交错间，愧疚、难堪、苦涩与决绝尽在其中。王玄诚也目光闪烁地躲在人群之外，羞于相见，原来日间王玄策已让杨秉将他送回了王宅。

那时，王玄策已经猜出了妻子的身份，也猜出了王玄诚刺杀自己的缘由。事已至此，与这些族人分个是非对错毫无意义，他将杯中酒一一满饮，然后举手抱拳，与族人诀别，拖着镣铐慢慢走进内宅。

内宅也挂上了灯笼，屋里亮堂堂的，隐约传来孩子的哭闹声，满是温馨。婢女和仆妇候在廊下，见王玄策进来，急忙跪坐下去替他更换鞋袜，与往日没有任何分别。然而行动之间有铁链叮当乱响，提醒着这场诀别。

婢女挑起门帘，王玄策走了进去，景娘让弥奴趴在肩头正给他拍奶嗝，看见他进来，微笑着迎上去："郎君回来了？"

"嗯，回来了。"王玄策问道，"弥奴怎么了？"

他抬起手想要抱孩子，手腕的杻铐和铁链叮咣乱响。景娘横了他一眼，嗔怪道："手上戴着家什呢，小心硌着孩子。这两日积食了，睡不安稳。日间找太医来看过了，并无大碍。"

王玄策收回了手，笑道："哪个太医？又是你们东宫药藏局那个……那个姓钟的太医？此人来了几趟，实在名不副实。我看还是太医署的赵太医好，据说是孙思邈的再传弟子，精通小儿科。"

"你是吃了火硝药吗？一进门就牢骚满腹。"景娘笑道，"这次请的是尚药局的严太医，精擅小儿科，不下于孙思邈。"

王玄策恍然："我久闻此人大名，只是他长居禁苑之中，寻常请不到，没想到被你给请了来。"

"他是侍御医，日常随侍御前，你当然请不动。近日陛下去翠微宫避暑，才敢劳动他。"景娘道，"严太医不曾用药，只是做了些推拿，弥奴便好了许多。"

两人一问一答间满是家常，琐碎，絮叨，若非王玄策浑身的血迹和手脚上的镣铐，当真是家宅中最日常的一幕。说来也怪，王玄策一回来，弥奴便安稳了许多，趴在母亲肩头慢慢睡去。

景娘的姿势不敢稍动，仍然以同样的节奏一边缓行，一边拍打，过了一炷香时分，见弥奴睡得沉稳，才在两名乳母的帮助下小心翼翼地将他放入摇篮。王玄策也屏息凝神，似乎这是一桩比《秘记》还重要之事。

安置好孩子，夫妻二人不约而同松了口气，相互对视一眼，屋里的气氛陡然间紧张起来，似乎空气之中有刀戟在搏杀。两名乳母额头满是冷汗，慢慢地退到室外。

景娘轻轻拍手，管家薛弘带着两名婢女进来，抬了一张食床摆在堂上，菜肴和餐点琳琅满目，有胡饼，有鲈鱼脍，还有一坛郎官清和两只粗陶碗。一名婢女拿出钥匙替王玄策解开镣铐，请他在胡床上落座。

景娘亲自倒了一碗酒递给王玄策："这是妾身亲自脍的一盘鲈鱼，烤的一炉胡饼，虾蟆陵杨阿婆处沽的一坛郎官清，与当日修行坊老宅所饮，一般无二。"

王玄策想起贞观二十二年修行坊老宅中二人初见时的模样，禁不住黯然神伤。那时节也是春夏之夜，她戴着幂篱，提着一坛郎官清，随着夜风吹拂而来，仿佛枝上柳绵，仿佛坊间怪谭里的野狐妖魅。

王玄策端着酒碗，淡淡地道："所以，太子是要鸩杀我？药下在酒里？"

景娘没说话，从他手中拿过酒碗，一饮而尽。

王玄策苦笑着摇头："那么，你是景娘，也是爻姬？"

"景娘是我闺中的名字，爻姬是太子为我取的名字。"景娘道，"并无什么分别。"

"还是有的。"王玄策道，"景娘是我的娘子，爻姬是我的敌人……"说到这里他哑然失笑，"说得也对，其实并无分别。你那副朱雀面具呢，可否拿来看看？无数次在心中勾勒过它的模样，只是隐约中瞥见几次，瞧不真切。"

景娘默默地起身，从床榻的柜子中取出一只木盒，摆在他面前。王玄策怔住了："就藏在家中？我的床榻旁边？"

"谈不上藏，随手丢在此处罢了。反正家里之事你从来不管，闺阁之处你也从不翻看。"景娘道。

王玄策无言以对，掀开匣子，那副黄金朱雀面具赫然躺在其中，灯光之下流光溢彩，璀璨夺目，做工之精致令他啧啧赞叹，但也有些不解："你是幕后庙算之人，如此醒目的面具岂非过于张扬了？"

"只是谋一条退路罢了。"景娘淡淡道，"狡兔死，走狗烹。爻姬和这副面具被人等同之后，若情势所逼，找个替身戴上面具，死于一场大火、一场洪水，我便能全身而退。"

王玄策苦笑，经过多次交锋，他早知道自己这娘子极其难缠，没想到她竟然谋划到了这等地步，深谋远虑，决绝无情。他拿在手中欣赏一番，见其中一支鸟翅弯折，镶嵌处缺损了几枚珠钻。翻过来看，面具的内侧沾染了一块红斑，用指甲抠了抠，似乎是一块血痕，于是询问。

景娘淡淡道："你去翠微宫举告太子的那一日，被他拿镇尺砸的。"

"当日在屏风后面的便是你吧？原来这么些年是你在幕后替太子操持。"王玄策细细看着她的脸，果然在额头鬓角发现一道伤痕，于是摇头不已，"当日你曾送我四个字，神憎鬼厌，其实用在你身上也一样妥当。"

夫妻俩面面相觑，仔细咂摸，都尝出一口荒诞之意。景娘笑道："雄兔脚扑朔，雌兔眼迷离。同床共枕一年多，不知娘子是同行。"

夫妻俩笑得前仰后合，乐不可支，最后还是景娘强忍着笑指了指弥奴，两人急忙收口，气氛瞬间即变。夫妻之间早就失去了相濡以沫的温存与欢愉，欢笑只是一瞬，冷酷和杀机才是他们最真实的人生。

朱雀门的城楼上传来遥远的更鼓之声，这漫长的一日终于结束，时间进入贞观二十三年五月二十二日，乙丑日。

第十七章
结发为夫妻，榻上两相疑

王玄策淡淡道："唉，你我说些真心话如何？这些年你跟我说的哪一句是真，哪一句是假，我彻底分不清了。真真假假，虚虚实实，就如同镜中月，水中花，一触摸便破碎了。"

"想知道什么？"景娘笑道，"弥奴究竟是不是你的孩子？"

王玄策哈哈大笑："这倒未曾怀疑。我娘在乱世中死去已近三十年了，少年时曾听她讲起我在襁褓中的模样，与弥奴分毫不差。何况还有我们王家祖传的招风耳，你想造假也是模仿不来的。"

"那你想问什么？"景娘笑了。

"我查过爻姬的身份，据说是东宫最神秘的占卜师，精通大衍占诀和杂占术数。这几日我们隔空交手，你往往是未卜先知。譬如黄渠那次，你劫走袁守诚之后，我完全是临时起意直奔李淳风宅，却仍然被你洞烛先机。"王玄策好奇，"所以，所谓的占卜术到底是真是假？"

"郎君竟能探听出大衍占卜诀，倒让妾身好生吃惊。"景娘深知这条消息的分量，这意味着王玄策的触角不但能深入东宫，甚至能触及自己最核心的秘密。要知道景娘已经布局六年，这才交手三天，假以时日，输赢当真难讲。

"真正的占卜是术数的运算，将已知的几百上千种变数套入大衍诀中加以推演，运算出那个未知的唯一的定数。这个很复杂，但是对于你，用不着占卜。"

景娘道。

"为何?"王玄策笑道,"难道是大衍诀算不出我?"

"不是。"景娘摇头道,"作为枕边人,你每天吃几碗饭,喝几口水,喜欢穿哪双靴子,出门先迈哪只脚,我无不一清二楚,要谋算你的行动,何须占算?"

王玄策愣住了,这也着实有些荒诞了。他颇有些哭笑不得,闷闷地倒了一碗酒,景娘低声道:"七分满。"

他端起碗,碗中酒果然是七分满。

他刚伸出筷子,景娘又道:"醋芹。"

王玄策的筷子果然夹住了几根醋芹。

他有些不服,拿着筷子故意在食床上指指点点,眼睛却瞥着景娘。景娘根本不看他,低头喝着酒。他飞快丢下筷子伸出了手,景娘仍旧不抬头,低声道:"百花糕。"

王玄策顿时木雕泥塑一般,手指正捏到一块百花糕。

他愕然苦笑,将百花糕丢进嘴里,道:"你为何对我如此了解?"

景娘道:"身为女子,将一生的福祉托付在一个人的身上,对他越了解,心中便越安全。我替太子谋划全局,诛除政敌,只使了三分力,有七分力气倒用在了你的身上。我观察你的日常喜好、饮食习惯、衣着搭配、人际交往,我感受你的情绪变化、思考方式、行事手段,我体悟着你的每一种眼神,每一丝表情,每一个动作。我只有将你把握到极致才会让自己心安,才能让自己相信你是我的夫君,他是我的孩子,这里是我的家。"

景娘的语气平静,从容,并无一丝波澜,王玄策心中却涌起了惊涛骇浪,他意识到自己的妻子并非只是士族嫡女这么简单,甚至不只东宫密谍首领这么简单,因为很少有哪个女子需要如此强的安全感。

"所以,你便收买了我麾下的袍泽兄弟,汇报我的一举一动。"王玄策叹道。

"确实如此,不过用收买两个字却是轻看了你那些兄弟,他们对你忠心耿耿,死不旋踵,如何能为人收买?"景娘道,"不能收买,并非不能为我所用。我打着你的旗号,不良人署的普通吏员对我唯命是从。因为我是你的娘子,我们才是一家人,我代行的是你王玄策的利益,你执行的只是朝廷公务罢了,反而不重要。至于你那些心腹兄弟,我告诉他们,你开罪了太子和长孙无忌,太子命我选择:是杀死你一人保全妻儿,还是你被诛之后妻儿和家族连坐。他们对你越忠诚,就越容易抉择：你既然必死无疑，那么保全你的子嗣便是对你最大的忠诚。天平的两端，只有你最轻。"

"真的是好诡辩，所谓白马非马、坚石非石也不过如此。"王玄策苦笑不已。他在县廨之时便猜出爻姬便是自己的妻子景娘，因为能收买贾正背叛自己的，能让王玄诚刺杀自己的，范围其实很小了。直到他身陷公孙节的围困之中，杜行敏与曹宝鼎居然只是以弓箭远距离射杀，并不与自己并肩作战，他就知道，这两人也被收买了。

等到王冲雅慷慨赴死，以死亡求证心中大道之后，王玄策已经笃定无疑，能让不良人和王玄诚俯首听命之人，除了景娘，任何人都不可能。她就是爻姬。他唯一诧异的，便是景娘究竟如何说服了这些人？贾正性子粗疏，王玄诚对景娘视若神明，这二人倒罢了，杜行敏和曹宝鼎却是心思缜密，意志坚韧，绝无可能简简单单就被她说服。

原来……是拿自己和儿子让他们取舍。王玄策有些心疼自己这些兄弟了。

"却不知为了我这条命，太子开出什么价？"王玄策笑道。

"袭你的爵位，再赐爵二等。"景娘道。

王玄策叹气："正二品的开国郡公，太子好大的手笔。我都忍不住想寻短见了。只是……可惜了贾正、可惜了冲雅；也可惜了我那些兄弟，我死之后，只怕他们永世都会愧疚自责，悔恨交加。"

景娘不说话，默默地喝着酒。王玄策笑着丢下酒碗，走到儿子的床边默默地看着。他伸出手去，却不敢惊扰，于是把手指放在弥奴的唇边感受着他的气息。景娘背对着他们，依然慢慢喝着酒，脸上却有两行清泪缓缓而落。她借着一饮而尽之势，悄无声息地用长袖抹去。

王玄策俯下身子把耳朵贴在弥奴的胸口，听着稚弱而蓬勃的心跳，脸上荡漾出一股血脉交融的满足和喜悦。弥奴在睡梦中仿佛和人吵架，小嘴嘟囔几句，复又沉沉睡去。王玄策泪如泉涌。

他无声地哽咽，叹息着离开摇篮，转身便走。经过景娘身边时，两人同时说了个"你"字，又同时停住。景娘做了个手势："你说。"

"你当初是否爱过我？"王玄策笑道。

景娘沉默很久，淡淡地道："我不曾爱过任何人，除了弥奴。"

"如此……甚好。"王玄策点头道，"你问。"

景娘道："你可恨我吗？"

王玄策摇头："或许你不信，我此刻对你满怀感激。"

景娘一怔，狐疑地看着他，本能地去咂摸讽刺之意。

王玄策道："去年初见时，你曾经问我为何不愿娶妻生子。我告诉你，因为我的全家在那场乱世中被杀得尸骨如山，几乎灭绝，哪怕二十八年以后我的心中仍旧满目疮痍。这些年我出使列国，从中原到西域，那些国王、可汗和皇帝们在我的刀下瑟瑟发抖。我藐视天意和权势，我不惧世间的一切，但我不敢组建家庭，不敢碰触亲情，我怕自己有所羁绊，我怕自己无法承受失去之痛苦。直到你嫁与我，生了弥奴，我才发现排遣痛苦最好的礼物便是幸福。这一年来是我今生最安乐的时光，人间况味尽在其中。子曰：'朝闻道，夕死可矣。'有过这么一瞬间的幸福，我死而无恨矣。所以娘子，好好养育弥奴长大成人，你我之间的恩怨一笔勾销，永不相欠。"

景娘彻底呆滞了，她说不曾爱过其实并非虚言，她自来心肠冷硬，世间百态，亿万斯民，在她心中只是冷冰冰的一个数字，能以术数进行推演运算之数字。烂柯山的神仙何曾对松下的棋子有过情感？将作监的工匠何曾会爱上地上的砖石瓦砾？

她嫁给王玄策，只是一名杂户贱籍的奴婢在千万种悲惨绝望的命运中为自己占算出来的一种人生罢了，无论选中景娘的身份，还是选中王玄策作为郎君，都经过审慎缜密的推演计算。其间有多少情感可言，连她自己也不知道。而今夜，她忽然感受到了一种暌违已久的触动。

王玄策拎起地上的镣铐重新铐在手脚上，然后拖着沉重的铁链叮叮当当地走出庭院。景娘木然不动，一道稀疏的竹帘隔开了夫妻、父子和生死，回头万里，故人长诀。

庭院中便是丘行恭的兵马，整排整排的铠甲映照着月光，披坚执锐，严阵以待，连房顶都布设了大盾和弓箭手，显然是要防范曹宝鼎来劫人。

丘行恭早已急不可耐，舔着嘴唇狞笑："你究竟还是死在了我的手中！终于又可以尝到一副大唐名将的心肝了！"

"一介鹰犬而已。"王玄策讥讽道，"主人喂你吃肉，你便吃肉，喂你吃屎，你便吃屎。"

"莫要逞一时口快，我会好好炮制你，让你亲眼看到自己心肝的模样！"丘行恭咬牙切齿，"槊来！"

两名亲卫抬上一杆马槊，丘行恭攥在手中估算了一下距离，见两人相距有五六丈，往后又退了几步，大吼一声，手中马槊仿佛一条狰狞虬屈的巨蟒，在月光下喷吐着霹雳闪电，便向王玄策投掷了出去。

"爻姬为何还不动手？"崇贤殿上传来遥远的更鼓声，李治焦躁不堪，在殿内来回踱步。寂静的夜色中频频传来白鹄振翅之声，不时有五坊小儿捧着密信飞奔而至，带来永宁坊最新的消息。每一份都是二人晏晏而饮，围席闲话，似乎有无穷的话要说。

便在这时，长孙无忌在内侍的搀扶下来到大殿。他经御医包扎诊治之后留在内坊暂歇，他是外臣，不能留在宫中过夜，只待略略恢复些体力便要回崇仁坊。

李治急忙命人搬来一只胡床，搀扶他坐下，温言道："舅舅为何不休息？小心扯裂了伤口！"

"方才张太医缝合伤口的时候怕我疼痛，给我熬了些汤药喝，里面有曼陀罗。他在我身上穿针引线，我毫无知觉，脑中思绪翻飞，乱如走马，却忽然想透了一个难题。"长孙无忌慢慢地说着，最后一字一句道，"太子，我解开第三谶的真相了！"

李治一怔，颇有些不信，第三谶他私下请了不少大能之士来解，均无所得，舅舅挨了一刀便解了谶？李治随口道："舅舅请讲。"

"他是刘洎！"长孙无忌咬着牙，脸上满是惊惧，"那鬼魂是刘洎！"

李治一哆嗦，冲着内殿大吼："谶图！第三幅谶图！"

内侍们纷纷奔跑进来，一头冲进堆叠耸立的阁架之间。崇贤殿和崇贤馆一殿一馆汇聚了天下图书十万卷，一座座阁架宛如山峰一般，李治私下临摹的《秘记》也藏在其中。

不多时，内侍们取出第三幅谶图，用木架子绷好，匆匆忙忙地抬上大殿，又掌起几只灯笼，照得亮如白昼。李治与长孙无忌来到谶图前细细端详。

第三谶画面简洁，一名老者站在画面中央，地面上涌起羊角旋风，那风中涌现出另一名老者的鬼魂。画面留白处写着六句谶诗：

乙丑。

太白入南斗，天子床上走。

三尸蜚语时，地上出日头。

狗脊挂灯笼，寅卯交乙丑。

李治盯了好半天，才喃喃道："这鬼魂是刘洎，那这老者便是……"

"是褚登善！"长孙无忌沉声道，"他来找登善索命了！"

褚遂良，字登善，时任中书令，朝廷宰相之一。

李治和长孙无忌面面相觑，对于褚遂良和刘洎的恩怨他们一清二楚，第三谶居然又是一幅朝廷高官互相构陷、倾轧、杀戮的众生相！

刘洎和褚遂良的年龄相仿，经历也极为相似。隋末时，褚遂良曾是西秦薛举的通事舍人，薛举败亡之后降唐。而刘洎则任南梁萧铣的黄门侍郎，萧铣败亡之后降唐。褚遂良因为书法出众，常年在内廷随侍皇帝，任职起居郎，撰写起居注，而刘洎则在朝廷里大展手脚，冉冉上升。

两人私教莫逆，当年安德郡公、宰相杨师道曾在宅中设宴，刘洎、褚遂良、许敬宗、岑文本，以及新秀上官仪等人诗酒唱和，有好事者将诗文结成《安德山池宴集》，成为与《兰亭雅集》齐名的文坛佳话。

二人在政事上也互为知己，曾经联手将李世民挫得灰头土脸。

贞观十六年，李世民向褚遂良索要《起居注》观看，褚遂良严词拒绝，说："《起居注》记录帝王言行，对善恶之举详加记录，便是为了使人君不敢为非作歹。从未听说哪个帝王可以取而观之。"

李世民道："朕有不善之举，卿也记吗？"

褚遂良道："臣职责所在，不敢不记。"

这时刘洎帮腔："假使遂良不记，天下人亦记之。"

李世民只好悻悻作罢。

这是二人最后一次肝胆相照，第二年，随着太子承乾败亡，一切风云突变，曾经的友谊烟消云散。刘洎支持魏王李泰，褚遂良支持晋王李治，最终在褚遂良的拼死力争之下使得李治被立为太子，可是刘洎一番奏对，不但成功把门庭改换到了太子门下，而且晋升宰相，至于他的黄门侍郎旧职，却给了褚遂良。虽然从正五品的谏议大夫到正四品的黄门侍郎是跨级擢升，可褚遂良心中老大不是味道，两人的隔阂从此种下。

刘洎此人不拘小节，对皇帝直言敢言，对同僚强势苛刻。贞观十九年，皇帝

乙丑

太白入南斗,天子床上走。
三尸蜚語時,地上出日頭。
狗脊挂燈籠,寅卯交乙丑。

亲征高句丽，命刘洎在定州辅佐太子监国，不但以宰相之身兼任左庶子、检校民部尚书，还主持吏部、礼部、户部三部尚书的事务，几乎将他视为太子未来的首辅。

李世民临走前切切交代："我今远征，你辅佐太子，社稷安危都托付于你了！"

刘洎慨然道："请陛下勿忧，大臣有罪，我立即诛之。"

李世民认为他狂言妄语，责备道："君不密则失臣，臣不密则失身。你性情疏阔刚直，必会因此而败，切记谨慎行事。"

是年冬，李世民班师返回定州，半路患上了痈病，后背红肿化脓，畏寒发热。刘洎与另一位宰相、中书令马周去行宫中探视，出来后满面悲惧，对同僚说道："病势严重至此，陛下圣体堪忧。"

任何朝代，皇帝的病情都是禁忌话题，一言一行皆会引发朝野动荡，刘洎身为宰相竟然口无遮拦地对外宣称皇帝病危，此人的性情竟然疏阔至此。"臣不密则失身"，李世民的眼光当真是精准毒辣。

褚遂良当即奏报皇帝："刘洎言道，国家大事不必担忧，只需依循伊尹、霍光辅佐太子，大臣有异志者诛之，天下自定。"

李世民勃然大怒，质询刘洎。刘洎矢口否认，并且请马周作证。皇帝询问马周，所言与刘洎并无出入，但褚遂良坚称自己并未诬告。李世民疑虑多日，亲自写了一篇《赐刘洎自尽诏》将他赐死，字里行间充满猜忌，说刘洎与人私自窃议，窥探朕的病情，一旦朕有不幸，便图谋执掌朝政，操弄兵权，自比伊尹、霍光，猜忌大臣，打算夷戮同僚。论其此罪，合该刑戮。但朕不忍枭首示众，赐其自尽。

刘洎临死前想给皇帝留下奏言，索要纸笔，监刑的监察御史不给，皇帝得知后严惩。

刘洎案的整个过程便是如此，或者说流传于朝野间的过程便是如此，逻辑之间充满断层，事件之间缺乏衔接，导致此案扑朔迷离。褚遂良诬陷他的动机何在？为何刘洎所言和褚遂良所奏完全不同？为何此案只有褚遂良一面之词，而且在马周否认的情况下皇帝仍然处死刘洎？监刑的监察御史为何不敢让刘洎留下遗言？

刘洎被杀已经三年，这三年来坊间猜测不断，朝廷始终不予回应。但今夜，刘洎却以鬼魂之身来到谶图之中！

长槊脱手掷出的刹那，忽听一声高呼："圣旨下！丘将军住手！"丘行恭吓得亡魂皆冒。眼见得长槊已经脱手飞出，他飞身前扑，竟然在槊刃刺中王玄策的瞬间攥住了槊杆。尺许长的槊刃在王玄策眼前剧烈震颤，仿佛炸开一树梨花，他平静地望着，眼睛都不曾眨得一下！

丘行恭手攥槊杆，隔着一条长槊的距离和王玄策对视，禁不住眼皮乱颤，瞳孔收缩，此人的肝胆当真有如铁铸。

丘行恭收了槊转回身，只见曹力士和金刚奴从宅子外飞奔而来，见王玄策安然无恙，两人才松了口气。曹力士取出一卷文书递给丘行恭，道："丘将军，陛下有旨意，犯官王玄策暂押台狱候审。"

丘行恭一见文书的捆扎样式，便知道是皇帝以白鹄传讯，从终南山翠微宫发来。他心有不甘，仔细检查，诏敕上的字迹并不是皇帝亲笔，料来出自当值的起居舍人，不过御印并无问题。他不敢违拗，恭恭敬敬地收下。

曹力士笑呵呵地道："那就劳烦丘将军将犯官押送至台狱，奴婢还另有诏旨要传。"

丘行恭回头看了一眼内宅，房中无声无息，景娘没有丝毫表示。他无可奈何，只好躬身奉诏。

台狱便是御史台的大狱，贞观二十二年才设置，就在御史台内。武候们将王玄策拖上马车离开永宁坊，径直往皇城而去。

曹力士和金刚奴策马跟随，丘行恭还以为二人来监督押送事宜，不料经过宗正寺门外，这二人径直进了宗正寺，命令夜当值的宗正寺少卿迎接圣旨。

宗正寺的职责是管理皇室宗亲的所有事务，凡是李姓皇室，无论地位高低、亲疏远近，悉归宗正寺管辖。宗正寺的大小官吏必须出自李姓皇室，宗正寺卿亦称宗长，相当于李氏的族长，皇帝将南阳公主交由宗正寺处置便是执行皇族家法，而非国家律法。

丘行恭禁不住好奇起来，举手握拳，手下武候们齐齐勒住马匹，肃立无声。就见曹力士取出一份诏旨，念道："门下：朕女丽瑛，谋刺宗亲，悖逆人伦，既伤败于典礼，亦惊骇于视听，今宜削爵一等，夺其封户，拘于感业寺幽禁。其邑司之令、丞及内侍人等，未及劝谏，谄媚无状，着杖杀之。主者实行。"

丘行恭和宗正寺少卿都怔住了，谁也没想到皇帝的惩罚会如此之重，不但削了封号，夺了食邑，将她本人拘押，甚至将亲信人等一概打死！

丘行恭明白这位宠极一时的公主完了。他颇有些幸灾乐祸，知道王玄策与这位公主交好，便命人将他从马车中提出来带进了宗正寺，要让他亲眼看着公主受罚。

南阳公主今夜带的人并不多，除了十余名扈从亲卫，便是程文等七八名官吏、内侍和婢女，宗正寺的官吏们行动迅速，扈从不论，其余人等统统被带到中庭受刑。王玄策戴着镣铐走进宗正寺，程文等人已经被按在地上开始受刑，看见他进来，程文惨然道："王少卿……"

他只是说个名字，即无话可说，伏地受杖。

杖杀之刑颇为残忍，按照唐律，受杖的部位是臀部及腿部，但这两个部位其实颇难将人杖死，所以行刑时只是象征性地在臀、腿等部位打一番，重点打人的脊背和腰肾，一掌宽两掌厚的重杖打下去，十几杖便能将人打得骨断筋折，一时间满院都是哭喊和惨叫声。重杖打在人身上，砰砰砰的闷响之中不时响起清脆的骨骼折断声。程文受了二三十杖，五脏六腑尽皆被打碎，口中的鲜血便似泉涌一般喷了一地，更夹杂着内脏的碎肉。

王玄策两眼通红，却无力相助，那种悲愤痛苦之色看得丘行恭乐不可支，哈哈大笑。忽然间正堂中一阵喧闹，南阳公主嘶声大哭着闯了出来，扈从们跪了一地堵在门口不敢让她出来，但人人都是两眼血红，悲愤交加。

王玄策一怔，只见刘全竟然混在扈从之中。原来今夜他穿着监门卫的衣甲混入皇城与程文会合，随后便与南阳公主等人一起被押送到了宗正寺。幸亏他伪装成公主扈从，躲过了这杖刑之苦。

双方推搡之间，忽然庭院中一静，原来程文等人尽皆被杖毙，整个身体的骨骼都已经被打碎，身体厚度缩去了一半，软瘫瘫得如同盛了一半谷子的破麻袋。庭院之中尸横遍地，满是血污，仿佛人间地狱。

公主呆滞片刻，骤然瞠目尖叫，发出撕心裂肺的哭喊。刘全正低声劝慰，突地公主的嗓音一变，说道："三郎，谷子碾完了吗？后晌的雨下得好大，墙都泡塌了，也不知鸡舍有没有压坏……"

众人顿时愕然，一齐看向南阳公主，禁不住头皮麦起。子夜寒凉，阴风乍起，刚刚杖死了十余人，庭院中满是尸体，月色楼台，空简鬼哭，所有人都被一种巨大的恐惧攫住了心脏。

只见公主满脸惶急地揪着刘全，模样还是那模样，嗓音变粗，口中变成粗鄙的方言土语："三郎你怎的变成了这副模样？你们这些人穿红戴绿的，还披着铠甲戴着冠，莫不是戏台上的伶人吗？兀你个贼厮鸟的刘三，莫不是我大瓮里藏的六百七十钱被你取出来耍子去了？"

刘全默默地看着她，心中悲喜交加，他知道自己的娘子翠莲又回来了。

王玄策眼中含泪，他知道，南阳公主走了。她遭逢如此惨烈的打击和创伤，内心靠道符禳起来的意志轰然崩塌，她躲藏进了身体最黑暗的一角，翠莲复又回归了！

"咄咄怪事！"丘行恭问他，"究竟是怎么一回事？"

原来他并没有认出刘全。当日双方拼斗之时，刘全身穿飞骑服饰，戴着甲胄，如今换了衣袍，庭院昏黑，他竟然没有认出此人便是自己缉捕的要犯。

"皇家秘事，你当真想知道吗？"王玄策微微一笑。

丘行恭一个激灵，瞥了一眼南阳公主，迅速道："与我无干！"说罢揪着王玄策便离开了宗正寺，前往御史台。一众兵马在哗啦啦的甲胄碰撞声中如同潮水般紧随其后。

王玄策在纷乱的人群中回头，刘全正把南阳公主抱在怀中，无声地流泪。

弥奴又哭闹起来，景娘和乳母哄了好半晌。这时管家薛弘在门外禀告："大娘子，耆老们请您到堂上一叙。"

景娘置若罔闻，耐心将孩子哄睡，轻手轻脚地放在摇篮里，然后命婢女服侍她更换衣物，置好妆容，这才来到正堂。

此时景娘在王氏家族的权威让所有人都戒惧，王叔阳、王运直等五名耆老和王玄诚规规矩矩地坐在席上，不敢有丝毫不耐。见景娘进来，六人对视一眼，谁也不敢先开口。

景娘坐在主位上，婢女端着托盘递上来一组五色饮。景娘纤白的手指在五只玉碗的边缘反复弹着，看也不看他们，淡淡道："无须如此，既然请我来了，总是要说的。"

王玄诚叹息一声，他浑身是伤，一瘸一拐地来到景娘面前跪倒，哽咽道："恳求大娘子救救九郎！"

景娘终于选了一碗扶芳叶熬制的青饮，呷了一口："你们六人都是这般想法？"

王运直叹道："大娘子，九郎被抓后我们寝食难安，九郎对王氏有大功，我们为了一己之利要杀他，如何向列祖列宗交代？如何向后世子孙交代？"

王叔阳等人纷纷开口，恳求景娘搭救王玄策。景娘忽然将手中玉碗摔在堂上，"啪"的一声脆响，碧玉四分五裂，众人都是一惊。

景娘哈哈长笑，神情中满是嘲讽和凄凉："你们寝食难安？你们无法向后世子孙交代？我呢？我便能睡得安稳吗？我便能向儿子交代吗？说什么九郎对王氏有大功，你们一群田舍奴、狗鼠辈，若非我将你们搜罗出来拼凑聚集，修订族谱，有你们这洛阳王氏吗？睁大你们的狗眼看看，你们和洛阳永泰坊王氏有半分的干系吗？玄策的三代亲眷早已在战乱中死绝，你们一个个鸠占鹊巢，冒领郡望，还想向列祖列宗交代？你们早就数典忘祖了！"

这些隐私众人一向心照不宣，没想到今夜景娘直接扯掉了遮羞布，一时间老脸通红。一年前景娘在州里宗正的陪同下，到洛阳搜寻王氏族人，王叔阳、王运直等不少人便动了心思。隋末乱世中多少大族破家，连祖祠和族谱都烧了，战后寻回族人、重订族谱实属常见，冒认郡望更加常见，他们也确乎曾与永泰坊王氏打过交道，知道些根底，便宣称自己是流散的族人。

尤其王玄诚，他只是一名掌管渡口的九品津令，听说能攀附灭国归来的朝廷高官，毫不犹豫也加入这场饕餮盛宴。

原本以为景娘要细细甄别，却不料她来者不拒，略略一问，能将王玄策父母三代说个大概的，一概收录，带到长安与王玄策相认之后，便是山一般的富贵、海一般的钱帛砸了下来。王玄诚更是从九品小官跃至长安，任了万人瞩目的长安县尉！这些人吓得是肝儿也颤了，喜得是魂儿也飞了，日里白日做梦，夜里梦中笑醒，从此把自家族谱或者烧掉，或者改头换面和永泰坊王氏嫁接，一心一意做起了王玄策的"族人"，直到今夜被景娘一言揭穿。

大堂上沉默无言，众人心中惶惑，真相一挑明，只怕眼前这富贵就要烟消云散，该去种地的回村里，该去守渡口的守渡口，洛阳城中的大宅、城外的良田、身上的乡正耆老职衔，便似一枕黄粱，很快都不属于自己。一念及此，众人悲从中来，不少人呜咽哭泣。

"够了！"景娘一拍几案，冷冷道，"丑态百出，成何体统！"

众人眼泪汪汪地止住了悲声，一起望着她。

景娘道："隋末战乱中，我夫君痛失父母亲眷，从此抱恨一生。所谓子欲养而亲不待。逝去而不可追者，光阴也；诀别而不可见者，亲人也。我为了弥补他心中的缺憾，去洛阳找到你们，修订族谱，聚为亲族，难道我不知道有人来冒充吗？可那又如何？隋末战乱我华夏死了三千六百多万人，白骨露于野，千里无鸡鸣，只要是活下来的，谁不是你我的亲族？何况你们确实姓王，哪怕不是三服五服，总归是一个祖先。所以，我为他重新种下洛阳王氏这座丛林，就是要让他栖身其中，内心圆满。"

众人都愕然愣住，这似乎有了转机？

景娘继续说道："然而成住坏空，生灭无常，这本就是世间法则。一个家庭，一个家族，便如同行驶在这世间的一艘航船，风波险恶，鱼龙吞舟，谁都可能掉下去被瞬间吞噬，便是那些太子、公主、郡王、国公，今日又安在哉？今日之事已经无可挽回，也正因为他甘心就死，太子才放过了我们。你们这些人若是念着他的好，就要做好他的亲族，护持他的遗孤长大成人，这便是对他最好的报答！"

众人呆滞了好半晌，眼前的富贵竟然保住了？大喜大悲之下，一个个不顾身份，纷纷跪到景娘面前失声呜咽。景娘一揉一搓，打压拉拢，这回算是彻底收服了这帮王氏的耆老。

施展完了霹雳手段，少不得又劝勉几句，正闹腾，忽然薛弘来报，丘行恭求见。景娘面无表情，将手笼入袖中掐诀占算，不由叹息一声，请耆老们回去歇息，命人去请丘行恭。

不多时，丘行恭带着两名中郎将来到堂上，举手见礼。要说他无论官职和爵位都远在王玄策之上，无须对景娘如此恭敬，但他对这女人忌惮到了骨子里，举止之间便充满戒意。

"丘将军，太子有何诏命？"景娘问道。

丘行恭一怔，他的确是受太子之命而来，这女人当真是妙算无双。

他冷笑道："爻姬娘子不曾占算吗？"

景娘道："太子但有所命，奉行便是，何须占算。"

"很好。"丘行恭脸上露出嘲弄之意，"人犯我已经送入台狱，太子命你去勾决！"

第十八章
皇帝驾崩，宰相复活

御史台狱，王玄策正躺在霉烂的草垫子上昏睡。

他这间牢房位于台狱的最深处，是御史台的官吏特意关照的。这帮宿直的官吏见王玄策被投入台狱，一个个惊喜交加，这贼厮鸟昨夜明火执仗地攻入御史台逼死邱凌，今夜居然自投罗网。尤其是邱凌的好友和下属，纷纷献计献策要报复他。

御史台大狱只建成一年，级别又高，不似刑部大狱那般腐臭污秽，然而皇城西南角这边地势低洼，五月雨水多，四壁潮湿，这群吏员便寻了最低洼的这间将他扔了进去。触手一摸，地上的污水积了几寸厚，铺的稻草都腐烂发霉，难闻至极。

但王玄策已经毫无知觉。这数日来满长安奔波，豕突狼奔，一日睡眠不过两个时辰，身上杀得满是伤痕，虽然做了些包扎，在腐水中一泡又开始溃烂，整个身体和精神绷到了极限。被往台狱中一扔，整个人便陷入半昏迷状态。

"观自在菩萨，行深般若波罗蜜多时，照见五蕴皆空，度一切苦厄。舍利子，色不异空，空不异色，色即是空，空即是色，受想行识，亦复如是……"

耳边传来诵经声，似从天边传来，世界震荡，万物欢悦。有些耳熟，是师父刚译出的《心经》。王玄策颇为自得，那二百多字的经文只看了两遍，自己居然记住了，能于濒死之际重现。自己虽然算不得佛徒，但在这《般若波罗蜜多心经》的护持中死亡，或许能减轻几等罪孽，到了那泥犁狱中少受些苦，早日投胎，不再来这人世了。

不知父母是否还在那泥犁狱中？可能相见？他们死去已经三十年矣，自己孤苦伶仃在这世间长大，曾经是如此思念，可近年来他们的模样居然越来越淡薄，弥奴的模样越来越鲜亮，这让他颇有些不安，似乎享受了幸福，便是对死去父母的背叛……忽然他想道：若不再来这人世，如何得见弥奴成人后的模样？

沉重如山的乱梦中，忽然有一只宽厚粗糙的大手握住他的手掌，似乎有人把他抱在了怀中，拿着湿润的面巾擦拭他的脸颊。有清凉干净的水从唇边流过，他舔了一口，凛冽甘甜。

王玄策努力撑开眼皮，却发现师父玄奘竟然出现在牢房之中，正将面巾浸湿帮他擦洗面孔，口中还在诵经。旁边放着一只水桶，两名御史台的狱卒掌着灯笼，毕恭毕敬地站在一旁。

"醒啦？"玄奘温和地笑道，舀起了一瓢水喂他喝下。

半瓢水喝下去，王玄策恢复了些许体力，勉强道："本以为是弟子将《心经》背诵了下来，却原来是师父在诵念。"

"你生平只知杀人放火，哪晓得诵经念佛？"玄奘低声道，"还记得在吐蕃时，为师赐予你的法名吗？"

"思虑过重，心猿不定，师父盼我悟得清净法门，是名悟净。"王玄策喃喃地说道，回忆当年西游天竺的峥嵘岁月，他脸上有了一丝笑容，片刻后却又长叹，"可惜弟子始终不曾悟出什么法门，反而被这红尘摔打得遍体鳞伤。"

"景娘之事贫僧听说了。"玄奘黯然道。

"师父何时听说的？"王玄策诧异。

"方才你在梦中呓语，反复叮嘱她照顾好弥奴。你说，你当年的选择是对的，不该有婚姻，不该有亲情。"玄奘怜悯地看着这个弟子。

王玄策愣怔半晌，忽然泪如泉涌，失声痛哭："师父，弟子好生痛苦。我最怕有所羁绊，却还是坠入这座婚姻与子嗣的牢笼。这就是佛家说的爱别离、怨憎会吗？师父，弟子实在撑不住了，只愿一死，不再来这世间了。"

玄奘叹息一声："只要你心有挂碍，无论是去地狱还是天界，都只是这人间改个名字罢了。它如影随形，你就像在其中转轮，永无休止。"

"那弟子如何解脱？"王玄策问道。

"此生无解，但此生亦是解。"玄奘温言道，"你从呱呱坠地到老病而死，色、受、想、行、识照进了你这副肉身，你看见了草上有露水在往下滴，你看见山间有草木在萌生，你看见鸡子下了一枚蛋，你看见农人在田里挥汗如雨，你看见昨日金榜题名的状元今日刑场杀头，你看见皇帝的子嗣一夜夭折，这便是世界在向你演绎它的法则。你就像看台上的一幕幕伶戏，你是局外人、旁观者，无论喝彩还是悲戚，它不生不灭，不垢不净，不增不减。但其实你亦在台上，他人亦在台下旁观。这副肉身从诞生到溃灭的过程我们称之为一生，便是要让你明白诸法如是，空中无色，然后心无挂碍。无挂碍故，无有恐怖。远离颠倒梦想，最后到达彼岸。"

玄奘似乎在为自己心爱的弟子传道，声音缓慢、低沉、温和，穿透大千世界，内心红尘。那两位狱卒双手合十，跪在地上倾听，不知不觉满脸是泪。玄奘西游归来之后，大都隐居在道场译经，佛徒们得见他一面都是难事，狱卒们今日能听他亲自讲经更是极大的缘分。

玄奘请那两位狱卒把灯笼留下，再送些干净的饭食。二人诺诺连声，把灯笼插在了墙上，不多时抬了张食床过来，丰盛无比，一只瓦罐里甚至炖了参汤。然后二人双手合十，躬身退去。

玄奘盛了参汤，默默地喂王玄策喝了一碗。王玄策终于恢复些许精神，这才询问师父为何会出现在台狱之中。

玄奘轻描淡写地道："把你关入台狱，本就是贫僧安排的。还好那白鸽飞得快，曹力士跑得也快，没让你死在丘行恭的长槊下。"

王玄策吃惊："师父安排的？难道是陛下知道我冤屈，特意请师父出面？"

玄奘摇摇头："陛下的诏旨只是幽禁了南阳公主，打杀了她的亲信。不过那白鸽有两条腿，可以绑两枚竹筒，贫僧就想办法另拟了一份诏旨，绑在另一条腿上。"

王玄策彻底蒙了，这可是矫诏，伪造皇帝诏书！玄奘说来简单，但这一份诏书的流程极其复杂，不但要中书舍人拟旨、门下省的符宝郎来用印，还要利用皇帝的白鸽飞书。

"师父莫要吹嘘，您当真能矫诏，岂不是说陛下的性命也捏在您的手中了？"王玄策满脸不信，但他又知道自己师父从不打诳语，颇有些疑神疑鬼。

玄奘脸上露出浓浓的悲伤，低声道："陛下不日便将驾崩。"

这声音很低，却如同雷轰电掣般劈入王玄策的脑中，使得他整个人头晕目眩，翠微宫里究竟发生了什么事？

"陛下的性命确实操纵于他人之手，却不在我的手上，而是那《秘记》之手。"玄奘也露出大恐怖，"你至今尚未看过第七谶的谶图吧？"

王玄策摇摇头，他拿到的《秘记》是残缺版的，第七幅谶图已经被皇帝裁掉，只剩下一句谶诗："唐三世而衰，女主武王，代有天下。"当时玄奘解释道，第七谶过于耸人听闻，皇帝不欲为外人所知。

"那谶图上画着皇帝于贞观二十三年五月二十六，己巳日，也就是四日后驾崩！"玄奘一字一句地说道。

暑热濡湿的牢房内，一股寒意从脚底蹿至王玄策的头顶。

这些时日他连破两篇谶图，虽然和景娘势同水火，目标相反，但双方都是在不惜代价阻止谶图的发生。然而这东西就仿佛宿命的转轮，无论怎样努力都无法撼动分毫，循着自己精准、冷酷、血腥的轨道将预言变为现实。

两幅谶图应验下来，几乎所有人都相信《秘记》的真实和准确性了，它将会在七天之内完成这七幅谶图，就像命运一般势不可当。

可第七谶居然是皇帝驾崩！那就意味着，《秘记》最终导向的结果是让所有人都相信，皇帝将会在第七天驾崩！

不对，或许这还不是最终的导向，当李世民果真在第七日驾崩之后，天下人便彻底相信了第七谶的预言："唐三世而衰，女主武王，代有天下。"

这才是它最终极的目标！

其实从一开始《秘记》就亮出了獠牙，它从未掩饰自己，目标明确，方向清晰，只是谁都无法抗拒，无法扭转，更无法躲藏。这才是《秘记》最为恐怖之处！

至于太子李治则是其中最悲惨之人。这数日，王玄策喋血长安，翻出了他的一桩桩大案，足以让他的德行备受质疑，甚至无法继承皇位。可哪怕他继承了又如何？朝野的质疑声只怕更甚！因为在谶语中，正是他成为第三世皇帝才会导致大唐覆灭，才会让女主武王代有天下！

怪不得这些时日太子与自己杀红了眼，他的生死危机正迫在眉睫。

师徒二人都是具有大智慧之人，无须多言，只言片语中便明白了如今的局势。王玄策坐起身，神情急切："师父，陛下如今是什么状况？已经无法理事了吗？可您又说惩治南阳公主的诏书是他拟的，究竟怎么回事？"

"陛下的身子并未恶化，仍旧是头疼晕眩，肢体麻痹，处理寻常政务并无太大妨碍。今夜拟完处置南阳公主的诏书，他有些气急上火，头晕目眩，吃了些汤药便去睡了。"玄奘道，"陛下不曾提及如何处置你，贫僧担忧太子会杀你，便与中书省宿直的舍人们商议了一下，补了一份诏旨，将你暂且收监。"

"补了一份诏旨……"王玄策愣住了,"诏旨岂能商量一番就补了的?这叫矫诏!师父您一心想要涅槃,脑袋掉了钵盂大的疤,中书省也疯了不成?"

玄奘摇头不已,对这个徒弟的佛性简直是痛心疾首,斥道:"这如何算是矫诏?草拟诏旨、查漏补缺原本就是中书舍人的职责,皇帝发了风疾,未及交代之事自然要中书舍人补缺。只是把你暂押台狱候审罢了,又不曾替他做什么决断。"

玄奘说着说着,估计自己也觉得难以自圆其说,问道:"我问你,为什么皇帝在得到《秘记》的第二日便离开长安?"

王玄策立即道:"因为他怀疑长安城已经被人设局?"

"不错!"玄奘赞许道,"所以陛下当机立断去了翠微宫。那地方僻处终南山中,外有高山深涧环绕,内有程知节、薛仁贵等心腹悍将保护,长安城中还有你这把利刃搅得天翻地覆,陛下便能在翠微宫中坐观真相!"

王玄策恍然,《秘记》这东西倘若并非神鬼使然,而是人为布局,那就意味着对方早已将长安城甚至皇宫渗透得千疮百孔,这时候跳出长安,先将自身置于绝对安全的境地,不失为上策。

"那陛下如何看待他仅剩七日……四日性命?"王玄策好奇地问道。

"陛下丝毫不信。"玄奘道,"他坚信崔判官在泥犁狱中为他改了生死簿,自己会崩于贞观三十三年,他还有十年寿命!"

玄奘将贞观三年发生在霍邑县的泥犁狱一事粗略讲述一番,王玄策目瞪口呆,皇帝心中竟然有这种魔怔。

玄奘继续道:"所以现在朝中的局势颇为诡异,随着《秘记》演进到了第三谶,除了皇帝本人,朝中高官权贵大都相信了《秘记》预言之准确,忠于陛下的试图扭转,心怀叵测的正自观望。为什么这几日你在长安城掀得天翻地覆,朝廷六部百司几乎耳聋眼瞎,坐视不管?为什么今夜中书省的人能补发这份诏旨?因为他们想要保你,想要你查出《秘记》的真相!"

王玄策叹了口气,他两次闯入皇城时便感受到一股不动声色间的保护,那不是一个人,而是一股势力,或者说是一种官场上的情绪,但随着太子杀他之心越来越明,敢回护自己的人也越来越少了。

"陛下也知道自己身体有大隐患,将希望寄托在丹药上,便将娑婆寐带到了翠微宫随时为他炼制丹药。"玄奘从袖中取出两枚丹丸,一青一黄,大如葡萄,"这便是娑婆寐炼制出来的丹药,陛下早晚服用一颗。《秘记》想要完成第七谶,必须将皇帝的性命控制在手。要他在五月二十六驾崩，他就必须于这一日驾崩，不能早，也不能晚。所以贫僧怀疑，控制皇帝性命之物便是这两粒丹药！"

王玄策将丹药拿在手里细细端详，这显然是从丹炉里炼制出来的，通体圆滑，隐约流淌着一股妖异的光彩。

"师父怀疑这丹药是慢性毒物？"王玄策道，"恰好能在五月二十六日让陛下毒发身亡？"

"这丹药无毒。婆婆寐在禁苑中已经为陛下炼制了一年，药方、药材、用量、配伍、制药流程都在尚药局的监管之下。丹成之后安排有内侍试药，三个月后安然无恙才拿给陛下吃。但是配药讲究君臣佐使，倘若婆婆寐在配伍上使些手脚，一些寻常的吃食就能和这丹药相生相克，夺人性命。"玄奘说道，"所以贫僧想办法弄了两粒，今夜下山便是要把这丹药拿给孙思邈，请他辨一辨药性。"

"孙神医怎么说？"王玄策道。

"还未来得及见他，怕你撑不到明日就给人瘐毙了，先来救你出去再说。"玄奘道。

"师父您说什么？救我出去？"王玄策顿时怔住了，"怎么救？杀出去？"

玄奘晃了晃牢门上的铁链，"哗啦啦"的声响中，那两名狱卒急急忙忙走进来。

玄奘致谢："有劳二位了。"

"不敢，不敢。牢房有些结实，我二人方才挖了半天，有劳法师久候了。"

"法师乃是人间佛子，早算出今日，才让最近多下了些雨水，泡得酥了。"

两名狱卒合十回礼，纷纷笑着走进牢房，用手掌抵着墙壁同时用力推，还不停地拿肩膀朝墙上撞。

王玄策看得纳闷不已，这二人莫不是患了失心疯？正诧异间，只见那堵墙壁竟然摇晃起来，两人愈加用力，吭哟吭哟低声喊着号子，顷刻间那堵墙轰然倒塌。

尘土被夜风吹去，赫然露出乌云沉沉的夜空。

与此同时，景娘的马车驶入御史台门前的街道，后面跟着丘行恭与武候骑兵，车轮和马蹄敲打在皇城天街之上，敲碎了一地的寂静，也敲打着景娘波澜不惊的心防。

到了御史台衙门前，丘行恭亲自入内行文。宿直的御史中丞翻看文书，乃是武候府颁发，大意是，着其家眷来劝解该犯官坦白案情，认罪伏法。那御史中丞一看便知道他们今夜要断送了王玄策的性命，而首先担责的便是御史台。他苦苦思索良久，最终还是不敢违拗他们背后那尊庞然大物，命官吏带着景娘前往台狱。

一行人执着灯笼火把，默默地穿过几重院落到得台狱之外的值房。两名狱卒正在酣睡，吏员们叫醒他们说明缘由，两人睡眼惺忪地取了钥匙。

"爻姬娘子，殿下既然命你亲自动手，下官就不奉陪了。我替您准备了几样物什。"丘行恭笑道，从怀中取出一只小瓷瓶，一卷麻绳，又将自己腰间的佩刀摘下，"瓶中是钩吻，混在酒中不消一个时辰便会毙命。倘若他不肯，便用麻绳勒毙。若是还嫌麻烦，只好一刀毙命。爻姬娘子任选一样即可，小小心意，不成敬意。"

他将三样东西托在手中，笑吟吟地盯着景娘，似乎在嘲讽，又似乎在享受这残虐的快感。景娘沉默地望着他，不言不动。武候们手中的火把在风中噼里啪啦地燃烧，御史台吏员手中的灯笼被风一吹，烛光跳动。

好半晌，景娘才道："无须客套，替拙夫谢过丘将军。这番赠礼，来日必报。"她郑重地屈身施礼，转头道，"劳驾二位取一坛酒来。"

一名狱卒回值房取了一坛酒，另一人挑起灯笼，景娘亲自把酒坛抱在怀中跟着二人走进台狱。牢狱的房舍极为逼仄，从中间的甬道一路穿过，直到台狱最深处的一间牢房，两名狱卒打开锁头，景娘推门走进牢房，忽然间一阵穿堂风袭来，吹得她衣袂飞舞，牢房的后墙已然坍塌，里面空无一人！

景娘瞬间呆滞，"啪"的一声，手里的酒坛跌在了地上。

两名狱卒一声惊叫，惊慌失措地奔跑了出去。不多时，丘行恭带人闯了进来，见到这一幕禁不住气急败坏，怒吼一声，命人四处搜索。

这牢房位于御史台的西北角，隔墙便是太史局。皇城衙署之间的隔墙有八尺高下，寻常自然无法翻越，只是牢房的后墙恰好坍塌在墙根，等于凭空垫高了三尺。如此一来，普通男子踩着废墟便能轻松越过。

丘行恭站在御史台和太史局之间的围墙上，纵目四顾，午夜的皇城偃伏在脚下，屋宇层叠，一名戴着镣铐的囚犯就这么凭空消失在这森严的宫禁之中？

丘行恭提着刀跳下围墙，来到景娘的面前，咬牙切齿："爻姬娘子，好手段！"

景娘浑身冰凉，长长一叹："丘将军，我中了别人的算计！"

"算计？"丘行恭冷笑，"算计谁？"

"算计我！"景娘喃喃道，"他设下这座陷阱，就是要让我做那只替罪羊！

他算出我今夜要来，可我却算不出他！此人从来不在我的占算中，他的命格有天机在蒙蔽卦象。三不占，三不占……他究竟是谁？"

"师父，您真的能屏蔽天机，让我娘子占算不到？"王玄策问道。

"贫僧不懂天机，更不懂占卜，但是我知道，在旁人的眼中我自五月十九那晚起便随皇帝去了翠微宫，不在长安城这座局中。"玄奘道，"按照卦象而言，我便是那遁去的一，不在四九之数。按照俗语来讲呢，或许叫灯下黑。"

王玄策纵然满腹悲伤，也不禁哑然失笑。

此刻已经到了寅时，夜色渐淡，日色渐起，但这些日子暑热难耐，水气蒸腾，城中起了雾。大雾从水面上升腾而起，师徒二人划着船行走在大雾中的清明渠上，四周一片混沌。

清明渠引自秦岭中的潏水，主要是为皇宫和皇城提供用水，穿过了皇城中的众多衙署，其中就包括了台狱隔壁的太史局。

在御史台狱中，两人踩着坍塌的废墟翻墙而过，穿过太史局的后院来到渠边，那渠边早有人备好了一艘小船。两人划着船横穿整个太史局，再从外墙下的水闸穿过了皇城的街道，进入街对面的鸿胪寺，再从大社穿过了皇城的城墙，径直进入长安城。王玄策看得又是吃惊又是诧异，也不知是深夜无人还是玄奘早就安排妥当，一路上畅通无阻，不但水闸都开着，连个人影都没遇到。

"那师父您又怎么能占算到景娘要来杀我，将我救走，故意坑她一把？"王玄策问道。

"贫僧不知她要来，更不曾给她设置陷阱。"玄奘道，"她之所以认为这是陷阱，是因为生性喜欢操弄阴谋之人，总以阴谋来看待世间之事。"

王玄策苦笑，自己这师父不通武力，不懂计谋，不会占算，只晓得念经，但他西游天竺，行走十余万里、上百个国家而毫发无损，无论旁人使出再多的心机和权谋都奈何他不得。因为他一只脚已然超脱世间，回过头看这些伎俩，就像隔岸观尘、俯瞰世间罢了。

"你这位娘子只怕受过大苦难，红尘万象入骨太深，你莫要怪她。"玄奘道，"在自己的因缘宿命中挣扎不出，也是可怜之人。"

王玄策冷笑："她是可怜之人？贾正和王冲雅他们呢？那些死在她阴谋算计下的人可不可怜？"

玄奘不说话了，默默地划着船在弥漫的大雾中穿过一条又一条的街巷，一座又一座的坊墙。雾越来越浓，十步之外不辨人影，也看不清自己身处何方，所幸清明渠并不宽阔，能辨清两岸，不至于撞上。

"我们分头行事吧！"玄奘道，"贫僧且去寻神医孙思邈，你去帮我救一个人。"

"谁？"王玄策问道。

"褚遂良。"玄奘道。

王玄策诧异："褚相公出什么事了？"

玄奘苦笑一声停止划船，任凭小船在浓雾中飘荡："第三幅谶图中的那名老者你猜出是谁了吗？他就是褚遂良，与他对话的那缕鬼魂便是刘洎。"

王玄策对第三幅谶图自然滚瓜烂熟，但仔细一想，却仍然不解："师父如何确定是褚相公？"

玄奘道："这还多亏你破解了第二谶。那个遇刺老者是长孙无忌的消息传到终南山上，不少有心之人便猜出了第三谶的真相。'太白入南斗'这句应的是刘洎。贞观十九年十二月，陛下亲征高句丽归来，路上患了痈病，刘洎探问后说'病势严重至此，陛下圣体堪忧'。结果到了十三日，太白星冲犯南斗六星，十六日，太白星冲犯左执法星。太白星主兵刑之兆，《荆州占》云：'太白入南斗，有丧。君不死则病。'《隋书·天文志》曰：'太白入斗，天下大乱，将相谋反，国易政。'又曰：'君死，不死则废。'于是褚遂良借此天象举告刘洎，说他想做伊尹、霍光，诛杀大臣。二十六日，陛下赐死刘洎。

"'天子床上走'这句应的是刘洎的一桩逸事。贞观十八年二月，陛下赐宴玄武门。陛下精擅书法，尤其喜好飞白体，那日他趁着酒兴写了一幅飞白书。群臣当日都喝多了，围在陛下身边竞相欣赏，刘洎当时还是散骑常侍，他跳到御床上拽着陛下的手便将那飞白书抢了过来。大臣们都怒斥刘洎，说他擅自登上天子御座，乃是大不敬之罪，该当处死。陛下知道他平素不拘小节，又喝多了酒，便笑着替他打圆场，说道：昔日婕妤辞辇，今见常侍登床。"

王玄策摇头不已，刘洎此人身为宰相，言行疏狂无忌，怎能不败？陛下宠信他时，这是一段佳话；当他失宠时，这便是致他于死地的大不敬之罪。

"'三尸蜚语时'这句，说的是褚遂良诬告他一事。'三尸'指的是道家的三尸神，分为上尸、中尸、下尸，分别附着在人的上中下三个丹田，它们专门在人体内作祟，故意教唆人作恶，然后每个月的庚申日会向天帝奏报人的过错，希望人早日死掉，自己好离开人体自由游荡。所以道家修炼，必先灭三尸。三尸指的便是褚遂良了，他在皇帝面前奏报刘洎的过错，而刘洎死于十二月二十六日，恰好便是庚申日。

"'地上出日头'这一句是拆字，谜底是'晋'，来自《周易》中的晋卦：晋，进也，明出地上。晋是坤下离上，坤为地，离为火，它的字形像一轮红日于大地之上冉冉升起，所以叫'地上出日头'。"

听着玄奘的讲述，王玄策禁不住头大，怪不得谶诗如此难解，一句诗里居然有如此多的讲究。他慢慢地回过味来，有些吃惊："晋？难道暗指晋王，如今的太子殿下？"

"不，晋是地点，也就是晋阳，或者叫太原、并州，此处是刘洎被赐死的地点。"玄奘道，"所以这句谶诗写得很详细，'太白入南斗，天子床上走'指明了人物，'三尸蛊语时'指明了时间，'地上出日头'指明了地点。"

"那么，'狗脊挂灯笼，寅卯交乙丑'这两句呢？"王玄策问道。

玄奘沉默片刻："这两句是最为费解之处，因为前四句是过去发生之事，这两句是未来发生之事。谶语嘛，本来就是预言未来，这两句才是核心。"

"师父，这到底何解？"王玄策心痒难挠。

"狗脊挂灯笼，寅卯交乙丑"这两句不良人署也讨论过多次，却没办法解谶。"寅卯交乙丑"，寅卯是地支，自然是时间，这不会错。但乙丑是干支，可以纪年，可以纪月，可以纪日，可以纪时，这就复杂了。至于"狗脊挂灯笼"更是难解，狗的脊背上挂个灯笼？

"'狗脊挂灯笼'中的'狗脊'是指狗脊岭。"玄奘道。

王玄策悚然一惊，狗脊岭三个字满长安无人不知，因为那是长安处死人犯的刑场！

长安行刑的场所有两处。一处是西市刑场，在西市东北角的十字天街上，街边有一棵古柳，叫独柳树，便是斩了张亮之处。另一处是东市刑场，在东市西北角的十字天街上，是长安的一处高坡地，叫狗脊岭。十字街的交汇处便是狗脊岭的脊顶，地势高敞，通衢四望，最适合行刑示众。

"挂灯笼目前仍旧不解其意，不过'寅卯交乙丑'却很好解释，那便是此时此刻！"玄奘道。

王玄策一怔，今日确实是乙丑日，此时如墨的暗夜渐渐消退，大约到了寅时末、卯时初,果然便是"寅卯交乙丑"。

"也就是说,此时寅卯交会,狗脊岭上会升起一盏灯笼?"王玄策喃喃地念叨着,忽然间骇然色变,"现在正是早朝时分!褚遂良!他要去东宫早朝!"

倏忽间浓雾中传来轰隆隆的闷雷之声,一开始较远,似乎是从北面而来,随后四面八方响起了报晓的鼓声,从浓雾中滚滚而来,震动耳膜。再之后,一百多座寺庙的晨钟也开始敲响,长安城仿佛响起宏大的佛音梵唱。

清明渠的四周传来吱吱呀呀的开启坊门之声,原来已经是五更二点,夜禁结束了。

"褚遂良是贫僧的好友,人品端方,守成持重,他为何要以诬告的方式诛杀刘洎,着实令人费解,但无论如何都不能眼睁睁看着他死于非命。"玄奘道,"所以这件事就拜托给你了,务必要救他性命!"

"弟子明白!"王玄策郑重道。

玄奘合十致谢,慌得王玄策急忙跪在甲板上磕头,小船微微一晃。他再抬起头来,却见玄奘已经跳上岸,走入浓雾之中。

这位师父说来便来,说走便走。

王玄策独自坐在船上,眼前白茫茫一片,无论屋舍、树林还是河岸都笼罩在朦胧的大雾中,方才的一幕恍惚一场大梦,只有四周的街鼓带来一股真实感,但听到耳中却使人孤寂,迷茫,渺若尘埃。

褚遂良的宅子在平康坊西南隅,这几日他心中有事,夜禁方一结束便命人大开中门,去东宫上朝。他身为正三品的中书令、宰相,宅子直接开门面向大街,几十名扈从摆起卤簿仪仗,挑起灯笼火把,浩浩荡荡地离开平康坊,一出门便是兴安门大街,往北直行便是皇城的东门,延喜门。

褚遂良坐在马车上,这几日总有些心神不宁,他掀开车帘看去,天色仍旧一片昏黑。四周大雾茫茫,连街道两侧的槐树和坊墙都看不清,只有马车上挂的灯笼在大雾中照出一团微光,人影憧憧。

不多时到了皇城南面的天街上,这天街宽达五十丈,在大雾中看去,简直苍茫无尽,连宏伟高耸的城楼和城墙都消失不见。这时汇入几支上朝官员的仪仗,卤簿上的字样看不清晰,人数却是不少,每一支都有仆从上百。路上的辙道是固定的,浓雾中却越走越乱,几百人挨挨挤挤、深一脚浅一脚地簇拥着自家郎君的马车赶往东宫。

延喜门前更加热闹，大雾天无法驰马，官员们大都乘坐马车和轿子，拥挤在监门卫的官舍前等待勘验门籍。监门卫在城门外挂满了灯笼，好歹能看清卤簿仪仗和人的面目，一看见褚遂良的车驾到来，众官员纷纷避让。这属于朝廷礼仪，《仪制令》规定：凡行路巷街，贱避贵，少避老，轻避重，去避来。诸司郎中以下遇宰相，须下马避让。违者笞四十。

当值的中郎将左城和褚宅的管家核验了门籍，左城恭恭敬敬来到车轿前核对本人，忽然间一怔，马车的车夫僵立不动，似乎有一些古怪。管家也有些诧异，举着灯笼照过去，顿时一跤跌翻在地，惊惧大叫："鬼！鬼啊——"

马车上哪里是什么马夫，赫然是一尊纸扎的人偶。

那人偶与正常人大小一致，眉目宛然，坐在车上举手挥舞着马鞭，若不细看当真如同活人一般。

"保护褚相公！"左城大吼一声抽出横刀挑起车帘，不由手臂一抖，横刀跌落在地。车上坐着的哪里是褚遂良？分明也是一尊纸扎的人偶！那人偶身穿纸扎的朝服，手持纸扎的笏板，三绺长髯，阔口方额，那模样画得像极了褚遂良，却更带着摄人心魄的诡异。

延喜门前一片大乱，褚宅到东宫不过二三里，出门还是宰相，到了东宫门前却变成纸扎人偶！堂堂一国宰相，竟然在几十名随从的扈拥下，在弥漫的大雾中消失得无影无踪！

在场的众人何曾见过这种异事，纷纷围拢上来。左城钻入车内将人偶拽出来扔在地上，骇得众人惊呼不已。王玄策借着浓雾混迹在人群中悄然接近。他听玄奘嘱咐，一路追着褚遂良的车驾寻来，却还是晚了一步。

王玄策拽住一名褚宅的仆从，低声道："这是不是你家褚相公的马车？有没有被人换过？"

那仆从急忙上前端详，忽然大叫："这不是我家的马车！"

那管家也急忙查看，这马车虽然和自家的极为相似，细微处却大有不同，连马匹也并不一样。众人回想路上撞见的那几支官员仪仗，多半是在大雾中混在一起，把褚遂良的马车给替换了。

"速报东宫！"左城喝道，"调集所有人马，沿街搜索！"

对于马车被换一事，褚遂良一无所觉，直到马车停下，他还以为到了东宫。然而除却街鼓之声，四周不像往日喧嚣，等待多时也不见有人来勘合门籍，他这才掀开车帘，顿时便怔住了。四周大雾茫茫，街鼓似乎就在左近，但鸡鸣狗吠声却极远，身边又有风声自由鼓荡，似乎在一处空旷荒凉之地。

便在这时，浓雾中有一盏灯笼远远地飘来，那雾中有声音道："登善兄！登善兄！"

"你是何人？"褚遂良喊了一声，跳下马车。他早已意识到不对劲，自己的护卫和仆从哪里去了？这又是哪里？

那盏灯笼飘到近前，那人举起灯笼照在了自己的脸上，笑道："登善兄，才只三年便把我忘了吗？"

"刘思道？"褚遂良骇然惊叫，只见那人年龄与自己相仿，身穿紫色圆领袍服，一脸短髯，眉眼锋锐，正是早已死去的大唐宰相刘洎！

第十九章
大业童谣：白杨树下一池水

狗脊岭上夜色寒，鬼打灯笼故人来。饶是褚遂良一身正气，不语怪力乱神，也禁不住两股战战，魂飞魄丧。他仓皇四顾，却见弥漫的大雾中，隆隆的鼓声里，有鬼影憧憧，飘浮来去，又不时传来刺耳的惨叫和刀剑攒刺身体的闷响，仿佛正置身于一座修罗杀场，他有些茫然。

他所见的没错，此处正是狗脊岭。

王玄策离开东宫之后便径直来到狗脊岭，刚到岭上，忽然一群灰衣人从大雾中杀出。这些人身穿灰黑色的袍子，脸上戴着灰黑色的面罩，几乎与四周的大雾融为一体，不辨人影，直到眼前刀光一闪，才知道已经逼近身边。

王玄策左支右绌，险象环生，拼着接连中刀也杀掉了几人，但这些灰衣人极为勇悍，哪怕受伤也不言不语，仿佛毫无痛觉一般。双方都不欲惊动官府，一言不发地殊死搏杀，一时间狗脊岭上只有隆隆的街鼓、闪耀的刀光、憧憧的鬼影和刀剑入肉的闷响。

"人鬼殊途，六道不一，登善兄，想见你一面何其难也。"狗脊岭的顶上，刘洎的鬼魂感慨道，"只有借助《秘记》之力，我才能出现在你梦中与你相会。遥想当年，你我在安德公的山池宴上饮酒赋诗，我来得晚了，你作诗调侃道：'独有狂歌客，来承欢宴馀。'我正是那种人，只有繁华凋落，才会姗姗来迟。"

褚遂良冷冷地道："你是说……我如今在梦中？"

"然。"刘洎道。

"你是借《秘记》而来?"褚遂良的脑子清晰无比,"那便是说,第三幅谶图是指你我今夜相会?"

"然。"刘洎道。

"你所为何来?"褚遂良问道。

"索君性命。"刘洎笑道。

褚遂良仰天长笑,他乃是心志坚毅之人,虽然也相信了自己在梦中遭鬼魂索命,却只是起初惊惶,此刻早已镇静下来,傲然道:"我善养吾浩然之气,其为气也,至大至刚,以直养而无害,塞于天地之间。你如今只是妖邪鬼魅,孤魂野鬼,也配来我面前叫嚣!"

周围的闷声搏杀更加激烈了,兵刃交击的声音愈发逼近,轰隆隆的街鼓中,似乎有杂沓密集的脚步声从四面八方而来,铠甲铮铮。刘洎的脸上闪过一丝焦急,怒吼道:"褚遂良,你我相交数十年,我曾引你为知己良朋,哪怕政见不同,何故谗言陷害?这便是你养的浩然之气吗?"

"我褚某人为国除贼,何错之有?"褚遂良冷冷地道,"你起初支持魏王李泰,可魏王被贬,晋王成为太子之后,你火速改换门庭,假意以诤言魅惑陛下,投作晋身之阶。你我相交数十载,我却从未想到你竟然是这种奸猾狡诈之徒!陛下亲征高句丽,命你辅佐太子监国,你扬言大臣有罪,你立即诛之。你有什么资格诛杀大臣?陛下班师途中患病,你对外扬言陛下病危。居心何在?陛下在赐你自尽的诏书[①]里写得明白:皇太子春秋鼎盛,不同于汉昭帝这个幼童,任由霍光弄权;更不是周成王这个襁褓中的少主,让你凭空生出做周公旦的野心!我虽然以诬奏来杀你,却无愧于心,因为你便是那谶言中要覆灭大唐的'强臣'!"

便在此时,王玄策摆脱了灰衣人的狙杀,潜上狗脊岭,悄然偷听着二人的对话。他这才明白,褚遂良杀刘洎,原来还是因为太白昼见所带来的谶言:女主昌和强臣争。

张亮被认作强臣,满门抄斩,而刘洎竟然也是死于这种猜忌之下!

"不不不,绝非如此简单。"刘洎摇头道,"褚登善,欺瞒活人便罢了,何

[①] 李世民《赐刘洎自尽诏》。

必欺瞒鬼神呢？我虽然平时言行不羁，但绝不会自己要做伊尹、霍光，陛下深知我的秉性，又有马周作证，陛下绝不可能因此而杀我！褚登善，你性情端方刚直，不擅这种鬼蜮伎俩，是长孙无忌着你诬告我的吧？"

褚遂良半晌无言，竟是默认了。

"你们到底是如何说动陛下起了杀心的？"刘洎问道。

王玄策潜伏在路边槐树浓密的树冠中侧耳倾听，这也是他长久以来的疑惑，更是朝野间的不解之谜。

当时，刘洎和马周探视皇帝之后出来说病势严重至此，陛下圣体堪忧。而褚遂良却举告说，刘洎言道，国家大事不必担忧，只需依循伊尹、霍光辅佐太子，大臣有异志者诛之，天下自定。

刘洎的原话也有些犯忌，可这两者却有本质的差异，风马牛不相及，再加上中书令马周作证，证明刘洎并无此言。然而在褚遂良再三坚持之下，皇帝还是杀了刘洎。这中间存在一个巨大的信息断层，因此显得诡谲离奇。

"因为你姓刘！"褚遂良瞠目大吼，"白杨树下一池水，决之则是流，不决则为漓！"

一言说罢，正好是第一通街鼓响毕，天地间陡然一静，翻滚的浓雾之中，针落可闻，这一声大吼远近皆闻。

"褚相公慎言！"忽然一个女子的高呼声远远地传来，褚遂良顿时愕然，仔细倾听，大雾中似乎有无数的人马飞奔而来，铠甲碰撞，哗啦啦如雨打珠帘。

"原来如此！"刘洎一声长笑，呼地一吹灯笼，那灯笼骤然剧烈燃烧起来，仿佛一条席卷的火龙朝褚遂良扑了过来，"登善兄，这便随我去地狱吧！"

褚遂良完全没弄明白怎么回事，眼见得烈火扑面，瞬息间路边的槐树丛中刀光一闪，一根粗大的槐树枝被人劈手掷了过来，正撞在火焰上，"呼"的一声火光爆燃，照亮了四面八方。

那槐树上扑下一条人影，刀光如电，朝着刘洎杀了过去。刘洎仓促间抽刀一挡，挡住了那人手中的横刀，却挡不住那股俯冲下来的力道，两人撞在一起，滚入浓雾之中。

褚遂良呆滞了片刻，眼前忽然一暗，原来这短短瞬间，那根儿臂粗的树枝竟然烧成了焦炭。他打了个寒战，若非方才那人相救，自己已经化作焦炭枯骨。只是这梦也忒逼真了些，方才那火焰烧到脸上的灼痛感就仿佛身临其境一般。他不由自主地捻了捻须，竟然捻出了一手的黑灰。

这时一支监门卫的兵马从大雾深处奔了出来，军容严整，铠甲鲜亮。大雾中无法驰马，都是步行奔跑，只有一名戴着黄金面具的女子骑在马上，有兵卒牵着缰绳，赫然便是景娘。

原来王玄策从御史台大狱逃脱之后，景娘便和丘行恭四处搜捕，只是大雾弥漫，玄奘做的手脚又干净利落，竟然查不到任何痕迹。正忙乱时，忽然得知褚遂良于大雾之中凭空消失，二人哪里还顾得上王玄策，带领人马分头寻找。景娘先一步来到狗脊岭，听到大雾之中的喊声，急忙出言提醒。

褚遂良再是痴愚也知道自己上当了，这哪里是什么梦，分明是有人借着一场大雾赚自己吐出了诬杀刘洎的真相！

想到自己脱口而出的那首歌谣，褚遂良禁不住遍体生寒。

狗脊岭这段的街道路面高高隆起，两侧的沟渠又高又陡，如同山坡一般。王玄策从树上扑下，与刘洎翻滚着跌下沟渠，一头滚进了水渠中。

两人在水渠中沉浮片刻，挣扎出水面，从渠岸上找到自己的横刀，返身又冲向对方。不料刚打了个照面，那刘洎吃惊道："王玄策？"

王玄策也是一怔，此时经渠水一泡，洗去了刘洎脸上的妆容，粘的短髯也只剩半截挂在下巴上，露出了本来的面目，竟是刘全。

"原来是你！"王玄策愕然半晌，忽然苦笑，"原来你才是那完成《秘记》谶语之人！"

刘全的来历极其诡异神秘，王玄策一直对他充满疑虑。他出身清白，是禁苑刘家庄的庄正，却主动应募自杀，去泥犁狱中献瓜。

而这场献瓜祭祀乃是婆婆寐主持！

婆婆寐被王玄策从天竺掳到大唐之后，皇帝听说此人已经二百多岁，曾经为戒日王炼制长生丹，于是倍感兴趣，将他收在禁苑中炼丹。刘全祖祖辈辈都在禁苑中种地，他二人有些交集实在是平常之事，《秘记》又是刘全从泥犁狱中带回来的，他来做《秘记》的执行人实在是顺理成章。

但正是太过于合理，反而让王玄策觉得不合理。因为刘全常年居住在禁苑，对长安城的风土人情所知甚少，本身务农，文墨粗通，武功泛泛，人又老实木讷，想要实现《秘记》这种精密浩大的计划，怎么想都不会选这种人来执行。

后来他遭遇夎姬，此人完美契合他心目中《秘记》执行人的身份，便认定刘全是受人利用，故意来扰乱自己视线的。没想到所有的猜测皆错，夎姬居然是自己的娘子景娘，刘全居然是真正的《秘记》执行人！

王玄策颇有些自嘲："你我聊聊如何？敞开心扉？"

"王少卿，你笑杀我也！"刘全大笑，一见被揭穿身份，往日那种诚朴憨厚的农夫气质为之一变，神情间意气风发，阴鸷冷酷，"且说说吧，你想聊什么？"

"自然是想知道《秘记》的真相。"王玄策道，"你和娑婆寐炮制出这卷东西，究竟想做什么？"

"你觉得想做什么？"刘全一脸嘲弄地看着他。

"李君羡案、张亮案、刘洎案，到目前这三谶为止，你们是在钩沉旧案。这三桩案子都与太子有关，你们的目标自然是剑指太子。"王玄策道，"想要废掉太子吗？"

"你猜呢？"刘全笑吟吟的。

"我猜你在长安城执行《秘记》，是图谋废掉太子。"王玄策一字一句道，"而娑婆寐在翠微宫炼丹，则是要谋杀皇帝！"

"然后呢？"刘全不置可否。

"然后是谋反……"王玄策沿着自己的思路推论下去，"不不不，大唐国泰民安，四夷宾服，哪可能去造反？张亮、刘洎……"想到此节，他脸色大变，"你们想易储！"

刘全笑不出来了，默默地看着他。这时那群灰衣人从大雾中涌出，或隐或现，将他围在其中。

王玄策毫不在意，继续推导："你们挖出张亮和刘洎的旧案，让天下人咸知其冤，让太子的心机和诡诈暴露在光天化日之下，朝廷百官人人疑惧。再配合《秘记》的预言，他便成了第二个杨广，或者第二个胡亥，会让大唐三世而亡。"

刘全面无表情："这只是你的猜测罢了。"

"有了天下间的人心向背，娑婆寐又能掌控陛下的生死，你们重演秦始皇的沙丘之诏也不是不可能。"王玄策心里有底了，笑道，"你们扶持的皇储是谁？魏王李泰？吴王李恪？蒋王李恽？还是纪王李慎？哈哈，既然你们替张亮和刘洎翻案，那想来一定是李泰了！"

刘全脸上面皮抽动，眼中露出森然杀机。王玄策知道生死一战在所难免，缓缓举起横刀,准备全力以赴。

这时大雾中传来监门卫兵马搜索呼喝的声音。雾太浓,此处街道宽阔,地势险要,兵卒们必须队列密集才不致被贼人逃脱,因此速度并不快,不过终究还是有几路兵马从两侧的陡坡兜了过来。

"王少卿,你我虽然是敌人,但你确实是个好人,人品秉性无可挑剔。"刘全叹了口气,收刀入鞘,"当日你在终南山的深涧中救了我,我说过来日必报,今日便救你一命。"

这时沟渠中撑来一艘小船,刘全脱掉紫色官袍,拽掉脸上的胡髯,跳上了小船,那船夫撑着船便隐入大雾之中。在那群灰衣人的包围下,王玄策不敢擅动,只好眼睁睁看着他离去。这群灰衣人并没有随刘全上船离开,而是转身后退,悄然隐入大雾,朝监门卫兵卒掩杀过去。

说来也怪,如今天色比方才亮了些,这些人原本灰黑色的服饰随着天色变得灰白,仍然能与大雾融为一体,难以分辨。那些兵卒正在搜索,谁知眼前的大雾中竟然闪出刀光和人影,顿时被杀得人仰马翻,惨叫连连。

兵卒们急忙吹响了哨子,分散在四面八方的兵马顿时蜂拥而来。王玄策也遭遇一群兵卒,当先的中郎将左城居然认得他,当即大叫:"找到他了,是王玄策!"

那群灰衣人则扑过来护在王玄策身前,大声喊道:"少卿快走!"

王玄策心中一沉,知道中了刘全的计,此人说是救自己一命,实则狠狠坑了自己一把,把假扮刘洎鬼魂的帽子扣在了自己头上!

果然,街上的景娘和褚遂良听见"王玄策"三个字都怔住了。景娘一挥手,带着监门卫的人马下了斜坡。此时天色渐渐亮起,雾已经没有方才那么浓,沟渠下面人影纷乱,激斗正酣,呼喝惨叫声和兵刃交击声不绝于耳。景娘赶到近前,便看见一群灰衣人舍生忘死地护着王玄策正在与监门卫厮杀,地上扔着一件紫色圆领官服。

二人沉默地对视,说来也怪,看见她戴着黄金朱雀面具的模样,哪怕知道面具之后是自己同床共枕的妻子,也感受不到丝毫熟悉,仿佛这薄薄的一张面具便斩断了一切羁绊。

他苦涩叹息:"哪怕缘分已尽,又何必苦苦相逼?"

景娘道:"我从十六岁便入了东宫,太子对我赤诚相待,我对他忠贞不渝,我们患难与共,一路走到今日。而对你,只是我年龄渐长,需要谈婚论嫁才做的选择。你只是一个女人要做母亲必须得有的一个窝、一个巢，我要孵一颗蛋，养育自己的孩子。抱歉了，郎君，倘若没什么风波，这辈子我也能与你白首同穴，可如今我必须选，那天平的两端便只有你最轻。"

王玄策摇头不已："非要杀我不可吗？"

"你应该明白，我们这等人，倘若主上对你的忠心有丝毫的怀疑，就必死无疑。"景娘也叹息，"只有杀了你，我才能挽回太子的信任，才能活着，弥奴也才能活着。"

王玄策陡然出刀，刀光只是一闪，刀尖便抵住了景娘的咽喉："若是我先杀了你呢？"

景娘连眼皮都未曾眨动，淡淡道："你不会的。你的对手如今是太子，未来是皇帝，无论你抗争多久，最终的结局必定是灭亡。我若死了，你儿子便是父母双亡沦为孤儿，你那群洛阳亲族，只怕不到他三五岁便将他吃干榨尽。"

"不愧是东宫爻姬，当真好占算！"王玄策怒不可遏，这一刀却无法刺下去。

"我说过，对付你无须占算，这其实是我所理解的婚姻。"景娘道，"天地不仁，以万物为刍狗。婚姻不仁，以男女为刍狗。只要有了子嗣来传承繁衍，你和我都无关紧要，管你相爱还是相杀。你若有能耐活下来，尽可以杀了我，你来陪儿子长大。可惜你无法活命，那便只能任由我来杀你，我来陪儿子长大。"

王玄策满腹怨气，却不知如何反驳。景娘静静地看了他片刻，哪怕横刀就顶在自己咽喉，仍然毫不在意地挥手："杀了他！"

沟渠上划来一艘小船。那船夫不知将刘全送到了何处，这时又兜转回来，远远地喊道："少卿，上船！"

周围的监门卫兵马急忙举起兵刃一拥而上，那群灰衣人舍生忘死地扑上来护着王玄策且战且退。王玄策明知是刘全的计策，也只好跳上小船，船夫竟然舍了那群灰衣人，径自带着王玄策摇过沟渠，消失在浓雾之中。

那群灰衣人死战不退，直至全军覆没，流尽最后一滴血。

全歼这七八人，监门卫兵马折损了三十多人，其悍勇之状令所有人战栗！这到底是谁家豢养的一群死士？

地面被尸体和鲜血浸泡，污秽难闻，景娘走上前，命人搬开尸体，从地上拿起那件紫色圆领官服和半副短须，沉吟思索。

便在这时，只听路面上响起轰隆隆的奔跑声和铠甲碰撞声，一人高声喝道："太子殿下到！"

景娘把手中物什交给左城，在众人的搀扶下走上狗脊岭街道。路面较高，大雾已经稀薄了很多，不但能看到百十步内的人影和面孔，甚至能看到四周各坊的围墙和里面人家的屋宇。正有一轮大日从春明门外的混沌中升起，驱散了长安城上空的雾霾和晦暗。

卫率府的兵马一队一队拥来，瞬间将宽阔的路面挤占得水泄不通，中郎将马策指挥兵马列起三层长枪大盾对着路面之外，又有三层弩手嘎吱嘎吱地拉开弩弦，对着四周空旷虚无之地。

这等阵势莫说几个死士，便是几千人的军队仓促间也休想破开。阵势列好，李治和长孙无忌才在周围重甲具装骑兵的簇拥下来到近前。

原来长孙无忌比褚遂良早一步到了永福门的朝堂，本想等他来了将昨夜之事沟通一番，却不想褚遂良竟然在大雾之中被人劫走。

长孙无忌也顾不上规矩，闯入东宫将消息告诉太子。李治也是惊骇交加，褚遂良是朝廷的中书令，自己在朝中的最大臂助之一，未来的辅政宰相，这一旦有个闪失可如何是好？他执意要亲自去寻，长孙无忌眼见得大雾弥漫，哪里敢答应，万一这是对手的连环计，要借此赚出太子，在大雾中行刺呢？

李治焦躁不安地等了几刻，到天光见亮时再也按捺不住。长孙无忌只好请他套上铠甲，又命卫率府调动具装甲骑环绕在他四周。这些具装甲骑从头到脚、连人带马都罩着铠甲，宛如一只只钢铁巨兽。数十名具装甲骑将李治遮得严丝合缝，在路上一走，宛如一座移动的钢铁城池。

到了狗脊岭上，李治和长孙无忌被众人搀扶下马，景娘和褚遂良急忙来拜见。具装甲骑放开口子让他们进来，随即又哗啦啦地合拢。

褚遂良见太子居然冒着遇刺的风险亲自找寻自己，早已感动得泪流满面，跪拜在地，哭道："老臣何德何能，敢劳殿下如此相待！若是您有个闪失，臣岂不是千古罪人！"

李治急急忙忙抢上几步将他搀扶起来。他穿着厚重的明光铠，行动之间甲片碰撞，铮铮作响。

"褚公！褚公！"李治上下打量，摸索着褚遂良的身体和四肢，见他不曾受伤，这才长出口气，眼眶顿时便红了，"可急杀我也！万幸那贼人不曾得手，否则孤的天塌矣！"

褚遂良感动得涕泪交流，禁不住失声呜咽，长孙无忌也在一旁抚慰。好半晌褚遂良才止住哭声，低声道："臣要向殿下请罪，臣被那贼子算计，脱口说出了隋朝大业年间的那首歌谣。"

"是桃李子吗？"李治问道。

"是白杨树下一池水。"褚遂良羞惭道，"幸得爻姬娘子来得及时，才不曾说出更多。"

在场之人对这种宫中密辛极为熟稔，略略一询问，便明白了刘洎鬼魂出现的目的。李治温言安慰："褚公无须自责。区区一首歌谣，当年能断送大隋，今日却断送不了大唐，也撼动不了东宫。这天，塌不了。"

李治走到路边看向沟渠下的战场，具装甲骑急忙随之移动，卫率府的步卒层层叠叠地布满了斜坡。这时下面的大雾也消散了许多，已经能看到沟渠，看到对面胜业坊的坊墙和房舍。一眼望去，李治禁不住打了个寒战，眼前尸体遍布，层层叠叠地铺满了河岸，一河的血水翻滚远去。

李治咬牙切齿："掳你之人到底是谁？"

褚遂良从左城手上夺过那件圆领紫袍和须髯，怒道："是王玄策！此贼假扮刘洎的鬼魂，设局害我！"

李治顿时愕然，景娘默默地跪拜在地，低声请罪。李治怒火中烧，但她此时是爻姬的身份，周围人多眼杂，于是强忍怒火往前走了两步，有意无意间，靴子正好踩在她撑伏在地的手掌上。

李治故作不知，脚下用力碾压，景娘疼得额头冒汗，偏生戴着面具，众人看不清她的脸色，对脚下之举毫无察觉。李治仍不解恨，从马策腰间抽出横刀，刀光一闪，斩断了黄金朱雀的一根翼翅，光华闪动间，黄金翼翅和镶嵌的珠钻跌落尘埃。

"他从台狱出逃一事，我尚未与你算账。"李治冷冷地道，"你知道该怎么做。做不到，今日之事就一并清算。"说完转身便走。

周围的街道早就被监门卫、武候府和卫率府联合封锁，空旷无人，具装甲骑的钢铁堡垒占据了整条路面，街道宛如钢铁波涛一般随着太子移动，迅速将景娘抛弃在外。长孙无忌陪着褚遂良上马，三人都进入钢铁堡垒，在层层铁甲的簇拥下轰隆隆地卷过路面，向东宫而去。

武候们开始收敛尸体,清扫战场,只有景娘孤独地跪在五十丈宽的春明门大街上,渺若尘埃。手指已经被踩进地面的浮土中,她忍痛抽了出来,十指的指节被皮靴碾得稀烂,鲜血流淌。

景娘回到永宁坊大宅已经是辰时,日出长安,辉煌的朝阳驱散了昨夜的雾霾,街坊人潮汹涌,繁华如旧。但她知道自己的生死危机迫在眉睫,因为她失去了太子的信任。

杀死王玄策,是唯一解。

在乘坐马车返回王宅的路上,她便开始调动手中的力量筹谋布局。身为太子幕后的谋士,她早就打造出一支庞大恐怖的势力,加上手中握有太子私印,草拟一份文书,盖上印鉴,便是一份太子诏令,在如今太子监国的情势下,这意味着她能随时随地调动全天下的力量。

"太子诏令,着太子卫率府中郎将马策,率两团勋卫至永宁坊听候调遣。"

"太子诏令,着左武候将军丘行恭,率本府兵马至永宁坊听候调遣。"

"太子诏令,着监门卫中郎将左城,率两团卫骑至永宁坊听候调遣。"

手下的飞骑在马车四周飞驰来去,将她的命令源源不断地传递出去,等马车到了永宁坊王宅,太子卫率府的马策、武候府的丘行恭、监门卫的左城已经率领一队一队的兵马开进永宁坊,在二门内的空地上整齐肃立,等待调遣。王家大宅瞬间成了大兵营,聚集了近千兵马。

东宫五坊的内侍和婢女们赶着车辆来到王宅,上面载着一只只笼子,用黑布罩得严严实实,里面养着白鸽和鹞鹰。随着景娘的吩咐,一只只白鸽被放飞出去,将命令传递到四面八方。

王氏的耆老和族人看着这等景象,对景娘更加敬畏,远远地看着不敢近前。景娘见王玄诚也在,便将他招过来询问伤势。

王玄诚道:"大娘子尽管吩咐,我身体无碍。"

景娘拿给他一份文书:"这份太子诏令拿给你的上司,长安县令沈忠和万年县令宋行质,两县的县尉都归你调遣,在各坊、各市、各街、各门画影图形,缉拿王玄策。"

王玄诚迟疑片刻,景娘厉声道:"我王氏家族的生死,便在今日!"

"谨遵大娘子之命!"王玄诚抓过诏令,转身奔了出去。

此时三支军队已经整顿完毕，丘行恭、马策、左城率领一群军中的校尉和旅帅前来领命，满堂都是铮亮的铁甲。丘行恭身为左武候将军、天水郡公，身份地位远高于景娘，但她手持太子诏令，便是朝廷宰辅也得俯首听令，丘行恭只好忍着气叉手施礼。

景娘命婢女拿来墨锭，在水磨青砖的地面上画上墨线，横向十四条，纵向十一条。正中央画上四重圆心，两条墨线交叉通过圆心，地面上便出现了一幅繁复玄奥的六壬图案。

丘行恭也喜好道术，看这图案似乎眼熟，又有些吃不准："这是六壬？"

景娘看了他一眼："丘将军好眼力。"

所谓六壬，乃是占卜中的王道之术，它以十二辰分野做天盘，地支十二辰方位做地盘。天盘以太阳运行的度次为主，一年三百六十度；地盘以地球四方为准。天盘一动，左旋右转，产生了阴阳、三才、四方、五行，能占算天下万物，预测吉凶。

六壬占术难度极大，天盘随时转运，地盘恒定不变，因此推算之时万事万物无不是千变万化，占算一件事，得到的方向有成千上万种，天机稍纵即逝。

丘行恭凝重地看着，看来今日景娘要起六壬大课。但堂上这座六壬大课与寻常又有所不同，似乎更加繁复多变。这时婢女们穿花一般托来上百盏灯烛，一一摆在每一条墨线交叉的点上，地面上顿时星星点点，灿若繁星。只有正北的凹字形空着。

丘行恭越看越眼熟，忽然失声惊道："这是长安城！"

马策、左城等兵将都围拢过来观看，原来景娘竟然把整座长安城的城坊图摆成了六壬大课的地盘，只因正北是皇宫所在，便不曾摆放灯烛。

"这是地盘，天盘呢？"丘行恭问道。

婢女抬过来一只藤木箱子，里面赫然是五十捆蓍草，一捆五十支。大衍之数五十，遁去的一。景娘从中取出一捆搁置一边，又取出一捆，抽出一支搁置一边。众人恍然大悟，这些蓍草便是天盘。

四十九捆蓍草，一捆四十九支，一共二千四百零一根蓍草，赫然是要起一场刘焯传下来的大衍占卜诀。二千四百零一根蓍草配合六壬算法，当真是能算尽天地万物！

景娘将四十九根蓍草取了一支夹在左手小指上。蓍草开始在她的指掌间演算，反反复复的几轮爻变之后，她将蓍草凌空抛在长安城的地盘上，四十九支蓍草哗啦啦地随机散落一地。

众人目不转睛地看着,都有些不明其意。

景娘又演算了两捆蓍草,哗啦啦地抛在地盘上,这时"长安城"上已经有一百四十七支蓍草杂乱无章地散落在各处线条上。景娘这才走到地盘的墨线上仔细观看,手指间还在不停地掐算。

四周甲胄乱响,兵将们纷纷围拢过来。

"王玄策在安仁坊!"景娘道,"马郎将,带领你的勋卫速去捉拿!"

众人这才明白,景娘起了如此一座大卦,竟然是在占算王玄策的位置。

马策和卫率府的校尉、旅帅们大声应诺,疾奔了出去。

景娘又道:"红烛,你带一只白鹘跟着马郎将,一旦有消息,以白鹘传讯。"

东宫五坊的一名婢女急忙应了一声,去庭院中提了一只铁笼跟着卫率府的兵马而去。

景娘脸色有些苍白,显然这场大卦对她的心神损耗颇大。婢女急忙搀扶她坐在席上,奉上一碗浮满冰块的五色饮。景娘吩咐给丘行恭等人也端上饮子,众人喝着冰饮子,默默地看着堂外等待。堂前庭外,白日炙烤着初夏,绿杨结出了烟霞。

安仁坊距离不远,一刻钟之后,便听见堂外扑棱棱的声响,一只白鹘振翅而来。五坊小儿举起手臂让白鹘落下,取了腿上的竹筒飞奔着送上大堂。

景娘打开竹筒,取出帛书看了一眼,面容顿时冷了下来。

丘行恭冷笑:"薛娘子,何不念出来让我等也听听?"

左城顿时手握刀柄,厉声喝道:"丘将军,薛娘子手持太子诏令,如殿下亲临,尔胆敢不敬!"

丘行恭看着左城怒目圆睁的模样,心中顿时一沉。他倒不在意左城的威胁,监门卫一介中郎将,身份与自己天差地远。他震惊之处在于,眼前这女人的权势竟然到了一手遮天的地步!

要知道监门卫中郎将左城掌管东宫门禁,卫率府中郎将马策负责太子安危,这两人看来竟都是景娘的心腹。更可怕的是,景娘大模大样将他俩宣召而来,毫不避忌,说明太子对此是默许甚至纵容的。

这女人和太子之间究竟是什么关系?

"丘将军无须多想。"景娘摆手让左城退下,"王玄策去了安仁坊薛宅找我父亲,问了他一句话。"

景娘随手把帛书交给婢女，命她传给丘行恭。丘行恭愕然接过来一看，只见帛书上写着一句话："王逆问曰，景娘遴选东宫，何以落败？"

丘行恭愕然张着嘴，手里的帛书烫手至极，如同握着一块火炭。

贞观十七年李治立储为皇太子，当时他已经有了晋王妃，她顺理成章被册封为太子妃。但太子的妃嫔之位除了太子妃之外，还有良娣二人，良媛六人，承徽十人，昭训十六人，奉仪二十四人。无数世家大族打破头把自家女儿送到东宫里做女官，想要在遴选妃嫔时占得先机。薛寅身为东宫的中舍人，更是早早将景娘送入东宫做了女官。但奇怪的是，薛景娘身为河东薛氏的长房嫡女，关陇六大士族之一，在妃嫔遴选中却惨遭淘汰，莫说良娣和良媛，便连承徽都没有选上。

这种结果极为诡异，但薛家却平静地接受了，不曾有丝毫怨愤。薛景娘此后寂寂无名，在东宫如同消失了，直到出宫嫁人，这才重新出现于长安人的视野之中。

在丘行恭等有心之人想来，这乃是后宫争宠，宫廷暗战，不但牵扯太子妃、郑良娣、萧良娣，甚至可能牵扯太子，自然不敢有丝毫与闻。丘行恭急忙告罪一声，递还给婢女。

景娘冷笑一声，从婢女手中接回帛书。她面上不动声色，心中却是忧虑惶急——王玄策终于怀疑自己的身份了！

景娘之所以在遴选中落败，自然是因为真正的景娘早已死去，冒充她身份的只是一名卑贱的奴婢，如何能遴选妃嫔？但靠后宫争宠的借口能震慑住丘行恭，却骗不过王玄策，他已经开始一步步逼近真相。一旦让他查出来，景娘辛苦打造的安乐窝就会彻底崩塌，烟消云散！

若说之前景娘还有些留手，这一刻她心如铁石，一切危及自己这个家的人，必须诛除！

这时马策派一名队正驰马回报，卫率府围捕失利，让王玄策逃出了薛宅，去向不明。

"我去拿他！"丘行恭霍然起身，抱拳请命。

景娘淡淡道："你武候府虽然执掌京师治安，却拿不下王玄策，因为你根本不知道不良人署在你武候府渗透了多少人。"

丘行恭愕然片刻，忽然遍体生寒。

景娘起身走到堂上，命人将六壬图上的蓍草清理干净，又取了一捆蓍草开始演算大衍占卜诀，演了几次爻变，哗啦啦将蓍草抛在墨线地盘上，仔细观察这些蓍草指向的方位。她看了片刻，却无法在这混乱之中窃取天机。

景娘又取出一捆蓍草开始演算。这次似乎极为艰难，她满头虚汗淋漓，一连用了九捆蓍草，地盘上已经有四百四十一根蓍草，才最终从这混乱无序的卦象中锁定了王玄策的方位："东市，西南隅！有一股死气笼罩四周……"

众人满脸惊骇，占卜术竟然神异至此，能上窃天机，在百万人口的长安城中锁定一人的位置！景娘却并不满意，只是这场占卜耗费心神甚剧，无法更进一步，只好调动兵马来搜索。

"左郎将，率你的兵马立刻前去，寻一处与死有关之所！"

"紫叶，你带一只白鸽跟随过去，随时传讯。"

"传令王玄诚，带领两县的捕吏彻查东市。"

"传令马策，命卫率府封锁东市外围各坊。"

随着她一声声命令，左城等人纷纷应诺，飞奔了出去。

永宁坊距离东市只有一坊之地，不多时左城便遣来人马回报："禀报薛娘子，东市西南隅有一家寿材铺！"

左城还算有眼光，寿材铺确实极为符合景娘占算之所，只是王玄策去寿材铺作甚？众人满脸诧异地望着景娘，景娘脸上声色不动，心中隐隐有些不安。

片刻之后，又有人马回报："禀报薛娘子，一刻钟前，有人来寿材铺带走了一个名叫徐昆的主事。"

"禀报薛娘子，王玄策杀伤两名捕吏，挟持徐昆逃出东市。"

"禀报薛娘子，马郎将把王玄策和徐昆围堵在一家客栈，正在缉拿。"

"禀报薛娘子，马郎将抓住两名疑犯，系王玄策寻人冒充，金蝉脱壳。"

众人从频繁的奏报中感受着东市激烈的一幕，而王玄策竟然从三方人马的围捕中险之又险地脱逃，更让众人愤懑不已。丘行恭霍然起身："薛娘子，该我武候府出动了！"

"丘将军少安毋躁。"景娘摆手阻止了他，询问第二名信使，"寿材铺那名主事这几日都做过哪家的生意？"

"禀报薛娘子，"那信使道，"近三日，徐昆曾卖出十七具寿材，其中十五具卖给了龙华寺。"

"龙华寺？"景娘脸色变了。

"王县尉详加鞫问，说是前日龙华寺慈悲院走水烧毁几具棺椁，龙华寺的女师便托徐昆收拢遗骨，运至城外择吉壤安葬。"

景娘脸色铁青，原来自己前日那把火并没有彻底烧毁绿蝶的尸骨，想来还残留了一些骸骨，龙华寺的女尼便买了棺材，托徐昆运出城外安葬。而王玄策竟打算挖出骸骨，验看个究竟！

景娘一字一句地道："可知徐昆将其葬到了何处？"

"此事是徐昆一手操办，寿材铺的其他人等并不知晓。"

所谓吉壤，无非是一些无主的乱葬岗子罢了，倘若没有徐昆带路，任谁都难以找到，而徐昆却被王玄策带走了。景娘咬牙切齿，自己这个男人实在狡诈，逃亡之中仍旧思维缜密，滴水不漏。

"起卦！"景娘从席上起身，吩咐了一声，来到地盘的墨线上。

王玄策既然去了城外，婢女们只好用墨锭将墨线延长，范围几乎铺满了大堂，点燃灯烛之后，仿佛满地星河。景娘强撑精神反复演算，这一次更加艰辛，足足用了二十一捆蓍草，一千零二十九支，才在这混乱无序中窥探出了天机。

"城东十里，白鹿原。"景娘脸色惨白，浑身大汗淋漓，身子一软，倒在了满地的蓍草上。

第二十章
薛宅婢女，李家公主，刘氏翠莲

沿着天街驰出延兴门，王玄策仍然能感受到如芒在背的刺痛，他回头一望，烈日高挂，城门巍峨，无尽的天穹之上似乎有一双眼睛在监控着自己的一举一动。

他知道，那双眼睛便是自己的妻子景娘。

最初，他以为景娘能占算自己是靠对自己的熟悉，但今日这一连串的隔空交手让他不得不相信，世间真有这般神乎其神的大衍占卜之术，因为他的每一步都落入了景娘的占算之中。

被那船夫从狗脊岭救走之后，他潜形匿迹来到安仁坊找到岳父薛寅，查问景娘的旧事。刚问了一句，薛寅还没来得及回答，卫率府中郎将马策便率领兵马袭杀而来，他只好落荒而逃。

这番场景与前日几乎是重演一般，当时他来安仁坊找薛寅，也是尚未问及几句便被追兵打断，狼狈逃窜。仿佛薛寅身边笼罩着一层迷雾，或者一层蛛网，不能接近，不可触及，只要他稍一触碰，便会惊动一股力量，做出强烈反应。

王玄策决意仍然从那个婢女绿蝶着手，去碰一碰这幕后之人。

他打起十二分的谨慎，到龙华寺附近找了一家酒肆，借口闲聊，从酒博士处套问。原来前日龙华寺走水之后，烧毁了慈悲院中的棺椁。这些棺椁大都是十几年、数十年前寄厝于寺庙的，女尼只好找东市一家寿材铺重新置办了棺椁，着人收敛残骨，重新厝置。而其中一具棺椁，女尼却托寿材铺的主事运至城外择地安葬。

王玄策使了些钱财托酒博士去打听，那具棺椁的主人竟然是薛宅的婢女，绿蝶！

王玄策心中震荡，当即来到东市寿材铺。他为了隐藏踪迹，自己并不出面，又使了钱财托人将那主事徐昆请出来，亮出身份逼问。徐昆见是不良人署的贼帅问话，哪敢隐瞒，一五一十地讲述。那绿蝶果然还残留了一些骸骨，寺主特意交代，将其葬于城外荒野，不起坟丘，不栽树木，不立墓碑。

便在此时，王玄诚率领长安捕吏追查而来，王玄策杀伤两名捕吏，打开缺口，带着徐昆亡命而逃。

结果还没出东市，又遇上了监门卫的左城，好容易摆脱左城，又在外围遇上了卫率府的马策。敌人一层一层，目标之明确，竟仿佛有人盯着自己一般。难道真是靠占卜术？它果真如此神异？

王玄策仔细推敲，自己的行动并无一丝一毫的疏漏，敌人到底是如何追踪过来的？又再三询问徐昆，他是在东市临时寻的脚工，用牛车将棺椁拉到了城东十里的白鹿原草草掩埋，也就是说，埋棺的位置这世上只有徐昆知道。

王玄策不信景娘还能追踪自己，决意前往白鹿原，然而策马驰出延兴门，那种被人盯控的感觉仍旧让他心神悸动。他知道不妙，疯狂地抽打马匹狂奔，争分夺秒也要先一步挖出绿蝶的棺椁！

不过短短一刻，景娘率领丘行恭、马策、左城等人的三支骑兵席卷而过，驰出了延兴门。

景娘又戴上了朱雀面具，在日光之下熠熠生辉，绚烂不可逼视，然而她心中却惶恐至极，一旦让王玄策挖出绿蝶的尸体，局势便彻底失控了。景娘有些恨自己，当日她烧毁慈悲院，应该能想到木柴烧起来的火焰并不足以将绿蝶尸骸彻底焚毁，哪怕给女尼多交代一句，也不至于出现这种纰漏。

向东奔出十里便进入白鹿原一带，浐水从塬上切割而过，冲出幽深陡峭的河谷。巨树参天，溪流纵横，狭窄的山路盘绕着河谷蜿蜒远去，不时有麋鹿、野猪冲过路面，瞬间又蹿入林中。

正奔驰间，忽然路上有一人驰马而来，骑兵们弯弓搭箭，厉声喝问。那人急忙勒住马匹，惊惶道："官爷莫要放箭！小人遭贼人挟持，逃脱归来！"

景娘大吃一惊，催马上前问道："你便是那寿材铺的主事徐昆？王玄策何在？"

那人愣怔片刻，急忙回话道："启禀娘子，小人正是徐昆。那逆贼王玄策刨出棺材之后，从山上看到你们铁骑的烟尘，急急忙忙逃命去了！"

景娘叹息一声，自己还是来晚一步。但事已至此，除了尽快诛杀王玄策，别无办法。景娘支开丘行恭和左城，让他们率领本部兵马继续追捕王玄策，自己则在马策等人的簇拥下登上台塬，来到了绿蝶的墓葬处。

马策极为知趣，带着兵马远远地分散在四周，做出戒备外敌之势，丝毫不敢靠近。

景娘走上前，那墓葬草草掩埋，覆土只有薄薄的一层，棺盖打开之后还没来得及盖上，骸骨也被从棺内清理了出来，胡乱丢在一旁。徐昆赔笑："那逆贼倒是让小人将骸骨封棺填埋，小人只想先行报官，还没来得及。"

景娘一言不发，蹲下身细细查看那骸骨。这具残骨被烧得不辨人形，漆黑如同焦炭，但不知为何，景娘依旧能辨认出它属于真正的薛景娘，那个性子柔柔弱弱，不敢直视人眼，终日里如同受惊小鸟一般的小娘子。

景娘心中涌出一股宿命般的荒诞，出身顶级门阀士族的薛景娘如今成了焦黑难辨的枯骨，葬于荒野。出身卑贱，在掖庭宫中洒扫浆缝的奴婢却顶替着这个身份顽强生存，享受着人生的馈赠。

"这不是命！"景娘握紧双拳，告诉自己，"这是我逆天而行，为自己占算出来的锦绣人生！"

景娘心中想着，用木棍挑起骨殖翻看，忽然便是一怔，只见尸骨没有烧焦的地方，露出几片织锦和金线。景娘知道不好，急忙冲过去察看棺内，果然棺内躺着一只未烧毁的绣鞋，那鞋面上赫然缀着一颗猫眼石！

景娘在棺内翻找，找到了另外半只绣鞋，鞋上却没有猫眼石。她厉声问道："你可见过另一颗宝石？"

"见过。"徐昆急忙道，"在龙华寺收拢尸体的时候，两只鞋上都有宝石，小人不敢擅取死者之物，便亲手放进了棺内。方才那逆贼王玄策取走了一只。"

景娘一阵眩晕，死者身穿织锦，绣着金线，鞋面上缀着宝石，任谁都不相信绿蝶只是一名婢女。无论薛寅再怎么宠爱她，也不敢逾越规制，让一名婢女穿着这等级的寿衣下葬。

景娘将勋卫们召了过来，命他们取来干燥的木柴引火点燃，将骸骨彻底焚毁。她不愿再出丝毫纰漏，亲眼盯着尸体焚烧殆尽，才松了口气，然后命徐昆将骨灰收拢进棺材，覆上棺盖，填土掩埋。

徐昆殷勤地忙碌完毕，赔笑道："贵人，长安城即将宵禁，可否容小人告退？"

景娘转过头，朱雀鸟首沉默地看了他片刻，淡淡道："勾结逆贼，掘人坟茔，给我杀了。"

马策毫不迟疑，迅速抽刀，将其一刀毙命。

景娘来到台塬边上，陡峭的黄土台塬之下，山川河流尽在眼前，长安城如同布局整齐的鳞片俯卧在平原之上。此时正是申时，落日斜垂在秦川大地，仿佛被天地的烘炉锤炼，熔金烁铜，倾泻于人间天上。

"丘行恭他们可有消息？"景娘问道。

"方才有武候来传讯，仍未找到王玄策的踪迹，想来又让那逆贼逃脱了。"马策道。

景娘找了一处平坦硬实的地面，命随行的婢女在这台塬顶上画上墨线，重新布设六壬大课。六壬的占算是否精确主要依赖天盘，景娘的大衍占卜诀乃是世上一等一的绝学，无须讲究地盘和环境，直接可以开课占卦。

这次画的墨线以长安城为核心，东起灞桥，北至渭水，西达阿房宫旧址，南抵少陵原，几乎覆盖了半个秦川大地。无论王玄策多么神通广大，也逃不出这等范围的占算。

塬上风大，无法点燃灯烛，婢女们便点燃线香，一支支地插在街巷交汇或者河流交叉之所，只是皇宫和禁苑的范围依旧不敢标注，用线香当作城墙隔绝开来。

婢女们从藤箱中取出蓍草，景娘开始占算，这一次分外艰难，一连用了十六捆蓍草，七百八十四根，终于从这乱象纷呈的卦象中探出一丝天机。

景娘喃喃道："其人在北。"

马策摩拳擦掌："炙姬娘子，北边哪里？属下这就去拿他！"

景娘摇头不已，继续拿蓍草占算。这次耗时更久，耗神更剧，到后来那些蓍草在指尖开始冒烟，燃烧，直到用尽所有的蓍草，手指烧伤了一片，她仍然无法从满地的草棍中窥出天机。

"噗"，一口鲜血从景娘口中喷出，顺着面具的缝隙流淌。

"怎么会这样？"景娘喃喃道，"为什么占不出来？他到底如何避过了我的占算？"

马策看得心神悚动，好半晌才道："是不是有高人帮他？"

"皇室天家不可占，自身不可占，同行不可占。"景娘沉吟道，"从卦象上看，这天机一片混沌，并不像是有高人出手干扰，反而像是……"

景娘心中一动，走到墨线上，看着"长安城"的北部，这是地盘皇宫的位置，沿着宫墙的位置插满了线香，皇宫之内却并无一根，恰似一片混沌。

景娘心神悸动，王玄策竟然偷偷遁入了东宫，他要去东宫查访自己的过往！

她咬牙切齿，命人牵来马匹，飞身上马，厉声道："回宫！"

暮鼓声中，景娘的马车在三支兵马的簇拥下直入皇城，丘行恭的武候府只能管辖长安外郭城，到了皇城城门便只能退去，监门卫中郎将左城的兵马到了东宫的嘉福门前也无法入宫，只有马策的两团铁骑簇拥着景娘长驱而入。

回到此处，她简直是龙入大海，虎归深山。身为太子最心腹的谋士，她将整个朝廷经营得有如铁桶一般，东宫更是重中之重，势力盘根错节，深入各个角落。景娘率领勋卫径直来到内坊，赵嬷嬷急忙率领内坊女官前来拜见。

内坊掌管后宫的衣物、钱粮、赏赐、车舆等事，涉及东宫日常的方方面面，景娘命她们调派人手逐一搜查有无可疑人等混入东宫，内坊赵嬷嬷以下，无不对景娘畏之如虎，一个个凛然遵从。马策将勋卫们全数派遣出去监督这些女官和内侍搜查，整座东宫应声而动，一时间兵荒马乱。

景娘命人挂上东宫的布局图，坐在内坊的中堂上默默等待。

她将东宫划分为各个区域，不时有搜索完毕的女官前来禀报，一座区域搜完，她便在图上划掉。眼见得搜完了半座东宫，依旧毫无发现，她心中焦虑如焚。

就在这时，只听中庭外声音嘈杂，脚步杂沓，似乎还有人在喧嚷。景娘盯着架子上的东宫图，头也不抬："马郎将，去看一下。"

马策按着横刀走了出去，不料刚出大堂，急忙拜道："拜见太子妃殿下！"

话音未落，一群宫人撑着华盖，簇拥太子妃王氏闯进大堂。太子妃本就清冷，此时面如寒霜，径直来到景娘面前冷冷地逼视着她。景娘研究着绢布上的东宫图，头也没抬。

"贱婢！"太子妃冷冷道，"把人带上来！"

一群内侍将赵嬷嬷押了上来，使劲一推，赵嬷嬷跌在了景娘面前。景娘这才转过头，只见赵嬷嬷竟然被人打得脸颊肿胀，鼻孔蹿血。

太子妃冷笑道："你个贱婢，这些年依仗太子宠信，越发没了上下尊卑，今日竟吃了熊心豹子胆，胆敢派人查抄东宫！"

"殿下，"景娘温言道，"有逆贼潜入东宫，臣妾为了太子殿下和您的安危，正在搜捕嫌犯，稍晚得一时半刻，万一冲犯了太子，您和我都难辞其咎。"

太子妃冷笑，"东宫安如磐石，哪里能混进什么嫌犯？想是你这贱婢不知要做甚幺蛾子，故意大动干戈罢了！速速给我停了，否则笞你三十廷杖！"

景娘叹了口气，道："马郎将，告诉殿下，我们在搜捕何人。"

马策硬着头皮上前，叉手施礼："启禀殿下，爻姬娘子与臣等在追捕王玄策！据信，他潜入东宫，图谋不轨！"

太子妃顿时愣住，这些年她早对爻姬不忿，只是自己地位尊贵，将来是要母仪天下之人，不便与一介女官计较。兼之太子对爻姬倍加信赖，她也多有顾忌，一直不曾正面冲突。

今日景娘彻查东宫，声势实在太大，太子妃顿时将其视为对自己的挑衅，若不加以惩处，日后自己还如何统辖东宫？当即命人狠狠抽了赵嬷嬷一顿嘴巴，丢到了景娘面前。她只知道景娘在搜查可疑人等，却不知是何许人物，没想到竟然是太子最为忧惧的大敌，顿时有些骑虎难下。

景娘冷冷地扫视着太子妃手下这群宫人："是何人对赵嬷嬷掌嘴的？"

一名女官顿时脸色煞白，景娘看也不看她，轻描淡写道："拉下去，杖三十，打死勿论。"

"太子妃殿下救命！"那女官号哭着拜倒在地。

"爻姬！"太子妃勃然大怒，"区区贱婢，你胆敢欺主不成？"

景娘道："紫苏，将前日陈州司马的奏疏取来请殿下过目。"

随侍在侧的一名婢女抱着景娘的藤木箱，当即从箱子里取出一份文牍，交给太子妃。

景娘仔细研究着木架上的东宫挂图，随口道："殿下，您那个不成器的弟弟在陈州屡屡惹事，数日前更是逼奸未遂，致人死命。"

太子妃看着这份奏疏，身子禁不住颤抖起来。原来她的父亲王仁祐时任陈州刺史，她弟弟在身边服侍尽孝，不过这位二世祖说是在尽孝心，实则走犬飞鹰，酒色财气，数日前更是逼奸良家，致人死命。

"太子殿下命我处置此事，既然您来了，那今日便拟诏旨吧。"景娘道，"紫苏，拟太子诏，着御史台、大理寺、刑部会审，彻查此案。"

"爻姬——"太子妃彻底失了方寸。

"拉下去，杖三十。"景娘淡淡道。

内侍们看着太子妃，太子妃一言不发，内侍们当即将那名女官拖了出去。片刻之后，中庭上响起沉闷的廷杖之声，受刑的女官口中塞了麻布，只发出呜咽的惨叫，再过片刻，连惨叫也停了。

大堂上鸦雀无声，针落可闻。

好半晌，景娘道："殿下请回吧，臣妾忙于追捕人犯，无暇相送。"

太子妃脸色铁青，一言不发转身便走，宫人和内侍们呼啦啦地追了出去。景娘只是盯着挂图，连头也不回，整个人风轻云淡，宛如拂去一些尘埃。

这时中庭上早候了一堆女官，见太子妃离去，这才纷纷上堂回禀，自己负责的区域也并无发现。景娘逐一在图上标注画叉，眼见得整座东宫已经搜遍，王玄策却如隐身了一般，毫无踪迹，景娘禁不住困惑起来："这厮到底藏身何处？"

便在这时，庭院内吵吵嚷嚷，一名女官揪着一名内侍将他拽进了大堂："禀报爻姬娘子，赵典服鬼鬼祟祟，与外人勾结，偷了我的籍帐！"

景娘一问，原来此人是掌簿女官，掌管东宫所有的薪俸财簿，而这名内侍则是内直局的典服，掌握东宫衣服。一个时辰前，赵典服来掌簿女官处借走了东宫历年来的薪俸财簿，说要核对错漏。方才内坊彻查，有人看见赵典服出宫去了皇城，与宫外之人密语。掌簿女官怕他连累自己，连忙将他揪来举告。

景娘急忙讯问，果然那赵典服交代说有人花重金收买他，要借阅东宫女官的服饰和薪俸发放的籍帐。景娘接过这两本籍帐，顿时脸色剧变，这两本籍帐上都有"薛景娘"的名录。

景娘知道自己失察了，真正的"薛景娘"只是一介东宫女官，而她则是太子的首席谋士，身份地位远高于"薛景娘"，因此当"薛景娘"死后她冒用其身份，在俸禄标准和服装品级上便出现了颇大的差异。

景娘怀着一丝侥幸，问道："收买的人是谁？他可曾誊抄？"

"不曾誊抄，那人只是翻阅了一遍。"那赵典服哭道，"那人姓杨名秉，当年曾做过民部员外郎，故此认识。"

景娘浑身冰凉，王玄策果然怀疑自己的身份了，居然用这种法子印证出自己和"薛景娘"之间的差别！他所用的人也恰到好处，杨秉对档案文牍、财会数据过目不忘，是否誊抄其实毫无分别。

六街上敲着暮鼓，轰隆隆地提醒着众人宵禁即将来临，而东市内却是敲钲，"当当当"的清脆鸣响催促着数万家店铺闭门歇市，鼓与钲便在这东市内汇聚成宏大的交响。

鱼行的掌柜老荆踩着这鼓点走出铺子，打算取下招牌封上门板，忽然看见招牌上贴着一张黄纸。老荆摘下黄纸，这竟然是一张符箓，正面用朱砂画着符文，背面却写着一行小字："速予刘全。知名不具。"

老荆脸色剧变，迅速封上店铺，易容化装，片刻间，一个微胖可亲的鱼行掌柜变成了一名阴鸷瘦削的中年男子，竟然是凌晨出现在狗脊岭，撑船救走刘全和王玄策的船夫。

这家鱼行乃是刘全一系的秘密据点，今日竟然神不知鬼不觉被人在门上贴了符箓。老荆知道不好，当即离开东市，混在宵禁归家的人群里匿迹潜踪，东绕西绕，估摸甩掉了盯梢，这才来到城西光德坊。

光德坊西便是西市，此处胡人聚居，遍地都是祆祠、景寺和摩尼寺，朝廷管束之力最为薄弱。老荆进入一座祆祠，祠中昏暗，三名麻葛正守着一坛圣火默默诵经。见老荆进来，一名麻葛朝他点点头，带着他绕过圣火坛，走入后院。

来到一处房前，麻葛一言不发地转身离去。老荆轻轻扣了四下门，三短一长，片刻之后房门轻轻拉开，刘全穿着一身祆教教徒的服饰出现在门前。

"老荆？你怎么来了？"刘全诧异道。

"我那鱼行漏了底。"老荆闪身进了房内，拿出那张道符，"有人将此符贴在我们门上，让我递给你。"

刘全大吃一惊，接过道符，先看看背面，脸色顿时阴沉起来，再翻过来看看正面，忽然呆滞了。

老荆诧异道："怎的，这符箓有异？"

"这是镇一切邪祟符。"刘全轻轻吐了口气，"我知道贴符之人是谁了。"

"谁？"老荆问道。

"王玄策！"刘全脸上露出难言的惶恐，似乎有些六神无主，"这是当日贴在南阳公主脸上，镇压我娘子魂魄的符箓！"

老荆大吃一惊："原来我凌晨没能甩掉他……他他……他在我门上贴符到底是何用意？"

刘全把玩着这道符箓，苦涩一笑："他要见我。这符箓是地点。"

"哪里？"老荆一头雾水。

"禁苑，感业寺。"

就在最后一通暮鼓声中，两艘运载木炭的大船顺着景曜门大街的永安渠向北驶到了景曜门外。皇宫所用的木材、薪炭等大宗物资都是从终南山伐木烧炭，装船之后顺着永安渠进入长安城。供应市场所需的，向南驶入西市；供应皇宫所需的，向北穿过景曜门驶入禁苑。

景曜门乃是禁苑西南的三座城门之一，由监门卫和北衙禁军共同驻守，兵卒们都认得这些专为皇宫和禁苑输送木炭的漕船，当即例行公事登船检查，查验无误后升起城墙下的船闸放行。

两艘漕船缓缓没入宏伟巍峨的城墙之中。

禁苑东西二十七里，南北二十三里，周长达一百二十里，比整个长安城还要广阔，漕船驶入禁苑便看见连绵的梨园、桃园等各类果园，偏僻无人。船老大急忙带人下了船舱，扒出几袋子薪炭，将刘全从薪炭堆中刨了出来，整个人都是黑黢黢的。

"委屈刘庄正了。"船老大刘奎一迭声地道歉。

刘全龇出白牙笑了笑，来到甲板上。永安渠并不宽，漕船几乎是贴着岸边缓缓而行，他径直跳入渠中好好清洗一番。

刘奎取出干净的袍服给他换上，低声道："前面的桃林中备有马匹，马上有一应物什。庄正如今仍受通缉，切要小心。"

刘全点点头，纵身一跃便跳上河岸，飞奔进了桃林中。

两艘漕船继续北行，片刻间也隐入杂花摇曳的果林。

刘全在桃园中奔跑片刻，便见着一片断壁残垣。此处是汉代长安城的遗址，到处都是坍塌废弃的地基和土墙。破败的围墙中果然拴着一匹战马，马背上备有横刀和手弩。刘全飞身上马向禁苑深处疾驰，沿着汉代长乐宫残破的城墙往北而行，奔出去十多里。禁苑中分布着不少兵营，北衙左右屯营分散驻扎，扼守着禁苑中的要道。刘全对禁苑熟稔无比，从容地策马绕过兵营，便到了凝碧池。

自己的刘家庄便是在凝碧池畔，世世代代以替皇家种地为生。

刘全来不及感喟，便越过凝碧池来到了感业寺。

感业寺乃是皇家寺院，高祖皇帝驾崩之后，未曾留下子嗣的妃嫔要么去献陵为先帝守陵，要么出家为女道僧尼。妃嫔出家，去长安城中的寺观自然不妥，便只能到这禁苑中来。所幸禁苑的寺观甚多，能容得下李渊那几百名尚无子嗣的妃嫔。

感业寺便是其中一座大寺，占地三百余亩，全称"大唐感业禅院"。昨日南阳公主被褫夺封号之后，就拘在这感业寺中幽禁。

刘全到得寺前翻身下马，把缰绳系在拴马桩上。这时有小尼姑挑着一担水晃晃悠悠而来，刘全急忙一把接住挑在了自己肩上，笑道："妙尘，你怎的仍做这般苦活？"

"师父偏心呗。"妙尘委屈得要哭，"刘庄正，你替我分说分说。"

"等今秋我家的胡麻榨了油，我便布施一坛，你且到我庄上取了，拿给师父。"刘全笑道，"到时便替你分说。"

小尼姑欢喜得笑靥如花，一迭声地感谢。禁苑中的寺观远离人烟，偏僻异常，无论长安城中如何风云变幻，在这里终日只有青灯古佛，暮鼓晨钟。刘全正在遭朝廷全城缉捕，这寺庙中却是一无所知。

刘全挑着水和小尼姑一路谈天说地，不经意地问道："南阳公主来了之后，给安排在哪个院落？"

小尼姑脆生生地道："寺主将观音堂腾出来给她了。寺主说，南阳公主是本寺的大施主，今日遭了难，阖寺上下须得好生供养，只不让她离去便是。"

刘全叹息一声，心中五味杂陈。

小尼姑道："今日来了一个官人，拿着鱼符来的，说是要来问公主几句话。"

刘全愣住："什么官人？"

"笑起来很好看，名字记不得了……"小尼姑想了想，"他说姓王，是鸿胪寺少卿。"

刘全轻轻吐了口气，浑身绷紧。斋堂就在不远处，他放下担子，温和地道："妙尘，没几步路了，你就自己挑去吧。免得师父骂你。"

小尼姑欢笑着挑起水桶走远，刘全握着横刀走向观音堂。

此时正值晚课，寺庙中人迹稀少，从佛殿上传来声声梵唱，肃穆悠远。刘全自幼便在此间长大，对感业寺熟稔得如同自己的家一般。禁苑与世隔绝，每年的元日、正月十五上元节、四月初八浴佛节、七月十五中元节，感业寺中都会举办盛大的盂兰盆法会，为皇家禳灾祈福，这是少年刘全生命中最开心、最欢乐的日子。

就在这梵唱经声中，他推开观音堂的门走了进去。他拔出横刀，左手持弩，右手握刀，借着满庭的古树藏匿身形，四处搜索，观音堂的正殿和厢房都空无一人。

正在诧异，忽听观音堂的后面传来女子的笑声，刘全迅速穿庭过院，来到后门外的庄稼地。禁苑寺庙的菜蔬米面大都是附近的庄户提供的，但僧侣们也会自己种一些，这片农田里就种有麦、粟、豆子等主粮，还有葵、韭、菘和葫芦等菜蔬。

刘全用刀拨开藤架上的葫芦和爬藤，小心翼翼穿过一片菜地，登时愣住，只见一块空地上堆着半人高的烂泥巴，两名婢女正往里面掺麦秸秆，王玄策和南阳公主卷着裤腿在烂泥上拼命踩。两人蹦蹦跳跳，浑身上下都是污泥，公主的华服辨不清颜色，如同泥浆中捞出来的一般。王玄策的幞头上都是泥浆，正滴滴答答往身上淌。

"再填些，麦秸秆不够，结不成块！"南阳公主喊道，"王少卿，你须得再用力，把黏土和秸秆和匀，用手团起来，不从指头缝流下去，也不能硬得团不成形，这便成了。"

公主一边讲着还亲自示范，婢女们将她搀出泥堆，她拿着一只木模框，铲进黏土，亲手抢着大木槌开始夯。王玄策踩在泥巴里看得目瞪口呆，那木槌怕不下十多斤重，公主两膀一运，大木槌准确无比地砸进模框中，咚咚咚地几下便将黏土夯实。然后公主蹲下身给黏土脱模，一块长方形的土坯砖就成型了。

二人竟然在夯筑土坯砖！

公主看看天色，忧虑道："近日可能会有雨水，且晾晒半干，便搬到观音堂的廊下去。来，王少卿你且来试试。"

王玄策累得浑身是汗，急忙走了过来，不料泥土太过黏稠，刚走了一步便拔不出脚来，顿时扑倒在泥浆中。拔出脸来，连五官也看不见了。

公主和两名婢女顿时乐不可支。

王玄策笑着抹掉脸上的污泥，正抹着，忽然碰触到一件坚硬锐利之物。他急忙抹干净脸，赫然发现一把横刀正抵着自己的咽喉，抬眼望去，刘全一手持刀，一手举着短弩，正森然盯着自己。

公主叫道："当家的，王少卿是好人，不可莽撞。"

刘全心中一震，南阳公主此刻竟然是妻子翠莲！

王玄策趁他失神的当口合身前扑，撞进他的空门，将他狠狠地扑倒在淤泥中，横刀跌落一旁，短弩的扳机"嘣"的一声响，弦上的弩箭也不知射向了何处。两人就在泥潭之中翻滚搏杀。

公主惊慌地想要将他们分开，却有些傻眼，两人身上被污泥裹了厚厚一层，连面目都分不清了。正在迟疑，忽然一个泥人从淤泥中抓起一根长条之物，搭在了公主的脖子上。那长条物上淤泥滴答落下，渐渐透出森寒的光泽，原来是一把横刀。

那泥人抹了抹脸上的污泥，露出亮晶晶的眼睛，喝道："刘旅帅，我这一刀斩下去，杀的是公主还是翠莲？"

另一个泥人挣扎着从污泥中爬起身，眼见得这种情势，不敢有丝毫妄动。反倒是公主并不惧怕，嗔怪道："当家的你多心了。王少卿若要对我不利，早就一刀杀了。你这岂是待客的礼数？"

刘全顿时一怔，王玄策讪讪地收了刀。南阳公主又道："当家的，方才王少卿来，我本想杀只鸡待客，这感业寺中却没有鸡圈。我便想拓些土坯砖，垒座鸡圈，养些鸡子，幸好有王少卿帮我踩泥，你既然回来了，便来拓砖吧。"

小溪流过感业寺，清澈甘洌，岸边的石头上摆着两把横刀和一把短弩，王玄策和刘全赤条条地在溪水中冲洗身上的污泥。夕阳沉入西边的汉长安故城，残破的城墙犬牙交错，割出苍凉的影子在溪水中荡漾。

"王少卿，"刘全对自己输这一局极为不解，"你正被东宫夋姬追捕，为何会跑来禁苑对付我？"

王玄策似乎不愿提这话题，苦涩一笑，叹道："左右都躲不开那夋姬的占算，被她像野狗一般撵了一整天无处可逃，只好躲到禁苑里。"

刘全愕然良久，原来这厮竟然是被夋姬欺负狠了，顺便来欺负自己。

"你果真是在这禁苑中长大的？"王玄策问道，"自幼以种田为生？"

"当然。"刘全没好气地道，"我们本就是禁苑中的编户，总计有三十多个村庄，五六万人。每个庄子都负责为皇家侍弄不同的庄稼，有些庄子种植麦粟，有些种稻子，有些专门种植瓜果，有些负责种植菜蔬，还有些养殖猪羊鸡鸭，有些捕鱼养虾。每个庄子都有定额缴纳，到收货时节，苑监便会遣人来庄上采收。"

王玄策听得大为新鲜："平日里也无法离开禁苑到长安去？"

"我们这五六万人只是皇家圈养的劳力，祖祖辈辈都不得离开禁苑。"刘全哈哈大笑，笑声中有些凄凉，"在我们这些庄户人的一生之中，天下便只有禁苑这般大，世人便只有禁苑中这般多，每日里凿井而饮，耕田而食，不知有汉，无论魏晋。"

"我看你进出禁苑甚是容易,为何不离开此处?"王玄策道,"有些青黄不接的灾荒年月,官府任由饥民各地就食,无须查验手实和过所。"

"我为何要走?这是汉长安城!是我刘氏的根!"刘全冷冷道,他望着远处的汉长安故城,满面悲伤,"我家中藏有族谱,我的祖先曾经是汉朝的太子,因遭政敌陷害,失位自杀,后人沦落为农夫。但哪怕身处卑贱之地,我的先人也从不敢或忘自己是大汉天子后裔。六百多年来,无论朝代如何更迭,无论世间如何变幻,哪怕长安城沦为废墟,我们始终守在这长安故城,看守着刘氏的根基!"

"怪不得你要替刘洎出头!"王玄策叹道。

刘全面露鄙夷:"兜来转去就知道你在旁敲侧击。刘洎算什么东西,他出身于南阳刘氏,至多能攀附到光武皇帝刘秀一脉。刘秀究竟是不是长沙定王刘发之后尚未可知,刘洎就更与我扯不上关系了。"

说话间两人擦干了身子上岸,南阳公主拿来两件干净的衣袍隔着树丛扔给他们。二人穿上衣袍,王玄策丢给刘全一把横刀,自己却取了他那把短弩。

南阳公主道:"当家的,斋堂做好了饭食,我这便让他们送到观音堂来。"

"刘家娘子,"王玄策笑道,"不如到你家吃一餐如何?"

刘全顿时愕然,南阳公主却惊喜交加:"去年死后我还未回过家呢!可是,寺主说我被皇帝给幽……什么了,要我不得离开寺庙。"

"无妨。"王玄策笑道,"我持有鱼符,寺主不会干涉。"

寺庙后只系着两匹马,王玄策请南阳公主上了一匹,然后请刘全上另一匹。刘全迟疑不决,王玄策冷笑:"莫不成想与你家娘子共乘一匹?"

刘全不说话了,翻身上马。

不料王玄策也跳上这匹马坐在他身后。刘全无比别扭,王玄策用刀柄一捅他后背,低声道:"带路!"

刘全忍着气一抖缰绳,驮着王玄策直往刘家庄而去。

第二十一章
谶语：刘氏当兴，李氏为辅

感业寺距离刘家庄七八里路，沿着永安渠往南，穿过一些稀稀落落的亭台殿阁便到了凝碧池畔。此时太阳将要落山，红日低垂，晚霞遍染，十几柱炊烟袅袅升腾于浩瀚的凝碧池上，与池水相辉映。

刘家庄并没有庄墙，穿过一片桃林和麦田便进了庄，立时惊起了远远的犬吠。村边的打谷场上，不少庄户人家一边蹲在地上吃饭一边闲话家常，孩童们拿着小网正捕捉田里的萤火虫，一群鸡子在地上啄来啄去。看见三人骑马进庄，众人顿时诧异起来，待看清是刘全，一个个惊喜交加，纷纷拥上前。

"庄正！庄正回来啦！"

"刘三，听苑监说你做了大官？莫不是真的？"

刘全跳下马和村人攀扯几句，忽然南阳公主跳下马走了过来，嚷嚷道："刘坷垃，你家借了我三斗麦子，可曾还了？"

众人都一怔，但见这女子衣饰华贵，面容陌生，口音却是乡音，都有些摸不着头脑。南阳公主继续道："便是还了，你婆娘可承许十五合的利！"

刘坷垃诧异问道："刘三，这是哪家娘子？"

刘全不知该如何作答，正迟疑间，南阳公主揪住一名妇人，嚷嚷道："十九婶，借我那六双鞋底莫要忘了。还有去年那一筐鸡蛋。"

"翠莲？你是刘三家的翠莲？"那妇人惊叫一声，呆呆地看着南阳公主，两眼一翻，顿时倒在了地上。

打谷场上顿时一片慌乱，王玄策默默地看了片刻，和刘全安抚了众人，带着南阳公主回到刘家。

刘宅是这庄子里普通农家的模样，一进院子便是三间覆瓦的上房，左右是两座茅草屋顶的厢房，东侧是厨房和粮仓，西侧是牛栏和鸡圈。刘全离家不过五日，宅子里的摆设仍然如同日常时的模样，只是落了几许灰尘。

南阳公主自从进了院子便情绪激荡，满脸都是泪水，抚摸着一砖一瓦，一草一木，禁不住悲从中来，哭泣道："当家的，我回来了！回家了！这便是我的家！"

王玄策一言不发地观察着她，只见南阳公主推开西厢的门，忽然怒道："刘三！家里的牛呢？那群鸡子呢？"

刘全两眼通红，哽咽道："五月十八日我去应募献瓜，本以为必死无疑，便将牛牵给了同族兄弟，鸡也送了邻居。牛我明日便去牵回来，鸡我们再养，好不好？"

王玄策突然道："刘家娘子，在一口大瓮下你藏了钱，且看看还在不在。"

刘全知道他在试探自己娘子，顿时怒目而视。南阳公主却猛然醒悟，急忙奔到屋前，门口果然倒扣着一口破瓮。南阳公主搬开破瓮，刨开底下的浮土，果然挖出一只木盒，打开来，里面整整齐齐摆着几百只开元通宝。

"王少卿，要不要去数数，看是否够数？"刘全冷笑道。

王玄策哑然无语，自从进入感业寺，他便开始观察南阳公主，试图找出破绽，却一无所获。眼前之人虽然是公主的样貌，但举止言行与乡间村妇一般无二，他故意核对"翠莲"生活中的印记和记忆，眼前之人均能一一对应，毫无破绽。

难道世上果真有借尸还魂之事？王玄策禁不住有些动摇了。

"娘子，"刘全温和地道，"王少卿是咱家的贵客，不能失了礼数，你且去亲戚邻居家里弄些吃食，我来陪王少卿小酌几杯。"

"翠莲"一连声地答应着，转身去了邻居家。

刘全去屋里取了一坛酒，请王玄策坐在院中的石碾子旁，倒上两碗酒："王少卿，若不怕酒中有毒，请满饮。"

王玄策吹去酒上漂的绿蚁，喝了一碗："嗯，腊月里酿的新酒，得筛一下。"

"谁有那工夫？"刘全没好气地将那张符箓丢给他，"你用这东西将我召至感业寺，如今又来到我庄上，想使什么手段就明说了吧！"

"你知道我想要什么。"王玄策自顾自喝着酒,头也不抬,"《秘记》的真相,你应募献瓜的幕后指使者,你和婆婆寐的关系,在这场大局中所司的职责,你和南阳公主的真相,你下一步行动的目标。"

"好大的胃口。"刘全冷笑一声。

"来了你家,不多喝几碗怎肯罢手?"王玄策笑吟吟地举碗相碰,"来,满饮。"

刘全猛然将碗里的酒泼了他一脸,趁着他闭目躲闪,"铮"的一声抽出横刀,闪电般劈了过来。王玄策来不及抹掉脸上的酒水,闭着眼睛抽刀一挡,"当"的一声巨响,夜色中火星迸射。趁着这一击之势,他一个翻滚脱离了刘全的攻击范围,趁机擦干了脸上的酒液。

刘全抢步上前正要挥刀,忽然间南阳公主提着一只竹筐从院门外走了进来,惊讶道:"为何又砍杀起来?且来坐着吧,我借了些吃食,正好下酒。"

王玄策拿起那张符箓,"啪"的一声拍在了南阳公主脸上。公主如同中了定身法一般,呆滞不动,随即身子一软翻身跌倒。王玄策扶着她的后背,缓缓将她放在了地上。

刘全目眦欲裂,举着刀想过来又不敢靠前,愤怒地大吼大叫:"王玄策,我要杀了你!恶贼!我要杀了你——"

王玄策淡淡道:"你既然成了局中人,哪可能只毁掉他人,而不让他人毁你?刘全,我贴了一纸道符能把你招引而来,便摸清了你的软肋便是这个女人。无论她是公主还是翠莲,终归能让你痛彻心扉!"

"你想如何?"刘全咬牙切齿。

"我方才想要的那些秘密,并非讹诈你,少说一桩,我便一刀杀了她!"

王玄策说得极为平淡,但刘全却知道此人当真做得出来。两人在夜幕中沉默地对峙片刻,刘全叹道:"这一局算是我输。不过王少卿你须得知道,我只是一介农夫,自小长在禁苑,这等身份见识,谁都不可能将大任交给我。"

"我信。"王玄策道,"你说。"

"五月十八日,我正在凝碧池捕鱼,有一人乘着小舟来见我。他戴着面具,自称大宗正,说陛下正在招募死士,进泥犁狱中献瓜。若是我肯应募,他便送我一桩机缘,"刘全说道,"能让我娘子死而复活!"

刘全一边说着,一边戒备地走过去摘掉公主脸上的道符,轻轻呼唤几声,公主却仍旧昏迷不醒。

王玄策见终于挖出了刘全幕后的神秘人物，心中颇为兴奋，只是这"大宗正"的称号却颇有些怪异，这是秦汉时的称谓，为朝廷九卿之一。大唐宗正寺的主官并不叫大宗正，而是叫宗正寺卿。他询问细节，刘全说那人声音似是老者，言语行止与宗正寺卿和两位少卿并不相似，显然并无关系。

那么此人究竟是谁？

刘全继续道："之后的事情你都知道，我娘子果然还魂，只是魂魄却附着在南阳公主的身上，时不时受到道士的法术压制，无法彻底占有这具躯壳。而我则是受皇帝之命，随同你调查《秘记》。"

"这大宗正又与你见面了吗？"王玄策问道。

"不曾。"刘全道，"他派了一名心腹向我下达指令，命我跟在你身边，随时传达你的动向。那心腹名唤老荆，在东市经营一家鱼行。今日凌晨你见过，便是撑船将你接走之人。"

"不尽不实！"王玄策冷笑，"难道假扮刘洎鬼魂，赚那褚遂良说出谶语，也是老荆给你的指令？你的身份地位要比那老荆高多了！"

刘全叹息一声："王少卿，不能说的我绝不会说，能说的我并未隐瞒。大宗正麾下有无数支我这样的人，我们这一支自然是以我为首，排序为丁，称为丁曲，老荆和那群死士便是大宗正安排给我的人马，负责执行他的指令。"

王玄策骇然，这些死士的战力他是看在眼中的，没想到序号仅仅排在第四，只是大宗正麾下微不足道的一支！

王玄策冷笑："我说你不尽不实，是因为你完成《秘记》的执念之重，根本无须别人指使！你狂热痴迷之状，在狗脊岭上我是看在眼中的。而且你告诉我的全是我已经知道的。所以，你觉得我会信吗？"

刘全沉默良久，坦然道："没错，实现《秘记》是我平生之愿，为此我甘愿肝脑涂地，死不旋踵！哪怕和我娘子重新死去，满门灭绝，也在所不惜！"

王玄策震骇交加，他知道，刘全这些话并无一字虚言。

"所以，你拿她胁迫我也是无用的！"刘全冷笑道，"况且你并非占尽优势，这是我的庄子，你大可以杀了翠莲，甚至杀了我，可你休想走出这刘家庄半步！"

王玄策想了想，笑道："不错，杀了你，我确实会把性命丢在此地，不过你给我的太少，我绝不会走的。"

"也罢，"刘全叹了口气，"我拿出一物与你交换，你得到之后速速离开，这一回合便算平局。如何？"

"何物？"王玄策问道。

"第四谶的真相！"刘全道。

王玄策愣住了，《秘记》的七幅谶图他们已经破解了三幅，第四幅晦涩难解，他一直没有查出丝毫线索。这篇谶图颇为简单，画面上只有一个待斩的死囚，口中叼着一把金刀。但越简单的图反而线索越少，尤其是配的谶诗更是语意不明：

丙寅。

生来口中衔金刀，身在符谶不可逃。

齐人哭，秦人笑，汉人歌，唐人谣。

君以为不信，待天上星辰落，地上死人跑。

明日便是丙寅日，按照规则，这几句谶言便该在明日发生，王玄策尚未找到丝毫线索，可刘全竟然要直接告诉他！

"你知道？"王玄策问道。

"我只是受大宗正之命去帮忙，并非这条谶语的执行者，所以告诉你也无妨。"刘全道，"反正《秘记》谶语七分天命，三分人力，哪怕你知道，仍然无法扭转它。"

"你说。"王玄策冷笑道。

"生来口中衔金刀，指的是个刘字。"刘全道，"王莽末年朝政败坏，朝野间流传着一句天书谶语，名叫《赤伏符》，符文只有一句话：'刘秀发兵捕不道，卯金修德为天子。'民间都传说未来天子姓刘，因为刘字拆开后便是'卯金刀'①，后来光武帝举兵起义，果然推翻新莽，中兴大汉。此后，卯金刀便代指刘姓。"

"谶图上口含金刀之人便是姓刘？"王玄策道，"他是何人？"

"你仔细想想，大唐被斩的刘姓高官并不多。"刘全将南阳公主从地上抱起来送进屋子。

王玄策一路思忖着跟到门口，忽然脸色一变："是刘兰？"

"不错，"刘全回头笑道，"正是刘兰！"

---

① 刘的繁体字为劉。

丙寅

生來口中銜金刀,身在符讖不可逃。
齊人哭,秦人笑,漢人歌,唐人謠。
君以為不信,待天上星辰落,地上死人跑。

王玄策倒吸一口气，刘兰被杀乃是大唐建国以来至惨至烈一案，几乎倾覆了大唐立国之本和礼义道德。

刘兰乃是青州北海人，颇通图谶和史籍，能预言成败。他于隋朝大业年间中了明经科进士，隋末天下大乱时投靠了北海反王綦公顺，是其麾下首席谋主，后来归附了瓦岗寨的李密，李密战败后又率部降唐。贞观初年，他任职夏州司马，先后击败反王梁师都和突厥的颉利可汗，战功赫赫，升任代州都督，封平原郡公。

刘兰谋反案发生于贞观十七年正月。当时太子承乾尚未谋反，李治还是晋王，长安城西南的鄠县有一县尉名叫游文芝，坐罪被关押在狱中等待处决。游文芝为了免死，举告代州都督刘兰谋反。

他举告的证据有二。一是有一个名为许绚的术士告诉刘兰："天下有长年者，咸言刘将军当为天下主。"二是刘兰的长子刘昭说："谶言海北出天子，吾家北海也。"

就是这两桩孤证，令李世民大怒，于正月十七日将刘兰腰斩于西市，其父、其子年十六以上皆绞，十五以下及母女、妻妾、祖孙、兄弟、姊妹、部曲、资财、田宅籍没入官。

刘兰被腰斩之后，最为惨烈的一幕发生了——左武候将军丘行恭硬生生掏出了刘兰的心肝，生食之！

这一幕震惊了整个长安，朝野惊骇。大唐立国二十五年，何曾出现过这种生食人心之事？！丘行恭身为朝廷高官，居然如恶魔一般于光天化日之下生食人肉，与禽兽何异？

朝野之间议论汹涌，纷纷要求严惩丘行恭，但皇帝终究舍不得惩处这名爱将，只是责备道：刘兰谋反，国家自有刑罚，你何至于此？若生啖逆臣之肉便是忠孝，那也是太子和诸王先吃，岂能轮得到你？

丘行恭自知犯了众怒，连连谢罪，从此以后他的仕途便止步不前。

这件事朝野皆知，王玄策自然也清楚。没想到这第四谶指的竟然是刘兰，只是这谶诗如此晦涩，如何能与刘兰对应起来？

刘全似乎看出他的疑惑，解释道："你且看这第二句，'身在符谶不可逃'。刘兰这个刘姓本就是谶言中的姓氏，历朝历代都会受朝廷猜忌，'卯金刀'这三个字在大汉灭亡后这四百年间，是所有王朝的禁忌之词，所以说他一出生口含金刀，身在谶纬。"

"刘姓入了谶？受朝廷猜忌？"王玄策愣住了，"这是为何？"

刘全叹了口气，怜悯地看着他："你姓王，身上并未背负祖先的荣耀和艰辛，可是我们刘氏不同。高祖皇帝提三尺剑推翻暴秦、定鼎大汉之后，刘氏便是这世间最尊贵的姓氏。高祖皇帝与群臣白马盟誓曰：'非刘氏而王者，天下共击之。'大汉四百年，废秦苛政，与民休息，百姓三十而税一，太仓之粟堆积如山，至腐败不可食。华夏子民在汉旗麾下，北击匈奴，东并朝鲜，西域三十六国愿为藩属，百越交趾设为郡县。我华夏自三皇五帝以来从未有如此强盛之举。哪怕中间偶有王莽篡位，但人心思汉，不过十余年便再度中兴。所以，刘氏是刻在我，还有这天下万民骨髓里的辉煌印记！"

最初，刘全神情平静地慢慢讲述，随后越来越激动，越来越癫狂，竟然泪流满面，哽咽不止。王玄策彻底看呆了。

"见笑了。"刘全也看出了他的异样，平静心神继续道，"王莽篡汉之时，民间流传着一句谶语：'刘氏当兴，李氏为辅。'南阳人李通不满王莽暴政，听说谶语之后便找到同乡刘秀，辅佐刘秀起义反莽，刘李两家散尽家财，兴兵起事，最终成就了帝业。

"西晋末五胡乱华，民不聊生，太上道君传下《太上洞渊神咒经》，预言道：'甲午之年，刘氏还驻中国，长安开霸，秦川大乐，六夷宾服。'谁也没有想到，这条谶语最终应在了匈奴人刘渊的身上，刘渊建国称帝，最后灭亡了西晋。至此之后，只要生逢乱世，'刘氏当兴'这四个字便会出现在谶语之中，激励着天下英雄前仆后继。"

刘全虽然粗通文墨，却对刘氏的历史极为熟悉，一一列举，王玄策听得目瞪口呆，原来刘氏之谶竟然如同星星之火一般，六七百年连绵不绝。

北魏尚书令刘洁得到谶语"刘氏应王"，图谋篡位；

北魏永平二年，泾州刘慧汪号称汉祚复兴，聚众造反；

北魏永平三年，秦州刘光秀宣称自己应在图谶，聚众谋反；

北魏延昌三年，幽州僧人刘僧绍认为天命在刘，聚众造反。

北魏孝昌元年，胡人刘蠡升在云阳谷称天子，聚众造反；

北魏末，幽州刺史刘灵助得谶语"刘氏当兴"，自称燕王，举兵造反……

不光是北朝，南朝亦是如此。东晋司马元显当政时，民间有歌谣："金刀既以刻，娓娓金城中。"有人说，金刀者，刘也。后来果然刘裕代晋，建立刘宋。

刘氏得天命，几乎成为天下人的共识，甚至其他姓氏之人挑头谋反也要推举刘姓之人为首领，以应天命。譬如北魏熙平元年有人谋反，推举九岁的稚子刘景晖为首，号称"月光童子"，宣称刘氏当兴，举兵造反。

更有甚者，西晋太安二年，平氏县吏张昌起兵叛乱，占领江夏之后拥立县吏丘沈为天子。他将丘沈改名为刘尼，自称汉朝刘氏之后。自己改名李辰，任相国，特意来应"刘氏当兴，李氏为辅"的谶语。①

而历代非刘姓的王朝，对"刘氏当兴"和"卯金刀"深恶痛绝，南齐取代刘宋之后，严厉禁绝"卯金刀"之类的谶语。有一次齐世祖在偏殿用金柄刀子切瓜吃，大臣王晏说道："外间有金刀之言，陛下您不宜用此物。"齐世祖愕然良久，只好连金刀都不用了。

即便到了隋朝，金刀之谶也是深入人心，隋文帝的宰相刘昉坚信自己应了金刀之谶，说道：吾姓为"卯金刀"，名是"一万日"，刘氏应王，天命在我，当为万日天子。②后刘昉密谋造反，事败被诛。

听到此处，王玄策恍然大悟，叹道："我虽然破解了三篇谶语，却并不解其中深意。如今想来，张亮案中的卫州人刘道安也是认为自己应了刘氏之谶，怪不得陛下一定要杀张亮。而刘洎也是因为他既有强臣风范，又是刘姓，所以陛下也得杀他。"

"不错，"刘全道，"大唐对刘氏防范之深历代罕见。贞观三年，长安有一无赖子名为刘恭，颈部长了块斑，像一个'胜'字。刘恭炫耀道：'吾当胜天下！'于是被捉拿下狱。另外，豫州都督刘师立你认识，他被猜忌之事你应当清楚。"

王玄策默默叹气，刘师立也是大唐猛将，起初追随王世充，兵败后被俘。李世民欣赏他的才干，引为亲卫。后来他在玄武门之变中立下大功，其后征讨吐谷浑，击败党项，屡立战功。

刘师立眼有赤光，体有非常之相，姓氏又应了符谶，李世民疑他有谋反之心，便出言试探。刘师立惊悚万分，答道："臣在隋朝做官，官不过六品，才能低下，不敢奢求富贵。如今受到陛下礼遇，位居将军，已经心满意足，哪里敢造反？"李世民大笑道："我知卿不会谋反，只是有人妄言罢了。"

"明白了。"王玄策叹道，"有了这种因果，刘兰因为谶言被杀倒也不意外。

---

① 见《晋书·张昌传》。
② 昉字，可拆为"一万日"。

那么后面几句话如何解读？"

刘全摇摇头："王少卿，我是因为要辅助大宗正，才知道第四谶说的是刘兰，凭我的学识又怎么解读得出来？我给出了线索你自行调查便是，我只盼你速速滚蛋！"

如今两人是互相牵制，王玄策知道此人难以对付，能逼他透露出如此多的内幕实属侥幸，当即见好就收："也罢，那就劳烦你将我送出禁苑。"

"要去哪里？"

"长安。"

"无能为力！"刘全怒道，"这都什么时辰了？长安城早已宵禁，城门落锁，我如何将你送入长安？"

"既然如此，我便在你家中叨扰一夜。身为臣子，我须得守着公主，莫让你非礼她。"王玄策道。

刘全忍着气："我可以将你送出禁苑。这禁苑周长一百二十里，虽然有城墙环绕，但不少墙体年久失修，我知道一些豁口可供出入。离开禁苑后，你绕到长安城外待几个时辰，到得五更二点，城门一开便能入城。"

"不行，我必须今夜进入长安！"王玄策寸步不让，"若是办不到，你便替我准备被褥吧！"

刘全怒视着他，知道此人临走还不忘捞一把，要榨出自己进出禁苑的秘密通道，但如今他受人钳制，终究无可奈何："你会水吗？"

"会！"王玄策眉开眼笑。

亥时一刻，平康坊，不良人署。

已被查抄多日的不良人署门户洞开，中郎将马策的骑兵簇拥着一辆马车径直驶入庭院。院中已经跪了黑压压的一片，都是当初被捕的不良人署官吏，右长史孙尊礼赫然在列。卫率府的兵马披甲持锐，手拿火把肃立四周，铁血肃杀。

马策跳下战马，毕恭毕敬地从马车上搀扶下来一名女子，孙尊礼等高层官吏顿时纷纷惊呼，此人竟然是他们的主母，景娘！

景娘走上大堂，吩咐道："带上来！"

马策一挥手，勋卫们将五花大绑的杨秉推到了堂上。原来杨秉虽然拿到了籍帐，却没能逃过景娘的抓捕。他幞头也丢了，头发蓬乱，脸上青一片红一片，显然吃了些苦头。

杨秉并不知道景娘的真实身份，见她坐在堂上，顿时愕然："大娘子？您如何来到此地？难道他们也将你捉了来不成？"

"解绑。"景娘命人解开他的绑绳，起身来到杨秉面前，手中却拿着一支旗火，"杨左丞，你且到庭院中把这支旗火给点了。"

杨秉当然认识不良人署这旗火信号，当即走到庭院中拿火褶子给点了。"砰"的一声炸响，一朵烟花射向月夜星空，花开两枝，十字交叉。

景娘坐在几案后默默地等待着，杨秉和孙尊礼等人都不作声，几百人的庭院之中只有火把噼里啪啦的燃烧声，大堂上更是肃然无声。大约过了一炷香工夫，大堂上灯烛一暗，两条人影忽然间闪现在景娘面前，一人持刀，一人执弓，赫然是杜行敏和曹宝鼎！

马策大喝一声，率领勋卫们冲了上来，将大堂层层围困。曹宝鼎的弓弦上凭空多了三支箭，对准了马策等人，情势一触即发。

"马郎将，不妨事，是我召他们来的。"景娘摆摆手命他们退出大堂，绷紧的杀意才松弛了一些。

曹宝鼎持弓守在门口，杜行敏从容地跪坐在景娘下首，将横刀放在几案上，淡淡道："大娘子，将我不良人署的官吏尽数捉了过来，不知又有什么指教？"

景娘从袖中拿出一卷文书递给他："太子诏令，不良人署恢复旧制，其官员属吏尽数释放。杜行敏仍知不良人帅。"

杜行敏顿时愕然，接过文书反复看了几遍，确实是左春坊拟招，盖着太子宝符。

景娘又从袖中取出一卷文书递给他："太子诏令，废止不良人署，其官员属吏仍归各司。有罪未决者，仍以前罪定之。贼帅杜某，下狱待审。"

杜行敏呆若木鸡，手里拿着两份文书，如堕五里雾中："大娘子，这是何意？"

"两份诏书你任选其一。"景娘淡淡道，"我知道，当年玄策创办不良人署，着实保护了一些含冤的罪囚，他交卸职司之后又交由你来保护。我今夜将东署的官吏带过来，便是要你为他们选一条路！若是你选第一份诏书，他们可当庭释放，各回吏房。若是你选这第二份，我即刻命大理寺和刑部来拿人。他们此前犯的什么罪，该受什么刑罚，便继续领受。"

杜行敏明白了，这是逼迫自己表态，当即冷冷地道："大娘子不妨把话说在明处，想要我作甚？"

景娘道："我要你的效忠！我要这不良人署从此为我所用！"

杜行敏叹道："你持有太子诏令，谁敢不对你俯首帖耳，何苦非要为难我呢？"

"不良人署被玄策和你经营了二十一年，它最珍贵的并非这几座衙门，而是盘根错节，遍布长安甚至西域的谍网。它到底有多大，根须有多深，只怕连朝廷也不知道，我要完完整整地拿到不良人署。身为你们的主母，我要继承玄策留在这世上的一切遗产，将来传给我儿子！"

杜行敏拿着诏令的双手微微颤抖，沉默良久，捧着第一卷文书拜倒在地："下官不良人帅杜行敏，拜见大娘子！"

曹宝鼎垂下了手中弓箭，众人以为他也要归顺，却不料他一把扯掉蹀躞带上的腰牌掷在地上："既然如此，请恕属下不能陪伴贼帅左右。曹某从此退出不良人署！"

亥末子初，兴化坊。

一队武候巡骑驰过兴化坊外的街道，王玄策从排水沟翻过低矮的坊墙跳进了兴化坊。今夜逼着刘全将他送入长安，本想摸一摸这厮潜藏的人脉，不料刘全竟带着他在永安渠中泅渡。永安渠穿过景曜门的城墙时，墙体里设有船闸，为了保持水流畅通，闸门下设有铁栅，船闸降下之后便死死地卡到水底，为的就是避免有人从水底泅渡。

王玄策和刘全将袍服脱掉，用荷叶包裹得密不透水，和横刀一起捆在背上。二人泅渡到景曜门船闸处潜入水底。这铁栅乃是熟铁铸造，手腕粗细，想要锯断简直痴心妄想。正想看刘全笑话，不料他竟然将铁栅底下的一块条石给撬了起来，招呼王玄策帮忙推到旁边。王玄策顿时无话可说，原来船闸下的条石早就被他私下给弄松动了，只见他又撬起一块条石，用专用的铁钩伸出栏杆，硬生生给勾了出来。船闸的铁栅下面顿时露出一条能容一人游过去的通道。

王玄策游过去之后，两人又将条石合拢，严丝合缝。王玄策简直赞不绝口，这条密道若非机缘巧合，哪怕跳进水底来查都发现不了。

头顶水渠上便是监门卫和北衙禁军值守的房舍，两人隔着铁栅都不敢出声，但刘全一肚子的愤怒毕竟忍耐不住，怒视着他，用手掌在脖子上狠狠一划，潜游而去。

王玄策哑然失笑，顺着永安渠潜游到僻静处上岸，从荷叶包里取出衣袍、幞头和靴子换上，一路上小心翼翼规避着武候巡骑，来到这兴化坊。

此行目的，自然是兴化坊刘兰的旧宅。

刘宅位于兴化坊东北隅，规模并不甚大，前后五进院落，占地十亩左右。他生前位居平原郡公，正三品的代州都督，位高权重，只是常年镇守边疆，宅子难免寒酸了些。

宅邸的大门上贴着封条，七年来历经风吹雨打，封条上的字迹早看不清了，乌头门和廊柱上的漆面龟裂剥落，蛛网倒挂，夜色之下说不尽的苍凉破败。王玄策翻墙而入，顿时惊起庭院中的乌鸦和小兽，原来这庭院里野草丛生，杂树遍地，鸟雀筑巢于其中，狐兔奔走于廊下。

王玄策感慨不已，这样的荒宅遍布长安各坊。一般而言，犯官抄家之后宅子收没入官，由官府发卖。只是刘宅这种建筑规格只有三品以上的高官才能入住，寻常人家的住宅胆敢逾制，轻则流放，重则杀头。而三品以上的高官一般都有自家的住宅，哪怕没有，也不愿买一所犯官的旧宅徒增晦气。因此这种规制的旧宅一旦被抄家，就只能任由其荒废，或者改为寺观。长安城的寺庙道观，不少都是由没落高官的宅邸所改。

一座座荒宅，见证了大唐高官勋贵的人生起伏，朝政变迁。

王玄策用刀尖挑开横生的野树和藤蔓，顺着台阶走进正堂，顿时惊飞一群乌鸦和蝙蝠。堂上的直棂窗已经破损，一棵大树从窗户里长了出来，斜斜地伸向庭院。堂内进深太长，月光透过门廊只照见门内几尺方圆，再往里一片昏黑，不辨人影。

王玄策拾了些枯草用火褶子点燃，又扔了些干柴在上面，在正堂里生起一堆篝火。火光顿时涌满了四壁，扑棱棱的夜鸟惊飞四散，灰尘飞扬。

待得尘埃落定，王玄策猛然一惊，急忙持刀在手，厉声喝道："什么人？"

正堂深处，竟赫然有两条人影！

那两人穿着深色的袍服，背朝自己，就么静静地蹲在黑暗深处，似乎在戒备什么东西，又似乎在与更黑暗处的某人对话，听到他的呵斥也没有半分反应，仍旧一动不动。

王玄策毛骨悚然，一手持刀，一手擎着火把小心翼翼上前，用刀尖轻拍那两人肩膀，仍旧纹丝不动。他觉出有异，慢慢地绕过来，禁不住汗毛直竖，一股寒气从脚底直冲到了天灵盖。

眼前跪着的竟然是两具干尸！

这两具干尸也不知死了多少年，肌肤已经变成了黑褐色，干巴巴地贴在骨骼上，如同风干的腊肉一般。眉目却依稀看得清楚，大约是中年男子的模样，一人身穿平民服饰，另一人却有官身，穿着七品的绿色官服，均是双手被麻绳捆着跪在一张蒲团上，弯腰垂首，似乎是在悔罪。他们面前摆着一张供桌，桌案上摆着香炉、烛台、牌位和三只碟子，火光照耀下，只见牌位上写着："故平原郡公、代州都督刘公之灵位。"

王玄策倒吸一口冷气，竟然有人偷偷祭祀刘兰！

他立时明白那两具干尸是何人了，那名身穿七品官服之人便是诬告刘兰的鄠县县尉游文芝。刘兰被杀后，他因举告有功被开释，赐爵一级，调任长安左近的蓝田县继续做县尉，后来据说因病辞官，从此再无消息。原来他是被人绑了来，杀死后炼成干尸跪在刘兰灵前！

另一名自然便是术士许绚，正是他告诉刘兰"天下有长年者，咸言刘将军当为天下主"，这才引发了此后的惨剧。此人被下狱之后也附和游文芝举告刘兰，获得赦免，不想也被人绑了来。

只是两人隔得甚远，中间还空着一张蒲团，似乎另有一具干尸下落不明。

王玄策再看供案上的三只碟子，中间那只空着，左右的碟子里都摆着黑乎乎的东西，似乎是一些风干的肉块，借着火把仔细分辨，依稀能看出是心脏和肝脏的模样。他用刀轻轻挑开两具干尸的衣袍，果然胸口空空如也，竟然被剖腹挖心拿来做了贡品。旁边倒毙着几只死老鼠和腐烂的乌鸦尸体，想来为了防止鼠鸟偷食，这心肝竟被下了剧毒。

做事之人当真心思周密，手段狠辣，瞧那立牌位者的称呼，似乎是刘兰当年的部属。

王玄策将干尸上的衣袍割了一截，卷上烛台里结块的蜡脂，缠绕在一根松枝上做成火把，往内宅里继续探索，看这立牌位之人是否还留下了什么痕迹。

从正堂进入二门便是内堂，基本也被破坏完毕，空空荡荡。堂上草木葱茏，蟋蟀鸣叫，夏夜的萤火虫在其间飞舞，宛如点点鬼火。

王玄策砍开拦路的树枝来到内宅，内宅的主屋和两厢的廊下都长满了草木，只有一间屋子的草木却有些稀疏。他心中一动，这稀疏的草木恰似一条小径通往屋内，似乎时常有人经行。

推开腐朽破败的房门，王玄策来到屋内。举火在四壁照过，屋内的家具也早被抄走，空空荡荡，地上却残留了一些女性的日常之物，屋子的主人似乎是个爱美的少女。墙角有一盆蜡梅，想来是当年搁在花架上之物，花盆早已破碎，蜡梅却在地面的浮土中顽强生长，探出破损的窗棂。

地上还有半块青铜镜，王玄策捡起来细看，这是内宅中常用的螺钿铜镜，镜面结了铜锈，背面是蚌、螺制成花鸟和少女的人物样式，用大漆镶嵌。墙角有半张破损的几案，地上有折断的细毫和几块颜料墨盒，似是有一张纸嵌在地面泥土里。他小心翼翼地抠了出来，原来是尚未画完的半张仕女图，图上的少女只画了半张脸，巧笑嫣然。似乎画到一半，笑容刚起，便被如狼似虎的兵卒闯入，锁拿抄家，从此这笑容便在岁月中凝固。

王玄策看着这幅画，心神悚动，这间屋子里的一切都让他无比熟悉，似乎这屋子里的少女是自己极为亲近之人，似乎自己曾经在此生活多年。他默默地闭上眼睛感受着此间的每一缕气息，慢慢地泪流满面。

忽然间远处的夜色中传来异动，杂沓的脚步声从四面八方传来，隐约夹杂着哗啦啦的轻响，分明是甲叶的碰撞之声。他心中一沉，将火把抛在地上，一脚踩灭，迅速抽刀闪到了墙后。

敌人看来目标极为明确，只是片刻间，脚步声、甲胄碰撞声、屋顶墙头的瓦片碎裂声便如同潮水一般涌到了内宅的四周。夜色中甚至能听得见弓弦的张开和弩弦的绞动声，嘎嘎吱吱，窸窸窣窣，如同磨牙吮血。

王玄策知道自己被彻底围困了，但奇怪的是，这些兵马布置停当之后却不见了动静，四周陷入死一般的沉默，似乎在等待着什么。

片刻之后，就见内堂后门处传来灯笼的亮光，两人擎着灯笼在前头砍断树枝开路，一名女子沉默地跟随其后。走出廊下，月光照耀，那女子的脸上戴着朱雀鸟首面具，流光溢彩，璀璨夺目，赫然便是景娘，而擎着灯笼之人竟然是杜行敏和丘行恭。

第二十二章
生来口中衔金刀

王玄策提着刀走出闺房。

杜行敏和丘行恭退回内堂，景娘拿过灯笼一步步穿过庭院来到西厢门前，然后摘掉朱雀面具丢在尘土之中，伤感地望着王玄策。

"终于不用再示我以面具了吗？"王玄策叹息。

"原本并非不可见人，是这世间给我蒙上了尘垢。"景娘道。

"所以，你果真是刘都督的女儿？"王玄策问道。

"你都知道啦？"景娘笑道，只是这笑容中满是惆怅，"如何发现的？"

王玄策将半片铜镜挑在刀尖上递给她："你在家里也有这样一面螺钿铜镜。"

景娘拿过铜镜，想照见自己的面孔，不过月色昏暗，镜面斑驳，却哪里照得见？

"你喜画工笔仕女，用的也是这种细毫。"王玄策又将那半张仕女画拿在手中，"画上的少女便是你吗？"

"是我。"景娘苦涩地笑着，"抄家那日我十四岁，正在用这铜镜照出自己的容颜，工笔细描，想留下欢乐的模样。"

"你也喜欢蜡梅，用花盆养在卧房窗外，你曾写过一首诗，其中一句道：'此身不在红尘里，罢了白雪看蜡梅。'"王玄策道。

"谢谢郎君记得清楚。"景娘看着他，神情百感交集，款步走进房中，借着月光触摸墙上蜡梅，"就因为这株蜡梅，我每年都会来这里。我总觉得这蜡梅是上天给我的卦象，花盆碎了，它便将根须扎进青砖地面，借着雨露和湿气坚韧不屈，最终穿破这坚硬的墙壁，得见光明。"

"我并不知道你竟然有如此凄惨的家世。"王玄策神情怜悯。

"郎君是为了破解第四谶而来的吧？"景娘道，"我为你讲讲我的父亲如何？"

"你早解出了第四谶？"王玄策诧异道。

"第四谶的题眼是我阿爷，我如何解不出？"景娘苦笑，"我阿爷是青州北海人氏，隋炀帝大业年间中了明经科进士，到鄱阳郡做书佐。大业七年，在我家乡附近的长白山，知世郎王薄一首《无向辽东浪死歌》，挑起了十七年的隋末乱世。因为担忧家人，阿爷辞官回乡。当时山东是乱世中的旋涡，北海贼帅綦公顺率领三万贼兵围攻郡城，城中粮食殆尽，岌岌可危。我阿爷算出綦公顺志大骄横，必然无备，便集结了一百多名壮士出城劫营，将綦公顺打得大败。城中的官军见贼营乱作一团，也趁势出击，綦公顺弃营而逃，北海郡得以自保。

"我阿爷受到全郡拥戴，太守将城中军队分为六支，其中一支交由我阿爷统率。郡城有一名姓宋的书佐嫉妒阿爷，在诸军中谗言中伤，一心要杀阿爷。各军将领于心不忍，便夺了阿爷的军队交给宋书佐。我阿爷走投无路，只好投奔了綦公顺。綦公顺和军中诸将一致推举我阿爷为首，将军队交由阿爷统率。郎君，你可知为何？"

王玄策惊讶："此事确实奇怪，难道是綦公顺敬佩你阿爷？"

"是因为我阿爷姓刘，应了符谶！"景娘一字一句道，"当时天下传唱着一句谶语：'白杨树下一池水，决之则是流，不决则为漓。'流，是刘的谐音；漓，则是李的谐音。也就是说，隋朝杨氏的天下就像一池子水，一旦决堤便是姓刘的，不决堤便是姓李的。而河北、山东的百姓全都相信'刘氏当兴'！"

王玄策心头震动，他今夜刚在禁苑中听得刘全讲述，此时又从景娘口中听到，看来刘氏受到的猜忌之重超乎想象。

"你一定知道皇帝此生最强悍的对手，刘黑闼。他击败了大唐几乎所有的名将，连陛下也一度败在他手中，几乎死掉。"景娘说道，"他曾是窦建德的部将，窦建德兵败被杀后他回到老家种地为生。窦建德的旧部范愿等人想要起兵反唐，他们笃信'刘氏当兴'，想要推举窦建德的旧部刘雅为首，刘雅不愿起事，范愿等人便杀了他，又推举刘黑闼为首领。"

刘黑闼之名在隋唐之际无人不知，他率领窦建德的旧部起兵反唐，先后击败淮安王李神通、幽州总管罗艺、左武候将军李世勣、齐王李元吉，生擒薛万均、薛万彻兄弟，斩定州总管李玄通、绛州总管罗士信。几乎大唐所有的名将都在刘黑闼手下大败亏输，被打得惨不忍睹，半年之内便将唐兵彻底驱出了河北、山东，将窦建德的地盘恢复如初。

"还有一人名为刘世彻，命运与我阿爷极为相似。"景娘道，"反王徐圆朗惧怕李唐，惶惶不可终日。有人劝他拥戴一名小反王刘世彻为首，说此人才华出众，相貌非凡，有帝王气象。徐圆朗迎来了刘世彻，命他进攻各州郡，果然刘世彻所到之处各地纷纷归降。可徐圆朗担忧他取代自己，便兼并了他的兵马，将其杀害。"

"居然还有这等事？"王玄策瞠目结舌。

景娘道："所以，当年我阿爷面临的便是这种情势，刘氏乃是应谶之姓，那些反王只想借他的名号来应谶，壮大势力罢了。我阿爷精通图谶和经史，善于谋算，自然极力躲避谶语，再三辞让，只做了军中的长史，但綦公顺仍将军权交付给他，全军听他号令。这便是'生来口中衔金刀，身在符谶不可逃'。"

"原来如此！"王玄策恍然大悟。这刘兰竟然是一位洞彻天机的智者，看来景娘能学会大衍占卜诀，占算如神，也有家学渊源。

"我阿爷决定攻取北海郡，他选了一百五十名健卒，距城四十里留十人燃烧杂草，制造烟火；距城二十里又留二十人，各执大旗，虚张声势；距城五六里，又留三十人伏在险要处；距城一里处他自己率十人潜伏；其余八十人分别安置，听见鼓声便掳掠牧人和牲畜逃走，同时焚烧积草、摇动旌旗。

"第二日，郡城中人出城放牧、砍柴，我阿爷率领十名兵卒直冲城门，惊得官军关闭城门，敲鼓击钲示警。八十名伏兵趁机冲出，掳掠了千余头牲畜和牧人、樵夫而去。我阿爷待他们走远，这才带着十名手下从容而回。城中官军看到前面旌旗摇动、烟火滚滚，怕有伏兵，不敢离城追赶，后来知道我阿爷只有百余人，后悔不迭。

"过了月余，我阿爷率领二十人再次来到郡城之下，城中兵马这次倾巢而出，追出去十余里，结果綦公顺率领数万大军杀来，官军大败，逃回了城中。綦公顺大军将城池团团围住，我阿爷亲自招降官军，城中人争相出城投降。我阿爷安抚百姓，礼遇郡官，全城秩序井然。甚至连仇人宋书佐他也待之以礼，赠予金帛，礼送出境。

"反王臧君相听闻綦公顺占据北海，率领麾下五万兵马来争夺郡城。綦公顺忧惧不已，我阿爷认为臧君距此尚远，必然不备，劝綦公顺率奇兵突袭。綦公顺对阿爷言听计从，亲自率骁勇五千人，带足干粮，倍道兼程去奔袭。我阿爷亲自带二十名死士担任前锋。当臧君相外出掳掠的兵卒满载而归时，我阿爷伪装成臧军，帮他们搬运物资，探听出了他们主将的姓名和旗号，和他们并肩混入了营寨，甚至担任了巡营之责。到了三更时分，他突袭臧君相的中军大帐，杀了百余人，满营惊扰。綦公顺趁势率军掩杀，贼军崩溃，臧君相仅以身免。这一战北海郡彻底稳固。等到李密的瓦岗崛起，阿爷劝綦公顺归顺了李密，后来李密败给王世充，我阿爷又劝綦公顺投了大唐。綦公顺被封为一州总管，我阿爷只得了个尚书员外郎的从六品小官。但我阿爷说，他投身军中从不为官职权势，隋末十七年乱世，无数人家破人亡，天下百姓死者有七，连反王们也是朝不保夕，他只想保护自己的家人。他靠着谋划占卜躲过每一次风波，最终带领他的家人、宗族和朋友从乱世迎来一统。"

王玄策默默地望着景娘，他忽然对这位从未谋面的刘兰多了一份崇敬。他是经历过隋末乱世之人，父母亲眷数百口死得一个不剩，那如山的阴影压得他喘不过气来，他从未想到刘兰竟然凭一己之力在各路反王间纵横捭阖，保护着每一个身边亲友都活到了乱世终结，盛世来临！

只是人力有穷，他万万没想到，迎来盛世之后，自己仍然因为姓名应谶，遭人诬告，惨遭腰斩灭族之祸。他躲避半生，最终还是没有躲过刘姓带来的魔咒。

"我阿爷在家乡各郡广施仁政，尽最大努力保护每一个人，他被腰斩抄家之后，北海郡遍地哀哭之声。鄂县县尉游文芝造就如此惨剧，就只为了让自己活命。鄂县在长安边上，属于雍州，是为秦人。"景娘道，"这便是谶诗中的'齐人哭，秦人笑'。"

"那么'汉人歌，唐人谣'这句何解？"王玄策心情沉重。

"'刘氏当兴'是汉时推翻王莽暴政的谶歌，是这四百年来百姓为了追求丰衣足食，结束分裂，追求一统的战歌，传到大唐，完成天下一统之后，则是必须毁禁的谣言！"景娘道。

"历史最辉煌的记忆永远根植于天下万民的心中，如燎原之火，不可扑灭。"王玄策为之扼腕叹息，"那么，景娘你呢？刘公死后，你是如何活下来的？"

"贞观十七年正月十七，我阿爷被腰斩于西市独柳树下，左武候将军丘行恭挖出了他的心肝生食。一同被斩的还有我的长兄刘昭。我七十岁的祖父和二兄在狱中被绞杀，幼弟被充没入宫。家族中的伯叔父和堂兄弟被流放三千里，尽皆死在边疆沙漠之中。我和我的阿娘、祖母及家中女眷被没入掖庭宫为奴，月余，祖母便死了，阿娘在寒病困苦之中挣扎了半年也劳累而死，被葬在禁苑的宫人斜。我曾着人寻找坟茔，无人可辨。至于我的幼弟，充没入宫之后被阉割成了宦官，然而刀口不净，伤口化脓，听人说在痛苦中惨叫了三日三夜，最后死去。所幸我找到了他的尸骨，将他葬回了北海故乡。"

景娘缓缓地讲述着，眸子中映照着月光，似乎有泪，语气神情却平淡无比，似乎在说一件不相干之事。

王玄策默默地望着她，一时间有些茫然，也不知自己对这个女人是恨，还是怜悯。月色静谧，灯笼的光晕各照着两人的半边脸，彼此无言。庭院外传来战马的喷鼻之声，间或有风吹动甲胄的铁叶，叮当作响。

"我那时十四岁，青春年少，相貌尚可，侥幸被选入教坊司，成了教坊杂户中最卑贱的奴婢，做些最粗笨的浆洗缝补活计，偶尔也会征调帮厨。我拼命讨好每一个人，只想挣扎着活出一条命来。我学了一手好厨艺，我会做油麻胡饼、各色毕罗，左右双刀脍鱼，做黄金鸡、鹿尾酱，还有烧尾宴上二十多种名菜。"

景娘讲述之时脸色忽然温柔起来，似乎在回忆当年旧事。王玄策心中百味杂陈，想起那个头戴幂篱、携酒来访的少女，她似乎从画卷中走出，进入厨房表演了一场庖厨之舞，金齑玉脍，赏心悦目。她扔给自己一坛酒，说："来，满饮！"

原来那个娉婷少女竟然背负着如此凄惨酷烈的往事！一时间，王玄策泪如泉涌："人生，为何不能永远是初见时的模样！"

景娘望着他，含泪笑道："那一年晋王被立为皇太子，玄都观中有歌舞宴乐，我随着教坊司去伺候，观中有人挂灯出谜，都是算学之类，我一口气解了七八篇，得遇一名异人。他说自己想寻一算学奇才，来继承前隋经学大师刘焯的大衍占卜诀。教坊司在玄都观中歌舞了三日，我便在这三日间学会了大衍诀，从此占算如神，闻名教坊。当时太子初立，正惴惴不安，听说之后微服来考我，我连起七道卦，无不切中他心中最隐秘之处。太子恩典，将我封为东宫女官，赐名爻姬。"

"原来是上天眷顾。"王玄策叹道，"所以爻姬和景娘都不是你的真名吗？你的真名叫什么？"

"畸零之人，早就忘了自己的名字，如此才能苟活于世。"景娘道，"你今晚就要死了，要恨就恨这个爻姬，恨这个景娘，却不要恨当年住在这闺房中的少女。"

"你的身份太子也是知道的吧？"王玄策苦笑。

"自然。"景娘道，"我虽然是杂户贱婢，毕竟也有户籍手实，如何瞒得过太子？"

"我终于知道你为何要杀我了。"王玄策道，"你父亲被朝廷处斩抄家，太子喜爱你的占卜之术才擢拔你在身边任用。太子是否信任，便是你赖以生存的唯一凭借。这些年想必你自觉危如累卵，如履薄冰，时时刻刻都想谋一条出路。"

"郎君知我。"景娘道，"所以趁着年龄渐长，我便恳求太子让我出宫嫁人。那时我刚为他立下大功，他赏无可赏，只好答应。"

"所以你便携酒而来，找到了我？"王玄策心中难过，"大唐勋贵子弟遍地，一个个阀阅高贵，人才出众，你何必来误我一生？"

"我要嫁人哪有那么简单。我是罪臣之女，身在杂户贱籍，按唐律不能与良家子婚配，何况勋贵高官？恰好此时东宫一名女官病故，她名为薛景娘，乃是河东薛氏的嫡女，关陇六大士族，一等门阀世家。我便求了太子，冒了她的名籍。"景娘道，"薛寅是东宫官吏，深知我在宫中的权势，丝毫不敢声张，但我要嫁的人家却须得仔细考量，倘若亲戚故旧太多，便容易查知我的身份。"

"所以你找上了我？"王玄策冷冷道，"官职不低，前途尚可，无父母在堂，无家族牵累，正好容得你隐瞒身份，鸠占鹊巢！"

"抱歉。"景娘叹道，"当年我的选择并不多，你与薛景娘一样，是我选择的壳。我为你建了兴旺繁茂的家族，我督促族中子弟勤勉好学，科场折桂。我为你生下子嗣，承继宗祧。因为我确乎想与你做一世的夫妻，白首同穴，谁能想到你会和太子势同水火呢？"

"靠欺骗和谎言得到这些东西，真的是你想要的吗？"王玄策冷笑。

"在欺骗中活过一生，是我能得到的最好的人生。"景娘道。

王玄策彻底愤怒："哪怕你不曾爱我，对我便没有丝毫愧疚吗？"

"我无暇愧疚。"景娘看着庭院四周，喃喃道，"这种人生原本是我曾经拥有的，只是十四岁那年被人夺了去，如今我又夺回来了。郎君，别过。"

景娘走上前，轻轻拥抱他。王玄策木然不动，鼻子里有香风袭来，景娘在他唇上一吻，然后捡起地上的面具罩住了面孔，提着灯笼转身离去。

庭院中草木横生，月色昏暝，王玄策站在西厢的廊下，看着飘浮的灯笼和灯笼下璀璨的珠光消失在内堂之上，庭院中一片漆黑。

杜行敏、丘行恭、马策、左城等人在堂上候着，火把照耀之下，三大衙门的甲士密密匝匝地拥满了内堂，正蓄势待发。

"杀了他。"景娘吩咐了一声。

甲士们蜂拥而出杀向内宅，一时间甲胄碰撞，杂沓的脚步如惊涛拍岸，滚滚而来。

王玄策知道今夜再无幸理，叹息了一声，擎刀迎向铁甲军阵。忽然间树丛中探出一条胳膊，一把拽住了他。王玄策大骇，挥刀斩过去，那人低声道："少卿，是我！"

一条昏暗的人影站起身来，竟然是曹宝鼎！王玄策急忙收刀。

曹宝鼎无暇解释，手擎长弓，搭箭在弦。黑暗中只听弓弦震响，嘣嘣嘣之声不绝于耳，冲在最前的甲士纷纷栽倒，其后的甲士在黑暗之中无法躲避，也绊倒在地，顿时乱作一团。

"王贼有弓箭！"有甲士嘶声大叫。

"冲！"丘行恭喝道，"冲进堂口，与他短兵相接！"

但堂口狭窄，想冲进去谈何容易？曹宝鼎的弓箭射速极快，冲出的瞬间便会中箭。也不知是多少石的强弓，身上的铁甲毫无用处，一箭贯穿，中者立毙。半炷香工夫，堂口尸横枕藉，密密麻麻地堆了半人高，反而阻挡了后面甲士的去路。

曹宝鼎一边射杀这群甲士，还有余暇与王玄策对话。原来景娘收服杜行敏和不良人署之后，他羞于为伍，掉头便走，竟然无人敢拦。

他并未走远，暗中盯着景娘和杜行敏等人的动向，见她调集大军，知道是对付王玄策，便跟踪而来，在大军尚未合围时偷入内宅，从头到尾听到了二人的对话。

"少卿，随我走吧！"曹宝鼎道，"属下一人一弓，定能护你杀出重围！"

"然后呢？"王玄策心灰意冷，"景娘继续追杀，我继续逃。行敏也来追杀，我仍是逃。玄诚也来追杀，我还是逃。天下之大虽有我容身之地，然而众叛亲离，举国皆杀，活着又有何滋味？"

"属下当年也这么想，"曹宝鼎手中弯弓拉弦，稳定地猎杀甲士，口中却激动道，"只想死在沙漠中一了百了。遇到少卿之后却发现，自己活出了更精彩的另一个人生。少卿，跟我走吧！"

"不一样的。"王玄策苦涩地道,"景娘算无遗策,不给我留丝毫退路。我若是死了,算她为太子立下的功劳,弥奴尚能保全;若是我逃走,弥奴就没有活路了!宝鼎,这是阳谋,是个死局!"

曹宝鼎沉默良久,垂下了弓箭:"少卿,请脱掉衣袍。"

"你要干什么?"王玄策头皮一麻,紧紧揪住了自己的衣服。

曹宝鼎淡淡道:"请少卿与我更换衣服。"

王玄策知道他想做什么,刚要拒绝,就见他拿出一支箭头抵住了自己的咽喉。

这时内堂中的甲士也停止了攻击,三大主将见自己的兵马伤亡太大,有些心痛,商量一番之后决意火攻。众人退出内堂,调来几大桶桐油和麻布制成火箭。三大衙门的近千名甲士手持火箭,将内宅团团包围,丘行恭一声喝令,旁边有人点燃箭上的桐油麻布,众人拉弓仰射,一时间上千朵流星在夜空中冲天而起,撞向内宅。

此时,曹宝鼎已经换过了王玄策的袍服,又摘下他腰间的蹀躞带,扣在自己腰上,笑道:"少卿,你的亲族说为了保护弥奴,杜贼帅说要保护署中的大唐良知,连少卿你也认为自己的性命轻如鸿毛。我是个粗人,大娘子的道理或许我无法辩驳,可我绝不认同。我想学那王冲雅,只是想让你知道,无论人心如何幽暗难测,总有人愿意为你舍生取义,肝胆相照!"

刹那间,王玄策泪流满面。

这时漫天星辰坠落,将庭院中照耀得如同白昼,王玄策仰天看去,喃喃道:"'君以为不信,待天上星辰落,地上死人跑'。我果然是那应谶之人!"

正堂的堂口,景娘、杜行敏、丘行恭等人也在仰面望着火箭漫天坠落,想起第四句谶语,所有人都禁不住心神悸动,原来它竟是应在了这一刻!

丘行恭喃喃道:"'君以为不信,待天上星辰落,地上死人跑。'这便是天上星辰落了,地上死人跑却在何处?"

景娘和杜行敏纷纷瞧着他,脸色古怪,然后又看了看堂上。丘行恭诧异,回头一看,正看见跪着的两具干尸。方才众人已经辨认出这二人便是失踪的游文芝和许绚,但中间蒲团的干尸不知所踪,难以猜出身份。

看着众人的脸色,丘行恭有些毛骨悚然:"你们……这是何意?"

景娘叹道:"丘将军,中间这具干尸并不是被人弄走了,而是还没有来!"

丘行恭心中一颤,身为刘兰的大仇家,中间的位置难道是为自己所设?

他瞬间便明白了最后一句的意思，自己竟然是谶言中命中注定的死人，却尚未献祭，仍然活蹦乱跳，满地乱跑！

"君以为不信，待天上星辰落，地上死人跑。"谶语丝丝入扣！

内宅中，曹宝鼎将王玄策拽到廊屋的边上，拨开茂密的草树，露出一条干涸的排水沟："少卿，方才我便是从这沟中爬进来的，你进去后往前爬，这条沟通往坊外的水渠。"

"宝鼎——"王玄策不肯离开。

曹宝鼎一把将他推了下去，飞快地转身走出廊下，迎着漫天而来的火箭张开双臂，笑道："少卿，好好活着！"

"噗噗噗噗"，一连串的闷响声中，无数流星一闪而过，穿透了曹宝鼎的身体，他浑身上下密密麻麻都是燃烧的火箭，瞬间成了一具火人。

或许是火星溅射在了身上，撕心裂肺的痛让王玄策喉头失声，他哽咽地哭着，却一丝声音都发不出来。庭院中的树木和野草燃起冲天大火，顷刻间房屋和树木如同火炬一般哗哗剥剥，噼里啪啦，房塌树折，内宅彻底成了一座烘炉。"轰隆"一声，王玄策眼前一黑，一座倒塌的墙壁彻底覆盖了排水沟。

内堂和内宅的厢房连为一体，从高空俯瞰，一座四四方方的宅院烧成了正方形的火焰锻炉，景娘等人站在正堂的后堂口仍然能感受到扑面而来的烈焰，似乎连头发和衣袍的丝带都给燎着了。这等大火之下，绝无任何血肉之躯能够存活。

"当当当"，远处的承天门上传来报时的铜钲之声，子时正。

大唐正式进入贞观二十三年五月二十三日，丙寅日。

东宫，显德殿。

散了早朝已经是巳时初，李治乘坐步辇离开显德殿，却见景娘戴着面具正静静地候在后殿的台阶下。

李治早得了昨夜的消息，心情甚好，因为前三谶都是针对他的，而这第四谶是应在刘兰的身上，与他并没有丝毫关系，这让他有种解脱的轻松感。

"废墟已经清理了吗？"李治笑道。

"清理了。"景娘从袖中拿出烧毁的蹀躞带残片。牛皮带子自然烧毁了，不过黄金带銙和不良帅的黄铜鱼符是烧不坏的，她捧在手中递给太子。

李治摆摆手："你留着吧。"

景娘道："丘将军从火堆里扒出了他的尸体，已经烧成焦炭。丘将军问，如何处置？"

李治沉默良久，叹道："这是阿爷留给我的屠龙刀，可惜我福薄，无力驭使。既然折断了，须得给阿爷留些颜面，你回头拟个诏，便说他是执行皇命之时不慎葬身火场。"

"是。"

"回头让詹事们议一议，赐些身后的哀荣。先让弥奴承袭他的爵位，等日后得便，我再赐爵。"李治道，"你且放心，我承诺之事会如数兑现。"

"谢殿下。"景娘仍然兴致不高，默默地跟随太子的步辇前行。

李治叹了口气，神情复杂地望着她："能亲手除掉王玄策，你的忠心毋庸置疑。你在刘宅私祭刘兰是出于孝心，我不与你计较。你掳杀游文芝和许绚，我也可以谅解。只是……"李治有些不悦，"中间那个位置果然是留给丘行恭的吗？你要杀他来应谶？"

"是。"景娘道。

"丘行恭此人生性是残暴了些，他与你的血海深仇我也知晓。"李治仔细措辞，慢慢道，"只是他是阿爷的心腹爱将，曾在邙山救过阿爷的性命，这些时日他又主动向我效忠，鞍前马后的，朝廷中人都看在眼里。我如今急需众臣投效，你若此时杀了他，怕是寒了众臣的心。"

景娘道："此人如何处置，臣妾听殿下的。"

"好！"李治颇为满意，"对了，你昨日驳了太子妃的颜面，她统御后宫，有些时候你也不可做得太过，莫要让我后宫不宁，回头向她赔个罪吧。"

"臣妾明白。"景娘肃拜一礼。

李治不再多说，内侍们抬着步辇飞奔而去。景娘抬起脸来仰望着苍天，日光耀眼，照得黄金面具一片滚烫，连脸上泪痕的温度都感觉不到了。她紧紧攥着带銙和鱼符，指节苍白。

崇仁坊，左武候府的一座跨院之中挂着七八副沾血的铠甲，丘行恭率领兵将们在三十步外各自对着一副铠甲开弓射箭。众人射过三十多箭，一个个胳膊酸软，纷纷上去察看，一开始箭矢还能射进铠甲，到后来则只射入半寸，更有些挂在了甲叶上。丘行恭阴沉着脸，命人将射入最深的铠甲扛回堂上。

只见堂上铺着一张张草席，赫然躺着几十具尸体，其中一具被大火烧成了焦炭，勉强看出人形。

"三十步！"丘行恭竖起手指，"从后宅到后堂口的距离，王玄策射杀我们三十人，每一支箭都射穿铠甲，将躯体射个对穿。"

"最可怕的是，他连射三十箭力道仍旧均匀，稳定。"一名中郎将道。

另一名旅帅插嘴："将军，事实上他射了五十五箭，三大衙门被射杀五十五人，其他十五人则是射中咽喉、面门。黑夜之中精准至此，着实令人惊骇！"

丘行恭看着遍地的尸体，指着被烧焦这具，咬牙道："所以，你们认为此人果真是王玄策？"

中郎将道："末将已经询问过不良人署的老吏，王玄策懂箭法，但要说到了这种地步，我着实不信。只怕军中第一神射薛仁贵来了也无非如此。"

"曹宝鼎！"丘行恭想起安仁坊外，曹宝鼎一人一弓压制整条长街的一幕，禁不住脊背一寒，随即又亢奋起来。若死者真是曹宝鼎，那便意味着王玄策还活着。

景娘在庭院中与王玄策密谋多时，原来是在商量这李代桃僵之计，救他的性命！他禁不住心中亢奋，若是能找到证据，便可以一举扳倒她！

"听说了吗，昨晚第四谶也解啦！"

"快说！快说！第四谶的谜题是何人？"

"刘兰！前些年在西市被腰斩的代州都督刘兰！每一句谶语都应了，昨晚在兴化坊，官府射了成千上万的火箭火烧刘宅，正应了天上星辰落！"

"地上死人跑呢？"

"直娘贼的，你道那地上死人是谁？却是那左武候将军丘行恭！"

开明坊僻处城南，人烟稀少，到处都是破败毁弃的旧房舍，中间杂着一块一块的农田和菜地。久而久之，此处成为贫苦人家和流民的栖身之所，更有不少江湖上的不法之徒出没其间，专门劫盗来光明寺上香的香客。

此时在光明寺的山门前正有几名乞丐在高谈阔论，所谈的内容竟然便是昨夜发生在兴化坊之事。

众乞丐谈得起劲，旁边另一名正睡觉的乞丐忽然睁开眼睛，慢慢地坐起了身子，俨然是王玄策。

王玄策满身泥土，身上衣衫破破烂烂的，看不出颜色，头发蓬乱纠结，连靴子都丢了，脚上满是污泥。模样竟然比旁边的乞丐还要狼狈几分。

原来昨夜曹宝鼎替他赴死之后，王玄策心丧若死，从沟渠中爬出兴化坊之后，浑浑噩噩不知走了多久，一头栽倒在渠岸上昏迷了过去。

第二日醒来已经是烈日高照，街市熙攘。所幸长安人一旦误了宵禁，大都是钻水渠边猫一夜，众人也不以为意，无人报官。他从沟渠中爬上大街，就这么糊里糊涂地往南走，到了光明寺前疲累交加，直接躺在乞丐堆里倒头大睡。却不料正蒙眬中，忽然听得他们在谈论《秘记》。

王玄策惊坐而起，吃惊道："列位怎知《秘记》之事？"

众乞丐戒备地看着他，为首之人道："你是何人？怎会不知《秘记》？"

王玄策蒙了："我为何一定会知道《秘记》？"

为首之人冷笑："《秘记》这几日传遍长安，但凡青楼、酒肆、寺观、赌坊无人不知，团头更每日来给我等宣讲朝廷破解到了第几谶，你为何不知？"

王玄策惊讶万分，调查《秘记》乃是皇帝交给自己的秘密使命，朝廷绝顶机密，如何便尽人皆知了？而且自己的调查进展竟随时传入坊间巷里，成为百姓的谈资？

众乞丐各自从怀中掏出一卷纸对着他展开。王玄策仔细看去，上面赫然画着六幅谶图和第七谶的谶语。

为首之人喝道："你到底是什么人？莫不是武候府的密探？"

王玄策脑子嗡嗡作响，整个人陷入呆滞，不知如何作答。忽然，一人从寺庙门口奔了出来，一把拽起他，喝道："好你个王九，怪不得主人找不到你，却躲在此处！"

王玄策抬头一看，竟然是李淳风！

第二十三章
刘举与李弘

李淳风将他拽离光明寺,出了开明坊之后七绕八绕,居然到了玄都观的东门。玄都观是皇家道观,占了整座崇业坊,面积巨大,进去之后又是七绕八绕。王玄策终于忍不住了:"李令,你要带我去哪儿?"

"即刻便到,少卿莫急。"李淳风笑容可掬。

这时两人穿过一片桃林,树上挂满了成熟的桃子,硕大鲜嫩,李淳风随手摘了两只递给他。王玄策也是饿惨了,默不作声地啃了一会儿桃子,还是忍不住道:"你如何知道我在光明寺?"

"你家大娘子尚且能掐会算,何况下官?"李淳风道。

"少来!"王玄策一把打掉他手中的桃子,厉声道,"你莫不是一直跟踪我?"

李淳风叹了口气,抹抹嘴角的桃汁:"说得好似我有特殊癖好一般,你师父前日来找神医孙思邈辨识药物,临走前托我照顾你,我只好时刻关注你的行踪。"

王玄策想起玄奘,心头浮出一缕温暖,但他对眼前的李淳风着实没甚好感,冷笑道:"也没见你如何照看我。"

"你做的事太大,惹的人我开罪不起。"李淳风坦然道,"莫瞪我,说的便是你家娘子。满朝文武将相谁不对文姬畏之如虎,何况我这小小的太史令?这次也是你假死之后逃脱了她的谋算,我才敢来见你。"

王玄策无言以对。

这时二人穿过桃林，迈过木桥，进了一座四面环水的庭院，院门上挂着匾额："天官院。"

天官院前后只有两进，正中是一座殿堂。刚来到中庭，尹文操便出来相迎："王少卿一向可好？"

尹文操是道门领袖，王玄策不敢怠慢，急忙见礼。二人将他引入正殿，王玄策顿时怔住了，只见殿堂上摆着数排几案，上面摆放着各种算筹和法器，十几名老道士正闷头演算各种杂占，各种陶丸算珠发出噼里啪啦的脆响，各种蓍草在指尖飞舞，还有人烧灼着龟甲，看崩裂后的纹理，压根没人理会他们。

"他们在作甚？"王玄策诧异道。

李淳风朝堂上指了指，正堂天官像的下面摆放着一排木架，架子上绷着绢帛，上面赫然临摹出六幅《秘记》谶图。

王玄策恍然大悟："原来你们也在推算《秘记》！"

"当然。"尹文操笑道，"事实上陛下调派了两路人马来调查《秘记》，一路是你的不良人署用行动侦缉，另一路便是我和李令以卜筮之术推演。"

王玄策明白了，这乃是理所应当之事，放着当世两大占卜师不用无异暴殄天物。他好奇道："你们如今解到了第几谶？"

"只比你多走半步。"李淳风道，"谶图之事，必须等它验证之后才能判断自己的解法是否正确，因此昨夜第四谶实现之后，我们连夜推演，今日将第五谶推演出了大半，只剩下验谶。"

王玄策愕然，他此时对调查《秘记》颇有些筋疲力尽，心灰意冷，却又有些不甘："解给我看！"

李尹二人相视一笑，带着他来到第五幅谶图前。这第五谶画面颇为简单，画面背景是一座巍峨的皇宫。皇宫外，两名身穿囚服的男子跪地待斩，一名戴着幞头的男子只露出背影，正沉默地注视。谶诗曰：

丁卯。

鼠断头，猪断尾，童子木底百丈水。

先吃李，后斫柳，子规飞来朱雀口。

"明日便是五月二十四日，丁卯，这条谶语将会在明日发生。"李淳风道，"这

丁卯

鼠嚙頭，豬嚙尾，童子木底百丈水。
先吃李，後斫柳，子規飛來朱雀口。

谶诗共有四句，我们已经解了前三句，因为这三句乃是已经发生之事，我们的推演确凿无误。而第四句却是要待明日才能发生，因此虽然有所推测，但必须印证了才知道。"

"莫要卖关子！"王玄策冷冷道，"我对这东西如今已厌恶至极！"

"贫道来说。"尹文操急忙打圆场，"'童子木底百丈水'这一句最是易解，这是一个字谜，童子木底，是李字；百丈水，乃是渊……无量天尊，贫道不得已，犯了讳。"

这一句不良人署的杨秉和孙尊礼等文吏早就将它解了出来。因为这本就是隋朝大业末年李渊造反之时，太原一个名叫慧化的女尼所作的谶诗，为了给他造势，将"李渊"两个字嵌入谶诗之中。

尹文操继续道："'鼠断头，猪断尾'是指时间。贞观元年是猪年，贞观二年是鼠年，这一句说的是贞观元年李孝常、刘德裕谋反之事。他们想在贞观二年元日的大朝会上谋反，却在举事前一天被陛下破获，时间恰好是猪年的最后一天，十二月三十日。"

王玄策轻轻吐了口气，李孝常、刘德裕谋反惊心动魄，在李世民戎马一生中，其凶险不亚于玄武门兵变。

李孝常乃是义安郡王、利州都督，不但是宗室，还执掌兵权。

刘德裕更是秦王府嫡系，任职护军。李世民做了太子之后他任职太子左内率，李世民登基之后他升任右武卫将军，一直在李世民身边执掌宫禁宿卫。可见其被李世民信任的程度。

第三名主谋，右监门将军长孙安业更是长孙皇后和长孙无忌的嫡亲兄长。这三人都是李世民绝对信任的心腹，却在贞观元年举事谋反了。

贞观元年，李孝常表请入朝，留在了长安，他有个儿子叫李义宗，平素喜欢结交游侠恶少劫盗杀人，被朝廷捕杀，因此李孝常心怀怨望。他身边之人便开始蛊惑他谋反，他另一儿子李义立说，自己当年陪齐王元吉游猎时失散，见到一名白发老妇，于是询问："王何在？"那老妇答道："汝即王也。"倏忽不见。

鄠县丞李延则说，当年太和谷中发现一块大石，外面有一圆圈，中间有个"常"字，恰似一块铜钱。而朝廷发布新钱，取名"开元通宝"，这个"元通"谐音"圆通"，恰好符合李孝常的父亲李圆通名讳，这预示着李孝常得到符命。

又有一术士刘文赞告诉他，当年预言过李渊做皇帝的异人卫元嵩写过一首诗，其中有一句："天道自常。"说的便是李孝常应了天道之谶。

在众人的连番劝说下，李孝常终于心动。

与此同时，刘德裕也在刘文赞的劝说下起了反心。

刘文赞替他占算生辰八字，称其乃古往今来世间罕有的好命格。刘文赞又劝他："将军的姓氏也应了谶。隋末大业年间有童谣唱道：'白杨树下一池水，决之则是流，不决则为溜。'如今李氏取代了杨氏，那么李氏之后，则轮到刘氏。将军您正是顺天应命。"

刘德裕听得心中火热难捺，一听李孝常来招揽，当即应允。两人担心势单力孤，又拉拢了监门将军长孙安业。而长孙安业加入谋反阵营的理由更是令人瞠目结舌，匪夷所思。

其父长孙晟死后长孙安业当家，他将姨娘高氏和长孙兄妹赶出家门，双方结下仇怨。长孙氏嫁给李世民之后日渐富贵，长孙安业便惴惴不安，生怕长孙兄妹报复，李孝常和刘德裕一拉拢，他当即决定造反。

三人打算在贞观元年的最后一夜，趁着自己在皇宫中当值时率众兵变，并在第二日，也就是贞观二年的元日大朝会上控制满朝文武。结果发动前一日为李世民侦觉，将叛党悉数拿获。

长孙皇后得知后，叩头流涕向李世民求情："虽然长孙安业罪不可赦，但天下人皆知我们兄妹不和，倘若杀了他，世人必说是妾身报复兄长，连累陛下的清誉。"

李世民怜惜皇后，便赦免长孙安业的死罪，将其流放到了边疆。至于其他几人，草草审讯之后快刀斩乱麻，将李孝常、刘德裕、统军元弘善、滑州都督杜才干、鄠县丞李延等十二人处斩，只逃了那名始作俑者，术士刘文赞。

此事距今已经有二十二年了。

"'先吃李，后斫柳'一句便是说斩了李孝常和刘德裕，前面这三句都是讲已经发生之事，因此并不难解。"李淳风道，"第四句'子规飞来朱雀口'，子规和朱雀都是鸟类，但应该另有所指，这句是尚未发生之事，我们虽然多有猜测，却只能等明日印证。"

王玄策好半晌没有说话，众人一时沉默下来，只有老道士们的陶丸算珠发出噼里啪啦的声响，敲打着这沉寂。

"接连五谶都是权谋角逐，争名夺利，我对此厌恶透顶！"王玄策慢慢道，"这《秘记》我不想再查下去了。尹观主，李令，贞观十七年，爻姬在玄都观中破解了一名异人的灯谜，得到其传授刘焯的大衍占卜诀。我只想问你们一句，传她法诀之人是谁？"

一句话说出，整个大殿猛然静止，便连那陶丸算珠的碰撞声也停了。

"还有你李淳风，你对刘焯的《皇极历》极为精通，正在以此人的历法为根基创建新历法。"王玄策道，"那么你和刘焯是什么关系？你与那异人又是什么关系？"

薛寅用折扇遮着炽热的阳光，走进平康坊北里的一名妓家。

他近日亲情烦恶，又是相熟的同僚相邀，便打算好好吃个烂醉，且消胸中块垒。虽然朝廷并不禁止官员狎妓，但以薛寅这等身份还是多有顾虑，这折扇大半倒是为了遮脸。

他在逼仄的南曲中弯来绕去地走了片刻，来到一处门脸朴素的妓家，叩叩门环便有小厮迎出来，带他穿过前庭来到堂上。薛寅有些诧异，同僚相邀吃酒，怎么如此冷清？

那小厮并不搭话，穿过正屋带他来到后院，左边的廊屋下是棵大槐树，一群人正围在槐树下挖土。有几人光着膀子挥舞着铁锹，已经挖出三四尺深。

为首之人叮嘱道："再深些，须得五尺深。"

薛寅纳闷地走过去，顿时怔住了，挖土之人是左武候府的几名兵将，那为首之人赫然便是丘行恭！

"薛舍人来了？且请稍待，马上就好。"丘行恭朝他招呼一声，又指挥那些兵将，"周边再宽阔一些。"

"丘将军，你这是在挖什么？"薛寅诧异道，"我那同僚赵大郎呢？"

"与赵大郎无关，是我邀你来的。"丘行恭轻描淡写道，"薛舍人稍待，容儿郎们将墓坑挖大。薛舍人你身份尊贵，活埋进去后能躺得舒服些。"

薛寅瞬间面如土色，转身想逃，却见那名小厮抽刀挡在路上，狞笑而视。几名武候拍打了一下手上的泥土，慢吞吞地捡起横刀将他围了起来。丘行恭根本不搭理他，认真地指挥众人挖坑。

"丘将军，"薛寅强自镇定，"我……我何时得罪你了？"

"你不曾得罪我。"丘行恭道，"今日邀你来是要问你一件事，若是如实招供，我便放了你，若是隐瞒欺骗，那就活埋进去。"

"你……你要问什么？"薛寅道。

这时坑已经挖了有五尺上下,丘行恭揪着他的衣领将他拽到坑边,一字一句道:"你的女儿薛景娘,到底藏着什么秘密?"

薛寅浑身一颤,慌乱道:"不不不,没什么秘密。"

"五月二十一日王玄策挟持你去龙华寺,你女儿命我围追堵截,在街上将你救下。然后她带你去了龙华寺,随后龙华寺慈悲院走水,烧成了一片白地。之后我听说慈悲院停厝了一具棺椁,里面是你的婢女。"丘行恭慢慢道,"徐昆将那婢女的遗骸葬到了白鹿原,王玄策不惜挟持徐昆闯出东市也要去白鹿原搜寻遗骸。这个婢女到底是何人?为何你的女儿如此害怕王玄策见到遗骸?"

丘行恭并没有等待他回答,自顾自地说着,两眼死死地盯着薛寅的表情。薛寅汗如雨下,几乎站立不稳,却仍然强撑着:"我……我不知道……"

丘行恭一脚将他踹进了深坑,冷冷道:"埋了!"

武候们纷纷填土,薛寅拿手遮挡泥土,大叫道:"丘行恭,我乃朝廷命官!你敢杀我,陛下饶不了你!"

丘行恭冷笑:"你鬼鬼祟祟来喝花酒,谁人看见了?这处妓家本就是我武候府的暗桩,将你活埋在这树下谁能查得出?哦对,将来查你失踪一案,也是我武候府负责。"

薛寅顿时怔住了。

丘行恭吩咐:"莫让他叫嚷,一铁锹拍晕了再埋。"

一名武候挥舞铁锹朝他脑袋拍了过去,薛寅抱着脑袋蹲进坑里,大叫道:"景娘……那女人不是我的女儿!"

所有人都愣住了。丘行恭也蒙了半晌,才说:"你说什么?什么不是你的女儿?"

"那女人……东宫爻姬,她不是我的女儿。"薛寅慢慢地站起身,惨笑道,"老夫要么被你活埋,要么被那女人处死,反正是没了活路啦!丘行恭,你既然敢招惹她,那我便告诉你:那女人冒用了我女儿的身份!她根本不是薛景娘!"

丘行恭原本只是怀疑景娘李代桃僵救了王玄策,想挖一挖证据,何承想竟然挖出如此惊人的大秘密!

他激动得浑身颤抖,连嗓音都嘶哑了:"她是谁?"

"我着实不知,只知道她是一名低贱的奴婢。"薛寅道。

"奴婢?"丘行恭目瞪口呆,"奴婢冒充士族门阀之女,嫁给四品官员?这这这……简直是旷古奇闻!你可知她真正的身份?"

薛寅摇摇头："这我哪里敢问，只是有一次她说漏了嘴，说自己是犯官之女。我着实不知是哪一位犯官。"

"犯官之女？"丘行恭心念电转，瞬间把贞观朝被充没入宫的犯官家眷筛过一边，忽然脸色煞白，惊叫道，"刘兰！她是刘兰的女儿！"

"代州都督刘兰？"薛寅诧异，"你生食其心肝之人？"

丘行恭浑身止不住地颤抖着，喃喃道："原来如此！原来如此！我说为何初次见她便觉出一股杀意。地上死人跑……刘兰宅中那个空位果然是为我而设！她要将我制成干尸，剖心祭祀刘兰！"

薛寅对他和刘兰之间的恩怨当然知晓，同情地望着他："丘将军，那女人有多可怕这些年我是深深领教过的。若她真是刘兰之女，只怕你有千军万马也逃不脱的。"

"放屁！"丘行恭惊惧交加，嘶声大吼，"我将她的身份禀明太子，拆穿她！"

"没用。"薛寅苦笑，"你当我为何怕她？自然是因为有太子替她撑腰。她的身份太子是知道的。"

丘行恭彻底呆滞了，他知道自己陷入了一场死局，只有万分之一的破局机会，否则就是一具跪在刘宅堂上的干尸！

玄都观天官院中，李淳风沉默了良久方才苦笑道："太史局一脉颇为封闭，自隋代起便和刘焯恩怨交织，刘焯的著作和算法在太史局中广为传承，我精通《皇极历》并不奇怪。所以，你的问题我无法回答。"

"不说？"王玄策冷笑着在大殿里私下踅摸，"来来来，谁借我一把刀子？或者一根麻绳？"老道士们都纳闷地看着他，满脸迷茫，"没人肯给吗？这天官像是木头的吧？"

王玄策一声不响，低头朝着天官像便撞了过去，慌得李淳风和尹文操一把抱住他："切切不可！王少卿你要作甚？"

"当然是要撞死在这天官像前了！"王玄策冷笑道，"一个已死之人，在玄都观又死了一次，不知太子做何感想？"

李淳风和尹文操面面相觑，顿时感到棘手。以二人的智慧根本无须对话，只是略略在脑中一转念便做出了决断。

"王少卿，我确实与那异人无关。"李淳风诚恳地道，"我可以给你讲一桩旧事，由你自行判断，如何？"

"甚好！"王玄策甩开他们坐在一张几案后面，告诉对面的老道士，"听闻玄都观伙食甚好，烦劳道长上一些斋饭。"

尹文操哑然失笑，急忙吩咐小道童上斋饭。

"王少卿，"李淳风道，"你破解到了第五谶，一定听说过两个人，刘举和李弘。"

王玄策摇摇头："这二人是做什么的？在朝廷担任何职？"

李淳风强忍着气："王少卿，连这二人你都不知道，你究竟如何破解到了第五谶？"

"别提了。"王玄策叹道，"仅仅到了第二谶，我的人马便给景娘杀得七零八落，孤身一人满长安逃亡，身边别说谋士，连个文吏都没有。能走到第五谶连我自己都觉着侥幸。"

李淳风和尹文操想想他这些时日的艰辛困苦，再看看他身上的衣衫和形貌，都是心中恻然，不忍嘲讽。此人的忠贞、坚韧，足以羞杀满朝文武。

两人当即向王玄策讲起刘举和李弘的旧事，果然是极其久远的旧事，久远到了两晋和南北朝。

东晋永和十二年，江夏人李弘举兵谋反，旋即被平；

后赵石虎当政，民不聊生，贝丘县人李弘聚众起事，事败被诛；

东晋废帝太和五年，广汉郡人李弘聚众反晋，自称圣王，事败被杀；

北魏太武帝太平真君七年，仇池人李弘自称应王，天授玉玺，聚众数万人谋反；

刘宋元嘉二十九年，流民司马黑石将庐江县吏夏侯方进改名为李弘，推他为主，聚众作乱；

后秦弘始十六年，妖贼李弘于陕西贰原聚众谋反；

南齐永元二年，巴西人赵续伯反，奉其乡人李弘为圣主；

隋大业十三年，汧源人唐弼起兵谋反，拥立李弘为天子，聚众十万。

王玄策听得一头雾水："历史上为何如此多的李弘都来造反？"

"非但有众多的李弘，还有众多的刘举。"李淳风道，"北魏孝文帝时，济南人刘举聚众起事，自称天子。北魏孝庄帝时，光州百姓刘举自称皇武大将军，聚众起事。更往前的魏晋十六国之时，刘举聚众起兵之事更多，几乎代代都有，甚至同一时间有多个刘举起兵反叛。"

"这是为何？"王玄策吃惊道。

"他们都是为了应谶！"李淳风一字一句道，"最早可以追溯到光武帝之时，南阳人李通为了敦促刘秀起兵反莽，造出一句谶言：刘氏当兴，李氏为辅。后来他们果然创下了帝业，中兴大汉。"

这句话昨夜在禁苑之中王玄策刚听刘全讲过，没想到今日又从李淳风口中听到。

"《太上洞渊神咒经》中预言，汉魏末时，人民流移，其死亦半。至甲午之年，刘氏还住中国，长安开霸，秦川大乐，六夷宾服。'木子''弓口'，当复起焉。"李淳风解释道，"木子，便是李；弓口，乃是弘。这就是李弘的由来。至于刘举，乃是'刘氏举义'之意。自此之后，一旦朝代更替，百姓流离失所，就会有刘举和李弘站出来振臂一呼，聚众起义。"

尹文操道："北魏道士寇谦之曾经想消弭这种乱象，他借老君之口说道：'称名李弘之人岁岁有之，惑乱万民，蚁聚人众，坏乱土地。称刘举者甚多，称李弘者亦复不少，吾大恚怒。'

"最初李弘和刘举纠缠在一起，一主一辅，后来两姓逐渐分道扬镳，分别有了自己的谶语，刘氏是'刘氏当王'，李氏是'李氏将兴'。所以到了隋朝便有了那句歌谣：'白杨树下一池水，决之则是流，不决则为漓。'因此隋朝不但灭刘氏，也灭李氏。隋文帝诛了舒国公、宰相刘昉，隋炀帝诛了郕国公李浑、观国公李敏。"

"原来如此，"王玄策明白了，"这些有意造反之人是假托了刘举、李弘这两个名字来应谶的！那你跟我讲述这二人是什么意思？"

"本朝因为姓李，自然不会有李弘出来应谶了，"李淳风道，"但本朝也出现了一位刘举！"

"在哪里？"王玄策大吃一惊，他深知"刘举"这个名字的威力，只要振臂一呼，随时都有万千百姓归附。

"就在贞观元年的李孝常、刘德裕谋反案中。"李淳风脸色凝重，一字一句道，"你不觉得那个叫刘文赞的术士极为可疑吗？"

王玄策愕然回想了片刻，的确如此。李孝常和刘德裕的谋反动机简直是稀里糊涂，全靠这个术士刘文赞在其中穿针引线，以谶语蛊惑，居然让这二人都觉得自己应谶，能做天子！长孙安业的动机更是匪夷所思，堂堂国舅，一经人拉拢居然想造反，要把自己的妹妹和妹夫推翻。将来无论李孝常还是刘德裕做天子，谁能善待他？也不知刘文赞暗中是怎么蛊惑了他。

也就是说，贞观元年这场叛乱竟然是刘文赞一手谋划。

李淳风道："此人在叛乱之后便消失了，朝廷和太史局追查了二十年只查出一件事，他便是这一代的刘举。"

"你的意思是，"王玄策沉吟道，"传授爻姬大衍诀的异人，便是刘举？"

李淳风和尹文操对视一眼，急忙摇头："没有证据，岂敢胡乱猜测东宫爻姬的来历！"

王玄策也明白他们的顾忌，若是指控爻姬是刘举的人，那等于一刀戳了太子的肝，谁都承受不起这种后果。他忽然想起一事，问道："你们可听说过一个名字，大宗正？"

二人的脸色顿时变了，李淳风道："你是从哪里知道这个名字的？"

"你先回答我。"王玄策道。

"刘举对外的称谓便是大宗正！"李淳风一字一句道，"宗正是西汉的九卿之一，执掌皇族事务，他的意思是自己要做天下刘姓的族长！"

王玄策叹了口气，这结果并不意外，刘全果然便是刘举的人。那么景娘呢？她是不是刘举的人？倘若她真是刘举一党，那便是大唐的叛逆，身份一旦暴露便会连坐到儿子弥奴！

一念及此，王玄策顿时心急如焚。

正在这时，一名小道童快步走进来，低声道："观主，左武候将军丘行恭来访。"

静殿中摆着一箱金珠玉器和几匹绫绢，丘行恭正坐立不安地等待着，听得脚步声响，即刻从蒲席弹跳而起冲向殿外。尹文操正带着两名小道童走至中庭，一见他的模样顿时愣住了，知道有大事，急忙挥了挥手让小道童离去。

丘行恭父子两代都是道门信徒，是尹文操的师门楼观道的护法，尹文操自然不敢怠慢。两人回殿内，尹文操看着他携带的礼物，知道此事非同小可，问道："丘将军，到底出了什么事？"

丘行恭满脸惶然，跪拜道："请尹仙师救我！"

尹文操仔细看了看他的面相，禁不住倒吸一口冷气："丘将军你究竟惹了什么人？为何会有如此大的一场杀劫？"

"杀劫……"丘行恭欲哭无泪，"不是我要惹她，只是……仙师可有办法替我化解？若是我能逃脱此劫，丘家上下没齿难忘！"

"你先说说,到底得罪了谁?"尹文操道。

"东宫爻姬。"丘行恭咬牙切齿。

尹文操愕然半晌:"丘将军为何如此不谨慎,此人也是你能招惹的吗?"

"无论招不招惹她,我们之间都不共戴天!"丘行恭唉声叹气,"仙师,她是当年代州都督刘兰的女儿!"

尹文操的脸色顿时变了,就那么默默地盯着丘行恭。丘行恭报以苦涩的笑。

大殿内死寂无声。

后殿的神像后,王玄策也是木雕泥塑一般。他本以为丘行恭是来搜捕自己的,便一路跟踪尹文操而来,没想到情况更糟,丘行恭竟然得知了景娘的真实身份。

王玄策虽然对景娘切齿痛恨,但遇上此事却备感无奈,若是让人知道自己的娘子是一名奴婢,会让祖宗蒙羞。夫妻之间便是如此,再如何厮杀,彼此之间的利害关系也是盘根错节,切割不断,即便王玄策肯忍了这份羞辱,可是弥奴呢?

一想起弥奴,王玄策心中便是阵阵柔软。弥奴才过满月,尚是婴儿,自己已经算是"死了",倘若景娘再出事,谁来照顾他?弥奴将来要继承自己的爵位,要生活在这长安朝堂上,紫陌红尘中,倘若被人爆出他母亲是一名贱婢、犯官之女,他何以自处?

大殿内,只听尹文操责怪道:"当初你为何会挖了那刘兰的心肝来吃?"

丘行恭叹气:"仙师不晓得我们这种俗人在红尘中打滚有多艰难,似我这等武夫就是陛下的鹰犬,一旦国有叛逆,我就要扑咬而上。不但要扑咬,而且要比别的鹰犬扑咬得更狠,才能让陛下看见我的忠心,只是有些时候不免过犹不及。"

"一饮一啄,自是天定。"尹文操也叹息。

丘行恭垂头丧气:"仙师,我和爻姬之间无可转圜,不是她死就是我亡。可她权势熏天,我如何才能自保?求仙师指点!"

"她的权势来源于太子,你向太子告发她的身份,如何?"尹文操道。

丘行恭苦笑:"仙师,太子知道她的身份。举告她也没用。"

尹文操一时哑然。

"就因为当年吃了刘兰的心肝惹得陛下不悦,我这些年仕途上毫无进展,近些时日陛下不豫,我便想着若能提早向太子效忠,或许将来尚有可为。所以爻姬拿着太子的谕令来召我,我那时还大喜过望,替太子出生入死,得罪了无数人。这倒也无妨,我本就是鹰犬,替陛下扑咬和替太子扑咬并无区别,只是谁能想到这竟然是爻姬设的局呢！"丘行恭满脸懊悔，"她将我拖进这局中就是为了杀我！仙师或许不知，她在刘兰的宅子里给我留了位置，将来要杀人剖心，将我制成干尸祭祀刘兰！这女人也忒歹毒了！还请仙师看在我父子两代与楼观道的交情的分上，救我一救！"

他讲述之时，尹文操的手指反复掐算，只是越算，神情便越凝重，看得丘行恭的心中越发地凉了。

"丘将军，那爻姬颇通道术，你这一劫贫道只怕无法彻底化解，只能勉强给你寻个死中求活之策。"尹文操道。

"只要有一线生机，我就足感大恩！"丘行恭惊喜交加。自己要被炼制成干尸跪在刘兰的灵前，稍稍一想他便不寒而栗。他着实被爻姬吓破了胆子，这个女人行事癫狂，手腕狠辣，偏偏背后还站着太子这么一尊大佛，浑身上下毫无破绽，自己拿她是一丁点的办法都没有。尹文操能给他一线生机，如何不惊喜？

"爻姬继承的是刘焯的大衍占卜诀，本质上是一名术士。太子在东宫蓄养术士多有不妥。其二，爻姬本是犯官之女，充没入宫的贱婢，太子以此人为臂膀也会引起朝廷物议。"尹文操说得极为谨慎，仔细斟酌用词，"所以，若是有人将爻姬身份的消息散播出去，一旦影响太子的清誉，就会迫使他与爻姬做些切割。"

"我懂了！"丘行恭一拍大腿，"天下人一旦知道东宫爻姬是刘兰的女儿，太子就绝对不允许她动我！"

"太子仁德，为一宠爱的女术士而杀大臣的事，是无论如何也做不出来的。"尹文操道，"只是请丘将军务必做得谨慎，莫要惹太子不快。"

王玄策在神像后面听得怒不可遏，慢慢地抽出一根黄铜烛台，就要闯进大殿。忽然一只手按在了他的肩膀上，李淳风不知何时来到他身后。

李淳风轻轻嘘声，带着他来到僻静之处，苦笑道："王少卿，尹观主并不知道爻姬便是你家娘子。隋末大乱之时，丘行恭的父亲曾派兵保护过楼观台，尹观主须得还这份人情，请你莫怪。"

王玄策吐了口气，丢掉烛台："李令，看在你的面上我不与尹观主计较，但你须得帮我一个忙。"

李淳风知道这厮的秉性，知道他要趁机开价了，顿时哀叹一声。王玄策一把捂住他的嘴，只听一阵脚步声响，丘行恭满面喜色，从中庭的花影树荫中疾步奔了出去。王玄策沉默地看着他的背影，周遭重新陷入死寂。

第二十四章
长安陋巷铜破甲，朱雀街头猎子规

这一日就在可怕的寂静中挨了过去，似乎各方都屏住了呼吸，长安城仿佛一尊吃人的怪兽，蛰伏不动。大唐在承天门的铜钲报时中度过子夜，迎来了五月二十四日，丁卯日。

夜凉如水，景娘身穿薄纱，怀中抱着弥奴，赤脚跪坐在竹席上。弥奴一边拱在她怀中吃奶，一边睡意蒙眬，小脑袋沉沉欲睡。景娘嘴里哼唱着儿歌轻轻抚摸他的后背，另一只手却在摆弄一捆蓍草。

蓍草在指尖盘旋飞舞，左右拆分完毕，她抛在雕花的青砖地面，地面已经横七竖八扔了一堆蓍草。她仔细观察抛落的方位，手指掐算一番，然后轻轻弹了弹一旁的茶碗，茶碗发出清脆的低鸣。屋外廊下的婢女急忙挑起帘笼，来到内室跪伏在地。

"子规飞来朱雀口。"景娘叹息道，"占来算去，这'朱雀'二字还是应在了方位上。传我的命令，命马策率领勋卫控制朱雀门周边，丘行恭控制朱雀天街，左城亲自去明德门，所有通过明德门入城、走朱雀街的人等悉数登记在册，快马飞报给我。让他们切记，内紧外松。"

婢女持笔一一记录。

"命不良人署的杜行敏携杨秉、孙尊礼等一众吏员待命。"景娘道，"今日我暂时接管不良人署！"

婢女答应一声急匆匆出屋，片刻之后就听见庭院中有白鹄振翅飞起的声音。

明德门是长安城的正南门，进门入城便是宽三十丈、长达十里的朱雀大街，沿着朱雀街走到尽头便是皇城的正门，朱雀门。随着命令传出，黑暗中匍匐的怪兽微不可察地动弹了一下，武候府、监门卫、卫率府的兵马在夜色中悄然行动，控制住了十里长街的每一条十字街、每一处制高点和每一座桥梁道口，只等待那只子规鸟落入天网。

景娘安排完毕，没由来的一阵心悸，似乎有一件事关生死的大事脱离掌控，悄然勃发。

五更二点，承天门的城楼上敲响了报晓鼓。上百座寺庙的钟声轰然震响，相互应和，晨钟晓鼓化作一声悠长的龙吟，长安城这头巨兽于梦中苏醒。

丘行恭将自己的中军安在了安仁坊西门内的一处民宅，今日注定会围绕朱雀街和朱雀门绞杀，此地出门便是朱雀街，往北两座坊便到了朱雀门，位置适中。

丘行恭随身率领了一旅亲卫，整整一百人，都擎着火把灯笼肃立在庭院中枕戈待旦。听着耳边轰隆隆作响的街鼓，他抬头看看天色，仍旧伸手不见五指。他招招手，三名心腹校尉跨步来到近前抱拳待命。

丘行恭神情凝重，低声道："在酒肆瓦舍和寺院道观中散布《秘记》谣言的幕后之人找到没有？"

一名校尉摇头："属下惭愧，只知道此人的称号叫大宗正，至今尚未摸到他的真实身份。"

丘行恭沉吟片刻："今日的行动你们无须参与，你们卸掉甲胄换回常服，等到子规出现，便去那些闲汉和乞丐聚集之处散播一句话。"

三人纷纷应诺，道："请将军吩咐。"

"东宫术士爻姬，乃是犯官刘兰之女！"丘行恭眼睛里闪耀着怒火，一字一句道，"为了替父报仇，潜伏东宫蛊惑太子！"

辰时早食，日光满屋。

长安南城一处密巢之中，十余名身份各异之人跪坐在蒲席上，正聆听首领的指令。这些人穿着各异，但一个个精壮剽悍，气息沉稳，鱼行的掌柜老荆和船老大刘奎也赫然在列。

端坐在他们上首的首领正是刘全。此时的刘全一改在王玄策面前时的诚朴憨厚，眉目间充满了精明干练，浑身散发出一股凛冽的杀伐之气。在座之人都是长安城中称霸一方的市井豪雄，在他面前却唯唯诺诺，屏息凝神。

"今日咱们丁曲全火①聚集，便是为了子规之事。"刘全神情凝重，"子规飞来朱雀口，大宗正已经解出此谶，是一个叫作子规的人沿着朱雀街走向朱雀门。目前朝廷各方都在搜捕子规，想阻止第五谶应验。而我们今日的使命便是保护子规，让他抵达朱雀门前！"

众人纷纷倒吸一口冷气，这是要与朝廷正式角力了，而且是在三十丈宽、无遮无拦的朱雀天街上，其难度可想而知。

老荆问道："曲长，子规是何人？"

"子规的身份我亦不知。"刘全苦笑道。

众人怔住了，自己要保护的目标竟然身份不明，这如何出手？

景娘将自己的中枢安置在了不良人署，随行的飞骑探马、五坊鹰鹞使、卫率府勋卫将东署塞得满满当当。杜行敏将署里的干吏都召集过来，按照景娘要求，将近三日所有入城之人的公验过所全部搬到了正堂，悉数筛查。这与当日王玄策调查袁天纲的思路大致相同，是个耗费人力的笨功夫，但也不排除"子规"早就藏在了长安城中，查阅公验过所只能作为辅助，所以景娘更依赖于朱雀街上的布控和自己的占卜。

因为要占算方位，景娘仍旧在正堂上起了六壬大课，只是地盘不再是整座长安城，而是朱雀街。朱雀街左右各九座坊，十条街，地盘变成了长条形。景娘拿了一捆蓍草施展大衍占诀，让自己进入心如止水、枯井无波的境地，想要占出一缕天机。不料刚刚入静，那股不祥之意又一次袭来，缠绕在心神之上，就像给大脑笼罩上一层烟雾，往日清晰得如同掌上观纹一般的卦象，今日罩在了五里雾中。

景娘几次入静都被迫退了出来，正在烦恶间，忽然杜行敏来禀告："大娘子，薛公来了。"

薛公自然便是自己的"父亲"薛寅。薛寅如何会来这里找自己？景娘心中的

---

① 中国古代兵制单位，十人为"火"。

不祥之感更重，匆匆迎至中庭。果然，薛寅狼狈不堪地跑了过来，浑身灰土，连幞头都跑丢了，头发蓬乱，似被打劫了一般。

景娘急忙道："阿爷，发生什么事了？为何如此模样？"

薛寅看了看左右，拽着她来到一间偏僻的厢房，魂不守舍地看了看外面，关上门，"扑通"跪倒在景娘面前。景娘吓了一大跳，虽然并非真正的父女，但这一年多来二人早习惯以父女之礼相处，何曾见过做父亲的给女儿下跪？

景娘急忙搀他，薛寅却不肯起身，低声哭道："爻姬娘子，我给你惹祸了！"

景娘心中一突，低声道："你且起身！万一让人瞧见，成何体统？"

薛寅只好站起身，假借抹泪，眼神都不敢看她，讷讷道："爻姬娘子，我把你的身份给泄露了！"

"泄露给谁？"景娘静静地盯着他。

"丘行恭！"薛寅道，"然后他命我喝酒，让我把自己灌醉，拘禁在屋里。今早清醒之后我寻机逃了出来——"

景娘一阵眩晕，厉声打断道："你都说了些什么？"

薛寅哭着："他把我诱到平康坊，挖坑要活埋我，我只好说了。我其实并不知道你真正的身份，但那丘行恭猜测，你是当年代州都督刘兰之女！"

景娘惊呆了，她终于知道自己的心悸和不安来自何处，丘行恭这粗人竟然掌握了自己最致命的秘密！

以双方的仇恨，不用想也知道他必将采取雷霆手段来打击自己，无须别的，只需将她的身份宣扬出去就足以摧毁她目前拥有的一切。可自己仓促之间拿丘行恭毫无办法，因为太子决不允许她对付丘行恭，言犹在耳。

难道就这样束手待毙吗？景娘生平第一次失了分寸。

正在这时，杜行敏远远地站在门外禀报："禀大娘子，武候府发现贼人，丘将军正带人围捕！"

"可确认是子规？"景娘急忙拉开门。

"无法确认。现场正厮杀鏖战，混乱至极。"杜行敏为了避嫌站得极远，躬身答道。

景娘以保护的名义，将薛寅看管在室内，命杜行敏备好马车，在一支勋卫的簇拥下赶往事发地。

现场位于道德坊和开明坊之间的朱雀大街，景娘和杜行敏抵达时围捕已经结束。这里是通衢大道，骡马车辆熙熙攘攘，人流如织，丘行恭没有彻底封路，只将御道左侧封锁，结果使得一众闲汉聚在一旁围观，里三层外三层。

杜行敏和勋卫骑兵驱开人群，景娘戴上幂篱下了马车，就见街边尸体枕藉，有四名死者是游侠恶少打扮，另外五六具尸体都是武候府的人，可见战事之惨烈。不过好在丘行恭拿下了两名俘虏，正捆在街边的槐树上严刑拷问。景娘看了看这二人，是寻常的长安游侠恶少打扮，扎着长发，戴着高帽，敞开上衣露出胸口的文身，其中一人还赤膊，左臂上文着"生不怕京兆尹"，右臂上文着"死不畏阎罗王"。刑讯的武候抡着藤鞭狠狠抽打这两名恶少，故意往文身上打，打得他们皮开肉绽，惨叫连连。

景娘和丘行恭只是眼神略略碰撞，都懒得说话，两人之间已经是你死我活之势，任何语言都是徒费力气。杜行敏询问，原来武候府的巡骑和暗探在朱雀街巡查之时，忽然见几名游侠恶少行止鬼祟，就上前盘问，要锁拿回衙门，结果这些人暴起反抗。

正问话间，一名恶少撑不住刑讯，哭喊道："我招！我招！我等奉命来保护子规——"

突然眼前光芒一闪，两支利箭不知从何处飞来，直贯咽喉，两人连惨叫也没能发出来，旋即毙命。

"护——"勋卫旅帅一声大吼。勋卫们将战马排成墙壁挡在景娘面前，遮得密不透风。丘行恭气得连连怒吼，命人搜捕箭手。这时街上的人群惊惶乱窜，仓促间哪能找到踪迹。

这时王玄诚带着几名县廨的捕吏急匆匆奔跑过来，见景娘也在，急忙上前见礼，拿出一只鱼符："大娘子，丘将军，杜贼帅，大兴善寺的水渠中发现一名死者，身上带着鱼符，是左武候府的校尉！"

丘行恭呆怔一下，夺过鱼符一看，脸色顿时变了，意味不明地瞪了景娘一眼，率领众人上马疾驰而去。

景娘心中一动，也上了马车，和杜行敏、王玄诚等人去大兴善寺现场。

大兴善寺乃是长安城规模最大的寺院，寺内有一座红楼，初为舞榭，后作戏场，每日里都演出各种戏曲和杂耍，香客如云。景娘等人绕过看杂耍的人群来到红楼后面的沟渠边。

丘行恭与几名武候和仵作正在勘验尸体，那校尉被人一刀割喉，似乎毫无反抗之力，临死前的表情充满惊骇。

景娘沉默地看着尸体，忽然发现有些异常，今日大战在即，众兵将都身穿轻便的皮甲，丘行恭等将官更是外穿常服，内套锁子甲，而这名校尉却是身穿便服，里面也不曾披甲。

"他的兵刃呢？"景娘见四周摆放的遗物里并没有武器，便询问道。

王玄诚道："僧人们发现尸身之时，他手边并无任何兵刃。"

"没有兵刃，不曾披甲……"景娘淡淡道，"丘将军，我命你将全数兵马投到朱雀大街上捉拿子规，你这名校尉难不成是来寺中看杂耍的吗？"

"好手段！"丘行恭咬牙切齿，"且看你得意到几时！"

这句话颇有些莫名其妙，似乎是怀疑景娘派人杀了他。景娘不露声色："丘将军似乎另有所指？这位校尉躲来看杂耍，不慎被子规党羽所杀，我也深表哀痛。"

丘行恭怒不可遏，此人正是他派来散播景娘身世的心腹，根本不曾参与搜捕子规的行动，凶手不是景娘还能是何人？不料两人想到了一处，自己假借子规来散播景娘的身世，而景娘也假借子规来猎杀自己的手下。

丘行恭是武人脾气，也不再藏着掖着，冷笑一声："我这校尉的身手在武候府数一数二，竟然被人一刀毙命，看来交姬娘子的麾下高手如云！"

景娘一怔，不由看向红楼下哄笑欢呼的香客，一瞬间心神悸动，此人竟然是丘行恭派来散播自己身世秘密的！若不是被人所杀，自己险些一败涂地！那么到底是谁杀了他？景娘一时间疑惑难解。

丘行恭冷笑道："这些人我可派了不止一个，你麾下的高手不知够不够用？"

景娘怒目而视，却束手无策。她知道，自己行将绝路了。她忽生凄凉，自己谋算天下，杀得长安高官人头滚滚，最终却栽在这么一个粗人手中。

忽然几名武候狂奔而来，大叫："丘将军！邓远、周朴两名校尉遭人袭杀！"

众人都愣住了，丘行恭大吼："在何处？"

"光福坊，宋家货仓！"一名武候道。

光福坊就在大兴善寺北面，丘行恭怒视景娘一眼，两人各自率领手下来到宋家货仓。

这是一家车行，货仓里堆满了东市商贾托运的货物，一行人从高高的货堆中穿过，地上凌乱不堪，贵重的香料撒得遍地都是，精美的各类瓷器摔了一地，到处都是激烈打斗的痕迹。就在一处香料堆上，倒着两具中年男子的尸体，想来便是校尉邓远和周朴。

丘行恭面沉似水,瞪视着景娘的模样似乎想一口咬死她。哪怕他身为左武候将军,像这等忠心耿耿且身手高超的属下也着实没有几人,没想到一日之间折损了三人,叫他如何不心疼?

"大娘子,此二人也不曾披甲。"杜行敏低声道。

景娘知道他也察觉出异样,仔细观察尸体。此二人确实身穿便服,不曾披甲,也不曾携带兵刃,临死前一人握着扁担,另一人握着货仓里的铁叉,想来是仓促遇敌,随手操家伙厮杀。但就在这铁叉的一根齿尖上,却沾着一片血迹。

"大娘子,似乎凶手受了伤。"杜行敏沉吟道。

丘行恭听到,急忙命件作上前验尸。那件作仔细勘验两名校尉的尸身,并无这种穿刺伤,禀报道:"将军,这是凶手的血迹。邓校尉刺伤了凶手。"

"此人何处受伤?"丘行恭问,"伤势如何?"

"伤口部位看不出来,根据铁叉上的血迹看,入肉大约三分,足以令凶手血流不止。"件作道。

"鲜血未干,此人并未走远,搜!"丘行恭一声令下,武候们搜寻库房里的血迹,果然看见地上有沥沥拉拉的血滴。经过一座货堆,只见地上有几包被拆开的丝绸,其中一匹给割开了狭长的一截,想来是凶手拿来包扎了伤口。

景娘已经确定,丘行恭派了多路心腹暗中宣讲自己的身份,所以不曾披甲,不曾佩刀,可究竟是谁盯上了他们,将其一一猎杀呢?

她起了龙旋赶,用手指掐算,这卦象却似乎被天机蒙蔽,一片混沌。正思忖间,忽听王玄诚在前面吵闹起来,原来丘行恭率领武候走出库房之后竟然命人将门锁了起来,把景娘等人锁在其中。

"丘行恭,"景娘疾步走上去,隔着库房门厉声喝问,"你究竟是什么意思?"

丘行恭大笑:"你个贱婢,你以为遭人暗杀了我的手下,你的秘密便能捂住了吗?老子已经封锁东市,便是一只耗子也能将他挖出来!"

"丘行恭,我持有太子诏令,你受我节制,胆敢以下犯上,囚禁上官,我看你是活腻了!"景娘冷笑。

"你我之间已经是不死不休,这等威胁的话就莫要再说了吧。等擒到此人,拷问出口供,看陛下和太子饶不饶你!"丘行恭冷笑,"来人,在门上堆柴禾,他们胆敢破门,便给老子一把火烧了!就说爻姬娘子随老子擒贼,中了那凶手的算计,不幸殉职!"

外面的武候们轰然应诺,货仓里引火之物充足,武候们搬来木料和骡马吃的干草堆在库房四周,泼上油脂。王玄诚破口大骂上去砸门,被景娘喝止。她很清楚自己和丘行恭这种斗而不破之局只是勉强在维持,贸然破门,只怕他恼羞成怒,一把火将货仓烧成白地。

除了看守库房的人手,丘行恭命令将所有人马全都撒出去搜捕凶手,孤身一人走回安仁坊的中军驻地。

穿过一条狭窄的曲巷,丘行恭心有所感,猛然停步,就见巷子里一户人家"吱呀"一声打开门,一名头戴斗笠之人走了出来,肩上还扛着一根竹竿。那人关上房门,低着头朝丘行恭走了过来。

丘行恭冷冷地看着他,喝道:"摘下斗笠!"

那人停下脚步,却并不摘掉斗笠,就那么沉默地站在巷子中间。

丘行恭冷笑:"你腰腹上渗出了血迹,是如何受的伤?"

那人摸了摸自己的小腹,沾染了一手的鲜血,原来伤口处包扎的丝绢已经被浸透。那人苦笑一声,声音沙哑:"好眼力。"

丘行恭只觉得这人的声音好生熟悉,一时却想不起来。他冷笑着轻轻呼哨,只见巷尾的方向呼啦啦拥来八名武候亲卫,身披铠甲,手持横刀,宛如铜墙铁壁般封死了那人的后路。

"杀了我三名属下,若不除掉我,你岂非前功尽弃?既然知道你最后一个目标是我,我岂会毫无防范?"丘行恭冷笑道,"事已至此,就别藏头露尾的了。待我拿下你拷问出口供,便带你去见太子,扳倒爻姬那贱人!"

那人叹息一声摘掉斗笠,竟然是王玄策。

"你果然没死!"丘行恭咬牙冷笑,"被烧死之人是谁?"

"是我的好兄弟,你最惧怕的那个人,"王玄策心如刀割,"曹宝鼎。"

丘行恭虽然有所怀疑,但听得曹宝鼎果真死了,还是长出一口气。这名神射手简直是他挥之不去的阴影,每每策马在街市上行走便会阵阵心悸,总疑心随时会有霹雳一声弦惊,利箭破空而至。

"好一对狗男女!没想到爻姬最终还是选择了背叛太子,不惜让人替死也要救你活命!"丘行恭冷笑,"愚蠢至极!"

"和她无关。"王玄策眼眶通红,"是我的兄弟想让我相信,这世间有人愿意为我舍生取义，肝胆相照！"

"这世上蠢人之多，令我大开眼界！"丘行恭哈哈大笑，"不过是不是她救了你并不重要，等我将你拿获之后交给太子，你和那贱女人都将死无葬身之地！"

丘行恭和巷尾的八名武候亲卫缓缓抽刀，朝着巷子中间逼压。

"你武功虽好，也不过与我在伯仲之间，我这八名亲卫个个身手不凡，人人披甲，你怎么斗？"丘行恭狞笑，"早早束手就擒吧！将来斩你之时，我掏出你的心肝可以少吃几口。"

王玄策轻轻吐气，将肩上的竹竿拿在手中。那竹竿是中空的，他伸手从竹竿里掏出两根物什擎在手中。日光照耀下，那东西映照出幽沉的光芒，既内敛，又肆意，仿佛两条潜伏深渊的龙蟒，带着苍凉的古意破空而出。

"瓦面金装锏！"丘行恭失声惊呼，"秦叔宝的瓦面金装锏？"

王玄策手中所持的赫然是大唐开国第一猛将秦琼的瓦面金装锏。

锏这种兵器虽然诞生于魏晋，但使用者极少，一直到隋唐交替之际秦琼开始使用，才让世人见识到了这种无坚不摧的利器。

这两条锏通体镔铁打造，每一条都重达十三斤，乌沉沉的有如暗金一般，故叫"金装锏"。至于"瓦面"其实是"凹面"，因为锏体有九节，断面呈方形，有槽有棱，一则减轻了重量，二则增加了劈砍时的杀伤力，故此称为"凹面"。锏端有尖，还拥有极强的破甲之力。秦琼仗着这两条锏、一杆槊横行天下，打得群雄束手，千军辟易。

有人评价道，秦琼跃马挺枪，刺骁将于万人中，勇在力也。崩围陷阵，火迸冰裂。翕如鹗耸，纵若鲸突。

然而秦琼之后使得动双锏之人少之又少，因为这种兵器对臂力要求极高，想要将两条锏灵活挥舞起来战阵冲杀，举世也没有几人。而且锏是专门用于破甲的，无论穿什么样的铠甲受它一击也得骨断筋折，内脏破碎，但日常使用，锏远远不如横刀灵活轻便。

贞观十二年秦琼死后，他那条大槊被皇家收藏，每逢国家大典便列于殿庭之上供人瞻仰；这两条锏则深藏于秦宅，再也无人见到，没想到今日竟出现在王玄策手中。

"丘将军好眼力，我借得此物，专门用来破你的铠甲。"王玄策将两条锏轻轻一碰，"当啷啷"一声震响，震得他手臂发麻。

"秦家安敢如此！"丘行恭与秦琼同在军中多年，自然知道这两条锏的厉害，自己身上的锁子甲根本禁不住它轻轻一击，当即咬牙切齿道。

"秦公的儿子秦怀道受过我的恩惠，我便向他借来用用。"王玄策双锏一指，慨然道，"他并不知道我要对付谁，若是今日我不幸战死，烦你将双锏还给他。"

丘行恭一摆手，两名亲卫挥刀冲上，王玄策大吼一声挥锏便砸，两人急忙举刀抵挡，不料眼前一黑，王玄策竟将左手锏劈手掷了出来。

这原本是秦琼压箱底的绝技撒手锏，丘行恭也见识过，却没想到刚打个照面这厮便掷出了一把锏。这一锏正砸在一名亲卫的脸上，他当即惨叫一声，面骨都给砸凹陷了，翻身扑倒，昏死过去。

王玄策右手锏趁机砸上另一名亲卫的横刀，"当啷"一声大响，横刀断裂。他复一锏砸在对方头胄上，顿时凹进去一大片，那名亲卫口鼻蹿血，应声倒毙。

丘行恭等人倒吸一口气，这把锏的威力当真非同小可，一个回合便死伤两人。

"好东西！"王玄策横锏笑道，"不过两条锏太重，使用一条恰好趁手。"

"杀！"丘行恭怒吼一声，与亲卫们拥上来前后夹击。王玄策身子一旋，拧身借力，一锏砸向丘行恭。丘行恭不敢硬接，侧身躲过，反手一刀劈向王玄策。这一招攻敌所必救，他已经盘算了数个后招，要仗着横刀的灵便杀王玄策一个手忙脚乱。不料王玄策竟然不躲不闪，胸腹之上硬生生挨了这一刀，只听"当"的一声脆响，衣袍撕裂，里面竟然绑着一只青铜镜。铜镜受此一击，从中裂开。

丘行恭知道上当，骇然失色中，瓦面锏已经重重砸在他后背上，"砰"的一声，轻便柔软的锁子甲卸不掉分毫力道，眼前一黑，鲜血喷涌，几根肋骨断裂，惨哼着跌了出去。

王玄策苦心孤诣算计的就是这一刻，果然一举重创丘行恭，但他也付出了惨重的代价，后背连中三刀。他来不及砸杀丘行恭，怒吼一声拧身运锏，砸在一名亲卫的头盔上，那名亲卫顿时脑浆迸裂，翻身栽倒。

接下来便没有任何花巧可言，这一场厮杀血腥惨烈，狭窄的小巷中双方毫无腾挪余地，如同野兽一般撕咬搏杀，你砸一锏我砍一刀。王玄策将瓦面金装锏挥舞开来，每一击都势如千钧，打在刀身刀断，打在人身骨折，打在铠甲上更是甲叶崩裂凹陷，力道透过铠甲直冲躯体，骨断筋折，脑浆迸裂。但王玄策也接连中刀，铁锏和横刀不时劈砸在土墙上，砖石土屑崩飞，灰尘刚刚激荡出来，便被他身上飙飞的鲜血给压了回去。

生死只是一瞬，短短几个照面，六名亲卫悉数倒下，痛苦地呻吟翻滚，而这短短的片刻王玄策身中十多刀，浑身都是刀口，衣袍被切割成了一缕一缕，破布片挂在身上，肌肤翻卷，鲜血奔涌。他挂着铁锏剧烈地喘息，几乎直不起腰。丘行恭挣扎着站起身，靠着墙壁喘息片刻，看到自己的亲卫死伤一地，嘴里又喷出一口鲜血。

王玄策笑了："丘将军，你似乎吃不到我的心肝了。"

丘行恭擦擦嘴："你个贼厮鸟，当真是疯了。爻姬那贱人虽然与我不共戴天，可她也是你的仇敌，不但骗得你一无所有，还屡屡要杀你。你为了她来杀我，岂非愚蠢？"

王玄策一时间竟然无言以对，好半晌才道："我又岂是为了她？"

"那你为了什么？"丘行恭冷笑道，"莫不是为了保你的名声不受损？倒也是，你身为四品官员娶了个奴婢为妻，消息一旦泄露定然遗人笑柄。你我之间本无仇怨，若是你肯与我罢手言和，这一点倒也不是无法解决。"

王玄策用铁锏撑地，一步步朝他走去："丘将军，你我确实并无仇怨，她也确实是我的仇敌，你说的都对，只有一句你说错了。"

"哪一句？"丘行恭知道今日生死在即，硬撑着举起横刀，一步步迎上。

"她并非骗得我一无所有。原本我一无所有，她来了，将天底下最好的东西尽皆带到我面前，然后又将它们一一拿走。"王玄策眼眶湿润，却仍旧挣扎着走向丘行恭，"世人都说，夫妻反目，如舆脱辐。辐条脱落了，车轮还在吗？车轮若解体，车辆还在吗？所以这辆车上满载了你此生的一切，夫妻之间便是杀得血流成河，也总得维护这辆破车不失。"

"原来是为了你儿子！"丘行恭明白了，"今日能否杀我就要看你的本事了，否则你的子嗣和家族我让它顷刻覆灭！"

两人怒吼一声，跟跟跄跄地冲向对方。两人受伤颇重，都失了灵活，眼前便是狭路相逢勇者胜，谁都不再躲闪，疯狂地挥舞兵刃朝对方劈砍，你一刀我一锏，砰砰噗噗。最终王玄策身中七八刀，丘行恭身中四五锏。王玄策成了血葫芦，丘行恭被打成了一摊烂泥，两人同时软塌塌地倒在了地上。

"贼厮鸟，告诉你一个秘密。"丘行恭身体不停地抽搐，嘴里咕嘟嘟淌血，眼中的神采渐渐涣散，"其实人的心肝一点都不好吃。每次吃我都强忍着恶心，哈哈哈——"

王玄策挣扎着爬起身，手臂乱摸，终于摸到一把横刀。他以刀拄地想要站起身，却爬不起来，只好将刀刃搭在了丘行恭的脖子上。

"你……要作甚……"丘行恭无力反抗，目露惊恐之色，喃喃问道。

"我不要你的心肝，只借人头一用——"王玄策挣扎着一翻身，将身体压在了刀背上，刀刃下压，切断了丘行恭的脖颈。一颗人头滚落一旁。

王玄策再也无力动弹，就这么躺在无头的尸身旁呆滞地望着高天苍穹，眼前慢慢昏黑。

这时一条人影从巷尾走了过来，蹲在他身边。那人手中提着一只药箱，打开箱盖取出一只瓷瓶，从中倒出两粒黑色的丹药，喂王玄策吃了进去。竟是李淳风。

王玄策眼神迷蒙，喃喃道："还以为你失言不来了。"

"答应了你，岂能不至？"李淳风将王玄策扶坐起来，从药箱里拿出烧酒——清洗他的伤口，"我只答应将你的尸体带离此地，可没答应你掺和进这场厮杀。你杀了朝廷的左武候将军、开国郡公，这风波我可扛不起。"

李淳风嘴上说着，手中却是不停，以桑皮线缝合伤口，略作包扎之后道："此处没法久留，你若是能动弹，我便带你离开。"

"无妨！"王玄策咬着牙，在他的搀扶下勉强站起身，"烦请背上秦家的双锏！"

李淳风知道此物不能留下，只好抽出一名亲卫的束带，将双锏背在身后。刚要走，只听王玄策又道："再劳烦一下，带上丘行恭的人头。"

李淳风瞬间呆滞。

第二十五章
陛下何故谋反

"此贼终于死了！"景娘一步步走过曲巷，走过满地的尸体和血污，来到丘行恭无头的尸身前，生出一股想哭的冲动。

从十四岁起，这名胡子卷曲的食人恶魔就是她此生永不磨灭的噩梦。无论在掖庭宫还是教坊司，甚至进了东宫，她都曾在无数个深夜的梦魇中失声尖叫，梦见此人将一双利爪抓进她的胸口，挖出了她的心肝大口咀嚼。

学得大衍占卜诀，一步步执掌大权之后，她幻想过无数种最惨烈的酷刑来炮制此人，却始终不敢在现实中稍有异动。因为憎恨的最深处，是最深沉的畏惧。这些年丘行恭三个字就像山一般压在她心头，沉甸甸的，艰于呼吸，不料今日竟然被人残杀，像条狗一样死在这陋巷之中，连人头也被割走。

"砰"的一声，她心中仿佛有无形的块垒崩塌瓦解，整个思维如同开闸洪水一般畅通无阻，一片澄明。

她将现场后事交代给王玄诚，带着杜行敏和勋卫们赶回兴道坊的浮屠寺，重起六壬大课占卜，果然占得"子规"在西南。

"朱雀街在咱们平康坊西南，大娘子的卦象不虚！"杜行敏道。

"不，大衍诀占到的天机可不仅仅这么简单。"景娘道，"张开大唐舆图！"

杨秉和孙尊礼当即奔到库房抬出舆图挂在木架上，一时间东至高句丽，西到雪山，北抵北海，南达林邑，整个大唐的十道和各州、府、县以及都护府铺在眼前。

众人都知道大唐疆域辽阔，可大唐舆图乃是朝廷机密，谁也难得见到，今日这一看禁不住心潮澎湃，整座大地几乎尽在大唐治下。

"西南……"景娘的纤纤手指在西南方位慢慢划过，众人都明白，她划的这条线乃是大唐和吐蕃的边疆。

"嶲州！"景娘在嶲州的位置重重一点，厉声道，"查十五日内所有的嶲州来人！无论是驿使来往的符券、朝廷官吏用的递牒、军防丁夫的总历、百姓商贾的过所，全部筛查！"

这些东西都在不良人署备有抄件，杨秉和孙尊礼答应一声，指挥众人翻查。

"大娘子，嶲州有什么不妥？"杜行敏有些诧异，嶲州①属于剑南道，位于巴蜀西南，自然也是整个大唐的西南，可是与子规有何干系？

"嶲是通假字，在古时通'规'，指的是一种鸟，即子规！"景娘一字一句道，"又叫杜鹃、杜宇，主思归、思乡之意。"

第五谶依然精密至此！

杜行敏倒吸一口冷气："大娘子，属下建议将朱雀大街上所有剑南道口音的人统统拘押！"

景娘想了想："若是子规此时并不在朱雀街上，如何？若是子规虽然从嶲州来，却并非巴蜀口音，如何？"

杜行敏被一连串的质疑给问蒙了，景娘笑了笑，吩咐道："传令，按照杜贼帅的提议，封锁十里朱雀天街，抓人！"

"大娘子——"杜行敏更是纳闷。

"我算定此人在街上他便在街上，万一不在也无妨。"景娘自信地吩咐道，"传令，面朝朱雀街的十八座坊门全部盯紧了，抓人的时候坊内有举止异常、想闯上朱雀街之人，全部拿下！"

杜行敏明白，原来景娘是要打草惊蛇，哪怕抓不住"子规"，也能拿下在街上和坊门口策应他的人。东宫爻姬，果然名不虚传。

如今大部分兵力都布置在了街上，立即有飞骑将命令传达过去，开始大规模抓人。要知道朱雀大街乃是长安城的南北主街，长达十里，街上的行人少说也有

---

① 嶲（xī）州，今四川省西昌市。

上万之众，卫率府、监门卫、武候府和两县捕吏同时封锁九条十字路口和临街的十八座坊门，沿街抓人，一时间满长安震动。

各大衙门调动了上万人，划分区域之后开始逐一盘问街上的行人，一听是剑南道口音的径直锁拿。剑南道范围极大，囊括了陇右、川蜀、云贵大片区域，方言口音更是千差万别，但景娘和杜行敏也是无奈，长安人根本无法分辨巂州口音，只好全数抓了再细细甄别。不到半个时辰便抓了上百人，两县的县狱人满为患。

这一招顿时将刘全推到了两难的境地，因为他也不知道"子规"是谁，眼见得凡是西南口音之人朝廷便抓，知道朝廷一定掌握了"子规"身份的特征，那他就必须做出选择。倘若静默不动，"子规"极有可能被朝廷捉了，但出手干预却会堕入陷阱。

他躲在安业坊东门内的一座民宅中，左思右想也没有良策。正在这时船老大刘奎慌张来报，原来他带人出坊打探消息，刚出坊门便被监门卫擒拿，杀伤多人，他侥幸逃脱。

刘全顿时明白了，这赫然是一招阳谋，自己除非退出，否则无从破解。不多时有属下来报，老荆被王玄诚带人摸至老巢，突围时不幸被射杀，他那一火全军覆没。

刘全寒毛直竖，当机立断道："走！"

然而却已经晚了，只听外面人喊马嘶，一队一队的兵马开进安业坊，将这座宅院团团包围，为首的正是王玄诚和左城。景娘的计谋环环相扣，牵一发而动全身，挖出了老荆和刘奎之后，他们拷问出线索直扑安业坊。

刘全早安排好了退路，吩咐众人殊死抵抗，自己带着刘奎等三名心腹从密道进入另外一户院落，翻过院墙混进了坊内的人群中。四人随着一群闲汉来到东门围观，只这片刻间战事便已结束，武候和捕吏们抬着一具又一具的尸体从院子里出来，还有不少属下被擒，浑身是血，戴着镣铐被推上马车。

刘全正恼恨，忽然一骑快马驰入坊内，大喝道："左将军，确认目标！大娘子命全军集结，于朱雀街上寻一名六十岁的长安籍老者！"

左城当即将现场丢给王玄诚，呼喝一声，率领监门卫策马而去。

刘全也不知道景娘是如何锁定得如此具体，趁着混乱来到朱雀街上，只见一队又一队的人马来回奔驰，尘土卷起，无数的武候、捕吏、巡骑和甲士都在寻找六十岁以上的老者。

他知道左城是景娘的心腹，于是躲藏在人群中跟踪着左城。就见左城将兵马分散开来，自己带着几名亲卫沿街上溯，在人群中搜寻。左城得到的细节显然比旁人更多，遇见一些上年纪的老者也并不在意，只是略略询问便继续往北。顷刻间过了一坊，朱雀门已经遥遥在望，忽然左城在一名老乞丐面前兜马停下，喝道："老丐，你是何处人氏？"

刘全仔细打量，只见这老乞丐六七十岁，脸上脏污得看不清模样，头发和胡须打着结。他手中拄着竹杖，背上是一卷破烂的毡毯，披着黑褐色的麻衣，一双枯瘦黢黑的胳膊露在外面。那风霜刻印的模样并不像长安本地的乞丐，倒像是走了几千几万里的路。

"长安人氏。"那老乞丐并不曾停下，嗓音沙哑地道，"家住永兴坊。"

左城一愣，永兴坊位于皇城东侧，坊内无一不是高官权贵，连左武候府的衙署都在坊内，那里何曾有过乞丐？他急忙问道："从何处来？"

"剑南道，巂州。"那老乞丐道。

左城大骇，厉声喝道："拿下！"

几名亲卫跳下战马扑了过去，老乞丐拄着竹杖，仍旧眼神呆滞地往前走。忽然间人群里刀光一闪，刘全和刘奎挥刀砍翻了两名亲卫，抢步挡在老乞丐面前，喝问道："你便是子规？"

那老者对周遭发生的一切恍若不闻，眼神直勾勾地望着朱雀街尽头巍峨高耸的朱雀门，脚下一步步走着，口中喃喃道："良夜落尽子规啼，不见长安二十春。"

此言一出，刘全便知道此人是真正的子规。大宗正的命令是护送子规抵达朱雀门，他起初以为再简单不过，没想到竟然会陷入最凶险的绝境。

他朝着刘奎三人苦涩一笑："今日你我就死在此处罢了！"

刘奎哈哈大笑："能随庄正战死，无憾也！只盼将来大宗正能将你我的姓名陪祭汉庙！"

四个人将子规夹在中间，怒吼一声，护持他向前冲杀。左城不肯伤了子规，对他们却没什么好留情的，当即命甲士们围杀上去。四人浴血厮杀，但周围的兵马越聚越多，武候府、卫率府也闻讯赶来，周围挨挨挤挤都是无尽的刀光与甲士，此时距离朱雀门虽不过两坊之地，却似乎隔着天涯海角，永不可及。

这时景娘和杜行敏也急匆匆赶到现场，两人骑在马上望着被团团围困在天街上的刘全和子规。杜行敏眉头大皱："家住永兴坊，从巂州来。这老者究竟是何人？"

景娘传令:"告诉左城,切勿伤了老乞丐的性命。"

"这刘全呢?"杜行敏迟疑着问道。他知道刘全和王玄策颇有些交情,念在王玄策已死,心中便有些不忍。

"杀!"景娘冷冷道。

刘全四人中已经倒下两人,他和刘奎也浑身带伤,摇摇欲坠。忽然间朱雀街西侧的通化坊门口发出巨响,四五辆牛车狂奔而出,冲向各司的兵马。那些牛车满载圆木,拉车的黄牛口吐白沫,宛如疯了一般疯狂疾奔。在路面的颠簸之下圆木轰隆隆地滚落,把周围的兵卒砸得死伤遍地。众人惊呼着,但密集之下拥挤不动,谁也无法躲闪,直接被牛车碾压而过,冲出一条血胡同。

随后二三十号人马呐喊着从坊门中冲出,人人手持长刀,像凿子一般凿穿军阵,与刘全二人会合。为首一名壮汉驱赶着一辆牛车,喊道:"我等乃丙曲之人,受大宗正之命来援。请各位上车!"

刘全和刘奎急忙将子规扔上牛车,自己也跳了上去。那壮汉挥刀刺在那疯牛的臀上,牛车猛然加速朝着朱雀门冲去。一时间三大衙门的甲士人仰马翻,但是在左城的督促下,骑兵们纷纷朝着牛车策马撞击,试图阻碍车辆的行进。那三十名死士则簇拥在牛车左右,宛如海潮中的一堆礁石,誓要破开层层甲士冲向朱雀门,顷刻间奔出去一百多步,距离朱雀门近在咫尺。

景娘知道决不能让子规去朱雀门应谶,叹息一声道:"射!"

马策早率领弓箭手做好准备,一声令下,数百人同时开弓放箭,那群死士如同被暴风吹过的麦田一般倒了一片,但也有不少与他们纠缠在一起的甲士中箭倒地。那壮汉早有准备,在马车上备了门板,急忙竖起来躲在后面,勉强躲过这轮箭雨,但那头莽牛却被弓箭射杀,倒地不起。牛车轰隆一声翻倒,众人从车上栽了下来。

"射!"景娘又道。

弓箭手搭上弓箭,又是一轮箭雨过后,几乎扫清了半个街面,连那壮汉和刘奎也中箭毙命,只有刘全死死地将子规扑倒在身下,勉强躲过。

景娘毫不在意,继续道:"射!"

忽然马蹄声响,李治和长孙无忌在一群勋卫的簇拥下策马而来。长孙无忌远远地大叫:"爻姬住手!"

景娘急忙命人放下弓箭,策马迎了上去。长孙无忌却不理会她,跳下战马朝那老乞丐狂奔过去。甲士们怕他有危险，呼啦啦一拥而上。刘全苦涩叹息一声丢掉横刀，被甲士们按在地上五花大绑。

长孙无忌来到那老乞丐面前，颤抖着双手撩开他凌乱的头发，连声哭叫："兄长！兄长！你居然还活着！"

李治吐了口气，闭目长叹："果然是他！"

景娘顿时怔住了："赵国公的兄长？难道是……长孙安业？"

"正是他。"李治神情复杂，"有舅舅家的老仆经过朱雀大街，看着此人眼熟，便跑回崇仁坊告诉了舅舅。"

这老乞丐竟然是贞观元年李孝常、刘德裕谋反案的三大主犯之一，长孙皇后和长孙无忌的嫡亲兄长，长孙安业。当年因为长孙皇后求情，李世民饶他一命，只流放到了巂州。两年后朝廷收到文书说他患病而死，因为他是朝廷叛逆，皇后和长孙无忌也不便千里迢迢运回尸身安葬，只暗地里哭了一场了事，却没想到他当年竟是假死，活到了现在！

周围知晓内幕之人禁不住心头悚然，也就是说那大宗正早在二十二年前就开始布局，他安排长孙安业假死，就是为了今日执行第五谶。

这等深沉的谋划和心机，实在是可畏可怖！

长孙无忌哭了片刻，长孙安业却一把推开他，继续朝着朱雀门方向走去。

长孙无忌一把抱住他："兄长仍然执迷不悟吗？皇后好不容易救了你的性命，莫要再做刘氏手中的棋子！"

"住口！"长孙安业厉声道，"李孝常、刘德裕乃是大唐的忠臣良将，我也不是他人的棋子！"

"还说不是？"长孙无忌也恼了，"李孝常、刘德裕受那刘文赞的煽动，两人都想谋反称帝，只把你当成了傻子！兄长，你可知那刘文赞是何人吗？他便是当世的刘举！"

"我当然知道他居心叵测。"长孙安业神情悲苦，"就连陛下的儿子都居心叵测，何况外人呢？"

一旁的李治愣怔一下，还以为他说的是自己，随即就知道意会错了，只听长孙安业继续道："我在刘文赞的安排下隐姓埋名苟活了二十年，也曾想过将秘密带进坟墓，可是我心有不甘。我不甘心身负大唐叛贼之名受天下人唾弃！我要告诉世人，我长孙安业是大唐的忠臣，只是效忠的不是他李世民，而是太上皇！"

长孙无忌怒道："兄长慎言！"

"怕了吗？怕揭开我们谋反的真相吗？"长孙安业大笑道，"今日我来到朱雀门前就是要告诉世人，李孝常、刘德裕从未想过当皇帝，我长孙安业也并非受人蛊惑的蠢材。我们歃血为盟，举兵起事，是受了太上皇的密诏，要迎太上皇复位！"

此言一出，朱雀大街上一片寂静，成千上万人连呼吸也凝滞了。李治更是脸色铁青，他没想到第五谶的真相如此可怕，竟然要将阿爷推上审判台！

他对长孙安业的话并没有怀疑，贞观元年的那场谋反确实疑点重重，哪怕后来房玄龄等人编撰《高祖实录》和《今上实录》的时候多加梳理修缮，也仍旧漏洞百出。最大的问题是李孝常、刘德裕和长孙安业三人并没有特殊的交情，凭什么就敢歃血为盟，相约谋反？

李孝常是利州都督，在长安并无兵权，他怎么就敢发动兵变？他怎么就相信刘德裕和长孙安业会无条件支持自己称帝？仅仅是在太和谷捡到一块印有"常"字的石头？

刘德裕的动机更是让人困惑，他身为李世民的亲兵护卫，执掌宫禁宿卫，军中既无兵权，朝廷中又无根基，居然打算先帮李孝常推翻李世民当上皇帝，自己再推翻李孝常，登基称帝！如此疯狂的连环谋反，这让隐忍到七十多岁，耗费祖孙三代才篡了曹魏的司马懿情何以堪？

至于长孙安业的谋反动机更是莫名其妙，身为皇亲国舅，居然因为和弟弟、妹妹关系不好，便辅助他人谋反，杀兄弟和妹妹，灭自己的家族？

但这场兵变若是受了太上皇李渊的密诏，那就顺理成章了。李孝常本就是李渊的心腹，李渊起兵后刚抵达黄河，他便迫不及待降唐，并且献上了永丰仓这座关中最大的粮仓，彻底解决了唐军的军粮危机。

刘德裕的身份更特殊，他其实是李渊埋在李世民身边的卧底。

李世民在李渊身边埋有更要命的卧底，玄武门中郎将常何。玄武门兵变正是靠着常何秘密打开玄武门才一举奠定了胜负。李渊对此恨极，动用刘德裕，只不过是想依样画葫芦，反制李世民。

"而我长孙氏，"长孙安业大吼，"自我们阿爷那一代，便与太上皇同生死共进退，自从无垢嫁给世民后，你与世民交好也就罢了，怎的给猪油蒙了心，居然怂恿那李二郎发动兵变，玄武门逼宫？"

长孙安业挥舞着竹杖暴打长孙无忌，长孙无忌挨了几下终于忍无可忍，劈手夺下，冷笑道："兄长你把我们兄妹赶出家门，自然不管我们的死活，可我们兄妹却须得相依为命！倘若建成登基，你觉得他会放过无垢？他会放过我？无垢和二郎便是我长孙无忌的命！是我的天！任何人要犯他们，须得从我的尸体上踩过去！"

长孙安业呆愣半晌，意态萧索地丢掉竹杖，看着朱雀门喃喃道："也罢，我对不住你们兄妹在先，无垢又救我一命，你我之间无须再说。长孙氏的二房、三房、四房能在二郎的朝廷里如此辉煌，无忌你功不可没。至于我这一支，就为太上皇尽了这份愚忠吧！总得让世人知道，长孙氏子弟也有伯夷叔齐之臣！"

"兄长——"长孙无忌泪流满面，"你既然侥幸活命，为何不远离是非呢？"

"因为我要来长安宣告一则谶言！"长孙安业咧嘴笑道。

"兄长不可说！"长孙无忌大骇。

景娘神情凝重，一抬手，弓箭手们"嘎吱吱"拉开弓箭。李治满头是汗，长孙安业也是他的舅舅，母后的嫡亲兄长，自己在东宫还可以佯作不知，可如今偏生在现场，一旦此人被射杀，千秋骂名都会安在自己的头上。

李治张张嘴，却没有阻止景娘。

"太上皇，臣无能，不能迎您复位！"长孙安业跪在朱雀街上，郑重地朝着朱雀门三跪九叩，涕泪交流。

然后他扭头望着长孙无忌和李治，神情充满嘲讽，大声吼道："唐三世而衰，女主武王，代有天下——"

景娘猛然挥手，"嘣嘣嘣"的弓弦震动声密如爆豆，无数的箭矢将长孙安业射成了刺猬。

"你射杀了长孙安业，我不怪你，舅舅也不会责怪你。"平康坊不良人署的大堂上，李治来回踱步，脸上是掩不住的焦灼。景娘静静地跪在堂上，正在请罪。

"丘行恭被杀，我已命人查了，确实与你无关。我也不会怪你。"李治忽然停步，蹲在景娘身前一字一句道，"可是，坊间为何传出了你的身世？"

景娘心中一颤："这不可能！"

"如何不可能？"李治怒道，"连你是刘兰之女的身份都在坊间传播！还有人说我在东宫豢养术士，妄测吉凶！"

"太子从何处得到的消息？"景娘慢慢镇定下来，询问道。

李治沉默片刻，轻轻拍了拍手，随即从大堂的屏风后绕出一人，赫然便是杜行敏。

向太子行礼之后，杜行敏长长一揖："见过大娘子。"

"是你！"景娘全明白了，自己竟然不知不觉地中了此人的暗算。以为已彻底将他收服，却不料他是虚与委蛇，寻到最危险之处狠狠捅了自己一刀！

"是我。"杜行敏坦然道，"属下侦到坊间的议论之后，及时禀报给了太子，还请大娘子莫怪。"

"你做得很好。"碍于太子在场，景娘只好打碎牙往肚子里咽。

"尚不够好。"杜行敏神情复杂地盯着她，"不良人署是朝廷的官署，自当尽忠于朝廷，可属下碍于和王玄策的交情，做下不少错事。万幸大娘子诛除了王玄策，替属下斩掉了这一缕牵绊。属下终于能不再做别人的家奴，好生为朝廷效力，为太子殿下效力。"

杜行敏说得很隐晦，景娘却完全听懂了，禁不住苦笑，自己终究是失算了。贾正、曹宝鼎这些人无一不是桀骜不驯、杀人如麻的一方豪雄，杜行敏更是大权在握的间谍头子，自己之所以能将他们拿捏得死死的，便是有王玄策夫人这层身份。这些人碍于恩义，只好被自己随意摆弄。但昨夜王玄策死在自己手中，等于自己亲手斩断了束缚在杜行敏身上的锁链，释放出了这头狰狞的猛兽。

"很好，不良人署本该如此！"李治似乎没听懂，或者是听懂了又故作不知，笑道，"那个逆贼刘全被看押在后院，你们且随我去审审，看他身后之人究竟是谁。"

李治当先走向后堂，两人急忙跟过去。

杜行敏故意落后几步，从容地道："太子殿下已经答应属下，日后不良人署的运作一如既往，属下能秉持少卿的初衷继续保护那群大唐的良心。至于弥奴侄儿，属下有生之年绝不会让他受到伤害，请大娘子安心。"

景娘冷笑："你这是威胁我吗？"

"不是威胁，是宣战。"杜行敏冷漠地盯着她，"我对你们夫妻之间的恩仇杀戮厌恶至极，整个不良人署因为你们被拆得支离破碎，险些覆灭。它虽然是少卿创办，却是几百上千人衣食所系，家室所系，荣辱所系。他活着，我们赴汤蹈火死不旋踵；他死了，我们便替他报仇雪恨，然后王玄策的时代便过去了。我们收拾人心，继续苟活。"

景娘轻轻吐了口气，知道自己和不良人署之间再无转圜的余地。她一路走来扳倒了无数大敌，自然不惧怕不良人署，但这个敌人却与以往完全不同，它不是一个人，而是一座衙门，一套系统。

若是在自己权势正盛之时，一座衙门说灭也便灭了，可杜行敏爆出自己的身世却成了她此时最棘手的问题，一旦处置不好，自己所有的权势便灰飞烟灭。

说话间三人来到关押刘全的后宅。马策亲自率领勋卫守卫，一见太子驾到，急忙打开囚室的门请众人进去。

此处只是不良人署临时看押人犯的牢房，狭小简陋，只有三五间大小，如今只监押了刘全一人，他正戴着杻铐斜坐在地上。见太子和景娘、杜行敏进来，刘全起身跪坐，笑道："臣刘全，拜见太子殿下！"

杜行敏搬过一张胡床，李治坐在刘全对面，隔一层木栅瞧着他，禁不住哑然失笑："你个逆贼，只做了几日的旅帅，倒养出一身的官气。"

"我祖祖辈辈都是禁苑中的农民，皇家气象见得多了，自然能沾染一些。"刘全脸上并无一丝惧怕之意，就仿佛聊邻里家常一般与太子奏对。

李治却无心与他闲扯，问道："刘全你要从实招来，你与那大宗正是什么关系？"

"我是他麾下丁曲的曲长。"刘全道，"他麾下共有十支人马，称为十曲，按照甲乙丙丁十天干排序。十曲彼此独立，互不知道对方的存在。"

李治没想到他回答得如此详尽，便继续询问："大宗正的真实身份你可知晓？"

"不知。"刘全道，"大宗正只是在我们刘氏族人之中的称呼，在外界他化身千万，刘文赟也好，刘举也好，不一而足。"

"你不知道他的身份，如何与他联络？"李治问道。

"每一曲都有一名曲督，是专门与大宗正联络之人。我这一曲的曲督名叫刘荆，已经在朱雀街之战中被官兵给杀了。"刘全道。

李治看了景娘一眼，景娘立刻回头吩咐："去万年县廨把刘荆的尸体找出来，仔细勘察，找出他平日落脚之处。"

院子里立刻有人低声回应。杜行敏面无表情，心中却暗暗惊骇，太子和景娘之间竟然如此默契。

李治继续问道："难道你从未见过大宗正？"

"见过。"刘全道，"三年前他来我庄上招募我，只是当时戴着面具，不知其模样。"

"他来你庄上？"李治惊讶，要知道刘全的庄子在禁苑之中，"他能进入禁苑？"

"来去自如。"刘全道，"他在禁苑中根基极深，禁苑中不少庄户都有他的党羽。我创建丁曲之后，他专门给我在景曜门安排了一条进出禁苑的通道，白日靠漕运船，夜晚靠永安渠船闸。这是专供我丁曲所用，所以我判断他手中的通道不会低于十条！"

刘全竹筒倒豆子一般悉数招供，连李治没有问的内容也交代得巨细无遗，倒惹得李治等人心生疑虑。李治压下这种强烈的不适感，暗暗心惊，禁苑乃是皇家日常游猎宴饮的场所，竟然被敌人侵蚀成了这般模样，一旦大宗正开始作乱，可真是变生肘腋。看来必须彻查禁苑！

"你本是禁苑中的农户，皇家对你不薄，每年只需种植苑监额定的瓜果作物，无劳役之苦，无胥吏之害，为何要随大宗正谋反？"李治问道。

"因为臣姓刘。"刘全坦然道，"我族谱上记录的始祖乃是大汉的太子，受奸人迫害失位自杀。我从田间和庭院一抬头便看见长安故城，大汉遗土，当年四百年辉煌盛世，如今只剩下断壁残垣，如何不令人扼腕叹息？自古民间便流传'刘氏当兴'，说刘氏将要统一天下，重新在长安开创霸业。刘氏之人听到无不振奋，我自然也不例外。"

李治摇头不已，却也怪不得刘全，自己家便是刘氏和李氏这百年争霸的最大获益者："这三年来你都为他做了哪些不法之事？"

"我的任务是在禁苑中招募健壮的农户，为他组建了一支五百人的丁曲。"刘全一开口便让李治等人骇然失色，"我们虽然是皇庄的农户，但也进了府兵编户，每年冬春两季农闲之时都聚在一起习射课试。我身为庄正，便将这五百人聚集起来秘密操练。大宗正遣来军中的将官教我们习练战阵，又遣来工匠教我们秘密打造攻城器械和铠甲武器。"

李治三人目瞪口呆，谁也没想到大宗正竟然在禁苑之中打造出了一支披甲攻坚的锐士，这等于暗中将一把刀抵在了皇帝的后背！

景娘终于忍不住，厉声问道："这些器械和武器呢？"

"拆卸之后，藏在长安故城一些荒废的宫阙之下。"刘全道，"只需大宗正一声号令，便能将它们组接起来，攻城拔地。"

"还好只有五百人，属下——"景娘勉强镇定，笑着安慰李治。

不料刚说了一句就被刘全打断："我这丁曲只有五百人，可是铠甲和兵械却是五千人所需。或许禁苑中还有其他曲，或许大宗正能临时将四千五百人调入禁苑，臣暂时不知。"

五千人！李治、景娘和杜行敏的脑袋一阵眩晕，须知当年陛下带领六七十人便发动了玄武门兵变，这五千名全副武装的甲士一旦发动，整个长安都会迎来一场浩劫。确切地说，这三年来皇帝和太子其实是躺在大宗正的刀背上睡觉。

"然后呢？你还为他做了些什么？"李治颤声问道。

"我一直在禁苑中练兵，直到最近才又收到大宗正的命令。"刘全道，"五月十八日，大宗正约我在凝碧池上相见，说陛下正在招募死士，命我主动应募，进泥犁狱中献瓜。"

李治三人倒吸一口冷气，静静地听他说着。

"五月二十一日，大宗正命我率领丁曲的死士在狗脊岭上冒充刘洎鬼魂，赚褚遂良完成第三谶。"刘全道，"今次是大宗正最后一次传令，命我护送子规抵达朱雀门。"

说的人从容淡定，听的人目瞪口呆。这每一条消息都太过骇人，让人心神悸动。好半晌李治才问道："我尚未用刑，你为什么便彻底招供？是想要孤赦免你吗？"

"赦免？不必，不必。"刘全摇头道，"我早已被赦免了。"

众人愣住了，李治问道："谁？你做下这等十恶不赦之举，谁胆敢赦免你？"

"自然是皇帝陛下。"刘全一字一句道，"从地狱献瓜那夜开始，我便降了大唐，是陛下安插在大宗正身边的密探！"

第二十六章
不知周之梦为蝴蝶，蝴蝶之梦为周

李治等人恍然大悟，怪不得刘全招供得如此痛快，巨细无遗，原来他早已归顺了朝廷。

"且慢。"景娘满脸狐疑，"你为何归顺了陛下？难道是被捉了吗？"

刘全对景娘极为忌惮，小心翼翼地措辞道："我乃是主动自首，并没有被捉。三年前我被大宗正蛊惑投身叛党，一心只想着'刘氏当兴'，想以光武帝刘秀、昭烈帝刘备、宋武帝刘裕、光文帝刘渊为表率，再度中兴大汉。后来因为要采办一些军械，我曾离开禁苑来到长安城中小住，当初的信念忽然便被摧毁了。"

说到此处，刘全伤感地叹息着，似乎有些苦涩，更有些自嘲。

"被谁摧毁了？"景娘追问道。

"被长安城！"刘全眼神清澈地望着众人，坦然道，"我看到一座在史书上从未听闻的长安，人烟辐辏，万国来朝，我看到东西两市的繁华有如天上画卷，我看到十里朱雀天街的人群摩肩接踵，我看到太仓府库的钱粮堆积如山。我站在白鹿原上俯瞰长安，那根本不是一座城，那是一座覆盖大地的河岳金汤，更胜汉长安十倍！那一天我像个疯子一样走过长安的六街，我走过西市，走过朱雀门，走过平康坊，我走过埋葬西汉大儒董仲舒的虾蟆陵，又走过汉宣帝给自己建的乐游庙。我一边走一边流泪，我忽然发现自己生在一个盛世，恢复大汉完全无望，它只是镜花水月，梦幻泡影。而我们，只是一群跳梁小丑！"

刘全凄凉地笑着,似乎耳边仍然能听到梦碎的声音。

李治神情复杂地看着他,却禁不住有一股蓬勃的自豪之意,这就是大唐的江山,李氏的天下!让一切敌人崩溃无力、悔恨绝望的盛世江山!

"所以你便向陛下自首了?"景娘不为所动,冷冷地追问。

刘全摇摇头,笑道:"殿下愿不愿听听我和南阳公主的故事?"

景娘和杜行敏都是一惊,刘全的妻子翠莲死而复活,魂魄寄生于南阳公主体内之事早就在皇家和高官豪门之中传遍,有好事者称之为"大唐第一传奇"。难道其中尚有隐情?

李治诧异:"你与三妹?南阳不是被你亡妻的亡魂侵袭入体,占了躯体吗?"

"人死岂能复生?"刘全苦涩地道,"坊间怪谈之事愚弄一下旁人也就罢了,太子殿下如何能信?"

李治愕然片刻:"难道你妻子复活是假的?"

"自然是假的。"刘全笑了。

三人面面相觑,李治怒道:"三妹如今疯疯癫癫的到底什么原因?你且如实说来!"

"南阳命运悲惨。贞观十七年,她的生母杨妃涉入废太子承乾谋反案自杀;贞观十八年,第一任驸马王敬直被流放死在了岭南;贞观二十年,第二任驸马张颢又受张亮谋反案连坐被赐死。从此之后她便积郁成疾,认为自己受上天厌弃。"刘全慢慢地说道,"陛下心中怜悯,将她召入禁苑长住。公主时常到感业寺中上香。那时节我的命运也仿佛受了上天的诅咒……杜贼帅,你我初见时,我对王少卿讲的故事完全属实,去年三月阿爷染病去世,四月阿娘撒手人寰,五月女儿在凝碧池中淹死……七月中元节,娘子把我们定情的金钗拿去感业寺斋僧,我骂了她一通,她自缢而死。"

杜行敏默默地点头,这是五月十九那夜,王玄策将刘全带到东署时从他口中逼问出来的,此后着人去禁苑打听,刘全确实没有撒谎。

杜行敏忽然有些感慨,到今日也才隔了五日,怎么如同隔了漫长的一生?沧海桑田,物是人非。

"后来我从感业寺女尼的口中得知真相,原来我娘子拿金钗斋僧,是想求佛祖将诸般恶业都转到她身上,为我消灾解难。我后来痛悔交加,时常到感业寺进香为死去的娘子祈福,一来二去便与南阳公主相识了。"刘全道。

"你们这场相识是阴谋,还是自然而然?"景娘问道。

"大娘子慧眼。"刘全道,"起初确实是自然萌发,我们二人惊觉对方的命运与自己竟然如此相似,都有些同病相怜。后来公主偷偷随我去了几趟刘家庄,我教她养鸡种地,采收瓜果,我带她骑在水牛背上在凝碧池泗渡,我带她潜入水中采收莲藕,我教她用鱼叉捕捉数十斤的大鱼,我带她来村里参加击壤之戏,唱击壤之歌——"

"击壤之戏,击壤之歌?"李治重复了一句。

"是我庄上的一种投掷游戏,"刘全用手比画着解释,"壤的形状有些像尖尖的鞋子,用木头雕成,前宽后窄,长约一尺四,宽有三寸。游戏时,把一壤放置在三四十步远的地上,然后以另一壤来投掷,砸中尖角部位,壤便会弹跳飞起。据说是帝尧之时流传下来的,我庄上还传唱着一首歌辞——"

李治低声念道:"帝尧之世,天下大和,百姓无事。有八九十老人,击壤而歌:日出而作,日入而息。凿井而饮,耕田而食。帝力于我何有哉!"

"原来殿下也听过?"刘全吃惊。

李治叹息:"这就是从古至今,天下百姓所追求的极乐盛世的样子。吃得饱,穿得暖,自种自收还自足,不知尧舜是吾君。"

"我文才不足,不解其意,或许公主是懂的吧。她很喜欢这首歌辞,在我庄上很开心。"刘全道,"大宗正得知后,想让我引诱公主。因为公主陪伴陛下长住西内苑,她出入极为便利。如果我与公主有了私情,就可以趁公主返回西内苑之时趁机夺取重玄门,控制皇帝。"

李治三人对视一眼,禁不住打个冷战:"你如何做的?"

"其实不消他说,我和公主之间已经产生了私情。"刘全苦笑道,"我见识了长安繁华和大唐盛世之后,对谋反心灰意冷,虽然想与公主长相厮守,可是以公主的身份只有勋贵子弟可以做她的驸马,我一介农夫是无论如何都高攀不起的。"

李治嘴角抽了抽,发出一声意义不明的哼哼。

"或许公主在皇家受到的苦难太多,她一心想要离开皇家随我到庄上种田,池上采藕,后来我也渐渐地为其所动。"刘全说道。

李治冷笑:"好一个为其所动。你是因为刘秀、刘备、刘裕、刘渊那样的中兴之主做不成了,便觉得做大唐的驸马也不错吧?"

刘全尴尬一笑,却不否认:"诚如太子殿下所言。不过我对公主的承诺却不是我来做她的驸马，而是带她脱离皇家，享受田园之乐。"

李治想起妹妹所受的苦楚，也禁不住长叹一声，无法苛责。

"一个公主想要脱离皇家，是前所未有之事，这比一个农民当上驸马更加艰难。公主那时正爱读一些话本和变文，里面的神怪故事让她心中生出一个念头，想假称我娘子复活，魂魄占用她的躯壳。她就扮演我娘子，以我娘子的身份离开皇家和我生活在一起。"

景娘和杜行敏禁不住面面相觑，深感荒唐。李治却两眼通红，默默地垂泪，皇家实在亏欠三妹甚多，为了逃离皇家，连这等匪夷所思的手段也想了出来。

"我认为此事太过荒唐，根本骗不住人。但公主兴致勃勃，她将这个荒诞之举当成唯一的救命稻草，去研究模仿我娘子的举止形态，去学习养鸡、种地、纺纱织布，她不厌其烦地了解我娘子的一切，将自己彻底代入亡妻的角色。时间久了之后，她似乎真的与我亡妻叠合，认为自己真的是我娘子，南阳公主只是她臆想出来的一个身份。她说，或许是爷娘和女儿相继去世，她承受不住，那日在感业寺中偶遇公主的车驾，便将自己臆想成了公主。她觉得公主是女人里最高贵的人，至尊无上，没有忧愁，没有烦恼，没有生老病死之苦，或许是这世上最幸福的女人。"

李治的本性其实极其柔软，听着刘全的讲述禁不住捂着脸失声啜泣。

"五月十八日，大宗正命我应募去泥犁狱中献瓜，说我会死而复活，从泥犁狱中带回一件物什。我还不知晓我要带回的便是那卷《秘记》，我在汉长安城的长乐宫中等候之时，没想到公主也来了，她就躲在那群宫女和内侍之中，待到我复活之后，她倒在了地上。"

李治叹了口气，因为刘全献瓜那一夜他也在场。他穿着铠甲，混在北衙飞骑群中，而南阳公主穿着女官的服饰混在宫女群中。他当时正被现场骇人的景象震慑，无暇他顾。

"之后的经过殿下比我更清楚，那一夜的乱局结束之后，御医们救回了公主。她就开始执行自己的计划，假称是我的娘子翠莲，说我是进献善果而死，有了功德，恩赐她与我一同还阳。"刘全苦笑道，"原本大宗正设计我从泥犁狱中带回《秘记》，简单直接，皇帝哪怕半信半疑，但神鬼之事无法证伪，能让天下人相信。可是让公主横插了一杠子，这个计划顿时出现了致命的破绽，皇帝陛下是何等英明神武，公主这鬼把戏焉能骗得了他？结果就连带地狱献瓜、取回《秘记》之事都受到了怀疑。我原本就熄了谋反之心，既然露出了破绽，便干脆向陛下自首，将大宗正的阴谋和我与公主的私情原原本本地说了出来。"

众人恍然大悟，原来那一夜竟然发生了如此多的变故，怪不得第二日皇帝急匆匆离开了长安去终南山翠微宫避暑。没有彻底挖出大宗正叛党之前，任谁也不敢继续住在五千叛军环伺之地啊！

"陛下告诉我，那大宗正真实的名字叫刘举，朝廷已经追查了他二十多年。他敕封我为振威校尉，从六品的飞骑旅帅，命我做卧底继续执行大宗正的计划，打探出他的下落。"刘全道，"陛下也怜悯公主的遭遇，虽然不肯让她去刘家庄做一个农妇，却答应我，若我破获大宗正叛党案，立下泼天大功，他便恩赏我做驸马都尉，尚了南阳公主。"

李治和景娘等人对此并不怀疑，刘全这一自首不但救了皇帝一命，甚至可以说挽救了大唐江山，怎样赏赐都不为过。皇帝原本就对南阳公主充满愧疚，既然她喜欢上了此人，也就不在意刘全的出身了。

"你说的这些，我如何才能信？"李治问道。

"陛下临行前告诉我一句话，说一旦查出大宗正的下落，就找殿下您借兵剿灭。"刘全直视着李治，一字一句道，"帝王用人就像巧匠选用木料，直的就让它做车辕，曲的就让它做车轮，长的就让它做栋梁，短的就让它做拱角。无论长短曲直都能派上用场。陛下说，以此为凭。"

李治信了。这是去年王玄策长安献俘之日父子俩在甘露殿的对话。阿爷将它写在《帝范》中，自己将它锁在楠木书匣里，举世并无第二人知晓。

"委屈刘卿了！"李治让杜行敏拿来钥匙，亲自打开枷铐，好言抚慰之后，命杜行敏带他去沐浴更衣。

这一整日的厮杀，刘全浑身血污，臭不可闻，急忙告罪一声，随着杜行敏去了。

"爻姬，"待刘全的身影消失在庭院中，李治沉声道，"你觉得他所言可有虚假？"

"九分真，一分假。"景娘沉吟片刻，"这个人野心勃勃，投效陛下做卧底肯定是真，想做大唐的驸马也定然是真，这极容易印证，而且他也知道殿下会去印证。说到底他就是眼见得大唐江山稳固，造反无望，想拿大宗正做投名状，来朝廷攫取高官厚爵。"

李治频频点头："那一分假又在哪里？"

"他对大宗正的阴谋有所保留，所言不尽不实，留有余地。"景娘道。

李治沉默片刻："那么何以应对？"

"第一步，必须把公主从感业寺接回来，否则便是他的人质。"景娘道，"其次，在不惊动大宗正的情况下，秘密查清他们藏匿铠甲军械的位置，消弭禁苑中的隐患。"

"还是你知我啊，再棘手之事，被你三言两语便捋得清楚透彻。"李治神情复杂地望着她，满是感慨，"爻姬，只望你我君臣相知，善始善终！"

此时正是日暮，第二通暮鼓已经响起，轰隆隆的街鼓敲得百姓行色匆忙，纷乱扰攘。景娘和刘全坐在一辆马车里，马策率领的十余名卫率府骑兵驱开街上的人群车辆，朝着禁苑方向赶去。

刚上了芳林门大街，忽然王玄诚策马而来。景娘掀开车帘，王玄诚在马上俯身，低声道："大娘子，丘行恭的首级找着了！"

"在何处？"景娘吃了一惊。

"兴化坊，刘兰旧宅。"王玄诚道。

他尚不知道景娘和刘兰的关系，发现景娘的脸色变得惨白，一时有些不解。

"去兴化坊。"景娘吩咐了一声，遮上车帘。

马策命麾下骑兵调转方向，来到兴化坊。

前日火烧刘宅之时，庭院中拥进来上千名官兵，原本藤蔓横生、狐兔出没的荒芜被清理了不少。当日烧毁的是内堂和后宅，正堂保持完好，王玄诚引着景娘来到堂上。堂口正候着两名县廨的捕吏，急忙起身拜见。

景娘一言不发来到堂上，王玄诚和捕吏急忙挑起灯笼。室内昏黑苍茫，地上落着一层黑灰，众人踩过，浮灰飞扬。正堂上摆着的两具干尸早已被运走，送归其家属安葬，供桌还在，上面的空盘子里赫然摆放着一颗人头，面目狰狞，黄须黑发，正是左武侯将军丘行恭的首级。

景娘呆呆地看着这颗首级，忽然间泪水奔流，低声道："出去！"

王玄诚等人急忙将灯笼挂在墙上，退了出去，等"吱呀"一声连房门都关上，景娘终于支撑不住，跪倒在地上失声痛哭。她不敢发出声音，拼命捂着嘴将所有的气息都憋在自己的身体里，像是小动物垂死嘶鸣，浑身抖动。

没有任何人知道这颗人头对她的意义，这是一杯烈酒祭奠了死亡的人生，这是一记重拳击碎了胸中块垒，这是一声禅唱唤醒了那个在噩梦中挣扎七年的少女，这是一场甘霖让龟裂干涸的大地万物复苏。

也不知痛哭了多久，景娘慢慢站起身，眷恋地看着这堂上的一砖一瓦，一草一木。她知道，今日之后自己的人生彻底得到了解脱。自己在这破旧衰朽的屋子里被封印了七年，就像一条孤魂野鬼，无所凭依，一身怨毒。但今日之后，她彻底得解，破见思惑，破尘沙惑，破无明惑，晶莹剔透，圆满如意。

景娘命婢女从马车上取来朱雀面具戴在脸上，在众人的瞩目中款款走了出去。夕阳斜照，璀璨不可逼视。

"把这座宅子焚毁。"景娘道，"片瓦不留。"

王玄诚愕然片刻，急忙领命，当即吩咐捕吏们去找桐油和木柴。

景娘登上马车，带着刘全继续赶往禁苑，走到芳林门下车勘验门籍时，便看见长街的南面浓烟滚滚，冲天而起。景娘头也不回，径直率领众人进入禁苑。

太子交代的口谕是先去感业寺接回南阳公主，然后秘密勘察大宗正的武库。车骑一路沿着永安渠的东岸往北行，七八里之后便到了汉长安故城附近。隔着水渠西望，长乐宫高耸的断壁残垣映照在夕阳之下，城垣破损，暗影参差不齐，仿佛一座巨人崚嶒的遗骸，倒在苍茫大日之下。

到了一处石桥边，景娘吩咐一声，车骑过了石桥，迎着落日向长乐宫废墟走去。

刘全挑开车帘看了看，不禁诧异："大娘子，这不是感业寺的方向。"

景娘默不作声，面容隐藏在黄金面具之后看不清模样。铁骑们簇拥着车辆来到宫墙废墟前，寻了一处缺口穿过，进入浩大苍茫的宫阙废墟。

景娘带着刘全下了马车，登上一处高耸的台基纵目眺望："刘旅帅，看到眼前这座大汉的废墟，你做何感想？"

刘全愕然片刻，回头看看台下，只见马策等甲士若无其事地取出长弓，搭上箭矢。他小心翼翼道："大娘子这是何意？"

景娘道："汉武帝盛年之时曾作《秋风辞》，起句是'秋风起兮白云飞，草木黄落兮雁南归'，落句是'箫鼓鸣兮发棹歌，欢乐极兮哀情多。少壮几时兮奈老何！'我读两汉的辞赋时时常疑惑，两汉四百年极尽辉煌，为什么他们的辞赋总是露出悲凉哀伤之意？"

"我是农夫，不通辞赋。"刘全道。

"因为盛极而衰，衰而复盛，两汉的先贤站在辉煌的巅峰，他们知道接下来是漫漫黑夜。"景娘自顾自地说道，"这一夜好长，转眼已经四百年。刘氏之人便如同盲人瞎马，不知何时才能得见光明。"

刘全猛然一惊，失声道："大娘子，你——"

"我姓刘，"景娘摘掉面具，微笑着看他，"大宗正麾下，甲曲的曲长。"

刘全亡魂出窍，不自觉就想逃，刚一转身，却见高台下的马策一挥手，甲士们"嘎吱吱"拉开了弓箭对准自己。他只好停下脚步，苦笑道："天干十曲，我曾无数次想象那排名第一的甲曲到底是何等样人，却无论如何也想不到竟然是大娘子你！"

"刘庄正，"景娘改换了称呼，"你对刘氏复国绝望，我并不怪你。可禁苑中那五千套铠甲军械，大宗正整整筹备了二十年，乃是制胜的关键，却被你贪图荣华富贵，出卖给了皇帝。"

刘全苦涩："大娘子是来锄奸的吗？"

"不然呢？"景娘淡淡道，"大宗正早察觉了你的背叛之举，否则你在禁苑中执行如此紧要的任务，他怎么会派你去狗脊岭装神弄鬼？至于今日在朱雀大街护送子规，这其实是大宗正安排给你的必死之局，没想到被你侥幸活了下来。"

刘全知道在她的面前如何挣扎哀求都是徒劳，当即怒吼道："我没有错！难道就因为我姓刘，就须得做大宗正复国的棋子吗？"

景娘只是静静地看着他："天下刘姓成千上万，并非每个人都有义务为复国而战。大宗正不会强迫任何人，你一定具备被他选中的缘由。"

"或许这便是刘氏子孙的宿命！"刘全迷茫地看着四周，喃喃道，"大娘子，请允许我在临死前祭奠一番大汉的先人。"

景娘没有说话，刘全从台上薅了一把干枯的狗尾草，捻成草梗，然后从蹀躞带里取出火石点燃。他跪在地上朝着长乐宫和未央宫的方向拜了几拜，将草棍埋在浮土之中。

"大娘子你可知道，这普天下的刘氏子孙，对祖先的辉煌，再无一人比我感受得更强烈，因为我自幼生长在长安故城之中！我从族谱中看到祖先的失国之恨，从村头佛寺的话本中听到高祖、武帝的荣光，然后我抬头看着梦中的大汉变成眼前的残垣断壁，再看看自己，只是一介面朝黄土背朝天的农夫，被人圈养在这禁苑之中像条狗一样辛苦劳作，供养皇家！大娘子，你甘心吗？"刘全坐在高台上喃喃地说着，这时草棍即将燃烧殆尽，他又添上几把枯叶干枝，小小的火堆映照着他的面孔，赤红如火，"从那时起我便立下誓言，我要恢复大汉荣光！我要在此处重建长安城！我要把外面那座长安变成禁苑，变成我大汉的游猎耕种之地！"

景娘神情中似乎有些怜悯："那么，为何又背叛了呢？"

"因为我看到了真正的世界。"刘全苦笑，"少年时被囚禁在这村头垄间，低头看看史书，抬头看看天空，做一些不切实际的旧梦。连村子都不曾出去，觉得世界就只有禁苑这么大，世上的人就只有禁苑里这么多，皇家就是这么几座宫墙，仿佛长大之后整座天下可以信手拈来。直到我追随大宗正之后，离开禁苑来到长安，我才知道天下和江山完全不是我想象中的样子。那一天我在长安的街头崩溃哭泣，我知道，天下人不需要大汉啦！"

"但是我已经无法回头了，直到去年我爷娘、女儿和娘子相继死去，像遭了天谴一样，我才决定跳下贼船。"刘全咧嘴笑道，"在感业寺与南阳公主相逢之后，我本想透过公主密报给皇帝，换一场功勋，离开禁苑这个鬼地方，却不想公主喜欢上了我，竟然要我做她的驸马！"

刘全笑得浑身颤抖，似乎那种快乐正从浑身上下的毛孔中冲将出来，遏制不住："开国县公和驸马都尉，这便是皇帝给我开出的赏格！我举手可得，干吗还要随你们去谋反？大汉朝的官和大唐朝的官都是官，大汉朝虚无缥缈，大唐朝实实在在，你说我怎么选？"

景娘对此人渐生厌恶之情，淡淡道："可惜，你一世的野心到此为止。"

她慢慢走下高台，举起手臂，马策等人将弓弩对准了刘全，只待一声令下便乱箭齐发。

刘全却不慌张，笑眯眯地道："是吗？可笑大娘子占卜无双，难道你以为我向你敞开心扉聊这么久，只是想晚死片刻吗？"

景娘霍然一惊，就听见苍茫的暮色之中传来一声悠长的军中号角，隐约还传来沉闷的铁蹄声响。再看看高台，初时点燃的小火苗不知不觉蔓延到了四面八方，几股浓烟和火焰在废墟上冲天而起。

原来刘全搓草焚香，竟然是为了给外面那支骑兵通风报信，指明方位。

"杀了他！"景娘厉声道。

马策等人对准刘全弯弓射去，刘全哈哈大笑："可笑，你居然想在长安故城杀我。这地方我从小玩遍，每一条沟壑都熟稔于心，大汉之城，如何会埋掉大汉之子！"说着他直直地往前一跳，整个人消失不见。原来高台上竟然有条开裂的缝隙，被荒草掩盖了。

景娘和马策顾不上追他，急忙奔上一处城垣的豁口，就见一条黑色的细带在暮色之中蜿蜒而来。待到近处才看清，这是一支足有上千人的轻甲骑兵，打着左右屯营的旗号。

北衙屯营乃是皇帝的私兵，将近三万人的规模，除了一部分屯驻在玄武门，大部分分散驻扎在禁苑之中。景娘起初还以为是刘全点燃的篝火将他们引了过来，但随即一颗心便沉了下去——太子李治和杜行敏身披铠甲，赫然出现在军中。

"大娘子，我们中计了！"马策叹道。他被景娘秘密收服已有数载，平日只见景娘占卜如神，算无遗策，何曾想过她今日竟然被一个农夫诓骗？

景娘没有说话，只见军队渡过桥梁之后，在一名中郎将的指挥下迅速四散分开，将这座废墟团团包围，尽显大唐精锐本色。刘全从远处的废墟中狂奔出来，来到李治身边禀报一番，伸手朝自己指指点点。李治听得面色扭曲，摘掉头胄狠狠地掼在地上，大吼道："爻姬，出来见我！"

"去接驾吧。"景娘丝毫没有身份被揭穿之后的惶急，依旧平淡如水。

马策等人无奈，他们此行是为了秘密锄奸而来，只有十余人，一旦和北衙屯营动手，根本不堪一击。但众人却不愿束手就擒，各自占据了城垣豁口的要隘，打算殊死一搏。

景娘孤身一人走出古老荒芜的废墟，长裙曳地，宛如漂浮在尘世之上，不染红尘。到了李治的马前，北衙屯营呼啦啦围上，她恍如未见，盈盈肃拜："妾身参见殿下。"

"你果真是大宗正的甲曲曲长？"李治悲哀地看着她，满脸都是愤怒与憎恶，却又带着一丝期待。

马策所言没错，今夜确实是一个局。

杜行敏投靠太子之后便积极谋划要扳倒景娘，但她做事谨慎，几乎毫无破绽，只在一件事上留下了蛛丝马迹——刘兰旧宅的干尸。

她为了替父报仇，将游文芝和许绚剖腹挖心，炼制成干尸。她还预先给丘行恭留了一个位置，打算将来如法炮制，只是丘行恭官阶太高，影响太大，才未能下手。恰是这一举动，应了第四谶"地上死人跑"的谶言。

杜行敏引导太子推理，这件事只有两种可能：一是景娘遭《秘记》的制作者利用，将丘行恭和她的恩怨编入谶言；二是景娘便是那个执行《秘记》之人。

李治犹疑不定，杜行敏又献上一计，派景娘带刘全去搜查武库。

倘若景娘与大宗正有关，必然诛杀刘全，掩藏秘密，所以今夜其实是对景娘的一场考验。李治为了心安，欣然采纳，他率领大军埋伏在禁苑之中，一旦有变，让刘全点火为号，他率领大军迅速扑到。

原本李治还心存侥幸，直到在夜幕中看见那道烟火，一颗心顿时碎成尘埃——眼前这个女人不是他的妃嫔，却比任何妃嫔与他的关系都更为亲近。她从十六岁那年开始陪伴自己，两人一起熬过了永无止境的漫漫暗夜，一起扛过了霹雳雷霆般的权力倾轧。她为自己诛除政敌，压服朝议；她在自己颓废绝望的时刻握着自己的手轻声细语，给自己注入一往无前的勇气和信心。

"难道这些都是假的吗？"李治喃喃地问道。

"殿下，"景娘也颇觉伤感，"虽然阵营不同，但你我的情分是真的。我陪你闯过惊涛骇浪之时，我自己何尝不是在闯那惊涛骇浪？正是因为有你护持，我才能度过漫漫黑夜，得见光明。"

"那你为何要叛我？"李治泪水崩流，哽咽失声，"你身为教坊司的女婢，我可曾轻看你？你是犯官之后，我可曾防范你？你哪怕误入歧途，加入大宗正一党，但你只要向我自首，我会赦免你的啊！"

见李治当着军队的面失声哭泣，景娘也深为感动。李世民最为介意他性情仁弱，可对于下属而言，"仁弱"之主却是极好的主公，因为他会对你推心置腹，他会为你投注情感，他会视你如亲人朋友。李治这些年虽然也在尝试学习一些权谋之道，但他和景娘毕竟从十五六岁相逢，一路扶持到了今日。如何能不伤感？

"殿下，"景娘的眼中也蕴含了泪水，微笑道，"一个人脚下的路虽然有千万条，但你只能选一条，便是你走上去的那条。这条路不管荆棘遍布还是污秽不堪，你都只能硬撑着走下去，无法回头。当年我在教坊司受尽折磨之时，在玄都观中猜出了大宗正的灯谜，得授刘焯的大衍占卜诀，是他将我从污泥中拯救了出来，我便只能顺着这条泥泞之路走下去。"

"传授你大衍占卜诀的果然是那刘焯？"李治愣怔片刻，咬牙道，"倘若你早日向我举告他，你我之间不会是如今这番模样！"

"是他。"景娘道，"他拯救我，并不只是救了我的命，而是把我从尘泥中拔擢到了天上，成了俯瞰众生、掌控万物的神灵。从此，我可以去选择自己的人生。所以，你让我如何叛他？"

李治对她的性情极为了解，一见这清冷淡定的模样，便知道无法劝她回头。

他并不想在军队面前谈及太多的内幕，当即一挥手："拿下！"

不料他说完之后周围的兵马却是一动不动，李治诧异地看了一眼屯营中郎将赵晋，再次道："拿下！"

赵晋置若罔闻，脸色古怪地瞥着他，李治顿时寒毛直竖。

这时景娘淡淡道："拿下！"

赵晋摘下长槊，抵住了李治的咽喉，冷冷道："太子殿下，请下马！"

李治难以置信，屯营乃是天子的心腹私军，难道大宗正的触角竟然连北衙屯营都渗透了吗？他盯着赵晋道："赵郎将，你也是大宗正的党羽？"

"末将不认识什么大宗正，末将只认爻姬娘子。"赵晋答道。

李治松了口气，却仍然不解："赵晋，你父亲乃是元从禁军出身，两代忠良，何以谋反？"

赵晋脸上露出深深的痛苦："回禀殿下，我父亲殉国之后，朝廷待我孤儿寡母不薄。可那些赏赐不但被族中从叔伯拿走，还为了夺我家产，将我阿娘凌虐致死。我长大之后碍于宗法，无法为阿娘复仇，是爻姬娘子使了手段，让那几人都得到了报应，告祭了阿娘。我在阿娘灵前立誓，爻姬娘子但有所命，死而不悔！"

景娘叹了口气："赵郎将原本是我替殿下秘密收服的心腹，只怕万一有变，也好让殿下在北衙屯营中有个照应。不想今日却拿来对付了殿下，真是天意弄人。"

李治明白了，禁不住苦笑。爻姬替自己谋划深远，尽心尽责，自己也对她输肝剖胆，毫无嫌猜，却不想到头来都变成反杀自己的利器。

他跳下战马，扔掉佩刀，空着手走到景娘面前："你若要杀我，便请动手吧！"

"岂敢对殿下无礼？"景娘带着他走到马车前，"请殿下登车。"

李治一言不发地跳上马车，钻进车厢。景娘先让马策带着骑兵从墙垣中出来，控制住了马车。经过一团忙乱，她忽然发现杜行敏和刘全踪迹不见，原来二人极为机警，竟然早就趁着夜色逃脱。

景娘暗叫可惜，挟持太子乃是泼天大事，一旦让朝廷反应过来，自己可就寸步难行了。原本尚可从容布置，如今只能与这两人抢时间了。

她询问赵晋，赵晋苦笑："爻姬娘子，今夜我挟持了太子，天下之大哪里还有我的去处？末将便随你在这绝路上闯一闯吧！"

赵晋命北衙屯营就地扎营，又派了两名心腹弹压，自己与马策簇拥在马车周围，朝着禁苑外疾驰而去。

第二十七章
皇权如春蚕，作茧自缠裹。一朝眉羽成，钻破不在我

一行人在暮色中驰出禁苑，过芳林门时，监门卫守将见太子亲至，忙不迭地开城门，车骑轰隆隆向南疾驰。

景娘和李治并肩坐在马车内，李治还披着一身铠甲，看景娘那股风轻云淡的模样，忍不住道："你不怕我挟持你逃走？"

"殿下不会这么做的。"景娘面无表情。

"为何？"李治诧异。

"殿下是个谨慎到极致之人，没有别人替你出手，你不会以身犯险。"景娘道。

李治一时无话，过了片刻又道："你这是要回家吗？接上弥奴继续逃亡？"

景娘没有说话，目光中平静如水。

李治道："爻姬，我们十五六岁时常在夏夜纳凉，你说你平生之志便是拥有一个属于自己的家族。这些年在我的帮衬下，你借得一个身份，成了一个家，生了一个孩子，你本可以陪伴弥奴长大，我也会信守承诺，赐封弥奴为开国郡公，当年的梦想指日可待，你不觉得可惜吗？"

景娘仍然不说话，手指笼在袖子里，反复掐算。

"爻姬，你如今成了朝廷钦犯，带着弥奴逃出长安后，又能去哪里？大唐编户齐民，哪州哪县都无法让你们藏匿。难道去四夷吗？向东，高句丽指日便可征服；向北，突厥人束手称臣，远到北海的冰天雪地也都是大唐藩属；向西，西突厥和

波斯帝国也来称臣纳贡；向南，大海之滨那些瘴疠之地也尽入版图。爻姬，你带着刚满月的孩子如何逃亡？"李治一字一句地逼问。

"这些年，殿下倒是今夜为我操的心最多。"景娘淡淡地回应了一句。

这时车辆停下，李治跟着她下车，竟来到了王宅。

王氏的耆老们这几日焦灼不安，尤其得知王玄策死了之后，更是人人不知所措。一听得响动，王叔阳、王运直等人纷纷围拢过来，看见李治，众人都不认识，见景娘居然带着个年轻郎君回来，纳闷不已。

"这位便是太子殿下。"景娘介绍道。

众人骇了一大跳，纷纷跪倒叩拜。

李治把他们一一搀扶起来，苦笑道："阶下之囚，何故打趣？"

景娘穿过中庭和后宅，径直来到卧房，却发现几名乳母和婢女晕倒在地上，弥奴的小床上竟然空无一人。

她这一惊非同小可，急忙命人用水将她们泼醒。乳母和婢女见丢失了小主人，慌得哭天抢地，只说自己眼见人影一闪，脑袋便一阵剧痛，人事不省。

景娘知道不好，急忙命人四下寻找，一群人将王宅翻了个底朝天也一无所获。连李治、马策和赵晋等人都惊骇不已，景娘对自己的家宅布置得外松内紧，精当缜密，什么人能闯入内宅掳走婴儿？

景娘心中一动，摒去众人跟随，独自掌着灯笼来到后宅池沼院的凉亭之中。弯月垂挂，树影婆娑，凉亭中空无一人。亭中有一八角石桌，她想了想，伸手左扭三分，右扭二分，那石桌竟然嘎嘎转动，向下沉去。

眼前出现了一条黑魆魆的地道，那石桌的桌面恰好做了地道的台阶。景娘提着灯笼跳下地道，旁边有个扳手，一扭，那石桌又缓缓升上去了。地道内漆黑一片，景娘借着灯笼的光芒弯腰潜行，四壁挂满了蛛网，也不知多少年无人走动。走了两百多步，出现向上的台阶，顶上仍旧有个扳手，再一拧，墙壁滑开两尺宽，冷风灌了进来，赫然来到一间柴房。

景娘提着灯笼走出柴房，发现这是一座两进院落的普通民宅，房中还亮着灯。她正四处打量，忽然有马匹喷鼻的声音传来，原来旁边是一座马厩，一匹马正在吃草料。

一名老仆模样的人听到动静从房内走了出来，看见景娘并不奇怪，躬身施礼："原来是大娘子到了。请稍待。"

那老仆颤颤巍巍地牵出马匹，套上旁边的一辆马车，然后摆上脚凳，请景娘上车。景娘熄灭了灯笼，一言不发地钻进马车，一声鞭响，马车驶出院门，进入坊内的街道。

景娘知道，这是王玄策为自己和弥奴安置的逃生通道，这老仆终此一生守在这座宅子里，就是等待自己从地道出来的那天。倘若自己一生顺遂，他便守着这座宅院终老。

自己眼光不错，着实嫁了一个好郎君，可为何事情会到了这般地步呢？想到此处，景娘有些苦涩。

此时早已宵禁，坊门锁闭，景娘也想看看这老仆如何出坊，却见他到了武侯铺门前，拿出一份文书，说自家主母病重，须出坊求医。

长安宵禁有几种情况在不禁之列：公使持有其衙署文牒，婚嫁之事持有县廨的文牒，丧病求医之事持有本坊文牒。武候们勘验文书，上面确有坊正的签押，当即打开坊门放行。想必日常早就使了手段。

出了东门，沿着望仙门大街南行，过了两坊之地，马车驶入修行坊，又向武侯铺递交了本坊的文书，只说来李药师宅子看病抓药，便顺利进入坊内。

到了一处极其简陋的宅院门前，那老仆停下马车，拿脚凳请景娘下马："大娘子，便是这里了。"

景娘抬头一看，禁不住心神悸动，万般往事浮上心头，竟是贞观二十二年自己初见王玄策的那日，他所租住的宅院。

那一夜，自己携着一坛酒，戴着幂篱，敲开了这扇门，走进这座宅，见到了那个载誉归来的灭国英雄，从此人生天翻地覆。

"老丈，劳烦去巷头酒肆替我沽一坛酒。"交代完，景娘又补充一句，"郎官清。"

那老仆急忙去沽了一坛郎官清，景娘携在手中，推开了那扇斑驳的院门。就仿佛时间倒流，回到了二人初见之日，她穿过前院，绕过青石上湿滑的苔藓，来到了中庭。庭院仍旧是那般模样，东侧是松，西侧是槐，堂前廊下的青石阶上放着一张竹榻，王玄策正坐在榻上哄着怀中的婴儿。她一颗心顿时松弛下来。

抬头看见景娘，王玄策笑了笑："来啦？"

景娘似乎早有预感，叹道："你果然还活着。"

"失望吗？"王玄策道，"万一我未死的消息泄露，会让你无法跟太子交代吧？"

景娘哪会听不出他的挖苦之意，苦涩地笑笑，将酒递了过去："郎官清。"

"你已经请我喝过了。"王玄策淡漠地摇头，"还赊了一盘鲈鱼。"

景娘将酒坛放在石阶上，伸出手去："我来抱抱他。"

王玄策道："我既然抢了来，怎能还给你？"

景娘僵住了："你要抢我的孩子？"

"也是我的孩子！"王玄策纠正道。

王玄策抚摸着怀中的婴儿，那孩子珠圆玉润，阵阵奶香袭来，心几乎都醉了。景娘注意到袍子是披在他身上的，行动之间露出赤裸的腰腹和手臂，上面扎着一条条的丝绢绷带，有些地方更渗出鲜血。

景娘神情复杂，问道："丘行恭是你杀的吧？"

王玄策点点头，为了杀丘行恭，他几乎丢掉了半条命。

"为何要这么做？"景娘神情复杂，"我勘验过现场，丘行恭和那八名亲卫个个披甲，杀手却只有一人。为何要冒险杀他？"

"你虽然将我的人生摧毁殆尽，支离破碎，但你毕竟于我有情义，为我生了孩子，让我有了家，让我感受到暌违三十年的亲情之乐，或许还有那么短短的一段爱情。"王玄策有些自嘲地笑笑，"我知道他是你心中最大的魔障，想杀却又杀不了，我替你杀他，既是了你一生的心愿，也是为了让自己心安。"

景娘默默地听着，也不知是悲是喜，胸中无数种情绪翻腾悸动，却不知如何表达。良久，她才问道："为了你自己心安又是何意？"

"我觉得如此我们才能两清，我还了你抚育子嗣的恩惠，还了你帮我重建家族的心意，我们互不相欠，从此我便可以对付一名大唐叛逆。"王玄策道。

"原来你早知道我是大宗正一党。"景娘苦笑。

"知道得也并不早。我沿着谶语发生的脉络上溯，发现你虽然是替太子来阻止《秘记》谶语的发生，但其实每一条谶语的实现都有你在背后不动声色地推了一把。譬如第一谶，我攻入法云寺观音院，在你的房中搜出一条谶语：'唐中弱，有女武代王。'正是这条线索让我找到了太史局的李淳风和御史台的邱凌。更奇的是，那夜邱凌和员道信都不在宿直薄上，是临时被人召到衙门宿直，仿佛就为了实现这条谶语。

"至于第二幅谶图，我率人去长安县廨捉拿公孙节，那公孙节说有贵人神机妙算，早早设下陷阱来捕杀我，甚至还将常德玄掳了来。想必那贵人也是你吧？

杜行敏和曹宝鼎二人是你安排的吧？我一开始以为他们是来助阵的，却不料宝鼎一箭射杀公孙节，完成了谶图的预言！我至今仍不知你是如何做到的。

"第三谶与你无关，是大宗正派遣刘全所为，不过想必你也在其中使了不少手段，他方能如此顺利。第四谶就更不必说了，你以刘兰为谶眼，想必是希望将刘将军含冤而死的真相让世人所知。至于第五谶对你来说更是易如反掌，你本就在朱雀大街负责搜捕子规，暗中放水让他抵达朱雀门又有什么难度？但我想，你最得意的一笔应该是故意让长孙家的老仆看到了子规，吸引太子和长孙无忌前来，证实了长孙安业的身份吧？"

王玄策抽丝剥茧一一说来，景娘脸上露出钦佩之色："郎君不愧是一手创建不良人署的贼帅，倒将妾身的行事分析了个透彻。"

"这些谶图错综复杂，若是神鬼所为倒还罢了，想要以人谋来实现实在太难。无数人碰撞之下会产生全然不同的结果，但你居然能如同绣花一般让它一一按照既定的轨迹发生，实在匪夷所思。"王玄策神情复杂地看着景娘，也禁不住由衷赞叹，"东宫爻姬，实至名归。"

"郎君谬赞了。"景娘嫣然笑道。

"可惜这都是猜测，抓不到你丝毫把柄，但我又不能放任你完成第六谶，甚至第七谶，谋害皇帝，颠覆大唐江山。"王玄策慢慢道，"所以，那颗人头便是我对你最后的报偿。我了却了你的心愿，接下来杀你才能心安。"

他说来虽然绝情，但听在景娘耳中却似乎有一股柔情在荡漾，她含笑摇头："何必如此纠结？我都杀你无数回了，你还我一刀又如何？你们男人做事总是婆婆妈妈的，这不是我心中的灭国英雄。那么让我猜猜，今晚禁苑设局也与你有关吧？"

"不错。"王玄策坦然承认，"今晚禁苑之局就是我专为你而设的。"

原来王玄策斩杀丘行恭，将他的人头送到刘宅之后，便筹谋如何揭穿景娘的身份。恰在这时，不良人署有心腹来密报，刘全竟然是皇帝安插在大宗正身边的卧底。这给了王玄策绝佳的机会，他当即命人给杜行敏建言，设局引景娘暴露身份。

杜行敏投靠太子之后，朝思暮想的便是如何扳倒景娘自保，一听此计，简直妙不可言。他果然说服了太子，命景娘带着刘全去禁苑勘查大宗正的武库。

景娘听到此处苦笑不已："还是郎君技高一筹，令妾身甘拜下风。如今我已经成为朝廷钦犯，郎君打算如何处置我呢？"

王玄策盯着她："告诉我两个名字，大宗正是谁？女主武王是谁？说了我便放你离去，从此山高水远，再不相见！"

"郎君好大的胃口，若是我不说呢？"景娘道。

"当啷"一声，王玄策将横刀抛在了台阶上，冷冷道："那便只好将你拿下！"

"就凭郎君你一人吗？"景娘笑道。

"不够吗？"王玄策问道。

"不够。"景娘话音未落，只听"笃"的一声，一支箭矢射在了王玄策面前的廊柱上，箭身剧烈颤抖。

王玄策有些意外，没想到自己以儿子为诱饵赚她前来，她仍然能心神不乱，布置后手。

景娘朝他伸出手："把儿子给我！"

"你自身尚且难保，如何能照顾儿子？"王玄策冷笑，"难道让儿子跟一名大唐叛逆长大吗？"

景娘居然无可反驳，伸出的手一时僵硬，好半晌才苦笑："似乎你也是大唐叛逆。"

"拜你所赐。"王玄策道，"不过比你略好些，朝廷认为我已死，还给了哀荣。"

夫妻俩对视一眼，都禁不住备觉荒诞，夫妻俩杀来砍去，居然把对方都杀成了叛逆。

景娘收回手，眼神温柔地看着他。王玄策的心猛然就是一颤，那眼神他已经许久未见到了，这种震颤也许久未感受到了。他一时有些恍惚，忽然想起那日两人初见，那个青春少女巧笑倩兮："王郎君是刚从平康坊归来吧？外表浮浪放纵，内里满目疮痍，所以我送君洛阳之林二百株。"

景娘微笑着，眼中似乎有晶莹之物闪过："这两日我一直想，你会不会在兴化坊的大火中死掉。曹宝鼎此人性情刚硬执拗，他会不会从那条排水沟中钻进去？他能不能将你带出来？我焦灼难安，却又不敢占算，生怕卜到死卦。你还活着，真的很好。"

王玄策怔住了，抱着婴儿站起身："宝鼎是你安排去救我的？"

"是，也不是。我其实是在与自己的心意赌一场。"景娘罕见地有些纠结，叹了口气，"这些年来，我所有的行事都按照术数运算的结果，毫无情感，毫无怜悯，赌输赢，搏生死，我认为这是天命，不可违背。得知你去了我家老宅之后，我也不知道为何会在那一刹心软，或许是想起了七年前那个仍在深闺中天真烂漫的少女。所以我决心与天命赌上一把。曹宝鼎不愿为我所用,决意离开,我便命心腹假装闲聊,让他听到了两件事:一是从兴化坊外有一条排水沟,可以直通刘宅内宅;二是聂政刺杀侠累之后,以剑自毁其面。"

王玄策张口结舌,没想到曹宝鼎竟然是以如此方式为景娘所控。

"你知道大衍术数算的是何物吗?便是人心!世上大到朝代更替,小至邻里口角,无不是人心和利益因缘际会所致。只要你控制了人心,万事万物的演变无不在你掌中。这就是刘焯大衍占卜诀的核心奥义。曹宝鼎是侠义性情,轻生死,重然诺,只要激起胸中侠气,便能让他为我所用。"景娘道,"只是事起仓促,来不及细细布置,他离开不良人署之后我也无法判断他的行踪。所以那场大火中死的究竟是不是你,我一直忐忑难安。天幸,你还活着,很好。儿子由你来陪伴,也很好。"

景娘走过来轻轻抚摸弥奴沉睡中的面孔,脸上有无尽的眷恋和不舍,却决然转身而去。庭院四周响起窸窸窣窣的声音,她暗伏的护卫也悄然离去。

王玄策抱着婴儿久久而立,忽然喊道:"你要去哪儿?"

中庭外传来景娘平静的声音:"将这大唐杀个天翻地覆!"

承天门上传来子时的敲钲之声,大唐正式进入贞观二十三年五月二十五日,戊辰日。

李治神色困倦地跪坐在王宅的正堂上,直到杜行敏和刘全引着卫率府、北衙屯营、监门卫等兵马闯入,他才知道景娘的人手早已悄然离去。她什么都不曾做,只是把自己掳了来,就这么轻易释放了。

李治阵阵诧异,这时各衙门的兵马将王氏上下人等尽数拿下,黑压压地跪在庭前。李治意兴阑珊,只将王叔阳等核心族人羁押在大理寺狱中,其他族人仍然圈禁在这宅中,生活自便。

王叔阳等耆老哭喊连天,这短短一年来简直如黄粱一梦:先是乡下面朝黄土背朝天的老农,忽然财富、良田、大宅纷至沓来;接着又一日看尽长安花,即刻便能踏入士族之列;还没等到黄粱煮熟,却又成了朝廷钦犯。

处置王氏只是微不足道的小事,返回东宫的路上李治着手肃清景娘的遗毒,监门卫中郎将左城和县尉王玄诚首先被拿下,再之后李治便烦恼无比,卫率府和监门卫自然不敢再用,北衙屯营就敢用吗?须知,这些年景娘为了替他谋划,早不知在军中收买了多少暗桩，如今两人反目，顿时成了自己的心腹之患。

到了东宫门外，李治发现了今夜最大的难题——他无家可归了！

因为整个东宫都被景娘渗透，盘根错节，她任职过的内坊和执掌情报的五坊自然不安全，但是典膳局、药藏局就安全吗？说不定连伺候自己就寝的内侍都是景娘的人！

李治一想起这些便不寒而栗。

思来想去，他只好来到崇仁坊长孙无忌的宅中投宿，一时间长孙宅中人仰马翻、鸡飞狗跳，所有人都连夜起来打扫庭除，腾空宅院迎接车驾。

长孙无忌一听爻姬居然是大宗正刘举的人，也是心惊不已，仔细询问这些年爻姬接触的高官。李治赧然道："阿舅，细节之处我也不知晓，大都放手给爻姬去做。"

"那爻姬所插手的衙司和诸卫诸军都有哪些？这殿下总知道吧？"长孙无忌问道。

"阿舅，这我更不能知晓了！"李治垂头丧气，"一旦让阿爷知道我插手朝廷和军中之事，那岂非泼天大祸？所以我置身事外，也都放手给了爻姬。三省六部二十四司和十二卫大约都有。"

长孙无忌气结，没想到自己这外甥竟然胆大至此，看来一向是小觑了他。长孙无忌毕竟老于谋事，镇定片刻便梳理清楚头绪："殿下，东宫你是暂时不能回了，明日我替你另找行宫。左右监门卫、十卫率府全部撤换，武候府丘行恭的旧部倒可以一用，不良帅杜行敏可以用，但东署已被她渗透，得命杜行敏彻底肃清。刘全可以用，左右卫的中郎将杜申、赵鼎曾在军中追随我多年，命他们与刘全来追捕爻姬。左右屯营是天子私军，我们不能妄动，虽然被她渗透了一些，但不可能都为她策反，尤其是那些驻地偏僻的各营，可将这些屯营与禁苑南门的屯营换防，拱卫宫城。"

"阿舅高明！"李治茅塞顿开。

"然后你我同时着手，我来暗查朝廷百司中投靠爻姬之人，你来肃清东宫。"长孙无忌道，"手段须得温和，因为投靠爻姬之人，大都以为自己投了太子殿下。"

李治黯然长叹，他又何尝不知，要挖掉景娘的遗毒简直是在割他的血肉，砍他的臂膀。他对景娘的恨意升腾直上。

"切记，肃清东宫之时，只要涉及皇宫就绝不能碰！"长孙无忌叮嘱。

李治打了个寒战，急忙点头，让皇帝知道他居然派人渗透了皇宫，太子之位还坐不坐了？

"阿舅，眼下最为紧要之事就是抓捕爻姬！"李治声音嘶哑，两眼通红，"她掌握我的秘密太多，她多活上一刻，我就离死近上一分！"

长孙无忌不敢怠慢，立即调动兵马连夜出动，全城搜捕。

上有所好，下必效焉。李世民喜欢饲养飞禽，放鹰走狗，长孙无忌也弄了一座鹄舍，里面豢养了几十只白鹄和鹞子，既能游猎，又能远距离通讯。派出兵马之后，李治便派了奴婢带着白鹄和鹞子跟随，一旦有消息，迅速来报，自己和长孙无忌坐在正堂中焦灼地等待。内围有长孙大器带领部曲持刀负箭，层层保护，外围有左右卫的一名校尉严密布防。

两刻钟之后，庭院外响起扑棱棱的振翅声，不多时一名驯鹄奴捧着竹筒疾奔进来。李治一把抓过竹筒，抽出里面的绢帛，只见上面是一行小楷："丑时三刻，左右卫甲旅乙队于常乐坊遇袭，尽没。"

李治手一抖，这才片刻间，足足五十人的甲士全死了？

未及一刻，又是扑棱棱一声振翅，一名驯鹄奴疾奔进来，李治刚想拿过竹筒，又急忙缩回手，喝道："念！"

长孙大器抽出竹筒中的绢帛，念道："丑时三刻，刘全率左右卫甲旅缉捕左城，于监门卫衙署遇伏，刘全受伤逃遁，余众尽死。"

李治和长孙无忌心一颤，还没来得及反应，就见西北方向烈焰腾空，照亮了半边天。两人忙奔到庭院中查看，崇仁坊的西边可是皇城与宫城！正在这时，一只白鹄扑棱棱飞来，落在驯鹄奴的手臂上，李治扑过去摘下白鹄腿上的竹筒，打开绢帛观看，顿时呆若木鸡。

长孙无忌跟来观看，只见上面写着一行字："内库库使黄东谋反，火烧内库，自焚而亡。"

李治发出声嘶力竭的怒吼。这内库又称大盈库，是皇家专用的库藏，主要储藏国库拨付、地方进贡、皇庄收入的钱币、布帛等物。库使黄东是个宦官，没想到竟然也是景娘的人。

举库自焚？这可是陛下的财物！李治头晕目眩，险些摔倒。

就在这时，只见东南方向的夜空之中又是火焰冲天，映红了整片天空，距离似乎极近。两人心惊胆战地四下询问，不多时，有左右卫的骑兵策马狂奔而来，大声禀告："郎将杜申、旅帅刘全与逆贼薛氏激战东市。薛氏火烧常平署，常平仓失火,刘旅帅受伤,杜郎将殉职!"

李治和长孙无忌一跤跌倒在地,杜申死了?常平仓烧了?这可比内库失火更加严重,因为东市和西市的常平仓是用来平抑粮价的,一旦长安百姓得知常平仓被烧,立刻便会疯抢粮食,全城动荡。

坏消息一个接一个传来,双方在全城范围搏杀,但搜捕者和逃亡者的角色完全调转,景娘似乎猫捉老鼠一般,将武候府、左右卫、左右武卫的兵马逐一猎杀,仿佛长安城是一座黑暗丛林,而她则是这座丛林中的女王。

两人没想到今晚会如此狼狈,整个人的精气神都被彻底打掉,脑子里空空如也。这时又是一声振翅,一只白鸽飞来,长孙大器取了竹筒。

李治无力地摆摆手,喃喃道:"念吧,无非更坏。"

长孙大器展开绢帛,呆愣了好半晌,才道:"今夜暂息,妾身明日来访,当面奏对。"

原来连白鸽都被景娘给俘获了。

李治心中颤抖,对这个朝夕相处了七年的婢女忽然产生了一股浓烈的恐惧。

婴儿哇哇的哭闹声将王玄策从睡梦中惊醒。

此处是玄都观灵官殿的客房,日光照进窗棂,天光大亮,弥奴正在襁褓里挣开手脚乱踢乱抓,哇哇哭叫。王玄策不禁发愁,抱着孩子走出客房来到灵官殿,一群道士正在计算谶图,心无旁骛。

昨夜王玄策抱着弥奴回到玄都观,和李淳风、尹文操等人观摩长安城中的乱局,直到太子和景娘之间的厮杀告一段落才勉强睡了两个时辰。

听见婴儿哭声,李淳风和尹文操迎了上来,询问是否需要送来斋饭。

王玄策问道:"可有乳母?"

两人愣住了,好半晌尹文操才道:"无量天尊,此处是道观,怎会有这等妇人?那……小公子是否可以用些羊奶?"

王玄策茫然:"婴儿能喝羊奶吗?"

大唐的间谍头子和两位通玄高人面面相觑,都有些挠头。这时一名小道童插嘴:"师祖,怀贞坊冯居士带着夫人和刚生的孩子正在前殿进香还愿,旁边跟着一名乳母。"

尹文操大喜:"快快,你和你师父抱着小公子去见他,请他家乳母给喂奶。"

当即一名中年道士应声而出,和小道童抱着弥奴飞奔而去。

三人都松了口气,王玄策这时才觉出额头上大汗淋漓,一想到儿子刚跟了自己就挨饿,这股紧张感比厮杀一夜还要惊心。

另有小道童给王玄策提了一盒膳食,他简单吃了几口,询问景娘的消息。经过昨夜一战,尹文操早知道了爻姬便是王玄策的娘子景娘,因此众人也不再避讳。

"你娘子如今罢兵休战,谁也不知道她的下落。"李淳风笑道,"太子不敢回东宫,更不敢去禁苑,他给自己找了个妙处躲了起来。"

"何处?"王玄策嘴里嚼着胡油饼,含混不清地道。

"大慈恩寺!"李淳风道。

王玄策顿时被噎住,咳咳连声。

李淳风道:"他从左右骁卫调来一支刚到长安番上的府兵,计有三千人,将慈恩寺和晋昌坊塞得铜浇铁铸,如同军营一般。"

"这却有些奇怪。"尹文操道,"慈恩寺并不比城墙坚固,难道他要靠佛法庇佑不成?"

王玄策将口中的胡饼咽了下去,苦笑道:"景娘虽然修道,却最崇敬我师父。我儿子出生时便是她请师父来给儿子摩顶受戒,寄在了弥勒座下,因此取名弥奴。我怀疑师父早就知道她是刘兰的女儿,因为她曾请师父给她先人做过水陆道场。那定然不会是薛氏的先人。这些事太子殿下都知晓……糟也!"王玄策脸色一变,"太子莫不是住在了翻经院?"

"正是翻经院!"李淳风也恍然大悟,"如今玄奘法师在终南山翠微宫陪伴陛下,可他从天竺取回的经书还在翻经院。"

"原来太子竟然拿玄奘法师的经书做了人质。"尹文操哑然失笑。

王玄策和李淳风却笑不出来了。

"当务之急,是要判断出你家娘子的动机。"李淳风缓缓道,"自从她被揭穿身份,与太子厮杀一整夜,双方的战火遍布长安,大小战事十三起,其中只有三次是太子发起围捕,十次是景娘主动进攻。太子系死伤一千二百七十人,烧毁廨署三座,皇家内库七间,常平仓九间,可谓大败亏输。不知道别人怎么看,但在我和尹观主看来,这里却有一处疑点。"

"什么疑点?"王玄策没想到景娘竟然疯狂到了这种地步,心中五味杂陈。

"疑点便是,你娘子的所作所为毫无意义!"尹文操坦然道,"她是大宗正麾下的甲曲，看她所调度出来的力量，只怕连大宗正本人也做不到。凭昨夜这场动荡，她就是掀起一场叛乱也绰绰有余，可她这里烧个库房，那边烧个粮仓，一会儿劫杀一支军队，一会儿又洗劫一座豪门。打东打西，毫无目的。"

"没错，"李淳风道，"她潜伏在太子身边七年，如今陛下不豫，太子登基在即，正是大唐新老交替，最危险最脆弱之时，她只需轻轻一刀毙了太子，大唐立刻陷入崩乱之中。她为何不做？"

王玄策一颤，一股寒意从脚底直冲天灵盖。景娘要杀太子简直是轻而易举，以她占卜天机、算无遗策的智慧不可能想不到，她为何不做？

"莫非与《秘记》有关？"王玄策沉吟道，"如今你们破解到哪里了？"

"第六谶已经解了大半，"李淳风道，"只有两个关节处仍旧不明。"

这时小道童抬上木架，上面是临摹放大的第六幅谶图。图极简，一男子跪坐在横几之后，手中提笔正在写一幅书卷。

男子背对画面，其人面目不清。

书卷虽已展开，其上字迹难辨。

留白处有谶诗曰：

戊辰。

流是漓，漓是流。金刀刻出万年书。

一万小儿齐拍手，梨花枯了开石榴。

"这幅谶图如今看来就是绘制《秘记》的过程，"李淳风道，"目前我们已知《秘记》是大宗正所制作，因此这男子应该便是大宗正，也就是刘举。他既然出现在图上，第六谶的题眼便是要揭开刘举的身份之谜。"

"这句谶诗并不难解。"尹文操道，"第一句是引用隋末时的童谣，'白杨树下一池水，决之则是流，不决则为漓'。流是刘的谐音，漓是李的谐音。是说隋朝杨氏的天下就像一池水，决口便会姓刘，不决口则会姓李。最后当然是姓了李。"

"这句童谣我听过，"王玄策道，"但这句似有不同，刘是李，李是刘，难道是说姓刘和姓李都一样？这显然不通！"

李淳风沉声道："这句玄奥之处恰在于此。我们推断，这刘举极有可能具备

戊辰

流是漓，漓是流。金刀刻出萬年書。
一萬小兒齊拍手，梨花枯了開石榴。

李氏的身份，刘和李在他身上合二为一。"

王玄策浑身悚然，历史上刘举和李弘出现任何一人都会造成山河动荡，生灵涂炭，若是两者合为一人，这天下又该是何等模样？

"第二句'金刀刻出万年书'中的金刀显然是指卯金刀，也就是刘姓，这里指代的应是大宗正刘举。至于'万年书'我们仍然不知何意。"李淳风道，"尹观主猜测是一种万年历法，但我并不认同。"

"尚未解出的就是'一万小儿齐拍手'这句，"尹文操道，"猜测是指一支万人的叛军，尤其昨日刘全招供说，刘举在禁苑中埋伏了一支五千人的军队。或许长安城中也私下豢养着另一支五千人的军队，加起来恰好万人。下一句的梨花自然是指李氏，石榴是指刘氏。全句的意思便是，一万军队发动之日，便是李氏枯萎，刘氏盛开。"

王玄策叹了口气，这解释倒也能自洽："第六谶的题眼既然是大宗正刘举，其身份难道就没有丝毫线索？"

李淳风沉默很久，道："七幅谶图，解开上一谶的谶眼，才能得到下一谶的密钥。上一谶的题眼是代州都督刘兰，由此引出了刘兰之女景娘。以我看来，你的娘子景娘便是解出刘举身份的密钥。"

王玄策一时无言，此刻小道童去给弥奴喂完了奶，将其抱回来交还给他。弥奴吃饱喝足，吧嗒着小嘴睡得正香，王玄策将他抱在怀中，满怀愁绪。忽然间他醍醐灌顶一般瞪大了眼睛呆立不动，李淳风和尹文操惊喜交加："王少卿，想到线索了？"

"不是……"王玄策姿势僵硬，咬着牙瞪着眼，一字一句道，"他拉到我身上了——"

正自忙乱，忽有道士奔进来禀报："观主，观主，东宫爻姬出现在了大慈恩寺！"

第二十八章
七月七日甘露殿

慈恩寺翻经院中，李治呆呆地看着景娘款款而来，眼前金星闪耀，脑子嗡嗡作响。

翻经院是大慈恩寺最重要的建筑，是李治为了玄奘翻译佛经特意增建，规模宏大，匠心巧构，极尽华丽，典藏着玄奘从天竺取回的六百五十七部梵本佛经，日常就有军队值守，今日更是大军云集。长枪箭镞宛如地面长出一座尖刺丛林，而地面更化作一层层的铠甲，波行浪卷，翻翻滚滚。

就在这铠甲丛林之间，一个戴着黄金面具的女子衣袂飘扬，缓步而来。她手中捧着一只木匣，就那么从容信步而走，周围数千名铁甲大军紧张地盯着她，随着她缓缓移动，手中的枪矛都在颤抖。整支大军竟然被她一人压制得喘不过气来。

景娘的目光尽头便是太子李治。

李治站在佛堂的廊下，脸上一片绝望，天下之大，再坚固的城池，再庞大的军队，再尊贵的地位都给不了他丝毫的安全感。他本以为躲在翻经院中，在大军的保护下景娘对自己再无威胁，却不料她只是打开手里的匣子让人看了一眼，他便彻底屈服。

景娘走上台阶将匣子递给李治。他颤抖着打开，里面是一沓拓片，似乎是多年前从石刻碑文上拓下来的。李治拿出几张拓片，字很大，每张只能拓几个字，从最上面几页一一看去，便是：高皇海出多子李元王八十年太平天子李世民千年太子李治……

景娘神情淡然："这是我初出茅庐为殿下立的第一功,今日特来讨赏。"

李治呆滞地看了片刻,怒吼着将拓片掷在景娘的面具上,纸片纷纷扬扬地坠落在地。

贞观十七年,太子承乾和魏王李泰因为争储双双败北,李治被立为太子之后,由于毫无根基,首先要面对的就是太子党和魏王党的攻讦。四月他被册立,随后就有雌雉聚集在太极殿前,雄雉聚集在东宫显德殿前,占卜曰:"牝鸡当政,大不祥。"

到了七月,又发生天狗食日。民间传闻说言官派遣伥鬼杀人,要祭祀天狗,还传得有模有样,说这伥鬼穿狗皮,铁爪,躲在黑暗之中抓取人的心肝。长安城家家户户惊恐不安,每夜都有人发现伥鬼,家家户户备好弓箭和刀枪,鸣锣打鼓,驱赶伥鬼。李世民只好下令各坊打开坊门,军队整夜上街巡逻。

天下动荡的压力全聚焦在了年轻的太子一人身上。

正是因为册立他为太子,百姓才会惊扰不安,天下不稳。

李治彻夜难眠,焦虑忧惧。便是在此时,他在教坊司中与爻姬初见,见识到了她妙绝天下的占卜术,将她带回东宫。

在景娘的策划下,凉州刺史李袭誉上了奏章,说在昌松县鸿池谷中发现五块瑞石,青质白文,石上天生八十九个字,其中有"太平天子李世民千年太子李治"等字样。李世民大喜,派使者祭拜瑞石,向天下州府传播李治的天命之象。

到了九月,魏州的天空出现祥云,随后李治的寝殿长出了二十四茎的紫色灵芝。

十一月,并州、永州、滁州的天空出现祥云,郑州、怀州黄河水清,廓州献白狐。

至此,所有灾异之事彻底消失,太子党和魏王党偃旗息鼓,李治的太子之位彻底稳固。李治自己知道,这其中只有瑞石是爻姬所设计,天下却掀起了祥瑞之风。他曾疑惑地询问爻姬,爻姬只淡淡地说,博弈其实是搏势,只要起了势,旁人一见大势所趋,自然都来投效。

李治从此对爻姬恩宠有加,视为腹心。然而当年立下多大的功劳,今日便有多大的威胁,眼前这匣子里的,便是那五块凉州瑞石的铭文拓片。

"你究竟要作甚?"李治将景娘带进佛殿,关上殿门厉声质问道。

景娘摘掉黄金面具,点上一炷香,跪在蒲团上恭恭敬敬地磕头礼佛,然后淡然道:"七年来我为殿下立的功勋不计其数,大功有四:贞观十七年,凉州五块瑞石稳固了殿下的太子之位；贞观十九年，杀宰相刘洎；贞观二十年，杀刑部尚书张亮；贞观二十二年，杀华州刺史李君羡。今日臣妾想以这些微末的功劳来向殿下讨个赏赐。"

"什么赏赐？"李治听出她话语中饱含的威胁，禁不住咬牙切齿。

"待殿下继位之后，为我阿爷平反，昭雪冤屈！"景娘从蒲团上起身，一字一句道。

李治顿时怔住了，好半晌才道："爻姬，你阿爷谋反当然是冤案，可这是陛下亲自审理，我如何能推翻？"

"我说了，待殿下登基之后。"景娘道。

李治叫苦："登基之后也不成啊！三年无改父道，我刚登基就推翻阿爷钦定的案子，让臣民如何看我？"

"天下间哪里有两全其美之事？"景娘指着他手中的匣子，"这便是摆在殿下面前的天秤两端——殿下是想平反一桩冤案，还是想一块瑞石、三桩冤案都暴露在世人面前？"

"你在威胁我？"李治怒道。

"你我都已经厮杀一夜了，殿下把我的话仅仅视作威胁？"景娘哑然失笑。

李治冷笑："既然自投罗网，你今日还走得掉吗？你若死了，还有什么威胁可言？"

"殿下何其天真。"景娘叹了口气，诚恳地道，"你知道我占卜的神异，我既然敢来，你又如何敢杀我？莫说是死，只要我身上掉了根头发，我为殿下立下的功劳一日之间便会传遍长安，旬日之间便会传播天下。承乾虽然薨了，可李泰还在，吴王李恪也在，蒋王李恽、纪王李慎都在呢。"

李治怒视着她，眼神冰冷彻骨，浑身都在颤抖。

"孤若是不答应呢？"他努力强撑，挣扎道，"陛下不豫已久，我登基在即，一旦我当了皇帝，天下谁敢妄议？"

"七月七日甘露殿。"景娘怜悯地望着他，轻言轻语，一字一句。

李治如遭雷击，脸上瞬间不见了血色，两条腿一软就要跌倒。景娘走上前轻轻拥抱着他，默默感受着怀中的颤抖。李治整张脸都埋在她怀中，彻底崩溃："爻姬……爻姬……"

"殿下，这七年来你我情逾姐弟，胜过夫妻，本以为能和殿下相伴到老，不料仍旧逃不脱刘氏和李氏的宿命,成为生死仇敌,我又何尝愿意?"景娘抱着他,声音也有些哽咽,"但是既然成为敌人,就只好站在各自的阵营来做抉择。都是为人子女,你对你的父亲满怀孝心,我对我的父亲又何尝不是?"

"明白了,爻姬。"李治抬起头来,早已满脸泪痕,"你我从此永诀矣。"

景娘明白"七月七日甘露殿"这七个字一出口,李治不惜一切代价都要杀她,两人之间再无转圜的余地。她黯然一拜,低声道:"殿下珍重。"

景娘戴上面具,打开佛殿的门,日光轰然砸在脸上。她就在这灿烂如刀的日光中走出佛殿,穿过重重军阵摇曳而去。李治站在佛殿里默默地看着她的背影,目光森冷如刀。

"来人!"李治沉声道,"宣杜行敏、刘全!"

当即有内侍疾奔出去宣召,李治身体仿佛僵硬一般,小半个时辰竟然一动不动,直到杜行敏和刘全进入佛殿拜见,他才慢慢回过神来。稍微一动弹,身体关节嘎嘎作响,他如同一根竹竿直挺挺向后仰去,慌得杜行敏二人急忙抱住他,轻轻扶他坐在蒲团上。

李治心中仍旧充满惊悸,目光直勾勾地看着他们:"王玄策是否还活着?"

杜行敏吃了一惊,半响无言。刘全昨夜被景娘杀伤,身上缠满绷带,正自恼火,闻言一激灵,"铮"的一声拔刀抵住了杜行敏的后背。

杜行敏并不理睬他,跪倒在地:"臣绝不敢欺瞒殿下,但那一夜的围捕是大娘子主持,尸骨已被烧焦,臣无法辨认。"

李治定定地看了他半响,忽然叹道:"我刚刚收到消息,他确实还活着,就躲在玄都观中!"

杜行敏大骇,重重磕头:"臣死罪!臣绝不敢与他勾结!"

"那么,"李治问道,"那夜死于大火之中的人是谁?"

杜行敏愣怔片刻,突然心中疼痛,喃喃道:"臣如今想来,那人的箭术如此了得,应该是曹宝鼎了。"

李治听过此人的名头,沉吟道:"他死于火场,是否是爻姬安排的?"

"不是。"杜行敏断然道,"宝鼎正是不愿效忠她,才愤然离开不良人署。臣推断,应该是宝鼎暗中跟踪到了刘宅想要营救王玄策,为了让他隐姓埋名逃脱朝廷追捕,替他而死。"

"嗟乎义士!"李治羡慕地感慨一声,挣扎着起身,"杜卿,看来你已经失去王玄策的信任了。也罢，我亲自去趟玄都观，见一见王玄策！"

玄都观里桃千树，青溪流水鱼儿肥。

溪水串绕桃林而过，芦芽满地，不时有鱼儿跃出水面，叼一口低飞的飞虫。王玄策正坐在溪边的石板上搓洗衣服和尿布，桃树的树荫下放着一只竹篮，底下铺着小褥子，上面盖着袍子，弥奴正躺在篮子里酣睡，将一根拇指噙在口中，不时啜上一口，香甜无比。

桃林里传来窸窸窣窣的声音，王玄策恍若未闻，专心地洗着尿布，一只脚却悄悄一勾，横刀从芦苇丛中慢慢滑了出来。忽然间，几条人影绕过桃树，王玄策怔住了，竟然是太子李治、杜行敏和刘全。

杜行敏和刘全远远地停留在桃林外，转过后背，警惕地盯着外围。李治手无寸铁，孤身一人穿过桃林来到了溪水边。

王玄策没理会他，自顾自地搓洗尿布。李治好奇地看了看竹篮里的弥奴，脱口道："河南郡公！"

"离我儿子远些，"王玄策冷冷道，"否则我一刀斩了你！"

李治对他的威胁置若罔闻，蹲在地上看着弥奴："我曾答应爻姬，这孩子将来袭爵之后再赐封二等，那便是正二品的开国郡公。我刚刚想到你既是洛阳人，这孩子将来封爵河南郡公倒是极为贴切。"

王玄策冷笑："这不是开给景娘杀我的赏格吗？我还活着，景娘又背叛了，你这悬赏还不取消吗？"

"无须取消。"李治诚恳地道，"区区一介郡公并不足以表达我的心意，待我继位之后，会将弥奴赐封为国公。河南郡能拿来封国的名号颇多，其中郑国封给了你的恩主魏徵，尚有滑国、温国、虢国、樊国可封，你喜欢哪个？"

"你莫不是失心疯了？"王玄策怔住了，自己和景娘全都成了他的仇敌，他居然要册封自己的儿子为国公？

李治苦涩地道："王卿，我想请你出手，缉捕爻姬！"

王玄策恍然大悟，冷笑道："殿下与我为敌时，请景娘出手对付我；与景娘为敌时，又请我对付她。除了挑动夫妻相残，殿下还有别的能耐吗？"

李治满脸尴尬，长长地叹息道："王卿，一切皆是我的错。当初之所以要杀你，是因为你受《秘记》指引要揭开李君羡案、张亮案和刘洎案的真相，是你要一步步揭开我这些年掩盖的疮疤，动摇我的太子之位。你设身处地，换了谁做太子都是要杀你的！"

王玄策默然，此言确实无法反驳，太子只杀他一人而保全他的妻儿和家族，已经极为克制，换一名暴虐之君，只怕早已诛了他全家。

"这三桩大案都是爻姬在幕后替我操持，只能逼她来善后。"李治苦笑，"何况她是你的娘子，若是安排旁人杀你，只怕她早与我离心离德了。王卿，这朝廷就是一副磨盘，我们互为棱齿，彼此碾压，每个人都无路可退。"

"你让我夫妻之间，让我家族之间杀得分崩离析，痛入骨髓！"王玄策勃然大怒，狠狠将尿布摔在了他的脸上，"然后跑来诉诉苦衷，我就得体谅你？若非看在陛下的颜面上，老子一刀斩了你！"

李治惊得后退几步，拽掉脸上湿淋淋的尿布，满头满脸都是污水。远处的杜行敏和刘全听见响动，慌忙拔刀冲进了桃林。

李治怒吼道："滚！"

两人急忙止步，讪讪地退出桃林，远远地避开。

李治将尿布递还给王玄策，神色诚恳："王卿，我确实有负于你，可你我之间只是利益之争，信念有别，无论多么想杀你，我从未怀疑过你对大唐的忠心和赤诚，所以我今日能来到你面前负荆请罪。然而爻姬却是朝廷叛党，意欲起事谋反，祸乱天下，一旦让她得逞，只怕天下又要回到隋末乱世之时。"

王玄策冷笑："休要拿大义来压我，她叛的是你，你只管去捕杀便是，来找我作甚？"

"不瞒王卿，"李治满脸尴尬，"我斗不过她。"

王玄策不信："如今陛下避居山中，太子监国，你一句诏令三省六部二十四司谁敢不听？调动十二卫兵马抓她便是！"

"莫说是太子，哪怕做了皇帝我也斗不过她，因为我的根基乃是她一手筹建。"李治唉声叹气，"这七年来她为我组建了一整套的班底，我对她信赖有加，像是谍报往来、交通朝臣、维护清议、诛除异己等全都是她在操持。甚至她还在南衙和北衙的军中收买将佐，安插心腹，这些事我更是连问也不敢问，沾也不敢沾，生怕引起阿爷疑忌。结果到了今日，我既搞不清谁效忠于我，也搞不清他们效忠的是我还是她。昨夜我们略一交手，那结果让我痛入骨髓，都是我的嫡系之间在互相残杀！"

王玄策轻轻吐了口气，回想起自己与景娘搏杀时撕裂般的痛感，顿时有了切身体会。这女人最可怕之处便在于此，她借力打力，挑动你与自己的亲人、挚友、部署以命相搏，你挥出去的刀越狠，砍斫在自己身上便越痛。

"这世上能对付她的人只有你了。并不是你在智谋上能胜过她，而是你身边的亲朋挚友已经被她杀得支离破碎，你没有了软肋，她无法拿捏。"李治苦笑一声看着竹篮里的弥奴，"而她的软肋，却在你的手中。"

王玄策脸色顿时不善："你想让我拿儿子威胁她？"

"不不不，"李治慌忙摇头，"我是说儿子在你手中，她会投鼠忌器，可保你性命无忧，否则她要取你性命只怕易如反掌。"

这话有些失颜面，王玄策却无言以对，好半晌才问道："太子殿下，有一件事我困惑已久，你要仔细回答！"

"请讲！"李治急忙道。

"当年，景娘为何会嫁给我？"王玄策一字一句地问道。

李治张口结舌，神情有些慌乱，嗫嚅了好半晌。

"她说见我既无父母又无亲族，这才选我搭一个窝，孵一颗蛋。当时我倒也信了。可如今想来，她代你执掌东宫，权倾朝野，而我又是前任不良帅，按道理我们这等身份，你必须得制衡，断不会允许我们联合，何况结成夫妻！"王玄策冷冷地盯着他，"那么，你为何允许她嫁给我？殿下你只有一次机会，想好再答！"

李治神情中满是挣扎犹豫，眼见他目光炯炯地盯着自己，只好苦笑道："贞观二十二年五月，你灭掉天竺献俘长安的那一日，阿爷考教我如何治政，如何用人。他问了我一个问题，朝廷的臣僚之中谁最难控制？我回答说有两人，第一人是李世勣，因为他身为功臣悍将，位极人臣，但我对他无恩。阿爷立刻下诏将他贬为叠州都督，叮嘱我说，等我继位之后再将他召回，任用为仆射。"

王玄策恍然大悟，去年李世勣突然之间被贬乃是朝廷一大悬案，任谁都不知道他如何触怒了皇帝，原来竟然是皇帝为了将来太子施恩之举。

"那么第二人又是谁？"王玄策问道。

李治饶有深意地望着他，一字一句道："王卿，第二人便是你！"

"我？"王玄策怔住，"这是为何？我对大唐忠心耿耿，出生入死，为何难以控制？"

李治摇头不已："王卿，从天子的皇座上看去，满朝臣子无一不是忠心耿耿，奸邪之人早给诛了，根本站不到这朝堂上。但是忠和奸并非恒定不变，汉成帝在时，王莽谦恭下士，谁不夸赞？曹操、曹丕、曹睿在时，司马懿何尝不是孤忠之臣？忠与奸变幻莫测，无从把握，所以天子御下，首先在于'制'，赐给他高官厚爵，赐给他良田美宅，娇妻美妾，让他金银满屋，钱帛充栋，让他的子孙绵延，家族枝繁叶茂，人人富贵。这是泼天的富贵，也是牢不可破的枷锁，他套在身上，帝王方才安心。你看李世勣，他身为太子太师、英国公，出将入相，位列凌烟阁。朝廷又追谥他父祖三代，将他的父亲追封为郡王，连他的姐姐们都得了郡君封号，兄弟儿子更是富极贵极，所以我忌惮李世勣只是担心我无法控制他，而不是他无法被控制。但是你，王卿，你其实是朝廷里最危险之人！因为你身为臣子，无父无母、无家无业、没有妻子儿女，没有亲朋宗族，你没有积蓄分毫财产，也不攒半亩良田，连房屋都没有几间，你这样的人无牵无挂，你让帝王如何制约你？如何收买你？如何示恩你？"

王玄策整个人都呆了，他只是因为历经了隋末乱世，那种亲情毁灭的记忆太过痛苦，才不敢有所羁绊，没想到皇帝和太子竟然从这个角度看待自己。

"什么叫作匹夫？你这身无羁绊的孤家寡人便叫作匹夫！皇帝若是惹你不满，那便是古人所言，伏尸二人，流血五步，天下缟素。"李治道。

王玄策喃喃道："所以，我便是朝廷里最危险之人？"

"平心而论，我是因了你的福泽才坐上这太子之位的。"李治也是神情迷茫，喃喃道，"五哥齐王李祐谋反被你给平灭了，四哥魏王李泰争储被你给破获了，废太子承乾发动兵变也是因为你而功败垂成，我三位兄长都折在你的手中。自从做了太子之后，每次见到你我总是满怀恐惧，因为我知道，皇家在你眼中已经失去了威严和神圣，我在你眼中只是一个侥幸上位的仁弱少年！所以，阿爷便将如何控制你当作给我的一道考题！"

王玄策瞠目结舌："原来陛下是要拿我来磨砺你！"

"没错，只有掌控了你，阿爷才会相信我将来能掌控天下！"李治道，"所以我要赐予你一切，我赐给你三十五亩的大宅，赐给你万匹的丝绢，将来我还要赐给你山一般的荣耀，海一般的富贵，我要让你娶妻生子，我要册封你的妻子，荫封你的儿子，追赠你的祖先三代。我要让你拥有庞大的家族，让他们人人富贵，让你在这天下满是羁绊，不想反，不敢反，俯首帖耳，忠诚驯服。"

王玄策愣愣地看着他，一句话都说不出来，好半晌才道："这法子是你自己想的，还是景娘所谋划？"

李治尴尬地长叹："让你娶妻生子是她所谋划。她还自告奋勇，愿意出宫嫁给你，为你生下儿子，组建家族，替我来掌控你。我当时很是感动，没想到……没想到是被她算计了，原来是她年龄渐长，想要谈婚论嫁了，为自己寻了一个窝。可笑我还帮她向薛寅施压，让她冒充薛寅的嫡女景娘嫁给了你——"

王玄策忽然一声怒吼，从芦苇丛中抽出横刀，狠狠地砍在他身上。李治一声惊叫，只听"啪"的一声闷响，他被打得一个趔趄跌倒在地。原来那刀并未出鞘。王玄策就这么挥舞刀鞘疯狂地抽打，李治被打得惨叫连天，抱着头在地上翻来滚去。

"小贼，你毁了老子的一生！"王玄策两眼通红，疯狂地殴打李治。他嗓音哽咽嘶哑，心中痛如凌迟，自己的人生竟然如此荒诞。

正抽打着，李治忽然一把抓住了刀鞘，满脸泪痕地呜咽道："王少卿，陛下将崩！"

"你说什么？"第七谶的谶诗他早就知道。他被投入台狱那晚，师父玄奘拿着两粒丹药来找孙思邈验药，也告诉了他被裁掉的谶图预言皇帝将于五月二十六日驾崩。因为那图上绘着一名帝王驾崩，尸身躺在梓宫之中。

如今是五月二十五日！

"陛下如今状况如何？"王玄策紧张地喝问。

"时而清醒，时而昏迷。"李治抽噎几声，呆滞地望着他，"两日前阿爷一病不起，我曾传书恳求去翠微宫中侍奉，阿爷却命我破解《秘记》，拿获刘举。因为他既然敢借《秘记》预言阿爷在明日驾崩，极可能是使了些手段，能控制阿爷的生死。我只好留在长安调查此事。今日山上传来消息，阿爷的病情越发沉重了，无论能否找到此人，我都必须赶赴翠微宫。"

王玄策额头满是冷汗，喃喃道："我师父曾怀疑是娑婆寐在陛下服用的丹药中下毒，他还来找孙思邈验药，后来结果如何？"

"丹药中并未发现任何毒物。"李治笃定地道，"孙思邈此时便在翠微宫中，尚药局的太医将那些丹药一一剖解，确实是对症之药。"

"也即是说，娑婆寐和他的丹药只是个幌子，"王玄策沉吟，"那大宗正刘举控制陛下的生死另有手段。"

"没错，只有擒住大宗正才知道了。"李治苦涩地望着他，"或者擒住爻姬。"

王玄策呆滞无言，浑身都在颤抖。

"王卿，请救救陛下！"李治"扑通"跪倒在地，哭道，"你曾说你是贞观之臣，职责是澄清天下，恢宏正道。我阿爷结束十七年乱世，开创贞观盛世，将你从黄水县令简拔到了朝廷，他将天下作为疆场供你驰骋，让你灭西突厥，灭天竺国，破欲谷设。大唐的荣耀有七分归于你们这班臣子，你们也有三分的荣耀要归于陛下！你能看着他被奸人所害而见死不救吗？"

"我会为你擒住大宗正，也会为你擒住景娘。"王玄策走到弥奴的篮子边，蹲下身掀开衣袍看着儿子的模样，两眼湿润，"我不要那劳什子国公之位，从此以后我们父子与你们父子再无瓜葛，我们的人生不再受任何人摆弄！"他盖上衣袍，一手提起篮子，一手拔出横刀，"走吧，我带你拿人去！"

李治一头雾水，忙不迭地跟着他走出桃林，杜行敏和刘全急忙跟上。

众人随着他来到灵官殿上，李淳风、尹文操和一群道士见太子驾临，纷纷跪拜迎接，偷眼瞥见太子浑身灰土，狼狈不堪，也不敢乱问。王玄策将道士们赶出大殿，然后将横刀丢在了李淳风脚下，众人都怔住了。

"李令，原本不想折你颜面，多少再周旋几天，但如今陛下不豫，我却没那番耐心了。"王玄策冷冷道，"袁守诚人在何处？"

李治大吃一惊，他最恨的便是袁守诚这个老术士，正是因为袁守诚东宫看相，占出太子的妃嫔和子嗣大都惨遭横死，方才将他推到了火山之上，风暴之中。后来景娘为了逼迫王玄策退出，将袁守诚掳走之后秘密关押。

李淳风努力保持着从容不迫，眼角却微微跳动："少卿，你这是何意？袁守诚不是在你手中被贼人掳走了吗？我为何会知道他的下落？"

"李令啊李令，你永远是不见棺材不掉泪。"王玄策叹道，"袁守诚身为钦犯，却在我手中丢失，按照《捕亡令》，三十日之内我无法捕回囚犯，便要流放三千里。不良人为了让我脱罪一直在日夜搜捕，不料却撞见你的管家也在寻找此人。看在你的颜面上我将此事压了下来，但你不应该给我个解释吗？"

"不错。"杜行敏向李治禀报，"此事臣可以证实。若是殿下有命，臣将那名不良人和李宅的管家叫来对质。"

李淳风负隅顽抗："袁守诚是我师父的叔父，他被人掳走，我自然关切，又何错之有？"

"殿下，"王玄策问道，"爻姬捉了袁守诚之后，她是如何向你禀报的？"

"她说——"李治回想一番,"她将袁守诚关押在一处秘密所在,将来让他承认受人指使,借占卜来污蔑我。我原本想安排三司会审,让他还我清白,只是最近诸事烦扰,竟然给忘了。"

王玄策长叹一声:"殿下你不觉得此人的行止极其诡异吗?他为东宫看相,挑起了偌大风波,被景娘抓捕之后便消失在所有人的视野中,你连想都不会想起他来。大衍之数五十,原本平衡完满,抽去其中之一成了四十九,打破了平衡才会有阴阳互动相生,循环不息。而这遁去的一,便是世人看不见摸不着的天机。袁守诚便是大衍占诀中'遁去的一'。"

众人面面相觑,李治急忙道:"袁守诚是爻姬的同党?"

"不只是同党。"王玄策道,"我怀疑他甚至是景娘的上司,他完成自己的任务之后便以关押的方式被景娘保护起来,成为这场乱局中看不见的'遁去的一'!"

"他便是大宗正?"李治和刘全等人失声惊呼。

"是不是,须得找到他再来证明。"王玄策微笑着盯住李淳风。

话已至此,李淳风终于扛不住了,额头满是冷汗,苦笑道:"殿下,臣确实知道袁守诚的藏身处,其中的缘由臣羞于启齿,并非与什么反贼有关,而是师门不幸。家师前些日子失踪了。"

众人大吃一惊,王玄策问道:"袁天纲失踪了?他不是为了躲避东宫占卜,返回成都了吗?"

"这只是对外的说辞,家师根本没有返回成都。"李淳风道,"他出城访友一去不回,我到袁氏占铺询问,袁守诚推说家师回成都去了。我起了疑心,因为家师正在助我计算新历法,断不会突然离开。第二日我得知袁守诚替代家师去东宫看相,才疑心是他为了夺取这场机缘而将家师软禁。不过袁守诚随后便被爻姬囚禁,我只好四处打探,想要找到家师的下落,却被不良人署撞见。"

这话确实符合王玄策对袁守诚的认知,此人一副世外高人之相,其实功名之心颇重,为了神话自己,连魏徵梦斩泾河龙王的故事都敢编排。

"你找到他的下落了吗?"李治急切地问道。

"自然找到了。"李淳风轻描淡写道,"袁守诚所继承的袁氏占术只是皮毛,想要脱出我的占算并不容易。"

众人禁不住有些异样,倘若袁守诚真是大宗正,此人祸乱大唐二十余年,朝廷拿他束手无策，在李淳风的面前却如此束手束脚。

"昨夜我寻到了他藏身之处，他说自己是被爻姬囚禁，趁着太子和爻姬开战疏于防范，这才逃之夭夭。"李淳风道，"我一再逼问，他承认家师确实是遭他囚禁，只为了夺取家师的机缘，想要一鸣惊人，成为天下第一相师。他拿家师的性命来威胁我，恳求我不要报官来捉拿他。我一则担心家师的安危，二则顾虑他是家师的亲叔父，叔侄相残的丑闻羞于对他人说起，便给隐瞒了下来。请殿下治罪。"

"若此人并非大宗正，你也没甚大错。"李治道，"依你的判断，此人是不是大宗正？"

"臣不好断定。据朝廷调查，大宗正姓刘名举，"李淳风迟疑片刻，回答得极为谨慎，"袁守诚是我师父的亲叔父，师祖袁嵩的幼子，倘若刘举是大宗正的真名，两人便并非一人。"

"殿下，还是先捉拿归案再详细鞫问。"刘全道，"此人极为机警，拖延久了，只怕会逃之夭夭。"

李治醒悟，询问袁守诚的藏身地，李淳风道："乐游原，灵感寺。"

第二十九章
大宗正

　　灵感寺始建于隋文帝开皇年间，武德四年被废弃，如今成了一座荒寺，平日里只有一名老居士洒扫庭除，敬几炷孤零零的香火。不过这座大寺位于乐游原的绝好之处，站在寺中远眺，四野高敞，长安街坊尽收眼底，因此颇有一些文人雅士会在寒食、端午、重阳之日来登高赏景，诗文酬唱。

　　李治和王玄策为了围捕袁守诚，极尽谨慎，城内的兵马一概不用，专门从城外调动了刚来番上的外地府兵，将七州的府兵混编打乱，相互换防，然后借着其中一支来城中换防之际，从延兴门入城，直扑灵感寺。

　　王玄策亲自调动府兵，将三千人的府兵分作十支，几乎将灵感寺和其所在的新昌坊围了个水泄不通，逐条街道推进。谨慎戒惧之态，简直比攻灭天竺时还要小心。正面战线缓慢谨慎，局部关键处却以快打快，王玄策和李治、杜行敏、刘全、李淳风等人率领一支轻骑如闪电霹雳一般直冲寺庙山门。

　　这便是以正合，以奇胜。王玄策为了对付大宗正一人，几乎拿出了灭国之力。

　　骑兵中有几匹空马，马背上驮了圆木充作攻城锥，到了山门处卸下圆木，几名兵卒扛起来冲撞过去，轰隆隆几下便将山门彻底撞塌。后面的王玄策和李治等人马不停蹄，如滚滚洪流般冲进山门。

　　一声呼哨，骑兵分为三支，左右两支沿着两侧的钟鼓楼搜索，王玄策和李治率领中军穿过天王殿、大雄宝殿和法堂，沿着中轴线一路突进。数十年荒废无人的佛寺之中铁蹄四溅，疾若滚雷，惊得林鸟扑棱棱飞起，漫天里落叶乱飞，仿佛天地都给踏碎了一般。

藏经阁前的广场上正有一名老居士洒扫落叶，拿着扫帚发呆。见王玄策和李治策马奔驰而来，他脸色大变，丢掉扫帚朝藏经阁飞奔。

"是袁守诚！"王玄策眼尖，认出了此人模样，大叫一声，马匹直冲上台阶。袁守诚反身关上房门，王玄策一驱战马，那战马长嘶一声，扬起铁蹄轰隆隆破门而入，破木片崩了袁守诚一身，在他脸上划出了一道血口子。

袁守诚见无法阻止，飞奔向右殿的书案，那书案上摆着笔墨纸砚，一卷文书正铺展在案上。他仓皇坐在地毡上，背朝着王玄策，拿起笔便要往纸上书写。这时李治和刘全等人也策马冲进藏经阁，一见此情此景顿时头皮发麻，这情景恰如《秘记》第六幅谶图，一般无二。

"他要应谶！"李治厉声喝道，"阻止他！"

就在袁守诚笔端正要触碰到纸张之时，王玄策借着马势凌空扑下，合身撞在了袁守诚的背上，轰然一声响，两人撞塌了书案，翻滚出两三丈远，撞在了山墙上。

袁守诚挣扎一下跌在地上爬不起身，刘全和杜行敏等人扑过去将他五花大绑。李治却只顾将王玄策搀扶起来，一迭声地询问他的伤势。王玄策暗叹一声，这位太子，一面是仁慈如赤子，一面是狠鸷如狼枭，对大唐而言也不知是福是祸。他推开李治，将袁守诚揪了起来，喝道："刘全，我们之中只有你见过大宗正，到底是不是他？"

刘全细细打量着袁守诚，这老神棍狼狈不堪，幞头早就不见了，发髻蓬松，额头磕得青紫，脸上还划出道口子，鲜血流淌出一条细线。

"我们见面之时他戴着面具，难以辨认。"刘全摇头道，"看着身材倒是相仿。"

"什么样的面具？"王玄策问道。

"木质面具，涂着大漆，雕刻的如同庙里的神像，两眼和嘴巴处开着口。"刘全说道。

王玄策挥刀割断袁守诚身上的袍子，将他整张脸遮了起来，然后在袍子上割开三个洞，露出两眼和嘴巴："仔细看看，可能分辨？"

"是他！"刘全惊呼道，"这双眼睛我记得！"

袁守诚忽然一声长笑："好你个刘三，没想到老夫竟然折在你的手中。"

此言一出，大殿里一片寂静，众人没想到袁守诚这么爽快便承认了身份，都有些一脚踩空的不适感。

王玄策一把拽掉他的面罩，问道："你果然便是大宗正？"

"正是老夫。"袁守诚笑道。

"刘举也是你？"王玄策问道。

"也是老夫。"袁守诚道。

李治突然喜极而泣，跪在佛像前号啕大哭，这场缠绕大唐皇室二十多年的噩梦终于被自己亲手终结了！而且第六谶在行将完成之前被破坏，这也意味着《秘记》这桩不可抗拒的预言宣告破灭！

"是你冒称刘举？还是刘举冒称袁守诚？"李淳风颇有些意外。

"你猜。"袁守诚笑道。

"我师父被你关在何处？"李淳风问道。

"他被我囚禁在人迹罕至之处无人看管，已经整整七日水米未进了。"袁守诚笑道，"你们师徒不是自诩为袁氏占术的正宗嫡系吗？想救他，你不妨自己推算。"

李淳风大怒，还要追问，李治摆摆手将他遣退，问道："大宗正这个身份不是你口头认了朝廷便会接受的。我且问你，诅咒我妃嫔子嗣横死是谁指使你的？究竟有何目的？"

"殿下，我扰乱大唐二十年，做过无数惊天动地的大事，你只问这等细枝末节吗？"袁守诚笑道，"这岂是人君格局？"

李治冷笑："如此，你便说说，都做过哪些大事？"

袁守诚想了想，满怀感慨："我初次出手是武德二年，大唐刚刚占领长安立足不稳。当时刘文静权势正盛，我鼓动他谋反，推翻李唐，建立刘氏大汉。但此人胸无大志，还想告我。我只好借裴寂之手将他除掉。"

众人骇然失色，诛杀刘文静是李唐建国以来第一次内部动荡，竟然是他所挑动。

刘文静一手推动了李渊起兵谋反，又亲自出使突厥促成了突厥和李唐结盟，稳定了李渊的后路，并率兵击败了隋朝大将屈突通的反扑。可以说，李氏开唐，十分功劳他独占三分。

刘文静和李世民是至交，但李渊更宠信老友裴寂，这让刘文静愤愤不平，经常口出怨言要杀裴寂。有一次宅中有妖物作祟，其弟刘文起召来巫师，月下披发衔刀,做厌胜之法镇压邪祟,结果被人告发。李渊命裴寂来审案,裴寂趁机进言诬陷他谋反。李世民奔走拯救,最终也无力回天,刘文静被李渊下旨诛杀。

直到贞观三年,李世民罢斥裴寂,才替老友平反昭雪。

世人只以为刘文静之死是因为和裴寂的争斗,没想到竟然是出自大宗正的布局。

"当初我杀刘文静出于两个目的,第一是离间李渊和李世民,挑动他们父子反目。此事完满达成,从此之后李世民便与李渊有了隔阂,七年后父子、兄弟之间玄武门相残。"袁守诚坦然道,"第二桩却不甚理想,我趁着刘文静之死,李唐内讧,鼓动刘武周出兵南下,结果刘武周这厮烂泥扶不上墙,只端掉了李唐的老巢河东,尚未渡过黄河便被李世民击败。"

众人听得浑身发冷,当年刘武周南下,李唐丢掉了整个河东,只剩下关中一隅之地,形式岌岌可危。若非李世民柏壁之战击败了刘武周的大军,李唐早已覆亡。此事居然也是袁守诚在背后谋划。

"你个妖孽!"李治咬牙切齿。

"殿下且看,这才是老夫处心积虑在做的大事,诅咒你妃嫔子嗣真的不值一提。"袁守诚笑道,"对了,刘文静一案还有桩小小的趣事。贞观三年李世民给刘文静平反之后,心中亏欠,便让他的二子刘树义和刘树艺袭了爵,还承诺要让刘树义尚公主。我琢磨着,这两个废物不如再利用一下,恶心一番李世民,于是就鼓动他俩谋反,李世民只好将自己老友的子嗣全给斩了。哈哈哈,也不知他那时心中是否疼痛。"

李治连骂都骂不出来了,整个大殿中鸦雀无声,众人怪异地瞧着,只觉此人如同恶魔一般,无法理喻。

"至于后来策划李孝常、刘德裕和长孙安业谋反,你们都知晓了,我本意是想鼓动李渊复辟,唉,所托非人,功败垂成啊!尤其是贞观四年李世民灭掉东突厥之后,想要颠覆李唐江山越来越难,复兴刘氏的大梦越来越缥缈难寻。那些刘氏的大臣耽于安逸,甘愿在李唐治下伏低做小,忘掉了复兴汉室之志,他们个个都该死!所以我改变策略,挑动皇帝——诛杀刘姓的大臣,引发天下刘氏的恐慌,按着他们的脑袋让他们回想起自己祖先的辉煌!待到这恐慌积郁成火山一般,自当冲天而起,覆灭大唐!"袁守诚状似癫狂,面部肌肉抽搐,疯狂嘶吼,若不是被捆绑着,只怕都要手舞足蹈了。

"诸位可能判断他的身份？此人是不是大宗正？"李治询问众人。

"只有这种癫狂之人，才会做那些癫狂之事。"杜行敏直截了当，"臣认为他是大宗正。"

"臣也确认！"刘全断然道，"他这双眼睛和言谈之间的语气，与我这些年所见那人一模一样！"

李淳风犹豫片刻："若能找到家师，或许能真正确认。"

"我这便派人搜索袁师的下落。他年事已高，被这奸贼关押了七日，实在令人忧心。"李治安慰几句，然后询问王玄策，"王卿以为呢？"

"将他押送翠微宫面圣。"王玄策面无表情，"倘若有人半路来救，那他便是真正的大宗正。"

"谁来救他？"李治一时有些诧异。

"景娘！"王玄策一字一句道，"倘若他是真正的大宗正，景娘一定会来救他！因为他对景娘有再造之恩，他是刘党心目中的神，无论出于私人恩义还是笼络军心，景娘都必须冒死来救，哪怕飞蛾扑火，自取灭亡！"

一支三千人的府兵军容整肃地穿过七八座城坊街道，从明德门驰出长安，往终南山而去。军队的骑兵和重步兵中间是一辆双辕马车，车帘和窗帘都遮得密不透风，李治和刘全、杜行敏、李淳风等人都身着骑兵重铠，马背上挂着长弓和马槊，簇拥在马车周围警惕四顾。

马车内，是王玄策和袁守诚。

袁守诚已经被去掉了绑绳砸上了镣铐，这让他舒服些许，正惬意地靠在软垫上活动四肢。王玄策膝上放着横刀，左臂上绑着一把短刀，正襟危坐，闭目养神，不想去看袁守诚。

"何必如此紧张，你娘子未必会来救我。"袁守诚淡淡道。

"她来不来，就看你是不是大宗正。"王玄策道，"若你是，她必定来。"

"那你认为我是不是？"袁守诚问道。

"难以置信，却不得不信。"王玄策睁开眼睛看着他，"你只是一介神棍，利欲熏心，毫无半分世外高人之相，根本配不上大宗正的所作所为。不过，若非你这样利令智昏之人，谁又会盼望天下重回乱世呢？"

"你对老夫倒是蛮了解的。"袁守诚不满地哼哼几声，"抓获老夫之后你一直沉默寡言，难道就没什么想问我吗？"

王玄策沉默半晌："当年在玄都观挂灯出谜之人，是你吗？"

"你是想了解自家娘子吧？也罢，路上闲暇无事，老夫便给你讲讲她。"袁守诚咧嘴而笑，"贞观十七年确实是我在玄都观挂灯出谜。前隋时我尚且年少，极为迷恋刘焯的大衍占卜诀，想要求他传授，但此人极其贪鄙吝啬，我拿五千两黄金来换他都不肯。后来隋末战乱，我去他的老家河北武邑县寻他，见他贫病交加，挖野菜为食，便用十袋稻米就把占诀给换了。但是研读占诀之后我发现一个巨大的难题，这占诀精妙绝伦，应验如神，偏生和我袁氏的占术体系相冲，我无法两者兼修。后来我就拿它来培养门人弟子，不过这大衍占诀对人的资质要求极高，我花了二十年也没栽培出几名出色弟子。那次也是兴之所至，趁着玄都观里为册立太子举行大醮，办起了灯会，我就把大衍占卜诀出成灯谜，挂了十几盏，看看谁能破解。我原以为能破解的是一些文人士子，没想到居然是一名教坊司的奴婢。我问她身份，才知道是代州都督刘兰之女。唉，也算是天意。我便一心一意传授她大衍占诀。你娘子当真是算学天才，三日便将占诀融会贯通，这等天分我痴活六十多年只在李淳风身上见过。若非她心中被仇恨蒙蔽，将来的成就未必会低于李淳风，定然远超我那侄儿袁天纲。可惜了。"

"所以你认为她奇货可居，便将她安排进了东宫？"王玄策问道。

"当然，她只是教坊司的奴婢，若是没有我来安排，她占算如神的消息怎会传入太子耳中？"袁守诚笑道，"那时她才十五六岁，被繁重的劳役每日折磨，人柔柔弱弱，疲病恹恹，大衍占诀极耗脑力，就她这身子只怕占算个三五场就毙命了。于是我给她调养身体，巩固她的筋脉，强韧她的心神，将她养得珠圆玉润，仪态高雅。这才让太子另眼相看，将她带回东宫封了女官。"

王玄策沉默片刻，双手抱拳，躬身道："这一揖乃是替弥奴谢你。"

袁守诚张张嘴，半晌无言："一饮一啄，自有天定。她进东宫之后，我又替她策划了凉州瑞石，一举扭转了太子的危机，从此她备受宠信，一步步执掌了东宫大权。这之后，她杀李君羡、刘洎、张亮，在朝廷里掀起腥风血雨，手段之高明、算计之精准远超我当年，真让人欣慰。"

王玄策苦涩叹息："还有一个问题，你为何要将我写入《秘记》？原本我与这些事毫无关联，只因为第一谶中那句'北向问鸿胪'，让皇帝疑心我应谶，才命我调查此案。这《秘记》谶诗是你所写吧？为何要将我牵扯进来？"

袁守诚生气："什么叫是我写的？这《秘记》是我打坐悟道，进入玄之又玄的境界，看到未来的画面才录于图文之上……"

"得得得，"王玄策不耐烦地打断他，"是玉皇天帝亲口告诉你的行了吧？你只需回答，景娘既然嫁给了我，要借我这个窝来栖居生子，你为何把我牵扯进《秘记》案？你难道不知，我涉入此案便会与景娘直面冲突？"

袁守诚沉默好半晌："这并非是我失误，而是有意为之。随着你娘子的权势越来越大，她查出的秘密也越来越多，最后她知道了刘兰之死的真相——术士许绚是我的人。"

王玄策恍然大悟："原来刘兰是被你害死的！"

"那时节我哪里能想到，将来我最得意的弟子会是刘兰的女儿呢？所以说天意如此。"袁守诚有些沮丧，"从此之后她与我离心离德，却又不敢背叛我，于是将许绚和游文芝炼制成干尸跪在刘兰的灵前，我知道她在发泄心中对我的愤怒。我掌握着她的身份秘密，她掌握着我的核心势力，我二人互相钳制，谁也奈何不了对方。此后她对兴复大汉感到幻灭，她心中一直怀揣着父母和姐弟惨死的阴影，想要脱离刘党，嫁人生子，重建家庭和亲情。哼哼，但是有我在，给她一百个胆子她也不敢嫁人生子！"

袁守诚忽然冷笑起来，王玄策脱口问道："这是为何？"

话刚出口，他便想通了缘由，果然袁守诚冷笑道："她孤身一人或许能和我互相牵制，倘若有了家，有了孩子，那还不是任我拿捏？说搓圆便搓圆，说捏扁就捏扁。她无论嫁给谁都没用，这满长安的豪门贵胄，上至王公贵族，下至军中名将，谁也挡不住我轻轻一击！"

这番话王玄策倒没有认为他吹嘘，刘洎、张亮、长孙安业哪个不是权势煊赫之辈，在他面前毫无招架之力，皆被抄家灭族。

"她对亲情的向往之心太过炽烈，终究抗拒不住诱惑，"袁守诚苦笑长叹，"我万万不曾想到啊，她竟然选了你！"

"她……她为何要选我？"王玄策喃喃问道。

"她来求你庇护！"袁守诚恨恨地道，"这天下她逃无可逃，躲无可躲，世上之人谁都保不了她的安全，她无论藏在哪儿去生蛋，我都会捅掉她的窝，踩碎她的蛋，摔死她的孩子，杀掉她的郎君。所以她选中了你，她知道，只有你才能让我投鼠忌器，有所顾忌。"

王玄策大吃一惊，他一直以为景娘嫁给自己是因为自己没有亲人和家族，便于她隐瞒身份，没想到竟然是为了寻求庇护："你顾忌我？这是为何？"

"难道你不知道所有人都忌惮你吗？你做着朝廷的官员，但你和那些大臣绝然不同，你是个孤家寡人，是个亡命之徒，不但掌握着不良人署这个密谍机构，而且灭国无数，从大唐到西域杀得那些诸王和皇帝人头滚滚。别的高官贵胄我想杀他，他有家有业跑也跑不掉，只能乖乖地任我屠宰。你不同，哪怕皇帝要杀你，只怕还没举起刀来，你说跑便跑，说反便反了。"袁守诚深深地盯着他，"你这样的人，非到万不得已，我并不想结怨。"

王玄策一时哑然，想起太子对自己的评价和忌惮，他有些憋闷，怎的众人对他的评价如此一致？自己可是忠心耿耿，一片赤诚！皇帝若是要杀自己，自己绝对二话不说……他思忖片刻，懊恼地得出结论——撒腿就跑。

"若仅仅是你，我倒也不怕开罪，只是你身边还有一人我更加忌惮，玄奘。"袁守诚道，"你这个师父手无缚鸡之力，又不会降妖捉怪，可你看看栽在他手下的那些人，法雅、崔珏、吕晟、阿术、娑婆寐，哪个都不比我弱。只因他孤身行走五万里，踏遍一百一十国，看穿了红尘万象，斑斓世界，我一旦不慎就会栽在他手中。更麻烦的是我这些门人弟子之中佛徒众多，很多人都尊奉他，你说我招惹他作甚？所以，你娘子才觑准我的顾虑，嫁给了你，哪怕她当真被我杀了，起码你能保护她的孩子。事实上确实如此，无论我和你们夫妻再怎么打生打死，我不曾对你家孩子动手吧？"

王玄策呆滞无言，默默捂着脸长长叹息："她怎的这般痴傻呢？"

"利令智昏呗。"袁守诚评价道，"家庭和孩子当真害人不浅，女人一旦痴迷于此，便会丧失谋反之志。"

王玄策怒目而视，两人完全是鸡同鸭讲，也懒得与他理论，便道："所以，你将我写入谶诗之中是为了威胁她？"

"不是威胁，是惩罚。"袁守诚道，"她答应为我完成《秘记》，原本对她而言此事不难，每一幅谶图预言的过程我们都做过数十次推算，可以实现得丝丝入扣，完满无缺。可是我改动了几个字，用'北向问鸿胪'一句把你引入局中，皇帝命你调查《秘记》。如此一来她就只有两个抉择，要么把自己刚组建的家庭和爱情亲手撕碎，要么说服你投奔刘党，共谋大事。"

"或许，她也可以对我道明真相。"王玄策追思当年，颇有些遗憾，"她是我娘子，无论如何我也能护她周全。"

"你让她告诉你什么真相？"袁守诚嘲讽道，"她是犯官之后？地位卑贱的奴婢？冒充了士族嫡女嫁给你？"

王玄策哑然。

"其实我无比期待后者，我梦寐以求她能说服你，与我共谋大事。"袁守诚道，"可惜你太过愚忠，被太子逼得家破人亡竟然不肯谋反。"

王玄策沉默很久，挑开车帘看看天色，此时已经走到终南山下的沣峪口村，落日悬挂在西面的山岭上，峰峦如同熔化的黄金奔涌四泄。军队蜿蜒穿过村庄，直奔山口的关津而去，四野里炊烟袅袅，有家鸡扑棱棱地飞奔回家，有牧人牵着老牛哞哞叫着踩过田埂。山林别业间还隐约传来呜咽悠扬的琴箫声，不知哪位诗人奏出了一声苍凉萧瑟之曲。

"你不懂。你们这些人把百姓视为牛马，不懂这斑斓世界有多么动人。"王玄策喃喃道，"上一场乱世杀掉我一家二百余口，让我一生一世都无法挣脱。是这座大唐让我重新睡得安稳，不再梦见刀光和鲜血，这个盛世是我，是皇帝，是魏徵，是秦琼，是刘兰，是张亮，是我的父母兄妹，是乱世中罹难的三千五百万人的尸骨共同堆叠起来的。我豁出命来守护它，就是守护这三千五百万人共同的梦想！去建一个盛世，那是我七天前的想法，如今我只想我儿子将来做一名五陵轻薄儿，生在贞观或者开皇这样的治世，斗鸡走狗纨绔一生，什么国家兴亡，民生疾苦，与他全不相干。"

这时前面的兵马抵达沣峪口关津，值守的屯营中郎将急忙率领麾下校尉拜见太子。李治见那中郎将面生，有些不悦："左屯营将军冯鸯呢？为何不来接驾？"

那中郎将战战兢兢地一番解释，李治等人这才明白，原来昨夜长安城发生内乱，陛下有些担忧，便命冯鸯带领屯营进山，补充翠微宫的兵力。

那中郎将命人取出诏旨，李治细细勘验，确认无误，便要进入关津。那中郎将低声解释，如今多事之秋，太子不曾得到陛下的诏令擅自带领大批兵马进山，他不敢擅自放行。

李治顿时惊醒，自己带领数千兵马进入皇帝的离宫，一旦落入有心人眼中便能诬他谋反。另外从沣峪口到翠微宫，沿路都在屯营的控制之下，也无须带领这么多人。李治到车内与王玄策商议一番，最后带了三百轻骑押送马车进山。

袁守诚笑道："你娘子和我如今这种关系，她只盼我早日死掉，是绝不可能来救我的。"

王玄策暗里倒是希望她不来更好，她如今身份曝光，一无所有，反而彻底自由，无所羁绊，倘若就此放手，或许能安然终老。

进入山中之后，骑兵沿着沣水左岸狭窄的山路蜿蜒向上，左侧是高山密林，壁立千仞，右侧是沣水河谷，名曰沣峪，暮色之中宽阔无边，不辨对岸，只听得幽深的河谷之中流水滚滚。

行了五里许，便到了蒿沟路口。

山路到了此处岔出一条小路，顺着蒿沟蜿蜒向上，通往翠微宫，大路则通往终南山的深处，呈一个丁字。在这丁字路口建着一座石桥，桥旁则是一座条石砌成的石堡，皇帝一旦来离宫避暑，此处便由屯营接管驻扎。数日前王玄策和刘全被从蒿沟冲到了此处，就是在这石堡哨卡中偷了衣服马匹，逃出了终南山。

蒿沟路口狭小，只驻扎了一旅的北衙飞骑，由一名中郎将统率。饶是如此，这座石堡中也住不下一百人，因此他们又在蒿沟的山崖边开辟荒地，建了几座营帐。此时太阳已经落山，山间沉黯，那中郎将命人掌来灯笼和火把，恭请太子上山。

骑兵簇拥着马车刚转上蒿沟山路，王玄策忽然跳下马车，来到那中郎将面前问道："你姓甚名谁？瞧着似乎有些眼生。"

"末将丁俞，"那中郎将赔笑道，"原本在屯营，近日才被选入飞骑。"

"原来是丁郎将，且到你房中讨几口水喝。"王玄策点头笑着，与丁俞来到石堡外。

李治等人大感不解地远远望着，丁俞朝几名飞骑示意，命他们跟过来给王玄策取水。王玄策假意伸手去推房门，却突然拔刀，火把之下只见刀光闪动，那两名飞骑顿时被切断脖颈，倒地毙命。他又反手一刀刺向丁俞，丁俞却已经有了防备，退步挡刀，"当"的一声响，避了开去。

"王卿，你这是何故？"李治惊叫道。

"他们乃是冒充！"王玄策大吼一声，一脚踹开石堡的大门。众人顿时骇然，只见石堡内层层堆叠着上百具尸体。原来驻扎在蒿沟路口的北衙飞骑竟然全数被杀，这些人显然刚死去不久，一个个七窍流血，肢体痉挛，脸上的表情极其痛苦恐怖，竟是中了剧毒。

王玄策久在军中，从车帘内瞥了一眼，就发现丁俞的兵马并没有北衙飞骑那股整齐划一的精锐之气，行走之间松松垮垮，队列不整，便起了疑心。他并不认识飞骑中人，但一说瞧着眼生，那丁俞果然顺杆爬，说自己刚被选入。王玄策立刻知道他是冒充的，此时已经入夜，石堡内却灯火皆无，隐约传来一股死气，这才上前察看。

丁俞见事情败露，急忙一声呼哨，只见无数身穿飞骑服饰之人从营帐中冲出，连石桥下的蒿沟中也潜伏着大量兵马，顺着台阶疾奔而上，竟不下五六百人。

这些人的作战体系与府兵一模一样，却又根据地形做了调整，他们先结成五人一伍，然后迅速合拢成五十人一队的密集方阵。结成十座方阵之后，剩下百人编成丁俞的中军，居后方指挥。丁俞一声口令，最前列的长枪方阵笼枪跪膝，半蹲在地上，长枪如林斜指前方，后队的弓箭手拉开弓箭。

王玄策对这套军中战术熟稔已极，丁俞刚开始发出口令，他就将李治、李淳风和袁守诚送入石堡内，又将马车和战马横在堡外作为工事。正混乱间，黑暗的山路上有马蹄声响，几名骑兵簇拥着一个女子策马而来。那女子脸上戴着黄金朱雀面具，被周围的灯笼火把照耀，璀璨如漫天星辰，正是景娘。

王玄策心中沉甸甸的，景娘到底还是来了。想来沣峪口关津那名中郎将是她安插的内奸，屯营将军冯鸢只怕凶多吉少，或是被秘密控制，或是被杀，随后那中郎将把太子的大队兵马阻挡在沣峪口外，景娘则提前解决掉蒿沟路口的飞骑，在此设伏。

一系列算计环环相扣，缜密无比，更难得的是效率之高，简直匪夷所思。要知道自己拿下袁守诚之后几乎未做停留，直驱终南山，却还是被景娘抢先一步，入山设伏。

李治一看见她便扼制不住心中的怨气，拽着铁链将袁守诚从堡内揪了出来，大吼道："贱婢，若不下马就擒，我斩了他！"

袁守诚苦笑："我估计她最开心的便是你一刀杀了我。"

景娘一声轻笑："殿下，陛下的生死可着落在此人手中，若要弑君，不妨动手。"

李治顿时张口结舌，气得火冒三丈，却只好把袁守诚丢回堡内。

"杀！"景娘毫不拖泥带水，一声令下，叛军们乱箭齐发。

王玄策和李治等人躲在战马后面躲避箭雨，但双方距离太近，这狭小的三角区域拥挤了上千兵马，密密麻麻水泄不通，第一轮便有数十人中箭，惨叫着倒地。也有不少战马中箭，嘶鸣着脱缰而去。

景娘不通行伍，由丁俞发出口令，十座长枪方阵霍然起身，层层叠叠压制过来。

王玄策等人背靠石堡，被压制在极其狭窄的范围内，人挤人，马挨马，几乎抹不开身，随便一枪过来就能穿糖葫芦一般给穿成串。王玄策灵机一动，大吼道："刺马！"

周围过于嘈杂，杜行敏和刘全在府兵群中奔跑穿梭，把他的命令传达下去。众人纷纷用刀枪在马臀上猛刺，三百匹战马发出凄厉的长嘶，四蹄奋起，朝着丁俞的长枪方阵猛冲过去。

如此密集的环境长枪阵如何避开？叛军大骇之下竖起长枪阻挡马匹，不少战马被戳死，但仍如同潮水一般一波一波冲出，最终彻底冲垮了枪阵。叛军被踩踏得人仰马翻，景娘没想到会有这种变故，急忙率领中军退避到山坡上。

"弃枪，拔刀，杀——"王玄策一声大吼，横刀一指率先冲出。

府兵们纷纷醒悟，如此密集的乱局下接近两丈的骑枪根本无用，于是弃枪拔刀，结成三三一伍，对着叛军大肆砍杀。冷兵器的搏杀一旦阵列崩毁，那简直是灾难，叛军虽然人数众多，却只能各自为战，被王玄策等人往蒿沟边逼压，不少人站立不稳跌入山涧，被湍急的水流冲走。

景娘怔怔地看着，她终于领教到王玄策这种军中名将的厉害，自己以两倍的兵马围攻对方，刚刚占尽优势，一瞬间就彻底崩溃。

丁俞眼见不妙，翻身上马奔到景娘面前，喝令叛军掩护她撤退。就在此时，眼前黑影一闪，王玄策杀穿人群，从地上捡起一条长枪劈面掷了过来。丁俞虽然身穿铠甲，如此近的距离也挡不住一把骑枪，"噗"的一声被穿胸而过，鲜血冲在了景娘的黄金面具之上。

丁俞翻身跌下战马，王玄策踩着他的尸体，一手持刀，一手拔出长枪，抵在景娘的胸口。这一刻尘埃落定，叛军满盘皆输，二人却都是相顾无言，沉默地对视着。

李治喜出望外，从石堡里狂奔出来。有随从递上一把弓箭，李治不假思索，抄起弓箭便朝景娘射去。

"不可——"王玄策瞥见箭矢飞来，顿时骇然失色，大吼着挥刀劈砍。光线太过昏暗，这一刀劈了个空，他眼睁睁看着利箭射进景娘身躯，她应声落马。

王玄策丢掉刀矛，伸长双手扑过去，后背重重地跌在地上，却终于将她抄在怀中。那箭矢深深地射入她的肋下，只留下半支箭杆。王玄策想要触碰箭杆，却不敢动弹，手臂颤抖。景娘躺在他怀中，喉头作响，面具下淌出一股鲜血。

这时李治满脸喜色地奔过来，正要说话，王玄策一声怒吼："滚！"

李治愕然片刻，委屈地道："王卿，我只想看看到底是不是她。"

王玄策颤抖着手摘掉面具，李治顿时松了口气，确实是景娘无异。她口角鲜血流淌，眼睛里却带着微笑："殿下，你可以安心了。"

李治讷讷无言，心中忽然涌出一丝伤感，沉默地走开了。

这时叛军们看见主将被杀，刹那间军心崩溃，四散奔逃。刘全和杜行敏率军追杀，双方在山路上追逐血战，黑暗中不时响起凄厉的惨叫。蒿沟路口一时寂静下来，府兵们搜索着四周的幸存者，见有未死的叛军便上前补刀。山风吹动着火把，火光摇曳，人影憧憧。

李治急于押送袁守诚去见皇帝，见景娘的伤势已经神仙难救，便不再理会，带领大队人马上了翠微宫。蒿沟路口尸横遍野，到处都是倒毙的战马和翻倒的马车，被丢弃的火把引燃树木，火光点点。

王玄策抱着景娘孤独地坐在黑暗中，感受着她的身体渐渐变冷。两人谁也不说话，似乎如初见的那一夜，古松老槐，明月载酒。当年是相遇，今夜却是告别。

第三十章
终南山上箭如雨,叶叶声声是离别

"儿子呢?"景娘喃喃地问道。

"在玄都观呢。"王玄策低声道,"尹观主派了道童在照顾,还从居士家中找了乳母。他不哭也不闹,食量大如牛,今早还拉了我一身。"

景娘嫣然一笑,舒服地叹道:"以后就要辛苦你了。生儿不易,养儿更难,我曾经想陪伴他一生一世,如今却做不到啦!郎君,日后你要续个弦,找那性情绵善的,她会喜欢弥奴的。让弥奴认她做亲娘,孩子才满月,他不会记得我的,他们会母慈子孝,幸福一世。"

"不,"王玄策泪水流淌,"我不会再娶妻。"

"傻子!"景娘挣扎着抬起胳膊,擦掉他脸颊的泪水,温柔地道,"难道被我吓破胆了吗?世上的女子你闭着眼睛娶,都会比我好一万倍。你是个好人,顶好顶好的人,被我误了,你该有自己的幸福。你别说……听我说,我希望弥奴的一生父母双全,他的亲情不曾缺失,我要让他学会父亲的坚韧与阳刚,也要让他熏陶母性的温柔与慈悲。如此,待得他人过中年,看到父母在堂,儿女在侧,他会觉得人生完满无憾。你看看你,心中的创口三十年都不曾愈合……我也是。郎君,我不想让儿子重复我们的人生,孤苦伶仃的。"

"我做不到……"王玄策哽咽着,"我会带着弥奴离开长安,离开大唐……"

景娘定定地看着他,有些生气:"郎君,若是想让儿子离开大唐,我今夜何必死在这里？"

王玄策脑子里灵光一闪，失声道："你——"

"没错，今夜是我故意设的局。"景娘艰难地吐出喉咙里的鲜血，喃喃道，"这个局唯一的目标，就是让我死于太子之手。"

王玄策怔住了，今夜剿杀景娘的叛军顺利得有些怪异，景娘设局伏击，又是以多搏少，怎会如此顺利便让自己击溃？忽然想起太子奔出石堡的那一刻，身边有人故意递给他一把弓箭，王玄策恍然大悟："你……你为何要这么做？"

"因为我要让太子亏欠你！亏欠我儿子！"景娘含笑道，"只有如此你和弥奴才能活下来！"

王玄策怔怔地看着她："太子奈何不了我的，天下之大我处处可去，他——"

"不是那种活法！我不要儿子是那种活法！"景娘呼吸急促地打断他，"你知道，我受袁守诚和太子的双重控制，一心想要摆脱他们的掌控，自由自在，过上普通人的生活，有家庭，有郎君，有孩子……可自从你被皇帝召来调查《秘记》，我们夫妻二人就面临生死困局。你若是输了，自然会死；可你若赢了，我会死，你会成为太子的死敌，也会死。这场困局环环锁死，无计可解。你我无论谁输谁赢，我们的家都会毁于一旦。最初，我想将你驱逐出局，但你这人又狡诈又坚韧，竟是妾身生平仅遇的厉害人物，我使尽了手段都甩不掉你。"

景娘笑着，满脸温柔之意。王玄策紧紧抱着她，试图温暖她慢慢冰凉的身体。

"所以我为了自保，只能杀你。"景娘满脸歉意，"对不起，郎君，那时节我当真动了杀念，我想杀死你来保全弥奴和家族。我知道你很难过，被自己的亲人谋杀，任谁心都要碎了。你那日问我是否爱过你……我不敢爱你，郎君。爱之一字对我来说太过奢侈。我无法承受所爱之人死在面前的痛苦。"

"我知道……我知道……"王玄策喃喃地说着，心中悲恨交织，竟如麻木了一般。

"抱歉郎君，是我太过自私。我想陪自己的孩子，我想照顾他长大，我阿爷、我阿娘、我祖母、我弟弟……全都死了……他们全死了。我永远忘不掉幼弟临死前的痛苦，每一夜我都能在梦中听到他惨叫，浑身痉挛，痛苦不堪，挣扎了三日三夜才咽气。我只想有一个亲人，照顾他，保护他，我想陪伴他一生一世。"景娘呜咽着，泪水滚滚流淌，"郎君对不起，我想保护眼前拥有的幸福，这是我费尽心机才挣来的，我不想失去。"

王玄策默默地抱着她，无声叹息。

"原本我想着牺牲你之后，哪怕我满怀愧疚，苟且偷生，也能陪伴弥奴长大，可是我的身份却被丘行恭给查了出来，宣扬了出去。"景娘苦涩叹息，"从那一刻起我就知道，我无法陪伴弥奴了。因为弥奴将来是要做开国郡公的，他会在大唐享尽荣耀，他会追赠自己的祖先三代，他会娶一名关陇或者关东的士族门阀嫡女，他的一生无忧无虑，完满无缺。所以他的母亲不能是一名奴婢，不能是罪臣之女。"

"我们的儿子不会在意的。"王玄策道，"无论你是什么身份，都是他的母亲。"

"可是世人在意，朝廷在意，《贞观律》在意。"景娘喃喃道，"他会沦为世人的笑柄，他会被高官贵胄排斥唾弃，他会仕途不顺，婚姻不幸，终日里借酒浇愁，脾气暴躁。我不想他有这样的人生，尤其这人生是我造成的。作为一个母亲，我只想给他最好的人生，给他最健全的性情，给他最尊贵的品格。所以我决定退出，把抚养他的责任交给你！"

王玄策怔住了，呆呆地看着她："交给我？"

"是的，交给你。由你来陪伴他。"景娘笑道，"谢谢你替我杀了丘行恭，帮我了却了一生的心愿。不过丘行恭虽死，我身份的秘密却传播了出去，捂不住了。我也累了，与其背负杀你的罪孽苟活一生，还不如把这责任交给你。我好好去歇歇。但是想让你陪伴弥奴，却有一个极难的问题要解决——太子！"

王玄策默然，自己追查《秘记》将太子的隐私一一揭开，他对自己深恶痛绝，等他继位，只怕第一道旨意就是将自己抄家灭族。

果然，景娘说道："太子对你切齿痛恨，等他登基做了皇帝，如何让他善待你却是个大难题。"

"何止是个难题？"王玄策苦笑，"我们之间无可转圜，势不两立。"

"也不至于无可转圜。"景娘的脸色越发苍白，偏生眼睛里光芒四溢，宛如风中烛火，"想让他不恨你，只需让他更恨我便成。当他恨我胜过恨你，偏又奈何不了我，他自然会找你和解，求你相助。"

王玄策的脑中轰然一响，有如雷轰电闪，刹那间一切谜题迎刃而解。怪不得昨夜景娘和太子那一战如此怪异，一向谋定后动的景娘就像没头苍蝇一样，这厢里杀一场，那厢里烧一场，烧掉的内库和常平仓虽然让皇家、朝廷损失惨重，但对她毫无用处，似乎只为了泄愤。

原来她是为了激怒太子，折磨太子，让他绝望，恐慌，走投无路，最终不得不与王玄策和解，向他求援！

景娘对太子的性情当真把握到了极致，太子完全落入她的算计。当他躲在大慈恩寺的万军拱卫之下，仍然被景娘闲庭信步一般走到身边时，他彻底崩溃，直接跑来找王玄策和解，哪怕被王玄策打得满地翻滚，颜面扫地，也要恳求他出手。

"将来你一定要告诉儿子，他的阿娘有多么狡诈，万万不可老实本分。"景娘得意地道，"若是丢了阿娘的脸，阿娘可不会饶他，会从地狱中爬出来抽他的小屁股。"

"我做不到……景娘，我不会照顾孩子……"王玄策呜咽失声，"我可以去死的，等太子登基后你能陪伴弥奴活下去的。"

"傻子，"景娘叹息，"为了苟活，我杀孽太重，作恶太多，神明不会赐福给我的。我不想让弥奴有这样一个阿娘。能挣扎着从地狱中爬出来，与你结一段姻缘，生一个孩子，我已经拼尽全力啦！郎君，儿子拜托给你了……"她有些支撑不住，声音越来越低，气息也渐渐微弱。

正在这时，山路上驶来一辆马车，旁边还有几名左右屯营的骑兵，马蹄踩在山路上嗒嗒作响。

到了蒿沟路口，那马车停在旁边，一名僧人掀开车帘跳了下来，赫然是玄奘。而车里面还躺着一名老者，那老者须发皆白，腰背佝偻，身体虚弱得不成样子，相貌却有些陌生。

"师父！"王玄策惊喜交加。

玄奘来不及说话，奔过来查看景娘身上的箭伤，脸色瞬间凝重。他急忙奔回车上取了一只葫芦，里面是熬好的参汤，又取来几粒丹药，一起给她灌服进去。景娘的脸上渐渐有了血色。

这时王玄策才来得及询问："师父，您如何在此？那车上又是何人？"

"他便是袁天纲。"景娘笑道。

王玄策大吃一惊，玄奘神情复杂地望着景娘："今日下午，你娘子遣人寻到我，给了我一个地址，让我将天纲先生救出来。"

王玄策愕然，景娘喃喃道："你不是想知道袁守诚的身份吗？想问你便问他。"

不待王玄策追问，袁天纲便叹道："实在是家门不幸，袁守诚确实是老夫的叔父，刘举也确实是他的真名，他的生父乃是隋文帝的宰相刘昉。"

"你是刘昉的儿子？"翠微宫含风殿内，李世民半躺在卧榻之上，吃惊地望着袁守诚。

李治、长孙无忌、褚遂良等人跪坐在殿内的芦席上，只有袁守诚戴着扭铐和脚镣跪在地上，起居郎上官仪一手执着文书，一手拿着毛笔，跪坐在一旁记录。殿门口，左屯营大将军程知节、中郎将薛仁贵等人身着铠甲，全神戒备。

李世民的风疾已经极为严重，半边身子麻痹，半边脸有些歪斜，头沉得几乎抬不起来，说话的言语都有些不利索，含混不清。尚药局的御医捧着药箱在大殿的角落里随时待命，其中有一名须发卷曲的天竺老僧，正是娑婆寐。

在座之人大都出生于隋朝开皇、大业年间，对刘昉自然不陌生。刘昉乃是隋朝的开国功臣，一手将杨坚推上皇帝宝座，建立大隋，被封为柱国、舒国公。但此人的性情轻薄放纵，毫无担当，杨坚称帝后对他日渐疏远，于是他有了怨言，郁郁不得志。

刘昉沉迷于"刘氏当兴"的谶语，认为自己姓氏为"卯金刀"，名字拆开是"一万日"，意味着自己要做"万日天子"，于是联合郕国公梁士彦、大将军宇文忻谋反。当时是开皇六年，他的幼子刚满周岁，为了应谶，他私自给儿子取名刘举。不料刘昉乃是纨绔之人，一边做着谋反大业，一边却贪慕梁士彦妻子的美色，竟然与之私通，结果尚未起事便泄露了消息，被杨坚诛杀。

"不错，舒国公便是先父。"袁守诚在李世民的面前并不隐瞒，直接将自己的身份来历和盘托出。

原来刘昉喜欢结交术士，袁天纲的祖父袁嵩、父亲袁玑精通相术，当时并称"二袁"，名满天下，刘昉与其折节相交，结下厚谊。他抄家被诛之时，袁嵩感念其恩德，秘密救走了刘举，谎称是自己的姬妾所生，并为其取名袁守诚。

当时袁天纲已经二十岁，这名"小叔父"几乎由他一手带大。袁家的本意就是给刘昉留下香火，因此并未隐瞒，等到袁守诚年龄渐长，就告知其身份来历，恢复其本来姓名。

这时正值隋末乱世，群雄四起，天下百姓唱着"白杨树下一池水，决之则是流，不决则为漓"的歌谣，追随着谶语中的"帝王们"向杨氏开战。袁守诚野心膨胀，认定自己就是天命之主，就是《太上洞渊神咒经》中预言的"刘举"，注定要成就霸业，一统天下。

不过他是相师出身，敬天畏命，惜身畏死，再加上不通军事，奔走多年仍旧一事无成。眼看着天下局势越来越明朗，刘氏不成气候，李氏大势已成，他只好化名"大宗正"潜藏在暗处，秘密笼络刘氏势力，择机再起。

他虽然搞军事不成，论起阴谋弄权、制造谣言却是天选之人，二十年来竟然被他组建出一支覆盖大唐朝野、影响亿万斯民的秘密势力，搅得朝廷血雨腥风，焦头烂额。

"原来是一名愚妄之人！"李世民摇头不已。他知道自己的身体撑不下去了，在驾崩前破获了大宗正一党，让他心怀舒畅。袁守诚这人虽然破坏力不小，但只懂得躲在暗处使诈造谣，损不了大唐的根基，这让他大松一口气。

"何为愚妄？"袁守诚冷笑道，"世人虽然称你万岁，但你的寿命只有区区五十二年，老夫勘破阴阳，前知五百年，后知五百载，在这条历史长河之中，莫说你区区一介帝王，便是大唐朝也是白驹过隙的一瞬而已。你有什么可自得自矜的？"

李世民今年正是五十二岁，李治等人见他诅咒皇帝，纷纷怒斥。李世民却不以为忤，摆摆手止住众人，问道："你当真懂天命吗？若是真懂，便知道如今天命在李，天命在唐，又何必做这逆天抗命之事？"

李治等人心头一动，这才懂了皇帝病重之际仍要亲审袁守诚的用意，竟然是要袁守诚承认大唐的天命！一旦刘氏的大宗正承认了大唐的天命，再有奸人作祟也掀不起什么风浪。

"天命？老夫失败只是因为不通武略罢了，与天命何干？"袁守诚哈哈大笑，嘲讽道，"我来告诉你什么叫作天命！隋末乱世之中，你最强大的对手便是刘黑闼吧？你们李唐击败他三次，为何他每一次战败不到半年就能再次聚拢数万大军？一举旗帜，河北山东的百姓轰然响应，驱逐唐吏，欣然归附！他们崇敬的是刘黑闼本人吗？不，他们憧憬的是四百年前辉煌的大汉！那时的大汉能为他们遮风挡雨，让他们吃饱穿暖，不受异族侵略之苦，不受分裂离乱之害。自从两汉覆亡之后，哪朝哪代，哪个自称天命的皇帝给百姓带来过丰衣足食、国家一统？"

袁守诚的情绪激昂澎湃，高声嘶吼，声音回荡在含风殿上，众人相顾失色。李世民惊出一身冷汗，连风疾都有些轻了，不知不觉坐直了身子，阴沉沉地看着他。李治和长孙无忌等人有心反驳，却一时无话可说。

"西晋黑暗腐朽，八王内战十五年，直接导致了五胡乱华，将中原汉人如同猪羊一般驱赶屠戮。东晋士族门阀争权夺利,宋齐梁陈如同走马灯一般你方唱罢我登场。这些豪门贪婪残暴,横征暴敛,天下百姓抛弃农桑,疲苦徭役,兵役连年,死亡流离。

"北朝胡人当政,五朝十六国乱局频仍,反复分裂、割据、攻伐,如同石碾一般将中原百姓反复蹂躏。君不见咸阳百万家,长城白骨埋泥沙。孙绰《上晋哀帝迁都疏》曰:'自丧乱已来六十余年,苍生殄灭,百不遗一,河洛丘虚,函夏萧条,井堙木刊,阡陌夷灭,生理茫茫,永无依归。'

"隋朝一统不过二十二年,便修运河,征辽东,再次天下动荡,分崩离析。隋末十七年乱世,四千六百万百姓死得只剩下九百多万人!天下百姓之心何处皈依?除了曾经那道璀璨一时的大汉之光,百姓们沦陷黑暗深渊四百年,何曾有过其他的光?"

含风殿里一片沉默,袁守诚的声音宛如滚滚雷声,响彻大殿。

"所以陛下,我来告诉你什么是天命!天命既不姓刘,也不姓李,既不是唐,也不是汉,天命便是天下百姓民心所向,性命所系!你击败刘黑闼之后不到三个月他便卷土重来,一举大旗,百姓们云集景从,为了四百年前那个自己从未见过的大汉前仆后继,死不旋踵!'刘氏当兴'对天下百姓而言绝不只是一句谶语,它是一首战歌!我相信你平定刘黑闼之艰难更甚于王世充。为何?因为天下百姓渴求盛世,渴求温饱之心胜过任何一种力量!"

袁守诚说完之后,大殿里的空气仿佛凝固一般,沉寂无声。

好半晌李世民才喟然长叹:"好一个既不姓刘,也不姓李,既不是唐,也不是汉!袁先生既然有如此见识,奈何一意谋反?须知你掀起乱世,荼毒的仍旧是天下百姓!"

"一来我不是圣人,我有野心。"袁守诚坦然道,"二来是我占算失误,我占算的结果是乱世将至。我只是在提前布局罢了。"

"荒谬!"李世民笑了,"当真是谬以千里!"

袁守诚摇摇头:"陛下,难道当上皇帝之后你心中不曾恐惧吗?"

"恐惧什么?"李世民问道。

"恐惧你的大唐能够传承多久!"袁守诚一字一句道,"自从大汉灭亡后,这世上可曾有传承百年的一统王朝?西晋五十一年便灭亡,东晋偏安江南勉强百年,北魏从统一北方到灭亡不到百年,刘宋享国五十九年,北周享国二十四年,隋朝享国三十九年。陛下,你在太极宫中无数次午夜梦回,不曾想过大唐能传承多久吗?"

"住口!"李治霍然起身怒斥道,"大唐享国万年!"

袁守诚放声大笑,肆意癫狂:"瞧瞧你们和大隋朝有多像吧!都是外戚夺权当了皇帝;都是太子被杀,其弟篡位称帝;第二代皇帝都曾对突厥开战,都曾在高句丽铩羽而归。还有哪些相似之处?"

"我杀了你!"李治从程知节的身上抽出横刀,要斩了袁守诚,慌得长孙无忌和褚遂良死死地抱住他。

袁守诚丝毫不惧,从容道:"我穷尽一生便是要预言历史,在我的卦象中,你便是第二个隋炀帝!唐三世而衰,女主武王,代有天下!这便是我占出来的卜辞!所以我要预先布局,迎接即将到来的乱世!"

李世民冷笑:"你把朕看作隋炀帝,怪不得占辞荒谬。隋炀帝被突厥困在雁门,而朕灭了突厥,擒了颉利和突利告慰宗庙。朕灭薛延陀,灭高昌、焉耆、龟兹和吐谷浑,打得高句丽国力崩溃,遣子求和。天下万族共上尊号'天可汗'!朕的武功,又岂是杨广可以相提并论的?"

"杨广确实无法与你相提并论。"袁守诚长叹一声,"但是我输掉这一局,并不是因为你强过他,而是你寿命将至,这一生将带着荣耀盖棺论定。若是你像那汉武帝一般多活十年、二十年,我未必输掉。"

"住口!"李世民血冲头顶,面皮肿胀,强撑着身体从坐榻上起身。他此生的梦想就是要做圣贤之君,千古一帝,只有那传说中的尧舜才能比拟。为此,他宵衣旰食,戎马倥偬,拖着老病之身亲冒矢石,要为天下百姓打造一座铁桶江山,辉煌盛世。可是在袁守诚看来,自己最终也会像那汉武帝、隋炀帝一般老迈昏庸,涂炭天下。

李世民禁不住又是委屈又是气怒,一阵阵头晕目眩。他立刻感受到一股死亡的气息,顾不得与袁守诚理论,咬牙问道:"你借《秘记》宣扬朕将在明日驾崩,是不是在朕的身上下了毒?"

袁守诚哈哈大笑:"你查了七天,可查出饮食药物中有毒物?"

李世民哑然,周围的李治、长孙无忌和程知节等人面面相觑。这些时日他们查遍了皇帝的饮食、药物都没有找到剧毒之物,玄奘还亲自拿着婆婆寐炼制的丹药去找孙思邈,将丹药碾碎了来试药,结果毫无发现。

这袁守诚究竟是如何控制皇帝生死的?

"你到底使了什么法子?"李世民问道。他这句话一出口,李治便是一叹,显然皇帝已经相信了袁守诚能控制自己的生死。

"你猜。"袁守诚嘲弄道。

便在这时,殿外传来玄奘的声音:"陛下,他没有在丹药中下毒!"

众人转头望去,只见玄奘搀扶着袁天纲从大殿外一步步走了进来。李治急忙冲过去,低声问道:"法师可见着王玄策?他人呢?"

玄奘点点头:"玄策也来了翠微宫中,正在贫僧的精舍中陪伴他的娘子。"

李治脸色变了:"夋姬仍然未死?"

"回天乏术。"玄奘瞥了他一眼,"殿下无须担忧。"

李治尴尬不已,却暗暗松了口气。

这时三人来到殿上,李世民在内侍的搀扶下坐起身子:"法师辛苦,袁师身子可无恙?"

袁天纲的精神已经好了些许,神情复杂地看了袁守诚一眼,拜谢李世民:"多谢陛下遣人搭救。老朽家门不幸,让陛下见笑了。"

李世民宽慰他几句,命人给他和玄奘赐座:"方才听你们所言,袁守诚这逆贼没有给朕下毒?他预言朕明日将死,原来是一派胡言!"

"也并非一派胡言。"袁天纲苦涩地叹息,"陛下您也知道,老朽除了占卜之外,略通丹鼎岐黄之术,当年常蒙太上皇相召,进大安宫为他调理身体。太上皇当年也久受风疾之症的折磨,每到暑热便频繁发病,头疼目眩,肢体麻痹,虽然最后仍是患了风疾而终,但好在他无须操劳政事,悉心调养之下寿比七十。"

李世民轻轻吐了口气。他自然知道自己和父亲患的是同一种病症,之所以坚信自己还能再活十年,便是李渊活了七十岁,自己今年才五十二岁。自己一向健壮,怎的都不可能如此短寿。

"也是在治疗太上皇的病症时,老朽发现治疗风疾最佳的手段便是镇肝熄风,回到阆中之后,便在蟠龙山上炼制丹药,反复炼制了十多年,成功炼出一炉丹药,对风疾之症颇有奇效,服用一粒,无论多重的风疾即刻起死回生。"袁天纲说道。

此言一出,含风殿内举座皆惊,李治更是以手抚额,惊喜交加。

李世民声音颤抖:"袁师有心了!朕铭感于内……这丹药何在?"

"陛下,被您给吃了!"袁天纲苦笑道,"婆婆寐拿给您服用的,便是这一炉药！"

李世民等人禁不住目瞪口呆。

袁天纲详细讲述，去年他受皇帝诏命来京，将这炉药也带了来想要进献给皇帝。不料袁守诚知晓之后便恳求他，想以自己之名进献这炉丹药。袁天纲八十有余，自身已无欲无求，他更希望自己的叔父能够和李氏和解，于是欣然答应。不料袁守诚却借着这炉药策动了一桩惊天动地的大案，他要精准地预言皇帝的死亡，让世人相信《秘记》中的预言。

"唐三世而衰，女主武王，代有天下！"李世民咬牙切齿地念道，却又有些奇怪，"可是……那炉药是拿来救命的，如何控制朕的生死？"

"药自然是救命的，但倘若停药呢？"袁守诚忽然笑道。

这句话如同惊雷闪电一般，在李世民的脑中轰然炸响，瞬间他全明白了。

袁守诚骗到这炉药之后，便开始着手策划《秘记》一事，与景娘谋划了每一处细节，使得所有事件的演变与《秘记》预言严丝合缝。这时皇帝的风疾已经越来越严重，病笃乱投医，恰在此时，王玄策灭亡天竺，俘虏了娑婆寐回到长安。皇帝早听说娑婆寐乃是天竺的异人，活了二百多岁，擅长炼制长生药，便命娑婆寐在禁苑炼制长生药。娑婆寐当年吹嘘能炼制长生药，只是为了谋夺戒日王的江山，又如何真会炼制这种东西，只好装模作样地炼制一些强身健体之药。

这些药物对李世民的病情毫无用处，到了今年的五月，长安暑气越来越重，李世民的风疾也越来越重，几次昏厥，御医们束手无策。袁守诚悄然找上娑婆寐，拿出这一炉丹药，将自己的计划坦然相告。

娑婆寐当年谋夺了戒日王的江山，不但被王玄策率兵灭亡，连自己也被俘虏到了大唐。他一直想蓄意报复，听得袁守诚的计划欣然配合，假称自己炼制出了灵药，将这炉丹药献给皇帝。

尚药局的奉御和侍御医碾碎丹药，剖析药理，发现乃是对症之物，又找了同样患有风疾之人来试药，灵验入神，然后进献给皇帝。李世民服用之后，头疼目眩和肢体麻痹的症状一扫而空，几有起死回生之效，顿时大喜，厚赐娑婆寐，命他再炼一炉。因为这一炉药只有十八对，三十六粒。碾碎两粒，试药两粒，玄奘为了验药拿给孙思邈两粒，只剩下十五对，三十粒，只够半月所需。

可娑婆寐又哪懂得炼制，只是借故拖延罢了。

"陛下，其实你病入膏肓，早该死了，只是被这药物吊着命而已。"袁守诚冷笑道，"我为何能控制你的生死？因为药一停，你的风疾之症便无法压制，必死无疑。"

李世民脸色铁青，他半月前开始服药，今日刚服完最后一粒！

"袁师——"李治满脸惶恐地扑到袁天纲面前，"今夜务必请你再炼一炉，救我阿爷！"

"叔父将我囚禁，便是怕我炼制丹药救陛下的性命。"袁天纲黯然摇头，"但其实，老朽即便知道也无能为力了。因为炼制这一炉药需要九转，一转需要九日，共需九九八十一日才能炼制成功。"

李治的身子瞬间僵硬，转过头呆呆地看着李世民，一瞬间满脸泪痕。自从他做了太子之后，当年的父子亲情忽然就变了模样，父亲再也不是阿爷，而是大唐的皇帝，每次思之念之见之，都是一种发自骨髓的敬畏与恐惧。此时得知父亲明日将死，往昔的父子之情如同潮水一般汹涌而归。原来它从来都不曾消失，只是被权势名利与恐惧所遮盖。

李世民也沉默了许久，自家之事自家知，半个月前他就预感到自己不久于人世，服食丹药之后的精神焕发倒让他有些不安，如今知道真相也不过是苦涩叹息罢了。

"朕还曾想能活到太上皇的寿数，平高句丽，灭西突厥，可惜——"李世民凄然叹道，"不知千百年之后，朕将会得到怎样的评价？"

含风殿里一片寂静，无人能答。

玄奘的精舍之中，景娘仰卧在榻上，那支箭只是被剪掉了外面的箭杆，却没敢拔出箭镞。须发皆白的神医孙思邈正在她身上行针，硬生生以针灸止住了鲜血。王玄策瞧着他的脸色，禁不住提心吊胆。

孙思邈一套针法行完，景娘的脸上有了一丝红润。孙思邈显然很是耗神，擦了擦脸上的汗水，叹道："王少卿，老朽只能为尊夫人吊一时半刻的性命，却是无力回天了。恕罪。"说着叹息抱拳，转身离去。

王玄策恭恭敬敬地送他离开，自己站在门口半晌没有转回身躯，双肩剧烈地抖动着。景娘挣扎着叫了一声郎君，他慢慢地转回身，原来已泪如雨下。

景娘眼眶顿时通红，喉头哽咽，她被箭矢伤了肺部，顿时呼吸急促，嘴里涌出一股血沫子。景娘喃喃道："郎君，别让我哭……"

"嗯。"王玄策急忙擦干泪水，坐在榻上握住她的手。

"我们说说话……"景娘微笑道，"忽然又不舍得死了……留下你跟儿子我总是放心不下。等我死后，你续个弦，我帮你挑了五家士族家的女儿，每个人的性情、相貌、才艺我都一一打听了，无论娶谁都会善待弥奴的，只看你喜欢谁，便娶了她。"

王玄策嘴唇颤抖，好半晌才道："莫要替我操心，此生我无意再娶。"

"不——"景娘温柔地望着他，"你需要有个女子来慰藉此生，弥奴也需要有个娘亲来怜爱他。你不但要续弦，还要尽早。弥奴才满月，此时被人抚养才会忘掉我这个亲娘，认她做自己的母亲。"

王玄策的泪又淌了出来，好半晌才道："我不想让他忘掉你，我想让他记你一生一世……"

景娘终于呜咽出声："莫要胡说！你希望他知道自己的母亲是个奴婢吗？他会痛苦的，会自轻自贱的……"

"如果他因为自己母亲的身份而自轻自贱，那他便不配做我的儿子。"王玄策道，"他不能决定自己的出身，却可以决定自己的未来。尊严不是别人给他的，是他自己给自己的。"

"你不懂……你不懂……"景娘有些感动，"郎君，待我死后，太子登基，你打算怎么做？"

王玄策沉默片刻："我会带着弥奴到西域去。那里有四时的风光，无数的种族交相辉映，我会带他见识人间最为璀璨的雪山、龟兹人美妙的乐舞、梵衍那国一百五十尺高的巨佛、罗马人建造的万神庙、波斯人的圣火祭坛。我会带他登上王舍城外佛陀讲经的灵鹫山，我曾在山上刻了一篇铭文。我带他到大马士革城，那里有一片大海，人仰躺在海上浮而不沉……"

"郎君，"景娘默默地望着他，"我左袖里有一件东西，你取出来。"

王玄策抬起她的胳膊，从袖子里取出一物，乃是一卷帛书。打开来，上面写满了密密麻麻的文字，以干支纪年预言了未来的八十五年！

己酉年：四月十八，吾儿生。五月二十六日，母丧。

庚戌年：吾儿一岁，父敕封河南郡公，受荫正七品云骑尉。

辛亥年：吾儿二岁，父续弦，视如己出。

壬子年：吾儿三岁，师从孔志玄开蒙，史志经卷，过目成诵。

癸丑年：吾儿四岁，入崇贤馆，与王子上金、孝同窗……

王玄策越看越惊骇，这竟然是一卷占辞，详细占算了弥奴从出生到八十五岁的人生！按照景娘的占算，弥奴四岁入崇贤馆，与皇室诸王做了同窗；十六岁礼部应试，状元及第。然后任职崇贤馆直学士，接着升迁起居郎、秘书丞。

弥奴二十五岁娶了山东崔氏嫡女为妻，生长女取名如娘；两年后生长子，取名冲旸。二十八岁他因上书论事，直陈时弊，贬为苏州刺史，从此流连江南，醉心诗词文章，每一诗出，天下争相传抄，洛阳纸贵。

弥奴三十五岁，其父玄策薨，终年七十五岁。弥奴袭河南郡公爵，服丧丁忧，从此终生不仕，寄情于山水之间，放浪于形骸之外，放鹰走犬，纵酒闹市，天子称之"富贵闲人"。

弥奴五十岁，弃酒色，放鹰犬，先求黄老而不成，后学释氏亦无解，然而其诗词文章却有大成，当时人赞之曰："高山无穷，太华削成。人文无穷，王氏挺生。"

弥奴六十岁，于洛阳永泰坊起书楼，抚育儿孙，教习乡里。他将诗文结集，共收三千八百篇，分七十五卷，取名《王河南集》，天下传抄不绝。朝廷专人抄本藏之于崇贤馆，为天下文宗。

这六十年的大唐送走了四位帝王，是一个盛世中的乱世。它国力强盛，开疆拓土，震慑四夷，然而内政纷乱，李治驾崩后大唐经历了女武之乱，兵变，篡权，复辟，种种乱象纷至沓来，皇帝和王侯将相如同猪羊鸡犬一般被宰杀。乱兵入城的那年举世无双的长安城几乎付之一炬，天街踏尽公卿骨，甲第朱门无一半。然而无论这世间如何动荡，弥奴以天下文宗的声望受到世人的庇护，他活过了多姿多彩的一生，又以三千八百篇诗词文章撑起了大唐风华，传唱万代。

弥奴八十五岁，他自知寿命将至，临终前作书向亲友辞别。他在书信中追忆了自己的一生，说昨夜于梦中见到了八十五年前去世的母亲，她踩着祥云而来，在明月中迎候自己。写罢，安然而逝。

皇帝得知其死讯，大恸，辍朝五日，赠尚书右仆射，谥号"文"，史称王文公，亦称王河南。其爵由长子冲旸承袭，降爵一等。

王玄策细细地看着，心潮起伏，与其说这是一篇占辞，不如说是对自己儿子一生的期许。弥奴这一生富极贵极，却不为富贵所束缚；他既浅尝了人世的艰难，又不经受世间的苦厄；他一生顺遂，肆意而行，既不纨绔浮浪，也不拘谨戒惧。他在少壮时品尝了万丈红尘，声色犬马，又在老来完成了内心的自洽和圆满。

"这便是我为儿子占算的一生。"景娘艰难地笑着,"你看可好?"

"好……好……"王玄策的泪水止不住地流淌。

"可完满吗?"景娘问。

"完满……"王玄策道,"再没有比这更好的人生了。"

"所以……莫要带儿子去受那风沙之苦……他还太小。"景娘道,"若是能走,我何须促成你与太子和解……"

"不走了。"王玄策喃喃道,"我陪着他留在大唐,待他长大成人。"

"如此,我便可以安心啦!"景娘满足地叹息,"身后事,拜托于你了。"

"我会照顾好他的……"王玄策哽咽道,"他的一生都会按照你的占辞而行,我会让他入崇贤馆,让他娶崔氏女,我会将我们的长孙取名冲旸,长孙女取名如娘……"

"多想看到那一天啊,可他才满月……那么久……那么久……"景娘慢慢撑不住了,神思恍惚,"他临睡前喜欢听我唱一首儿歌,每天晚上我翻来覆去地唱,他睡得很香。"

"你教我好不好?"王玄策哭道。

"盘脚盘,盘三年。降龙虎,系马猿。"景娘低声呢喃着,哼唱着儿歌的曲子,"心如水,气如绵,不做神仙做圣贤……"

"盘脚盘……盘三年……"王玄策跟着唱,喉头哽咽,泣不成声。

景娘继续唱着:"摘豆角,不待老,嫩的甜,老的饱。豆角虽嫩不伤人,五月桃李已入唇……"

第三十一章
有八九十老人，击壤而歌

"所以，这便是袁贼最终的阴谋吗？"含风殿内，李世民满脸恨意地望着袁守诚，"要通过朕的死亡，来证明《秘记》之精准？"

"是！"李治咬牙切齿，"他宣称大唐三世而衰，有女主武王要夺了大唐的江山，以此来动摇儿臣的大位，掀动刘氏造反！"

袁守诚静静地跪在地上一言不发，眼神中却闪耀出一丝嘲讽。

"陛下，殿下，此人的谋划贫僧已尽皆知晓。"玄奘苦笑道，"所谓《秘记》只不过是最表层的阴谋，他早已熄了造反之志。《秘记》实现到最后，只是为了给大唐埋下一条火线，去点燃百年后的火山。"

"百年后的火山？"李世民等人顿时愕然，纷纷追问。

袁守诚的脸色顿时大变，忽然怒吼一声，从地上跳起身来，挥舞着杻铐砸向玄奘。在场的都是文臣，反应不及，眼见得杻铐便要砸到玄奘头上，守在含风殿门口的薛仁贵一抬手，手上凭空多了一把弓箭，也不见他张弓搭箭，"嘣"的一声响，一根箭矢破空而至，射向袁守诚的面门。

"莫要杀他——"玄奘厉声大喝。

薛仁贵一惊，手上便如光影交错般只是一闪，谁也没看清他的动作，另一根箭居然后发先至，射在了前一支的箭杆上，不但将前一支箭劈断，自身还借势变了方向，"噗"地射入袁守诚的肩头。袁守诚堪堪要砸到玄奘的头，终究闷哼一声跌了出去。

神乎其技，简直叹为观止。

这时众人才反应过来，程知节、李治和长孙无忌扑过去，七手八脚将袁守诚按在地上，将他双手双腿都捆上。

袁守诚的肩膀只是受了皮肉伤，御医们就候在殿外，迅速便给他包扎妥当。

一番忙乱过后，众人都心有余悸，但也知道玄奘确实戳中了袁守诚的要害，才使得此人穷凶极恶。李世民详细询问，玄奘道："陛下，《秘记》表面是演给全天下看，其实是只演给您一人看的。《秘记》推算了未来七日的大事，虽然遇见了各种干扰，但最终都应了谶，且实现得严丝合缝，精准无比。"

李世民、李治、长孙无忌和褚遂良等人禁不住打了个寒战，他们是亲身经历过的，虽然知道乃是人谋，却仍旧悚然惊惧。

"所以，哪怕今日我们破获真相，但细细想来，《秘记》到底是人谋多一些，还是占卜术确实如此神奇，很难证伪。"玄奘道，"因此袁守诚知道造反无望之后，他执行《秘记》的最终目的便是诱使你们以占卜术来推算大唐未来的国运。"

李世民顿时愕然，半晌不语。

李治却不解，问道："推算大唐未来的国运？"

"女主武王可不是袁守诚创造出来的。"玄奘怜悯地望着李治，低声道，"陛下时至今日也没有找到那个女主武王，怎能不忧心忡忡？陛下将一手打造出来的大唐盛世交给殿下，怎能不忧虑三世之后？"

李治瞬间便明白了，"唐三世而衰，女主武王，代有天下"的预言对阿爷的触动实在太大，他临终之际最大的愿望便是找出此人。既然以人力无法找到，他便求诸占卜，来占算大唐未来的国运。

"可是大唐的国运占算便占算了，这里面又如何使弄阴谋？"李治还是不解。

"殿下，"玄奘道，"袁守诚自知无法颠覆大唐江山，他想要给后世的枭雄，那些操、莽之辈，陈胜、张角之徒，留下一个造反的依据，那便是大唐皇室推算的国运谶图。"

玄奘说得很平缓，但此言一出满殿哗然。所有人都听懂了，因为谶图是个后解的东西，将来只要有人想造反，就能从谶图中解读出自己造反是天命授权的依据。关键是这谶图还是大唐皇家推算的，更能增加其权威。

"法师，老夫有一事不明。"长孙无忌沉声道，"这谶图只会在宫中秘藏，不会流传到宫外，外人如何能知道其内容？"

"世人能否看到内容……不重要。"玄奘苦笑，"只要民间知道大唐皇宫藏有这谶图，将来谁想造反就伪造一份，假托是唐宫所藏便是。反正朝廷又不可能拿出真图和他理论。"

众人恍然，但细细一想，确实如此。

"而且伪造谶图还有个好处，很方便嵌合他们的天命。"玄奘也有些无奈，"将来这些操莽之徒都会依托它假传天命，蛊惑百姓追随他们造反。所以贫僧怀疑，今日袁守诚是故意被捉，他来到陛下面前就是要与您探讨天命，诱惑您制作一份谶图，诱惑天下有野心者！"

李世民半晌无言，整个人都呆滞了。

袁天纲忽然心中一动："陛下，淳风何在？"

"朕……他正在喜安殿内……"李世民艰难地道，"朕命他推算大唐国运！"

大殿内的空气突然凝滞，众人面面相觑。袁守诚躺在地上哈哈大笑，笑得身体有如大虾一般蜷曲抖动，眼泪、鼻涕和口水打湿了含风殿的地砖。

喜安殿内布置得极其诡异，从殿顶垂下来数百根丝线，高低错落挂着三百六十五盏琉璃灯，似乎将天上的星辰和宇宙浓缩到了这座大殿之内。山间风凉，有风吹进大殿，琉璃灯随风摇晃，摇曳出变幻莫测的光影。偶尔有两盏灯轻轻一撞，碰出清脆悠长的清音，碎玉鸣珂，仿佛是无数星球破灭再生的啼音，从宇宙深处鼓荡而来。

李淳风盘膝入定，静坐在这宇宙星空之下。

他身前摆着一副书案，案上摆着一卷纸轴，轴上画着几幅图，写着几篇文字。李淳风闭目垂眉，进入深沉的禅定之中，神思缥缈，仿佛穿透了大千世界，往古来今。琉璃灯碰撞时"叮"的一响，才能惹得他微微动弹，然后抓起笔在纸上勾画一番，一幅晦涩难懂的画面便跃然纸上。随后李淳风重新沉入冥想，随着那风动、幡动、灯动、禅动，去捕捉微不可察的天地之秘。就是在这种玄之又玄的意境中，李淳风听着天外宇宙传来的颤响，闭目勾画出一幅幅图谶。

便在这时，大殿外传来脚步和甲胄的轰响。"砰"的一声殿门被一把推开，薛仁贵和一群百骑冲了进来，二话不说闯进了琉璃灯阵，然而"砰砰"几声闷响，两名百骑竟然撞在了大殿的柱子上。

这两人冲得太急，又穿着五六十斤的甲胄，这一撞可不轻，顿时晕了过去。薛仁贵一时愕然，大殿内到处都是琉璃灯，明亮无比，这两人怎的撞了柱子？这时又有几名百骑穿过灯阵走向李淳风，然而诡异的是，又是"砰"的一声两人撞在一起，跌翻在地。

"停步！"薛仁贵惊骇交加，举手示意。

"薛郎将，请你的人撤吧。"这时袁天纲在玄奘的搀扶下走进大殿，说道，"这里被淳风布了阵法，颠倒阴阳，逆乱天机，你们擅闯会极为危险。"

李治、长孙无忌等人也簇拥着李世民的肩舆走进大殿，众人眯着眼睛往灯阵里略略看了一眼，顿时便有些头晕目眩，知道袁天纲所言非虚，急忙命百骑们撤退，守在大殿门口。经过这一番嘈杂扰乱，李淳风居然毫无所觉，仍然沉入深深的禅定之中捕捉大道天机，偶尔拿笔在纸上写几笔，如同一具偶人一般，极为诡异。

"原来如此！"玄奘叹道，"当初朝廷推断第六谶，都以为应谶的那人会将刘氏和李氏合而为一。然而，眼前这一幕才是真正的第六谶！"

众人一惊，随即便想起第六谶的那一句，"流是漓，漓是流。金刀刻出万年书。"这句话一直解释得很模糊，后来袁守诚在应谶之时被王玄策和李治抓获，众人只以为第六谶被破了，也就没有在意。但眼前李淳风推算国运这一幕，活脱脱与灵感寺被抓时的袁守诚一模一样！

"第六谶最终还是实现了！"玄奘苦涩不已，"袁守诚——也就是刘举在灵感寺中只是虚晃一枪，让我们以为破了第六谶，他真正的目的是想让李淳风来应这第六谶，所以才叫'刘是李，李是刘'。不管是刘举来应谶还是李淳风来应谶，都是刘氏来刻写在后世史书上。'一万小儿齐拍手，梨花枯了开石榴'，这一万小儿也不是军队，乃是指万日天子刘昉的小儿子刘举完成了《秘记》，拍手大笑，然后李氏衰败，刘氏盛开。"

李世民等人心惊肉跳，袁守诚制作的《秘记》竟然如此缜密、难缠，直到此刻还在进程之中。

"能否阻止李淳风，让他停下？"李治急忙问道。

"此事不难。"袁天纲叹了口气，"请随老朽进来。"

袁天纲带着玄奘、李治走进琉璃灯阵。三人在阵法中穿来绕去，李治和玄奘只觉如同步入宇宙星空，星辰滚滚，银河汹涌，无数恐怖的星体旋转着从身边轰然而过，时而一个微不可察的黑点突然膨胀爆炸，变成巍峨巨星，时而一颗炽烈燃烧的星辰忽然塌缩死亡。

三人仿佛迎着星辰河流逆流而上，来到了银河深处，各种星体如同一滴滴水珠般劈面打来，一尊巨大的身影端坐在星辰河流之上，时不时地便伸手抓一把星辰，那星辰被他一抓，宛如泡沫般噼里啪啦地破碎。

三人来到李淳风身后，他仍旧一无所觉，如同木偶般将手里的星辰碎片抛开，冥思半响，重又伸手一抓。袁天纲叹息一声，伸手推他后背："痴儿，还不醒来！"

李淳风一惊，霍然睁开眼睛。玄奘和李治顿时听到耳边传来星辰碎裂之声，漫天景象一扫而空，移光换影，两人发现自己仍旧站在喜安殿中，四周垂挂的琉璃灯在风中摇曳，李世民等人在灯阵外候着。

李淳风定了定神环顾四周，见师父袁天纲站在自己身后，禁不住惊喜交加。李世民命人抬着肩舆来到书案前，拿起书卷细细观看，只见上面画着十来幅图，如同小儿涂鸦一般，根本辨不清画面。旁边写着十来篇类似谶诗一般的文字，更是晦涩难懂，甚至不少字迹都重叠在了一起，如同鬼画符一般。

李世民问道："李卿，这些图文便是你推算的大唐国运吗？"

李淳风看了一眼，也是满脸愕然："应该便是了。"

"应该便是？"李世民诧异，"这谶图和谶语都写的什么？"

"臣……"李淳风苦笑，"臣也不知所云。"

李世民松了口气，对李治道："烧了。"

李治摘掉一盏琉璃灯，就要烧掉书卷，忽然大殿外传来疯狂的大笑。众人转回头，只见袁守诚戴着镣铐，在程知节等人的押送下一瘸一拐地走到大殿门口。

"陛下还是未懂啊！"袁守诚笑道，"从今夜起，天下亿万斯民都将知道陛下命李淳风推算大唐国运，画了一篇谶图。谶图一物，世人是否见过不重要，甚至这个东西有没有也不重要，只要世人相信有这么一件东西，枭雄豪杰想要造反时随便就能造出来一篇，说这就是唐宫所藏，假托天命。只要百姓愿意相信，真的还是假的，有或者没有，根本不打紧！"

李世民默然很久，询问玄奘："法师如何看待此物？"

"陛下，"玄奘斟酌很久，坦然道，"方才贫僧看了上官仪记录的问对，此贼虽然狂悖，有一句话却颇有道理：天命便是天下百姓民心所向，是他们渴求盛世、渴求温饱之心。倘若大唐出现曹操、王莽之辈，那便意味着朝廷出现乱象，权柄倒悬；倘若大唐出现陈胜、张角之徒，那便意味着百姓饥寒交迫，人心弃唐。一卷谶图并不能决定成败，大唐若能给天下百姓带来长治久安，便是袁守诚这等人也会熄了造反之志；倘若百姓困苦，人心弃唐，哪怕没有这谶图大唐也行不远矣。"

"江山在德不在险。"李世民叹息道，"法师说的是堂堂大道啊！罢了，此物便留着吧，藏之深宫，传之后世，让我的子孙后代见之思之，人人戒惧悚惕，勤政爱民。或许，大唐尚能行得更远一些。"

长孙无忌、褚遂良等人自然是齐声称颂。

"此贼——"李世民厌恶地盯着袁守诚，一字一句道，"不杀！将他囚禁监牢，我要他有生之年亲眼看到大唐一日强过一日，国泰民安，盛世太平！"

撑着一口气说完，李世民只觉头晕目眩，眼前一黑，歪倒在了步辇上。

众人骇得魂飞魄丧，什么都顾不得了，簇拥着步辇狂奔回含风殿。孙思邈和一群御医提着药箱飞奔而至，推拿针灸，灌服汤药，忙乎了大半夜，皇帝终于悠悠醒转。

李世民仰躺在榻上，李治和长孙无忌、褚遂良都环伺在侧，众人眼眶通红，显然是刚刚哭过。起居郎上官仪跪坐在一旁，腕悬执笔，准备记录皇帝的每一句话。

"什么时辰了？"李世民喃喃问道。

"寅时了。"李治抹了抹泪，"二十六日，己巳日的寅时了。"

李世民喘息片刻，内视自身，他知道自己今夜就要死了，果然如那《秘记》所言，分毫不差。他禁不住苦涩长叹，这也算是天命吗？弥留中，一生的过往如同走马灯一般循环往复：

童年时和父母、建成、元吉一家人其乐融融；

十六岁时披甲持枪，勤王救驾，冲破雁门关下的突厥大军朝见隋炀帝；

十七岁铁骑冲破贼寇魏刀儿，万众敌营中解救李渊；

十八岁太原举兵反隋，霍邑城击破隋将宋老生，长驱进入关中；

十九岁隋帝禅让，助太上皇创建大唐，被封秦王。

此后的五年里他衣不解甲，马不解鞍，为大唐征战天下，讨伐四方。浅水原之战平灭薛仁杲，柏壁之战击败宋金刚，洛阳城一举灭亡窦建德、王世充，洺水之战击溃刘黑闼，举手之间灭了徐圆朗。那些日子真的苦，最长的时候他三日三夜急行军，把自己绑在马背上睡觉，饿了咬一口干巴巴的饼子，渴了便抓一团路边的积雪。他差点被单雄信刺死，差点被刘黑闼活捉，冲一次敌阵战马能死掉数匹，铠甲上插满箭矢。秦琼说他所经二百余阵，流血数斛，自己又何尝不是？都是一样的风疾，为何太上皇能活到七十岁，自己却要五十二岁而终？因为这大唐榨干了自己的一切！

所以……李世民决然地想着，这江山他如何能交给建成？

那时他身兼秦王、天策上将、太尉、司徒、尚书令、中书令、雍州牧、左右十二卫大将军、陕东道行台尚书令、益州道行台尚书令、凉州总管、蒲州都督……他禁不住苦笑，太上皇把这些官职一股脑加给他的同时，也将他推到退无可退的境地。他只能夺位，不夺，便死。

看着自己开创的这贞观盛世，他慨然无悔。

看着榻前哀哀哭泣，连白发都生出来的儿子李治，他慨然无悔。

要去见爱妻无垢了，还有儿子承乾，一家人仍旧在一起，甚好。甚好。

哪怕建成、元吉也会在死后相见，那便来吧，自己无悔无惧。

他艰难地伸出手，触摸到一只温暖的手掌，是自己最爱的儿子，李治。他哀哀流泪："雉奴，雉奴，你有如此孝心，我死有何恨？"

李治号啕大哭。

然后他又挣扎着把手伸向长孙无忌，长孙无忌急忙上前，让皇帝抚摸他的脸颊。李世民喃喃道："朕今日把身后之事托付给你啦！太子仁孝你是知道的，要多加辅导之。"

长孙无忌呜咽不止，不能言语。

"雉奴，有无忌、遂良在，你勿忧天下。"李世民又看向褚遂良，"无忌尽忠于我，我有天下，多赖其力。我死后，你切勿让人谗言间毁他。"

褚遂良叩拜于地，呜咽着答应。

"去，拟遗诏吧。"李世民吩咐道，"着皇太子治即皇帝位。"

一言毕，他的手慢慢垂落，溘然而逝。

精舍之中，一灯如豆。

昏暗的灯烛下，王玄策握着景娘的手和她并排躺在榻上，纤细的手掌渐渐失了温度，冰凉清冷。王玄策两只手紧紧地包裹着它，似乎想用体温来给她暖热。景娘已经陷入弥留之中，脸上毫无血色，仿佛一层薄薄的纸，瞳孔也在渐渐放大，她嘴里仍呢喃着，仔细听，似乎是儿歌的旋律。

王玄策的泪水已经干涸，就这样沉默地躺着不动，静静地守着她。

忽然有连绵的哭声从含风殿的方向传来，精舍外杂沓的脚步声和甲胄碰撞声潮水般冲过，有一人呼喊着："封锁五坊，检查所有铁笼，任何一只鹰鹞雕鹘不得升空，但有所见，一律射杀！"

　　景娘的眼中忽而有了一些神采，喃喃说了些什么，声音几不可闻。王玄策贴过脸，凑在她嘴边仔细倾听才听到四个字："皇帝崩了……"

　　王玄策苦涩地叹息："是啊，贞观结束了。"

　　"秘不发丧……"景娘嘴唇张翕，喃喃道，"太子要登基了……"

　　王玄策没有说话，眷恋地抱着她的身体，轻如无物，仿佛灵魂都离去了。

　　"太子若要反悔，对你动手，可去感……感……"景娘的声音轻如呼吸，王玄策趴在她嘴边才能勉强分辨几个音节。

　　"随他吧，景娘。"王玄策道，"我只想和你多待上一刻。"

　　"不不……很重要……"景娘吐出最后一口气也要将这句话挣出来，他只好努力倾听，"感业寺……你去感业寺找个小尼姑……明空。"

　　王玄策摸不着头脑："感业寺？明空？"

　　"感业寺，明空……对她说一句话……七月七日甘露殿！"景娘拼尽最后的力气，紧紧攥住他的手，"只有她才能救你……救儿子……"

　　"七月七日甘露殿，我记住了。"王玄策不解其意，只好点头应承。景娘眼中满含柔情地望着他，久久不动。王玄策颤抖着去触摸她，才发现她气息早已断绝，手却仍然用力地攥着他，似乎要攥紧这个世界，将自己永留在丈夫和儿子的身边。

　　王玄策默默地躺下去，将头埋在她怀里失声呜咽。

　　贞观二十三年五月二十六，己巳日，李世民崩于翠微宫含风殿，时年五十二岁。

　　太子与长孙无忌等商议之后，秘不发丧，次日太子先行回京，先前带来的兵马仍旧跟随。

　　五月二十七日，太子抵达长安。大行皇帝的尸身盛放在日常所乘的车舆内进入皇宫，停灵于两仪殿。

　　五月二十八日，太子与长孙无忌擢拔东宫辅臣，以太子左庶子于志宁为侍中，少詹事张行成兼侍中，以右庶子高季辅兼中书令。

　　五月二十九日，发丧太极殿，宣遗诏，太子即位，大赦天下。

　　新帝下诏，听任在外的诸王回京奔丧，但濮王李泰不在此列。

五月三十日，长安城内四夷各部的首领和使臣听闻天可汗驾崩，恸哭哀号，剪发、劙面、割耳，流血洒地。阿史那社尔、契苾何力请杀身殉葬，李治假称先帝有旨不许。

忙乱一整日，李治拖着疲惫的身躯回到太极殿，大行皇帝躺在棺椁之中，妃嫔、公主和年幼的皇子都跪伏在大殿的两侧守灵。厚重高大的棺椁如同巍峨的山岳，李治痴痴地望着，泪水无声而下。

南阳公主已被从感业寺接回了宫中，与兄弟姊妹一起守灵，她提起裙裾默默地来到李治身后："四哥，我恳求你一件事，待得阿爷入葬昭陵之后，请你将我免为庶人。"

"为何？"李治低声问道。

"阿爷答应过我，待得刘三郎剿灭了大宗正就让他与我成婚。"南阳公主眼中满是期冀，"我只想与他做个普通人家的夫妻，耕田种地。"

李治怜悯地望着她，命内侍取来一只木匣子交给她。

"这是何物？"南阳公主打开木匣，里面是一份文牒。

"阿爷的一份遗诏。"李治说，"与你有关。"

南阳公主急忙打开遗诏，只看了一眼，顿时呆住。那遗诏极为简单，只有一句话："刘全此人豺狐之心，姓名应谶，待朕死后，着即赐死。"

李治叹息一声，转身离去。

南阳公主呆滞地拿着手里的遗诏，整个人如失魂魄，忽然发疯一般奔出了太极殿。屯营中郎将薛仁贵正在殿外值守，南阳公主询问他刘全的所在。刘全官复原职，仍然是北衙飞骑的旅帅，正值非常时期，也在宫中值守。薛仁贵打听了他所在的方位，南阳公主一路奔跑过去。

刘全带着麾下的一旅飞骑在皇宫外的永安门值守。从翠微宫返回长安之后他踌躇满志，只待新皇帝登基之后，自己尚了公主，将来能出将入相，位极人臣。他甚至开始规划，自己是在朝为官，还是外放州郡做一名刺史或者都督。这让他取舍不定，难以兼得。

正在这时南阳公主找来，二话不说，催促他上了马车，一声鞭响，载着他驶出皇城。刘全还以为公主是情浓难耐，直到公主拿出遗诏递给他，他愕然看完顿时如冷水浇头，江心崩舟，两眼通红地嘶吼道："这是假的！皇帝答应我娶你的，怎么会杀我？这定然是太子想要杀我！"

南阳公主哭道:"这是阿爷亲笔写的遗诏。因为你参与过刘党,姓氏应谶!"

"天下姓刘的多了!"刘全悲愤绝望,"他连刘举都能不杀,为何偏生容不下我?翠莲……"他用娘子的名字呼喊南阳公主,"我没有复兴刘氏之心了,只想做大唐朝的官与你一生厮守。"

南阳公主哽咽道:"三郎,天家有多无情我早已知晓。我们逃吧,逃到边陲之地,无人认识的地方,耕田种地,采桑织布,好吗?"

"你让我跑去边陲当农夫?"刘全难以置信,"我祖祖辈辈都在禁苑中当农夫,我出卖族人,九死一生帮你们家破了《秘记》大案,又娶了公主,难道是为了重新做个农夫?"他怒吼道,"老子要做官!老子要光宗耀祖、位极人臣,做那一人之下万人之上的大官!"

南阳公主悲哀地望着他:"你要娶我,是因为爱我,还是为了做官?"

"你说呢?"刘全狰狞地望着她,"你贵为公主,锦衣玉食,居然想逃离皇家,做那寻常妇人!简直愚蠢至极!你知道做一个农妇有多苦吗?每日寅时你便要起床纺纱织布,待得姑翁、丈夫、孩子起床,你要烧火做饭,备那一日三餐。待得天亮,你要去村头挑水,喂鸡养猪。一大早你便打着呵欠,劳累不堪,浑身又脏又臭,你男人连闻都不愿闻你,话都懒得跟你说一句。然后你夫妻二人去田间劳作,你要把锄、犁地、播种、育苗、锄草,你要去溪头挑水浇地,你瘦瘦的肩膀担了一担又一担水,扁担将你的肩头磨得稀烂,麻布衣服粘在肩膀的血痂上撕都撕不下来,疼得你嗷嗷哭泣。过得三五个月,你的手掌不再白皙滑嫩,手掌、脚掌和肩膀长出厚厚的老茧,粗糙宽大,你男人连摸都不愿摸你一下。你还要给田间施肥浇粪,你穿着破烂的衣裳,大脚板踩着泥泞的地面,挑着一担大粪从家里穿过村庄走到田间地头。你浑身恶臭,蓬头垢面,到了太阳落山,你和那群妇人躲到人烟稀少的小河沟里洗刷身体,村里的浮浪子躲在树丛里偷窥,他们吹着口哨,朝水里扔石头调戏你。夏夜尚可得过,到了冬天,你一冬不得洗澡,捂着臭烘烘的身体钻进被窝,自己都厌恶自己。或者你还有个选择,那就是跳进寒冷刺骨的溪水中擦洗自己,第二日或许你会突发高烧,缺医少药,倒毙于炕头。公主,你想要哪个?你怎么选?"

"不要说了!"他说得极为恶毒,南阳公主嘶声尖叫着捂住耳朵。

"还没完呢!这只是你最好的生活!"刘全表情扭曲,有如毒蛇般狰狞可怖,"就这样你辛苦劳作一年,收获了庄稼,采摘了瓜果,纺出了丝绢麻布,你却吃不饱、穿不暖,因为你家的粮食会被官府收走。你的丈夫和儿子还有无休无止的徭役,去筑城，去修路，去挖河渠，去当兵打仗，他们被官府征发到几百上千里外，你数月不见消息。忽然有庄正上门，告知你丈夫或者儿子病死于河渠之上，或者在战场上丢了脑袋。你披麻戴孝像狗一样在村庄里奔走哭泣。这就是你想当的农妇！这就是你梦寐以求的生活！我，还有我的祖祖辈辈已经过了几百上千年！"

南阳公主也不知是被他吓的，还是绝望崩溃，呜咽痛哭道："三郎，可是你无路可去啊！刘姓一党的骨干都被你除掉了，如今只有你符合那传说中的卯金刀，无论谁做皇帝都要杀你的！"

刘全愕然呆坐，忽然觉得滑稽，禁不住癫狂而笑，涕泪横流。他恶念一闪，拔刀刺入南阳公主的小腹。公主整个人呆滞不动，难以置信地望着他。

"既然如此，老子就去做那卯金刀，反了吧！"刘全咬牙狞笑，"白杨树下一池水，决之则是刘，不决则为李。我是大汉天子后裔，几百年来预言说甲午之年，刘氏还驻中国，长安开霸。为何不能是我？"

公主捂着伤口软软地倒在坐榻上，脸上迅速失了血色，悲哀地望着他一句话也说不出来。这个她爱过的男子，这个曾经温厚淳朴，为她悲惨的命运中带来无数欢乐的男子，此时全然变作了一头恶魔。

刘全掀开车帘，此时马车驶到了一条偏僻的街上，车夫满脸恐惧地瑟缩在车头，他一刀斩过，车夫跌翻在地。他卸掉马背上的车辕，将马车推进路边的排水渠，然后翻身上马，朝着禁苑的方向疾驰而去。

禁苑的门禁对刘全而言，如同纸糊的一般，处处漏洞。他找了一处密道，弃掉马匹潜入禁苑。

沿着永安渠回到刘家庄，刘全站在村中央的打谷场上，敲响了挂在老槐树上的铁钲。节奏三长两短，反复敲击。此时已经进入亥时，夜深人静，清脆的铁钲之声远远地传了出去，庄上的族人从睡梦中惊醒，默默地在暗夜里倾听着铁钲的节奏。有些人神情激动，有些人黯然神伤，有些人拥抱着父母、妻子和儿女依依不舍，有些人则沉默地走进谷仓，从柴禾中抽出暗藏的枪矛。

然后这些人擎着灯笼火把来到街上，走到打谷场上聚集，不到半个时辰来了黑压压的一片。农历三十的夜晚，月亮宛如细眉，星辰像钉子一样镶嵌在夜空中，这些青壮男子一手举着枪矛，一手持着火把，身上佩戴着弓箭和横刀，沉默无声地站在月光下，原来这些人竟然都是袁守诚和刘全训练的私兵。

刘全曾向太子招供，他是大宗正的丁曲曲长，为大宗正训练了一支五百人的军队，眼前这数百青壮便是他丁曲的精锐。这五百人他并未隐瞒，只因为他告诉太子，大宗正藏了足够五千人的铠甲和兵械。太子为了找出大宗正，便没有打草惊蛇。随后皇帝病重，太子急匆匆上了翠微宫，因此来不及清理，却给了刘全谋反的底气。

刘全说剩下的四千五百人将会临时调入禁苑，其实是撒了一个弥天大谎，这五千人根本不在禁苑之外，就藏在禁苑之中。

因为禁苑的面积堪比长安城，为了给皇家供应一切所需，里面生活了五六万人，大大小小的村庄星罗棋布地分散各处。袁守诚二十年来筹谋颠覆大唐，在禁苑中耗费了大量的心血，秘密发展徒众，时至今日他收服的青壮男子即便没有五千，也有三千之数。

袁守诚为了训练这些人煞费苦心，每年冬春两季农闲之时，都会借助府兵的习射课试将他们聚在一起演练，甚至还遣了精通军阵作战的教头来教习，命名为"兴汉军"。多年训练下来，这支军队的精锐程度不输大唐禁军。

刘全举着火把，跳在一副碾子上嘶声大吼道："老皇驾崩，新皇即位，这是复兴大汉的最佳良机！岁在甲戌，刘氏当兴！大宗正有令，号令兴汉军在未央宫集结！"

明日便是六月初一，甲戌日。

众人激情勃发，在刘全的带动下高声呼喊"岁在甲戌，刘氏当兴"，然后纷纷钻进街巷和田埂，摸黑前往禁苑中的数十个村庄召集军队。

刘全带着几名心腹翻身上马，前往未央宫。

月色下，众人驰过坍塌荒废的城池和宫殿，马蹄声惊动了夜色，荒烟蔓草间不时狐兔出没，远处又有狮虎夜吼，那是皇家在兽苑中豢养的猛兽，供皇帝骑射游猎。夜风迎面扑来，刘全胸中如同燃烧着一团火，这是大汉的城阙啊！这是大汉的帝都啊！如今却成了这番模样！

来到未央宫的前殿，刘全等人策马驰上荒废的高台，在宫阙的暗影下沉默等待。过不多久，一群一群的农夫结伴而来聚集在高台下，众人经过多年训练，一个个井然有序，谁也不说话，来了之后便按照阵列站好。五人一伍，伍长一名；十人一火，火长一名；五十人一队，队正一名；百人一旅，旅帅一名；二旅一团，校尉一名。再往上便是折冲府的编制，五个团合计千人组成一座折冲军府，设折冲都尉一名，副手为左、右果毅都尉各一人。

这是大唐的军制，袁守诚并不满意。原本想按照两汉的军制来设置，奈何日常演练是假借朝廷府兵的名义，只能按照大唐的军中操典来，他也只好妥协。

大约一个时辰，除了一些伤病老迈之人，兴汉军已经大略到齐，共计三千七百三十五人。大唐的府兵需要自备长枪、弓箭和横刀，铠甲却不得私藏，需要朝廷提供，这些人虽有武器装备，却仍是农民装束。刘全带着这支军队穿过未央宫的北门，再向东穿过一道坍塌的城垛，来到武库。

这座武库是大汉朝廷储藏兵器的库房，当年藏有天下之兵，铠甲军械堆积如山。大汉灭亡之后库房就被搬空，焚烧拆毁，如今只剩下残垣断壁，从北周一直到大唐，无人再对它感兴趣。

刘全带领兵马来到一座残败的废墟前，命人开挖，众人做惯了农活，当即搬开坍塌的砖瓦石块，拿铁锹将地面挖开。下面的废墟夯土显然被战火烧过，都是黑红色。向下挖了两尺，忽然"当"的一声响，下面竟然是坚硬的岩石。几百名农夫一起动手，用撬棍将条石搬开，露出一座黑魆魆的大洞。

众人一阵欢呼，刘全带着几名旅帅擎着火把钻进洞中，沿着台阶向下走了两丈深才踏上平地。众人挥舞火把照耀四周，不由震惊，眼前是一座巨大的库房，摆放着一排排的木架和木箱，木架上整齐摆放着无数的长槊、长戈等兵器，还有的木架上则堆放着一套套的铁铠甲，都用油纸包裹，不少木架早已腐朽损毁，塌了一地，各种兵器甲胄堆积如山。

有人打开木箱，箱子里是用油纸包裹着的弓弩，不下几万张。另外一些箱子里则是弩箭，约有数十万支。

在众人的欢呼声中，刘全带着他们穿过这间兵器库，下一个库房中则是一座器械作坊，里面停放着数十辆攻城车和抛石机，都是新制的，不少木料只刨开一半，散发着新鲜木料的气息。刘全解释，这里便是大宗正制作军械的秘密基地。

有人闻到一股刺鼻的气味，左右寻找，在墙角发现几只大木桶，打开一看，里面是黏稠的黑油。一名农夫诧异地询问，刘全拿出一根木棍在桶里搅拌几下，凑到火把上点燃，只见那沾了黑油的木棒"呼"的一声剧烈燃烧，把众人骇得失声惊呼。

"这是石脂，在肃州一带有条河，河里便流淌着这种石脂。它极易燃烧，水越扑，火势越猛。"刘全道，"但这些乃是石脂提炼后的东西，叫火油，里面混合了硫黄、树脂、木炭、沥青和石灰，比石脂燃烧的威力更胜十倍，是大宗正从波斯人那里重金购来的。今夜你们砍些干藤蔓，编织出几百颗木球，里面裹上竹篾和干草，塞些石块增重，用这火油浸透，点燃之后用抛石机发射出去。今夜我要火烧太极宫！"

兴汉军亢奋不已，将这些铠甲军械从武库中搬运出来，全副武装。霎时间这支农民军焕然一新，军容严整。一个个身上披着汉时的铁甲，手持步槊与长戈，一人一具弓弩、一把汉代的环首铁刀，虽然都有些锈迹斑斑，却别有一股苍凉肃杀的古意。

刘全激情澎湃，大吼道："岁在甲戌，刘氏当兴！"

"岁在甲戌，刘氏当兴！"兴汉军嘶声呐喊，似乎汉长安城的整座废墟都在簌簌震动。

"出征！"刘全怒吼一声，提枪一指，跃马而出。

三千七百余人的军队分作三支，从未央宫残破荒芜的废墟中潮水般涌出，在黎明前的黑暗中扑向大唐的皇权中心，太极宫。

明日便是六月初一朔日，也是太史局推算最适合新帝登基大典的吉日。

李治忙碌了一整日，虽然身体疲累至极，精神却愈发亢奋，长孙无忌和褚遂良请他回东宫好歹歇息一下，以应对明日繁杂冗长的礼仪。李治坐着肩舆走到半道，喝了安眠的汤药之后又觉得不妥，命人转回太极殿上。

他告诫自己，愈是接近大成，愈要谨慎戒惧，尤其是不孝之名，万万不能留下任何口实。他命内侍在大行皇帝的棺椁前铺张芦席，就在上面将就一夜。内侍心疼他，为他铺了张羊毛毡毯，又让他大骂一通撤换成了芦席。

和一群妃嫔、公主、皇子在芦席上睡到半夜，李治忽然被一阵喊杀声惊醒，一跃而起奔出了太极殿。

朝着西边声音传来的方向一看，李治惊骇交加，只见掖庭宫方向烈火冲天而起，喊杀声连天，似乎有千万人的军队在殊死搏杀。一道道燃烧的流星划破夜空，越过围墙，朝着皇宫激射而来，砸在皇宫各大宫殿上轰然爆开，烧起了冲天大火。

左右屯营、左右卫、监门卫，一支支军队从四面八方而来，扑向掖庭宫方向。掖庭宫在太极宫的正西，分为三大区域，北部为太仓的所在地，中部乃是太监宫女所居，南部是内侍省，和皇宫有一道高高的围墙，开有两座门相通，北面为嘉猷门，南面为通明门。战事就在通明门的内外爆发。

这时薛仁贵带领一群北衙飞骑狂奔而来，呼啦啦散开，举盾护卫在李治身前。

"薛郎将，"李治怒吼，"究竟发生了什么事？"

"陛下，刘全作乱！"薛仁贵浑身烟熏火燎，衣甲上满是血渍，显然刚经历了一番苦战，"他率领一支四五千人的军队已经攻入掖庭宫，正在猛攻通明门，程大将军在指挥阻敌！"

"什么？"李治一阵眩晕，刘全作乱？他哪来的军队？

薛仁贵急忙禀奏，原来刘全从长安故城出兵后直扑芳林门，监门卫的守军猝不及防，一击即溃。刘全的目标是太极宫，早盘算好了最便捷的路线，芳林门的旁边便是掖庭宫的西门。兴汉军用健马拖着攻城锤，撞开了掖庭宫西门，蜂拥而入。

直到这时北衙禁军才反应过来，程知节率领左右屯营在通明门殊死抵抗。兴汉军的攻城锤将门撞得支离破碎，程知节命人杀掉马匹，将战马的尸体堆在门洞里阻挡敌军，下令所有的军队悉数集结。

刘全将抛石机运了上来，共有二十多架，安装上抛射杆之后，将火油弹装进铁制的皮窝，点燃之后，队正一声喊，每一架都有十几名拽索人猛拽砲索，火油弹便越过高墙，射入皇宫。

袁守诚设计的都是小型的抛石机，但射程也高达二百步，火油弹如同漫天星辰坠落在皇宫里，各处宫殿顿时燃起熊熊大火。刘全发射火油弹可不止是为了烧掉皇宫，火油弹落地燃烧之后在程知节等人的身后树起了一道火墙，直接将他的援兵隔绝在外。薛仁贵厮杀之后，穿过火墙来护卫皇帝，这才浑身焦黑，狼狈不堪。

这时，在攻城锤的撞击下，掖庭宫和皇宫之间的围墙大片倒塌，现出一条百步宽的缺口，程知节失去地利，只好命全军压上和兴汉军短兵相接。他本以为以屯营的精锐，这种杂牌军一触即溃，不料己方反而遭到惨烈的暴击。

原来刘全的兴汉军几乎人手一弩，而且以整排的线列战术轮番攒射，第一排射完，蹲下上弦填弩，第二队跟进攒射；第二队射完，迅速蹲下上弦填弩，第三队跟进攒射；第三队射完，站立不动上弦填弩，第一队复又起身攒射。如此循环往复，弩箭攒射毫不停歇。

这是典型的大汉弩射战术，因为弓弩上弦填弩的速度较慢，临敌不过三发，所以大汉灭亡后，各代的将军都嫌弃弩箭射速太慢。而且西晋灭亡后胡人统治中原，这些人擅长骑射，更不喜欢用弩，用弩的战术便被后世遗忘。

后世将军因此便认为战阵之时用弩不如用弓，其实是他们不懂用弩的战术，用弩必须组成线列战阵，各排弩手轮番攒射，一刻都不能停歇。所以当年李陵以五千步卒对战匈奴的八万骑兵，千弩齐发，一天之内便射掉了五十万支弩箭。

程知节猝不及防，屯营人马当即被射倒了一大片。刘全指挥着兴汉军列队而进，弩箭"嘣嘣嘣"响个不停，密如暴雨一般从无停歇，每抵进一步，程知节就要被迫后退一步，广场上铺满了尸体，层层叠叠。程知节的身后是火油弹打出的一片火海，火海的后面就是通往太极殿的右延明门。只要刘全冲破右延明门，便能直抵太极殿，将李治生擒活捉。

刘全站在兴汉军的中军，望着近在咫尺的太极殿，心中一片火热。大唐的皇帝和文武百官都在眼前的太极殿内，只要拿下他们，整个大唐便群龙无首，他轻而易举就能控制整个长安。到时候挟天子令诸侯，讨伐不臣，哪怕不能掌控整个天下，也能激发出各路枭雄的野心，让天下重回乱世。而自己便是隋末时的李渊，占据关中，征讨四方，重新复兴大汉的江山，自己将是又一个光武帝！

忽然间只听掖庭宫里一片大乱，杀声再起，那些抛石机轰隆隆地倒塌，发出巨大的闷响。刘全遣人探查，不久一名校尉狼狈不堪地跑了回来："刘庄正、王玄策率了一支兵马突袭掖庭宫，拆毁了抛石机！"

刘全来不及思考王玄策为何会出现，急忙问道："他带了多少人？"

"黑压压不计其数！"校尉答道。

刘全的一颗心顿时沉入谷底，他知道今夜的成败只看自己能否捉住李治了，当即命校尉不惜代价阻拦王玄策，自己带队加快步伐，冲击太极殿。不料王玄策的速度比他预想中更快，兵力也更充足，迅速击溃了掖庭宫里的兴汉军，从豁口冲进了太极宫。

这下刘全被王玄策和程知节夹在中间，首尾难顾，他迅速做出取舍，命人将火油弹搬上来，人手一只，点燃之后抱在怀里冲向程知节。兴汉军这些农民知道今夜难以幸免，一个个杀红了眼，当即有二三十人抱着燃烧的火油弹冲向屯营卫。火油弹轰隆隆地在屯营中炸裂，火油四溅，每一滴油都是一朵火苗，众人的身上燃烧起熊熊大火，这下子屯营卫的防线彻底崩溃，无数人痛苦地号叫着满地翻滚。

程知节见抵挡不住，只好退入太极殿，和薛仁贵护卫着皇帝、妃嫔、公主、皇子诸人退入两仪殿。

几乎是与此同时，王玄策击溃了兴汉军的后军，兜尾杀了过来。刘全率领兴汉军进入太极殿，挥军追杀李治。

两仪殿和太极殿之间又是一座高耸的围墙，只有一道朱明门与之相通。程知节命人关闭朱明门，用门闩死死地顶住，薛仁贵带领一群军中的神射手登上朱明门的殿顶，居高临下攒射，将兴汉军牢牢阻挡在了门外。

兴汉军没了攻城锤，没了抛石机，拿这座门毫无办法。刘全一看这局势顿时浑身冰凉，知道今夜功败垂成，穷途末路了。

他心灰意懒，提着一只火油弹回到太极殿，看着李世民高耸如山的棺椁惨笑不已。灵堂上摆满了贡品，他随手取了一坛酒，倒入御用的蟠龙金樽之中痛饮。太极殿四周的喊杀声彻夜不熄，也不知过了多久，刘全已经喝得熏然欲醉之时，喊杀声终于停歇，他抬头看去，殿外透出一抹朝阳。

大殿的四周响起密集的脚步声和铠甲的碰撞声，似乎有无数的兵马正悄然抵近。刘全有些不耐烦，喝道："要来便来，何必鬼鬼祟祟！"

周围骤然一惊，似乎有无数人屏息凝神，针落可闻。

脚步声响，一条人影从大殿外走了进来。刘全抬头看去，却是王玄策。

原来昨夜王玄策正在宅中处理景娘的后事，忽然南阳公主登门来访，她浑身是血，小腹上一道伤口鲜血汩汩。王玄策急忙找来医师为她治疗伤势，这才知道大行皇帝下了遗诏要诛杀刘全，刘全刺伤公主后逃走了。

王玄策知道不好，此人的性情他是深知的，袁守诚被捉之后，残余的刘党势力恐怕会被他全数继承，动辄掀起滔天风浪。他不敢怠慢，救治好公主之后便要潜入禁苑寻找刘全，不料刚走到芳林门，就见刘全率军夺下了芳林门，攻入掖庭宫。

他当即收拢溃军。这些监门卫、屯营卫、左右武候府的兵将正惶恐不安，见王玄策挑头，顿时有了主心骨，急忙奔到禁苑找到驻扎在附近的各卫兵马，归拢于王玄策的麾下，果然杀了兴汉军一个措手不及。

刘全见王玄策进来，知道自己的兴汉军已经被消灭殆尽，凄然长笑着将一坛酒抛给他："五月十九，我初出禁苑遇见的是你，今日万事终了，又有你来送别。甚好，甚好。"

王玄策接了酒坛，拎着走到灵堂上，朝四周看了看，又扫了眼刘全手中的火油弹，顿时皱起了眉头。堂上遍布香烛，略有闪失，让这火油弹爆裂，大行皇帝的棺椁可就不保了。

"降了吧。"王玄策道，"事已至此，你已经无路可走了。"

"降？"刘全哈哈大笑，将火油弹在灯烛上抛来抛去，"我昨夜起兵杀入皇宫便没想活着。在禁苑种地时我曾经仰望天空，想我今生要怎样死掉才没有遗憾。那时没有答案。可是大行皇帝下了遗诏要杀我，我忽然便有了答案，无非是成王败寇四个字。那我便轰轰烈烈放手一搏，杀他个天翻地覆，大不了点燃这座太极殿，与大行皇帝的尸体一起化为灰烬，也算是酣畅淋漓。王少卿，这火油弹的威力你是见识过的，若是点燃，你能不能扑灭？"

王玄策心中一颤，他知道刘全已经彻底丧失了理智，这话绝非威胁。他在西域多年，对这火油弹极为熟悉，里面混合有硫黄、树脂、木炭和沥青，根本无法扑灭，一旦爆燃，大行皇帝的尸身势必与这宫殿一起烧为焦炭。

"你既然没有点火，说明心中还有所企盼。"王玄策审视着他的眼睛，"不如说说你的条件。"

"好个王少卿，怪不得我斗不过你。"刘全看着他哈哈大笑，挑起拇指夸赞，"只要你把李治叫来与我说几句话，我便将这火油弹交给你，然后举刀自裁。如何？"

王玄策点了点头，一言不发地转身离开太极殿。

刘全默默地喝着酒，过了有半个时辰，王玄策孤身一人返回。

"李治这无胆鼠辈果然不敢来见我。"刘全冷冷一笑，"既然如此，他阿爷的尸身不要也罢。"

"并非陛下不敢见你，而是另有一人想要见你。"王玄策道。

刘全一怔，就见南阳公主捂着腹部的伤口，挣扎着从太极殿外走进来，她包扎的伤口有些崩裂，鲜血顺着腿脚从裙裾下滴落，淋淋漓漓地洒了一路。

刘全脸上表情复杂，默默地看着她走近。忽然公主脚一软，一个趔趄，刘全不禁跳起身来搀扶，却被公主狠推一把，跌坐在一旁。公主挣扎着来到棺椁下无力地坐倒在地，剧烈喘息着。

王玄策在丈许远的地方不敢接近，看着他们默默对视，气氛极为怪异。

"公主，我这一刀还没有斩断你我的孽缘吗？"刘全苦笑道。

"人间的刀剑如何能斩断宿命因缘？"南阳公主道，"你忘了吗？我是你的娘子翠莲，去年中元节将金钗拿去斋僧，遭到你辱骂斥责，自缢而死。你替天子进献瓜果积了大功德，炎魔罗王恩赐我与你一同还阳。可是我死了太久，躯壳早已腐烂，南阳公主该当猝死，所以我借她的尸首还魂归来，要与你再续前缘。"

南阳公主一字一句地说着，神情认真，脸上看不出丝毫虚假与编造的情绪，仿佛在陈述一个最真实的经历。刘全呆呆地看着她，有些摸不着头脑。

"三郎，刘坷垃家的借了咱家三斗麦子，可不曾还呢，还有那十五合的利也没有给。我日前仿佛回了一趟家，家里的鸡子不见了，牛也没了。"公主说道，"刘三，你得给我找回来！"

"住口！住口！你不是我娘子，这是假的！是我们商量好了要骗皇帝的！"刘全嘶声大叫。

"三郎，"公主凄然道，"你怎的不认我了？我真的是翠莲！"

"若你真是翠莲，你且说说十年前我们新婚那夜，你跟我说了什么？"刘全冷笑，"别只讲咱们商量好的话来骗人！"

公主艰难挣扎着，用手撑着地一步步撑到他身边，轻轻搂着他的头，操起一口方言土语喃喃道："那一夜，我说，你老刘家穷也好，苦也好，我这辈子是跟定你啦。我给你生儿育女，当牛做马，只有一样，你不可打骂我。因为我阿爷从小打骂虐待我，我将来回门要向他夸耀我嫁了个好郎君，一句都不舍得打骂我……"

刘全如遭雷击，整个人寒毛直竖，满脸都是恐惧。公主所说的竟然真是他和翠莲新婚之夜的洞房私语，一字不差！这些话他此生并未向第二人讲过，翠莲早死，更不可能跟谁讲过，公主如何知道？

刘全呆呆地看着她，除了这张脸，那声音、那腔调、那言辞，一模一样，分毫不差，就像是翠莲果真借尸还魂活了过来。他呆滞地环顾四周看着这座灵堂，仿佛自己是已死之人，穿越阴阳，又仿佛自己早已在献瓜的那夜死去，根本就不曾复活，这些日子的经历只是濒死前的大梦一场。

"三郎，我将回归地府，真舍不得你一人独留世间，承受这无穷无尽的创痛。"公主说道。

这一瞬间刘全的脑子忽然清醒了一些，但随即胸口一痛，他低头看去，胸前插了一把乌兹刀。这刀来自遥远的波斯，刀身上布满了火焰纹，就仿佛地狱中燃烧的业火。

胸口又是一凉，鲜血飙飞而出，原来公主拔出了乌兹刀，反手刺进了自己的胸口。刘全苦涩一笑，浑身的力量一瞬间消失殆尽，他拼起最后的力气拥抱着南阳公主，两人头抵着头，依偎在巨大的棺椁下。

王玄策走上前将那只火油弹踢飞出去，默默地蹲下了身子。

刘全嘴里涌出鲜血，嘴角却露出一丝苦笑："王少卿，刘氏和李氏想要和解……为何那么难？我想做大唐朝的官，是因为既不想造反，又不想做个农夫任人奴役……为何那么难？"

王玄策无法回答。

刘全不再说话，和南阳公主相互拥抱着，依偎着，直到眼中的神采散尽，身体冰凉。

王玄策站起身疲惫地走了出去，他走过尸体遍布的太极殿，走过满地火焰的右延明门，走过围墙坍塌的掖庭宫，然后走进芳林门。

他突然想看看汉时的长安故城，看一看长乐宫的废墟，看一看未央宫的高台。他想知道这个消失了四百年的帝国到底残存着何等的魅力，让一代一代的人前仆后继，去复兴它，重建它。

眼前烟火滚滚，却是凝碧池畔的刘家庄。驻扎在禁苑中的北衙禁军正在搜捕叛党，整个村庄都已被焚毁，浓烟翻腾，村子里战马奔驰，村中的青壮年除了追随刘全造反的，都被杀戮一空，尸体枕藉于土街之上。老人和妇人相携着哭泣奔逃，儿童拽着他们的衣袖踉跄而走。

村尾的槐树下，一名不舍得离开家园的老人呆滞地坐在燃烧的屋舍外，拿着尖尖的木壤朝远处投掷。三十步外的墙边摆着另一只壤，老人砸中木壤的尖角，木壤弹跳飞起，落入翻滚着污血的溪水。

那老人咧嘴而笑，露出残缺不全的牙齿。忽然有骑兵疾驰而来，横刀一斩而过，无头的尸身便倒入祖辈栖居的田宅之中。

木壤顺水漂流，漂至王玄策的脚下。他从溪水中捞出木壤，忽而想起初见景娘的那一夜，他喝醉了，手持铜箸击壤而歌。传说帝尧之世，天下大和，百姓无事。有八九十老人，击壤而歌："日出而作，日入而息。凿井而饮，耕田而食。帝力于我何有哉！"

他沿着凝碧池，来到池东畔的感业寺。

昨夜的战火和今日的杀戮都不曾波及这座寺庙，佛寺里钟声禅唱，安宁如常。这时寺中有个小尼姑出门挑水，他忽然想起景娘临死前的话，便问道："小师父，请问你寺中可有一位女尼，唤作明空？"

"明空？"那小尼姑摇头而笑，"寺中不曾有此人。"

王玄策怔住了："不可能！怎的没有此人？你仔细想想！"

"贵人，我自幼便在寺中，从来没听过这个法号。"小尼姑道，"不但感业寺，禁苑中三座尼寺也从未有法号唤作明空之人。"

为何查无此人？难道是景娘临死前的呓语？王玄策不禁茫然若失，回头看去，弯月未落，斜挂在汉长安城的废墟上，一轮大日正从东方升腾而起，日月当空。

尾声一

李治登基后，召叠州都督李世勣回朝，为特进、检校洛州刺史、洛阳宫留守，数日后，又擢李世勣为开府仪同三司、同中书门下三品，更拜为尚书左仆射，备极荣宠。

八月庚寅，李治亲自扶灵，葬大行皇帝于九嵕山上的昭陵，谥号文皇帝，庙号太宗。从此，贞观盛世彻底结束，群臣已经拟定好了来年的年号——永徽。

玄奘率领众弟子于九嵕山上祈福七日之后，返回长安。

当夜，玄奘唤来王玄策，带着他来到了东市东南隅。王玄策一路行来，觉得此处似乎有些熟悉，转过街角看到一处窄窄的门脸，顿时恍然大悟。那门前挂着一块黑漆斑驳的木牌，写着"袁氏占铺"。

一名童仆走出占铺躬身施礼："袁师知道有贵客要来，命小人前来迎候。"

玄奘、王玄策跟着童仆走进占铺，穿过前堂，又绕过中庭的古松和老槐，来到后宅。东市的放生池引来的水渠从亭台中穿过，流水汩汩，清幽雅致。后宅的书房地面仍旧铺着青砖，仍旧铺设出六十四种卦象。整块青砖为阳爻，半块青砖为阴爻，内里是八横八纵六十四卦象，外圈是环状六十四卦象，外圆内方。

六十四卦的中央铺着一张竹席，一名老者跪坐在竹席上正摆弄着蓍草。王玄策阵阵恍惚，仿佛昨夜重现，刚与那群铁面人厮杀完毕。只是面前的老者更加苍老，须发皆白，面皮皱褶，不是袁守诚，而是袁天纲。

"袁师知道我师徒要来？"玄奘趺坐在他对面问道。

"不但知道法师要来，还知道你要问我一句话。"袁天纲低头继续摆弄蓍草，"且请问吧！"

玄奘深吸一口气，敛衣肃容，一字一句道："究竟谁才是那'遁去的一'？"

王玄策骇然惊觉，只见袁天纲慢慢地抬起头，幽深苍老的眼眶里闪耀出一种无可名状的笑意。

尾声二

永徽元年春三月，王玄策再次来到禁苑之中，他沿着永安渠策马而行，两岸杂花生树，莺歌燕舞。

他一路走过汉长安故城的废墟，走过凝碧池，来到了感业寺前。正值寺庙晚课，禅唱钟鸣，香积厨里的一群小尼姑嬉笑打闹着去水渠边挑水做饭。王玄策牵着马迎上去，拱手抱拳："请问诸位小师傅，寺中可有一位女尼，唤作明空的？"

小尼姑们纷纷看向其中一名二十多岁的女尼，窃窃私语片刻，捂着嘴轻笑着跑向了河边。那名女尼将肩上的扁担和水桶放在地上，合十道："弟子便是明空，贵人如何称呼？"

王玄策顿时呆在当场，喃喃道："你果真便是明空？你何时剃度？剃度前俗家的名字叫甚？"

明空神情诧异，却依旧恭谨地道："去年九月间剃度出家。俗家姓武，先前在宫中做才人时，先帝为我取了个名字，唤作媚娘。"

王玄策脑中如雷电交轰，只觉冥冥中触及了一丝命运的真相。原来景娘并未出错，去年六月他初来时，这个小尼姑明空尚未存在。

此女是先帝身边的内官，五品的才人，按照宫廷历来的规矩，先皇驾崩后，凡是临幸过又没有子嗣的内官，要么发往昭陵为先帝守陵，要么出家做尼姑或者女道。去年六月初一先帝刚刚驾崩，因此这武媚娘尚且没有剃度出家，直到八月先帝葬入昭陵之后，她才被送到这感业寺中剃度。

"你姓武？"王玄策低声问道，"是什么家世？"

明空一丝不苟地答道："弟子的先父讳士彟，封爵应国公，曾任荆州都督，贞观九年病逝。家母杨氏。"

"原来是他！"王玄策吃了一惊。他当然知道武士彟此人，没想到眼前的女尼竟然是他的女儿。

"请问贵人如何称呼？"明空问道。

"在下王玄策。"王玄策答道。

明空显然吃了一惊，但她性情深沉如海，王玄策能感受到她心中浪潮翻滚，偏生脸上平淡无波，只是深深地看着他，沉默无言。

"亡妻薛氏景娘。"王玄策说道。

"我知道。"明空眼眶一红，喃喃道，"她尚是东宫爻姬之时，我们便已熟识。"

王玄策黯然伤怀："她临死前让我找你问一句话：'七月七日甘露殿。'这句话到底有何玄机，还请告知。"

明空沉默了很久："贞观十八年七月，陛下身体抱恙，病卧于寝宫甘露殿。太子日夜侍奉，朝夕不离，我负责伺候太子起居，七夕之夜太子与我私通。"

明空毫无隐瞒，回答得简洁明快，王玄策听在耳中却有如炸雷一般，原来太子竟然和这位武才人有乱伦之举。怪不得景娘临死前告诉他，一旦太子欲对他动手，便来感业寺找明空。这简直是屠龙之刃，哪怕李治现身为皇帝，权倾天下，只要将此事兜将出来，也由不得他不屈服。

王玄策忽然想起《秘记》中的谶语："唐三世而衰，女主武王，代有天下。"难道会应在这个武媚娘身上吗？他细细端详着这小尼姑，据说年仅十四岁时便出落得绝美无双，先皇听说之后特意召她入宫，封为五品才人，赐号"武媚"。只是不知为何，她并未受到先皇宠爱，做了十二年的才人始终未有擢升，先皇驾崩后更落得出家为尼，将在青灯古佛中度过一生。细细看她纤瘦的肩膀，已经被沉重的水桶磨出了茧子，当年的绝色美人，只怕就要在这粗笨的活计中如农妇一般老病而死。

王玄策想起景娘临死前的一句话："想让他不恨你，只需让他更恨我便成。当他恨我胜过恨你，偏又奈何不了我，他自然会找你和解，求你相助。"

那天夜里景娘和太子激战，烧掉几座仓库绝不至于逼得太子来找自己和解，她激怒太子，折磨太子，让他绝望恐慌、走投无路的真相只有一个——让太子知道她掌握了他和武媚娘私通的证据。

只有如此，太子才会恨景娘超过恨自己，才不得不求他和解，答应他的一切条件，求他出手相助。景娘将太子的仇恨移植到自己身上，才能将王玄策和太子的关系彻底翻转，待太子登基之后，自己的丈夫和儿子仍然能生活在大唐治下，做一介富贵闲人。

王玄策禁不住失声哽咽："明空，你告诉我，如何才能让李治品尝到与我一样的痛苦？"

明空双手合十，淡淡地道："请君设法送我回到宫中。"

（全文完）

附录一
女主昌与《秘记》

《秘记》在历史上确有其物，后世称为"贞观秘记"。史书中记载虽略有不同，但大体一致。

唐贞观中《秘记》云："唐三世后，有女主武王，代有天下。"太宗密召李淳风访之。淳风奏言："臣据玄象，推算已定，其人已生在陛下宫内。从今不满四十年，当有天下，诛杀子孙殆尽。"太宗曰："疑似者杀之，何如？"淳风曰："天之所命，必无禳避之法。王者不死，枉及无辜。且据占已长成，在陛下宫内为眷属。更四十年又当衰老，老则仁慈。恐伤陛下子孙不多。今若杀之为雠，更生少壮，必加严毒。为害转甚。"遂止。

目前所见《秘记》的故事，最早记载于唐开元年间张鷟的《朝野佥载》，后来的文宗、武宗年间的胡璩在《谭宾录》中亦有记载。晚唐或者五代时的《感定录》记载最为详细，北宋太平兴国年间李昉等人编撰的《太平广记》中的也是录自《感定录》。如果仅止于此，《秘记》无非是历史上一个充满神异的小说和传奇罢了，它真正进入学术和正史领域，是被五代时刘昫编撰的《旧唐书》、司马光的《资治通鉴》收录，欧阳修的《新唐书》虽然将其择除，但在《李君羡传》中加以提及。

作为始作俑者的《朝野佥载》，是一部笔记体小说集，但《秘记》并不见得是张鷟所虚构的。

张鷟生于唐高宗显庆五年（公元660年），高宗调露年间进士及第，武周年间担任侍御史，一直到唐玄宗开元二十八年（公元740年）才去世。所以他是武周篡唐的亲历者，《朝野佥载》记载的是隋唐时的朝野佚闻，可以确定《秘记》这个故事在武周时代确实在朝野流传。

我们大致翻译《朝野佥载》后半段的内容。

太宗想要将疑似者尽杀之，李淳风阻止说，天命如此，没有什么禳避之法，天命的武王是杀不死的，能被你杀死的都是无辜之人。据我占算这女子已经成人，就在您后宫中为妃嫔，过了四十年后她将衰老，人衰老则会仁慈，她杀死你的子孙并不太多。若是您现在杀了她结下仇怨，再诞生个新的女主武王，必定更加严酷狠毒，危害更重。太宗于是终止杀死女主武王的念头。

这几乎是明明白白指明了武则天的身份。

从我们这个时代对历史的认知来看，《秘记》无非就是武则天为了给武周革命营造天命观罢了。薛怀义等人为了给武则天营造天命，连《大云经疏》都能伪造，何况《秘记》呢？它产生于武周时期并无疑问，但有一点大家可能没有注意到，武则天还政李氏之后，《秘记》并未被禁止，仍然被大范围流传、收录。

因为这里面也同样涉及了李氏重受天命的合理性。

《定命录·李淳风》中云：

> 武后之召入宫，李淳风奏云："后宫有天子气。"太宗召宫人阅之，令百人为一队。问淳风，淳风云："在某队中。"太宗又分为二队，淳风云："在某队中，请陛下自拣择。"太宗不识，欲尽杀之。淳风谏不可："陛下若留，虽皇祚暂缺，而社稷延长。陛下若杀之，当变为男子，即损减皇族无遗矣。"太宗遂止。

意思是，太宗找不到女主，想把整队宫女尽杀之，被李淳风劝住，说您若留下她，皇祚虽然短暂被篡，但大唐的社稷却会延长。你若杀了她，上天就会再生一位"女主武王"，这回当变成男子，杀尽皇室。太宗于是不再追查。

《定命录》与《朝野佥载》的版本相比，虽然做了些改变，但都暗示了武则天还政给李氏的天命，因此李氏朝廷对宣扬此事也乐于见之。既然武则天篡唐是受了天命，还政于唐亦是天命，那就谁都没错，大家该干吗干吗，继续拥护朝廷就行。

从逻辑上而言，《秘记》的故事出自武周革命期间，为了给武周代唐造势，这点毫无疑问。但《秘记》的源起并没有这么简单，对此欧阳修和司马光等人都进行了详细梳理，因此才会将其纳入正史。

贞观初，太白数昼见，太史占曰：女主昌。

这句话虽然出自《旧唐书·李君羡传》，但李君羡被杀是在贞观二十二年（公元648年），在此之前，这句占辞就开始流传，时间应该是贞观八年（公元634年）。

太白经天，或者说太白昼见，对现代人来说是很普通的天文现象，又叫"金星凌日"，就是金星运行到太阳和地球之间，三者恰好在一条直线上时，金星挡住部分日面而发生的天象。这种天文现象我们司空见惯，可在古代却是极其严重的灾异现象，是大凶之象。

《石氏星经》曰：

太白不经天，若经天，天下革政，民更主，是谓乱纪，人民流亡。

《荆州占》曰：

太白昼见于午名曰经天，是谓乱纪，天下乱，改政易王。

《史记·天官书》曰：

太白昼见经天，强国弱，弱国强，女主昌。

司马彪《天文志》曰：

太白昼见，为强臣争。

简而言之，"太白昼见"一旦发生，就意味着天下大乱、改政易王、国家衰弱、强臣争权、女主昌。最著名的"太白昼见"发生在武德九年（公元626年）六月初一，当时的太史令傅奕占算之后密奏李渊："太白见秦分，秦王当有天下。"六月初四，李世民发动玄武门兵变。强臣争锋，改政易王。

据《新唐书·天文志》记载，武德九年太白昼见发生过七次，三次发生于玄武门兵变之前，四次发生于之后。但是金星凌日的周期大致为八年，为什么在武德九年发生得如此频繁？其中原因大堪玩味，要么是我们现代天文学的金星凌日与古人的"太白昼见"并不一致，要么是李世民为了神话夺权所造的天命。因为之后"太白昼见"的记载就大致有了规律，分别是贞观八年、贞观十六年（公元642年）、贞观二十二年。

无论什么缘由，"太白昼见"与玄武门兵变结合起来之后，对唐朝历代的天命观影响极为巨大。"太白昼见"所预兆的结果是强臣争和女主昌，事实上两汉以来外戚势力强盛，而外戚当政的典型特征就是外有强臣，内有女主，皇权旁落。"太白昼见"其实是借助天象对历代皇帝的一种警示。

唐室同时对强臣和女主进行防范，刘洎案就是强臣的典型，李君羡案则是女主的典型。这种防范同时也神化了"女主昌"的天命观，所以武则天掌权后对此加以利用，在既有的"女主昌"谶语基础上，嵌套进自己的特征，以使得自己应谶。所以《秘记》谶语的历史演进才从"女主昌"到"唐中弱，有女武代王"，再到"唐三世而衰，女主武王，代有天下"，由略至详，完美契合在武则天的身上。

历史真的很有趣。

附录二
李君羡案

刘兰案和张亮案在小说中叙述甚是详细，此处谈一谈李君羡案。

李君羡在《旧唐书》《新唐书》中都有传，《资治通鉴》和《册府元龟》中也记载了他的事迹，大同小异。

李君羡是河北洺州武安县人，隋末时为瓦岗寨李密的部下，李密败亡后投奔王世充，任骠骑，后厌恶王世充的为人，与秦琼、程咬金等投奔了李世民。他先后追随李世民破宋金刚于介休，加骠骑将军；征讨王世充于洛阳，任马军副总管；击破窦建德、刘黑闼，史载"每战必单骑先锋陷阵，前后赐以宫女、马牛、黄金、杂彩，不可胜数"，累授左卫府中郎将。

武德九年，玄武门兵变之后突厥认为有机可乘，引军南侵，攻至渭水桥，李君羡与尉迟敬德率军击破之。虽是小胜，却也让突厥人见识到了大唐的军力，为李世民在渭水桥上与颉利可汗结盟创造了条件。太宗赞曰："使皆如君羡者，虏何足忧！"

不过这件事在《旧唐书》中，刻意删去了李君羡，率军作战之人只有尉迟敬德。

此战之后，李君羡改授左武候中郎将，封武连县公，驻守玄武门。

玄武门的位置极其重要。玄武门兵变过程中，正因为李世民收买了玄武门中郎将常何，才一击制胜，因此这一人选极为重要。尤其是贞观十七年（公元643年），玄武门中郎将李安俨跟随太子李承乾谋反之后，李世民对其人选慎之又慎，选中李君羡担任这一职位，可见其在李世民心中的位置。

其后便是历史中最吊诡的时刻。

先是贞观初年（公元 627 年），太白昼见，太史令占曰："女主昌。"其后又谣言"当有女武王者"。贞观二十二年皇帝在宫中设内宴，行酒令时命在座的武官各说自己的小名。李君羡说自己小名"五娘子"。皇帝愕然，笑曰："何物女子，乃尔勇健！"

武安县人、武连县公、左武卫将军、玄武门守将、小名五娘子，李君羡可谓浑身是"武"，于是受到皇帝猜忌，调离玄武门，出任华州刺史。

随后的事情《旧唐书》和《新唐书》记载简略，我们引用《资治通鉴》的说法，华州"有布衣员道信，自言能绝粒，晓佛法，君羡深敬信之，数相从，屏人语。御史奏君羡与妖人交通，谋不轨。壬辰，君羡坐诛，籍没其家。"

如果故事到此为止，李君羡只是一个被谶语牵连的无辜之人而已，但四十三年后，这个故事又蒙上一层更加神秘的色彩。武则天称帝后，天授二年（公元 691 年），李君羡的家属来朝廷诉冤，"武后亦欲自诧，诏复其官爵，以礼改葬"。

《资治通鉴》中这"亦欲自诧"四个字用得极好，给了后世史学界无限的留白。当时是一种什么情势呢？

载初元年（公元 690 年），文武百官、李唐宗室、外戚、四夷纷纷上表请求武则天称帝，连当时的皇帝唐睿宗李旦也上表请母后称帝，自己愿意改姓武。

以薛怀义为首的僧人伪造《大云经疏》，说武则天是"弥勒下生，作阎浮提主，唐氏合微，故则天革命称周"。薛怀义和一些僧人在两京各大寺庙讲经，讲述"贞观秘记"中"女主武王，代有天下"的谶语，导致唐太宗怀疑李君羡就是"女武"，将其诛杀。

这说法一出，便传到了被流放在外地的李君羡家属耳中，李家人当即赶赴洛阳"诣阙称冤"，为李君羡平反。所以武后闻之，"亦欲自诧"。她的惊讶恰到好处，原来自己在贞观年间就有了代有天下的天命！

于是，天授二年一月，李君羡家属诉冤，二月武后便下诏为李君羡平反，追复其官爵。

其实李君羡案的吊诡背后，古人看得极其明白。《新唐书》中评价道："以太宗之明德，蔽于谣谶，滥君羡之诛，徒使孽后引以自神，顾不哀哉！"

附录三
李世民的家族遗传病

李世民到底是不是吃了长生药死的?

很多读者对此感兴趣,我们且来考证钩沉一番。在正史的记载中,提到李世民服食长生药的共有几处,最著名的一处就是《旧唐书》卷一百四十八,王玄策灭天竺国后俘虏来了天竺方士那迩婆娑寐:

> (王玄策)俘阿罗那顺以归……是时就其国得方士那罗迩娑婆寐,自言寿二百岁,云有长生之术。太宗深加礼敬,馆之于金飚门内。造延年之药。令兵部尚书崔敦礼监主之,发使天下,采诸奇药异石,不可称数。延历岁月,药成,服竟不效,后放还本国。

同一件事在《旧唐书·郝处俊传》中,郝处俊劝谏高宗李治时也得到反证:

> 又有胡僧卢伽阿逸多受诏合长年药,高宗将饵之。处俊谏曰:"修短有命,未闻万乘之主,轻服蕃夷之药。昔贞观末年,先帝令婆罗门僧那罗迩娑婆寐依其本国旧方合长生药。胡人有异术,征求灵草秘石,历年而成。先帝服之,竟无异效,大渐之际,名医莫知所为。时议者归罪于胡人,将申显戮,又恐取笑夷狄,法遂不行。龟镜若是,惟陛下深察。"高宗纳之,

但加卢伽为怀化大将军,不服其药。

从以上记载可以确定,李世民确实服食过婆婆寐的长生药,此事在朝廷中并不是秘密,否则郝处俊身为臣子,断不敢在李治面前污蔑先帝。

从这两项记载中我们很清晰地看到事情的结果:婆婆寐的长生药并无效果。"服竟不效"和"竟无异效"的意思一样:始终没有特殊的效果。也就是说,从官方结论来看,婆婆寐的长生药并无效果,并且没有提及李世民是服食他的药招致死亡的。所以当时尽管有议者将李世民之死归罪于婆婆寐,要求诛杀他,但朝廷担心取笑于夷狄,之后放他回了天竺。

这其中的逻辑是自洽的。倘若李世民果真因为服食长生药而亡,朝廷必杀婆婆寐,根本不会在乎取笑于夷狄的问题,更不会有人胆敢把毒死皇帝的元凶放走。

所以后来的《资治通鉴》《册府元龟》记载,婆婆寐根本就没有造出丹药。

《资治通鉴》:

其言率皆迂诞无实,苟欲以延岁月,药竟不就,乃放还。

《册府元龟》:

徒延岁月,术卒不就,后放之还其本土。

"药竟不就""术卒不就",是指长生药并没有研制成功的意思。这两部大书的史料来源极为庞杂,不只是《旧唐书》,必定有其他依据。

所以,李世民究竟是否因吃了长生药而死,其实是存疑的。根据现代史学界的研究,李世民的死因大概率是自身的"风疾"。

李世民身上有三种病:气疾、背痛、风疾。

气疾是什么病呢?李世民自己有过详细的描述,《资治通鉴·唐纪》记载,李世民准备去九成宫避暑,姚思廉提出反对意见,李世民向他解释道:"朕有气疾,暑辄顿剧,往避之耳(朕有气喘病,一到暑天就会发作并加重,所以想去九成宫避暑)。"

《贞观政要》卷六记载,太宗曰:"朕有气疾,岂宜下湿?若若遂来请,糜费良多。"

《资治通鉴》卷一九四《唐纪》：公卿以下请封禅者首尾相属，上谕以"旧有气疾，恐登高增剧，公等勿复言"。

根据描述，气疾这种病有几个特点：一是不宜潮湿环境，因为通风不良；二是在暑天病情会加剧；三是登高会加剧病情。

从这些症状来看，目前研究界倾向于现代医学里的肺源性呼吸困难、心源性呼吸困难，或者支气管哮喘、哮喘性支气管炎、肺气肿。这种病在古代极为要命，顺便说一句，李世民的妻子长孙皇后就是因气疾去世的。

至于"背痈"，则是非常明确，发生于背部的感染性疾病，现代医学统称化脓性感染。韩国人曾经传说李世民的背痈是征高句丽时中箭所导致，但背痈的病因是由于抗病能力低下，糖尿病日久失治，金黄色葡萄球菌乘虚侵入毛囊，沿皮下脂肪柱蔓延至皮下组织，受感染的毛囊与皮质腺相互融合，进而形成痈毒。

中医的解释是因湿热内生、肾水亏损、阴虚火盛、内蕴火毒，最终造成肉腐成脓。

不过有一点韩国人说得不假，李世民确实是在征高句丽班师的路上患了背痈。"十二月辛丑，上病痈，御步辇而行。戊申，至并州，太子为上吮痈，扶辇步从者数日。"此事最终也导致了刘洎被杀，"及上不豫，洎从内出，色甚悲惧，谓同列曰：'疾势如此，圣躬可忧！'"

第三种病则是风疾。

风疾这种病很复杂，临床上常出现头痛眩晕、抽搐、痉挛、肢体颤抖、麻木、蠕动、口眼歪斜、言语不利、步履不稳，甚至突然晕厥、不省人事、半身不遂等症状。症状如西医所说的心脑血管疾病、高血压等，当与遗传有关，且重症死亡率极高。哪怕现代医学都对它束手无策，更别说在唐代。隋唐时期，"风疾"曾肆虐一时，并涌现出一批专治此病的名医，《旧唐书·方伎传》载："南朝柳太后患了风疾，口不能言，名医治皆不愈，脉益沉而噤"，常州人许胤宗造黄耆防风汤散数十斛，"置于床下，气如烟雾，其夜便得语"。另有洛州人张文仲尤善疗风疾。

所以传统观点认为，李世民服食丹药是迷信神仙之说，妄求长生，现在的研究已经非常明确，他其实是治病养生。长期的戎马生涯和权力斗争，极大地损坏了李世民的身体，至晚从贞观六年（公元632年）开始，他的身体就每况愈下。贞观六年，他说"朕有气疾，暑辄顿剧，往避之耳"。贞观十年（公元636年），"上得疾，累年不愈"。贞观十一年（公元637年），他甚至下了一道类似遗诏的诏书，满是人生和生命无常的感慨，要求子孙对自己薄葬。可见当时李世民的身体甚至有了生命危险，所以寻求各种治疗方案，实属人之常情，与鬼神无关。

当时主流的治疗方案就是服食金石、草木所制成的丹药。唐代官方颁行的《新修本草》治疗风病的药方中，就列举了大量矿物。孙思邈的《备急千金要方》与《千金翼方》中所录治疗风疾的药方中，多次出现磁石、石膏、雄黄、朱砂等矿石。

高季辅也患有风疾，有一次进谏之后，李世民赐给他一两钟乳。钟乳是治疗风疾的一味重要方药。李世民说："卿以药石之言进，故以药石相报。"大诗人卢照邻也染上风疾，被迫辞官，隐居太白山中，服食饵药，治疗风疾，最终也没能治好，"沈痼挛废，不堪其苦，投颍水死，年四十"。

对于李唐皇室而言，风疾是他们遗传数百年的家族遗传病。

明确记载患此症者有唐高祖、唐太宗、唐高宗、唐顺宗、唐穆宗、唐文宗、唐宣宗。同时不确定患有风疾，但迷恋金丹服饵术者还有唐玄宗、唐宪宗、唐敬宗、唐武宗、唐僖宗。

唐高祖是李唐皇室第一个因风疾而死之人。《资治通鉴》卷一九四记载："（贞观九年五月）太上皇自去秋得风疾，庚子，崩于垂拱殿，年七十一。"

唐高祖有没有服食丹药不得而知，唐太宗李世民只是唐诸帝中第一位明确记载金丹服饵的皇帝。第二位则是唐高宗李治。

唐高宗并不信神仙之说，他曾于显庆二年（公元657年）说："自古安有神仙！秦始皇、汉武帝求之，疲弊生民，卒无所成，果有不死之人，今皆安有。"

但他的体质很弱，三十三岁便患了风疾，病情比李世民还要严重，《通鉴》卷二载："上初苦风眩头重，目不能视。"总章元年（公元668年），有婆罗门僧卢伽阿逸多，"受诏合长年药，高宗将饵之"。然后就是我们前文所说，郝处俊以太宗的教训劝阻了高宗。

唐高宗尝试过不同的治疗方案，弘道元年（公元683年），"上苦头重，不能视，召侍医秦鸣鹤诊之，鸣鹤请刺头出血，可愈。天后在帘中，不欲上疾愈，怒曰：'此可斩也，乃欲于天子头刺血！'鸣鹤叩头请命。上曰：'但刺之，未必不佳。'乃刺百会、脑户二穴。上曰：'吾目似明矣。'"

但针灸毕竟不能根治风疾，随着病情越来越重，他还是服食了丹药。"高宗广令征诸方道术之士，合炼黄白。"但并没有起效，很快就驾崩了。

最不幸的还有唐顺宗，他未登基前就得了风疾。据《通鉴》卷二三六，贞元二十年（公元804年）九月载："太子始得风疾，不能言。"这是已经有了偏瘫症状。他次年即位，第二年正月驾崩，从得病到去世，前后总共才一年零四个月，可见病情之迅猛。

唐宪宗也曾服食丹药。唐穆宗即位后，杖杀了为宪宗炼制丹药的方士柳泌，但不久之后自己也开始服食丹药。"穆宗虽诛柳泌，既而自惑，左右近习，稍稍复进方士。"历来，史学界认为穆宗也是贪求长生不死，但事实上当时穆宗才二十六岁，还没到考虑长生的年龄，他服食丹药也是因为患了风疾。

《通鉴》卷二四二载："(长庆二年)庚辰，上与宦者击球于禁中，有宦者坠马，上惊，因得风疾，不能履地，自是人不闻上起居。"长庆四年（公元824年），处士张皋甚至上疏阻止他服食丹药，穆宗一边善其言，一边"饵其金石之药"，不久驾崩。

后来的唐文宗几乎一模一样，登基后流放了迷惑穆宗、敬宗的方士道徒赵归真等人。但他在二十六岁时也染上了风疾，据《通鉴》记载："庚子，上始得风疾，不能言。"

随后也开始服食丹药，并最终死于风疾复发。

史称"小太宗"的唐宣宗对神仙之说也嗤之以鼻，即位后立即杖杀和流放了用金丹毒害武宗的道士赵归真、轩辕集等人。大中十一年（公元857年）九月，他说道："朕每览前史，见秦皇、汉武为方士所惑，常以为诫。"

但在次年二月，他就服食了医官李玄伯、道士虞紫芝等人的丹药，燥渴不已。大中十三年（公元859年）六月，疽发于背，八月病亡。司马光斥责他"上晚节好神仙"，但事实上他也是疾病缠身，服用丹药只是一种治疗方案罢了。

唐僖宗二十七岁暴毙，大概率也与服食丹药有关，但这位皇帝一生颠沛流离，在逃亡中度过，究竟是否患上风疾，就不可考了。他传位昭宗之后仅十六年，大唐灭亡，纠缠皇室二百年的风疾之症从此彻底消失。

后记

我从未给自己的小说写过后记，我认为小说自身就是作者要表达的所有东西。一千个读者自行去生成那一千个哈姆雷特，作者不应该在小说中或者小说外再写什么文字，来干涉读者的看法。所以这篇后记是被编辑"逼迫"出来的，她总觉得意犹未尽，让我留些余响。

另外这本书虽然是系列的完结之作，我也确实有意犹未尽之处，因为玄奘"消失"了。

倘若看完本书，你会发现一个很奇怪的问题，玄奘非但不是主角，甚至不是男二、男三、男四……他没有消失，只是站在边角之地，把舞台默默让给他的弟子王玄策。原因无它，写过四部以玄奘为主角的小说之后，作者已经无法创新，无法突破了。这也是这本书延宕三年，迟迟难产的缘由。直到把玄奘剔除主角团，让王玄策一人在大汉到大唐的四百年间亡命狂奔，文思这才豁然开朗，丝滑顺畅。因为大结局原本就应该是关于传承的故事，大者有中华历史由大汉传承至大唐，大唐由李世民传承至李治，小者有家族由王玄策传承至弥奴，那主角为何不能由玄奘传承至玄策？

其实这一征兆早已有之，从《西域列王纪》的惊鸿乍现，到作为《大唐梵天记》双男主之一，王玄策一步步登上西游舞台的过程，便是玄奘一步步结束西游的过程。

是的，自从回到长安，玄奘的西游便已经结束。这也是我无法维系这个系列的原因。因为回到长安的玄奘剥离了神话色彩，回到了凡尘俗世，他在译经宏愿和朝廷权力场中小心翼翼维系着微妙的平衡，走得艰辛而疲惫，执着而悲怆。我想要的玄奘，只行走在荒凉孤独的西游世界。

所以，这也是我愿意写作这篇后记的缘由。我想脱离小说的故事性和虚构色彩，如实讲述玄奘的后半生。

玄奘于贞观十九年（公元645年）回到长安，至高宗麟德元年（公元664年）圆寂，又活了二十年。这二十年可以分为三个阶段：李世民时代与李治前期，李治与关陇贵族权力争夺期，陕北玉华寺译经期。

贞观十九年，玄奘回国之后备受荣宠，李世民亲自为其撰写《大唐三藏圣教序》，推崇他道：有玄奘法师者，法门之领袖也。松风水月，不足以相比他的清秀华美；仙露明珠，岂能譬喻他的明朗润泽。他超出六尘之缠缚，千古只此一人。

那时节玄奘名满天下，信众百万，李世民甚至在皇宫中为玄奘建造佛堂，请他常住宫中。太子李治为他作《述圣记》，建造了大慈恩寺来供养他。贞观朝的重臣如长孙无忌、房玄龄、于志宁、萧瑀、李孝恭、褚遂良、来济、杜正伦无不尊崇笃信，成为玄奘的信众。

而玄奘也在这些荣耀中保持着极端的清醒和理智，小心翼翼，如履薄冰，因为他所求的只是皇权来为自己护法。他甚至借口信徒来往频繁，干扰自己译经，恳求朝廷派兵守住寺门。这种无异于自囚的坦诚赢得了李世民的信任，给予他慷慨的支持，短短两个月便为他组建了规模空前庞大的译经场，调集了全国各地的顶级高僧协助他译经。

玄奘的一切心思都在译经，但他对俗世看得极为透彻。皇帝想要经略西域，恳求他出世做官，他虽然拒绝，却与弟子辩机创作了《大唐西域记》，将西域乃至天竺的政治、风土、人文详述备至。皇帝想将《道德经》传播到天竺，他会同道士将《道德经》翻译成梵文，由王玄策送到天竺。

李世民与玄奘，两人虽然有皇权与佛法之间的互相提防、逢迎，却也在长期相处中结下了深厚的友谊。此前从未接触过佛法的李世民渐渐对佛教产生了浓厚的兴趣，他在终南山翠微宫驾崩之际，将玄奘留在身边，一遍遍询问因果报应，生死轮回。

李治登基后，对玄奘恩宠不减，不但支持玄奘在大慈恩寺兴建大雁塔，还为其作慈恩寺碑文，无数的高官、后妃、宫女集体求玄奘为他们受戒。于志宁、来济、许敬宗、李义府、杜正伦等宰相高官亲自为他润色译出的经文。经文一旦译出，便是官方钦定，皇帝御批。可以说，玄奘以一己之力扭转了唐初佛教被压制的态势。

这种荣宠一直持续到永徽六年初，李治和长孙无忌、褚遂良等大臣围绕着武则天立后事件展开权力绞杀，既往的情分烟消云散。玄奘步入了余生的第二个阶段。

李治很不幸，他对长孙无忌等贞观旧臣夺权，其实是对李世民留给他的整个辅政体系开战，而这个辅政体系是大唐得以立国的根基——关陇贵族集团。也就是说，李治为了夺权，掀起了一场朝廷内部自上而下的革命，颠覆了大唐的根基。所以，武则天在他死后能够以周代唐并非偶然。

从永徽六年（公元655年）至显庆四年（公元659年），李治、武则天围绕着废立皇后事件展开权力绞杀。这五年间，腥风血雨，动荡不安，长孙无忌、柳奭、韩瑗、于志宁、褚遂良、来济、杜正伦或遭诛杀，或遭贬谪，贞观旧臣被一扫而空。这些人大都是玄奘的弟子或护法，因此玄奘也被归为贞观旧臣之属，甚至因为他的特殊身份，李治对他防范更深。

永徽六年爆发的"吕才事件"是玄奘和皇家关系发生转折的关键点。

吕才[①]是尚药监的小官，博学多才，通晓六经，什么诗词歌赋、天文历算、阴阳五行、地理、制图、医药、军事、龟蓍、象戏、音律等无不精通。玄奘译出几部因明论的佛经之后，由几名弟子各自撰写义疏，加以阐述。吕才借了三本义疏研读之后，发现这些弟子的阐述互有矛盾，便写出四十条论点，向玄奘提出质疑和批判。此事在朝野间引起轩然大波，很多信众要求玄奘驳斥吕才。他们或许希望他重现当年在印度辩经的盛况——当年，玄奘将一千六百颂的《制恶见论》挂在论场中央，立下赌注：有能更易一字者，愿斩首相谢！整整十八日，外道论师无一人敢战，玄奘声震五天竺。

但这一次玄奘或许嗅出其中不寻常的气息，任由外界对自己诽谤侮辱，绝口不加回应。直到李治亲自诏命吕才前往慈恩寺与玄奘论战，他才被迫与吕才闭门论战，事后对输赢结果也绝口不提。

此事前后发酵半年之久，是永徽六年最引人瞩目的大事，但国史不载，多年后慧立法师作《大慈恩寺三藏法师传》，也只是一笔带过，写道："（吕才）词屈，

---

① 吕才即《西游八十一案：大唐敦煌变》中吕晟的原型。

谢而退焉。"

"吕才事件"给了玄奘深深一击,吕才身后若隐若现的皇权暗影使得他悚惕戒惧,从此如履薄冰,开始调整自己与皇家的关系。

显庆元年(公元656年)十月,武后临盆待产,忐忑不安,请玄奘为之祈福。玄奘在显庆宫中见到一只赤雀,认为是武后平安生产的征召,当即上表庆贺,并奏请倘若生男,恳请剃度皇子出家。贺表中的歌功颂德之词反映出他心中的不安和伴君如虎的谨慎之意。

其间还发生了一件事,但究竟是传说还是纪实已经无从考证,却显露出了玄奘面临绝境的背水一战,凶险之处不亚于他在西游路上遇见妖魔鬼怪。

武后临盆之时,李治请佛道两家祈福,问道士:生男,还是生女?道士卜卦,曰:卦中是女。李治又问玄奘:生男,还是生女?

倘若此事是纪实,玄奘其实已进退维谷。世上性别只有男女,概率各占50%,道士既然已经赌了生女,玄奘也说生女,只是附从。倘若说生男,那便是与道士立下赌斗。一旦生下的是女婴,玄奘如日中天的声望便一朝丧尽。

玄奘选择了赌斗,说:生男。

最终武后诞下了皇子李显。

此事只在道宣法师的《四分律行事钞》中有记载。道宣说,三藏法师虽然这样回答,但也知道武后将会生女,自己所答不准。所幸三宝力大,玄奘外出召集京城僧尼念诵,于是转胎为男。

且不提此事是否荒诞,这一事件其实恰如其分地反映了玄奘当时的境况。谨慎、危惧、如履薄冰,无路可退。

李显出生后,李治依约让玄奘为他剃发皈依,玄奘为李显取法名"佛光王"。

收了李显为弟子并未给玄奘的境遇带来根本性改变,李治对玄奘的态度一贯很明确,给予荣耀,更加以戒备。显庆二年,李治和武后移驾洛阳,带着玄奘随行。在官方的说辞中,这是对玄奘的尊崇,但其实不然。因为玄奘最重要的工作是译经,每年翻译的内容和数量都经朝廷审核并监督,但这次随驾洛阳,译经场却留在长安,只让他带了五名译经僧。而他所居住的积翠宫更是守卫严密,严禁他自由出入,实质形同软禁。

在这种情势下,玄奘恳求皇帝允准自己前往少林寺译经,结果引起李治的猜忌,被严词驳回,更严厉告诫他,"勿复再请"。

这件事让李治与玄奘之间的裂痕更大，对他猜忌更深。

在积翠宫中，玄奘患病无法得到医治，按照他自己的描述，当时极为严重，"心痛背闷，骨酸肉楚，食眠顿绝，气息渐微"。不得已之下他私自出宫求医，李治得知之后极为恼怒，派了御医来探看，不是为他诊治，而是看他是否真的生病，随后才派了一名低级医士来诊治。

而仅仅是一年前，玄奘在大慈恩寺冷疾复发，李治关心备至，不但派遣尚药局最高职级的御医来诊治，还命御医进驻慈恩寺，昼夜看护，宫中使者一日数次往返向李治汇报病情。

这些信号玄奘自然能读懂，接连上表请罪："不胜荷惧之至，谨奉表待罪以闻。荒惴失图，伏听敕旨。"

这一年玄奘的处境如此凶险，是因为李治对贞观旧臣展开了全面反击。就在这年八月，许敬宗和李义府污蔑韩瑗、来济和褚遂良图谋不轨，李治下诏将三人贬谪到偏远之地，斩断了长孙无忌的左膀右臂，最终的决战即将打响。

玄奘的声望对李治是个巨大的威胁，因此显庆三年（公元658年）回到长安后，李治并没有让他回大慈恩寺继续译经，而是让其迁居到新落成的西明寺。这次身边连那五名译经僧也没有了，只给他新剃度了十名沙弥来照顾起居，形同监禁。

显庆四年，长安城的上空全年都被血腥笼罩。这一年李治和武后彻底扳倒长孙无忌，逼令他自杀，将被贬的柳奭、韩瑗斩首，于志宁贬谪，至此李治大获全胜，玄奘在朝中的故旧被一扫而空。

玄奘知道，自己能走了，于是他上表恳请移住陕北玉华寺译经，并为先帝祈福。他还加了一句，"并乞卫士五人依旧防守"。

玄奘选择玉华寺一定是经过深思熟虑的，他知道李治不会答应自己去少林寺，但玉华寺地处偏僻，又曾是李世民的行宫，他曾陪同李世民在此度过一段君臣相得的岁月。选择玉华寺形同放逐，又打着为李世民祈福的旗号，李治无法拒绝，或者说无须拒绝。

李治不但允准，而且答应他带着译经僧们一起前往玉华寺。不过李治也使了些手腕，这些译经僧必须定期回京述职。

终于在显庆四年的十月，玄奘踏着凛冽秋风，离开了长安这座樊笼，开始了他人生中最后的阶段，直到麟德元年二月圆寂。

能够带着译经场避居玉华寺专心译经，玄奘简直惊喜过望。他自知时日无多，一到玉华寺便展开对卷帙浩繁、多达六百卷的《大般若经》的翻译。这本经是玄奘晚年最重视的翻译，是他的毕生大业，从显庆五年（公元660年）正月初一开译，至龙朔三年（公元663年）十月完稿。

玄奘译完《大般若经》之后，自觉身力衰竭，知道死期将至，他对门人说道："吾来玉华，本缘《般若》。今经事既终，吾生涯亦尽。"

第二年改元麟德，正月一日，僧众恳请他翻译《大宝积经》，玄奘试着翻译几行便停下，叹息道：玄奘死期已至，不能翻译此经了。我想去兰芝谷向先前所造的观音菩萨像拜别。

他在门人弟子的陪同下拜别了菩萨，僧众无不潸然泪下。

玄奘回到寺里之后专心修持，不再译经，静待最后的涅槃。

正月初八，弟子玄觉做了个梦，梦见一座高大庄严的佛塔突然崩塌。玄奘告诉他：这与你无关，是我行将寂灭。

正月初九，玄奘在房后跨过一条小水渠时跌倒，伤了胫骨，卧病之后气息渐弱。

正月十六日，玄奘似乎从梦中醒来，口中说道："吾眼前有白莲花，大于盘，鲜净可爱。"

正月十七日，玄奘又梦见成百上千人，形状魁伟，容貌庄严，尽皆身穿锦衣，手捧绮绣和鲜花装饰他的卧房，遍布翻经院内外，连院后的山岭树木都装饰一新。天空大地处处都竖起幢幡，五彩缤纷，仙乐奏响。又见门外有无数宝车，车上满载香食美果，皆非人间所有。

醒来后，玄奘说：吾死期已至，想要尽施，让有缘的都来吧。

正月二十三日，设斋布施之后，玄奘向玉华寺的僧众、门徒和译经场的高僧欣然辞别。当夜，寺主慧德梦见有千尊金像从东方而来，进入翻经院内，香花满天。

二月四日夜半时分，正给玄奘看病的医僧明藏见到两个人，身高一丈，共捧一朵白莲花，如小车轮般大，花有三重，叶长尺余，光净可爱，拿到玄奘法师面前。捧花人说道：法师从无始以来的所有烦恼、有情尘念以及种种恶业，因为今日这小疾而全部消除。该心生欣庆。

玄奘举目注视，合掌良久，然后以右手支头，左手平放到左侧大腿上，伸展双足，交叠双腿，向右侧卧。直至临终，再也不动，不饮不食。

二月五日夜半，弟子问他：和尚定能得生弥勒内院之中吗？

玄奘曰："得生。"

言毕，气息渐弱，安然寂灭。

李治闻玄奘亡故，哀恸伤感，为之罢朝，说："朕失国宝矣。"

玄奘曾预言，自己死后译经团将遭解散，其后果如其言。二月五日玄奘圆寂，三月六日李治下令解散译经团，各自放还本寺，并将玄奘带到玉华寺的梵本经书送回慈恩寺加以封存。

所以很抱歉，我无法在小说中讲述这些事件，感谢玄奘法师十二年的陪伴，谨以此记向其作别。

陈渐　2024年3月于北京